HEYNE <

Das Buch:
In einer brasilianischen Kleinstadt führt Danilo Silva ein ruhiges, unauffälliges Leben, bis ihn seine Vergangenheit einholt: Er wird von einigen Leuten gekidnappt, die wissen wollen, wo er die neunzig Millionen Dollar versteckt hat, die er vor vier Jahren auf die Seite geschafft hat. Damals war er als Patrick Lanigan Partner in einer renommierten Anwaltskanzlei in Mississippi; eine große Karriere schien vorgezeichnet, bei der ihm seine attraktive Frau und seine Tochter zur Seite stehen würden. Doch ein schrecklicher Autounfall, bei dem er angeblich den Tod gefunden hatte, setzte eine Lawine von Ereignissen in Bewegung. Nachdem er aus der Entfernung seine eigene Beerdigung beobachtet hatte, verschwand er – und mit ihm das Geld vom Geheimkonto seiner Kanzlei.
Doch seine Tarnung war nicht gut genug, seine Gegner haben ihn entdeckt und bedrohen ihn ebenso wie seine Geliebte, die brasilianische Anwältin Eva Miranda. Eine Jagd auf Leben und Tod beginnt.

Der Autor:
John Grisham, geboren 1955, ist einer der meistgelesenen Bestsellerautoren weltweit. Mit seinem Roman *Die Firma* begann seine phänomenale Erfolgsgeschichte. Zahlreiche seiner Romane dienten als Vorlage zu Hollywoodfilmen, die allesamt zu Kassenschlagern wurden. Grisham war Abgeordneter im Parlament des US Bundesstaates Mississippi und führte lange Jahre eine eigene Anwaltskanzlei, bis er sich Mitte der Achtziger Jahre ganz dem Schreiben widmete. Er lebt mit seiner Familie in Virginia und Mississippi.

Im WILHELM HEYNE Taschenbuch sind erschienen:
Die Jury, Die Firma, Der Klient, Die Kammer, Die Akte, Der Regenmacher, Das Urteil, Der Verrat, Das Testament, Die Bruderschaft, Die Schuld, Die Liste, Der Coach, Die Farm.

JOHN GRISHAM

DER PARTNER

Roman

Aus dem Englischen
von Christel Wiemken

WILHELM HEYNE VERLAG
MÜNCHEN

Titel der Originalausgabe
The Partner

Umwelthinweis:
Dieses Buch wurde auf chlor- und säurefreiem Papier gedruckt.

Taschenbuchausgabe 03/2006

Die Hardcover-Ausgabe erschien im Verlag
Hoffmann und Campe, Hamburg
Printed in Germany 2006
Umschlagillustration: CORBIS/ Denis Scott
Umschlaggestaltung: Nele Schütz Design, München
Druck und Bindung: GGP Media GmbH, Pößneck

ISBN: 3-453-72087-3
www.heyne.de

Für David Gernert
Freund, Herausgeber, Agent

1

Sie spürten ihn in Ponta Porã auf, einem verschlafenen Nest in Brasilien, an der Grenze zu Paraguay, einer Gegend, die auch heute noch einfach nur das Grenzland genannt wird.

Sie stellten fest, daß er zurückgezogen in einem Ziegelsteinhaus in der Rua Tiradentes lebte, einer breiten Straße mit Bäumen auf dem Mittelstreifen und einer Horde barfüßiger Jungen, die Fußball spielend über das heiße Pflaster tobte.

Sie stellten fest, daß er, soweit sie erkennen konnten, allein lebte. Während der acht Tage, die sie auf der Lauer lagen und ihn ausspähten, kam und ging gelegentlich eine Putzfrau.

Sie stellten fest, daß er ein angenehmes, aber keineswegs luxuriöses Leben führte. Das Haus strahlte Bescheidenheit aus und hätte jedem x-beliebigen einheimischen Kaufmann gehören können. Der Wagen, ein 1983er Käfer, Massenfabrikat, in São Paulo gebaut, war rot, sauber und auf Hochglanz poliert. Ihr erstes Foto von ihm war ein Schnappschuß, der ihn hinter dem Tor zur Auffahrt seines Hauses beim Einwachsen des Käfers zeigte.

Sie stellten fest, daß er abgenommen hatte. Die hundertfünfzehn Kilo, die er mit sich herumgeschleppt hatte, als er zum letztenmal gesehen worden war, waren verschwunden. Sein Haar und seine Haut erschienen dunkler; sein Kinn war vergrößert und seine Nase verfeinert worden. Perfekte plastisch-kosmetische Korrekturen des Gesichts. Sie hatten dem Schönheitschirurgen in Rio, der zweieinhalb Jahre zuvor die Operation vorgenommen hatte, ein kleines Vermögen für die Informationen bezahlen müssen.

Sie spürten ihn nach vier Jahren ebenso gewissenhafter wie ermüdender Suche auf, vier Jahren, in denen sie sich in Sackgassen verrannt hatten, vier Jahren kalt gewordener Spuren und falscher Hinweise, vier Jahren, in denen viel

Geld geflossen war und, wie es schien, gutes Geld schlechtem hinterhergeworfen worden war.

Aber sie fanden ihn. Und sie warteten. Anfangs drängte sie alles zum schnellen Zugriff, drängte es sie, ihn zu betäuben und in ein sicheres Haus nach Paraguay zu schmuggeln, ihn zu schnappen, bevor er sie sah oder bevor ein Nachbar argwöhnisch wurde. Aber nach zwei Tagen beruhigten sie sich und warteten. Sie hielten sich, wie die Einheimischen gekleidet, an verschiedenen Stellen entlang der Rua Tiradentes auf, tranken Tee im Schatten, mieden die Sonne, aßen Eis, unterhielten sich mit den Kindern und beobachteten sein Haus. Sie folgten ihm, wenn er zum Einkaufen in die Innenstadt fuhr, und sie fotografierten ihn über die Straße hinweg, als er die Apotheke verließ. Auf einem Obstmarkt schoben sie sich so nahe an ihn heran, daß sie hören konnten, wie er sich mit einem Verkäufer unterhielt. Er sprach ein ausgezeichnetes Portugiesisch, mit einem kaum wahrnehmbaren Akzent eines Amerikaners oder eines Deutschen, der sich große Mühe mit dem Erlernen der Sprache gegeben hatte. Er bewegte sich schnell und zielstrebig durch die Innenstadt, erledigte seine Einkäufe und kehrte nach Hause zurück, wo er das Tor sofort wieder hinter sich abschloß. Sein kurzer Ausflug zum Einkaufen lieferte ein Dutzend guter Fotos.

In seinem früheren Leben hatte er gejoggt; aber in den Monaten vor seinem Verschwinden war seine Laufleistung in dem Maße geschrumpft, wie sein Gewicht nach oben gegangen war. Jetzt, wo sein Körper sich am Rande der Auszehrung bewegte, waren sie nicht überrascht, ihn wieder laufen zu sehen. Er verließ sein Haus, schloß das Tor hinter sich ab und bewegte sich in langsamem Trab die Rua Tiradentes hinunter. Neun Minuten für die erste Meile, als die Straße völlig gerade verlief und die Häuser weiter auseinander rückten. Am Stadtrand ging das Pflaster in Schotter über, und ungefähr in der Mitte der zweiten Meile war sein Tempo auf acht Minuten pro Meile gestiegen, und Danilo war ganz hübsch ins Schwitzen geraten. Es war Oktober, um die Mittagszeit, die Temperatur betrug ungefähr fünfundzwanzig Grad, und er wurde noch schneller, als er vorbei an einer kleinen, mit jungen Müttern überfüllten Klinik und vorbei an einer kleinen Kirche, die die Baptisten gebaut hatten, die Stadt verließ. Die Straßen wurden staubiger, als er mit sieben Minuten pro Meile in die offene Landschaft lief.

Er nahm die Sache mit dem Laufen sehr ernst, ein Umstand, der sie mit tiefer Genugtuung erfüllte. Danilo würde ihnen praktisch in die Arme laufen.

Am Tag, nachdem sie ihn zum erstenmal zu Gesicht bekommen hatten, wurde von einem Brasilianer, der Osmar hieß, eine kleine, heruntergekommene Hütte am Rand von Ponta Porã gemietet, und innerhalb kurzer Zeit trudelte der Rest des Verfolgerteams dort ein. Es bestand zu gleichen Teilen aus Amerikanern und Brasilianern, wobei Osmar die Befehle auf portugiesisch gab und Guy Kommandos auf englisch zu bellen pflegte. Osmar beherrschte beide Sprachen und fungierte als so etwas wie der offizielle Dolmetscher des Teams.

Guy kam aus Washington. Er war ein ehemaliger Secret-Service-Mann, angeheuert, um Danny Boy zu finden, wie sie ihn unter sich nannten. Manche Leute hielten Guy für ein Genie auf seinem Gebiet. Gesichtslos und ohne Spuren zu hinterlassen, war Guy ein Mann ohne Vergangenheit. Sein fünfter Einjahresvertrag, Danny Boy aufzuspüren, lief, und für das Ergreifen der Beute winkte ihm ein hübscher Bonus. Obwohl er es stets gut zu verbergen wußte, drohte Guy unter dem Druck, Danny Boy nicht finden zu können, über die Jahre langsam den Verstand zu verlieren.

Vier Jahre und dreieinhalb Millionen Dollar. Und nichts, was man hätte vorweisen können.

Aber jetzt hatten sie ihn aufgespürt.

Osmar und seine Brasilianer hatten nicht die geringste Ahnung von Danny Boys Sünden, aber jeder auch nur halbwegs mit Verstand Begabte konnte sehen, daß er untergetaucht sein und sich mit ihm entschieden zu viel Geld in Luft aufgelöst haben mußte. Osmar hatte rasch gelernt, keine

Fragen zu stellen. Guy und die Amerikaner hatten zu diesem Thema nichts zu sagen.

Die Fotos von Danny Boy wurden auf zwanzig mal fünfundzwanzig vergrößert und an eine Wand in der Küche der heruntergekommenen kleinen Hütte geheftet, wo sie wieder und wieder von Männern mit harten Augen verbissen studiert wurden, Männern, die Kette rauchten und angesichts der Fotos die Köpfe schüttelten. Sie flüsterten miteinander und verglichen die neuen Fotos mit den alten, denen aus seinem früheren Leben. Dünnerer Mann, eigenartiges Kinn, andere Nase. Sein Haar war kürzer und seine Haut dunkler. War es wirklich ihr Mann?

Sie hatten das alles schon einmal durchgemacht, in Recife, an der Nordostküste, neunzehn Monate zuvor, wo sie eine Wohnung gemietet und ebenfalls Fotos an einer Wand betrachtet hatten, bis beschlossen wurde, den Amerikaner zu greifen und seine Fingerabdrücke zu überprüfen. Falsche Fingerabdrücke. Falscher Amerikaner. Sie pumpten noch ein paar Drogen mehr in ihn hinein und entsorgten ihn in einem Straßengraben.

Sie scheuten davor zurück, allzu tief in das gegenwärtige Leben von Danilo Silva einzudringen. Wenn er tatsächlich ihr Mann war, dann verfügte er ausreichend über Geld. Und Bargeld, das wußten sie, wirkte bei den einheimischen Behörden stets Wunder. Jahrzehntelang hatten sich Nazis und andere Deutsche, die sich in Ponta Porã eingenistet hatten, mit Bargeld ausgesprochen erfolgreich Schutz erkaufen können.

Osmar wollte einen schnellen Zugriff. Guy sagte, sie würden warten. Am vierten Tag verschwand er urplötzlich, und sechsunddreißig Stunden lang herrschte in der heruntergekommenen kleinen Hütte ein ziemliches Chaos.

Sie sahen noch, wie er in den roten Käfer stieg. Er hatte es eilig, lautete der Bericht. Er raste durch die Stadt zum Flughafen, ging im letzten Augenblick an Bord einer kleinen Maschine, und weg war er. Sein Wagen blieb auf dem einzigen Parkplatz des Flugplatzes zurück, wo sie ihn in den nächsten Tagen keine Sekunde aus den Augen ließen. Das

Flugzeug flog mit vier Zwischenlandungen in Richtung São Paulo.

Sofort gab es den Plan, in sein Haus einzudringen und alles zu inventarisieren. Es mußte ganz einfach Unterlagen geben. Irgendwie mußte das Geld ja verwaltet werden. Guy sah es direkt vor sich; er träumte davon, Bankunterlagen zu finden, Belege für telegrafische Überweisungen, Kontoauszüge; alle möglichen Dokumente, alles fein säuberlich in Ordnern abgeheftet, die ihn direkt zu dem Geld führen würden.

Aber er wußte es besser. Wenn Danny Boy ihretwegen die Flucht ergriff, dann würde er auf keinen Fall irgendwelches Beweismaterial zurücklassen. Und wenn er tatsächlich ihr Mann war, dann war sein Haus bestimmt sorgfältig gesichert. Danny Boy würde, wo immer er war, vermutlich sofort Bescheid wissen, wenn sie seine Haustür oder ein Fenster öffneten.

Sie warteten. Sie fluchten und stritten und litten noch stärker unter dem Zwang zum Erfolg. Guy rief täglich in Washington an, eine unerfreuliche Aufgabe. Sie beobachteten den roten Käfer. Jedes eintreffende Flugzeug ließ sie die Ferngläser und Handys zücken. Sechs Flüge am ersten Tag. Fünf am zweiten. In der heruntergekommenen kleinen Hütte wurde es heiß und stickig. Die Männer flüchteten ins Freie – die Amerikaner dösten im mickrigen Schatten eines Baumes auf dem Hinterhof vor sich hin. Die Brasilianer spielten, am Zaun im Vorgarten sitzend, Karten.

Guy und Osmar unternahmen eine ausgedehnte Fahrt und schworen sich, daß sie sofort zuschlagen würden, sollte er jemals zurückkehren. Osmar äußerte sich zuversichtlich, daß er wieder auftauchen würde. Vermutlich war er nur kurz geschäftlich unterwegs, was immer das auch heißen mochte. Sie würden ihn schnappen, ihn identifizieren, und sollte sich herausstellen, daß er der Falsche war, würden sie ihn einfach in irgendeinem Straßengraben abladen und verschwinden. Wie beim letztenmal.

Am fünften Tag kam er zurück. Sie folgten ihm in die Rua Tiradentes, und alle waren glücklich.

Am achten Tag leerte sich die heruntergekommene kleine Hütte; alle Brasilianer und alle Amerikaner gingen auf Position.

Die Laufstrecke war sechs Meilen lang. Er hatte sie seit seiner Rückkehr jeden Tag zurückgelegt, war fast immer zur gleichen Zeit gestartet, trug die gleichen blau-orangenen Laufshorts, abgetragenen Nikes, Socken, kein Hemd.

Die ideale Stelle für den Zugriff lag zweieinhalb Meilen von seinem Haus entfernt, hinter einer kleinen Anhöhe auf einem Schotterweg, nicht weit vom Wendepunkt seiner Laufstrecke entfernt. Danilo kam nach zwanzigminütigem Lauf über die Anhöhe, ein paar Sekunden früher als erwartet. Aus irgendeinem unerfindlichen Grund war er schneller als gewöhnlich. Vielleicht wegen der Wolken.

Auf der anderen Seite der Anhöhe stand ein Kleinwagen mit einem scheinbar platten Reifen und blockierte, hinten aufgebockt, die Straße. Sein Fahrer, ein kräftiger, untersetzter junger Mann, tat so, als wäre er vom Anblick des asketisch wirkenden Mannes überrascht, der schwitzend und keuchend auf der Anhöhe erschien. Danilo verlangsamte für eine Sekunde sein Tempo. Rechts war mehr Platz.

»*Bom dia*«, sagte der stämmige junge Mann und tat einen Schritt auf Danilo zu.

»*Bom dia*«, sagte Danilo, sich dem Wagen nähernd.

Der Fahrer holte plötzlich eine großkalibrige Pistole aus dem Kofferraum und hielt sie Danilo zwischen die Augen. Dieser erstarrte; seine Augen fixierten die Pistole, er atmete schwer mit offenem Mund. Der Fahrer hatte massige Hände und lange, kräftige Arme. Er packte Danilo am Genick, riß ihn mit einem Ruck zum Wagen hin und drückte ihn dort neben der Stoßstange auf den Boden. Die Pistole verschwand in einem Halfter, und ehe Danilo sich versah, fand er sich in den Kofferraum des Wagens verfrachtet. Danny Boy wehrte sich und trat um sich, aber er hatte nicht den Hauch einer Chance.

Der Fahrer schlug den Kofferraumdeckel zu, ließ den Wagen herunter, warf den Wagenheber in den Straßengraben und fuhr davon. Nach etwa einer Meile bog er in einen schmalen Feldweg ein, wo man bereits unruhig auf ihn wartete.

Sie schlangen Nylonseile um Danny Boys Handgelenke und verbanden ihm mit einem schwarzen Tuch die Augen, dann wuchteten sie ihn auf die Rückbank eines Vans. Osmar saß zu seiner Rechten, ein weiterer Brasilianer zu seiner Linken. Jemand griff sich seine Schlüssel aus der mit Klettband befestigten Velcros-Bauchtasche, die er um die Taille trug. Danilo sagte nichts, als der Van startete und Fahrt aufnahm. Er schwitzte noch immer und atmete sehr schwer.

Als der Van auf einer staubigen Straße neben einer landwirtschaftlich genutzten Fläche abrupt anhielt, brachte Danilo seine ersten Worte hervor. »Was wollt ihr?« fragte er auf portugiesisch.

»Kein Wort!« kam die Antwort von Osmar, auf englisch. Der Brasilianer links neben Danilo holte eine Spritze aus einem kleinen Metallkasten und zog ein schnell wirkendes Beruhigungsmittel auf. Osmar hielt Danilos Handgelenke fest zusammengepreßt, während der andere Mann ihm die Nadel in den Oberarm jagte. Danilo versteifte sich und versuchte sich loszureißen, dann wurde ihm klar, daß es hoffnungslos war. Er entspannte sich sogar ein wenig, als der Rest des Mittels in seinen Körper ging. Seine Atmung verlangsamte sich, sein Kopf begann zu schwanken. Als ihm das Kinn auf die Brust gesackt war, hob Osmar sanft mit dem rechten Zeigefinger die Shorts an Danilos rechtem Oberschenkel und fand genau das, was er erwartet hatte. Blasse Haut.

Das Laufen hielt ihn schlank, und es hielt ihn auch braun.

Entführungen waren im Grenzgebiet keine Seltenheit. Amerikaner waren leichte Opfer. Aber weshalb gerade ich, fragte sich Danilo, als er immer benommener wurde und ihm die Augen zufielen. Er lächelte, während er durch den Weltraum stürzte, Kometen und Meteoren auswich, nach Monden griff und ganze Galaxien angrinste.

Sie stopften ihn unter ein paar mit Melonen und Früchten gefüllte Pappkartons. Die Grenzposten winkten sie durch, ohne sich von ihren Stühlen zu erheben, und Danny Boy war nun in Paraguay, obwohl ihm im Moment nichts gleichgültiger sein konnte als das. Er ließ sich glücklich auf dem Boden des Vans liegend durchrütteln, als die Straßen schlechter und die Landschaft unwegsamer wurde. Osmar rauchte Kette und deutete gelegentlich in diese oder jene Richtung. Eine Stunde nach dem Zugriff bogen sie ein letztes Mal in einen unscheinbaren Feldweg ab. Die Hütte lag in einer Schlucht zwischen zwei steil aufragenden Bergen, von der schmalen Landstraße aus kaum zu sehen. Sie schleppten ihn wie einen Mehlsack hinein und luden ihn auf einem Tisch ab; dann machten sich Guy und der Fingerabdruck-Experte ans Werk.

Danny Boy schnarchte, während ihm von allen acht Fingern und den beiden Daumen Abdrücke genommen wurden. Die Amerikaner und die Brasilianer drängten sich um ihn und registrierten jeden Handgriff. In einem Karton neben der Tür standen ungeöffnete Whiskeyflaschen, für den Fall, daß dies der richtige Danny Boy sein sollte.

Der Fingerabdruck-Experte verließ mit den frischen Abdrücken den Raum und begab sich in sein auf der Rückseite des Hauses gelegenes Zimmer, wo er sich einschloß und die frischen Abdrücke vor sich ausbreitete. Er justierte die Lampe und holte den Vergleichssatz hervor, jene Abdrükke, die Danny Boy so bereitwillig geliefert hatte, als er noch wesentlich jünger war, damals, als er Patrick hieß und seine Zulassung als Anwalt im Staat Louisiana beantragt hatte. Merkwürdig, dieses Abnehmen der Fingerabdrücke bei Anwälten.

Beide Sätze waren in sehr gutem Zustand, und es war bereits auf den ersten Blick erkennbar, daß sie perfekt übereinstimmten. Aber er prüfte akribisch alle zehn. Er hatte keine Eile. Sollten die da draußen doch warten. Er genoß den Augenblick. Endlich öffnete er die Tür und starrte das Dutzend erwartungsvolle Gesichter mit steinerner Miene an. Dann lächelte er. »Er ist es«, sagte er auf englisch, und sie klatschten erlöst Beifall.

Guy genehmigte zur Feier des Tages den Whiskey, aber

nur in Maßen. Es gab schließlich noch einiges mehr zu tun. Danny Boy, immer noch apathisch vor sich hin dämmernd, wurde, mit einem weiteren Schuß ruhiggestellt, in ein kleines Schlafzimmer gebracht, ohne Fenster und mit einer massiven Tür, die von außen abgeschlossen werden konnte. Hier drinnen würde man ihn verhören und, falls erforderlich, auch foltern.

Die barfüßigen Jungen, die auf der Straße Fußball spielten, waren zu sehr mit sich und ihrem Ball beschäftigt, um irgend etwas Ungewöhnliches zu bemerken. An Danny Boys Schlüsselbund hingen lediglich vier Schlüssel, und deshalb war das kleine Tor zur Straße hin schnell aufgeschlossen und blieb angelehnt. Ein Komplize in einem Mietwagen hielt unter einem großen, vier Häuser entfernten Baum. Ein anderer, auf einem Motorrad, stellte seine Maschine am anderen Ende der Straße ab und begann, sich intensiv mit deren Bremsanlage zu beschäftigen.

Sollte eine Alarmanlage losheulen, würde der Eindringling einfach die Flucht ergreifen und sich nie wieder blicken lassen. Wenn nicht, dann würde er sich drinnen einschließen und Danny Boys Hab und Gut inventarisieren.

Die Tür ließ sich ohne Probleme öffnen. Kein Alarm ertönte. Die Schalttafel an der Wand informierte jeden, der es wissen wollte, daß die Alarmanlage ausgeschaltet war. Er holte tief Luft und verharrte eine Minute lang absolut regungslos, dann begann er mit seiner Arbeit. Er entfernte die Festplatte aus Danny Boys PC und sammelte sämtliche Disketten ein. Er durchstöberte die Papiere auf dem Schreibtisch, fand aber nichts außer den üblichen Rechnungen, einige davon bezahlt, andere noch offen. Das Faxgerät war billig und ohne auffällige Sonderausstattung. Der Anzeige zufolge war es nicht betriebsbereit. Routiniert fotografierte er die Räumlichkeiten. Er machte Fotos von Kleidung, Nahrungsmitteln, Möbeln, Bücherregalen, Zeitschriftenständern.

Fünf Minuten nach dem Öffnen der Eingangstür wurde auf Danilos Dachboden ein stummes Signal ausgelöst, und es erfolgte ein Anruf bei einer privaten Sicherheitsfirma, elf Blocks entfernt, in der Innenstadt von Ponta Porã. Der Anruf blieb ohne Antwort, da der diensthabende Wachmann gerade sanft in einer Hängematte hinter dem Haus schaukelte. Eine Tonbandstimme aus Danilos Haus informierte jeden, der von Rechts wegen hätte zuhören müssen, davon, daß gerade ein Einbruch stattfand. Fünfzehn Minuten vergingen, bis ein menschliches Ohr die Meldung hörte. Als der Wachmann zu Danilos Haus raste, war der Einbrecher bereits wieder verschwunden. Und von Mr. Silva weit und breit keine Spur. Alles schien in Ordnung zu sein, Käfer auf dem Stellplatz inklusive. Das Haus und das Tor zum Anwesen waren verschlossen.

Die Anweisungen in den Unterlagen ließen an Deutlichkeit nichts zu wünschen übrig. Bei einem solchen Alarm nicht die Polizei informieren. Zuerst versuchen Mr. Silva ausfindig zu machen, und falls er nicht sofort aufzufinden war, eine Nummer in Rio anrufen. Eva Miranda verlangen.

Mit kaum zu unterdrückender Erregung tätigte Guy seinen täglichen Routineanruf nach Washington. Er schloß sogar die Augen dabei und lächelte, als er die Worte »Er ist es« hervorstieß. Seine Stimme war eine Oktave höher als gewöhnlich.

Stille am anderen Ende der Leitung. Dann: »Sind Sie sicher?«

»Absolut. Die Fingerabdrücke stimmen perfekt überein.«

Neuerlich Stille, während der Stephano in Washington seine Gedanken ordnete, ein Vorgang, der normalerweise nur Bruchteile von Sekunden in Anspruch nahm. »Das Geld?«

»Wir haben noch nicht angefangen. Er steht noch immer unter Drogen.«

»Wann?«

»Heute abend.«

»Ich bleibe in der Nähe des Telefons.« Stephano legte auf, obwohl er am liebsten stundenlang weitergeredet hätte.

Guy fand einen Platz auf einem Baumstumpf hinter der Hütte. Die Vegetation war dicht, die Luft dünn und kühl. Die leisen Stimmen glücklicher Männer wehten zu ihm herüber. Die Schinderei hatte ein Ende – der größte Teil zumindest.

Er hatte gerade fünfzigtausend Dollar verdient. Das Auffinden des Geldes würde ihm einen weiteren Bonus einbringen, und er war sich absolut sicher, daß er das Geld finden würde.

2

Rio, Innenstadt. In einem hübschen kleinen Büro im zehnten Stock eines Hochhauses umklammerte Eva Miranda den Telefonhörer mit beiden Händen und wiederholte langsam die Worte, die sie gerade gehört hatte. Der stumme Alarm hatte das Wachpersonal herbeigerufen. Mr. Silva sei nicht zu Hause, aber sein Wagen stünde in der Auffahrt, und das Haus sei abgeschlossen.

Jemand war eingedrungen und hatte den Alarm ausgelöst, und es konnte kein Fehlalarm gewesen sein, weil er immer noch aktiviert war, als der Wachmann eintraf.

Danilo war verschwunden.

Vielleicht war er joggen gegangen und hatte gegen den gewohnten Ablauf verstoßen. Dem Bericht des Wachmannes zufolge war der Alarm vor einer Stunde und zehn Minuten ausgelöst worden. Aber Danilo joggte weniger als eine Stunde – sechs Meilen bei einem Tempo von sieben bis acht Meilen pro Minute, also maximal fünfzig Minuten. Keine Ausnahmen. Sie wußte über seine Gewohnheiten genau Bescheid.

Sie rief in seinem Haus in der Rua Tiradentes an, aber niemand meldete sich. Sie rief die Nummer eines Handys an, das er manchmal mit sich führte. Abermals Fehlanzeige, niemand meldete sich.

Vor drei Monaten hatte er versehentlich den Alarm ausgelöst und ihnen beiden damit einen fürchterlichen Schrekken eingejagt. Aber ein kurzer Anruf ihrerseits hatte die Angelegenheit aufgeklärt.

Was seine Sicherheit anging, war er viel zu sorgfältig, um leichtsinnig zu werden. Zu vieles hing davon ab.

Sie wiederholte die Telefonroutine. Das Ergebnis blieb unverändert. Es gibt eine Erklärung für all das, redete sie sich ein.

Sie wählte die Nummer des Apartments in Curitiba, der

Hauptstadt des Staates Paraná, einer Stadt mit anderthalb Millionen Einwohnern. Ihres Wissens wußte niemand etwas von diesem Apartment. Es war unter einem anderen Namen angemietet worden und diente als Aufbewahrungsort für wichtige Unterlagen und gelegentlich auch als Treffpunkt. Manchmal verbrachten Danilo und sie dort ein gemeinsames Wochenende; für Eva leider nicht oft genug.

Sie rechnete nicht wirklich damit, daß jemand den Hörer abnahm. Keine Antwort. Danilo würde nicht dorthin fahren, ohne sie vorher zu verständigen.

Als sie mit den Anrufen fertig war, schloß sie die Tür ihres Büros ab und blieb eine Weile mit geschlossenen Augen gegen sie gelehnt. Aus der Eingangshalle drangen die Geräusche des üblichen geschäftigen Treibens der Anwälte und Sekretärinnen zu ihr. Zur Zeit arbeiteten dreiunddreißig Anwälte in der Kanzlei, der zweitgrößten in Rio mit einer Filiale in São Paulo und einer weiteren in New York. Das Zirpen und Wispern der Telefone, Faxgeräte und Kopierer verband sich zu einem fernen geschäftigen Chor.

Mit einunddreißig Jahren war sie eine erfahrene, seit fünf Jahren bei der Kanzlei angestellte Anwältin; so erfahren, daß sie gewohnt war, zahlreiche Überstunden zu machen und auch samstags zu arbeiten. Vierzehn Partner betrieben die Kanzlei, aber nur zwei davon waren Frauen. Sie hatte sich vorgenommen, dieses Verhältnis zu ändern. Zehn der neunzehn angestellten Anwälte waren Frauen, ein Beweis dafür, daß in Brasilien, ebenso wie in den Vereinigten Staaten, immer mehr Frauen in diesen Beruf drängten. Sie hatte an der Pontificia Universidade Católica in Rio studiert, die ihrer Ansicht nach zu den besseren zu zählen war. Ihr Vater lehrte dort noch immer Philosophie.

Er hatte darauf bestanden, daß sie nach dem Jurastudium in Rio in Georgetown weiterstudierte. Georgetown war seine Alma mater. Sein Einfluß, verbunden mit ihren beeindruckenden Bewerbungsunterlagen, ihrem blendenden Aussehen und ihrem fließenden Englisch ließen das Finden eines hochkarätigen Jobs bei einer erstklassigen Kanzlei zu einem Kinderspiel werden.

Sie trat ans Fenster und zwang sich zu Gelassenheit. Zeit war plötzlich von entscheidender Bedeutung. Die nächsten Schritte erforderten höchste Konzentration. Sie würde verschwinden müssen. In einer halben Stunde hatte sie eine Besprechung, aber die mußte verschoben werden.

Der Ordner befand sich in einem kleinen, feuerfesten Safe. Sie holte ihn heraus und las abermals das Blatt mit den Anweisungen; Schritten, die sie und Danilo viele Male zusammen durchgegangen waren.

Er hatte gewußt, daß sie ihn finden würden.

Eva hatte es stets vorgezogen, diese Möglichkeit zu ignorieren.

Ihre Gedanken schweiften ab, während sie sich Sorgen um ihn machte. Das Telefon läutete. Sie schreckte hoch. Es war nicht Danilo. Ein Mandant wartet, sagte ihre Sekretärin. Der Mandant war zu früh dran. Sie wies die Sekretärin an, sie bei dem Mandanten zu entschuldigen; sie solle höflich um einen neuen Termin ersuchen; außerdem wolle sie ab jetzt unter gar keinen Umständen mehr gestört werden.

Das Geld lag gegenwärtig an zwei Orten: auf einer Bank in Panama und bei einem Off-shore-Holding-Trust auf den Bermudas. Ihr erstes Fax autorisierte die sofortige Überweisung des Geldes in Panama auf eine Bank in Antigua. Ihr zweites Fax verteilte Geld auf drei Banken auf Grand Cayman. Das dritte transferierte das Geld von den Bermudas auf die Bahamas.

In Rio war es fast zwei Uhr. Die europäischen Banken hatten geschlossen, deshalb würde sie gezwungen sein, das Geld ein paar Stunden lang in der Karibik von einem Ort zum anderen zu bewegen, bis der Rest der Welt erneut für Banktransfers zur Verfügung stand.

Danilos Anweisungen waren eindeutig, aber allgemein gehalten. Details waren ihre Sache. Die Ausgangsüberweisungen waren von Eva vorgenommen worden. Sie hatte entschieden, welche Banken wieviel Geld bekamen. Sie hatte die Liste der fiktiven Firmennamen erstellt, die als Tarnung für das Geld fungierten; eine Liste, die Danilo nie zu Gesicht bekommen hatte. Sie verteilte, streute und überwies

Kapital hierhin und dorthin. Es war etwas, was sie viele Male geprobt hatten, aber ohne je genau ins Detail zu gehen.

Danilo wußte nicht, wohin das Geld ging. Nur Eva. Sie war autorisiert, in diesem Moment und unter diesen extremen Umständen, das zu tun, was sie für richtig hielt. Sie war auf Handelsrecht spezialisiert. Die meisten ihrer Mandanten waren brasilianische Geschäftsleute, die in die Vereinigten Staaten und nach Kanada exportieren wollten. Sie wußte Bescheid über ausländische Märkte, Währungen, Bankgepflogenheiten. Was sie über das Zirkulierenlassen von Geld in der ganzen Welt noch nicht gewußt hatte, hatte ihr Danilo beigebracht.

Immer wieder schaute sie auf die Uhr. Seit dem Anruf aus Ponta Porã war mittlerweile mehr als eine Stunde vergangen.

Ein weiteres Fax wurde abgeschickt, das Telefon läutete erneut. Bestimmt war das Danilo, endlich, mit einer verrückten Geschichte, und all das hier war umsonst gewesen. Vielleicht nur eine Übung, eine Probe, um festzustellen, wie sie unter Druck reagierte. Aber er war eigentlich kein Mensch, der zu unnötigen Spielereien neigte.

Am anderen Ende war ein Partner, ziemlich aufgebracht, weil sie für eine weitere Zusammenkunft bereits zu spät dran war. Sie entschuldigte sich mit knappen Worten und wandte ihre Aufmerksamkeit wieder dem Fax zu.

Mit jeder Minute, die verging, stieg der Druck. Immer noch kein Wort von Danilo. Keine Reaktion auf ihre wiederholten Anrufe. Wenn sie ihn tatsächlich gefunden hatten, dann würden sie nicht lange damit warten, ihn zum Sprechen zu bringen. Davor fürchtete er sich am meisten. Und das war auch der Grund, weshalb sie von hier verschwinden mußte.

Anderthalb Stunden. Die neue Realität machte ihr schwer zu schaffen. Danilo war verschollen. Er würde nie verschwinden, ohne sie vorher davon zu unterrichten. Dazu war er in seinen Planungen zu sorgfältig, immer in Angst vor den Schatten. Ihr schlimmster Alptraum war wahr geworden.

Von einem Münzfernsprecher in der Lobby des Bürogebäudes aus tätigte Eva zwei Anrufe. Der erste galt dem Verwalter des Hauses, in dem sie wohnte; sie wollte wissen, ob irgend jemand in ihrer Wohnung in Leblon gewesen war, einem Stadtteil im südlichen Teil Rios, in dem die Reichen lebten und die Schönen sich vergnügten. Die Antwort war nein, aber der Verwalter versprach, die Augen offenzuhalten. Der zweite Anruf ging an das Büro des FBI in Biloxi, Mississippi. Es sei äußerst dringend, erklärte sie so gelassen wie möglich und fast akzentfreies Englisch sprechend. Sie wartete, wohl wissend, daß es von diesem Augenblick an keinen Weg zurück gab.

Jemand hatte Danilo aufgespürt. Seine Vergangenheit hatte ihn schließlich doch eingeholt.

»Hallo?« Die Stimme am anderen Ende klang, als wäre sie nur einen Häuserblock weit entfernt.

»Agent Joshua Cutter?«

»Ja.«

Sie zögerte eine Sekunde. »Sind Sie für den Fall Patrick Lanigan zuständig?« Sie wußte genau, daß er zuständig war.

Nach einer kleinen Pause. »Ja. Wer sind Sie?«

Sie würden den Anruf nach Rio verfolgen, und das würde ungefähr drei Minuten dauern. Dann würde sich ihre Spur in einer Stadt mit zehn Millionen Einwohnern verlieren. Aber sie schaute sich trotzdem nervös um.

»Ich rufe aus Brasilien an«, sagte sie, sich an das Drehbuch haltend. »Sie haben Patrick entführt.«

»Wer?« fragte Cutter.

»Ich kann Ihnen einen Namen nennen.«

»Ich höre«, sagte Cutter mit plötzlich deutlich nervös gewordener Stimme.

»Jack Stephano. Kennen Sie ihn?«

Eine Pause, während Cutter offenkundig versuchte, den Namen unterzubringen. »Nein. Wer ist das?«

»Ein Privatagent in Washington. Er hat die letzten vier Jahre nach Patrick gesucht.«

»Und Sie sagen, jetzt hat er ihn gefunden, richtig?«

»Ja. Seine Leute haben ihn gefunden.«

»Wo?«

»Hier. In Brasilien.«

»Wann?«

»Heute. Und ich halte es für möglich, daß sie ihn umbringen.«

Cutter dachte eine Sekunde darüber nach, dann fragte er: »Was können Sie mir sonst noch sagen?«

Sie gab ihm Stephanos Telefonnummer in Washington, dann legte sie auf und verließ das Gebäude.

Guy sah sorgfältig die Papiere durch, die sie aus Danny Boys Haus mitgenommen hatten, und staunte über das Fehlen jeglicher Spuren. Ein Monatsauszug einer lokalen Bank wies ein Guthaben von dreitausend Dollar aus, nicht gerade das, was sie im Sinne hatten. Die einzige Einzahlung belief sich auf achtzehnhundert Dollar, die monatlichen Ausgaben betrugen weniger als tausend. Danny Boy lebte offenkundig sehr bescheiden. Strom- und Telefonrechnung waren unbezahlt, aber noch nicht wirklich in Verzug. Ein Dutzend weitere kleinere Rechnungen trugen den Vermerk »bezahlt«.

Einer von Guys Leuten überprüfte sämtliche Nummern auf Danny Boys Telefonrechnung, förderte aber nichts Interessantes zutage. Ein anderer nahm sich die Festplatte des Computers vor und stellte rasch fest, daß Danny Boy kein großer Hacker war. Da gab es ein ausführliches Tagebuch über seine Abenteuer im brasilianischen Dschungel. Der letzte Eintrag lag ungefähr ein Jahr zurück.

Die Dürftigkeit der gefundenen Papiere an sich war schon verdächtig. Nur ein Kontoauszug? Wer in aller Welt bewahrte nur den letzten Kontoauszug seiner Bank im Haus auf? Was war mit dem Monat davor? Danny Boy mußte irgendwo außerhalb seines Hauses über einen Ort verfügen, wo er seine Unterlagen aufbewahrte. Das würde zu einem Mann auf der Flucht passen.

Bei Anbruch der Dunkelheit wurde Danny Boy, immer noch bewußtlos, bis auf seine kurze Baumwollunterhose ausgezogen. Seine schmutzigen Laufschuhe und die schweißgetränkten Socken wurden abgestreift. Zum Vorschein kamen Füße, die blendend weiß waren. Seine dunkle Haut war nur vorgetäuscht. Sie legten ihn auf eine drei Zentimeter dicke Sperrholzplatte neben seinem Bett. In die Platte waren Löcher gebohrt worden, um seine Knöchel, seine Knie, seine Taille, seinen Brustkorb und seine Handgelenke mit Nylonseilen fixieren zu können. Ein breites Band aus schwarzem Plastik wurde straff um seine Stirn geschnallt. Der Tropf für die Infusion hing direkt über seinem Gesicht. Der Schlauch führte zu einer Vene oberhalb seines linken Handgelenks.

Eine Spritze wurde gesetzt, um Danny Boy aufzuwecken. Sein Atmen wurde schneller, und als sich seine Augen öffneten, waren sie blutunterlaufen und glasig und brauchten eine Weile, bis sie den Tropf erkennen konnten. Der brasilianische Arzt trat ins Bild und stach wortlos eine weitere Nadel in Danny Boys linken Arm. Es war Natrium-Thiopental, eine barbarische Droge, die manchmal benutzt wird, um Leute zum Reden zu bringen. Wahrheitsserum. Es wirkte am besten, wenn es Dinge gab, die der Gefangene gestehen wollte. Die perfekte Droge, die alles ans Licht brachte, mußte erst noch erfunden werden.

Zehn Minuten vergingen. Er versuchte, den Kopf zu bewegen, ohne Erfolg. Er konnte zu beiden Seiten ein paar Füße sehen. Das Zimmer war dunkel bis auf eine kleine Lampe irgendwo in einer Ecke hinter ihm.

Die Tür öffnete und schloß sich wieder. Guy kam allein herein. Er ging direkt auf Danny Boy zu, stützte die Hände auf den Rand der Sperrholzplatte und sagte: »Hallo, Patrick.«

Patrick schloß die Augen. Danilo Silva lag ein für alle Mal hinter ihm, für immer. Wie ein vertrauenswürdiger alter Freund war er verschwunden, einfach so. Das einfache Leben in der Rua Tiradentes löste sich zusammen mit Danilo in nichts auf; seiner kostbaren Anonymität war mit den freundlichen Worten ›Hallo, Patrick‹ kurz und schmerzlos ein Ende gesetzt worden.

Vier Jahre lang hatte er sich immer wieder gefragt, was er wohl empfand, wenn sie ihn erwischen würden. Würde es ein Gefühl der Erleichterung sein? Der Gerechtigkeit? Irgendwelche Erregung angesichts der Aussicht, nach Hause zurückzukehren, um für alles geradestehen zu müssen?

Ganz und gar nicht! Im Augenblick war Patrick beinahe besinnungslos vor Angst. Praktisch nackt und gefesselt wie ein Tier, wußte er, daß die nächsten Stunden unerträglich werden würden.

»Können Sie mich hören, Patrick?« fragte Guy, auf ihn herabschauend, und Patrick lächelte, nicht weil er es wollte, sondern weil etwas in ihm, das er nicht kontrollieren konnte, alles amüsant fand.

Die Droge begann zu wirken, stellte Guy fest. Natrium-Thiopental ist ein kurzzeitig wirkendes Barbiturat, das in sorgfältig kontrollierten Dosen verabreicht werden muß. Es ist überaus schwierig, genau den Grad an Bewußtsein herzustellen, in dem jemand für ein erfolgreiches Verhör bereit ist. Eine zu kleine Dosis, und der Widerstand wird nicht gebrochen. Ein bißchen zuviel, und das Opfer sackt einfach weg.

Die Tür öffnete und schloß sich erneut. Ein weiterer Amerikaner glitt ins Zimmer, um dem Verhör beizuwohnen, aber Patrick konnte ihn nicht sehen.

»Sie haben drei Tage geschlafen, Patrick«, sagte Guy. Es waren nur etwa fünf Stunden gewesen, aber wie konnte Patrick das wissen? »Haben Sie Hunger oder Durst?«

»Durst«, sagte Patrick.

Guy schraubte den Deckel einer kleinen Flasche ab und goß behutsam Mineralwasser zwischen Patricks Lippen.

»Danke«, sagte er, dann lächelte er wieder.

»Haben Sie Hunger?« fragte Guy noch einmal.

»Nein. Was wollen Sie?«

Guy stellte langsam die Flasche mit dem Mineralwasser auf einen Tisch und beugte sich dann dicht über Patricks Gesicht. »Lassen Sie uns vorher etwas klarstellen, Patrick. Während Sie schliefen, haben wir Ihnen Fingerabdrücke abgenommen. Wir wissen genau, wer Sie sind, also können wir uns bitte jedes Leugnen sparen, was das angeht?«

»Wer bin ich?« fragte Patrick, abermals lächelnd.

»Patrick Lanigan.«

»Von wo?«

»Biloxi, Mississippi. Geboren in New Orleans. Jurastudium in Tulane. Verheiratet, eine sechsjährige Tochter. Seit nunmehr gut vier Jahren vermißt.«

»Bingo! Der bin ich.«

»Sagen Sie, Patrick, haben Sie Ihrer eigenen Beerdigung zugeschaut?«

»Ist das ein Verbrechen?«

»Nein. Nur ein Gerücht.«

»Ja. Ich habe zugeschaut. Ich war richtig gerührt. Wußte gar nicht, daß ich so viele Freunde hatte.«

»Wie nett. Wo haben Sie sich nach Ihrer Beerdigung versteckt?«

»Mal hier, mal dort.«

Ein Schatten kam von links ins Bild, und eine Hand stellte die Infusion neu ein.

»Was ist das?« fragte Patrick.

»Ein Cocktail«, antwortete Guy, wobei er dem anderen Mann zunickte, der sich daraufhin in die Ecke zurückzog.

»Wo ist das Geld, Patrick?« fragte Guy mit einem Lächeln.

»Welches Geld?«

»Das Geld, das Sie haben mitgehen lassen.«

»Ach, das Geld«, sagte Patrick und holte tief Luft. Seine Augen schlossen sich plötzlich, und sein Körper wurde schlaff. Sekunden vergingen, und sein Brustkorb bewegte sich nur noch langsam auf und ab.

»Patrick«, sagte Guy und schüttelte leicht dessen Arm. Keine Reaktion, nur die Geräusche eines tief Schlafenden.

Die Dosis wurde sofort reduziert, und sie warteten.

Die FBI-Akte über Jack Stephano war schnell überflogen: ehemals Detective in Chicago mit zwei bestandenen Examen in Kriminologie; dann hochkarätiger Kopfgeldjäger, hervorragender Schütze, Spezialist auf den Gebieten Recherche und Spionage. Gegenwärtig Inhaber einer zwielichtigen Firma in Washington, die gegen stattliche Honorare das Aufspüren vermißter Personen und kostspielige Überwachungen organisierte.

Die FBI-Akte über Patrick Lanigan füllte acht Kästen. Es lag nahe, daß die eine Akte die andere anzog. Es herrschte kein Mangel an Leuten, die wollten, daß Patrick gefunden und in die Vereinigten Staaten zurückgebracht wurde. Stephanos Gruppe war offensichtlich angeheuert worden, um eben genau das zu tun.

Stephanos Firma, Edmund Associates, war im obersten Stockwerk eines unauffälligen Gebäudes in der K-Street untergekommen, sechs Block vom Weißen Haus entfernt. Zwei Agenten warteten in der Halle neben dem Fahrstuhl, während zwei weitere Stephanos Büro stürmten. Sie gerieten fast in ein Handgemenge mit dessen schwergewichtiger Sekretärin, die behauptete, daß Mr. Stephano im Moment zu beschäftigt sei, um ihren Besuch zu empfangen. Sie fanden ihn an seinem Schreibtisch, allein, angeregt telefonierend. Sein Lächeln verschwand, als sie mit gezückten Ausweisen hereinplatzten.

»Was zum Teufel soll das?« wollte Stephano wissen. Die Wand hinter seinem Schreibtisch wurde von einer Weltkarte mit kleinen roten Lämpchen, die auf grünen Kontinenten blinkten, eingenommen. Welches davon bezeichnete wohl Patrick?

»Wer hat Sie beauftragt, Patrick Lanigan zu finden?« fragte Agent eins.

»Das ist vertraulich«, erklärte Stephano mit einem leisen Anflug von Hohn. Er war jahrelang bei der Polizei gewesen und durch nichts so leicht einzuschüchtern.

»Wir erhielten heute nachmittag einen Anruf aus Brasilien«, sagte Agent zwei.

Ich auch, dachte Stephano fassungslos; dennoch versuchte er, sich nichts anmerken zu lassen. Seine Kinnlade klappte leicht nach unten. Blitzartig ging er alle Möglichkeiten durch, die eine Erklärung dafür boten, warum diese beiden Burschen hier aufgetaucht waren. Er hatte mit Guy gesprochen. Mit niemandem sonst. Guy war absolut zuverlässig.

Guy würde nie mit jemandem reden, schon gar nicht mit dem FBI. Guy konnte es unmöglich gewesen sein.

Guy hatte ein Autotelefon benutzt und aus dem Gebirge im Osten Paraguays angerufen. Den Anruf abzuhören war unmöglich.

»Sind Sie noch da?« fragte Agent zwei bissig.

»Ja«, sagte er, ohne die Frage richtig gehört zu haben.

»Wo ist Patrick?« fragte Agent eins.

»Vielleicht in Brasilien.«

»Wo in Brasilien?«

Stephano gelang mühsam die Andeutung eines Achselzuckens. »Keine Ahnung. Es ist ein großes Land.«

»Wir haben einen Haftbefehl für ihn«, sagte Agent eins. »Er gehört uns.«

Stephano zuckte abermals die Achseln, diesmal schon ein wenig lockerer, als wollte er sagen: »Na, wenn schon«.

»Wir wollen ihn haben«, verlangte Agent zwei. »Und zwar sofort.«

»Ich kann Ihnen nicht helfen.«

»Sie lügen«, fuhr ihn Agent eins an, und beide bauten sich vor Stephanos Schreibtisch auf und fixierten ihn. Agent zwei übernahm das Reden. »Wir haben Männer unten in der Halle, draußen, um das gesamte Gebäude herum und auch vor Ihrem Haus in Falls Church. Wir werden von jetzt ab jeden Ihrer Schritte überwachen, bis wir Lanigan haben.«

»Schön. Wie wäre es, wenn Sie verschwinden würden.«

»Und tun Sie ihm nichts. Es würde uns eine Freude sein Sie festzunageln, wenn unserem Jungen auch nur das geringste zustößt.«

Sie marschierten aus dem Zimmer, und Stephano schloß die Tür hinter ihnen. Sein Büro hatte keine Fenster. Er trat vor seine Weltkarte. Brasilien hatte drei Lämpchen, was wenig bedeutete. Er schüttelte den Kopf. Er begriff es einfach nicht.

Hatte er nicht genug Zeit und Geld darauf verwendet, seine Spuren zu verwischen?

Seiner Firma eilte in gewissen Kreisen der Ruf voraus,

die beste zu sein, wenn es darauf ankam, Probleme der etwas ungewöhnlicheren Art diskret und effizient zu lösen. Er war noch nie zuvor erwischt worden. Noch nie hatte jemand auch nur geahnt, hinter wem Stephano gerade her war.

3

Eine weitere Spritze, um ihn zurück in die Wirklichkeit zu holen. Dann eine, um seine Nerven zu stimulieren.

Die Tür wurde aufgerissen, und das Zimmer war mit einemmal in gleißende Helligkeit getaucht. Es füllte sich mit den Stimmen vieler Männer, geschäftigen Männern, die offensichtlich genau wußten, was sie zu tun hatten. Schweres Stiefelwerk. Der Holzboden knarrte. Guy erteilte Befehle, und jemand knurrte etwas auf portugiesisch.

Patrick öffnete die Augen und schloß sie sofort wieder. Dann taten die Drogen ihre Wirkung, und er öffnete sie endgültig. Sie scharten sich um ihn, überall schienen geschäftige Hände. Seine Unterhose wurde ziemlich grob aufgeschlitzt und entfernt. Er lag unangenehm nackt und völlig schutzlos da. Ein elektrischer Rasierapparat begann zu summen, fuhr scharf über ausgewählte Stellen an Brust, Lenden, Oberschenkel und Waden. Er biß sich auf die Lippen und verzog das Gesicht, sein Herz begann zu rasen, obwohl ihm die wirklichen Schmerzen doch erst noch bevorstanden.

Guy stand neben ihm, die Hände hinter dem Rücken verschränkt. Seine Augen folgten den Vorbereitungen mit gespannter Wachsamkeit.

Patrick unternahm keinerlei Anstrengung, etwas zu sagen. Um sicherzugehen, daß das so blieb, erschienen von oben herab Hände über ihm und klebten ihm einen breiten Streifen silbriges Isolierband über den Mund. Sich kalt anfühlende Elektroden wurden mit Krokodilklemmen an den rasierten Stellen angebracht, und er hörte eine laute Stimme, die irgend etwas über ›Strom‹ sagte. Dann wurde Isolierband über die Elektroden geklebt. Er glaubte, acht scharfe Punkte auf seinem Fleisch zu zählen. Vielleicht auch neun. Seine Nerven zuckten. Umnachtet wie er war, konnte er die Hände fühlen, die sich über ihm bewegten. Das Band klebte fest auf seiner Haut.

Zwei oder drei Männer waren in einer Ecke des Raumes damit beschäftigt, ein Gerät zum Laufen zu bringen, das Patrick nicht sehen konnte. Drähte wie für eine Weihnachtsbaumbeleuchtung streiften seinen Körper.

Sie würden ihn nicht umbringen, sagte er sich immer wieder, obwohl ihm der Tod irgendwann im Verlauf der nächsten paar Stunden möglicherweise willkommen sein würde. Er hatte sich während der letzten vier Jahre den Alptraum tausendfach vorgestellt. Er hatte gebetet, daß es nie passieren würde, aber immer gewußt, daß es so kommen mußte. Er hatte immer befürchtet, daß sie da draußen waren, irgendwo im Schatten, ihm nachspürten, Leute bestachen und gewissermaßen jeden Stein auf der Suche nach ihm umdrehten.

Patrick hatte es immer gewußt. Eva war einfach zu naiv gewesen.

Er schloß die Augen, versuchte, gleichmäßig zu atmen, versuchte, seine Gedanken unter Kontrolle zu halten, während sie über ihm hantierten und seinen Körper für das präparierten, was ihn wie ein bösartiges Tier anspringen würde. Die Drogen ließen seinen Puls rasen. Seine Haut juckte.

Ich weiß nicht, wo das Geld ist. Ich weiß nicht, wo das Geld ist. Es fehlte nicht viel, und er hätte es laut deklamiert. Er dankte Gott für das Band über seinem Mund. Ich weiß nicht, wo das Geld ist.

Er rief Eva *jeden* Nachmittag zwischen vier und sechs Uhr an. Jeden Tag. Sieben Tage die Woche. Keine Ausnahmen, sofern keine geplant waren. Er wußte tief im Inneren seines wie wild schlagenden Herzens, daß sie das Geld inzwischen transferiert und an mindestens zwei Dutzend Stellen überall in der Welt sicher versteckt hatte. Er selbst wußte nicht, wo das Geld war.

Aber würden sie ihm das glauben?

Die Tür öffnete sich, und zwei oder drei Leute verließen das Zimmer. Die Aktivitäten rings um seine Folterbank aus Sperrholz flauten ab. Dann war mit einem Mal alles still. Er öffnete die Augen und sah, daß der Tropf verschwunden war.

Guy blickte auf ihn herab. Er ergriff eine Ecke des silbrigen Isolierbandes über Patricks Mund und zog es behutsam ab, so daß Patrick sprechen konnte, wenn er wollte.

»Danke«, sagte Patrick.

Linker Hand erschien abermals der brasilianische Arzt und stach eine Kanüle in Patricks Arm. Die Spritze war groß und enthielt nichts als gefärbtes Wasser, aber woher sollte Patrick das wissen?

»Wo ist das Geld, Patrick?« fragte Guy.

»Ich habe kein Geld«, erwiderte Patrick. Sein Kopf schmerzte, weil er auf das Sperrholz gepreßt wurde. Das straff gespannte Plastikband auf seiner Stirn brannte. Er hatte sich seit Stunden nicht bewegt.

»Sie werden es mir sagen, Patrick, ich verspreche Ihnen, daß Sie es mir sagen werden. Sie können es gleich tun oder in zehn Stunden, wenn Sie halbtot sind. Machen Sie es sich leicht.«

»Ich will nicht sterben, okay?« sagte Patrick mit angsterfüllten Augen. Sie werden mich nicht umbringen, sagte er sich.

Guy ergriff ein kleines, in seiner Schlichtheit um so häßlicher wirkendes Gerät, das neben Patrick auf der Sperrholzplatte gelegen hatte, und hielt es ihm vors Gesicht. Es war ein Chromhebel mit einer schwarzen Gummispitze, auf einem kleinen, quadratischen schwarzen Block montiert, von dem zwei Drähte ausgingen. »Sehen Sie sich das an«, sagte Guy, als ob Patrick eine andere Wahl gehabt hätte. »Wenn der Hebel oben ist, ist der Stromkreis unterbrochen.« Guy nahm die Gummispitze zwischen Daumen und Zeigefinger und senkte sie langsam herab. »Aber wenn er sich nach unten bewegt, wird der Stromkreis geschlossen, und der Strom fließt durch die Drähte zu den an Ihrer Haut befestigten Elektroden.« Er stoppte den Hebel ein paar Millimeter vom Kontakt entfernt. Patrick hielt den Atem an. Das Zimmer war still.

»Möchten Sie erleben, was passiert, wenn …?« fragte Guy.

»Nein.«

»Also, wo ist das Geld?«

»Ich weiß es nicht. Ich schwöre es.«

Dreißig Zentimeter von Patricks Gesicht entfernt schob Guy den Hebel bis zum Kontakt. Der Schock kam übergangslos und war grauenhaft – heiße Stromstöße jagten in Patricks Fleisch. Durch seinen Körper ging ein Ruck, und die Nylonseile strafften sich. Er kniff die Augen zu und biß die Zähne zusammen, fest entschlossen, nicht zu schreien, gab es aber Sekundenbruchteile später wieder auf und stieß einen durchdringenden Schrei aus, der in der ganzen Hütte zu hören war.

Guy zog den Hebel zurück, wartete ein paar Sekunden, bis Patrick wieder einigermaßen normal atmete und seine Augen öffnete, dann sagte er: »Das war der erste Grad, der schwächste. Ich habe fünf Grade, und ich werde sie alle benutzen, falls es erforderlich sein sollte. Acht Sekunden des fünften Grades töten Sie, und mir würde es nichts ausmachen, Sie sterben zu sehen, wenn es sich als nötig erweisen sollte. Hören Sie mir zu, Patrick?«

Sein Fleisch brannte immer noch von der Brust bis zu den Knöcheln. Sein Herz raste wie verrückt, und er atmete flach, aber stoßweise aus.

»Hören Sie mir zu?« wiederholte Guy.

»Ja.«

»Ihre Lage ist im Grunde sehr einfach. Sie sagen mir, wo das Geld ist, und Sie verlassen dieses Zimmer lebend. Irgendwann bringen wir Sie nach Ponta Porã zurück, und Sie können dort weiterleben wie bisher. Wir haben nicht die Absicht, das FBI zu informieren.« Guy machte um des Effekts willen eine Pause und spielte sachte mit dem Chromhebel. »Wenn Sie sich dagegen weigern sollten, mir zu sagen, wo das Geld ist, werden Sie dieses Zimmer nicht lebend verlassen. Haben Sie das verstanden, Patrick?«

»Ja.«

»Gut. Wo ist das Geld?«

»Ich schwöre, ich weiß es nicht. Wenn ich es wüßte, würde ich es Ihnen sagen.«

Guy drückte wortlos den Hebel herunter, und der Stromstoß traf ihn wie kochende Säure. »Ich weiß es nicht!« schrie Patrick gequält. »Ich schwöre, ich weiß es nicht.«

Guy schob den Hebel in die Ausgangsposition zurück und wartete ein paar Sekunden, damit Patrick sich erholen konnte. Dann fragte er ruhig: »Wo ist das Geld?«

»Ich schwöre, ich weiß es nicht.«

Ein weiterer Schrei gellte durch die Hütte und drang durch die offenen Fenster in die Schlucht zwischen den Bergen, wo er leise widerhallte, bevor er sich im Dschungel verlor.

Das Apartment in Curitiba lag in der Nähe des Flughafens. Eva wies den Taxifahrer an, auf der Straße zu warten. Sie ließ ihre Reisetasche im Kofferraum, nahm nur ihren Aktenkoffer mit.

Sie fuhr mit dem Fahrstuhl in den neunten Stock. Der Flur lag ruhig und dunkel vor ihr. Es war fast elf Uhr abends. Sie bewegte sich vorsichtig vorwärts und schaute sich prüfend um. Sie schloß die Wohnungstür auf, dann schaltete sie rasch mit einem weiteren Schlüssel die Alarmanlage aus.

Danilo war nicht in der Wohnung; das war zwar keine Überraschung, aber doch eine Enttäuschung. Keine Nachricht auf dem Anrufbeantworter. Nirgendwo ein Lebenszeichen von ihm. Ihre Angst wuchs.

Sie konnte nicht lange bleiben, weil die Männer, die Danilo in ihrer Gewalt hatten, vielleicht schon auf dem Weg hierher waren. Obwohl sie genau wußte, was sie zu tun hatte, wirkten ihre Bewegungen gezwungen und langsam. Die Wohnung bestand nur aus drei Zimmern, und sie durchsuchte sie schnell.

Die Papiere, denen ihr Interesse galt, lagen in einem verschlossenen Aktenschrank im Wohnzimmer. Sie öffnete die drei schweren Schubladen und packte deren Inhalt in einen eleganten Lederkoffer, den Patrick in einer Abstellkammer in der Nähe aufbewahrte. Der weitaus größte Teil des Materials bestand aus Finanzunterlagen, obwohl es für ein derart großes Vermögen nicht gerade viele waren. Er hatte seine Spuren auf Papier stets so gering wie möglich gehalten. Er kam einmal im Monat hierher, um Unterlagen aus seinem Haus zu verstecken, und mindestens einmal im Monat wanderte überflüssig gewordenes Papier in den Reißwolf.

Fürs erste konnte Danilo nicht mehr wissen, wo sich seine Papiere befanden.

Sie schaltete die Alarmanlage wieder ein und verließ das Apartment. Keiner in dem engverwinkelten Gebäude hatte sie gesehen. Sie nahm ein Zimmer in einem kleinen Hotel in der Innenstadt, in der Nähe des Museums für zeitgenössische Kunst. Die Banken in Asien hatten geöffnet, und in Zürich war es fast vier Uhr. Sie packte ein kleines Faxgerät aus und schloß es an den Telefonanschluß in ihrem Zimmer an. Wenig später war ihr kleines Bett mit Anweisungen und Vollmachten für telegrafische Überweisungen bedeckt.

Sie war müde, aber an Schlaf war jetzt nicht zu denken. Danilo hatte gesagt, sie würden sie suchen. Sie konnte nicht nach Hause. In Gedanken war sie nicht bei dem Geld, sondern bei ihm. Lebte er noch? Und wenn ja, wie sehr mußte er leiden? Wieviel hatte er ihnen bereits erzählt, und um welchen Preis?

Sie strich sich über die Augen und begann, die Papiere zu sortieren. Sie hatte keine Zeit für Tränen.

Beim Foltern erzielt man nach etwa drei Tagen periodisch wiederkehrender Behandlung die besten Ergebnisse. Auch der stärkste Wille wird langsam gebrochen. Das Opfer denkt, während es auf die nächste Sitzung wartet, nur noch an die Schmerzen, die in seinem Kopf ein immer größeres Ausmaß annehmen. Drei Tage, und die meisten Leute zerbrechen, lösen sich gewissermaßen psychisch in ihre Bestandteile auf.

Guy hatte keine drei Tage. Sein Gefangener war nicht jemand, den man in einem Krieg gefangengenommen hatte, sondern ein vom FBI gesuchter amerikanischer Staatsbürger.

Gegen Mitternacht ließen sie Patrick für ein paar Minuten allein, damit er leiden und über die nächste Runde nachdenken konnte. Sein Körper war schweißgebadet, seine Haut von den Stromstößen und der Hitze gerötet. Unter dem Band auf seiner Brust, wo die Elektroden viel zu fest aufgeklebt worden waren und sich bereits in sein Fleisch gebrannt hatten, sickerte Blut hervor. Er rang nach Luft und leckte sich die trockenen, ausgedörrten Lippen. Die Nylonseile an seinen Handgelenken und Knöcheln hatten die Haut wundgescheuert.

Guy kehrte allein zurück und ließ sich auf einem Schemel neben der Folterbank aus Sperrholz nieder. Eine Minute lang war es beinahe vollkommen still im Zimmer; das einzige Geräusch war Patricks Atem, während er versuchte, wieder zu Verstand zu kommen. Er hielt die Augen fest geschlossen.

»Sie sind ein Dickschädel«, sagte Guy schließlich.

Keine Antwort.

Die ersten zwei Stunden hatten nichts gebracht. Bei jeder Frage war es um das Geld gegangen. Er wußte nicht, wo es war, hatte er hundertmal gesagt. Existierte es überhaupt? Nein, hatte er mehrfach gesagt. Was war damit passiert? Er wußte es nicht.

Guys Erfahrungen mit Folterpraktiken waren äußerst begrenzt. Er hatte einen Experten konsultiert, einen Sadisten, der so etwas tatsächlich zu genießen schien. Er hatte ein einschlägiges Handbuch gelesen, mußte aber feststellen, daß die Umsetzung in die Tat ziemlich schwierig war.

Jetzt, wo Patrick wußte, wie grauenhaft die Dinge werden konnten, war es wichtig, ihn ein wenig aufzumuntern.

»Wo waren Sie, als Ihre Beerdigung stattfand?« fragte Guy.

Patricks Muskeln entspannten sich ein wenig. Endlich eine Frage, die nicht das Geld betraf. Er zögerte und dachte darüber nach. Was konnte es schaden? Er war erwischt worden. Seine Geschichte würde ohnehin ans Licht kommen. Vielleicht würden sie mit den Stromstößen aufhören, wenn er kooperierte.

»In Biloxi«, sagte er.

»Versteckt?«

»Ja, natürlich.«

»Und Sie haben bei Ihrer Beerdigung zugeschaut?«

»Ja.«

»Von wo aus?«

»Ich saß auf einem Baum, mit einem Fernglas.« Er hielt die Augen geschlossen und die Fäuste geballt.

»Und wohin sind Sie von dort aus gegangen?«

»Nach Mobile.«

»War das Ihr Versteck?«

»Ja, eines von mehreren.«

»Wie lange sind Sie dort geblieben?«

»Mehrere Monate, mit Unterbrechungen.«

»So lange? Wo haben Sie in Mobile gewohnt?«

»In billigen Motels. Ich war ständig auf Achse. Habe mich entlang der Golfküste bewegt. Destin. Panama City Beach. Zurück nach Mobile.«

»Sie haben Ihr Äußeres verändert.«

»Ja. Ich habe mich rasiert, mir das Haar gefärbt, fünfundzwanzig Kilo abgenommen.«

»Haben Sie eine Sprache gelernt?«

»Portugiesisch.«

»Sie haben also gewußt, daß Sie hierher kommen würden?«

»Wo ist hier?«

»Lassen Sie uns annehmen Brasilien.«

»Okay. Ich dachte mir, es wäre ein gutes Land, um sich zu verstecken.«

»Wohin ging es von Mobile aus?«

»Nach Toronto.«

»Weshalb Toronto?«

»Ich mußte doch irgendwo untertauchen. Toronto ist ein geeigneter Ort dafür.«

»Haben Sie sich dort neue Papiere besorgt?«

»Ja.«

»In Toronto sind Sie also zu Danilo Silva geworden?«

»Ja.«

»Und haben sich weiter damit beschäftigt, Portugiesisch zu lernen?«

»Ja.«

»Und noch mehr abgenommen?«

»Ja. Noch einmal fünfzehn Kilo.« Er hielt die Augen geschlossen und versuchte, die Schmerzen zu ignorieren oder wenigstens für den Augenblick mit ihnen zu leben. Die Elektroden auf seiner Brust glühten regelrecht und schnitten immer tiefer in seine Haut ein.

»Wie lange sind Sie dort geblieben?«

»Drei Monate.«

»Sie haben Toronto also im Juli '92 verlassen?«

»So ungefähr.«

»Anschließend gingen Sie ...?«

»Nach Portugal.«

»Weshalb Portugal?«

»Ein hübsches Land. Ich kannte es noch nicht.«

»Waren Sie lange dort?«

»Zwei Monate.«

»Und dann. Weiter!«

»Nach São Paulo.«

»Warum São Paulo?«

»Zwanzig Millionen Menschen. Ein wundervoller Ort, um sich zu verstecken.«

»Wie lange waren Sie dort?«

»Ein Jahr.«

»Erzählen Sie mir, was Sie dort gemacht haben.«

Patrick holte tief Luft, dann verzog er das Gesicht, weil er seine Knöchel bewegt hatte. »Ich bin in der Stadt untergetaucht. Ich engagierte einen Lehrer und vervollkommnete meine Sprachkenntnisse. Nahm noch ein paar Kilo ab. Zog von einer Wohnung in die nächste.«

»Was haben Sie mit dem Geld gemacht?«

Eine Pause. Ein Muskelzucken. Wo war dieser fürchterliche kleine Chromhebel? Weshalb konnten sie sich nicht einfach weiter unterhalten und das Geld aus dem Spiel lassen?

»Mit welchem Geld?« fragte er; es war ein halbwegs gelungener Versuch, verzweifelt zu klingen.

»Das wissen Sie ganz genau, Patrick. Die neunzig Millionen Dollar, die Sie Ihrer Kanzlei und Ihrem Mandanten gestohlen haben.«

»Ich habe es Ihnen schon gesagt. Ihr habt den falschen Mann.«

Guy brüllte plötzlich in Richtung Tür. Sie wurde sofort aufgerissen, und der Rest der Amerikaner stürzte herein. Der brasilianische Arzt pumpte den Inhalt zweier weiterer Spritzen in Patricks Venen, dann verschwand er wieder. Zwei Männer kauerten neben dem Apparat in der Ecke. Das Tonbandgerät wurde eingeschaltet. Guy beugte sich mit dem Chromhebel in der Hand über Patrick. Seine Miene hatte sich schlagartig verfinstert. Er war wütend und mehr denn je fest entschlossen, Patrick zu töten, wenn er nicht reden sollte.

»Das Geld ging per telegrafischer Überweisung auf dem Auslandskonto Ihrer Kanzlei in Nassau ein, und zwar um genau zehn Uhr fünfzehn Eastern Standard. Datum, der 26. März 1992, fünfundvierzig Tage nach Ihrem Tod. Sie waren dort, Patrick, verdammt fit und gebräunt und gaben sich für jemand anderes aus. Wir haben Fotos, die von der Überwachungskamera der Bank aufgenommen wurden. Sie hatten perfekt gefälschte Papiere. Kurze Zeit nach seinem Eingang hat das Geld sich in Luft aufgelöst, wurde per telegrafischer Überweisung auf eine Bank nach Malta transferiert. Sie, Patrick, haben es gestohlen. Wo ist es? Sagen Sie es mir, dann lasse ich Sie am Leben.«

Patrick warf einen letzten Blick auf Guy und einen letzten Blick auf den Hebel, dann kniff er die Augen fest zusammen, verspannte sich und sagte: »Ich schwöre, ich weiß nicht, wovon Sie reden.«

»Patrick, Patrick ...«

»Bitte, tun Sie es nicht!« flehte er. »Bitte!«

»Das, Patrick, ist nur der dritte Grad. Halbzeit, wenn Sie so wollen. Sie sind bei der Hälfte angekommen.« Guy schob den Hebel nach unten und schaute ungerührt zu, wie sich der Körper auf der Sperrholzplatte aufbäumte und verkrampfte.

Patrick schrie markerschütternd, und es war ein so

durchdringender und grauenhafter Schrei, daß Osmar und seine Brasilianer vor dem Haus für eine Sekunde innehielten. Ihre Unterhaltung im Dunkeln erstarb. Einer von ihnen sprach ein stummes Gebet.

Ein Stück die Straße hinunter, ungefähr hundert Meter entfernt, saß ein Brasilianer mit einer Waffe und hielt nach herankommenden Fahrzeugen Ausschau. Man rechnete nicht wirklich damit, daß jemand auftauchte. Die nächsten bewohnten Häuser waren meilenweit entfernt. Auch er sprach ein kleines Gebet, als das Schreien von neuem begann.

4

Es war entweder der vierte oder der fünfte Anruf von einem Nachbarn, der Mrs. Stephano endgültig die Nerven verlieren ließ und Jack zwang, seiner Frau die Wahrheit zu sagen. Die drei Männer in dunklen Anzügen, die in dem direkt vor ihrem Haus geparkten Wagen saßen, waren FBI-Agenten. Er erklärte ihr, weshalb diese dort ihre Zeit totschlugen. Er erzählte ihr den größten Teil von Patricks Geschichte. Ein schwerer Verstoß gegen sein Berufsethos. Mrs. Stephano stellte sonst nie Fragen.

Es kümmerte sie nicht im geringsten, was ihr Mann in seinem Büro tat. Aber es machte ihr ungeheuer viel aus, was die Nachbarn unter den gegebenen Umständen denken konnten. Dies war schließlich Falls Church, und man durfte sicher sein, daß die Leute reden würden.

Sie und ihr Mann gingen gegen Mitternacht zu Bett. Jack legte sich auf das Sofa im Wohnzimmer und stand alle halbe Stunde auf, um einen Blick durch die Jalousie zu werfen und zu sehen, was sie da draußen taten. Er war nur kurz eingenickt, als es um drei Uhr morgens an der Tür klingelte.

Er öffnete, mit einem Trainingsanzug bekleidet. Vier von ihnen standen vor der Tür, und in einem von ihnen erkannte er sofort Hamilton Jaynes, den stellvertretenden Direktor des FBI. Die Nummer zwei im Bureau. Er wohnte nur vier Blocks entfernt und gehörte demselben Golfklub wie Stephano an. Die beiden waren sich dort nie begegnet.

Er führte sie in sein geräumiges Arbeitszimmer. Man begrüßte sich steif. Sie saßen beieinander, als Mrs. Stephano in ihrem Bademantel herunterkam und dann angesichts des Raums voller Männer in dunklen Anzügen rasch wieder die Treppe hinauf ins obere Stockwerk flüchtete.

Jaynes übernahm das Reden fürs FBI. »Wir arbeiten nonstop am plötzlichen Auftauchen von Patrick Lanigan. Wir wurden darüber informiert, daß er sich in Ihrem Gewahrsam befindet. Können Sie das bestätigen? Oder bestreiten Sie es?«

»Nein.« Stephano war so kalt wie Eis.

»Ich habe einen Haftbefehl für Sie.«

Das Eis schmolz ein wenig. Stephano warf einen Blick auf einen der anderen Agenten, der mit undurchdringlicher Miene dasaß. »Mit welcher Begründung?«

»Beihilfe zur Flucht. Einmischung in laufende Ermittlungen. Was immer Sie wollen, wir sind so frei. Was macht das schon? Mir liegt nichts daran, Sie zu überführen. Alles, was ich will, ist, Ihren Arsch im Gefängnis zu sehen, später greifen wir uns dann den Rest Ihrer Firma. Nicht zu vergessen Ihre Klienten. Die bringen wir selbstverständlich auch hinter Schloß und Riegel. Es dürfte ungefähr vierundzwanzig Stunden dauern, bis wir alle von euch dort haben, wo sie hingehören. Um die Anklage kümmern wir uns später. Das hängt davon ab, ob wir Lanigan bekommen oder nicht. Habe ich Ihre Aufmerksamkeit?«

»Ja, ich denke schon.«

»Wo ist Lanigan?«

»In Brasilien.«

»Ich will ihn haben. Und zwar sofort.«

Stephano konnte sich ein Blinzeln nicht verkneifen. Das Bild klärte sich. Unter den gegebenen Umständen war es vielleicht keine so schlechte Idee, Lanigan auszuliefern. Die Leute vom FBI verfügten ja schließlich auch über Methoden, um ihn zum Reden zu bringen. Ein Leben im Gefängnis vor Augen würde Patrick vielleicht einfach mit dem Finger schnippen und das Geld auftauchen lassen. Mit Sicherheit wäre er von allen Seiten einem enormen Druck ausgesetzt, es herbeizuschaffen.

Stephano konnte später immer noch versuchen, die unglaubliche Frage zu beantworten, wie um alles in der Welt irgend jemand wissen konnte, daß sie Lanigan gefaßt hatten.

»Also gut, hier ist der Deal«, sagte Stephano. »Geben Sie mir achtundvierzig Stunden, und ich werde Ihnen Lanigan liefern. Und Sie verbrennen den Haftbefehl und hören auf, mir mit Strafverfolgung zu drohen.«

»Der Handel gilt.«

Es trat eine kurze Stille ein, während der beide Seiten ihren Triumph genossen. Jaynes sagte: »Ich muß wissen, wo wir ihn in Empfang nehmen können.«

»Schicken Sie ein Flugzeug nach Asunción.«

»Nach Paraguay? Was ist mit Brasilien passiert?«

»Er hat Freunde in Brasilien.«

»Also gut.« Jaynes flüsterte einem Mitarbeiter etwas zu, der daraufhin eilig das Haus verließ. »Ist er körperlich unversehrt?« fragte er Stephano.

»Ja.«

»Das will ich für Sie hoffen. Finde ich auch nur einen einzigen blauen Fleck an seinem Körper, verfolge ich Sie bis in die Hölle.«

»Ich sollte jetzt jemanden anrufen.«

Jaynes zauberte ein Lächeln auf sein Gesicht, machte eine einladende Handbewegung und sagte: »Es ist Ihr Haus.«

»Sind meine Leitungen angezapft?«

»Nein.«

»Schwören Sie es?«

»Ich habe nein gesagt.«

»Bitte, entschuldigen Sie mich für einen Moment.« Stephano verschwand in die Küche und von dort in eine Abstellkammer, in der er für Fälle wie diesen ein Handy versteckt hielt. Er ging hinaus auf die hintere Terrasse und trat dann unter eine Gaslaterne auf das nasse Gras. Er rief Guy an.

Das Schreien war auf Augenblicke verstummt, als der Brasilianer, der den Van bewachte, das Autotelefon läuten hörte. Es lag auf der Ladestation zwischen den Vordersitzen des Wagens, und seine Antenne ragte viereinhalb Meter über das Wagendach empor. Er meldete sich auf englisch, dann rannte er los, um einen der Amerikaner zu holen.

Guy eilte aus der Hütte und griff den Hörer.

»Redet er?« fragte Stephano.

»Ein bißchen. Er ist vor ungefähr einer Stunde zusammengebrochen.«

»Was haben Sie erfahren?«

»Das Geld existiert noch. Er weiß nicht, wo es ist. Es wird von einer Frau in Rio kontrolliert, einer Anwältin.«

»Haben Sie ihren Namen?«

»Ja. Wir kümmern uns bereits um sie. Osmar hat Leute in Rio.«

»Können Sie noch mehr aus ihm herausholen?«

»Ich glaube nicht. Er ist halbtot, Jack.«

»Hören Sie auf mit dem, was immer Sie tun. Ist der Doktor da?«

»Natürlich.«

»Er soll den Jungen behandeln und ein bißchen aufmöbeln. Fahren Sie mit ihm so schnell wie möglich nach Asunción.«

»Aber warum ...«

»Stellen Sie keine Fragen. Dafür ist jetzt keine Zeit. Das FBI sitzt uns im Nacken. Tun Sie einfach, was ich Ihnen sage, und sorgen Sie dafür, daß er unverletzt ist.«

»Unverletzt? Ich habe fünf Stunden lang versucht, ihn umzubringen.«

»Tun Sie, was ich gesagt habe. Flicken Sie ihn wieder zusammen. Betäuben Sie ihn. Fahren Sie nach Asunción. Und rufen Sie mich stündlich an, immer zur vollen Stunde.«

»Wie Sie wünschen.«

»Und finden Sie die Frau.«

Patricks Kopf wurde sanft angehoben und Wasser auf seine Lippen gegossen. Die Seile an seinen Knöcheln und Handgelenken wurden zerschnitten, und dann entfernten sie sehr langsam das Klebeband, die Drähte und die Elektroden. Er wand sich unter Krämpfen und murmelte zusammenhangloses Zeug, das niemand verstehen konnte. In seine strapazierten Venen wurde eine Dosis Morphium gespritzt und anschließend ein leichtes Beruhigungsmittel. Patrick schwebte wieder davon.

Bei Tagesanbruch stand Osmar auf dem Flugplatz von Ponta Porã und wartete auf eine Maschine, die gegen Abend in Rio sein würde. Er hatte sich mit seinen Leuten dort in Verbindung gesetzt. Er hatte sie aus dem Bett geholt und ihnen das große Geld versprochen. Sie sollten jetzt eigentlich bereits auf den Straßen sein.

Sie rief zuerst ihren Vater an, kurz nach Sonnenaufgang, einer Zeit, die er immer mit seiner Zeitung und einer Tasse Kaffee auf seiner Terrasse genoß. Er lebte in einer kleinen Wohnung in Ipanema, drei Blocks vom Strand und nicht weit von seiner geliebten Eva entfernt. Das Haus, in dem er wohnte, war dreißig Jahre alt und damit eines der ältesten im feinsten Viertel von Rio. Er lebte allein.

Ihre Stimme verriet ihm, daß etwas nicht in Ordnung war. Sie versicherte ihm, daß sie in Sicherheit war und auch bleiben würde, daß ein Mandant in Europa sie unvermutet für zwei Wochen brauchte und daß sie jeden Tag anrufen würde. Dann teilte sie ihm mit, daß dieser besondere Mandant vielleicht ein wenig seltsam und sehr verschwiegen sei und es deshalb sein könne, daß er Leute ausschickte, die Auskünfte über ihre Vergangenheit einholen würden, aber er solle sich deshalb keine Sorgen machen. So etwas sei im internationalen Handel nichts Ungewöhnliches.

Er hatte noch viele Fragen, wußte aber, daß er auf sie keine Antworten erhalten würde.

Der Anruf bei ihrem vorgesetzten Partner war wesentlich schwieriger. Die Geschichte, die sie sich ausgedacht hatte, hörte sich gut an, hatte aber unübersehbare Lücken. Ein neuer Mandant hätte gestern am späten Abend angerufen, auf Empfehlung eines amerikanischen Anwalts, den sie vom Studium her kannte, und sie würde sofort in Hamburg benötigt. Sie würde mit einer Frühmaschine fliegen. Der Mandant arbeitete auf dem Gebiet der Telekommunikation und hätte weitreichende Pläne, seine Geschäftsbeziehungen nach Brasilien auszudehnen.

Der Partner schlief noch halb. Er wies sie an, ihn später noch einmal anzurufen und eingehender zu informieren.

Sie rief ihre Sekretärin an, tischte ihr dieselbe Geschichte auf und bat sie, alle Verabredungen und Termine bis zu ihrer Rückkehr aufzuschieben.

Von Curitiba aus flog sie nach São Paulo, wo sie in eine

Maschine der Aerolineas Argentinas umstieg, die nonstop nach Buenos Aires flog. Dabei benutzte sie zum erstenmal ihren neuen Paß, bei dessen Beschaffung ihr Danilo vor einem Jahr geholfen hatte. Sie hatte ihn in ihrer Wohnung versteckt, zusammen mit zwei neuen Kreditkarten und achttausend amerikanischen Dollars in bar.

Sie war jetzt Leah Pires, dasselbe Alter, aber mit einem anderen Geburtsdatum. Danilo kannte diese Details nicht; er konnte sie nicht wissen.

Sie fühlte sich mit einemmal wie jemand anders.

Es gab eine Vielzahl von Möglichkeiten. Es konnte sein, daß er von Banditen erschossen worden war, die auf einer Landstraße ihren Geschäften nachgingen. Das kam im Grenzgebiet gelegentlich vor. Es konnte sein, daß er von den Schatten aus seiner Vergangenheit gefangen, gefoltert, umgebracht und im Dschungel verscharrt worden war. Möglicherweise hatte er geredet, und wenn er es getan hatte, dann war vielleicht ihr Name gefallen. Es konnte sein, daß sie den Rest ihres Lebens auf der Flucht verbringen mußte. Zumindest hatte er sie von Anfang an darauf hingewiesen, daß es so kommen könnte. Vielleicht hatte er auch nicht geredet, und sie konnte Eva bleiben.

Vielleicht war Danilo irgendwo noch am Leben. Sie würden ihm unter den Umständen so zusetzen, daß er um den Tod bettelte, aber sie konnten es sich nicht leisten, ihn umzubringen. Wenn die amerikanischen Behörden ihn als erste gefunden hatten, dann würde es eine Frage der Auslieferungsmodalitäten sein. Er hatte sich für Südamerika entschieden, weil es hier eine lange Geschichte des Widerstands gegen Auslieferungsgesuche gab.

Wenn die Schatten ihn zuerst gefunden hatten, dann würden sie ihn schlagen, bis er ihnen gesagt hatte, wo das Geld war. Das war es, wovor er am meisten Angst hatte – unter Druck gesetzt zu werden.

Sie versuchte, auf dem Flughafen von Buenos Aires ein wenig zu dösen, aber Schlaf war unmöglich. Sie wählte abermals die Nummer seines Hauses in Ponta Porã, dann die seines Handys und die der Wohnung in Curitiba.

In Buenos Aires ging sie an Bord einer Maschine nach New York, wo sie drei Stunden wartete und dann mit der Swiss Air nach Zürich weiterflog.

Sie hatten ihn auf die Rückbank des Volkswagen Vans gelegt und mit einem Sicherheitsgurt um die Taille festgeschnallt, damit er nicht herunterfallen konnte. Die vor ihnen liegenden Straßen waren schlecht. Er war mit nichts als seinen Laufshorts bekleidet. Der Arzt überprüfte die dicken Mullverbände – acht insgesamt. Er hatte Salbe auf die Brandwunden aufgetragen und Patrick Antibiotika verabreicht. Der Arzt ließ sich auf dem Sitz vor seinem Patienten nieder und deponierte seine kleine schwarze Instrumententasche zwischen seinen Füßen. Patrick hatte genug gelitten. Jetzt würde er ihn beschützen.

Ein oder zwei Tage Ruhe und weitere Schmerzmittel, und Patrick würde wieder auf dem Weg der Besserung sein. Von den Brandwunden blieben allenfalls kleine Narben zurück, die vermutlich im Laufe der Zeit sogar verblassen würden.

Der Arzt drehte sich um und tätschelte Patricks Schulter. Er war froh, daß sie ihn nicht umgebracht hatten. »Er ist soweit«, sagte er zu Guy, der auf dem Beifahrersitz Platz genommen hatte. Ein brasilianischer Fahrer startete den Wagen. Die Hütte blieb schnell hinter ihnen zurück.

Sie machten jede Stunde halt, alle sechzig Minuten, damit die Antenne ausgefahren und das Telefon zwischen den Bergen benutzt werden konnte. Guy rief Stephano an, der mit Hamilton Jaynes und einem hohen Beamten des Außenministeriums im FBI-Büro in Washington saß. Auch das Pentagon war eingeschaltet worden.

Was zum Teufel geht da vor, hätte Guy gern gefragt. Wie ist das FBI ins Spiel gekommen?

In den ersten sechs Stunden legten sie hundert Meilen zurück. Zeitweise waren die Straßen fast unpassierbar. Häufig hatten sie mit schlechtem Empfang zu kämpfen. Sie kamen kaum nach Washington durch. Gegen zwei Uhr nachmittags lagen die Berge hinter ihnen, und die Straßen wurden besser.

Die Frage der Auslieferung war heikel, und Hamilton Jaynes wollte mit ihr nichts zu tun haben. Deshalb bemühte man diskret die Kanäle und Verbindungen der Diplomatie. Der Direktor des FBI rief den Stabschef des Präsidenten an. Der amerikanische Botschafter in Paraguay wurde mit einbezogen. Es gab Versprechungen und Drohungen.

Ein Verdächtiger mit Geld und Entschlossenheit kann eine Auslieferung aus Paraguay jahrelang, wenn nicht für immer verhindern. Dieser Verdächtige hatte kein Geld bei sich, ja, er wußte nicht einmal, in welchem Land er sich befand.

Die Behörden Paraguays erklärten sich widerstrebend bereit, die Auslieferungsgesetze in diesem besonderen Fall zu ignorieren.

Um sechzehn Uhr wies Stephano Guy an, zum Flugplatz in Concepción zu fahren, einer kleinen, drei Autostunden von Asunción gelegenen Stadt. Der brasilianische Fahrer fluchte, als ihm befohlen wurde, kehrtzumachen und Richtung Norden zu fahren.

Es dämmerte bereits, als sie Concepción erreichten, und es war dunkel, als sie schließlich den Flugplatz fanden, ein kleines Ziegelsteingebäude neben einer schmalen Rollbahn. Guy rief Stephano an, der ihn anwies, Patrick in dem Van zurückzulassen. Der Zündschlüssel sollte stecken bleiben. Guy, der Arzt, der Fahrer und ein weiterer Amerikaner entfernten sich langsam, behielten aber den Van über die Schulter hinweg im Auge. Hundert Meter entfernt fanden sie eine Stelle unter einem großen Baum, wo sie nicht eingesehen werden konnten. Eine Stunde verging.

Endlich landete eine King Air mit amerikanischem Kennzeichen und rollte zu dem kleinen Terminal. Zwei Piloten stiegen aus und betraten den Terminal. Kurze Zeit später kamen sie wieder heraus und gingen direkt auf den Van zu, öffneten die Türen, stiegen ein und fuhren ihn dicht an das Flugzeug heran.

Patrick wurde sanft aus dem Wagen gehoben und an Bord der Turbo-Prop-Maschine gebracht. Ein Air-Force-

Sanitäter nahm ihn sofort in seine Obhut. Einer der beiden Piloten fuhr den Van auf den Parkplatz zurück. Wenige Minuten später startete die Maschine.

Die King Air wurde in Asunción aufgetankt. Während des Aufenthaltes dort kam Patrick das erste Mal wieder zu sich. Er war zu geschwächt und benommen, um sich aufsetzen zu können. Der Sanitäter gab ihm Wasser und Kekse.

In La Paz und Lima mußten sie erneut zum Tanken zwischenlanden. In Bogotá angekommen, verfrachteten sie ihn in einen kleinen Learjet, der doppelt so schnell flog wie die King Air. Dieser tankte auf Aruba vor der Küste von Venezuela auf und flog dann nonstop zu einer außerhalb von San Juan, Puerto Rico, gelegenen Basis der U. S. Navy. Ein Krankenwagen brachte Patrick nach der Landung sofort ins Krankenhaus der Basis.

Nach fast viereinhalb Jahren war Patrick auf amerikanischen Boden zurückgekehrt.

5

Die Kanzlei, für die Patrick gearbeitet hatte, bevor er starb, stellte ein Jahr nach seiner Beerdigung Antrag auf Eröffnung eines Konkursverfahrens. Nach seinem Tod stand sein Name, wie es sich gehörte, auf dem Briefbogen: Patrick S. Lanigan, 1954–1992. Er war in der rechten oberen Ecke aufgeführt, direkt über den Anwaltsgehilfen. Dann kamen die Gerüchte auf und nahmen kein Ende. Es dauerte nicht lange, bis jedermann überzeugt war, daß er das Geld genommen hatte und verschwunden war. Nach drei Monaten glaubte an der Golfküste niemand mehr, daß er tot war. Sein Name verschwand aus dem Briefkopf, während die Schulden der Kanzlei wuchsen.

Die übrigen vier Partner waren noch immer zusammen, durch die Zwänge des Konkursverfahrens aneinander gekettet. Sie hatten die Hypotheken und die Bankverpflichtungen gemeinsam unterschrieben, damals, als sie erfolgreich waren und beträchtlicher Reichtum in greifbare Nähe rückte. Sie waren Beklagte in mehreren aussichtslosen Gerichtsverfahren gewesen; daher der Antrag auf Konkurs. Seit Patricks Verschwinden hatten sie auf jede nur erdenkliche Art versucht, voneinander loszukommen, ohne Erfolg. Zwei von ihnen waren schwere Alkoholiker, die in der Kanzlei hinter verschlossenen Türen heimlich tranken, aber nie gemeinsam. Die anderen beiden hatten je einen Entzug hinter sich, drohten aber immer noch rückfällig zu werden.

Er hatte ihnen ihr Geld weggenommen. Ihre Millionen. Geld, das sie schon lange, bevor es eingegangen war, ausgegeben hatten, wie nur Anwälte es können. Geld für ihr kostspielig renoviertes Bürogebäude in der Innenstadt von Biloxi. Geld für neue Häuser, Jachten, Eigentumswohnungen in der Karibik. Das Geld war unterwegs, zuerkannt, die Papiere unterschrieben, Aufträge erteilt; sie konnten es sehen, es riechen, es fast anfassen, als ihr toter Partner es ihnen in der letztmöglichen Sekunde wegschnappte.

Er war tot. Sie beerdigten ihn am 11. Februar 1992. Sie hatten die Witwe getröstet und seinen niederträchtigen Namen auf ihren beeindruckenden Briefbogen gesetzt. Trotzdem hatte er sechs Wochen später ihr Geld gestohlen.

Sie waren sich darüber in die Haare geraten, wer schuld hatte. Charles Bogan, der Seniorpartner und die eiserne Hand der Kanzlei, war derjenige gewesen, der darauf bestanden hatte, daß das Geld von seinem Ursprungsort auf ein neues Konto außerhalb der Vereinigten Staaten überwiesen wurde. Das erschien nach einiger Diskussion auch den anderen vernünftig. Es waren immerhin neunzig Millionen Dollar, von denen die Kanzlei ein Drittel behalten würde, und es wäre unmöglich gewesen, diese Menge Geld in Biloxi zu verstecken, einer Stadt mit fünfzigtausend Einwohnern. Irgend jemand in der Bank hätte ganz sicher geredet. Bald würde jedermann es wissen. Alle vier gelobten Verschwiegenheit, selbst dann noch, als sie bereits Pläne schmiedeten, soviel von ihrem neuen Reichtum wie möglich zur Schau zu stellen. Es war sogar von einem Firmenjet die Rede gewesen, einem mit sechs Sitzen.

Also mußte Bogan seinen Teil der Schuld auf sich nehmen. Mit neunundvierzig war er der älteste der vier und, im Augenblick, der stabilste. Er war vor neun Jahren auch für die Einstellung von Patrick verantwortlich gewesen, was ihm ebenfalls eine Menge Vorwürfe der anderen Partner eingetragen hatte.

Doug Vitrano, der auf Prozeßführung spezialisierte Anwalt, hatte den verhängnisvollen Vorschlag gemacht, Patrick als fünften Partner aufzunehmen. Die anderen drei hatten zugestimmt, und als Lanigans Name in den Firmennamen eingegangen war, hatte dieser Zugang zu praktisch jeder Akte im Büro. Bogan, Rapley, Vitrano, Havarac und Lanigan, Rechtsanwälte. Eine große Anzeige im Branchenbuch erklärte sie zu »Spezialisten für heikle Fälle in Übersee«. Spezialisten hin oder her, wie die meisten Kanzleien übernahmen sie fast alles, wenn das Honorar nur lukrativ genug war. Massenhaft Sekretärinnen und Anwaltsgehilfen. Hohe Betriebskosten und die besten politischen Verbindungen an der Golfküste. Eine der ersten Adressen also.

Sie waren alle Mitte bis Ende Vierzig. Havarac war von seinem Vater auf einem Fischkutter großgezogen worden. Seine Hände waren immer noch schwielig, worauf er stolz war, und er träumte davon, Patrick zu würgen, bis dessen Genick brach. Rapley litt unter schweren Depressionen und verließ sein Haus nur noch selten, wo er in einem düsteren Büro auf dem Dachboden Schriftsätze verfaßte.

Bogan und Vitrano saßen an ihren Schreibtischen, als Agent Cutter kurz nach neun das Gebäude am Vieux Marche in der Altstadt von Biloxi betrat. Er lächelte die Frau an der Rezeption an und fragte, ob einer der Anwälte anwesend sei. Das war keine abwegige Frage. Sie waren als Trinker bekannt, und man wußte, daß sie nur gelegentlich zur Arbeit erschienen.

Die Frau führte ihn in einen kleinen Konferenzraum und versorgte ihn mit Kaffee. Vitrano kam als erstes herein; er sah erstaunlich ordentlich und nüchtern aus. Bogan erschien nur wenige Sekunden später. Sie taten Zucker in den Kaffee und unterhielten sich über das Wetter.

In den Monaten unmittelbar nach dem Verschwinden des Geldes hatte Cutter von Zeit zu Zeit bei ihnen hereingeschaut und sie über den neuesten Stand der FBI-Ermittlungen informiert. Sie wurden gute Bekannte, obwohl ihre Zusammenkünfte nur wenig bis gar nichts Ermutigendes hatten. Als aus den Monaten Jahre wurden, wuchsen auch die Abstände zwischen den einzelnen Treffen. Und der neueste Stand der Dinge war eigentlich immer derselbe: keine Spur von Patrick. Es war fast ein Jahr her, seit Cutter zuletzt mit einem von ihnen gesprochen hatte.

Und so glaubten sie, es wäre nur eine nette Geste von Cutter, daß er zufällig in der Nähe zu tun gehabt hätte und vermutlich eine Tasse Kaffee wollte, mit anderen Worten, sie glaubten, daß dies ein reiner Routinebesuch wäre.

Cutter sagte: »Wir haben Patrick in Gewahrsam.«

Charlie Bogan schloß die Augen und bleckte die Zähne. »Oh, mein Gott!« rief er, dann schlug er die Hände vors Gesicht. »Oh, mein Gott!«

Vitranos Kopf sackte nach hinten, und er ließ den Mund offen stehen. Er starrte ungläubig an die Decke. »Wo?« brachte er schließlich heraus.

»Er befindet sich auf einem Militärstützpunkt in Puerto Rico. Er wurde in Brasilien gefaßt.«

Bogan stand auf und ging zu einem Bücherregal in einer Ecke des Konferenzraums. Dort verbarg er sein Gesicht und versuchte, die Tränen zurückzuhalten. »Oh, mein Gott!« sagte er immer wieder.

»Sind Sie sicher, daß er es wirklich ist?« fragte Vitrano, noch immer voller Unglauben.

»Ganz sicher.«

»Erzählen Sie mir mehr«, sagte Vitrano.

»Was zum Beispiel?«

»Wie Sie ihn gefunden haben. Und wo. Was er dort tat. Wie er aussieht.«

»Wir haben ihn nicht gefunden. Er wurde uns übergeben.«

Bogan kehrte mit einem Taschentuch an der Nase zum Tisch zurück. »Tut mir leid«, sagte er verlegen.

»Kennen Sie einen Mann namens Jack Stephano?« fragte Cutter.

Beide schüttelten zögerlich den Kopf.

»Gehören Sie zu diesem kleinen Konsortium?«

Wieder schüttelten beide verneinend den Kopf.

»Ihr Glück. Stephano hat ihn gefunden, ihn gefoltert und dabei fast umgebracht, dann hat er ihn uns übergeben.«

»Das mit der Folter gefällt mir«, sagte Vitrano. »Erzählen Sie uns davon.«

»Vergessen Sie's. Wir haben ihn gestern abend in Paraguay übernommen und nach Puerto Rico gebracht. Er liegt dort in einem Militärkrankenhaus. In ein paar Tagen wird er von dort entlassen und hierher geflogen.«

»Was ist mit dem Geld?« brachte Bogan mit kratziger und trockener Stimme heraus.

»Keine Spur davon. Aber schließlich wissen wir nicht, was Stephano weiß.«

Vitrano starrte auf die Tischplatte; seine Augen flackerten unruhig. Patrick hatte neunzig Millionen Dollar gestohlen, als er vier Jahre zuvor verschwand. Er konnte unmöglich alles ausgegeben haben. Selbst wenn er sich Villen und Hubschrauber und zahllose Frauen geleistet hatte, mußte noch mehr als genug Geld übrig sein. Bestimmt würden sie es finden können. Der Anteil der Kanzlei betrug immerhin ein Drittel.

Vielleicht, aber nur vielleicht.

Bogan wischte sich die Augen und dachte an seine Exfrau, eine freundliche Person, die bösartig geworden war, als der Himmel über ihm einstürzte. Sie hatte sich durch den Konkurs in ihrer Ehre gekränkt gefühlt und deshalb ihr jüngstes Kind mitgenommen und war nach Pensacola gezogen, wo sie die Scheidung eingereicht und sehr unschöne Anschuldigungen erhoben hatte. Bogan trank und schnupfte Kokain. Sie wußte es und verwendete es unbarmherzig gegen ihn. Er hatte all dem nicht viel entgegenzusetzen gehabt. Im Laufe der Zeit schaffte er es zwar, clean zu werden, aber der Zugang zu dem Kind war ihm nach wie vor gerichtlich verwehrt.

Seltsamerweise liebte er seine Exfrau immer noch und träumte davon, sie zurückzubekommen. Vielleicht würde das Geld seine Wirkung tun. Vielleicht bestand ja noch Hoffnung. Bestimmt würden sie es finden können.

Cutter brach das Schweigen. »Stephano steckt in ziemlichen Schwierigkeiten. Patricks Körper ist übersät mit Brandverletzungen von der Folter.«

»Gut«, sagte Vitrano mit einem spitzen Lächeln.

»Erwarten Sie Mitgefühl von uns?« fragte Bogan.

»Wie dem auch sei, Stephano ist von untergeordneter Bedeutung. Wir werden ihn überwachen, vielleicht führt er uns zu dem Geld.«

»Das Geld dürfte leicht zu finden sein«, sagte Vitrano. »Es hat eine Leiche gegeben. Unser lieber Freund Patrick hat jemanden umgebracht. Darauf steht die Todesstrafe, ein eindeutiger Fall. Mord aus Habgier. Patrick wird reden, wenn er unter Druck gesetzt wird.«

»Noch besser wäre es allerdings, wenn Sie ihn uns überlassen würden«, sagte Bogan ohne eine Spur von Lächeln. »Zehn Minuten, dann wissen wir alles.«

Cutter schaute auf die Uhr. »Ich muß weiter. Ich muß nach Point Clear und Trudy die Neuigkeit beibringen.«

Bogan und Vitrano prusteten und lachten dann laut los. »Ach, sie weiß es gar nicht?« sagte Bogan.

»Noch nicht.«

»Bitte, nehmen Sie das auf Video auf«, sagte Vitrano, immer noch leise lachend. »Ich würde zu gern ihr Gesicht sehen.«

»Wenn ich ehrlich bin, freue ich mich auch darauf«, sagte Cutter.

»Das Miststück«, sagte Bogan.

Cutter stand auf und sagte: »Teilen Sie es den anderen Partnern mit, aber bewahren Sie ansonsten bis zwölf Uhr Stillschweigen. Dann findet eine Pressekonferenz statt. Wir bleiben in Verbindung.«

Nachdem er gegangen war, brachte lange Zeit niemand ein Wort heraus. Es gab so viele Fragen, so viel zu sagen. Möglichkeiten und Szenarien standen plötzlich im Raum.

Patrick, Opfer eines Verkehrsunfalls auf einer Landstraße, bei dem sein Wagen ohne Fremdverschulden völlig ausgebrannt war und für den es keine Zeugen gab, war von seiner ihn liebenden Ehefrau Trudy am 11. Februar 1992 zur letzten Ruhe gebettet worden. Sie hatte eine hinreißende Witwe abgegeben. Das Schwarz von Armani hatte ihr ganz ausgezeichnet gestanden. Schon während sie die Erde auf den Sarg warf, war sie in ihren Gedanken bereits beim Ausgeben des Geldes.

In seinem Testament hatte er ihr alles hinterlassen. Es war einfach und erst kürzlich auf den neuesten Stand gebracht worden. Ein paar Stunden vor der Totenmesse hatten Trudy und Doug Vitrano den Safe in Patricks Büro geöffnet und den Inhalt in Augenschein genommen. Sie fanden das Testament, zwei Fahrzeugbriefe, den Kaufvertrag für das Haus der Lanigans, die Police einer Lebensversicherung über eine halbe Million Dollar, von der Trudy wußte, und eine weitere Police über zwei Millionen Dollar, von der sie keine Ahnung gehabt hatte.

Vitrano hatte die für Überraschung sorgende Police überflogen. Patrick hatte die Versicherung acht Monate zuvor abgeschlossen. Trudy war die einzige Begünstigte. Beide Versicherungen waren bei derselben großen Gesellschaft abgeschlossen worden.

Trudy schwor, daß sie nichts davon gewußt hatte, und ihr ungläubiges Lächeln überzeugte Vitrano, daß sie wirklich überrascht war. Beerdigung hin oder her, Trudy konnte ihr Glück kaum fassen. Jetzt, wo ihr Kummer auf solch angenehme Art beschwichtigt worden war, schaffte sie es, Totenmesse und Beisetzung ohne einen ernsthaften Zusammenbruch durchzustehen.

Die Versicherungsgesellschaft machte die üblichen Ausflüchte, aber Vitrano hatte mit seinen Drohungen genügend Überzeugungskraft, um sie zum Zahlen zu bewegen. Vier Wochen nach der Beisetzung bekam Trudy ihre zweieinhalb Millionen.

Eine Woche später fuhr sie mit einem roten Rolls-Royce in Biloxi herum, und die Leute begannen, sie zu hassen. Dann lösten sich die neunzig Millionen in Luft auf, und die Gerüchteküche kochte über.

Vielleicht war sie überhaupt keine Witwe.

Der Verdacht fiel auf Patrick. Der Klatsch wurde bösartig, also packte Trudy ihre kleine Tochter und ihren Freund Lance, den sie schon von der High-School her kannte, in den roten Rolls und flüchtete nach Mobile, eine Fahrstunde östlich von Biloxi. Sie fand einen gerissenen Anwalt, der ihr massenhaft Ratschläge gab, wie sie ihr Geld schützen konnte. Sie kaufte ein schönes altes Haus in Point Clear mit Blick auf die Mobile Bay, das sie auf Lances Namen eintragen ließ.

Lance war ein kräftiger, gutaussehender Verlierer, mit dem sie im Alter von vierzehn Jahren zum erstenmal geschlafen hatte. Mit neunzehn war er wegen Marihuana-

Schmuggels verurteilt worden und hatte drei Jahre im Gefängnis gesessen, während sie im College eine wundervolle Zeit hatte, Cheerleader spielte und Footballspieler verführte; ein legendäres Party-Girl, das es außerdem schaffte, mit Auszeichnung zu graduieren. Sie heiratete einen reichen Studenten und ließ sich nach zwei Jahren wieder von ihm scheiden. Dann genoß sie ein paar Jahre das Leben als Single, bis sie Patrick kennenlernte und heiratete, einen vielversprechenden jungen Anwalt und Neuling an der Küste. Ihr Liebeswerben war lang an Leidenschaft und kurz an Planung gewesen.

Während des Colleges, der beiden Ehen und ihren verschiedenen, nur kurze Zeit währenden Affären hatte Trudy Lance immer in Reichweite behalten. Er war für sie wie eine Sucht, ein kerniger, vitaler Bursche, von dem sie nie genug bekommen konnte. Schon mit vierzehn wußte sie, daß sie niemals ohne Lance würde leben können.

Lance öffnete die Tür mit nacktem Oberkörper, das schwarze Haar straff zu dem obligatorischen Pferdeschwanz zusammengebunden. Er trug einen etwas zu großen Diamanten am linken Ohr. Cutter sah sich dem üblichen Grinsen ausgesetzt, mit dem Lance der Welt zu begegnen pflegte. Lance sagte kein Wort.

»Ist Trudy da?« fragte Cutter.

»Kann sein.«

Cutter zückte seinen Ausweis. Für einen Augenblick verschwand das Grinsen auf dem Gesicht seines Gegenübers. »Agent Cutter, FBI. Trudy und ich hatten schon früher das Vergnügen.«

Lance importierte Marihuana aus Mexiko mit einem großen, schnellen Boot, das Trudy ihm gekauft hatte. Den Stoff verkaufte er an eine Gang in Mobile. Die Geschäfte liefen nicht sonderlich gut, weil die DEA begonnen hatte, Fragen zu stellen.

»Sie ist im Fitneßraum«, sagte Lance, mit einer Kopfbewegung an Cutter vorbeideutend. »Was wollen Sie von ihr?«

Cutter ignorierte ihn und ging über die Einfahrt zu einer umgebauten Garage, aus der laute Musik tönte. Lance folgte ihm.

Trudy war mitten in einem anstrengenden Aerobicprogramm, das ihr von einem Supermodel auf einem großen TV-Bildschirm am anderen Ende des Raums vorgeturnt wurde. Sie sprang und wirbelte herum und bewegte dabei die Lippen zu irgendeinem namenlosen Song. Sie gab eine perfekte Vorstellung in ihrem straff sitzenden gelben Catsuit. Blonder Pferdeschwanz. Nirgendwo auch nur ein Gramm Fett. Cutter hätte ihr stundenlang zuschauen können. Sogar ihr Schweiß war sehenswert.

Sie trainierte zwei Stunden täglich. Mit fünfunddreißig sah Trudy immer noch aus wie jedermanns Schwarm auf der High-School.

Lance unterbrach das Video. Sie wirbelte herum, sah Cutter und bedachte ihn mit einem unwiderstehlichen Blick. »Was soll das?« fuhr sie Lance an. Offensichtlich war dieses Training etwas, worin sie nicht gestört werden durfte.

»Ich bin Special Agent Cutter, FBI«, sagte er und ging mit dem Ausweis in der Hand auf sie zu. »Wir sind uns schon einmal begegnet, vor ein paar Jahren.«

Sie tupfte sich das Gesicht mit einem Handtuch ab, dessen gelber Farbton perfekt mit ihrem Catsuit harmonierte. Ihr Atem hatte sich schon normalisiert. »Was kann ich für Sie tun?« Lance stand neben ihr. Die Pferdeschwänze paßten gut zusammen.

»Ich habe eine wunderbare Neuigkeit für Sie«, sagte Cutter mit einem breiten Lächeln.

»Ja?«

»Wir haben Ihren Mann gefunden, Mrs. Lanigan, und er lebt.«

Eine kurze Pause trat ein. Die Nachricht tat ihre Wirkung. »Patrick?« sagte sie.

»Genau den meine ich.«

»Sie lügen«, höhnte Lance.

»Nein, ich fürchte nicht. Wir haben ihn in Puerto Rico in unserem Gewahrsam. Vermutlich wird er in ein oder zwei

Wochen hierher gebracht. Ich dachte, ich sollte Ihnen die gute Nachricht überbringen, bevor wir die Presse informieren.«

Fassungslos und mit einemmal sehr unsicher auf den Beinen wich Trudy zurück und ließ sich auf die Bank neben der Beinpresse gleiten. Ihre glitzernde, bronzefarbene Haut wurde aschfahl. Ihr geschmeidiger Körper verfiel zusehends. Lance eilte zu ihr, um ihr beizustehen. »Oh, mein Gott«, murmelte sie immer wieder.

Cutter reichte ihr seine Karte. »Rufen Sie mich an, wenn ich Ihnen irgendwie behilflich sein kann.« Sie sagten kein Wort, als er sie verließ.

Für ihn war offenkundig, daß sie nicht wütend darüber war, von einem Mann hereingelegt worden zu sein, der seinen Tod vorgetäuscht hatte. Sie empfand auch nicht die geringste Spur von Freude über seine Rückkehr. Keinerlei Erleichterung über das Ende einer Heimsuchung.

Da war nichts als Angst; der grauenerregende Gedanke, das Geld zu verlieren. Die Versicherungsgesellschaft, das war gewiß, würde sofort auf Rückgabe der Versicherungssummen klagen.

Während Cutter in Mobile war, fuhr ein anderer Agent aus dem Büro in Biloxi zum Haus von Patricks Mutter in New Orleans und überbrachte dort dieselbe Nachricht. Mrs. Lanigan war überglücklich und bat den Agenten inständig, sich eine Weile zu ihr zu setzen und Fragen zu beantworten. Er blieb eine Stunde, hatte aber nur wenige Antworten für sie. Sie weinte vor Freude, und nachdem er gegangen war, verbrachte sie den Rest des Tages damit, Freunde anzurufen und ihnen die wundervolle Neuigkeit mitzuteilen, daß ihr einziges Kind noch am Leben war.

6

Jack Stephano wurde vom FBI in seinem Büro in Washington verhaftet. Er verbrachte dreißig Minuten im Gefängnis, dann wurde er in einen kleinen Saal im Gebäude des Bundesgerichts gebracht, wo er unter Ausschluß der Öffentlichkeit von einem Bundesrichter vernommen wurde. Er wurde davon in Kenntnis gesetzt, daß er gegen eine schriftliche Anerkenntnis seiner Schuld sofort auf freien Fuß gesetzt werden würde, daß er den Bezirk nicht verlassen dürfte und daß er vom FBI rund um die Uhr überwacht werden würde. Während er sich im Gericht befand, suchte ein Trupp FBI-Agenten sein Büro auf, beschlagnahmte praktisch sämtliche Akten und schickte die Angestellten nach Hause.

Nachdem der Richter ihn entlassen hatte, brachte man Stephano zum Hoover Building an der Pennsylvania Avenue, wo Hamilton Jaynes bereits auf ihn wartete. Als die beiden in Jaynes' Büro allein waren, offerierte Jaynes ihm eine lauwarme Entschuldigung für die Verhaftung. Man könne eben nicht einen Verbrecher, der sich der Verfolgung durch die Bundesbehörden entzogen habe, schnappen, ihn unter Drogen setzen, ihn foltern und beinahe umbringen, ohne eine Anklage zu gewähren.

Es ging um das Geld. Die Verhaftung war lediglich Mittel zum Zweck. Stephano schwor, daß Patrick ihnen nichts erzählt hatte.

Während sie sich unterhielten, wurde Stephanos Büro versiegelt. Eine Notiz an der Eingangstür informierte über bundespolizeiliche Auflagen. Die Telefone in seinem Haus zapfte man an, während Mrs. Stephano versuchte, sich bei einer Partie Bridge mit ihren Freundinnen zu entspannen.

Nach dem kurzen und in der Sache ergebnislosen Zusammentreffen mit Jaynes setzte man Stephano in der Nähe des Obersten Gerichtshofs ab. Da eine richterliche Anordnung an ihn ergangen war, sich von seinem Büro fernzuhalten, rief er ein Taxi und wies den Fahrer an, ihn zum Hay-Adams-Hotel Ecke H und Sechzehnte Straße zu bringen. Er las gelassen Zeitung und befühlte gelegentlich den Sender, den man während seines kurzen Aufenthalts im Gefängnis unbemerkt in den Saum seines Jacketts eingenäht hatte. Ein Spürkegel, ein winziger, aber sehr starker Sender, der dazu diente, Aufenthaltsorte von Leuten, Paketen, ja sogar Autos zu bestimmen. Er hatte sich unauffällig abgetastet, während er mit Jaynes plauderte, und war kurz versucht gewesen, den Sender aus dem Innenfutter herauszufingern und auf dessen Schreibtisch zu werfen.

In Sachen Überwachung ließ er sich von niemandem etwas vormachen. Er stopfte sein Jackett unter den Sitz des Taxis, bezahlte, ließ sich absetzen und ging schnell ins Hay-Adams-Hotel gegenüber dem Lafayette Park. Man sei ausgebucht, wurde ihm bedeutet. Er verlangte nach dem Manager, einem früheren Klienten, und nur Minuten später geleitete ihn ein Boy in eine Suite im vierten Stock, mit einer prachtvollen Aussicht auf das Weiße Haus. Er zog sich bis auf Socken und Unterhose aus und legte sämtliche Kleidungsstücke auf das Bett, wo er dann jeden Quadratzentimeter Stoff sorgfältig nach Wanderwanzen abtastete. Er bestellte Lunch. Er rief seine Frau an, aber sie meldete sich nicht.

Dann rief er Benny Aricia an, seinen Klienten, den Mann, dessen neunzig Millionen Dollar nur Minuten nach ihrem Eingang bei der United Bank of Wales in Nassau verschwunden waren. Aricias Anteil hätte sechzig Millionen betragen, dreißig hätten seine Anwälte bekommen, Bogan und Vitrano und der Rest dieser schmierigen Gauner in Biloxi. Aber das Geld war verschwunden, kurz bevor es an Benny hätte transferiert werden sollen.

Benny war im Willard Hotel, gleichfalls in der Nähe des Weißen Hauses, wo er sich diskret im Hintergrund bereithielt. Er hatte bereits auf Stephanos Anruf gewartet.

Sie trafen sich eine Stunde später im Four-Seasons-Hotel in Georgetown, in einer Suite, die Aricia gerade für eine Woche gemietet hatte.

Benny war fast sechzig, sah aber zehn Jahre jünger aus. Schlank und braungebrannt erinnerte er an einen wohlhabenden Pensionär, der sich in Südflorida zur Ruhe gesetzt hat und seine Tage mit Golfspielen zubringt. Er lebte in einer Eigentumswohnung an einer beschaulichen Bucht mit einer schwedischen Frau, die jung genug war, um seine Tochter sein zu können.

Als das Geld gestohlen wurde, verfügte die Anwaltskanzlei über eine Police, mit der sie gegen Betrug und Diebstahl durch ihre Partner und Angestellten versichert war. Veruntreuung stellt für Anwaltskanzleien nichts Außergewöhnliches dar. Die Police, abgeschlossen bei der Monarch-Sierra Insurance Company, deckte Schäden in einer Höhe von bis zu vier Millionen Dollar. Wutentbrannt hatte Aricia die Kanzlei verklagt. Vor Gericht verlangte er sechzig Millionen, alles, was ihm zustand.

Weil es sonst kaum etwas zu holen gab und weil die Kanzlei im Begriff stand, in Konkurs zu gehen, hatte sich Benny mit der von Monarch-Sierra gezahlten Deckungssumme von vier Millionen begnügt. Fast die Hälfte davon hatte er dann in der Folge für die Suche nach Patrick ausgegeben. Die elegante Eigentumswohnung in Boca hatte eine halbe Million gekostet. Weitere Ausgaben kamen hinzu, und so war Benny schnell bei seiner letzten Million angekommen.

Er stand am Fenster und trank koffeinfreien Kaffee. »Wird man mich verhaften?« fragte er.

»Wahrscheinlich nicht. Aber halten Sie sich trotzdem aus der Schußlinie.«

Benny stellte seinen Kaffee auf den Tisch und ließ sich gegenüber von Stephano nieder. »Haben Sie schon mit den Versicherungen gesprochen?« fragte er.

»Noch nicht. Das werde ich später tun. Ihnen und den anderen kann nichts passieren.«

Northern Case Mutual, die Versicherungsgesellschaft, die für Trudys Reichtum verantwortlich war, hatte insgesamt eine halbe Million Dollar zu der Suche beigesteuert. Monarch-Sierra hatte eine Million lockergemacht. Alles in allem hatte Stephanos kleines Konsortium mehr als drei Millionen Dollar für die Jagd auf Patrick ausgegeben.

»Irgend etwas Neues über die Frau?« fragte Aricia.

»Noch nicht. Unsere Leute in Rio arbeiten an der Sache. Sie haben ihren Vater gefunden, aber der wollte nicht reden. Dasselbe in ihrer Kanzlei. Sie ist geschäftlich unterwegs, hieß es dort.«

Aricia faltete die Hände und sagte gelassen: »Und nun erzählen Sie. Was genau hat er gesagt?«

»Ich konnte in das Band noch nicht reinhören. Es sollte eigentlich heute nachmittag in meinem Büro abgeliefert werden aber inzwischen hat sich die Lage verkompliziert. Außerdem kommt es aus dem Dschungel von Paraguay.«

»Das weiß ich.«

»Guy zufolge ist er nach einer fünfstündigen Schockbehandlung zusammengebrochen. Er hat gesagt, das Geld wäre unangetastet, bei verschiedenen Banken deponiert. Guy hätte ihn beinahe getötet, als er die Namen der Banken nicht nennen wollte oder konnte. An diesem Punkt folgerte Guy zu Recht, daß jemand anders die Kontrolle über das Geld hatte. Noch ein paar Stromstöße, und der Name der Frau kam heraus. Guys Leute haben sofort in Rio angerufen. Eine Überprüfung bestätigte ihre Identität. Sie war aber bereits verschwunden.«

»Ich möchte dieses Band hören.«

»Es ist brutal, Benny. Die Haut des Mannes brennt förmlich, und er schreit und winselt um Gnade.«

Benny konnte ein Lächeln nicht unterdrücken. »Ich weiß. Eben genau das möchte ich hören.«

Sie brachten Patrick am Ende eines Korridors im Krankenhaus der Basis unter. Sein Zimmer war das einzige mit Türen, die von außen abschließbar waren, und Fenstern, die sich nicht öffnen ließen. Die Sichtblenden waren geschlossen. Auf dem Flur schoben aus unerfindlichen Gründen zwei Militärpolizisten Wache.

Patrick ging nirgendwo hin. Die Elektroschocks hatten die Muskeln, das Gewebe seiner Beine und seiner Brust auf schwerste Weise geschädigt. Sogar die Knochen und Gelenke schmerzten ihn. Die Verbrennungen waren an vier Stellen sehr tief ins Fleisch gegangen, zwei auf seiner Brust, eine auf seinem Oberschenkel und eine an seinem Knöchel. Vier weitere Stellen mußten als Verbrennungen zweiten Grades behandelt werden.

Die Schmerzen waren unerträglich, und so hielten es seine Ärzte, alle vier, für das Beste, ihn fürs erste weiter zu sedieren. Seine Verlegung hatte keine Eile. Er war zwar ein gesuchter Mann, aber es würde sicherlich ein paar Tage dauern, bis entschieden war, wer ihn zuerst bekam.

Sie hielten sein Zimmer dunkel, die Musik leise, den Tropf voller netter Narkotika, und so schnarchte der arme Patrick die Stunden dahin, von nichts träumend und ohne die leiseste Ahnung von dem Sturm, der sich zu Hause über seinem Haupt zusammenbraute.

Im August 1992, fünf Monate nach dem Verschwinden des Geldes, klagte eine Grand Jury in Biloxi Patrick des Diebstahls an. Es gab genügend Beweise dafür, daß er hinter dem Verbrechen steckte, und nicht den leisesten Hinweis auf einen anderen Tatverdächtigen. Der Diebstahl war auf internationalem Territorium verübt worden, also lag die Jurisdiktion bei den Bundesbehörden.

Das Büro des Sheriffs von Harrison County und der zuständige Bezirksstaatsanwalt hatten damals gemeinsam eine Untersuchung wegen Mordes eingeleitet, waren aber schon sehr bald mangels Fortschritten in den Ermittlungen zu anderen, vordringlicheren Angelegenheiten übergegangen. Mit einemmal waren sie wieder im Geschäft.

Die zunächst für zwölf Uhr anberaumte Pressekonferenz wurde verschoben, da alle Beteiligten zuvor in Cutters Büro in der Innenstadt von Biloxi zusammenkommen mußten, um über Fragen der Zuständigkeit Klarheit zu gewinnen. Es war eine spannungsgeladene Zusammenkunft, weil die Interessen der Anwesenden in heftigem Gegensatz zueinander standen. Auf der einen Seite des Tisches saßen Cutter und das FBI, die ihre Weisungen von Maurice Mast erhielten, dem Bundesstaatsanwalt für den Western District of Mississippi, der eigens für diese Zusammenkunft aus Jackson angereist war. Auf der anderen Seite saßen Raymond Sweeney, der Sheriff von Harrison County, und seine rechte Hand Ted Grimshaw. Beide verabscheuten das FBI. Ihr Wortführer war T. L. Parrish, der Bezirksstaatsanwalt von Harrison County.

Bund versus Bezirk, große Budgets versus kleine Budgets, und in dem Raum saßen Männer mit sehr viel Selbstbewußtsein, von denen jeder den größten Anteil an der Patrick-Show für sich verbuchen wollte.

»Etwas anderes als die Todesstrafe steht hier nicht zur Diskussion«, sagte Staatsanwalt Parrish.

»Wir vom Bund können auch die Todesstrafe verhängen«, sagte Bundesstaatsanwalt Mast, ein wenig schüchtern, soweit das überhaupt bei ihm möglich war.

Parrish lächelte und schlug die Augen nieder. Die Todesstrafe auf der Ebene der Bundesgerichtsbarkeit war erst kürzlich vom Kongreß verabschiedet worden, der noch keine Vorstellung davon hatte, unter welchen Bedingungen sie vollstreckt werden sollte. Es hatte sich zwar recht gut angehört, was der Präsident da unterschrieb, aber die Praxis hatte so ihre Tücken.

Er und seine Behörde hingegen blickten auf eine lange und gut dokumentierte Geschichte von Hinrichtungen zurück. »Unsere ist besser«, sagte Parrish. »Und wir alle wissen es.« Parrish hatte acht Männer in den Todestrakt geschickt. Mast hatte bisher noch niemanden wegen vorsätzlichen Mordes angeklagt.

»Und dann ist da noch das Problem mit dem Gefängnis«, fuhr Parrish fort. »Wir schicken ihn nach Parchman, wo er dreiundzwanzig Stunden am Tag in einer glutheißen Zelle eingeschlossen ist, mit zwei Mahlzeiten am Tag, zweimal duschen pro Woche, massenhaft Schaben und Vergewaltigern. Wenn Sie ihn bekommen, dann bekommt er für den Rest seines Lebens einen Country Club, während die Bundesgerichte ihn verhätscheln und sich tausend Möglichkeiten ausdenken, um ihn am Leben zu erhalten.«

»Wir reden hier nicht von einem Picknick«, erwiderte Mast etwas schwächlich.

»Dann vielleicht von einem Tag am Strand. Seien Sie vernünftig, Maurice. Worauf es ankommt, ist, daß er unter Druck gesetzt wird. Wir haben zwei große Geheimnisse, zwei Fragen, die beantwortet werden müssen, bevor Lanigan zur ewigen Ruhe gebettet wird. Das eine ist das Geld. Wo ist es? Was hat er damit gemacht? Kann es ausfindig gemacht und seinen Eigentümern zurückgegeben werden? Das zweite ist, wer liegt da draußen begraben? Ich bin ziemlich sicher, daß nur Lanigan uns das sagen kann, und er wird es nicht tun, wenn wir ihn nicht dazu zwingen. Er muß Todesängste ausstehen, Maurice. Parchman, das weiß er, ist das Grauen. Ich wette mit euch, er betet in dieser Sekunde darum, von den Bundesbehörden angeklagt zu werden.«

Mast war davon ebenso überzeugt, aber er konnte Parrish öffentlich nicht beipflichten. Der Fall war einfach zu groß, als daß man ihn den Einheimischen hätte überlassen können. Die ersten Kamerateams trafen bereits ein.

»Es gibt noch weitere Anschuldigungen, wie Sie wissen«, sagte er. »Der Diebstahl wurde außerhalb der Vereinigten Staaten begangen.«

»Ja, aber das Opfer war damals Einwohner dieses Counties«, sagte Parrish.

»Es ist kein einfacher Fall.«

»Was schlagen Sie vor?«

»Vielleicht sollten wir zusammenarbeiten«, sagte Mast. Der Bann war gebrochen. Die Bundesbehörden konnten jederzeit ihren Vorrang gegenüber dem Bezirk geltend machen, und die Tatsache, daß der Bundesstaatsanwalt eine Zusammenarbeit anbot, war das beste, worauf Parrish hoffen konnte.

Parchman war der Schlüssel, und alle Anwesenden wußten es. Lanigan als Anwalt mußte wissen, was ihn dort erwartete, und die Aussicht auf zehn Jahre in der Hölle vor der Vollstreckung der Todesstrafe würde ihm die Zunge lösen. Man einigte sich darauf, daß sich beide Männer, Parrish und Mast, das Rampenlicht teilen würden. Das FBI würde seine Suche nach dem Geld fortsetzen, und vor Ort würde man sich auf den Mord konzentrieren. Parrish würde so schnell wie möglich seine Grand Jury einberufen. Der Öffentlichkeit würde eine geschlossene Front präsentiert werden. So heikle Dinge wie der Prozeß und das sich mit Sicherheit anschließende Berufungsverfahren wurden mit der gegenseitigen Zusicherung einer späteren Erörterung vertagt. Jetzt kam es vor allem darauf an, einen Waffenstillstand zu erreichen, damit sich eine Seite gegenüber der anderen nicht im Nachteil wähnte.

Da im Gebäude des Bundesgerichts gerade ein Prozeß stattfand, wurde die wartende Presse über die Straße ins Gerichtsgebäude von Biloxi gelotst, wo der große Gerichtssaal im ersten Stock zur Verfügung stand. Dutzende von Reportern waren erschienen. Die meisten von ihnen wild dreinschauende Einheimische, aber auch andere, die eigens aus Jackson, New Orleans und Mobile angereist waren. Die Menge drängte nach vorne und man fühlte sich unwillkürlich an Kinder bei einer Parade erinnert.

Mast und Parrish bestiegen mit steinerner Miene ein mit Mikrofonen und Kabeln überladenes Podest. Cutter und die übrigen Beamten bildeten hinter den beiden eine lebende Mauer. Scheinwerfer flammten auf, und ein Blitzlichtgewitter tobte los.

Mast räusperte sich und sagte: »Wir freuen uns, Ihnen die Festnahme von Mr. Patrick S. Lanigan, ehemals Einwohner von Biloxi, mitteilen zu können. Er ist am Leben und bei bester Gesundheit und in unserem Gewahrsam.« Er machte eine effektvolle Pause, genoß den Augenblick, hörte zu, wie ein aufgeregtes Raunen durch die Horde der Presseleute ging. Dann lieferte er ihnen ein paar Details der Verhaftung – Brasilien, vor zwei Tagen, angenommene Identität –, allerdings ohne die geringste Andeutung, daß weder er noch das FBI mit dem eigentlichen Aufspüren von Patrick etwas zu tun gehabt hatten. Anschließend ein paar nutzlose Details über die Ankunft des Gefangenen, die schnelle und sichere Hand der Bundesgerichtsbarkeit.

Parrish war weniger dramatisch. Er versprach eine rasche Anklage wegen vorsätzlichen Mordes und all der anderen Anklagepunkte, die noch folgen würden.

Ein Schwall Fragen prasselte auf sie. Mast und Parrish lehnten einen Kommentar zu praktisch allen irgendwie relevanten Fragen ab und schafften es, das anderthalb Stunden lang zu tun.

Sie bestand darauf, daß Lance an der Zusammenkunft teilnahm. Sie bräuchte ihn, sagte sie. Er sah ausgesprochen gut aus in seinen knapp sitzenden Baumwollshorts. Seine muskulösen Beine waren dicht behaart und braungebrannt. Der Anwalt reagierte unverhohlen mit Verachtung, aber andererseits war ihm nichts Menschliches mehr fremd.

Trudy hatte sich herausgeputzt – enger, kurzer Rock, geschmackvolle rote Bluse, sorgfältiges Make-up und teurer Schmuck. Sie schlug die wohlgeformten Beine übereinander, um die Aufmerksamkeit des Anwalts zu erregen. Sie tätschelte Lances Arm, während dieser ihr Knie massierte.

Der Anwalt ignorierte ihre Beine ebenso wie die Tätschelei.

Sie sei gekommen, um die Scheidung einzureichen, erklärte sie, obwohl sie ihm die Kurzversion bereits am Telefon geliefert hatte. Sie sei wütend und verbittert. Wie hatte er ihr das nur antun können? Und Ashley Nicole, ihrer geliebten Tochter? Diese hatte ihn heiß und innig geliebt. Ihr gemeinsames Leben war gut gewesen. Und nun das.

»Die Scheidung ist kein Problem«, sagte der Anwalt mehr als einmal. Sein Name war J. Murray Riddleton, und er war ein erfahrener Scheidungsanwalt mit einer gutgehenden Kanzlei. »Es ist ein simpler Fall von böswilligem Verlassen. Nach Lage der Dinge bekommen Sie die Scheidung, das alleinige Sorgerecht, sämtliche Vermögenswerte, alles.«

»Ich möchte den Antrag so schnell wie möglich einreichen«, sagte sie, die Galerie mit den dokumentierten Erfolgen hinter dem Anwalt betrachtend.

»Ich werde es gleich morgen früh tun.«

»Wie lange wird es dauern?«

»Neunzig Tage. Ein Kinderspiel.«

Das trug nicht dazu bei, ihre Nervosität zu dämpfen. »Ich verstehe einfach nicht, wie ein Mensch das einem anderen antun kann, den er geliebt hat. Ich komme mir vor, als wäre ich zum Narren gehalten worden.« Lances Hand bewegte sich ein wenig nach oben, immer noch massierend.

Die Scheidung war ihre geringste Sorge. Der Anwalt wußte es. Sie mochte versuchen, ein gebrochenes Herz vorzutäuschen, aber es funktionierte nicht.

»Wieviel haben Sie von der Versicherung bekommen?« fragte er, die Akte durchblätternd.

Bei der Erwähnung der Lebensversicherung wirkte sie völlig schockiert. »Weshalb wollen Sie das wissen?« fuhr sie ihn an.

»Weil man Sie auf Rückgabe des Geldes verklagen wird. Er ist nicht tot, Trudy. Kein Tod, keine Lebensversicherung.«

»Soll das ein Witz sein?«

»Nein.«

»Das können sie doch nicht tun? Oder doch? Bestimmt nicht.«

»O ja, das können sie. Und sie werden es sogar sehr schnell tun.«

Lance zog seine Hand zurück und sackte auf seinem Stuhl zusammen. Trudy öffnete ihren Mund, ihre Augen wurden feucht. »Das können sie doch nicht tun.«

Er nahm sich einen neuen Notizblock und schraubte die Kappe von seinem Federhalter. »Lassen Sie uns eine Liste machen.«

Sie hatte hundertdreißigtausend Dollar für den Rolls bezahlt und besaß ihn noch immer. Lance fuhr einen Porsche, den sie für fünfundachtzigtausend gekauft hatte. Das Haus hatte neunhunderttausend gekostet, bar bezahlt, keine Hypothek, und es war auf Lances Namen eingetragen. Sechzigtausend für sein Drogenboot. Hunderttausend für ihren Schmuck. Die Liste endete bei ungefähr anderthalb Millionen. Der Anwalt brachte es nicht übers Herz, ihnen zu sagen, daß diese Besitztümer das erste waren, was sie loswerden würden.

Wie ein Zahnarzt, der gezwungen war, Zähne ohne örtliche Betäubung zu ziehen, zwang er Trudy, ihre monatlichen Lebenshaltungskosten zu schätzen. Sie vermutete, daß sie sich während der letzten vier Jahre auf ungefähr 10 000 Dollar im Monat belaufen hatten. Sie hatten ein paar ausgesucht teure Reisen unternommen, Geld, das den Bach hinuntergegangen war und das keine Versicherungsgesellschaft je wieder in die Finger bekommen würde.

Sie war arbeitslos oder im Ruhestand, wie sie es zu nennen pflegte. Lance dachte nicht daran, seine Drogengeschäfte zu erwähnen. Und beide gestanden nicht einmal ihrem eigenen Anwalt, daß sie dreihunderttausend Dollar auf einer Bank in Florida versteckt hatten.

»Wann, glauben Sie, werden sie klagen?«

»Noch bevor die Woche zu Ende ist«, sagte der Anwalt.

Alles geschah sogar noch viel schneller. Mitten in der Pressekonferenz, in der Patricks Wiederauferstehung bekanntgegeben wurde, betraten Anwälte der Northern Case Mutual unauffällig die Kanzlei im Erdgeschoß des Gerichtsgebäudes und verklagten Trudy Lanigan auf Rückzahlung der gesamten zweieinhalb Millionen Dollar zuzüglich Zinsen und Anwaltskosten. Die Klage enthielt auch einen Antrag auf eine einstweilige Verfügung, die Trudy daran hindern sollte, jetzt, da sie keine Witwe mehr war, irgendwelche Besitztümer beiseite zu schaffen.

Die Anwälte trugen ihre Anträge den Flur entlang ins Amtszimmer eines ihnen wohlgesonnenen Richters, mit dem sie bereits Stunden zuvor über das anstehende Problem gesprochen hatten, und der Richter erließ in einem Eilverfahren die einstweilige Verfügung. Als Richter war er mit der Geschichte des Falls von Patrick Lanigan bestens vertraut. Seine Frau war von Trudy geschnitten worden, kurz nachdem diese den roten Rolls-Royce bekommen hatte.

Während Trudy und Lance einander betätschelten und mit ihrem Anwalt konferierten, wurde eine Kopie der einstweiligen Anordnung nach Mobile befördert und in der Kanzlei des Countys registriert. Zwei Stunden später, als die beiden auf ihrer Terrasse ihren ersten Drink vor sich stehen hatten und bedrückt auf die Mobile Bay hinausstarrten, war ein Zustellungsbeamter hartnäckig genug, um Trudy eine Kopie der von der Northern Case Mutual eingereichten Klage, eine Ladung vor das Gericht in Biloxi und eine beglaubigte Kopie der einstweiligen Verfügung auszuhändigen. Die Liste mit Auflagen enthielt auch das Verbot, weitere Schecks auszuschreiben, bevor eine richterliche Genehmigung dafür vorlag.

7

Anwalt Ethan Rapley stieg aus seiner dunklen Dachkammer herunter, duschte, rasierte sich, beruhigte seine blutunterlaufene Netzhaut mit Augentropfen und trank starken Kaffee, während er nach einem halbwegs sauberen Blazer suchte, den er in der Innenstadt tragen konnte. Er war seit sechzehn Tagen nicht mehr in der Kanzlei gewesen. Nicht, daß man ihn dort vermißt hätte. Sie schickten ihm ein Fax, wenn sie ihn brauchten, und er faxte zurück. Er verfaßte die Schriftsätze, Aktennotizen und Anträge, die die Kanzlei zum Überleben brauchte, und recherchierte für Leute, die er verabscheute. Gelegentlich war er gezwungen, eine Krawatte umzubinden und sich mit einem Mandanten zu treffen oder einer gräßlichen Konferenz mit seinen Partnern beizuwohnen. Er haßte sein Büro; er haßte die Leute, sogar die, die er kaum kannte; er haßte jedes Buch auf jedem Regal und jede Akte auf jedem Schreibtisch. Er haßte die Fotos an seiner Wand und den Geruch von allem – den abgestandenen Kaffee auf dem Korridor, die Chemikalien in der Nähe des Kopierers, das Parfüm der Sekretärinnen. Einfach alles eben.

Dennoch lächelte er beinahe, als er sich mit seinem Wagen an diesem Tag durch die Rush-hour quälte. Er nickte einem alten Bekannten zu, während er ziemlich flott die Vieux Marche entlangging. Er richtete sogar ein paar freundliche Worte an die Frau am Empfang, die er zwar mitbezahlte, an deren Namen er sich aber nicht mehr erinnern konnte.

Im Konferenzraum wimmelte es von Leuten, zumeist Anwälten aus den Kanzleien der Nachbarschaft, ein oder zwei Richtern; ein paar Gerichtsbeamte waren auch darunter. Es war nach fünf, und die Stimmung war laut und ausgelassen. Zigarrenrauch hing in der Luft.

Rapley fand den Alkohol auf einem Tisch am anderen

Ende des Raumes. Während er sich einen Scotch eingoß, richtete er das Wort an Vitrano und versuchte, erfreut zu wirken. Den Tisch mit Mineralwasser und alkoholfreien Getränken ignorierte er.

»So geht das schon den ganzen Nachmittag«, sagte Vitrano, während die beiden dem Treiben der Menge zuschauten und den angeregten Unterhaltungen lauschten. »Seit die Nachricht draußen ist, ist hier alles außer Rand und Band.«

Die Neuigkeit über Patrick hatte sich in der Juristengemeinde der Küste wie ein Lauffeuer verbreitet. Anwälte lieben Klatsch, neigen sogar dazu, ihn auszuschmücken, und verbreiten ihn mit atemberaubendem Tempo. Gerüchte wurden aufgeschnappt, gesammelt, erfunden. Er wiegt fünfundsechzig Kilo und spricht fünf Sprachen. Man hat das Geld gefunden. Das Geld ist für immer verschwunden. Er hat in Armut gelebt. Oder war es in einer Villa? Er hat allein gelebt. Er hat eine neue Frau und drei Kinder. Sie wissen, wo das Geld ist. Sie haben nicht die geringste Ahnung vom Verbleib des Geldes.

Alle Gerüchte drehten sich letzten Endes nur um das Geld. Während die Freunde und die Neugierigen im Konferenzraum beieinander standen und sich über dieses und jenes unterhielten, kamen sie unweigerlich auf das Geld zu sprechen. Unter diesen Leuten gab es kaum irgendwelche Geheimnisse. Jedermann wußte, daß die Kanzlei ein Drittel von neunzig Millionen verloren hatte. Und selbst die allerunwahrscheinlichste Möglichkeit, daß die Kanzlei das Geld doch noch kassieren könnte, ließ Freunde und Neugierige aufkreuzen, auf ein oder zwei Drinks, mit einer Story oder einem Gerücht, einer Information und dem unvermeidlichen »Verdammt, ich hoffe, sie finden das Geld.«

Rapley verschwand mit seinem zweiten Drink in der Menge. Bogan trank Mineralwasser und unterhielt sich mit einem Richter. Vitrano widmete sich den Gästen und bestätigte oder dementierte so viel wie möglich. Havarac saß mit einem alternden Gerichtsreporter, der ihn plötzlich interessant fand, in einer Ecke.

Der Alkohol floß in Strömen, die Nacht brach herein. Die

Hoffnungen wuchsen und wuchsen, während der Klatsch in immer neuen Varianten hochgekocht wurde.

Patrick war *die* Abendnachricht beim Küstensender. Man berichtete de facto über kaum etwas anderes. Da gab es Mast und Parrish, die grimmig auf das Gewirr von Mikrofonen starrten, als wären sie ausgepeitscht und gegen ihren Willen vor die Kameras gezerrt worden. Da gab es eine Großaufnahme der Eingangstür der Kanzlei, aber keine Kommentare von den Verantwortlichen dahinter. Es gab einen kleinen sentimentalen Bericht mit einem Reporter von Patricks Grab aus, nicht ohne düstere Spekulationen darüber, was mit der armen Seele passiert sein mochte, deren Asche da unten begraben lag. Nicht zu vergessen die Archivaufnahmen von dem Unfall vier Jahre zuvor, mit Fotos von der Unfallstelle und der ausgebrannten Karosserie von Mr. Patrick Lanigans Chevy Blazer. Kein Kommentar von der Ehefrau, dem FBI, dem Sheriff. Kein Kommentar von den Beteiligten, aber Unmengen an wilden Spekulationen von seiten der Reporter.

Die Neuigkeit wurde auch in New Orleans, Mobile, Jackson und sogar Memphis breit ausgewalzt. CNN griff sie am frühen Abend auf und strahlte sie eine Stunde im Inland aus, bevor sie sie ins Ausland schickten. Die Story war einfach zu gut.

Um sieben Uhr morgens sah Eva sie in ihrem Hotelzimmer in der Schweiz. Sie war irgendwann nach Mitternacht vor dem laufenden Fernseher eingeschlafen und während der Nacht das ein oder andere Mal wieder aufgewacht und hatte auf mögliche Nachrichten über Patrick gewartet. Sie war müde und hatte Angst. Sie wollte ganz einfach nach Hause, wußte aber, daß das nicht zur Diskussion stand.

Patrick war am Leben. Er hatte ihr hundertmal versichert, daß sie ihn nicht umbringen würden, falls sie ihn finden sollten. Zum ersten Mal glaubte sie ihm.

Wieviel hatte er ihnen verraten? Das war die Frage.

Wie schwer war er verletzt? Wieviel hatten sie aus ihm herausgeholt?

Sie dankte Gott dafür, daß Patrick noch am Leben war.
Dann stellte sie eine Liste der zu erledigenden Dinge auf.

Unter den gleichgültigen Blicken von zwei uniformierten Wachposten und mit der etwas schwächlichen Unterstützung von Luis, seinem alten puertoricanischen Pfleger, schlurfte Patrick mit bloßen Füßen und in weiten Militär-Boxershorts den Korridor entlang. Seine Brandwunden brauchten Luft – keine Verbände oder Abdeckungen mehr. Nur Salbe und Sauerstoff. Besonders weh taten ihm seine Waden und seine Oberschenkel. Seine Knie und seine Knöchel zitterten bei jedem Schritt.

Er wollte den Kopf freibekommen. Er begrüßte die Schmerzen, weil sie seine Sinne schärften. Gott allein wußte, welche widerwärtige Mischung von Chemikalien man im Laufe der letzten drei Tage in ihn gepumpt hatte.

Die Folter lag wie ein dichter, grauenhafter Nebel über seiner Wahrnehmung. Dieser begann sich nur langsam zu lichten. Als die Wirkung der Chemikalien nachlies, diese ausgeschieden wurden, begann er, seine schmerzgepeinigten Schreie zu hören. Die Frage war, wieviel hatte er ihnen über das Geld verraten?

Er lehnte sich in der leeren Kantine gegen die Fensterbank, während der Pfleger ihm einen Soft Drink holte. Das Meer war ungefähr eine Meile entfernt, dazwischen eine Zeile Kasernen. Er befand sich auf irgendeiner Militärbasis.

Ja, er hatte zugegeben, daß das Geld noch existierte, daran erinnerte er sich, weil die Elektroschocks für kurze Zeit aufgehört hatten, als das herauskam. Dann mußte er, wie er jetzt glaubte, wieder ohnmächtig geworden sein, weil da eine lange Unterbrechung war. Er erinnerte sich, daß ihm kaltes Wasser ins Gesicht geschüttet worden war. Das Wasser hatte sich gut angefühlt. Aber sie hatten ihm nichts davon zu trinken gegeben. Und immer wieder Nadeln. Überall Nadeln.

Banken. Er hätte beinahe sein Leben für die Namen von ein paar lausigen Banken hingegeben. Während der Strom durch seinen Körper jagte, hatte er den Weg des Geldes für sie nachgezeichnet, von dem Moment an, als er es von der United Bank of Wales auf den Bahamas gestohlen und auf eine Bank auf Malta transferiert hatte, und von dort nach Panama, wo niemand es finden konnte.

Mit ihrem Zugriff hatte er das Wissen verloren, wo das Geld war. Es existierte noch, sicher, plus Zinsen und Erträgen, das hatte er ihnen bestimmt gesagt, wie er sich jetzt erinnerte, und zwar ganz deutlich erinnerte, weil er gedacht hatte, na, wenn schon – sie wissen, daß ich es gestohlen habe, sie wissen, daß ich es habe, wissen, daß es unmöglich war, neunzig Millionen Dollar in vier Jahren auszugeben –, aber, was er nicht wußte, war, wo sich das Geld befand, während sein Fleisch verbrannte.

Der Pfleger gab ihm eine Soda, und er sagte: *»Obrigado.«* Danke auf portugiesisch. Weshalb sprach er portugiesisch?

Nachdem die Geldspur versickert war, war er wieder ohnmächtig geworden. »Stop!« hatte jemand aus der Ecke des Zimmers gerufen, jemand, den er nie zu Gesicht bekommen hatte. Sie hatten offenkundig geglaubt, sie hätten ihn ins Jenseits befördert.

Er hatte keine Ahnung, wie lange er bewußtlos gewesen war. Einmal wachte er blind auf, der Schweiß und die Drogen und das furchtbare Schreien hatten ihn blind gemacht. Oder war es eine Augenbinde? Er erinnerte sich mit einem Mal daran – er dachte, daß sie ihm die Augen verbunden hatten, weil sie im Begriff waren, eine neue, noch grauenhaftere Foltermethode vorzubereiten. Amputation von Körperteilen vielleicht. Er lag ja völlig nackt da.

Neuerlich eine Nadel in den Arm, und plötzlich raste sein Herz davon und die Haut zuckte. Sein Freund mit dem kleinen Spielzeug war zurückgekehrt. Patrick konnte wieder sehen. Also, wo ist das Geld, fragte er. Wo ist das Geld?

Patrick nippte an seiner Soda. Der Pfleger wartete in der Nähe, freundlich lächelnd, auf die Art, wie er es wohl gegenüber allen seinen Patienten tat. Patrick wurde es plötzlich schlecht, obwohl er kaum etwas gegessen hatte. Er fühlte sich benebelt, und ihm war schwindlig, aber er war entschlossen, auf den Beinen zu bleiben, damit sein Blut sich bewegen und er nachdenken konnte. Er fixierte ein Fischerboot, weit draußen am Horizont.

Sie hatten ihm eine lange Folge von Stromstößen versetzt, wollten Namen hören. Er hatte seine Unkenntnis herausgeröchelt. Sie befestigten eine Elektrode an seinen Hoden. Mit einem Mal war der Schmerz wieder frisch, neu, eine andere Dimension. Dann war er wieder in Ohnmacht gesunken.

Patrick konnte sich nicht erinnern. Er konnte sich einfach nicht an das letzte Stadium in der Hölle der Schmerzen erinnern. Sein Körper und das Brett aus Sperrholz standen förmlich in Flammen. Er war dem Tode nahe. Er nannte ihren Namen. Oder hatte er das nur in Gedanken getan? Wo war sie jetzt?

Er ließ die Soda fallen und griff nach dem Pfleger.

Stephano wartete bis gegen ein Uhr nachts, bevor er das Haus verließ. Er fuhr im Wagen seiner Frau die dunkle Straße entlang. Er winkte den beiden Agenten zu, die an der Kreuzung in einem Kleinbus saßen. Er fuhr langsam, damit sie wenden und ihm folgen konnten. Als er die Arlington Memorial Bridge überquerte, waren es mindestens zwei Wagen, die ihn verfolgten.

Der kleine Konvoi glitt durch leere Straßen, bis er Georgetown erreichte. Stephano hatte den Vorteil, daß er wußte, wohin er wollte. Auf der K-Street bog er plötzlich nach rechts in die Wisconsin ein und dann ebenso plötzlich in die H-Street. Er stoppte sofort in einer Parkverbotszone und sprang aus dem Wagen, um dann gemächlich wie ein spät heimkehrender Nachtschwärmer einen halben Block bis zu einem Holiday Inn zurückzulegen.

Er fuhr mit dem Fahrstuhl in den zweiten Stock, wo Guy in einer Suite bereits auf ihn wartete. Guy war seit Monaten zum ersten Mal wieder in den Vereinigten Staaten und in den letzten drei Tagen kaum zum Schlafen gekommen. Aber das kümmerte Stephano nicht.

Auf einem Tisch neben einem batteriebetriebenen Tonbandgerät lagen nebeneinander aufgereiht sechs beschriftete Bänder. »Die Zimmer nebenan sind leer«, sagte Guy, in beide Richtungen deutend. »Sie können sie sich also mit voller Lautstärke anhören.«

»Es ist widerlich, nehme ich an«, sagte Stephano, die Bänder betrachtend.

»Ziemlich krank. So etwas tue ich nie wieder.«

»Sie können jetzt gehen.«

»Gut. Ich bin unten im Foyer, falls Sie mich brauchen.«

Guy verließ das Zimmer. Stephano tätigte einen Anruf, und eine Minute später klopfte Benny Aricia an die Tür. Sie bestellten schwarzen Kaffee und verbrachten den Rest der Nacht damit, sich Patricks Schreie im Dschungel von Paraguay anzuhören.

Es waren Bennys schönste Stunden.

8

Zu sagen, es war Patricks Tag in den Zeitungen, wurde der Situation nicht gerecht. Auf der Titelseite der Morgenzeitung der Küste war Patrick *der* Aufmacher.

LANIGAN VON DEN TOTEN AUFERSTANDEN

verkündete die Schlagzeile in großen, fettgedruckten Lettern. Vier Artikel mit nicht weniger als sechs Fotos füllten die Titelseite und wurden im Innern des Blattes fortgesetzt. Desgleichen auf der Titelseite in New Orleans, seinem Geburtsort, und ebenso in Jackson und Mobile. Auch Memphis, Birmingham, Baton Rouge und Atlanta brachten Fotos des früheren Patrick mit kurzen Berichten auf der Titelseite.

Den ganzen Vormittag über hielten Übertragungswagen zweier Fernsehsender vor dem Haus seiner Mutter in Gretna, einem Vorort von New Orleans, regelrecht Wache. Sie hatte nichts zu sagen, und sie wurde von zwei tatkräftigen Damen aus der Nachbarschaft beschützt, die abwechselnd an der Haustür erschienen und die Aasgeier auf Abstand hielten.

Die Presse versammelte sich auch vor Trudys Haus in Point Clear, wurde aber von Lance regelrecht in Schach gehalten, der mit einer Schrotflinte unter einem schattenspendenden Baum saß. Er trug ein knapp sitzendes schwarzes T-Shirt, eine schwarze Hose und schwarze Stiefel und sah aus wie der Inbegriff eines martialischen Söldners. Sie riefen ihm banale Fragen zu. Er beließ es bei finsteren Blicken. Trudy versteckte sich im Haus, zusammen mit Ashley Nicole, der Sechsjährigen, die sie nicht zur Schule geschickt hatte.

Sie belagerten die Kanzlei in der Innenstadt und warteten auf dem Gehsteig. Der Eintritt wurde ihnen von zwei massigen Wachmännern verwehrt, die eigens zu diesem Zweck angeheuert worden waren.

Sie lauerten vor dem Büro des Sheriffs und vor dem von Cutter und überall dort, wo sie hofften, eine Witterung aufnehmen zu können. Jemand bekam einen Tip, und sie versammelten sich vor dem Büro des Kanzleivorstehers im Bezirksgericht, gerade noch rechtzeitig, um zu erleben, wie Vitrano in seinem besten grauen Anzug dem Kanzleivorsteher ein Dokument überreichte, zu dem er die Erklärung abgab, dies sei die Klage, die die Kanzlei gegen Patrick S. Lanigan anstrenge. Die Kanzlei wolle schlicht und ergreifend ihr Geld wiederhaben, und er, Vitrano, hätte nicht das geringste dagegen einzuwenden, sich darüber mit der Presse zu unterhalten, solange ihm jemand nur zuhören würde.

Der Vormittag erwies sich als überaus prozeßfreudig. Trudys Anwalt ließ die welterschütternde Neuigkeit durchsickern, daß er sich um zehn Uhr aufs Gericht in Mobile begeben und eine Scheidungsklage einreichen würde. Er erfüllte seinen Auftrag mit bewundernswertem Geschick. Obwohl er bereits tausend Scheidungsklagen eingereicht hatte, war dies die erste, die er vor laufenden Fernsehkameras auf den Weg brachte. Ein wenig widerstrebend erklärte er sich zu einem ausführlichen Interview bereit. Der Scheidungsgrund war böswilliges Verlassen, und in der Klageschrift waren alle möglichen schlimmen Sünden aufgeführt. Anschließend posierte er auf dem Flur vor dem Büro des Kanzleivorstehers für ein paar Fotos.

Schnell verbreitete sich die Nachricht über die bereits am Tag zuvor eingereichte Klage, mit der Northern Case Mutual von Trudy die Rückzahlung der zweieinhalb Millionen Dollar verlangte. Die Gerichtsakte wurde nach Details durchstöbert. Die beteiligten Anwälte wurden befragt. Eine undichte Stelle hier, ein beiläufiges Wort dort, und wenig später wußte ein Dutzend Reporter, daß Trudy ohne Genehmigung des Gerichts nicht einmal mehr einen Scheck für Lebensmittel ausschreiben durfte.

Monarch-Sierra Insurance wollte ihre vier Millionen

Dollar wiederhaben, selbstverständlich zuzüglich Zinsen und Anwaltsgebühren. In Biloxi strengten etliche Anwälte in aller Eile ein Verfahren gegen die Kanzlei wegen Kassierens des Höchstbetrags der Police und gegen den armen Patrick wegen Betrugs von jedermann an. Wie mittlerweile üblich, erhielt die Presse einen entsprechenden Tip, und nur Minuten nach dem Einreichen der Klageschrift hielten die Journalisten bereits Kopien von dieser in ihren Händen.

Wie nicht anders zu erwarten, wollte Benny Aricia seine neunzig Millionen von Patrick zurück. Sein neuer Anwalt, eine leicht überspannt wirkende Messerschnauze, hatte seine eigene Methode, mit den Medien umzugehen. Er setzte für zehn Uhr eine Pressekonferenz an und lud jedermann in seinen geräumigen Konferenzraum, um über jeden noch so unbedeutenden Aspekt der Ansprüche seines Mandanten zu diskutieren, *bevor* er seine Klage einreichte. Danach lud er seine neuen Freunde von der Presse ein, ihn auf dem Weg zum Gericht zu begleiten. Er sprach während der gesamten Wegstrecke von nichts anderem als dem Verbrechen gegen seinen Mandanten.

Patrick Lanigans Auferstehung von den Toten setzte an der Golfküste mehr Anwälte in Lohn und Brot als jedes andere Ereignis in der neueren Geschichte.

Während im Gerichtsgebäude von Harrison County Hochbetrieb herrschte, betraten siebzehn Mitglieder der Grand Jury unauffällig einen nicht näher gekennzeichneten Raum im ersten Stock. Sie hatten im Laufe der Nacht dringliche Anrufe erhalten, und zwar von Bezirksstaatsanwalt T. L. Parrish persönlich. Sie wußten über den Grund ihrer Zusammenkunft genau Bescheid. Sie bekamen Kaffee und nahmen die ihnen zugewiesenen Plätze an dem langen Tisch ein. Sie waren ein wenig nervös und sogar aufgeregt bei dem Gedanken, daß sie sich im Auge des Hurrikans befanden.

Parrish begrüßte sie und entschuldigte sich bei ihnen für die Dringlichkeitssitzung, dann begrüßte er Sheriff Sweeney und dessen Chefermittler Ted Grimshaw sowie Special

Agent Joshua Cutter. »Sieht so aus, als hätten wir es plötzlich mit einem neuen Mordfall zu tun«, sagte er, ein Exemplar der Morgenzeitung entfaltend. »Ich bin sicher, Sie haben das hier bereits gesehen.« Alle nickten.

Langsam mit einem Notizblock in der Hand an der Wand auf und ab gehend, trug Parrish die Details vor: Hintergrundmaterial über Patrick; die juristische Vertretung von Benny Aricia durch die Kanzlei; Patricks Tod, nach heutigem Kenntnisstand natürlich nur vorgetäuscht; seine Beerdigung. Das meiste kannten sie bereits aus der Morgenzeitung, die Parrish gerade auf den Tisch gelegt hatte.

Er reichte Fotos von Patricks ausgebranntem Blazer herum; Fotos von der Unfallstelle am folgenden Morgen ohne den Blazer; Fotos von dem verkohlten Gestrüpp, vom Boden, vom geschwärzten Gras und einem Baumstamm. Und dann, überaus dramatisch und ohne Vorwarnung, ließ Parrish vergrößerte Farbfotos von den Überresten der einzigen in dem Blazer aufgefundenen Person herumgehen.

»Wir dachten natürlich, es wäre Patrick Lanigan«, sagte er mit einem Lächeln. »Jetzt wissen wir, daß wir uns geirrt haben.«

Nichts in der ausgebrannten Karosserie deutete darauf hin, daß es menschliche Überreste waren. Keine erkennbaren Körperteile, abgesehen von einem bleichen Knochen, der, wie Parrish mit ernster Miene erklärte, von einem Bekken stammte. »Einem menschlichen Becken«, setzte er hinzu, nur für den Fall, daß seine Geschworenen auf die Idee kommen könnten, Patrick hätte lediglich ein Schwein oder ein anderes Tier getötet.

Die Mitglieder der Grand Jury akzeptierten seine Darstellung, in erster Linie deshalb, weil sonst kaum etwas zu sehen war. Kein Blut, keine Gewebereste, nichts, wovon einem hätte schlecht werden können. Er oder sie oder was immer es gewesen sein mochte, war auf dem vorderen Beifahrersitz gelandet, der wie alles andere bis auf den Rahmen ausgebrannt war.

»Natürlich war es ein Benzinfeuer«, erklärte Parrish. »Wir wissen, daß Patrick bei einer acht Meilen entfernten

Tankstelle den Wagen volltankte, also sind siebzig Liter Benzin explodiert. Unser Brandexperte legt jedoch Wert auf die Feststellung, daß das Feuer ungewöhnlich heiß und heftig gewesen sein muß.«

»Haben Sie in dem Fahrzeug die Überreste von irgendwelchen Behältnissen gefunden?« fragte einer der Geschworenen.

»Nein. Bei Bränden dieser Art werden gewöhnlich Plastikbehälter benutzt. Große Milchkanister und Behälter für Frostschutzmittel scheinen bei Brandstiftern besonders beliebt zu sein. Sie hinterlassen keine Spuren. Wir erleben das immer wieder, wenn auch selten bei einem Autobrand.«

»Sind die Leichen immer in einem derartigen Zustand?« fragte ein anderer.

Parrish antwortete rasch: »Nein, das sind sie in der Regel nicht. Ich muß gestehen, daß ich noch nie eine dermaßen verkohlte Leiche gesehen habe. Wir hätten sie exhumiert, aber wie Sie vermutlich wissen, wurde sie verbrannt.«

»Eine Ahnung, um wen es sich handeln könnte?« fragte Ronny Burkes, ein Hafenarbeiter.

»Wir haben eine Person im Sinn, aber das ist bis jetzt nur reine Spekulation.«

Es gab weitere Fragen über dieses und jenes Detail, nichts von Bedeutung, nur Erkundigungen, vorgebracht in der Hoffnung, aus der Sitzung etwas mitnehmen zu können, das die Zeitungen bei ihrer Darstellung des Falles ausgelassen hatten. Sie beschlossen einstimmig, Patrick des vorsätzlichen Mordes anzuklagen – eines beim Begehen eines anderen Verbrechens, nämlich schweren Diebstahls, begangenen Mordes. Zu sühnen mit der Todesstrafe, durch tödliche Injektion draußen im Staatsgefängnis Parchman.

In kaum mehr als vierundzwanzig Stunden hatte Patrick es geschafft, wegen vorsätzlichen Mordes angeklagt zu werden, auf Scheidung verklagt zu werden, von Aricia auf Rückzahlung von neunzig Millionen zuzüglich Geldstrafe, auf dreißig Millionen von seinen einstigen Partnern, zuzüglich Geldstrafe, und auf vier Millionen von Monarch-Sierra

Insurance zuzüglich weiterer zehn Millionen Geldstrafe, damit es sich auch richtig lohnte.

Dank CNN konnte er alles am Bildschirm mitverfolgen.

Die Ankläger, T. L. Parrish und Maurice Mast, standen abermals mit steinernen Mienen vor den Kameras und verkündeten – gemeinschaftlich, obwohl das FBI mit dieser Anklage nichts zu tun hatte –, daß die Einwohner von Harrison County, vertreten durch ihre Grand Jury, jetzt in der gebotenen Eile, Patrick Lanigan des vorsätzlichen Mordes angeklagt hätten. Sie bogen die Fragen ab, die sie nicht beantworten konnten, wichen denen aus, bei denen sie es gekonnt hätten, und deuteten unmißverständlich an, daß weitere Anklagen folgen würden.

Als die Kameras wieder abgebaut waren, trafen sich die beiden Männer diskret mit dem Ehrenwerten Richter Karl Huskey, einem der drei Richter am Bezirksgericht von Harrison County und einem guten Freund von Patrick, vor dessen Beerdigung. Fälle wurden angeblich aufs Geratewohl zugewiesen, aber Huskey wußte ebensogut wie die anderen Richter, wie man den Registrator so manipulierte, daß man einen bestimmten Fall bekam oder nicht bekam. Huskey wollte Patricks Fall, jedenfalls fürs erste.

Während Lance in der Küche ein Tomatensandwich verspeiste, allein, sah er, wie sich im hinteren Teil des Gartens in der Nähe des Pools etwas bewegte. Er griff sich seine Schrotflinte, schlich aus dem Haus, um ein paar Sträucher auf der Terrasse herum, und entdeckte einen dicklichen Fotografen aus der Meute der Paparazzi, der mit drei großen Kameras bewaffnet neben dem Badehaus hockte. Lance schlich mit schußbereitem Gewehr barfuß um das Badehaus herum und kauerte sich einen halben Meter hinter dem Rükken des Mannes nieder. Er beugte sich leicht nach vorne, hielt dem Mann die Waffe mit nach oben zielendem Lauf an den Kopf und drückte ab.

Der Fotograf kippte nach vorne über und fiel aufs Gesicht, stieß einen Schreckensschrei aus und zappelte wie ein

Fisch auf dem Trockenen auf seinen drei Kameras. Lance versetzte ihm einen Tritt zwischen die Beine und dann noch einen, als dieser sich umdrehte und endlich einen Blick auf seinen Angreifer erhaschen konnte.

Lance entriß ihm die drei Kameras und warf sie in den Pool. Trudy auf der Terrasse war zu Tode erschrocken. Lance brüllte, sie solle die Polizei rufen.

9

»Ich werde jetzt die abgestorbene Haut entfernen«, sagte der Arzt, eine Brustwunde mit einem spitz zulaufenden Instrument untersuchend. »Ich finde wirklich, Sie sollten die Sache mit dem Schmerzmittel noch einmal überdenken.«

»Nein danke«, sagte Patrick. Er saß auf seinem Bett, nackt, mit dem Arzt, zwei Schwestern und dem puertoricanischen Pfleger.

»Es wird äußerst schmerzhaft sein, Patrick«, sagte der Arzt.

»Ich habe weitaus Schlimmeres durchgemacht. Außerdem, wo würden Sie hinstechen?« fragte er, seinen linken Arm hebend. Der Unterarm war mit purpurfarbenen und dunkelblauen Blutergüssen übersät, alles Stellen, wo der brasilianische Arzt während der Tortur immer wieder erbarmungslos Spritzen gesetzt hatte. Patricks Körper wies eine ganze Serie von Blutergüssen und nur langsam abheilenden Wunden auf. »Keine weiteren Drogen«, sagte er.

»Okay. Wie Sie wollen.«

Patrick legte sich zurück und umklammerte die Seitengeländer seines Bettes. Die Schwestern und Luis hielten seine Knöchel fest, als der Arzt damit begann, die Verbrennungen dritten Grades auf seiner Brust zu säubern. Mit einem Skalpell löste er die tote Haut aus der Wunde, dann schnitt er sie ab.

Patrick zuckte zusammen und schloß die Augen.

»Wollen Sie nicht doch eine Spritze, Patrick?« fragte der Arzt.

»Nein«, stöhnte er unterdrückt.

Weiteres Arbeiten mit dem Skalpell. Weitere tote Haut.

»Die Heilung macht ausgezeichnete Fortschritte, Patrick. Ich neige zu der Annahme, daß Sie vielleicht doch keine Hauttransplantationen brauchen werden.«

»Gut«, sagte er, dann zuckte er wieder zusammen, als der Arzt seine Arbeit fortsetzte.

Vier der neun Brandwunden waren so schwer, daß sie als Verbrennungen dritten Grades hatten eingestuft werden müssen; zwei auf der Brust, eine auf dem linken Oberschenkel und eine an der rechten Wade. Die Stellen an seinen Handgelenken, Ellenbogen und Knöcheln, wo die Fesseln ins Fleisch geschnitten hatten, lagen offen und waren mit Salbe bestrichen worden.

Der Arzt brauchte eine halbe Stunde und erklärte ihm, es wäre am besten, wenn er still liegen bliebe, unbekleidet und unverbunden, jedenfalls fürs erste. Er trug eine kühlende antibakterielle Salbe auf und offerierte neuerlich Schmerztabletten. Patrick lehnte abermals ab.

Der Arzt und die Schwestern verließen den Raum, und Luis blieb lange genug, um sie zu verabschieden. Er machte die Tür hinter ihnen zu und schloß die Sichtblenden. Dann holte er aus einer der Taschen seines Kittels eine Wegwerf-Kodak mit Blitz hervor.

»Fangen Sie hier an«, sagte Patrick, aufs Fußende des Bettes zeigend. »Fotografieren Sie den ganzen Körper, auch mein Gesicht.« Luis hob die Kamera ans Auge, hantierte daran herum, wich an die Wand zurück und drückte dann auf den Auslöser. Die Kamera blitzte.

»Noch einmal, von hier aus«, wies Patrick ihn an.

Luis tat, wie ihm geheißen wurde. Anfangs hatte er sich geweigert, sich auf dieses Unternehmen einzulassen, hatte gesagt, dazu bräuchte er eine Genehmigung von seinem Boß. An der Grenze zu Paraguay lebend, hatte Patrick nicht nur sein Portugiesisch vervollkommnet, sondern auch ein bißchen Spanisch gelernt. Er konnte fast alles verstehen, was Luis sagte. Luis hingegen hatte größere Mühe, Patrick zu verstehen.

Die Sprache des Geldes gab den Ausschlag, nachdem Luis schließlich das Angebot von fünfhundert Dollar als Gegenleistung für seine Dienste als Fotograf verstanden hatte. Er erklärte sich bereit, drei Wegwerf-Kameras zu kaufen, fast hundert Aufnahmen zu machen, die Filme entwickeln zu lassen und die Fotos bis auf weiteres außerhalb des Krankenhauses zu deponieren.

Patrick hatte keine fünfhundert Dollar bei sich, aber er versicherte Luis, daß er trotz allem, was dieser vielleicht über ihn gehört hatte, ein ehrlicher Mann wäre und ihm das Geld schicken würde, sobald er wieder zu Hause sei.

Luis war kein großer Fotograf vor dem Herrn, aber schließlich hatte er auch keine gute Kamera. Patrick dirigierte ihn bei jeder Aufnahme. Es gab Nahaufnahmen von den schweren Verbrennungen auf seiner Brust und seinem Oberschenkel, Nahaufnahmen von seinen schweren Blutergüssen, Ganzkörperfotos aus allen möglichen Winkeln. Sie arbeiteten zügig, um der Gefahr der Entdeckung zu entgehen. Es war fast Zeit fürs Mittagessen und das abermalige Erscheinen geschäftiger Schwestern mit ihren Charts und ihrem unablässigen Geschnatter.

Luis verließ das Krankenhaus während seiner Mittagspause und lieferte die Filme in einem Fotolabor ab.

In Rio brachte Osmar eine schlechtbezahlte Sekretärin in Evas Kanzlei dazu, tausend Dollar in bar anzunehmen. Dafür sollte sie ihm Bericht erstatten über alles, was in der Kanzlei geredet wurde. Viel kam dabei nicht heraus. Die Partner legten großen Wert auf Verschwiegenheit. Aber die Telefonunterlagen verzeichneten zwei Anrufe von einem Anschluß in Zürich. Er gehörte zu einem Hotel, wie Guy von Washington aus feststellte, aber mehr war nicht zu erfahren. Die Schweizer sind bekanntermaßen diskret.

Die Partner waren sehr ungehalten über Evas Verschwinden. Bald traten an die Stelle der unauffälligen Gespräche über sie tägliche Konferenzen darüber, wie in ihrem Fall am besten zu verfahren sei. Sie hatte am ersten Tag ihrer Abwesenheit einmal angerufen und dann noch einmal am zweiten, danach herrschte Funkstille. Der mysteriöse Mandant, mit dem sie sich angeblich hatte treffen wollen, konnte nicht ausfindig gemacht werden. Inzwischen gab es bereits Forderungen und Drohungen von den von ihr zu betreuenden Mandanten. Sie ließ Verabredungen, Termine und Fristen verstreichen.

Schließlich beschlossen sie, sie vorläufig zu entlassen.

Eine endgültige Entscheidung wurde auf die Zeit nach ihrer Rückkehr vertagt.

Osmar und seine Männer bespitzelten Evas Vater, bis der arme Mann schließlich nicht mehr schlafen konnte. Sie beobachteten den Eingang des Hauses, in dem er wohnte, und folgten ihm durch den Verkehr und über die belebten Gehsteige von Ipanema. Es war die Rede davon, ihn zu kidnappen und ihm ein bißchen zuzusetzen, um ihn zum Reden zu bringen, aber er war stets vorsichtig und achtete darauf, daß er nie allein war.

Bei seinem dritten Erscheinen vor ihrem Schlafzimmer fand Lance die Tür endlich unverschlossen vor. Er betrat das Zimmer leise mit einer weiteren Valium und einer Flasche ihres Lieblings-Mineralwassers aus Irland, vier Dollar die Flasche. Er ließ sich wortlos auf der Kante ihres Bettes nieder und hielt ihr die Tablette hin. Sie nahm sie, ihre zweite im Laufe einer Stunde, und trank das Wasser.

Vor einer Stunde war der Streifenwagen mit dem dicklichen Fotografen abgefahren. Zwei Polizisten hatten zwanzig Minuten herumgestanden und Fragen gestellt, offensichtlich nicht darauf aus, den Vorfall ernsthaft zu untersuchen, da es sich um ein Privatgrundstück handelte und die Presse angewiesen worden war, sich fernzuhalten; außerdem arbeitete der Mann für ein dubioses Blatt oben im Norden. Die Polizisten schienen auf die Art, wie Lance die Situation geklärt hatte, mit Verständnis, ja sogar mit Respekt zu reagieren. Für den Fall, daß der Fotograf doch noch Klage erheben sollte, wurde ihnen der Name von Trudys Anwalt mitgeteilt. Lance drohte, seinerseits zu klagen, wenn er vor Gericht erscheinen mußte.

Trudy rastete aus und hatte einen Nervenzusammenbruch, nachdem die Polizisten abgefahren waren. Sie schleuderte Sofakissen in den Kamin, und das Kindermädchen brachte Ashley Nicole schleunigst in Sicherheit. Sie schrie Lance Obszönitäten zu, weil er der einzige war, an dem sie ihre Wut auslassen konnte. Es war einfach zu viel für sie gewesen – die Nachricht über Patrick, die Klage der

Versicherungsgesellschaft, die einstweilige Verfügung, die Pressemeute vor dem Haus, und dann hatte Lance auch noch einen Fotografen am Pool entdeckt.

Aber jetzt war sie still. Lance hatte gleichfalls ein Valium genommen und seufzte vor Erleichterung, daß sie sich jetzt wieder unter Kontrolle hatte. Er wollte sie berühren, ihre Knie tätscheln und etwas Nettes sagen, aber in Situationen wie dieser verfehlten solche Gesten die gewünschte Wirkung. Eine falsche Bewegung und sie würde wieder an die Decke gehen. Trudy würde sich beruhigen, aber erst, wenn sie selbst dazu bereit war.

Trudy legte sich zurück, schloß die Augen und legte einen Handrücken auf die Stirn. Das Zimmer war dunkel, wie das gesamte Haus – Jalousien und Vorhänge waren geschlossen, die Beleuchtung ausgeschaltet oder gedämpft. Auf der Straße vor dem Haus lungerten an die hundert Presseleute herum und machten Fotos oder Filmaufnahmen, die alle diese verdammten Patrick-Stories illustrieren sollten. Um zwölf Uhr hatte sie ihr Haus in den Lokalnachrichten gesehen, im Hintergrund, als eine dämliche Person mit orangefarbenem Gesicht und großen Zähnen sich lang und breit über Patrick ausließ und über die Scheidung, die Patricks Frau am Morgen dieses Tages eingereicht hatte.

Patricks Frau! Der Gedanke machte sie fassungslos. Seit viereinhalb Jahren war sie nicht mehr Patricks Frau. Sie hatte ihn standesgemäß begraben und dann versucht, ihn zu vergessen, während sie auf das Geld wartete. Als sie es schließlich bekam, war er nur noch eine schnell verblassende Erinnerung.

Der einzig schmerzliche Moment war der, als sie Ashley Nicole auf den Schoß nahm und dem Kind, damals gerade zwei Jahre alt, erklärte, daß ihr Vater nicht wiederkommen würde, daß er jetzt im Himmel sei, wo er bestimmt glücklicher sein würde. Das Kind war eine Weile verwirrt, dann schüttelte es die Sache ab, wie nur ein Kind es eben vermag. Niemand durfte Patricks Namen in Gegenwart des Kindes erwähnen. Um es zu schützen, hatte Trudy erklärt. Die Kleine erinnert sich nicht an ihren Vater, also sorgt bitte dafür, daß es so bleibt.

Von dieser einen kurzen Episode abgesehen, hatte sie ihr Dasein als Witwe mit erstaunlicher Gelassenheit gemeistert. Sie fuhr zum Einkaufen nach New Orleans, bestellte Bioprodukte aus Kalifornien, schwitzte täglich zwei Stunden in einem Designerdreß und leistete sich teure Kosmetika und kosmetische Behandlungen. Sie engagierte ein Kindermädchen, damit sie und Lance reisen konnten. Sie liebte die Karibik, besonders St. Barts mit seinen Nacktstränden. Lance und sie zogen sich aus und ließen sich von den Franzosen bewundern.

Weihnachten waren sie im Plaza in New York, im Januar bei den Reichen und Schönen in Vail. Der Mai, das war Paris und Wien. Sie sehnten sich nach einem Privatjet, wie ihn einige der Leute besaßen, denen sie auf ihren Reisen begegnet waren. Ein kleiner gebrauchter Learjet war schon für eine Million zu haben, aber daran war im Augenblick nicht zu denken.

Lance behauptete, er arbeite an einer Lösung ihres Problems, und sie machte sich wie jedesmal, wenn er in geschäftlichen Dingen versuchte ernsthaft zu sein, Sorgen. Sie wußte, daß er Rauschgift schmuggelte, aber nur Marihuana und Haschisch aus Mexiko. Das Risiko, dabei erwischt zu werden, war gering. Sie brauchten das Geld, und außerdem gefiel es ihr, wenn er gelegentlich aus dem Haus war.

Sie haßte Patrick nicht, jedenfalls nicht den toten. Sie haßte lediglich die Tatsache, daß er nicht tot war, daß er wieder auferstanden und zurückgekehrt war, um die Dinge zu verkomplizieren. Sie hatte ihn auf einer Party in New Orleans kennengelernt, zu einer Zeit, als sie Lance gerade auf Abstand hielt und Ausschau hielt nach einem neuen Ehemann, möglichst einem mit Geld und einer vielversprechenden Zukunft. Sie war damals siebenundzwanzig, seit vier Jahren aus einer schlechten Ehe heraus und hektisch auf der Suche nach Stabilität. Er war dreiunddreißig, noch ledig und bereit, eine Familie zu gründen. Er hatte soeben eine Stellung bei einer netten Kanzlei in Biloxi angenommen, wo sie damals zufällig gerade lebte. Nach vier Monaten Leidenschaft heirateten sie auf Jamaika. Drei Wochen nach der Hochzeit schlich sich Lance das erste Mal in ihre neue Wohnung und verbrachte die Nacht mit ihr, während Patrick geschäftlich unterwegs war.

Sie durfte das Geld nicht verlieren, soviel war sicher. Ihr Anwalt mußte einfach etwas unternehmen, irgendein Schlupfloch finden, das ihr erlaubte, es zu behalten. Dafür wurde er schließlich bezahlt. Die Versicherung konnte ihr doch nicht alles nehmen, das Haus, die Möbel, die Wagen, die Kleider, die Bankkonten, das Boot, all die herrlichen Dinge, die sie mit dem Geld gekauft hatte. Das wäre einfach nicht fair. Patrick war gestorben. Sie hatte ihn beerdigt. Sie war seit mehr als vier Jahren Witwe. Das mußte irgendwie doch auch zählen.

Schließlich war es nicht ihre Schuld, daß er noch lebte.

»Wir werden ihn umbringen müssen«, sagte Lance ins Halbdunkel hinein. Er hatte sich auf einem Sessel, der zwischen dem Bett und dem Fenster stand, niedergelassen und seine bloßen Füße auf einem Sitzkissen plaziert.

Sie bewegte sich nicht, zuckte nicht im geringsten zusammen, sondern dachte eine Sekunde darüber nach, bevor sie sagte: »Rede keinen Unsinn.« Es klang nicht sehr überzeugend.

»Es gibt keine andere Alternative, das weißt du.«

»Wir haben ohnehin schon genug Probleme.«

Sie atmete leise. Den Handrücken immer noch auf der Stirn und die Augen geschlossen, lag sie völlig still da, im Grunde recht glücklich, daß Lance das Thema aufgebracht hatte. Dieser Gedanke war auch ihr sofort gekommen, schon Minuten, nachdem ihr mitgeteilt worden war, daß Patrick auf dem Weg nach Hause war. Sie war in Gedanken die verschiedensten Szenarien durchgegangen. Das Ergebnis war jedesmal dasselbe: Um das Geld zu behalten, mußte Patrick tot sein. Schließlich hatte es sich um eine Lebensversicherung gehandelt.

Sie konnte ihn nicht umbringen; der Gedanke war einfach lächerlich. Lance dagegen hatte massenhaft Freunde in der Halbwelt.

»Du willst das Geld doch behalten, oder?« fragte er.

»Ich kann mich jetzt nicht damit befassen, Lance. Vielleicht später.« Vielleicht schon sehr bald. Sie durfte nicht den Anschein erwecken, als läge ihr sehr viel daran, sonst würde Lance zu wild werden. Wie gewöhnlich würde sie ihn manipulieren, ihn in irgendeinen teuflischen Plan hineinmanövrieren, bis es *für ihn* zu spät war, einen Rückzieher zu machen.

»Wir dürfen nicht zu lange warten, Baby. Die Versicherung hat uns schon jetzt den Hahn abgedreht.«

»Bitte, Lance.«

»Es führt kein Weg daran vorbei. Wenn du dieses Haus, das Geld, alles, was wir haben, behalten willst, dann muß er sterben.«

Sie schwieg lange. Seine Worte erleichterten sie. Obwohl intellektuell eher ein Leichtgewicht und mit vielen anderen Fehlern behaftet, war Lance der einzige Mann, den sie wirklich geliebt hatte. Er war niederträchtig genug, um Patrick beiseite zu schaffen, aber war er auch intelligent genug, sich nicht dabei erwischen zu lassen?

Der Name des Agenten war Brent Myers, aus dem Büro in Biloxi, von Cutter ausgesandt, um mit ihrer Beute Kontakt aufzunehmen. Er stellte sich vor und hielt Patrick seinen Ausweis unter die Nase. Dieser würdigte ihn kaum eines Blickes und griff nach der Fernbedienung des Fernsehers. »Es ist mir ein Vergnügen«, sagte er und zog das Laken über seine Boxershorts.

»Ich komme vom Büro in Biloxi«, sagte Myers, ehrlich bemüht, nett zu sein.

»Wo liegt das?« fragte Patrick mit undurchdringlicher Miene.

»Ja, also, ich dachte, wir sollten uns ein bißchen kennenlernen. Schließlich werden wir im Laufe der nächsten Monate eine Menge Zeit miteinander verbringen.«

»Seien Sie sich dessen nicht so sicher.«

»Haben Sie einen Anwalt?«

»Noch nicht.«

»Haben Sie vor, einen zu engagieren?«

»Das geht Sie überhaupt nichts an.«

Myers war einem erfahrenen Anwalt wie Patrick offensichtlich nicht gewachsen. Er stemmte die Hände auf das Geländer am Fußende des Bettes und starrte Patrick an, ein etwas angestrengt wirkender Versuch, ihn einzuschüchtern. »Der Arzt hat gesagt, Sie wären in zwei Tagen transportfähig.«

»So? Von mir aus kann es losgehen.«

»In Biloxi freuen sich schon eine Menge Leute, Sie wiederzusehen.«

»Alles bekannt«, sagte Patrick, in Richtung Fernseher nikkend.

»Ich nehme an, Sie haben nicht vor, ein paar Fragen zu beantworten.«

Patrick reagierte mit einem verächtlichen Schnauben auf dieses in seinen Augen lächerliche Ansinnen.

»Das dachte ich mir«, sagte Myers und tat einen Schritt in Richtung Tür. »Auf jeden Fall werde ich Sie nach Hause begleiten.« Er warf seine Karte auf das Laken. »Hier ist meine Nummer im Hotel, für den Fall, daß Sie reden möchten.«

»Sitzen Sie nicht neben dem Telefon.«

10

Sandy McDermott hatte mit großem Interesse die Berichte über das erstaunliche Auftauchen seines alten Studienkollegen gehört und gelesen. Er und Patrick hatten in Tulane drei Jahre lang zusammen studiert und Partys besucht. Nach bestandenem Anwaltsexamen hatten sie für denselben Richter gearbeitet und viele gemeinsame Stunden in ihrem Lieblingslokal in der St. Charles Street verbracht und Pläne für ihren Anschlag auf die juristische Welt geschmiedet. Sie würden zusammen eine Kanzlei aufbauen – eine kleine, aber mächtige Kanzlei aus aggressiven Prozeßanwälten mit makelloser Ethik. Dabei würden sie reich werden. Und sie würden zehn Stunden im Monat Mandanten widmen, die es sich nicht leisten konnten, sie zu bezahlen. Alles war sorgfältig bis ins letzte Detail geplant.

Das Leben kam dazwischen. Sandy nahm einen Job als Assistent eines Bundesstaatsanwalts an, weil die Bezahlung gut und er jung verheiratet war. Patrick landete in einer Kanzlei mit zweihundert Anwälten in der Innenstadt von New Orleans. Er kam nicht zum Heiraten, weil er achtzig Stunden die Woche arbeiten mußte.

Ihre Pläne für eine gemeinsame Kanzlei behielten sie bei, bis sie ungefähr dreißig waren. Sie versuchten, sich zum Lunch oder auf einen Drink zu treffen, wann immer sie es einrichten konnten; doch als die Jahre vergingen, wurden die Zusammenkünfte und die Anrufe immer seltener. Dann floh Patrick in ein ruhigeres Leben in Biloxi, und sie telefonierten kaum noch mehr als einmal im Jahr miteinander.

Sandy schaffte den großen Durchbruch im Prozeßspiel, als der Freund eines Cousins von ihm auf einer Off-shore-Plattform im Golf schwer verletzt wurde. Er lieh sich zehntausend Dollar, machte seine eigene Kanzlei auf, verklagte Exxon und holte knapp drei Millionen Dollar heraus, von denen er ein Drittel für sich behielt. Ohne Patrick baute er eine hübsche kleine Kanzlei mit drei Anwälten auf, deren Spezialität Verletzungen und Todesfälle auf Off-shore-Anlagen waren.

Als Patrick starb, setzte sich Sandy hin, schaute in seinen Terminkalender und stellte fest, daß es neun Monate her war, seit er das letzte Mal mit seinem Freund gesprochen hatte. Natürlich hatte er deswegen Gewissensbisse, aber er war auch realistisch. Wie die meisten Studienkollegen waren sie einfach getrennte Wege gegangen.

Er stand Trudy in den schweren Tagen bei, und er half ihr, Patrick zu Grabe zu tragen.

Als sechs Wochen später das Geld verschwand und die Gerüchte aufkamen, hatte Sandy insgeheim gelacht und seinem Freund alles Gute gewünscht. Lauf, Patrick, lauf, hatte er während der letzten vier Jahre viele Male gedacht, und das immer mit einem Lächeln.

Sandys Kanzlei lag in der Nähe der Poydras Street, neun Blocks vom Superdome entfernt und nahe der Kreuzung Poydras Ecke Magazine, in einem hübschen Haus aus dem neunzehnten Jahrhundert, das er mit dem Erlös aus einem Off-shore-Vergleich gekauft hatte. Er hatte das erste und das zweite Stockwerk vermietet und das Erdgeschoß für sich, seine beiden Partner, drei Anwaltsgehilfen und ein halbes Dutzend Sekretärinnen behalten.

Er war sehr beschäftigt, als seine Sekretärin mit ärgerlichem Gesicht in sein Büro kam und sagte: »Da ist eine Dame, die Sie sprechen möchte.«

»Ist sie angemeldet?« fragte er mit einem raschen Blick auf einen seiner drei Tages-, Wochen- und Monatsterminkalender an der Frontseite seines Schreibtischs.

»Nein. Sie sagt, es wäre dringend. Sie läßt sich nicht abwimmeln. Sie sagt, sie käme wegen Patrick Lanigan.«

Er schaute sie verblüfft an.

»Sie sagt, sie wäre Anwältin«, sagte die Sekretärin.

»Wo kommt sie her?«

»Aus Brasilien.«

»Aus Brasilien?«

»Ja.«

»Sieht sie – Sie wissen schon, brasilianisch aus?«

»Ich denke schon.«

»Schicken Sie sie herein.«

Sandy empfing sie an der Tür und begrüßte sie herzlich. Eva gab ihren Namen mit Leah an.

»Ich habe Ihren Nachnamen nicht ganz verstanden«, sagte Sandy, ganz ein Lächeln.

»Ich habe keinen«, sagte sie. »Jedenfalls vorerst nicht.«

Muß eine brasilianische Gepflogenheit sein, dachte Sandy. Wie Pelé, der Fußballstar. Nur ein Vorname, sonst nichts.

Er geleitete sie zu einer Sitzgruppe in der Ecke und bestellte Kaffee. Sie lehnte den Kaffee dankend ab und ließ sich langsam nieder. Er warf einen Blick auf ihre Beine. Sie war schlicht gekleidet, an ihr war nichts Auffälliges. Er ließ sich ihr gegenüber in einem Sessel nieder und sah ihr in die Augen – wunderschöne Augen, hellbraun, aber sehr müde. Das lange, dunkle Haar fiel bis über ihre Schultern.

Patrick hatte immer ein gutes Auge für Frauen gehabt. Trudy hatte zwar nicht zu ihm gepaßt, aber sie konnte eindeutig den Verkehr zum Erliegen bringen.

»Ich bin wegen Patrick hier«, sagte sie etwas zögerlich.

»Hat er Sie geschickt?« fragte Sandy.

»Ja, das hat er.«

Sie sprach langsam, die Worte kamen melodisch und leise. Ihr Akzent war kaum wahrnehmbar.

»Haben Sie in den Staaten studiert?« fragte er.

»Ja. Ich habe in Georgetown promoviert.«

Das würde ihr fast perfektes amerikanisches Englisch erklären.

»Und Sie arbeiten wo?«

»In einer Kanzlei in Rio. Mein Spezialgebiet ist internationales Handelsrecht.«

Bisher hatte sie noch nicht gelächelt, und das verunsicherte Sandy. Eine Besucherin von weither. Und eine sehr schöne obendrein; eine mit Verstand und hübschen Beinen. Er wollte, daß sie sich in der Wärme seines Büros entspannte. Schließlich befanden sie sich in New Orleans.

»Haben Sie Patrick dort kennengelernt?« fragte er.

»Ja. In Rio.«

»Haben Sie mit ihm gesprochen, seit ...«

»Nein. Nicht, seit er festgenommen wurde.« Sie hätte beinahe hinzugefügt, daß sie sich entsetzlich Sorgen um ihn machte, aber das würde in diesem Zusammenhang einen unprofessionellen Eindruck machen. Sie sollte hier nicht zu viel preisgeben; nichts über ihr Verhältnis zu Patrick. Sandy McDermott konnte man vertrauen, aber er sollte Informationen nur in kleinen Dosen erhalten.

Es trat eine Pause ein, während der sie beide woanders hinschauten, und Sandy wußte instinktiv, daß es in dieser Geschichte viele Kapitel gab, die er wahrscheinlich nie erfahren würde. Dabei hatte er so viele Fragen! Wie hatte Patrick das Geld gestohlen? Wie war er nach Brasilien gekommen? Wie hatte er sie kennengelernt?

Und die Hauptfrage: Wo war das Geld?

»Und was erwarten Sie von mir?« fragte er schließlich.

»Ich möchte Sie engagieren, für Patrick.«

»Ich stehe zur Verfügung.«

»Vertraulichkeit ist unabdingbar.«

»Das ist sie immer.«

»Hier liegen die Dinge anders.«

Das stimmte. Anders, weil neunzig Millionen Dollar auf dem Spiel standen.

»Ich versichere Ihnen, daß alles, was Sie und Patrick mir sagen, absolut vertraulich behandelt werden wird«, sagte er mit einem gewinnenden Lächeln, und sie schaffte es, mit der Andeutung eines Lachens zu antworten.

»Es kann sein, daß man Sie unter Druck setzt, damit Sie Mandantengeheimnisse preisgeben«, sagte sie.

»Das macht mir nichts aus. Ich kann auf mich selbst aufpassen.«

»Sie könnten bedroht werden.«

»Ich bin schon des öfteren bedroht worden.«

»Sie könnten beschattet werden.«

»Von wem?«

»Von ein paar sehr unerfreulichen Figuren.«

»Und zwar?«

»Den Leuten, die hinter Patrick her waren.«

»Sie haben ihn doch gefunden.«

»Ja, aber nicht das Geld.«

»Ich verstehe.« Also war das Geld immer noch da; das war keine Überraschung. Sandy wußte wie alle anderen, daß Patrick ein derart großes Vermögen nicht innerhalb von vier Jahren durchbringen konnte. Aber wieviel war noch übrig? Das war die Frage.

»Wo ist das Geld?« fragte er, ein wenig zögerlich, ohne zum gegenwärtigen Zeitpunkt eigentlich eine Antwort zu erwarten.

»Diese Frage dürfen Sie nicht stellen.«

»Ich habe es gerade getan.«

Leah lächelte und ging rasch zu einem anderen Thema über. »Lassen Sie uns einige Details klären. Wie hoch ist Ihr Honorar?«

»Wofür?«

»Dafür, daß Sie Patrick vertreten.«

»Bei welchen seiner so zahlreichen Sünden? Den Zeitungen nach ist ein ganzes Heer von Anwälten erforderlich, um seine Flanken zu sichern.«

»Hunderttausend Dollar?«

»Das würde fürs erste reichen. Soll ich mich sowohl um das Zivilrechtliche als auch um das Strafrechtliche kümmern?«

»Um alles.«

»Allein?«

»Ja. Er will keinen anderen Anwalt.«

»Ich bin gerührt«, sagte Sandy, und es war ihm ernst damit. Es gab Dutzende von Anwälten, an die sich Patrick jetzt hätte wenden können. Bekanntere Anwälte mit mehr Erfahrung auf dem Gebiet der Todesstrafe, Anwälte, die an der Küste über Verbindungen und Einfluß verfügten und, zweifellos, Anwälte, die ihm näher gestanden hatten als Sandy in den letzten acht Jahren.

»Ich übernehme den Auftrag«, sagte er. »Patrick und ich sind alte Freunde.«

»Ich weiß.«

Wieviel wußte sie wirklich, fragte er sich. War sie mehr als eine Anwältin?

»Ich möchte Ihnen das Geld noch heute überweisen«, sagte sie. »Sobald ich über die erforderlichen Angaben verfüge, werde ich alles Notwendige veranlassen.«

»Selbstverständlich. Ich werde einen Vertrag vorbereiten lassen.«

»Da sind noch ein paar Details, die Patrick sehr am Herzen liegen. Eines davon ist Publicity. Er möchte, daß Sie der Presse gegenüber nichts verlautbaren. Niemals. Kein Wort. Keine Pressekonferenz, sofern er sie nicht ausdrücklich autorisiert hat. Nicht einmal ein beiläufiges ›Kein Kommentar‹.«

»Kein Problem.«

»Sie dürfen kein Buch schreiben, wenn alles vorbei ist.«

Sandy mußte unwillkürlich lachen, aber sie fand das Ganze alles andere als amüsant. »Der Gedanke wäre mir überhaupt nicht gekommen«, sagte er.

»Er will, daß es im Vertrag steht.«

Er hörte auf zu lachen und machte sich eine entsprechende Notiz auf seinem Block. »Sonst noch etwas?«

»Ja. Sie müssen damit rechnen, daß in Ihrem Büro und in Ihrem Haus Wanzen installiert werden. Sie sollen zu Ihrem Schutz einen Überwachungsexperten engagieren. Patrick ist bereit, dafür aufzukommen.«

»Wird gemacht.«

»Und es wäre besser, wenn wir uns nicht mehr hier treffen würden. Es gibt Leute, die versuchen, mich zu finden, weil sie glauben, ich könnte sie zu dem Geld führen. Also werden wir uns von nun ab an anderen Orten treffen.«

Es gab nichts, was Sandy dazu hätte sagen können. Er wollte helfen, ihr seinen Schutz anbieten, sie fragen, wohin sie zu gehen gedachte und wo sie sich verstecken wollte, aber Leah schien sehr genau zu wissen, was sie tat.

Sie schaute auf die Uhr. »In drei Stunden startet eine Maschine nach Miami. Ich habe zwei Erste-Klasse-Tickets. Wir können uns im Flugzeug weiter unterhalten.«

»Oh, und wohin fliegen wir?«

»Sie fliegen nach San Juan, zu Patrick. Ich habe alles Erforderliche veranlaßt.«

»Und Sie?«

»Ich fliege in eine andere Richtung.«

Sandy bestellte noch mehr Kaffee und Muffins, während sie auf die von ihr gewünschten Überweisungsunterlagen warteten. Seine Sekretärin sagte sämtliche Termine und Gerichtsauftritte für die nächsten drei Tage ab. Seine Frau brachte ihm einen kleinen Koffer mit Wäsche zum Wechseln ins Büro.

Ein Anwaltsgehilfe fuhr sie zum Flughafen, und unterwegs fiel Sandy auf, daß sie kein Gepäck hatte, nichts als eine kleine braune Reisetasche, viel benutzt und sehr hübsch.

»Wo übernachten Sie?« fragte er, während sie im Flughafenrestaurant eine Coke tranken.

»Mal hier, mal dort«, sagte sie, aus dem Fenster schauend.

»Wie kann ich mich mit Ihnen in Verbindung setzen?« fragte er.

»Dazu kommen wir später.«

Sie saßen nebeneinander in der dritten Reihe der ersten Klasse, und während der ersten zwanzig Minuten nach dem Start sprach sie kein Wort, sondern blätterte nur in einer Modezeitschrift, während Sandy versuchte, in einem voluminösen Protokoll einer Zeugenvernehmung zu lesen. Eigentlich wollte er das Protokoll nicht lesen – das hatte Zeit. Er wollte mit ihr reden, ihr endlos Fragen stellen, die gleichen Fragen, die auch alle anderen Leute stellen wollten.

Aber zwischen ihnen stand eine unsichtbare Mauer, eine ziemlich undurchdringliche sogar, mehr als nur das unterschiedliche Geschlecht und mangelnde Vertrautheit. Sie hatte die Antworten, war aber entschlossen, diese für sich zu behalten. Er tat sein Bestes, sich ebenso cool zu geben wie sie.

Gesalzene Erdnüsse und kleine Brezeln wurden gereicht.

Sie lehnten den kostenlosen Champagner ab. Mineralwasser wurde eingeschenkt. »Wie lange kennen Sie Patrick schon?« fragte er vorsichtig.

»Weshalb fragen Sie?«

»Entschuldigen Sie vielmals. Aber gibt es vielleicht irgend etwas, was Sie mir über das erzählen können, wie es Patrick in den letzten vier Jahren ergangen ist? Schließlich bin ich ein alter Freund von ihm. Und jetzt zudem noch sein Anwalt. Sie können mir aus meiner Neugierde keinen Vorwurf machen.«

»Danach müssen Sie ihn selbst fragen«, erwiderte sie mit einem Anflug von belustigt wirkender Liebenswürdigkeit, dann wandte sie sich wieder ihrer Zeitschrift zu. Er aß ihre Erdnüsse.

Sie wartete, bis die Maschine zum Landeanflug auf Miami angesetzt hatte, bevor sie wieder etwas sagte. Sie sprach schnell, offensichtlich war alles gut einstudiert. »Wir werden uns in den nächsten Tagen nicht wiedersehen. Ich muß herumreisen, wegen der Leute, die hinter mir her sind. Ihre Anweisungen erhalten Sie von Patrick, und fürs erste werden er und ich über Sie miteinander Verbindung halten. Seien Sie auf der Hut vor allem, was Ihnen ungewöhnlich vorkommt. Einem Fremden am Telefon. Einem Wagen hinter dem Ihren. Jemandem, der vor Ihrer Kanzlei herumlungert. Sobald bekannt wird, daß Sie sein Anwalt sind, werden Sie die Aufmerksamkeit der Leute auf sich ziehen, die auch nach mir suchen.«

»Wer sind diese Leute?«

»Das wird Ihnen Patrick erklären.«

»Das Geld haben Sie, nicht wahr?«

»Diese Frage kann ich nicht beantworten.«

Er beobachtete, wie die Wolken der Tragfläche näher kamen. Natürlich hatte sich das Geld vermehrt. Patrick war schließlich kein Idiot. Er hatte es auf einer Bank im Ausland deponiert, wo Profis es verwalteten und es vermutlich eine Rendite von mindestens zwölf Prozent abwarf.

Es fiel kein weiteres Wort, bis sie gelandet waren. Sie eilten durch den Terminal, damit er seine Maschine nach San

Juan noch erreichen konnte. Sie schüttelte ihm die Hand und sagte: »Sagen Sie Patrick, daß es mir gutgeht.«

»Er wird fragen, wo Sie sind.«

»In Europa.«

Er schaute zu, wie sie im Gewühl der Reisenden verschwand, und während er es tat, beneidete er seinen alten Freund. All das Geld. Und eine hinreißende Frau mit exotischem Charme und Klasse.

Eine Lautsprecheransage, die zum Boarding aufrief, riß ihn aus seinen Gedanken. Er schüttelte den Kopf und fragte sich, wie er einen Mann beneiden konnte, der damit rechnen mußte, die nächsten zehn Jahre im Todestrakt zu verbringen, um auf seine Hinrichtung zu warten. Und dazu die hundert gierigen Anwälte, die es kaum abwarten konnten, ihm auf der Suche nach dem Geld die Haut abzuziehen.

Neid! Er ließ sich abermals in der ersten Klasse nieder und fing langsam an zu begreifen, auf was er sich mit der juristischen Vertretung Patricks eingelassen hatte.

Eva fuhr mit einem Taxi zurück in das elegante Hotel in South Beach, wo sie die letzte Nacht verbracht hatte. Sie würde ein paar Tage hier bleiben, je nachdem, was in Biloxi passierte. Patrick hatte sie angewiesen, immer in Bewegung zu bleiben und nie länger als vier Tage an einem Ort zu verweilen. Sie hatte unter dem Namen Leah Pires eingecheckt und besaß jetzt auch eine goldene Kreditkarte auf diesen Namen. Ihre Heimatadresse war nun São Paulo.

Sie zog sich rasch um und ging an den Strand. Es war früher Nachmittag, am Strand herrschte Hochbetrieb, was ihr nur recht sein konnte. Auch ihr Strand in Rio war belebt, aber dort traf sie immer irgendwelche Freunde. Jetzt war sie eine Fremde, eine weitere namenlose Schönheit, die in einem knappen Bikini ein Sonnenbad nahm. Sie wollte nach Hause.

11

Es kostete Sandy eine Stunde, sich seinen Weg durch den Dschungel der Bürokratie auf der Marinebasis zu bahnen. Sein neuer Mandant hatte es ihm nicht einfach gemacht. Niemand schien zu wissen, daß er erwartet wurde. Er war gezwungen, das übliche Repertoire eines Anwalts abzuspulen, Drohung mit sofortiger Klage, Drohung mit bösartigen Anrufen bei Senatoren und anderen Männern in hochrangigen Positionen und laute und wütende Beschwerden über die Verletzung seiner Rechte. Als er endlich im Büro des Krankenhauses angelangt war, war es draußen bereits dunkel. Er war auf eine weitere Verteidigungslinie gefaßt, aber diesmal meldete eine Schwester ihn einfach bei Patrick an.

Dessen Zimmer war dunkel, nur vom bläulichen Licht des in einer Ecke hängenden Fernsehers erhellt – ein Fußballspiel aus Brasilien. Die beiden alten Freunde reichten sich die Hand. Sie hatten sich seit sechs Jahren nicht mehr gesehen. Patrick hatte das Laken bis zum Kinn hochgezogen und verbarg seine Wunden. Im Augenblick schien ihm das Fußballspiel wichtiger zu sein als ein ernsthaftes Gespräch.

Wenn Sandy auf ein freudiges Wiedersehen gehofft hatte, so mußte er sich schnell auf ein wesentlich nüchterneres einstellen. Er versuchte, Patrick nicht anzustarren, aber er wurde unwillkürlich von dessen Gesicht angezogen. Es war schmal, fast hager, mit einem kantigeren Kinn und einer feiner gestalteten Nase als früher. Man hätte ihn leicht für jemand anders halten können, wenn da nicht die Augen gewesen wären. Und die Stimme. Die war unverwechselbar.

»Danke, daß du gekommen bist«, sagte Patrick. Er sprach sehr leise, so als erfordere der Akt des Sprechens sehr viel Nachdenken und Mühe.

»Gern geschehen. Aber ich hatte kaum eine andere Wahl. Deine Freundin verfügt über sehr viel Überzeugungskraft.«

Patrick schloß die Augen und biß sich auf die Lippen. Er sprach ein rasches Dankgebet. Sie war irgendwo da draußen, und es ging ihr offenbar gut.

»Wieviel hat sie dir gezahlt?« fragte er.

»Hunderttausend.«

»Gut«, sagte Patrick, dann schwieg er wieder. Eine lange Pause, und Sandy begriff allmählich, daß ihre Unterhaltung von langen Phasen der Stille durchzogen sein würde.

»Es geht ihr gut«, sagte er. »Sie ist eine wunderschöne Frau und außerdem sehr intelligent. Und sie scheint alles perfekt unter Kontrolle zu haben. Nur für den Fall, daß du dir Gedanken machen solltest.«

»Das ist gut.«

»Wann hast du sie zum letztenmal gesehen?«

»Vor ein paar Wochen. Mir ist jegliches Zeitgefühl abhanden gekommen.«

»Was ist sie – Ehefrau, Freundin, Geliebte, Nutte –«

»Anwältin.«

»Anwältin?«

»Ja, Anwältin.« Sandy fand das irgendwie amüsant. Patrick schaltete wieder ab, keine Worte, keinerlei Bewegung unter dem Laken. Minuten vergingen. Sandy setzte sich auf den einzigen Stuhl im Zimmer, bereit und willens, auf seinen Freund zu warten. Patrick war in eine häßliche Welt zurückgekehrt, in der die Wölfe lauerten, und wenn er daliegen und an die Decke starren wollte, so hatte Sandy nichts dagegen. Sie würden noch genügend Zeit zum Reden haben. Und bestimmt keinen Mangel an Themen.

Patrick war am Leben, und im Augenblick war das das einzige, was wirklich zählte. Sandy versuchte sich an die Beisetzung zu erinnern, an den Sarg, der an einem kalten Tag mit wolkenverhangenem Himmel in die Erde gesenkt worden war, an die letzten Worte des Priesters und Trudys beherrschtes Schluchzen. Die Vorstellung, daß der alte Patrick sich auf einem Baum ganz in der Nähe versteckt gehalten und zugeschaut hatte, wie alle Welt um ihn trauerte, wie seit nunmehr drei Tagen überall berichtet wurde, hatte etwas durchaus Belustigendes.

Er war irgendwo in Deckung gegangen, dann hatte er abkassiert. Manche Männer brechen zusammen, wenn sie auf die Vierzig zugehen. Die Midlife-crisis treibt sie zu einer neuen Frau oder zurück ins College. Nicht den alten Patrick. Er hatte seine Ängste überwunden, indem er sich selbst unter die Erde brachte, neunzig Millionen Dollar stahl und verschwand.

Die echte Leiche im Wagen ließ Sandy abrupt in die Realität zurückkehren. Er wollte reden. »Auf dich wartet zu Hause ein hübsches Begrüßungskomitee, Patrick«, sagte er.

»Wer führt den Vorsitz?«

»Schwer zu sagen. Trudy hat vor zwei Tagen die Scheidung eingereicht, aber das scheint mir das geringste deiner Probleme.«

»Damit hast du recht. Laß mich raten – sie will die Hälfte des Geldes.«

»Sie will eine Menge Dinge. Aber das wirklich wichtige ist, die Grand Jury hat dich des vorsätzlichen Mordes angeklagt. Die des Staates Mississippi, nicht die des Bundes.«

»Ich habe es im Fernsehen verfolgt.«

»Gut. Also bist du über sämtliche gegen dich anhängige Klagen informiert.«

»Ja. CNN hat sein Bestes getan, um mich auf dem laufenden zu halten.«

»Daraus kannst du den Leuten keinen Vorwurf machen, Patrick. Die Geschichte ist einfach zu schön, um wahr zu sein.«

»Danke.«

»Wann möchtest du reden?«

Patrick drehte sich auf die Seite und schaute an Sandy vorbei. Es gab dort nichts anderes zu sehen als die in einem antiseptisch wirkenden Weiß gestrichene Wand. Sein Blick verlor sich. »Sie haben mich gefoltert, Sandy«, sagte er sehr leise und mit zittriger Stimme.

»Wer?«

»Sie haben Drähte an meinem Körper angebracht und Strom durch mich hindurchgejagt, bis ich geredet habe.«

Sandy stand auf und trat an die Bettkante. Er legte eine Hand auf Patricks Schulter. »Was hast du ihnen erzählt?«

»Ich weiß es nicht. Ich kann mich nicht mehr an alles erinnern. Sie haben mich ständig unter Drogen gesetzt. Hier, sieh dir das an.« Er hob den linken Arm, so daß Sandy die Blutergüsse sehen konnte.

Sandy fand einen Schalter und schaltete die Tischlampe ein, um besser sehen zu können. »Großer Gott«, sagte er.

»Es ging immer nur um das Geld«, sagte Patrick. »Ich wurde ohnmächtig, dann kam ich wieder zu mir, und sie verpaßten mir noch ein paar Stromstöße. Ich fürchte, ich habe ihnen von der Frau erzählt, Sandy.«

»Der Anwältin?«

»Ja, der Anwältin. Welchen Namen hat sie dir genannt?«

»Leah.«

»Okay. Dann heißt sie also Leah. Kann sein, daß ich ihnen von Leah erzählt habe. Ich bin sogar ziemlich sicher, daß ich es getan habe.«

»Wem hast du von ihr erzählt?«

Er schloß die Augen und verzog das Gesicht, als die Schmerzen in seine Beine zurückkehrten. Seine Muskeln waren immer noch stark in Mitleidenschaft gezogen, und die Krämpfe hatten erneut eingesetzt. Er drehte sich wieder vorsichtig auf den Rücken. Dann ließ er das Laken bis zur Taille heruntergleiten. »Sieh dir das an, Sandy«, sagte er, mit der Hand auf die beiden tiefen Brandwunden auf seiner Brust zeigend. »Hier ist der Beweis.«

Sandy beugte sich vor und begutachtete die roten, von rasierter Haut umgebenen Verbrennungen. »Wer hat dir das angetan?« fragte er abermals.

»Ich weiß es nicht. Ein Haufen Leute. Das ganze Zimmer war voll von ihnen.«

»Wo?«

Sandy tat Patrick leid. Jener wollte so gern wissen, was passiert war, und das beschränkte sich natürlich nicht nur auf die Folter. Sandy wollte, wie der Rest der Welt, die unwiderstehlichen Details erfahren. Es war wirklich eine fantastische Story, aber Patrick war sich nicht sicher, wieviel er erzählen durfte. Niemand wußte über den exakten Hergang des Unfalls Bescheid, bei dem der Unbekannte in seinem Wagen verbrannt war. Aber was er tun konnte, war, seinem Anwalt und Freund von seiner Gefangennahme und der Folter zu erzählen. Er verlagerte abermals sein Gewicht und zog das Laken bis zum Hals hoch. Seit nunmehr zwei Tagen drogenfrei, ertrug er die Schmerzen und bemühte sich nach Kräften, weitere Injektionen zu vermeiden. »Rück den Stuhl näher heran und setz dich, Sandy. Und schalte die Lampe wieder aus. Das Licht stört mich.«

Sandy befolgte eilends seine Anweisungen. Er rückte den Stuhl so nahe wie möglich an das Bett heran. »Das haben sie mit mir gemacht«, sagte Patrick im Halbdunkeln. Er fing in Ponta Porã an, mit dem Joggen und dem Auto mit dem scheinbar platten Reifen, und erzählte die ganze Geschichte, wie sie sich seiner bemächtigt hatten.

Ashley Nicole war etwas mehr als zwei Jahre alt gewesen, als ihr Vater begraben wurde. Sie war zu jung, um sich an Patrick zu erinnern. Lance war der einzige Mann, der im Haus lebte, der einzige Mann, den sie je mit ihrer Mutter zusammen gesehen hatte. Lance brachte sie gelegentlich zur Schule. Manchmal saßen sie wie eine Familie miteinander am Eßtisch.

Nach der Beisetzung ließ Trudy sämtliche Fotos und sonstigen Hinweise auf ihr Leben mit Patrick verschwinden. Ashley Nicole bekam in den folgenden Jahren nie dessen Namen zu hören.

Aber nach drei Tagen mit Reportern, die auf der Straße vor dem Haus kampierten, stellte das Kind sich natürlich Fragen. Ihre Mutter benahm sich merkwürdig. Im Haus herrschte eine derartige Anspannung, daß es sogar einer Sechsjährigen auffallen mußte, daß etwas nicht stimmte. Trudy wartete, bis Lance das Haus verließ, um den Anwalt aufzusuchen, dann setzte sie ihre Tochter für ein kleines Gespräch zu sich aufs Bett.

Sie fing damit an, daß sie zugab, daß sie verheiratet gewesen war. In Wirklichkeit war sie sogar zweimal verheiratet gewesen, aber sie fand, daß Ashley Nicole über den ersten Ehemann erst etwas zu erfahren brauchte, wenn sie wesentlich älter war. Im Augenblick ging es nur um den zweiten Ehemann.

»Patrick und ich waren vier Jahre verheiratet, und dann hat er etwas sehr Böses getan.«

»Was?« fragte Ashley Nicole mit weit aufgerissenen Augen und mehr in sich aufnehmend, als Trudy lieb sein konnte.

»Er hat einen Mann getötet und dann so getan – also, es gab einen schweren Verkehrsunfall, verstehst du, ein großes Feuer, und es war Patricks Wagen, und die Polizei hat in dem Wagen einen Toten gefunden, nachdem das Feuer gelöscht worden war, und die Polizei glaubte, es wäre Patrick. Alle glaubten das. Patrick war tot, in seinem Wagen verbrannt, und ich, ich war sehr traurig. Er war mein Mann gewesen. Ich habe ihn sehr geliebt, und plötzlich war er nicht mehr da. Wir haben ihn auf dem Friedhof begraben. Und jetzt, vier Jahre später, hat man Patrick gefunden, auf der anderen Seite der Welt, wo er sich die ganze Zeit über versteckt hatte. Er ist fortgelaufen und hat sich versteckt.«

»Warum?«

»Weil er seinen Freunden sehr viel Geld gestohlen hat. Und weil er ein sehr böser Mann ist, wollte er das ganze Geld für sich behalten.«

»Er hat einen Mann getötet und Geld gestohlen?«

»So ist es, mein Liebling. Patrick ist kein guter Mensch.«

»Tut mir leid, daß du mit ihm verheiratet warst, Mommy.«

»Ja, mein Liebling. Aber da ist noch etwas, was du verstehen mußt. Du bist zur Welt gekommen, als Patrick und ich verheiratet waren.« Sie ließ die Worte im Raum stehen und beobachtete die kleinen Augen, um zu sehen, ob ihre Tochter begriff, was das für sie bedeutete. Offensichtlich nicht. Sie drückte Ashley Nicoles Hand und sagte: »Patrick ist dein Vater.«

Ashley Nicole sah ihre Mutter fassungslos an, und in ihrem Kopf begann sich alles zu drehen. »Aber ich will nicht, daß er …«

»Tut mir leid, Liebling. Ich wollte es dir erst sagen, wenn du viel älter bist, aber jetzt wird Patrick zurückkommen, und es ist wichtig, daß du es weißt.«

»Und Lance? Ist er nicht mein Vater?«

»Nein. Lance und ich sind einfach zusammen, das ist alles.« Trudy hatte ihr nie erlaubt, in Lance einen Vater zu sehen. Und Lance seinerseits hatte nicht das geringste Interesse daran gezeigt, sich dem Gedanken der Vaterschaft auch nur zu nähern. Trudy war eine ledige Mutter. Ashley Nicole hatte keinen Vater. Das war nichts Ungewöhnliches und völlig in Ordnung.

»Lance und ich sind schon sehr lange Freunde«, sagte Trudy, die Initiative behaltend; es war ein Versuch, tausend Fragen zu verhindern. »Sehr gute Freunde. Er liebt dich sehr, aber er ist nicht dein Vater. Jedenfalls nicht dein richtiger Vater. So leid es mir tut, dein richtiger Vater ist Patrick, aber mache dir deswegen keine Sorgen.«

»Will er mich sehen?«

»Ich weiß es nicht, aber ich werde alles tun, um ihn von dir fernzuhalten. Er ist ein sehr böser Mensch. Er hat dich verlassen, als du ganz klein warst. Er hat mich verlassen. Er hat eine Menge Geld gestohlen und ist verschwunden. Er hat damals keine Rücksicht auf uns genommen, und er tut es auch heute nicht. Er wäre nicht zurückgekommen, wenn sie ihn nicht gefunden hätten. Wir hätten ihn nie wieder zu Gesicht bekommen. Also mach dir keine Sorgen um Patrick und darüber, was er jetzt vielleicht tun könnte.«

Ashley Nicole rutschte ans Fußende des Bettes und setzte sich auf den Schoß ihrer Mutter. Trudy umarmte und tätschelte sie. »Es wird alles wieder gut, mein Liebling, das verspreche ich dir. Ich wollte dir das alles gar nicht erzählen, aber bei all diesen Reportern da draußen und dem ganzen Zeug im Fernsehen – also, da habe ich es einfach für das beste gehalten.«

»Warum sind diese Leute da draußen?« fragte sie, den Arm ihrer Mutter umklammernd.

»Ich weiß es nicht. Ich wollte, sie würden verschwinden.«

»Was wollen sie?«

»Fotos von dir. Fotos von mir. Fotos, die sie in die Zeitungen setzen können, wenn sie über Patrick berichten und über all die schlimmen Dinge, die er getan hat.«

»Also sind sie wegen Patrick da draußen?«

»Ja, mein Liebling.«

Sie drehte sich um, schaute Trudy in die Augen und sagte: »Ich hasse Patrick.«

Trudy schüttelte den Kopf, als wäre das Kind ungezogen, dann drückte sie es fest an sich und lächelte.

Lance war in Point Cadet geboren, einem alten Fischerdorf auf einer kleinen, in die Bucht von Biloxi hineinragenden Halbinsel. Der Point war eine Arbeitergegend, in der die Immigranten landeten und die Garnelenfischer lebten. Lance wuchs auf den Straßen des Point auf und hatte dort immer noch viele Freunde. Einer von ihnen war Cap. Es war Cap gewesen, der am Steuer des mit Marihuana beladenen Kleinlasters gesessen hatte, als die Leute von der Drogenbehörde ihn stoppten. Sie hatten Lance geweckt, der mit seiner Schrotflinte zwischen großen Blöcken Cannabis geschlafen hatte. Cap und Lance bedienten sich desselben Anwalts, bekamen dieselbe Strafe und wurden mit neunzehn zusammen ins Gefängnis gesteckt.

Jetzt hatte Cap eine Kneipe und verlieh Geld zu Wucherzinsen an die Arbeiter in den Konservenfabriken. Lance traf sich mit ihm auf einen Drink im Hinterzimmer der Kneipe, etwas, was er mindestens einmal im Monat zu tun versuchte. Aber seit Trudy reich geworden und nach Mobile gezogen war, bekam Cap Lance immer seltener zu Gesicht. Sein Freund hatte Sorgen. Cap hatte die Zeitungen gelesen und schon darauf gewartet, daß Lance mit einem langen Gesicht erscheinen würde, auf der Suche nach einer mitfühlenden Seele.

Biertrinkend tauschten sie den neuesten Klatsch aus – wer wieviel in den Kasinos gewonnen hatte, welches die neueste Quelle für Crack war, wer von der Drogenbehörde beschattet wurde – das übliche belanglose Gerede kleiner

Küstengauner, die immer noch davon träumen, einmal steinreich zu werden.

Cap verabscheute Trudy, und in der Vergangenheit hatte er oft über Lance gelacht, weil dieser ihr auf Schritt und Tritt überallhin nachgelaufen war. »Und wie geht's der Hure?« fragte er.

»Der geht's gut. Sie macht sich nur Sorgen, weil sie ihn erwischt haben.«

»Dazu hat sie auch allen Grund. Wieviel hat sie denn damals von der Versicherungsgesellschaft kassiert?«

»Zwei Millionen.«

»In der Zeitung stand zweieinhalb. Aber bei dem Tempo, mit dem das Weibsstück es wahrscheinlich ausgibt, ist bestimmt nicht mehr viel davon übrig.«

»Es ist sicher.«

»Red keinen Quatsch. In der Zeitung stand, daß sie schon von der Versicherungsgesellschaft verklagt worden ist.«

»Wir haben auch Anwälte.«

»Ja, aber du bist sicher nicht hier, weil du Anwälte hast, stimmt's, Lance? Du bist hier, weil du Hilfe brauchst. Anwälte können nicht tun, was sie jetzt braucht.«

Lance lächelte und trank einen Schluck Bier. Er zündete sich eine Zigarette an, etwas, das er nicht tun durfte, wenn Trudy in der Nähe war. »Wo ist Zeke?«

»So ungefähr habe ich mir das vorgestellt«, sagte Cap zornig. »Sie steckt in der Scheiße, ihr Geld ist in Gefahr, also schickt sie dich hierher, damit du nach Zeke Ausschau hältst oder irgendeinem anderen Schwachkopf, den du kaufen kannst, damit er etwas Blödes tut. Er wird erwischt. Du wirst erwischt. Du wirst eingebuchtet, und sie vergißt deinen Namen. Du hast nicht alle Tassen im Schrank, Lance, das weißt du ganz genau.«

»Ja, ich weiß. Wo ist Zeke?«

»Im Knast.«

»Wo?«

»In Texas. Das FBI hat ihn beim Waffenschmuggel erwischt. Laß die Finger davon. Wenn sie euren Typen zurückbringen, dann wird es um ihn herum von Bullen nur so wimmeln. Sie werden ihn irgendwo einschließen und nicht einmal seine Mutter zu ihm lassen. Hier geht es um verdammt viel Geld, Lance. Sie müssen diesen Typen beschützen, bis er den Mund aufmacht und ihnen sagt, wo er es versteckt hat. Wenn du versuchst, ihn umzulegen, geht ein halbes Dutzend Bullen mit drauf. Und du auch.«

»Nicht, wenn es richtig gemacht wird.«

»Und du bildest dir ein, du wüßtest, wie man es richtig macht. Kann das daran liegen, daß du so etwas noch nie versucht hast? Wann bist du denn so verdammt schlau geworden?«

»Ich finde die richtigen Leute.«

»Für wieviel?«

»Soviel sie haben wollen.«

»Hast du fünfzig Riesen?«

»Ja.«

Cap holte tief Luft und ließ den Blick durch seine Kneipe wandern. Dann lehnte er sich auf die Ellenbogen gestützt vor und starrte seinen Freund an. »Laß dir sagen, weshalb das eine ganz schlechte Idee ist, Lance. Du bist nie sonderlich intelligent gewesen. Die Frauen haben dich immer gemocht, weil du ein gutaussehender Bursche bist, aber das Denken war noch nie deine Stärke.«

»Danke für die Blumen.«

»Alle wollen diesen Typen lebendig. Denk darüber nach. Alle. Das FBI. Die Anwälte. Die Bullen. Der Kerl, dem er das Geld gestohlen hat. Alle. Ausgenommen natürlich die Nutte, die dich in ihrem Haus wohnen läßt. Sie braucht ihn tot. Wenn du das durchziehst und jemand ihn kaltmacht, dann erscheinen die Bullen sofort bei ihr. Sie wird dann natürlich völlig unschuldig sein, weil du da bist, um die Suppe auszulöffeln. Dazu sind kleine Superficker wie du ja da. Er ist tot. Sie behält das Geld, das, wie wir beide wissen, das einzige ist, was sie wirklich interessiert, und du verschwindest in Parchman, weil du vorbestraft bist. Und das für den Rest deines Lebens. Sie wird dir nicht einmal schreiben.«

»Können wir es für fünfzig tun?«

»Wir?«

»Ja. Du und ich.«

»Ich kann dir einen Namen nennen, aber das ist auch schon alles. Ich rühre diese Sache nicht an. Sie wird nicht funktionieren, und für mich ist da nichts drin.«

»Wer ist es?«

»Ein Mann aus New Orleans. Er hängt gelegentlich hier herum.«

»Kannst du ihn anrufen?«

»Ja, aber damit hat es sich. Und vergiß nicht, ich habe dir gesagt, du sollst die Finger davon lassen.«

12

Eva verließ Miami in einer Maschine nach New York, wo sie in eine Concorde umstieg und nach Paris flog. Die Concorde war ein Luxus, aber inzwischen betrachtete sie sich als reiche Frau. Von Paris nach Nizza und von dort in einem Wagen nach Aix-en-Provence, eine Fahrt, die sie und Patrick vor fast einem Jahr gemeinsam unternommen hatten. Seit seiner Ankunft in Brasilien war es das erste Mal, daß er das Land verlassen hatte. Er hatte fürchterliche Angst vor dem Überqueren von Grenzen, selbst mit einem perfekt gefälschten Paß.

Brasilianer lieben alles Französische; praktisch alle Gebildeten dort sprechen französisch und sind mit der französischen Kultur vertraut. Sie hatten eine Suite in der Villa Gallici gemietet, einem schönen, am Stadtrand gelegenen Hotel, und eine Woche damit verbracht, durch die Straßen zu schlendern, einzukaufen, essen zu gehen und gelegentlich Ausflüge in die Dörfer zwischen Aix und Avignon zu unternehmen. Außerdem verbrachten sie sehr viel Zeit in ihrem Zimmer, wie frisch Verheiratete. Einmal, nach zu viel Wein, nannte Patrick es ihre Flitterwochen.

Sie bekam ein kleineres Zimmer im gleichen Hotel, schlief eine Weile und trank dann im Bademantel Tee auf ihrem Balkon. Später schlüpfte sie in Jeans und unternahm einen Spaziergang in die Stadt, zum Cours Mirabeau, der Hauptstraße von Aix. Sie trank in einem belebten Straßencafé ein Glas Rotwein und beobachtete die flanierenden Studenten und Studentinnen. Sie beneidete die jungen Liebenden, die ziellos Hand in Hand dahinschlenderten und sich um nichts Sorgen zu machen brauchten. Sie und Patrick waren gleichfalls hier lustgewandelt, Arm in Arm, flüsternd und lachend, als ob die Schatten hinter ihm verschwunden wären.

Es war in Aix, in der einzigen Woche, die sie ohne Unterbrechung miteinander verbracht hatten, wo ihr zum erstenmal bewußt wurde, wie wenig er schlief. Einerlei, wann sie aufwachte, er war bereits wach, lag still und stumm da und schaute sie an, als wäre sie in Gefahr. Eine Stehlampe brannte. Das Zimmer war dunkel, wenn sie einschlief, aber wenn sie aufwachte, brannte immer Licht. Er pflegte das Licht auszuschalten, sie sanft zu streicheln, bis sie einschlief, dann schlief er selbst meist eine halbe Stunde, um danach sofort die Lampe wieder einzuschalten. Er stand immer lange vor Tagesanbruch auf und hatte, wenn sie schließlich auf dem Balkon erschien, bereits die Zeitung und mehrere Kapitel eines Krimis gelesen.

»Nie mehr als zwei Stunden«, hatte er geantwortet, als sie ihn fragte, wie lange er schlafen konnte. Er schlief selten tagsüber und ging nie früh zu Bett.

Er trug keine Waffe bei sich, geschweige denn schaute er sich ständig um. Fremden gegenüber war er nicht übermäßig argwöhnisch. Und er redete nur selten über das Leben auf der Flucht. Von seinen Schlafgewohnheiten abgesehen, wirkte er vollkommen normal, so daß sie oft vergaß, daß er einer der meistgesuchten Männer der Welt war.

Obwohl er es vorzog, nicht über seine Vergangenheit zu sprechen, gab es in ihren Unterhaltungen doch Zeiten, in denen es unvermeidlich wurde. Schließlich hatten sie sich nur aus diesem Grund kennengelernt, weil er geflüchtet war und sich eine neue Identität zugelegt hatte. Sein Lieblingsthema war seine Kindheit in New Orleans; nicht das Erwachsenenleben, vor dem er auf der Flucht war. Seine Frau erwähnte er fast nie, aber Eva wußte, daß er sie zutiefst verachtete. Seine Ehe war eine einzige Katastrophe gewesen, und als sie für ihn unerträglich geworden war, beschloß er, ihr zu entfliehen.

Er hatte versucht, über Ashley Nicole zu reden, aber der Gedanke an das Kind trieb ihm Tränen in die Augen. Seine Stimme versagte, und er sagte, es täte ihm leid. Es sei zu schmerzhaft.

Weil die Vergangenheit ihm gegenüber noch so viele Rechnungen offen hatte, war es sehr schwierig, an die Zukunft zu denken. Pläne zu machen war unmöglich, solange die Schatten irgendwo im Hintergrund lauerten. Er gestattete sich nicht, über die Zukunft nachzudenken, bevor die Vergangenheit bereinigt war.

Die Schatten hielten ihn wach, das wußte sie. Schatten, die er nicht sehen, Schatten, die nur er fühlen konnte.

Sie hatten sich in ihrem Büro in Rio kennengelernt, zwei Jahre zuvor, wo er sich für einen in Brasilien lebenden kanadischen Geschäftsmann ausgegeben hatte. Er sagte, er bräuchte eine gute Anwältin, die ihn bei Fragen des Handels- und Steuerrechts beraten könnte. Er war seiner Rolle entsprechend gekleidet und trug einen eleganten Leinenanzug und ein weißes, gestärktes Hemd. Er war schlank, braungebrannt und liebenswürdig. Sein Portugiesisch war sehr gut, wenn auch nicht so gut wie ihr Englisch. Er wollte in ihrer Sprache reden, sie bestand auf seiner. Sie trafen sich zu einem Arbeitsessen, das drei Stunden dauerte und bei dem sie sich abwechselnd in portugiesisch und englisch unterhielten, und beiden war sehr schnell klar, daß das nicht ihr letztes Zusammentreffen bleiben würde. Dann folgte ein langes Dinner mit sich anschließendem Spaziergang am Strand von Ipanema.

Sie war mit einem älteren Mann verheiratet gewesen, der bei einem Flugzeugabsturz in Chile ums Leben gekommen war. Keine Kinder. Patrick, oder Danilo, wie er sich zuerst nannte, behauptete, glücklich von seiner ersten Frau geschieden zu sein, die nach wie vor in deren Haus in Toronto lebte.

Eva und Danilo trafen sich im Laufe der ersten beiden Monate mehrmals die Woche, und ihre Beziehung vertiefte sich. Schließlich erzählte er ihr die Wahrheit. Die ganze Wahrheit.

Nach einem Abendessen spätabends in ihrer Wohnung und einer Flasche guten französischen Weins stellte sich Danilo seiner Vergangenheit und redete sich alles von der Seele. Er redete ununterbrochen bis in die frühen Morgenstunden hinein und verwandelte sich von einem selbstsicheren Geschäftsmann in einen von Angst gequälten Mann auf der Flucht. Verängstigt und ruhelos, aber ungeheuer reich.

Die Erleichterung war so groß, daß er beinahe geweint hätte, aber er beherrschte sich. Dies war schließlich Brasilien, wo man als Mann einfach nicht weinte. Schon gar nicht vor einer schönen Frau.

Sie liebte ihn deswegen. Sie umarmte und küßte ihn und weinte, weil er es sich nicht gestattete, und versprach, alles in ihrer Macht Stehende zu tun, um ihn zu schützen. Er hatte ihr sein dunkelstes, tödlichstes Geheimnis anvertraut, und sie versprach, es zu bewahren.

In den nächsten beiden Wochen sagte er ihr, wo das Geld war, und brachte ihr bei, wie man es schnell von einem Ort der Welt zum anderen bewegte. Gemeinsam beschäftigten sie sich mit internationalen Steueroasen und fanden sichere Anlagemöglichkeiten.

Als sie sich kennenlernten, lebte er bereits zwei Jahre in Brasilien. Zuerst in São Paulo, dann in Recife und in einem halben Dutzend anderer Städte. Er hatte zwei Monate auf dem Amazonas gearbeitet, wo er auf einem schwimmenden Kahn unter einem dichten Moskitonetz geschlafen hatte, weil es dort so viele Insekten gab, daß man nachts den Mond nicht sehen konnte. Er hatte die Tiere ausgenommen, die reiche Argentinier im Pantanal geschossen hatten, einem riesigen Naturschutzgebiet, so groß wie Großbritannien, in den Staaten Mato Grosso und Mato Grosso do Sul. Er hatte mehr von ihrem Land gesehen als sie; er war an Orten gewesen, von denen sie noch nicht einmal etwas gehört hatte. Für Ponta Porã hatte er sich nach sorgfältigem Nachdenken entschieden. Es war klein und abgelegen, und in einem Land, in dem es eine Million idealer Verstecke gab, war Ponta Porã, so Danilo, das sicherste. Außerdem hatte es den strategischen Vorteil, nahe an der Grenze zu Paraguay gelegen zu sein, wohin er mühelos flüchten konnte, falls er sich bedroht fühlen sollte.

Sie erhob keine Einwände. Ihr wäre es lieber gewesen, wenn er in Rio geblieben wäre, in ihrer Nähe, aber sie wußte nichts über das Leben auf der Flucht und beugte sich darum widerstrebend seiner Entscheidung. Er versprach viele Male, daß sie eines Tages für immer zusammensein würden. Gelegentlich trafen sie sich in der Wohnung in Curitiba; kleine Flitterwochen, die nie länger dauerten als ein paar Tage. Sie wünschte sich und sehnte sich nach mehr, aber er war nicht bereit, Pläne für ihre Zukunft zu schmieden.

Während die Monate vergingen, wuchs in Danilo – sie nannte ihn nie Patrick – die Überzeugung, daß man ihn finden würde. Sie weigerte sich, das zu glauben, zumal in Anbetracht der überaus großen Sorgfalt, die er an den Tag legte, um seiner Vergangenheit zu entgehen. Er machte sich mehr und mehr Sorgen; schlief sogar noch weniger; redete häufiger darüber, was zu tun wäre, wenn dieses oder jenes passierte. Er hörte auf, über das Geld zu reden. Seine bösen Vorahnungen setzten ihm schwer zu.

Sie würde ein paar Tage in Aix bleiben, CNN International verfolgen und alles lesen, was sie an amerikanischen Zeitungen auftreiben konnte. Sie würden Patrick sicherlich in Kürze verlegen, ihn nach Hause bringen, ihn in eine Gefängniszelle stecken und aller nur möglichen gräßlichen Verbrechen anklagen. Er wußte, daß er eingesperrt werden würde, aber er hatte ihr versichert, daß ihm nichts passieren würde. Er würde es durchstehen und mit allem fertig werden, solange sie versprach, auf ihn zu warten.

Sie würde wahrscheinlich nach Zürich zurückkehren und dort ihre Angelegenheiten in Ordnung bringen. Wie es weitergehen würde, wußte sie noch nicht. Eine Rückkehr nach Hause kam nicht in Frage, und das machte ihr schwer zu schaffen. Sie hatte dreimal mit ihrem Vater telefoniert, immer von Münzfernsprechern auf Flughäfen aus, und ihm jedesmal versichert, daß es ihr gutginge. Sie könne nur im Augenblick nicht heimkommen, hatte sie erklärt.

Sie und Patrick würden über Sandy in Verbindung bleiben, aber sicher würden Wochen vergehen, bis sie ihn tatsächlich wiedersah.

Kurz nach zwei Uhr nachts klingelte er nach der ersten Tablette, nachdem er mit starken Schmerzen aufgewacht war. Es fühlte sich an, als führen die Stromstöße wieder durch seine Beine. Und die grausamen Stimmen klangen ihm in den Ohren. »Wo ist das Geld, Patrick?« riefen sie wie ein dämonischer Chor. »Wo ist das Geld?«

Die Tablette kam; sie wurde von einer trägen Nachtwache gebracht, die vergessen hatte, kaltes Wasser mitzubringen. Er verlangte ein Glas, dann schluckte er die Tablette und spülte sie mit warmer Limonade aus einer halbleeren, angebrochenen Dose hinunter.

Zehn Minuten, und nichts passierte. Sein Körper war schweißgebadet. Die Laken waren klatschnaß. Seine Wunden brannten vom salzigen Schweiß. Weitere zehn Minuten. Er schaltete den Fernseher ein.

Die Männer, die ihn gefesselt und ihm die Verbrennungen zugefügt hatten, waren noch immer irgendwo da draußen und suchten nach dem Geld; vermutlich wußten sie genau, wo er sich im Augenblick befand. Bei Tage fühlte er sich sicherer. Die Dunkelheit und die Träume brachten die Schatten zurück. Dreißig Minuten. Er rief im Stationszimmer an, aber niemand meldete sich.

Er schlief ein.

Um sechs Uhr war er bereits wieder wach, als sein Arzt hereinkam, diesmal ohne ein Lächeln und die Geschäftigkeit in Person; er untersuchte rasch die Wunden, dann erklärte er: »Sie sind transportfähig. Dort, wo man Sie hinbringen wird, warten gute Ärzte auf Sie.« Er kritzelte etwas auf Patricks Krankenblatt und verließ ohne ein weiteres Wort das Zimmer.

Eine halbe Stunde später erschien Agent Myers mit einem spöttischen Lächeln und zückte seinen Ausweis, als müßte er das Vorzeigen noch üben. »Guten Morgen, Patrick.« Patrick sah ihn nicht an, sagte aber: »Können Sie nicht anklopfen?«

»Ich bitte vielmals um Entschuldigung. Hören Sie, Patrick, ich habe gerade mit Ihrem Doktor gesprochen. Großartige Neuigkeiten. Sie kommen nach Hause. Sie werden morgen entlassen. Ich habe Anweisung, Sie heimzubringen. Wir fliegen morgen früh. Ihre Regierung ist so frei und stellt Ihnen einen Sonderflug mit einer Militärmaschine zur Verfügung. Ist das nicht toll? Und ich werde bei Ihnen sein.«

»Hätten Sie die Güte, jetzt wieder zu verschwinden?«

»Klar. Wir sehen uns morgen früh.«

»Hauptsache, Sie verschwinden jetzt.«

Er eilte aus dem Zimmer und machte die Tür hinter sich zu. Luis war der nächste; er trat leise mit einem Tablett ein, auf dem Kaffee, Saft und eine Schüssel mit zerteilten Mangos standen. Er schob ein Päckchen unter Patricks Matratze und fragte, ob dieser sonst noch etwas bräuchte. Nein, sagte Patrick, dann dankte er ihm leise.

Eine Stunde später erschien Sandy in Erwartung eines langen Tages, an dem er sich durch Patricks Geschichte der letzten vier Jahre hindurcharbeiten und Antworten auf seine zahllosen Fragen finden würde. Der Fernseher wurde ausgeschaltet, die Sichtblenden geöffnet, das helle Tageslicht strömte herein.

»Ich möchte, daß du sofort nach Hause zurückkehrst«, sagte Patrick. »Und nimm das mit.« Er händigte ihm das Päckchen aus. Sandy ließ sich auf dem einzigen Stuhl im Zimmer nieder und schaute sich die Fotos von seinem nackten Freund an. Er ließ sich Zeit.

»Wann sind die aufgenommen worden?« fragte er.

»Gestern.« Sandy machte sich eine Notiz auf seinem Block.

»Von wem?«

»Von Luis, meinem Pfleger.«

»Wer hat dir das angetan?«

»Wer hat mich in Gewahrsam, Sandy?«

»Das FBI.«

»Also nehme ich an, daß das FBI mir das angetan hat. Meine eigene Regierung hat mir nachgespürt, mich festgenommen, mich gefoltert und transportiert mich jetzt nach Hause zurück. Die Regierung, Sandy. FBI, Justizministerium und die lokalen Behörden – der Staatsanwalt und der

Rest des Begrüßungskomitees. Sieh dir genau an, was sie mir angetan haben.«

»Dafür sollte man sie verklagen«, sagte Sandy.

»Auf Millionen. Und zwar schnell. So sehen die Pläne aus: Ich fliege morgen früh mit einer Militärmaschine nach Biloxi. Welchen Empfang man mir dort bereiten wird, kannst du dir vorstellen. Wir sollten das ausnutzen.«

»Es ausnutzen?«

»Wir sollten unsere Klage heute am späten Nachmittag einreichen, damit die Zeitungen morgen darüber berichten. Laß es der Presse gegenüber durchsickern. Zeige ihnen zwei der Fotos, und zwar die, die ich auf der Rückseite markiert habe.«

Sandy sah den Packen durch, bis er die Fotos gefunden hatte. Das eine war eine Großaufnahme der Brandwunden auf Patricks Brust, auf der sein Gesicht zu sehen war. Das andere zeigte die Verbrennung dritten Grades auf seinem linken Oberschenkel. »Soll ich die der Presse übergeben?«

»Nur der Lokalzeitung. Das ist die, auf die es jetzt ankommt. Sie wird von achtzig Prozent der Einwohner von Harrison County gelesen, woher, wie ich vermute, meine Geschworenen kommen werden.«

Sandy lächelte, dann lachte er in sich hinein. »Du hast letzte Nacht nicht viel geschlafen, stimmt's?«

»Ich habe seit vier Jahren nicht mehr viel geschlafen.«

»Das ist brillant.«

»Nein, aber es ist eine der wenigen taktischen Varianten, mit denen wir gegen diese Hyänen vorgehen können, die meinen Kadaver umkreisen. Mit diesen Fotos schießen wir eine Breitseite auf sie ab, und außerdem sorgen wir für eine günstigere Stimmung. Stell dir das vor, Sandy. Das FBI foltert einen Verdächtigen, einen Bürger der Vereinigten Staaten.«

»Brillant, einfach brillant. Wir verklagen nur das FBI?«

»Ja, halte es so einfach wie möglich. Ich gegen das FBI, die Regierung – wegen bleibender körperlicher und psychischer Schäden, erlitten im Verlauf brutaler Folterungen und Verhöre irgendwo im Dschungel von Brasilien.«

»Hört sich wundervoll an.«

»Es wird sich noch besser anhören, wenn die Presse damit fertig ist.«

»Wieviel?«

»Das ist mir gleich. Zehn Millionen Schadensersatz, hundert Millionen Geldstrafe.«

Sandy machte sich Notizen und schlug zur nächsten Seite seines Blocks um. Dann hielt er inne und schaute Patrick ins Gesicht. »Es war nicht wirklich das FBI, stimmt's?«

»Nein«, sagte Patrick. »Ich bin von ein paar gesichtslosen Gangstern, die schon lange hinter mir her waren, an das FBI ausgeliefert worden. Sie liegen noch immer irgendwo da draußen auf der Lauer.«

»Weiß das FBI über sie Bescheid?«

»Ja.«

Im Zimmer trat Stille ein, während Sandy auf mehr wartete und Patrick es vorzog zu schweigen. Sie konnten hören, wie sich die Pfleger auf dem Flur unterhielten.

Patrick verlagerte sein Gewicht. Drei Tage auf dem Rükken, und er war für einen Szenenwechsel bereit. »Du mußt so schnell wie möglich zurückfliegen, Sandy. Wir werden später noch genügend Zeit zum Reden haben. Ich weiß, daß du Fragen hast, aber laß mir trotzdem etwas Zeit.«

»Geht in Ordnung.«

»Reiche die Klage mit so viel Getöse ein wie irgend möglich. Wir können sie später so abändern, daß die wirklichen Täter angeklagt werden.«

»Kein Problem. Es wäre nicht das erste Mal, daß ich die falschen Leute verklage.«

»Es ist pure Strategie. Ich kann ein bißchen Sympathie gebrauchen.«

Sandy verstaute seinen Notizblock und die Fotos in seinem Aktenkoffer.

»Sei vorsichtig«, sagte Patrick. »Sobald bekannt wird, daß du mein Anwalt bist, wirst du zur Zielscheibe von allen möglichen finsteren und niederträchtigen Leuten werden.«

»Der Presse?«

»Ja, aber die ist das geringste Problem. Ich habe eine

Menge Geld verschwinden lassen, Sandy. Es gibt Leute, die vor nichts zurückschrecken, um es zu finden.«

»Wieviel von dem Geld ist noch übrig?«

»Alles. Und es ist noch einiges dazugekommen.«

»Es kann sein, daß du es brauchen wirst, um deinen Kopf aus der Schlinge zu ziehen.«

»Ich habe einen Plan.«

»Daran zweifle ich nicht. Wir sehen uns in Biloxi.«

13

Am späten Nachmittag sickerte durch, daß kurz vor Schließung der Gerichtskanzlei eine weitere Klage eingereicht werden würde. In den sogenannten gut unterrichteten Kreisen herrschte bereits helle Aufregung über die offiziell bestätigte Meldung, daß Patrick gegen Mittag des folgenden Tages eintreffen würde.

Sandy forderte die Reporter auf, im Foyer des Gerichtsgebäudes auf ihn zu warten, während er die Klage einreichte. Ins Foyer zurückgekehrt, verteilte er Kopien der Klageschrift an das runde Dutzend Bluthunde, das sich dort versammelt hatte. Die meisten von ihnen waren Zeitungsreporter. Zwei mit Kameras. Einer von einem Radiosender.

Anfangs schien es nur eine weitere Klage zu sein, eingereicht von einem weiteren Anwalt, der seinen Namen gern gedruckt sehen wollte. Die Dinge änderten sich schlagartig, als Sandy verkündete, daß er Patrick Lanigan vertrete. Die Menge wuchs und die Leute drängten von allen Seiten herbei – neugierige Gerichtsbeamte, ortsansässige Anwälte, sogar ein Gefängniswärter blieben stehen, um zuzuhören. Gelassen teilte Sandy ihnen mit, daß sein Mandant eine Klage gegen das FBI wegen körperlicher Mißhandlung und Folter eingereicht hatte.

Sandy ließ sich Zeit für seine Ausführungen, dann stellte er sich, ebenso souverän wie ausführlich antwortend, dem Trommelfeuer von Fragen, wobei er stets direkt in die Kameras blickte. Das Beste hob er sich bis zum Schluß auf. Er griff in seinen Aktenkoffer und holte die beiden Farbfotos heraus, jetzt auf dreißig mal vierzig vergrößert und auf Karton aufgezogen. »Das haben sie Patrick angetan«, sagte er dramatisch.

Die Kameras schossen für Nahaufnahmen heran. Die Meute war kaum noch zu bändigen.

»Sie haben ihn unter Drogen gesetzt und dann Drähte an

seinem Körper angebracht. Sie haben ihn gefoltert, bis sein Fleisch verbrannte, weil er ihre Fragen nicht beantworten wollte und konnte. Das hat Ihre Regierung getan, meine Damen und Herren. Beamtete Gangster, die sich FBI-Agenten nennen, haben einen amerikanischen Staatsbürger gefoltert.«

Selbst die abgebrühtesten Reporter waren schockiert. Es war eine grandiose Vorstellung.

Die Zeitung von Biloxi und ihre lokalen Ableger brachten es um sechs, nachdem sie es mit einem sensationellen Extrablatt angekündigt hatten. Sandy und die Fotos machten fast die Hälfte des Nachrichtenmaterials aus. Die andere Hälfte füllten Berichte über Patricks morgige Rückkehr.

Am frühen Abend begann CNN, es jede halbe Stunde zu verbreiten, und Sandy war der Anwalt der Stunde. Die Anschuldigungen waren einfach zu delikat, um sie herunterspielen zu können.

Hamilton Jaynes nahm gerade einen Drink mit Bekannten in der Bar eines vornehmen Country Clubs in der Nähe von Alexandria zu sich, als er auf dem in der Ecke über dem Tresen montierten Fernseher die Nachrichtensendung sah. Er hatte achtzehn Löcher gespielt und sich währenddessen verboten, an das Bureau und die zahllosen Kopfschmerzen zu denken, die es ihm bereitete.

Jetzt kam ein weiterer bösartiger Kopfschmerz hinzu. Das FBI von Patrick Lanigan verklagt? Er entschuldigte sich und begab sich in ein leeres Zimmer; dort angekommen wählte er auf seinem Handy eine Nummer.

Tief im Innern des Hoover Buildings an der Pennsylvania Avenue gibt es eine von fensterlosen Zimmern gesäumte Halle, in der Fachleute Fernsehnachrichten aus aller Welt verfolgen. In weiteren Zimmern werden Radiosendungen abgehört und aufgezeichnet. In wieder anderen liest man Zeitungen und Zeitschriften. Innerhalb des Büros heißt dieses Unternehmen einfach nur die Sammelstelle.

Jaynes rief den dort diensthabenden Leiter an, und binnen weniger Minuten hatte er die volle Story. Er verließ den

Country Club und fuhr zurück zu seinem Büro im zweiten Stock des Hoover Buildings. Er rief den Justizminister an, der, wie nicht anders zu erwarten, bereits versucht hatte, ihn zu erreichen. Dieser machte Jaynes die Hölle heiß und gestattete ihm kaum, etwas zu erwidern. Trotzdem schaffte Jaynes es irgendwie, den Justizminister davon zu überzeugen, daß das FBI absolut nichts mit der angeblichen Mißhandlung von Patrick Lanigan zu tun hatte.

»Angeblich?« fragte der Justizminister. »Ich habe die Brandwunden gesehen, oder etwa nicht? Verdammt noch mal, die ganze Welt hat sie gesehen.«

»Wir haben es nicht getan, Sir«, sagte Jaynes ruhig, in der sicheren Gewißheit, daß er die Wahrheit auf seiner Seite hatte.

»Wer hat es dann getan?« fuhr ihn der Justizminister an. »Wissen Sie, wer für diese Schweinerei verantwortlich ist?«

»Ja, Sir.«

»Gut. Ich will morgen früh um neun einen ausführlichen Bericht auf meinem Schreibtisch haben.«

»Sie werden ihn bekommen.«

Am anderen Ende wurde der Hörer abrupt aufgelegt, und Jaynes fluchte und versetzte seinem Schreibtisch einen wütenden Tritt. Dann tätigte er einen weiteren Anruf, der zur Folge hatte, daß zwei FBI-Agenten aus der Dunkelheit auftauchten und an der Haustür von Mr. und Mrs. Jack Stephano klingelten.

Jack hatte den ganzen Abend über die Nachrichten verfolgt und rechnete buchstäblich jede Sekunde mit einer Reaktion des FBI. Jetzt saß er auf der Terrasse hinter seinem Haus und unterhielt sich über Handy mit seinem Anwalt. Es war wirklich ein Witz, fand er; das FBI bekam die Schuld für Dinge, die seine Männer getan hatten. Und es war, das mußte ihnen der Neid lassen, ein brillanter Schachzug von Patrick Lanigan und seinem Anwalt.

»Guten Abend«, sagte er höflich, als er die Tür öffnete. »Lassen Sie mich raten. Sie verkaufen Doughnuts.«

»FBI, Sir«, sagte der eine, in die Tasche greifend.

»Nicht nötig, mein Junge. Inzwischen kenne ich euch gut

genug. Als ich euch das letzte Mal sah, habt ihr in eurem Wagen unten an der Ecke gesessen, ein Revolverblatt gelesen und versucht, hinter dem Lenkrad in Deckung zu gehen. Habt ihr wirklich geglaubt, daß ihr einmal so aufregende Arbeit tun würdet, als ihr auf dem College wart?«

»Mr. Jaynes würde Sie gern sehen«, sagte der zweite.

»Weshalb?«

»Das wissen wir nicht. Er hat uns beauftragt, Sie zu holen. Er möchte, daß Sie mit uns in sein Büro fahren.«

»Hamilton macht also Überstunden, ja?«

»Ja, Sir. Würden Sie uns bitte begleiten?«

»Verhaften Sie mich wieder?«

»Also – nein.«

»Was soll dann das Ganze? Was glaubt ihr wohl, was mein Anwalt dazu sagt? Unrechtmäßige Verhaftung oder Festnahme, und ihr Jungs könnt mit einer saftigen Anklage rechnen.«

Sie sahen sich nervös an.

Stephano hatte keine Angst vor einer Zusammenkunft mit Jaynes oder sonst irgend jemandem in dieser Angelegenheit. Er würde mühelos mit allem fertig werden, was Jaynes ihm vorwerfen konnte.

Aber er erinnerte sich daran, daß er mit einem Strafverfahren zu rechnen hatte. Etwas Kooperation könnte also in so einem Fall nie schaden.

»Geben Sie mir fünf Minuten«, sagte er, dann verschwand er im Haus.

Jaynes stand hinter seinem Schreibtisch und blätterte in einem umfangreichen Report, als Stephano eintrat. »Nehmen Sie Platz«, sagte er kurz angebunden und deutete auf den Stuhl vor seinem Schreibtisch. Es war fast Mitternacht.

»Einen schönen guten Abend, Hamilton«, sagte Stephano lächelnd.

Jaynes warf den Bericht auf den Schreibtisch. »Was in al ler Welt habt ihr mit dem Jungen da unten angestellt?«

»Ich weiß es nicht. Ich nehme an, einer der Brasilianer ist ein bißchen grob geworden. Er wird es überleben.«

»Wer hat es getan?«

»Brauche ich meinen Anwalt, Hamilton? Ist das ein Verhör?«

»Ich weiß selbst noch nicht so genau, was das ist, okay? Der Direktor sitzt zu Hause am Telefon, in ständigem Kontakt mit dem Justizminister, dem diese ganze Sache gar nicht gefällt, und beide rufen mich alle zwanzig Minuten an und stehen mir auf den Zehen. Das ist eine ernste Angelegenheit, ist Ihnen das klar, Jack? Diese Vorwürfe sind scheußlich, und im Augenblick schaut sich das ganze Land diese verdammten Fotos an und fragt sich, weshalb wir einen Bürger der Vereinigten Staaten gefoltert haben.«

»Das tut mir furchtbar leid.«

»Das kann ich mir vorstellen. Also, wer hat es getan?«

»Ein paar Einheimische dort unten. Eine Bande von Brasilianern, die wir angeheuert haben, nachdem wir einen Tip bekommen hatten, daß er dort zu finden sei. Ich kenne nicht einmal ihre Namen.«

»Von wem haben Sie den Tip bekommen?«

»Das würden Sie wohl gerne wissen?«

»Ja, das würde ich.« Jaynes lockerte seine Krawatte und setzte sich auf die Kante seines Schreibtisches; er blickte auf Stephano herab, der ohne eine Spur von Nervosität zu ihm aufschaute. Er würde sich aus sämtlichen Problemen herauswinden, die das FBI ihm bereiten konnte. Er hatte sehr gute Anwälte.

»Ich möchte Ihnen einen Deal vorschlagen«, sagte Jaynes. »Und der kommt direkt vom Direktor.«

»Ich bin ganz Ohr.«

»Wir haben vor, morgen früh Benny Aricia zu verhaften. Wir werden eine ganz große Nummer abziehen, die Geschichte an die Presse durchsickern lassen, ihr mitteilen, daß dieser Bursche, der neunzig Millionen verloren hat, Sie engagiert hat, um Lanigan aufzuspüren. Und als Sie ihn endlich gefunden hatten, haben Sie ihn bearbeitet, aber trotzdem nicht herausbekommen, wo das Geld steckt.«

Stephano hörte genau zu, zeigte aber keinerlei Reaktion.

»Danach werden wir die beiden Generaldirektoren verhaften – Atterson von der Monarch-Sierra Insurance und Jill von der Northern Case Mutual. Die sind nämlich, wie uns inzwischen bekannt ist, die anderen beiden Mitglieder Ihres kleinen Konsortiums. Wir werden mit einem Einsatzkommando in ihren eleganten Büros auftauchen, dicht gefolgt von Kameras, und wir werden sie in Handschellen abführen und sie vor den Augen der Welt abtransportieren. Nicht zu vergessen die Informationen für die Medien, Sie verstehen. Und wir werden dafür sorgen, daß allgemein bekannt wird, daß diese Leute Aricia geholfen haben, Ihre kleine Suchaktion in Brasilien zu finanzieren. Stellen Sie sich das für einen Augenblick vor, Stephano, Ihre sämtlichen Klienten werden verhaftet und wandern ins Gefängnis.«

Stephano hätte nur zu gern gefragt, wie um alles in der Welt das FBI die Mitglieder seines kleinen Patrick-Konsortiums identifiziert hatte, aber dann sagte er sich, daß das nicht allzu schwierig gewesen sein dürfte. Sie hatten sich einfach auf die Leute konzentriert, die das meiste verloren hatten.

»Das wird Ihr Geschäft ruinieren«, sagte Jaynes, Mitgefühl vortäuschend.

»Also, was wollen Sie?«

»Hier ist der Deal. Er ist ganz einfach. Sie sagen uns alles – wie Sie ihn gefunden haben, wieviel er Ihnen verraten hat und so weiter, einfach alles eben. Wir haben eine Unmenge von Fragen – und wir lassen im Gegenzug die Anklagen gegen Sie fallen und lassen Ihre Klienten in Ruhe.«

»Also nichts als Schikane.«

»Richtig. Wir schreiben das Drehbuch. Daß wir Ihre Klienten demütigen und Sie aus dem Geschäft befördern können, ist Ihr Problem.«

»Mehr haben Sie nicht?«

»Nein. Wenn wir ein bißchen Glück haben, könnten Sie gleichfalls im Gefängnis landen.«

Es gab eine Menge Gründe, die dafür sprachen, auf diesen Handel einzugehen, von denen Mrs. Stephano bei weitem nicht der unwichtigste war. Sie fühlte sich entehrt, weil sich herumgesprochen hatte, daß das FBI ihr Haus Tag und

Nacht überwachte. Ihre Telefone waren angezapft; das wußte sie, weil ihr Mann seine Gespräche im Garten zwischen den Rosensträuchern führte. Sie stand am Rande eines Nervenzusammenbruchs. Sie seien anständige Leute, sagte sie immer wieder zu ihrem Mann.

Indem er so tat, als wüßte er mehr, als er tatsächlich wußte, hatte Stephano das FBI dahin gebracht, wo er es haben wollte. Er konnte dafür sorgen, daß die Anklagen gegen ihn fallengelassen wurden. Er konnte seine Klienten schützen. Und, was das Wichtigste war, er konnte sich zum Aufspüren des Geldes der beachtlichen Ressourcen des FBI bedienen.

»Ich muß mit meinem Anwalt sprechen.«

»Sie haben Zeit bis fünf Uhr morgen nachmittag.«

Patrick sah seine grauenhaften Wunden in der Spätausgabe von CNN in Farbe, sah, wie sein Freund Sandy die Bilder schwenkte wie ein Boxer, der der Welt seinen neu erworbenen Gürtel zeigt. Sie kamen ungefähr in der Mitte einer einstündigen Zusammenfassung der Stories des Tages. Bisher gäbe es keine offizielle Stellungnahme des FBI, sagte ein Korrespondent, der vor dem Hoover Building in Washington stand.

Luis war zufällig im Zimmer, als der Bericht lief. Er erstarrte, hörte zu, schaute vom Fernseher zu dem Bett, in dem Patrick saß und grinste. Der Groschen fiel rasch. »Meine Fotos?« fragte er mit seinem schwerfälligen Akzent.

»Ja«, antwortete Patrick, der am liebsten laut gelacht hätte.

»Meine Fotos«, wiederholte er stolz.

Die Geschichte von dem amerikanischen Anwalt, der seinen Tod vorgetäuscht, bei seiner Beerdigung zugeschaut und seiner Kanzlei neunzig Millionen Dollar gestohlen hatte und der vier Jahre später, in aller Stille in Brasilien lebend, festgenommen worden war, lieferte dem größten Teil der westlichen Welt unterhaltsamen Lesestoff. Eva las die neueste Episode der Geschichte in einer amerikanischen

Zeitung, während sie unter der Markise ihres Lieblings-Straßencafés in Aix, Les Deux Garçons, Kaffee trank. Es regnete. Ein feiner Nieselregen hatte die auf dem Trottoir stehenden Stühle und Tische feucht werden lassen.

Die Story stand nicht auf der Titelseite. Der Artikel beschrieb die Verbrennungen dritten Grades, war aber nicht mit den Fotos illustriert. Er brach ihr das Herz, und sie mußte die Sonnenbrille aufsetzen, um ihre Tränen zu verbergen.

Patrick kehrte heim. Verwundet und in Ketten wie ein Tier würde er die Reise unternehmen, von der er immer gewußt hatte, daß sie eines Tages unausweichlich auf ihn zukommen würde. Und sie würde hinfliegen. Sie würde sich im Hintergrund halten, sich verstecken und tun, was er wollte, und für ihrer beider Sicherheit beten. Sie würde nachts in ihrem Zimmer herumwandern, genau wie Patrick, und sich fragen, was aus ihrer Zukunft geworden war.

14

Patrick wählte einen OP-Anzug, sehr weit geschnitten und locker anliegend, weil er nichts ertragen konnte, was auf seinen Wunden scheuerte. Es würde ein Nonstop-Flug sein, aber trotzdem mehr als zwei Stunden dauern, und dabei mußte er sich so behaglich wie möglich fühlen. Der Arzt gab ihm eine kleine Schachtel mit Schmerztabletten und seine Krankenakte. Patrick dankte ihm. Er gab Luis die Hand und verabschiedete sich von einer Schwester.

Agent Myers wartete vor der Tür des Krankenzimmers mit vier uniformierten Militärpolizisten. »Ich mache Ihnen einen Vorschlag, Patrick«, sagte er. »Wenn Sie sich gut benehmen, verzichten wir jetzt auf Handschellen und Beinketten. Aber sobald wir gelandet sind, habe ich keine andere Wahl.«

»Danke«, sagte Patrick, dann begann er, vorsichtig den Flur entlangzugehen. Sein Körper schmerzte von der Hüfte abwärts bis zu den Zehen, und seine Knie waren steif vom vielen Liegen. Er hielt den Kopf hoch, nahm die Schultern zurück und nickte im Vorbeigehen den Schwestern höflich zu. Mit dem Fahrstuhl ging es hinunter in die Tiefgarage; dort wartete ein blauer Kleinbus mit zwei weiteren Militärpolizisten, die bewaffnet waren und die in der Nähe parkende leere Wagen nicht aus den Augen ließen. Eine kräftige Hand schob sich unter seinen Arm, und Patrick wurde auf die mittlere Sitzreihe hochgeholfen. Einer der Militärpolizisten gab ihm eine billige Flieger-Sonnenbrille. »Die brauchen Sie«, sagte er. »Da draußen ist es verdammt hell.«

Der Kleinbus verließ das Gelände der Basis nicht. Er rollte langsam über glühendheißen Asphalt, passierte kaum bewachte Kontrollpunkte; er fuhr nie schneller als vierzig Stundenkilometer. Während der Fahrt wurde kein Wort gesprochen. Patrick schaute durch seine Sonnenbrille und die getönten Scheiben auf Kasernen, eine Reihe von Bürogebäuden und einen Hangar. Er war vier Tage hier gewesen. Vielleicht auch nur drei. Er war sich nicht sicher, weil er in den ersten Stunden von Drogen umnebelt gewesen war. Eine Klimaanlage dröhnte und sorgte für Kühle. Er umklammerte seine Krankenakte, das einzig Greifbare, was er im Moment besaß.

Er dachte an Ponta Porã, das jetzt sein Zuhause war, und fragte sich, ob man ihn dort vermißte. Was hatten sie mit seinem Haus angestellt? Kam das Mädchen zum Putzen? Vermutlich nicht. Und was war mit seinem Wagen, dem roten Käfer, an dem er so sehr hing? Er kannte nur eine Handvoll Leute in der Stadt. Was redeten sie über ihn? Vermutlich nichts.

Welchen Unterschied machte das jetzt? Was immer in Ponta Porã geredet werden mochte, die Leute in Biloxi hatten ihn eindeutig vermißt. Der verlorene Sohn kehrt zurück. Der berühmteste Einwohner von Biloxi kehrt heim, und wie werden sie ihn begrüßen? Mit Beinketten und gerichtlichen Vorladungen. Weshalb nicht eine Parade auf dem Highway 90, an der Küste entlang, zu Ehren dieses Mannes, der einen aufsehenerregenden Coup gelandet hatte? Er hatte die Stadt berühmt gemacht, ihr einen Platz auf der Landkarte verschafft. Wie viele von ihnen waren gerissen genug, um sich in den Besitz von neunzig Millionen Dollar zu setzen?

Er lachte in sich hinein.

In welches Gefängnis würden sie ihn stecken? Als Anwalt hatte er, bei den verschiedensten Gelegenheiten, die örtlichen Gefängnisse kennengelernt – das städtische Gefängnis, das von Harrison County, sogar eine Arrestzelle in der Keesler Air Force Base in Biloxi, die dem Militär unterstand. Soviel Glück würde er nicht haben.

Würde er eine Zelle für sich allein bekommen oder eine, die er mit Dieben und Junkies teilen mußte? Ihm kam eine Idee. Er schlug die Akte auf und überflog den Entlassungsvermerk des Arztes. Da stand es, in großen Buchstaben und unübersehbar:

PATIENT SOLLTE FÜR MINDESTENS EINE WEITERE WOCHE STATIONÄR BEHANDELT WERDEN

Gott segne ihn! Weshalb hatte er nicht früher daran gedacht? Die Drogen. In ihn waren in der vergangenen Woche mehr Narkotika gepumpt worden, als er in seinem ganzen bisherigen Leben zu sich genommen hatte. Daß er sich nicht mehr an alles erinnerte und gelegentlich nicht klar denken konnte, war mit Sicherheit auch auf die Drogen zurückzuführen.

Er mußte Sandy unbedingt eine Kopie des Entlassungsvermerks zukommen lassen, damit ein hübsches kleines Bett für ihn vorbereitet werden konnte, möglichst in einem Einzelzimmer mit geschäftig hin- und hereilenden Schwestern. Das war die Inhaftierung, die er im Sinn hatte. Sollten sie doch zehn Polizisten vor seine Tür stellen, das kümmerte ihn nicht. Hauptsache, er bekam ein verstellbares Bett und eine Fernbedienung und wurde vor allem von den gewöhnlichen Verbrechern ferngehalten.

»Ich muß jemanden anrufen«, sagte er, sich an den Militärpolizisten vorbei in Richtung Fahrer wendend. Niemand reagierte.

Sie hielten vor einem großen Hangar, vor dem eine Transportmaschine stand. Die Militärpolizisten warteten draußen in der Sonne, während Patrick und Agent Myers in das kleine Büro gingen und darüber stritten, ob ein Angeklagter das verfassungsmäßige Recht hatte, seinen Anwalt nicht nur anzurufen, sondern ihm auch ein Dokument zu faxen.

Patrick gewann schließlich die Oberhand, nachdem er Myers sanft mit allen möglichen gemeinen Klagen gedroht hatte, und der Entlassungsvermerk des Arztes wurde an die Kanzlei von Sandy McDermott in New Orleans gefaxt.

Nach einem längeren Aufenthalt auf der Männertoilette kehrte Patrick zu seiner Eskorte zurück und stieg unter Mühen langsam die an der Transportmaschine der Air Force stehende Gangway hinauf.

Sie landete zwanzig Minuten vor zwölf auf der Keesler Air Force Base. Patrick war überrascht und auch ein wenig enttäuscht darüber, daß seine Ankunft ohne größeres Spektakel über die Bühne ging. Keine Massen von Kameras und Reportern. Keine Schar von alten Freunden, die herbeieilten, um ihm in der Stunde der Not beizustehen.

Das Rollfeld war auf Befehl von oben abgeriegelt worden. Die Presse hatte keinen Zutritt. Eine große Gruppe hatte sich am fast zweihundert Meter entfernten Haupttor versammelt, und um nicht ganz leer auszugehen, fotografierten sie das Flugzeug und zeichneten sein Motorengeräusch auf, während es über sie hinwegflog. Auch ihnen war die Enttäuschung anzumerken.

Patrick hätte es gern gehabt, wenn die Presse gesehen hätte, wie er das Flugzeug in seinem OP-Anzug verließ, auf unsicheren Beinen die Stufen zur Rollbahn hinunterwankte und dann wie ein verkrüppelter Hund in Beinketten und Handschellen dahinschlurfte. Es hätte ein eindrucksvolles Bild abgegeben, das erste, das all diese potentiellen Geschworenen da draußen zu Gesicht bekamen.

Wie nicht anders zu erwarten, hatte die lokale Morgenzeitung seine Klage gegen das FBI auf der Titelseite gebracht, als Aufmacher, mit den Fotos, groß und in Farbe. Nur ganz niederträchtige Seelen konnten Patrick ihr Mitgefühl verweigern, jedenfalls in diesem Moment. Der anderen Seite – der Regierung, den Anklägern, den Ermittlern – hatte er mit seinem Schachzug einen ziemlichen Schlag versetzt. Es sollte eigentlich ein grandioser Tag für die Vertreter des Gesetzes werden: die Rückkehr eines Meisterdiebs und Anwalts obendrein! Statt dessen hatte das örtliche Büro des FBI die Stecker seiner Telefone herausgezogen und die Türen geschlossen, um die Presse draußen zu halten. Nur Cutter hatte sich herausgewagt, und zwar ganz verstohlen. Es war sein Auftrag, Patrick in Empfang zu nehmen, sobald er heimischen Boden betrat.

Cutter wartete mit Sheriff Sweeney, zwei Offizieren der Air Force von der Basis und Sandy.

»Hallo, Patrick. Willkommen daheim«, sagte der Sheriff.

Patrick streckte ihm die gefesselten Hände entgegen und versuchte, die Hand des Sheriffs zu ergreifen. »Hallo, Raymond«, erwiderte er mit einem Lächeln. Sie kannten einander gut, wie es bei in der gleichen Stadt arbeitenden Polizisten und Anwälten die Regel ist. Als Patrick neun Jahre zuvor in die Stadt gekommen war, war Raymond Sweeney der erste Stellvertreter des Sheriffs von Harrison County gewesen.

Cutter trat vor, um sich vorzustellen, aber sobald Patrick das Wort ›FBI‹ hörte, wandte er das Gesicht ab und nickte Sandy zu. Ein Kleinbus, dem, der ihn eine Weile zuvor in Puerto Rico zu dem Flugzeug befördert hatte, bemerkenswert ähnlich, wartete in der Nähe. Alle stiegen ein. Patrick ließ sich mit seinem Anwalt auf der hintersten Bank nieder.

»Wohin fahren wir?« flüsterte Patrick.

»Zum Krankenhaus der Basis«, flüsterte Sandy zurück. »Aus medizinischen Gründen.«

»Gute Arbeit.«

Der Kleinbus rollte im Schneckentempo dahin, passierte einen Kontrollpunkt, an dem der Wachhabende die Augen nur eine Sekunde lang von der Sportseite einer Zeitung hob, dann fuhr er durch eine stille, an beiden Seiten von Offiziersunterkünften gesäumte Straße.

Das Leben auf der Flucht steckte voller Träume; manche kamen nachts, während des Schlafs, wirkliche Träume, und andere, wenn der Verstand wach war, sich aber in Tagträumen verlor. Die meisten waren beängstigend, Alpträume von den Schatten, die immer kühner und größer wurden. Andere waren Wunschträume von einer rosigen, von der Vergangenheit befreiten Zukunft. Aber die waren selten, wie Patrick lernen mußte. Leben auf der Flucht war Leben in der Vergangenheit. Es gab keinen Schlußpunkt.

Andere Träume waren faszinierende Fantasien über seine Rückkehr. Wer würde da sein, um ihn zu begrüßen? Würde sich die Luft am Golf so anfühlen und so riechen wie früher? Wann würde er zurückkehren, in welcher Jahreszeit? Wie viele Freunde würden ihn aufsuchen, und wie viele würden ihn meiden? Er konnte sich eine Handvoll Leute vorstellen, die er gern gesehen hätte, aber er war sich nicht sicher, ob sie ihn sehen wollten. War er jetzt ein Aussätziger? Oder eine Berühmtheit, die man umarmte? Wahrscheinlich keines von beiden.

Das Ende der Jagd barg einen gewissen, wenn auch sehr kleinen Trost. Schier unlösbare Probleme lagen vor ihm, aber fürs erste konnte er ignorieren, was hinter ihm lag. Tatsache war, daß Patrick nie imstande gewesen war, sich vollständig zu entspannen und sein neues Leben zu genießen. Nicht einmal das Geld konnte seine Ängste beschwichtigen. Der heutige Tag war unvermeidlich gewesen, das hatte er von Anfang an gewußt. Er hatte zu viel Geld gestohlen. Erheblich weniger, und die Bestohlenen wären vielleicht nicht so hartnäckig gewesen.

Während der Fahrt registrierte er die kleinen Dinge. Die Straßen waren gepflastert, was in Brasilien selten vorkam, jedenfalls in Ponta Porã. Und die Kinder trugen Turnschuhe beim Spielen. In Brasilien waren sie immer barfuß, und ihre Fußsohlen waren so zäh wie Kautschuk. Er vermißte plötzlich seine stille Straße, die Rua Tiradentes mit ihrer Horde von Jungen, die Fußball spielten.

»Bist du okay?« fragte Sandy.

Er nickte, immer noch die Sonnenbrille tragend.

Sandy griff in seinen Aktenkoffer und holte ein Exemplar der Lokalzeitung heraus. Die Schlagzeile tönte:

LANIGAN VERKLAGT FBI WEGEN FOLTER
UND MISSHANDLUNG

Die beiden Fotos füllten die halbe Titelseite.

Patrick genoß es einen Augenblick lang. »Ich werde es später lesen.«

Cutter saß direkt vor Patrick, und natürlich lauschte er jedem Atemzug seines Gefangenen. Eine Unterhaltung kam nicht in Frage, was Patrick nur recht sein konnte. Der Kleinbus fuhr auf den Parkplatz des Krankenhauses und hielt vor dem Eingang der Notaufnahme. Sie führten Patrick durch eine Nebentür hinein und dann einen Korridor entlang, wo die Schwestern darauf warteten, einen raschen Blick auf ihren neuen Patienten werfen zu können. Zwei Labortechniker blieben vor ihnen stehen, und einer von ihnen sagte tatsächlich: »Willkommen daheim, Patrick.« Was für ein Klugscheißer.

Hier gab es keine Bürokratie. Keine Aufnahmeformalitäten. Keine Fragen über Versicherungen oder wer für was zahlen würde. Patrick wurde auf schnellstem Wege in den zweiten Stock befördert und in einem Zimmer am Ende des Korridors untergebracht. Cutter gab ein paar banale Kommentare und Anweisungen, ebenso der Sheriff. Beschränkte Benutzung des Telefons, Wachen vor der Tür, Mahlzeiten auf dem Zimmer. Was kann man sonst zu einem Häftling sagen? Sie verließen den Raum, nur Sandy blieb zurück.

Patrick setzte sich auf die Bettkante und ließ die Füße baumeln. »Ich würde gern meine Mutter sehen«, sagte er.

»Sie ist bereits unterwegs. Sie wird um ein Uhr hier sein.«

»Danke.«

»Was ist mit deiner Frau und deiner Tochter?«

»Ashley Nicole würde ich gerne sehen, aber nicht jetzt. Ich bin sicher, daß sie sich nicht mehr an mich erinnert. Inzwischen hält sie mich bestimmt für ein Monster. Und Trudy möchte ich lieber nicht sehen – die Gründe liegen auf der Hand.«

Es wurde laut an die Tür geklopft, und Sheriff Sweeney war zurück, jetzt mit einem ziemlich umfangreichen Stapel Papier in der Hand. »Tut mir leid, Sie stören zu müssen, Patrick, aber das hier duldet von Amts wegen keinen Aufschub. Ich dachte, es wäre das beste, wenn wir es gleich hinter uns bringen.«

»Natürlich, Sheriff«, sagte Patrick und bereitete sich innerlich auf das Kommende vor.

»Ich muß Ihnen dies alles aushändigen. Erstens ist hier eine Anklage wegen vorsätzlichen Mordes, beschlossen von der Grand Jury von Harrison County.«

Patrick nahm sie entgegen und reichte sie, ohne einen Blick darauf zu werfen, an Sandy weiter.

»Dann ist da eine Vorladung und eine Scheidungsklage, eingereicht von Trudy Lanigan drüben in Mobile.«

»Was für eine Überraschung«, sagte Patrick, als er sie entgegennahm. »Mit welcher Begründung?«

»Ich habe sie nicht gelesen. Das hier ist eine weitere Vorladung und eine Klage, eingereicht von einem gewissen Benny Aricia.«

»Von wem?« fragte Patrick mit einem Anflug von Humor. Der Sheriff verzog keine Miene.

»Hier ist eine Vorladung und eine Klage, eingereicht von Ihrer ehemaligen Kanzlei.«

»Auf wieviel sind sie aus?« fragte Patrick, die Vorladung und die Klage entgegennehmend.

»Ich habe sie nicht gelesen. Hier ist eine Vorladung und eine Klage, eingereicht von der Monarch-Sierra Insurance Company.«

»Ah ja, an die erinnere ich mich.« Er gab die Papiere an Sandy weiter, der mittlerweile beide Hände voll mit Papier hatte, während die des Sheriffs leer waren.

»Tut mir leid, Patrick«, sagte Sweeney.

»Ist das alles?«

»Im Augenblick, ja. Ich werde bei der Gerichtskanzlei vorbeifahren und nachschauen, ob noch weitere Klagen eingereicht worden sind.«

»Schicken Sie sie ruhig her. Sandy arbeitet schnell.«

Sie gaben sich die Hand, diesmal unbehindert durch Handschellen, und der Sheriff verließ das Zimmer.

»Ich habe Raymond immer gemocht«, sagte Patrick. Er stützte die Hände in die Hüften und ging langsam in die Knie. Er schaffte ungefähr die halbe Strecke, dann hielt er inne und richtete sich vorsichtig wieder auf. »Ich habe noch einen langen Weg vor mir, Sandy. Mir tun immer noch alle Knochen weh.«

»Gut. Unterstützt unsere Klage.« Sandy blätterte in den Papieren. »Sieht so aus, als wäre Trudy wirklich wütend auf dich. Sie will, daß du aus ihrem Leben verschwindest.«

»Ich habe getan, was ich konnte. Welche Gründe gibt sie an?«

»Böswilliges Verlassen. Seelische Grausamkeit.«

»Das arme Mädchen.«

»Hast du vor, Widerspruch einzulegen?«

»Kommt darauf an, was sie haben will.«

Sandy schlug eine andere Seite auf. »Also, wenn ich das hier überfliege, sieht es so aus, als wollte sie die Scheidung, das ausschließliche Sorgerecht für das Kind, die Aberkennung deiner sämtlichen Vaterrechte einschließlich des Rechts, das Kind zu sehen, sämtlichen Grund- und persönlichen Besitz im gemeinschaftlichen Eigentum zur Zeit deines Verschwindens – so drückt sie es aus, deines Verschwindens – sowie, ah, hier kommt es, einen fairen und vernünftigen Anteil an den Vermögenswerten, die seit deinem Verschwinden in deinen Besitz gelangt sind.«

»Überraschung, Überraschung.«

»Das ist alles, was sie will, jedenfalls fürs erste.«

»Sie bekommt die Scheidung, Sandy, mit Vergnügen. Aber es wird nicht so leicht gehen, wie sie glaubt.«

»Was hast du vor?«

»Wir reden später darüber. Ich bin müde.«

»Irgendwann müssen wir reden, Patrick. Ob du es willst oder nicht – es gibt viele Dinge, über die wir zu sprechen haben.«

»Später. Jetzt muß ich mich ausruhen. Mom kann jede Minute hier sein.«

»Okay. Für die Fahrt nach New Orleans brauche ich bei diesem Verkehr einschließlich Parken und Fußweg rund zwei Stunden von hier bis in mein Büro. Wann genau willst du mich wiedersehen?«

»Tut mir leid, Sandy. Ich bin wirklich sehr müde. Wie wäre es mit morgen früh? Bis dahin habe ich mich ausgeruht, und dann können wir den ganzen Tag arbeiten.«

Sandy entspannte sich und verstaute die Papiere in seinem Aktenkoffer. »Geht in Ordnung. Ich werde um zehn Uhr hier sein.«

»Danke, Sandy.«

Sandy ging, und Patrick konnte sich ganze acht Minuten lang ausruhen, bevor die Tür aufgerissen wurde und sich sein Zimmer plötzlich mit Pflegepersonal füllte, alle weiblichen Geschlechts. »Hi, ich bin Rose, Ihre Oberschwester. Wir müssen Sie untersuchen. Können wir Ihnen das Hemd ausziehen?« Es war keine Bitte. Rose zog bereits das Hemd über seinen Kopf. Zwei weitere Schwestern, genauso füllig wie Rose, erschienen links und rechts neben seinem Bett und fingen an, Patricks restliche Kleidung auszuziehen. Es schien ihnen Spaß zu machen. Eine weitere Schwester stand mit einem Thermometer und einer Schachtel voll furchteinflößender Instrumente bereit. Eine Laborantin schaute vom Fußende des Bettes aus zu. Ein Pfleger in einem orangefarbenen Kittel hielt sich in der Nähe der Tür auf.

Sie waren als Team gekommen, und während der nächsten fünfzehn Minuten spulten sie ihr komplettes Pflegeprogramm ab. Er schloß die Augen und ließ es einfach über sich ergehen. Sie verschwanden so schnell, wie sie gekommen waren.

Patrick und seine Mutter hatten ein tränenreiches Wiedersehen. Er entschuldigte sich nur einmal, für alles. Sie nahm seine Entschuldigung liebevoll an und verzieh ihm, wie nur Mütter es können. Ihre Freude darüber, ihn wiederzusehen, vertrieb allen Groll und all die Bitterkeit, die sich in den letzten vier Tagen bei ihr eingeschlichen hatten.

Joyce Lanigan war achtundsechzig Jahre alt, bei relativ guter Gesundheit. Sie litt lediglich unter zu hohem Blutdruck. Ihr Mann, Patricks Vater, hatte sie zwanzig Jahre zuvor einer jüngeren Frau wegen verlassen und war dann prompt an einem Herzinfarkt gestorben. Weder sie noch Patrick nahmen an seiner Beerdigung in Texas teil. Seine zweite Frau war zu jener Zeit schwanger. Ihr Kind, Patricks Halbbruder, ermordete zwei Undercover-Agenten der Drogenfahndung, als er siebzehn Jahre alt war, und saß jetzt in Huntsville, Texas, in der Todeszelle. Dieses kleine Stück schmutziger Familiengeschichte war in New Orleans und Biloxi unbekannt. Patrick hatte es Trudy im Verlauf ihrer vierjährigen Ehe nie erzählt. Und Eva auch nicht. Weshalb hätte er es auch tun sollen?

Welch grausame Ironie des Schicksals. Beide Söhne von Patricks Vater waren jetzt des Mordes angeklagt. Einer war bereits verurteilt worden. Der andere war auf dem besten Wege dahin.

Patrick ging gerade aufs College, als sein Vater verschwand und dann starb. Seiner Mutter fiel es sehr schwer, sich mit dem Leben einer geschiedenen Frau in mittleren Jahren zu arrangieren; sie hatte keinen Beruf erlernt und noch nie irgendwo gearbeitet. Das Scheidungsurteil gestattete ihr, das Haus zu behalten und sprach ihr so viel Geld zu, daß es für ein Leben ohne größere Ansprüche reichte, ohne daß sie sich einen Job suchen mußte. Gelegentlich arbeitete sie als Aushilfslehrerin in einer nahegelegenen Grundschule. In der Regel zog sie es aber vor, daheim zu bleiben, ein bißchen im Garten zu arbeiten, sich Seifenopern anzuschauen und mit den alten Damen aus der Nachbarschaft Tee zu trinken.

Patrick hatte seine Mutter immer als zutiefst deprimierend empfunden, zumal nach dem Verschwinden seines Vaters, ein Ereignis, das ihn nicht sonderlich belastet hatte, weil dieser ohnehin kein guter Vater gewesen war. Und auch kein guter Ehemann. Patrick hatte seiner Mutter zugeredet, sie solle aus dem Haus gehen, sich einen Job suchen, eine Aufgabe, ein bißchen leben. Sie hätte doch die Möglichkeit, einen neuen Anfang zu machen.

Aber sie hatte ihr Unglück zu sehr genossen. Im Laufe der Jahre, in denen Patrick von seiner Arbeit als Anwalt immer stärker in Anspruch genommen wurde, hatte er immer weniger Zeit mit ihr verbracht. Er zog nach Biloxi, heiratete eine Frau, die seine Mutter nicht ausstehen konnte, und so weiter und so weiter.

Er erkundigte sich nach Tanten, Onkel und Vettern, Leute, zu denen er schon lange vor seinem Tod jeglichen Kontakt verloren hatte; Leute, an die er in den letzten vier Jahren kaum gedacht hatte. Jetzt fragte er nur, weil es von ihm erwartet wurde, daß er fragte. Den meisten von ihnen ging es gut.

Nein, er wollte niemanden von ihnen sehen.

Ihnen läge sehr viel daran, ihn zu besuchen.

Merkwürdig. Früher hatten sie ihn nie besuchen wollen.

Sie würden sich große Sorgen um ihn machen.

Auch merkwürdig.

Sie unterhielten sich zwei Stunden lang angeregt und verloren schnell das Gefühl für Zeit. Sie machte ihm Vorwürfe wegen seines Gewichts. »Kränklich« war ihr Wort. Sie wollte alles über sein neues Kinn, seine neue Nase und sein dunkles Haar wissen. Sie sagte alle erdenklichen, für Mütter typischen Dinge, dann machte sie sich auf die Rückreise nach New Orleans. Er versprach, mit ihr in Verbindung zu bleiben.

Das hatte er ihr immer versprochen, dachte sie, als sie davonfuhr. Aber gemeldet hatte er sich nur selten.

15

Von einer Suite im Hay-Adams-Hotel aus operierend, brachte Stephano den Vormittag damit zu, am Telefon mit vielbeschäftigten Managern Katz und Maus zu spielen. Es war leicht gewesen, Benny Aricia davon zu überzeugen, daß er in Gefahr war, vom FBI verhaftet zu werden, daß man ihn fotografieren, seine Fingerabdrücke abnehmen und ihn unter Druck setzen würde. Etwas völlig anderes war es, von sich selbst eingenommene Männer wie Paul Atterson bei der Monarch-Sierra Insurance und Frank Jill bei der Northern Case Mutual zu überzeugen. Distinguierte ältere Herren mit obszön hohem Gehalt und einer Hundertschaft von Mitarbeitern, die alles Unerfreuliche von ihnen fernzuhalten pflegten. In ihren Augen betrafen Verhaftungen und Anklagen grundsätzlich nur die niederen Schichten.

Das FBI erwies sich in diesem Zusammenhang als recht hilfreich. Hamilton Jaynes schickte Agenten in beide Zentralen – in die von Monarch in Palo Alto und in die von Northern Case Mutual in St. Paul –, mit der Anweisung, beide Männer aufzusuchen und ihnen einen Haufen Fragen über die Suche nach einem gewissen Patrick Lanigan und seine Festnahme zu stellen.

Um die Mittagszeit warfen beide Herren das Handtuch. Pfeifen Sie die Hunde zurück, sagten sie zu Stephano. Die Suche ist vorbei. Erzählen Sie dem FBI, was es wissen will, und sorgen Sie um Himmels willen dafür, daß diese Agenten aus unserer Zentrale verschwinden. Es war ihnen sehr peinlich.

Und so löste sich das Konsortium auf. Stephano hatte es vier Jahre lang zusammengehalten und dabei fast eine Million Dollar verdient. Er hatte zweieinhalb Millionen Dollar seiner Klienten ausgegeben, und er konnte einen Erfolg für sich verbuchen. Sie hatten Lanigan schließlich ja aufgespürt. Die neunzig Millionen hatten sie zwar nicht gefunden, aber sie waren noch vorhanden. Sie waren nicht ausgegeben worden. Es bestand noch eine Chance, sie zurückzubekommen.

Benny Aricia hielt sich den ganzen Vormittag in Stephanos Suite auf, las Zeitung, tätigte selbst Anrufe, hörte zu, wie Stephano telefonierte. Um eins rief er seinen Anwalt in Biloxi an und erfuhr, daß Patrick eingetroffen war. Und zwar ohne größeres Aufsehen zu erregen. Der lokale Fernsehsender brachte die Nachricht um zwölf, mit einer Aufnahme der Frachtmaschine der Air Force beim Anflug auf Keesler. Näher hatte man sie nicht herangelassen. Der Sheriff von Biloxi bestätigte, daß Lanigan gelandet war.

Benny hatte sich das Folter-Band dreimal angehört und es dabei wiederholt angehalten, um seine Lieblingsstellen noch einmal ablaufen zu lassen. Einmal, zwei Tage zuvor auf einem Flug nach Florida, hatte er es mit einem Drink in der ersten Klasse sitzend über Kopfhörer angehört, und über die grauenhaften Schreie eines um Gnade flehenden Mannes gelächelt. Die Tage hatten ansonsten wenig Erfreuliches für Benny zu bieten. Er war sicher, daß Patrick alles gesagt hatte, was er wußte, aber das war nicht genug gewesen. Patrick mußte geahnt haben, daß man ihn eines Tages erwischen würde; deshalb war er so schlau gewesen, das Geld bei der Frau zu deponieren, die es dann vor jedermann einschließlich Patrick versteckte. Brillant. Daran gab es nichts zu deuteln.

»Was wird erforderlich sein, um sie zu finden?« fragte er Stephano, während sie eine vom Zimmerservice heraufgeschickte Suppe aßen. Die Frage war bereits mehrfach gestellt worden.

»Was oder wieviel?«

»Also wieviel.«

»Das kann ich nicht sagen. Wir haben keine Ahnung, wo sie ist, aber wir wissen, wo sie herkommt. Und wir wissen, daß sie jetzt, da ihr Freund hier ist, vermutlich irgendwo in der Gegend um Biloxi auftauchen wird. Es müßte zu schaffen sein.«

»Wieviel?«

»Schwer zu sagen. Ich denke, hunderttausend, ohne jede Garantie. Überweisen Sie das Geld, und wenn es alle ist, hören wir auf.«

»Besteht die Gefahr, daß das FBI erfährt, daß wir immer noch suchen?«

»Nein.«

Benny rührte in seiner Suppe – Tomaten und Nudeln. Nachdem er bereits knapp zwei Millionen ausgegeben hatte, erschien es ihm unsinnig, nicht noch einen letzten Versuch zu riskieren. Die Chancen standen zwar schlecht, aber der mögliche Gewinn rechtfertigte alles. Es war das gleiche Spiel, das er seit nunmehr vier Jahren spielte.

»Und wenn Sie sie finden?« fragte er.

»Dann bringen wir sie zum Reden«, sagte Stephano, und beide verzogen das Gesicht bei dem unerfreulichen Gedanken, einer Frau das anzutun, was sie Patrick angetan hatten.

»Was ist mit seinem Anwalt?« fragte Aricia schließlich. »Können wir seine Kanzlei verwanzen, sein Telefon anzapfen, irgendwie mithören, wenn er mit seinem Mandanten spricht? Sie werden doch bestimmt über das Geld reden.«

»Das wäre eine Möglichkeit. Meinen Sie das ernst?«

»Ernst? Ich habe neunzig Millionen irgendwo da draußen. Abzüglich einem Drittel für diese Blutsauger von Anwälten. Natürlich meine ich das ernst.«

»Es könnte riskant sein. Der Anwalt ist nicht dumm. Und sein Mandant ist ein sehr vorsichtiger Mensch.«

»Keine Ausflüchte, Jack. Angeblich sind Sie doch der Beste. Der Teuerste sind Sie ja auf jeden Fall.«

»Wir werden erst einmal ein bißchen Vorarbeit leisten – den Anwalt ein paar Tage beschatten, seine Umgebung in Augenschein nehmen. Es besteht kein Grund zur Eile. Sein Mandant bleibt fürs erste, wo er ist. Im Augenblick geht es mir vor allem darum, mir das FBI vom Hals zu schaffen. Ich muß nämlich ein paar ganz triviale Dinge tun, mein Büro wieder aufmachen und die Wanzen in meinen Telefonen loswerden.«

Aricia schwenkte wegwerfend die Hand. »Wieviel wird es mich kosten?«

»Das weiß ich nicht. Darüber reden wir später. Es ist Zeit. Die Anwälte warten.«

Stephano ging als erster, zu Fuß, und winkte den beiden Agenten, die in der Nähe des Hotels, in der I Street, im Parkverbot standen, höflich zu. Er beeilte sich, zur sieben Blocks entfernten Kanzlei seines Anwalts zu kommen. Benny wartete zehn Minuten und bestieg dann ein Taxi.

Stephano verbrachte den Nachmittag in einem mit Anwälten und Anwaltsgehilfen überfüllten Konferenzzimmer. Die Vereinbarungen wurden zwischen den Anwälten – denen von Stephano und denen des FBI – hin- und hergefaxt. Schließlich bekamen beide Seiten, was sie wollten. Die Anklagen gegen Stephano wurden fallengelassen, und es würden auch keine gegen seine Klienten erhoben werden. Das FBI erhielt im Gegenzug sein schriftliches Versprechen, alles zu offenbaren, was er über die Suche nach Patrick Lanigan und dessen Gefangennahme wußte.

Stephano hatte die Absicht, das meiste von dem, was er wußte, zu erzählen. Die Suche war vorüber; deshalb hatte er nichts mehr zu verbergen. Das Verhör hatte wenig zutage gefördert, lediglich den Namen einer brasilianischen Anwältin, die das Geld hatte. Jetzt war sie verschwunden, und er bezweifelte stark, daß das FBI die Zeit und den Willen hatte, sie aufzuspüren. Weshalb sollten sie auch? Schließlich ging es nicht um ihr Geld.

Und obwohl er sich alle Mühe gab, es sich nicht anmerken zu lassen, lag ihm sehr viel daran, das FBI wieder loszuwerden. Mrs. Stephano hatte das Ganze sehr mitgenommen, und der Druck zu Hause war enorm. Zudem war ihm schmerzhaft klar, daß er aus dem Geschäft sein würde, wenn er sein Büro nicht schnell wieder aufmachen konnte.

Also nahm er sich vor, ihnen alles zu sagen, was sie hören wollten, jedenfalls das meiste davon. Er würde Bennys Geld nehmen, das, was davon noch übrig war, und noch eine Weile nach der Frau suchen. Vielleicht hatte er ja Glück. Und er würde ein paar Männer zur Überwachung von Lanigans Anwalt nach New Orleans schicken. Von diesen kleinen Details brauchte das FBI nichts zu wissen.

Da es im Bundesgebäude in Biloxi keinen Quadratzentimeter freien Raum gab, bat Cutter Sheriff Sweeney, ihm ein Zimmer im County-Gefängnis zur Verfügung zu stellen. Sweeney erklärte sich widerstrebend dazu bereit, obwohl ihm der Gedanke, daß das FBI geraume Zeit in seinen Amtsräumen zubringen würde, nicht sonderlich behagte. Er ließ einen Archivraum ausräumen und einen Tisch und ein paar Stühle hineinstellen. Das Lanigan-Zimmer war geboren.

Es gab nur wenig darin unterzubringen. Niemand hatte einen Mordverdacht gehegt, als Patrick starb, und deshalb hatte auch niemand versucht, irgendwelche Beweise sicherzustellen, zumindest nicht während der ersten sechs Wochen. Als dann das Geld verschwand, kam zwar ein Verdacht auf, aber inzwischen gab es kaum noch verwertbare Spuren.

Cutter und Ted Grimshaw, der Chefermittler von Harrison County, sichteten und katalogisierten ihr mageres Beweismaterial. Da waren zehn große Farbfotos von dem ausgebrannten Chevy Blazer. Grimshaw hatte sie aufgenommen. Sie hefteten sie an eine Wand.

Das Feuer war extrem heiß gewesen; jetzt wußten sie, weshalb. Patrick hatte zweifellos Plastikkanister mit Benzin in den Innenraum gepackt. Das würde das geschmolzene Aluminium der Sitzrahmen erklären, die herausgeflogenen Scheiben, das völlig zerstörte Armaturenbrett und die spärlichen Überreste des Toten. Es gab sechs Fotos von der Leiche, falls man sie überhaupt als solche bezeichnen konnte – ein kleiner Haufen verkohlter Materie, aus der ein halber Beckenknochen herausragte. Er hatte auf dem Boden der Beifahrerseite gelegen. Der Blazer hatte sich mehrmals überschlagen, nachdem er vom Highway abgekommen war, war in eine Schlucht hinuntergestürzt und auf der rechten Seite liegend ausgebrannt.

Sheriff Sweeney hatte das Wrack einen Monat lang behalten und es dann zusammen mit anderen als Schrott verkauft. Später wünschte er sich, er hätte es nicht getan.

Es gab ein halbes Dutzend Fotos von der Umgebung des

Fahrzeugs, verkohlte Bäume und Sträucher. Die Freiwillige Feuerwehr hatte den Brand eine Stunde lang bekämpft, bis es endlich gelang, ihn zu löschen.

Es fügte sich gut ins Bild, daß Patrick für den Fall seines Ablebens die Einäscherung seiner sterblichen Überreste verfügt hatte. Trudy zufolge (und sie hatten eine schriftliche Aussage, aufgenommen einen Monat nach der Beisetzung) hatte Patrick von einem auf den anderen Tag die Vorzüge einer Urnenbeisetzung schätzen gelernt; seine Asche sollte in Locust Grove beigesetzt werden, dem hübschesten Friedhof im ganzen County. Diese Entscheidung wurde fast elf Monate vor seinem Verschwinden getroffen. Er hatte sogar sein Testament geändert und entsprechende Anweisungen für den Testamentsvollstrecker eingefügt. Trudy – oder für den Fall, daß sie mit ihm starb, Richter Karl Huskey – sollte seine Einäscherung in die Wege leiten. Er hatte sogar genaue Angaben darüber gemacht, wie seine Beisetzung ablaufen sollte.

Der Leichenbestatter teilte Grimshaw später mit, daß neunzig Prozent der Verbrennung bereits im Blazer vonstatten gegangen war. Als er, nachdem er die Überreste eine Stunde bei zweitausend Grad verbrannt hatte, die Asche wog, hätte die Waage lediglich vier Unzen registriert, die geringste Menge, die ihm je untergekommen war. Über den Leichnam konnte er nichts sagen – Mann, Frau, schwarz, weiß, jung, alt, lebendig oder vor dem Brand bereits tot. Es war einfach unmöglich, irgend etwas festzustellen. Aber um ganz ehrlich zu sein, er hatte es auch nicht ernsthaft versucht.

Sie hatten keine Leiche, keinen Autopsiebericht und keine Ahnung, wer der Unbekannte war, der im Blazer verbrannt worden war. Feuer ist die sicherste Methode, Beweise zu vernichten, und Patrick hatte beim Verwischen seiner Spuren hervorragende Arbeit geleistet.

Er hatte das Wochenende in einer alten Jagdhütte in der Nähe der kleinen Stadt Leaf verbracht, oben in Greene County, am Rand des De Soto Nationalparks. Er und ein alter Studienkollege aus Jackson hatten die Hütte zwei Jahre zuvor gekauft. Sie war ziemlich primitiv. Sie hatten im Herbst und Winter Rotwild gejagt und im Frühling Truthähne. Als es in seiner Ehe zu kriseln begann, gewöhnte sich Patrick an, immer mehr Wochenenden in der Hütte zu verbringen. Sie war nur anderthalb Fahrstunden von Biloxi entfernt. Er behauptete, dort arbeiten zu können. Sie war sehr abgelegen und ruhig. Sein Freund, der Mitbesitzer hatte die Hütte mehr oder weniger aufgegeben.

Trudy tat so, als wäre es ihr gar nicht recht, daß er die Wochenenden in der Hütte verbrachte, aber Lance war gewöhnlich in der Nähe und wartete nur darauf, daß Patrick sich abmeldete.

Am Abend des 9. Februar 1992, einem Sonntag, rief Patrick Trudy an, um ihr mitzuteilen, daß er die Hütte verließ. Er hätte einen schwierigen Schriftsatz für eine Berufung fertiggestellt, und er sei müde. Lance blieb noch eine Stunde, dann verschwand er in der Dunkelheit.

Patrick stoppte bei Verhall's Country Store am Highway 15, an der Grenze zwischen Stone und Harrison County. Dort kaufte er fünfzig Liter Benzin für vierzehn Dollar und einundzwanzig Cents und bezahlte mit seiner Kreditkarte. Er unterhielt sich eine Weile mit Mrs. Verhall, einer älteren Frau, deren Bekanntschaft er im Laufe der Zeit gemacht hatte. Sie kannte viele der Jäger, die vorbeikamen, vor allem diejenigen, die gern mit ihren Taten in den Wäldern prahlten wie Patrick. Sie sagte später, er wäre bei guter Laune gewesen, obwohl er behauptet hatte, müde zu sein, weil er das ganze Wochenende hätte arbeiten müssen. Sie erinnerte sich, daß sie das seltsam gefunden hatte. Eine Stunde später hörte sie, wie Polizei- und Feuerwehrautos vorbeirasten.

Acht Meilen die Straße hinunter fand man Patricks Blazer lichterloh brennend auf dem Boden einer steilen Schlucht, achtzig Meter von der Straße entfernt. Ein Lastwagenfahrer entdeckte das Feuer als erster und schaffte es, bis auf fünfzehn Meter heranzukommen, bevor es ihm die Augenbrauen versengte. Er setzte per Funk einen Hilferuf ab, dann setzte er sich auf einen Baumstumpf und schaute machtlos zu, wie das Feuer wütete. Der Blazer lag auf der rechten Seite mit dem Dach auf der ihm abgewandten Seite, weshalb es für ihn unmöglich war, zu erkennen, ob sich jemand im Fahrzeug befunden hatte. Aber es hätte keinen Unterschied gemacht. Eine Rettung wäre sowieso unmöglich gewesen.

Als der erste County Deputy eintraf, war der Feuerball so gewaltig, daß man kaum noch die Umrisse des Blazers erkennen konnte. Das umliegende Gras und die Sträucher begannen zu brennen. Die Freiwillige Feuerwehr traf kurze Zeit später ein, aber es mangelte an Wasser. Weitere Fahrzeuge hielten an, und bald standen eine Menge Leute stumm am Straßenrand, schauten in die Schlucht hinunter und lauschten dem Prasseln der Flammen. Da der Fahrer des Blazers nicht unter ihnen war, nahmen alle an, daß er oder sie es nicht geschafft hatte und nun zusammen mit allem anderen verbrannte.

Zwei größere Feuerwehrfahrzeuge erschienen, und es gelang endlich, den Brand zu löschen. Weitere Stunden vergingen, während der Sheriff Sweeney darauf wartete, daß das Wrack auskühlte. Es war fast Mitternacht, als er einen geschwärzten Klumpen entdeckte, der entfernte Ähnlichkeit mit einem Menschen aufwies. Der Coroner war in der Nähe. Der Beckenknochen machte ihren Spekulationen ein Ende. Grimshaw schoß seine Fotos. Sie warteten darauf, daß die Überreste noch weiter abkühlten, dann sammelten sie sie ein und packten sie in einen Karton.

Die noch erhaltenen Buchstaben und Zahlen auf den Nummernschildern wurden mit einer starken Taschenlampe sichtbar gemacht, und um halb vier Uhr nachts erhielt Trudy einen Anruf, der sie zur Witwe machte. Jedenfalls für viereinhalb Jahre.

Der Sheriff beschloß, den Wagen für den Rest der Nacht in der Schlucht liegen zu lassen. Bei Tagesanbruch kehrte er mit fünf seiner Deputies zurück, um die Umgebung abzusuchen. Sie fanden eine dreißig Meter lange Bremsspur auf dem Highway und spekulierten, daß vielleicht ein Reh vor Patricks Wagen gelaufen war und ihn die Kontrolle über den Wagen hatte verlieren lassen. Da sich das Feuer in alle Richtungen ausgebreitet hatte, waren sämtliche Hinweise auf das, was passiert war, vernichtet. Die einzige Überraschung brachte die Entdeckung eines Schuhs vierzig Meter vom Wrack des Blazers entfernt. Es handelte sich um einen wenig getragenen Laufschuh Marke Nike Air Max Größe zehn, und Trudy identifizierte ihn sofort als einen von Patricks Schuhen. Sie weinte ausgiebig, als sie ihn ihr zeigten.

Der Sheriff spekulierte, daß sich der Wagen mehrmals überschlagen hatte, als er in die Schlucht hinunterstürzte. Dabei mußte der in ihm sitzende Mensch derart herumgeschleudert worden sein, daß sich der Schuh löste. Bei einem der weiteren Überschläge sei dieser dann aus dem Wagen katapultiert worden. Es war ebenso denkbar wie alles andere.

Sie verfrachteten den Blazer auf einen Tieflader und schafften ihn weg. Am späten Nachmittag war alles, was von Patrick noch übrig gewesen war, verbrannt worden. Am darauffolgenden Tag fand ein Gedächtnisgottesdienst statt, gefolgt von einer kurzen Begräbnisfeierlichkeit. Es war die, die Patrick mit Hilfe eines Fernglases beobachtet hatte.

Cutter und Grimshaw betrachteten den einsamen Schuh auf dem Tisch. Neben ihm lagen verschiedene Zeugenaussagen – die von Trudy, Mrs. Verhall, dem Coroner, dem Bestattungsunternehmer, sogar die von Grimshaw und Sheriff Sweeney –, und alle hatten genau das ausgesagt, was zu erwarten gewesen war. Nur eine Überraschungszeugin meldete sich in den Monaten nach dem Verschwinden des Geldes. Eine junge Frau, die in der Nähe von Verhall's Country Store wohnte, gab eine eidesstattliche Erklärung ab, derzufolge sie einen roten 1991er Chevy Blazer gesehen hatte, der genau an der Stelle am Straßenrand parkte, an der dann der Unfall passiert war. Sie hätte ihn zweimal gesehen. Einmal am Samstag abend und dann noch einmal vierundzwanzig Stunden später ungefähr zu der Zeit des Feuers.

Ihre Aussage wurde von Grimshaw in ihrem Haus in Harrison County aufgenommen, sieben Wochen nach Patricks Beisetzung. Inzwischen war man hinsichtlich seines Todes argwöhnisch geworden, weil das Geld verschwunden war.

16

Der Stationsarzt war ein junger Pakistani namens Hayani, von Natur aus eine fürsorgliche und mitfühlende Seele. Er sprach englisch mit starkem Akzent und hatte nichts dagegen, so lange bei Patrick zu sitzen und sich mit ihm zu unterhalten, wie der Patient es wünschte. Der Heilungsprozeß machte gute Fortschritte.

Aber der Patient wirkte noch immer sehr verstört. »Die Folter wird etwas sein, das ich niemals exakt werde beschreiben können«, sagte Patrick, nachdem sie sich fast eine Stunde lang unterhalten hatten. Hayani hatte das Gespräch auf dieses Thema gebracht. Es stand in allen Zeitungen, seit die Klage gegen das FBI eingereicht worden war, und vom medizinischen Standpunkt aus war es eine einmalige Gelegenheit, jemanden zu untersuchen und zu behandeln, der auf so grauenhafte Art verletzt worden war. Jeder junge Arzt hätte sich glücklich geschätzt, dem Zentrum des Sturms so nahe zu sein.

Hayani nickte ernst. Bitte, reden Sie weiter, gab er Patrick mit den Augen zu verstehen.

Heute war Patrick sogar bereit, ihm den Gefallen zu tun. »Schlafen ist unmöglich«, sagte er. »Ich schlafe höchstens eine Stunde, dann höre ich Stimmen, habe den Geruch von meinem verbrannten Fleisch in der Nase. Ich liege schweißgebadet da. Und es wird nicht besser. Jetzt bin ich hier, zu Hause und vermutlich in Sicherheit, aber sie sind immer noch da draußen, immer noch hinter mir her. Ich kann nicht schlafen. Ich will nicht mehr schlafen müssen, Doc.«

»Ich kann Ihnen ein paar Tabletten geben.«

»Nein. Keine Tabletten, bitte. Ich hatte definitiv zuviel Chemie.«

»Ihr Blutbild ist in Ordnung. Ein paar Rückstände, aber nichts von Bedeutung.«

»Keine Medikamente, Doc. Nicht zum gegenwärtigen Zeitpunkt.«

»Sie brauchen Schlaf, Patrick.«

»Ich weiß, aber ich will nicht schlafen. Dann foltern sie mich wieder.«

Hayani notierte etwas auf dem Krankenblatt, das er in der Hand hielt. Es folgte ein langes Schweigen. Beide Männer hingen ihren Gedanken nach, fragten sich, was sie als nächstes sagen sollten. Hayani fiel es schwer zu glauben, daß dieser nette Mann imstande gewesen sein sollte, jemanden umzubringen, und noch dazu auf so grauenhafte Art.

Das Zimmer wurde nur von einem schmalen Sonnenstreifen auf der Fensterbank erhellt. »Kann ich offen mit Ihnen reden, Doc?« fragte Patrick mit sehr leiser Stimme.

»Selbstverständlich.«

»Ich muß so lange hierbleiben, wie es irgend geht. Hier, in diesem Zimmer. In ein paar Tagen werden sie anfangen, meine Verlegung ins Gefängnis von Harrison County zu verlangen, wo ich dann auf einer Pritsche in einer kleinen Zelle mit zwei oder drei Straßengangstern lande. Das überlebe ich nicht.«

»Aber weshalb sollte man Sie verlegen?«

»Um mich unter Druck zu setzen, Doc. Sie müssen den Druck allmählich erhöhen, bis ich ihnen erzähle, was sie wissen wollen. Sie werden mich in eine schauderhafte Zelle stecken, zusammen mit Vergewaltigern und Drogendealern, und erklären, ich solle lieber reden, denn das hier sei es, was mir für den Rest meines Lebens bevorstünde. Gefängnis, Parchman, die Hölle auf Erden. Waren Sie schon einmal in Parchman, Doc?«

»Nein.«

»Aber ich. Ich hatte einmal einen Mandanten dort. Es ist der schlimmste Ort auf Erden. Das County-Gefängnis ist nicht viel besser. Aber Sie, Sie können mich hierbehalten, Doc. Sie brauchen nichts anderes zu tun, als dem Richter immer wieder zu sagen, daß ich unter Ihrer Obhut bleiben muß, dann können die mich hier nicht wegholen. Bitte, Doc.«

»Das läßt sich einrichten, Patrick«, sagte er und trug etwas in Patricks Krankenakte ein. Neuerlich folgte eine lange Pause, während der Patrick die Augen schloß und heftig atmete. Schon der bloße Gedanke an das Gefängnis hatte ihn fürchterlich aufgeregt.

»Ich werde eine psychiatrische Untersuchung empfehlen«, sagte Hayani, und Patrick biß sich auf die Unterlippe, um ein Lächeln zu unterdrücken.

»Weshalb?« fragte er, Bestürzung vortäuschend.

»Weil ich neugierig bin. Haben Sie etwas dagegen?«

»Ich glaube nicht. Wann?«

»Vielleicht morgen oder übermorgen.«

»Ich bin nicht sicher, ob ich das schon so bald durchstehen kann.«

»Es hat keine Eile.«

»Das klingt schon besser. Wir sollten hier nichts überstürzen, Doc.«

»Ich verstehe. Vielleicht nächste Woche.«

»Vielleicht. Oder die Woche darauf.«

Die Mutter des Jungen war Neldene Crouch. Sie lebte jetzt auf einem Wohnwagenplatz am Rand von Hattiesburg. Zur Zeit des Verschwindens ihres Sohnes hatte sie mit ihm auf einem Wohnwagenplatz bei Lucedale gelebt, einer dreißig Meilen von Leaf entfernten Kleinstadt. Soweit sie sich erinnern konnte, war ihr Sohn am Sonntag, den 9. Februar 1992 verschwunden, am selben Tag, an dem Patrick auf dem Highway 15 starb.

Aber Sheriff Sweeneys Unterlagen zufolge hatte Neldene Prewitt, wie sie damals hieß, erst am 13. Februar in seinem Büro angerufen und ihren Sohn als vermißt gemeldet. Sie hatte sämtliche Sheriffbüros der Umgebung angerufen und außerdem das FBI und den CIA. Sie war sehr besorgt und zeitweise sogar fast hysterisch.

Der Name ihres Sohnes war Pepper Scarboro – Scarboro war der Name ihres ersten Ehemannes gewesen, Peppers vermeintlichem Vater, obwohl sie nie ganz sicher war, wer der Vater war. Was seinen Vornamen anging, so konnte sich niemand erinnern, wie er dazu gekommen war. Im Krankenhaus hatte sie ihn LaVelle genannt, ein Name, den er immer gehaßt hatte. Pepper hatte er sich bereits in jungen

Jahren zugelegt und immer darauf bestanden, daß dies sein richtiger Name sei. Alles, nur nicht LaVelle.

Zur Zeit seines Verschwindens war Pepper Scarboro siebzehn Jahre alt. Nachdem er, nach drei Anläufen, die fünfte Klasse abgeschlossen hatte, verließ er die Schule und arbeitete als Tankwart in Lucedale. Pepper, ein etwas seltsamer Kerl, der heftig stotterte, entdeckte früh die Freiheit der Wälder und liebte nichts mehr, als tagelang zu kampieren und zu jagen, gewöhnlich allein.

Pepper hatte nur wenige Freunde, und seine Mutter hackte ständig wegen irgendwelcher Kleinigkeiten auf ihm herum. Er hatte noch zwei jüngere Geschwister, die zusammen mit der Mutter in einem schmutzigen Wohnwagen ohne Klimaanlage lebten. Pepper zog es vor, in einem kleinen Zelt tief im Wald zu schlafen. Er sparte Geld und kaufte sich eine Schrotflinte und eine Camping-Ausrüstung. Er verbrachte praktisch jede freie Minute im De Soto Nationalpark, zwanzig Minuten und doch irgendwie tausend Meilen von seiner Mutter entfernt.

Es gab keine eindeutigen Beweise dafür, daß Pepper und Patrick sich je getroffen hatten. Patricks Hütte war zufällig nicht weit von dem Waldgebiet entfernt, in dem Pepper zu jagen pflegte. Patrick und Pepper waren beide weiße Männer, ungefähr gleich groß, nur daß Patrick viel fülliger war. Von wesentlich größerer Brisanz war die Tatsache, daß Peppers Gewehr sowie sein Zelt und sein Schlafsack Ende Februar 1992 in Patricks Hütte gefunden worden waren.

Die beiden verschwanden ungefähr zur gleichen Zeit und aus ungefähr derselben Gegend. In den Monaten nach ihrer beider Verschwinden hatten Sweeney und Cutter ermittelt, daß keine andere Person im Staat Mississippi um den 9. Februar herum verschwunden und mehr als zehn Wochen lang vermißt worden war. Mehrere Personen, zumeist unglückliche Teenager, waren im Februar 1992 als vermißt gemeldet worden; aber sie waren bis zum späten Frühjahr wieder aufgetaucht. Im März war eine Hausfrau aus Corinth offensichtlich vor ihrem gewalttätigen Ehemann geflüchtet und seither nicht wieder gesehen worden.

Mit Hilfe der FBI-Computer in Washington hatte Cutter festgestellt, daß die räumlich nächste Person, die kurz vor Patricks Feuer als vermißt gemeldet worden war, ein arbeitsscheuer Lastwagenfahrer aus Dotham, Alabama, war, sieben Stunden vom Tatort entfernt. Dieser war am Samstag, den 8. Februar, einfach verschwunden und hatte eine miserable Ehe und haufenweise unbezahlte Rechnungen zurückgelassen. Nachdem er diesen Fall drei Monate lang untersucht hatte, war Cutter sicher, daß es zwischen dem Lastwagenfahrer und Patrick keinerlei Verbindung gab.

Statistisch gesehen sprach vieles dafür, daß das Verschwinden von Patrick und Pepper irgendwie zusammenhing. Falls Patrick durch irgendeinen Zufall nicht in seinem Blazer umgekommen war, dann – dessen waren sich Cutter und Sweeney inzwischen fast sicher – lag es nahe, davon auszugehen, daß dort Pepper verbrannt war. Diese Annahme war natürlich viel zu spekulativ, um vor einem Gericht Bestand zu haben. Es war ebenso möglich, daß Patrick einen Anhalter aus Australien, einen Penner, einen Herumtreiber an irgendeiner Bushaltestelle aufgelesen hatte.

Sie hatten eine Liste mit acht weiteren Namen, die von einem älteren Herrn aus Mobile, der zuletzt gesehen worden war, als er Schlangenlinien fahrend die Stadt in Richtung Mississippi verließ, bis zu einer jungen Prostituierten in Houston reichte, die Freunden gesagt hatte, sie wolle nach Atlanta und dort ein neues Leben beginnen. Alle acht waren schon Monate und sogar Jahre vor dem Februar 1992 als vermißt gemeldet worden. Cutter und der Sheriff hatten die Liste schon vor langer Zeit als ohne Bedeutung für ihren Fall eingestuft.

Pepper war ihr aussichtsreichster Kandidat; sie konnten es eben nur nicht beweisen.

Neldene dagegen glaubte, sie könnte es, und sie war sehr erpicht darauf, ihre Ansichten der Presse mitzuteilen. Zwei Tage, nachdem Patrick festgenommen worden war, ging sie zu einem Anwalt, einem üblen Winkeladvokaten, der ihre letzte Scheidung für dreihundert Dollar durchgeboxt hatte, und bat ihn, ihr auf dem Weg durch das Medienlabyrinth behilflich zu sein. Er entsprach ihrer Bitte sofort, sagte, er würde es sogar umsonst tun, und tat dann das, was schlechte Anwälte immer tun, wenn sie einen Mandanten mit einer Story haben – er berief in seiner Kanzlei in Hattiesburg, neunzig Meilen nördlich von Biloxi, eine Pressekonferenz ein.

Er präsentierte den Medien seine weinende Mandantin, sagte alle möglichen niederträchtigen Dinge über den Sheriff da unten in Biloxi und das FBI und ihre lahmen Versuche, Pepper ausfindig zu machen. Es sei eine Schande, wie sie die Dinge vier Jahre lang hätten schleifen lassen, während seine arme Mandantin in Sorge und Ungewißheit lebte. Er tobte und wütete und holte aus seiner Viertelstunde Ruhm heraus, was herauszuholen war. Er deutete gerichtliche Schritte gegen Patrick Lanigan an, den Mann, der offensichtlich Pepper umgebracht und dann seine Leiche verbrannt hatte, um Beweise zu vernichten, damit er mit neunzig Millionen Dollar durchbrennen konnte. Über Details äußerte er sich nur vage.

Die Presse, jede Vorsicht, die sie vielleicht einmal besessen hatte, außer acht lassend, stürzte sich auf die Story. Sie erhielt Fotos von dem jungen Pepper, einem einfältig aussehenden Jungen mit einem häßlichen Pfirsichflaum um den Mund herum und wirrem Haar. Auf diese Weise erhielt das namenlose Opfer ein Gesicht und wurde menschlich. Das war also der Junge, den Patrick umgebracht hatte.

Die Pepper-Story kam bei den Medien gut an. Er wurde wie üblich als ›mutmaßliches‹ Opfer bezeichnet, aber das Wort ›mutmaßlich‹ ging fast immer im Wust der präsentierten Bilder und Fakten unter. Patrick schaute sich die Sendungen allein in seinem dunklen Zimmer an.

Kurz nachdem Patrick verschwunden war, hörte er Gerüchte, denen zufolge Pepper bei dem Brand umgekommen war. Er und Pepper hatten im Januar 1992 zusammen gejagt und an einem kalten Spätnachmittag an einem Feuer gesessen und Rindergulasch gegessen. Er war überrascht gewesen, als er erfuhr, daß der Junge praktisch im Wald lebte und dieses Leben seinem Zuhause vorzog, über das er sich kaum äußerte. Was das Kampieren und Überleben anging, verfügte er über außerordentliche Fähigkeiten. Patrick bot ihm an, auf der Veranda seiner Hütte zu nächtigen, falls es regnen oder das Wetter zu schlecht sein sollte, aber seines Wissens hatte der Junge von seinem Angebot nie Gebrauch gemacht.

Sie hatten sich mehrere Male in den Wäldern getroffen. Pepper konnte die Hütte von der Kuppe eines etwa eine Meile entfernten Hügels aus sehen, und wenn Patricks Wagen davorstand, pflegte er sich in der Nähe zu verstecken. Er liebte es, hinter Patrick herzuschleichen, wenn dieser lange Spaziergänge unternahm oder in den Wald ging, um zu jagen. Er bombardierte ihn mit Kieselsteinen und Eicheln, bis Patrick aufschrie und fluchte. Dann ließen sie sich auf eine kurze Unterhaltung zusammen nieder.

Pepper war alles andere als ein gesprächiger Mensch, aber er schien die Unterbrechung seiner Einsamkeit zu genießen. Patrick brachte ihm Snacks und Süßigkeiten mit.

Daß man annahm, er hätte den Jungen umgebracht, überraschte ihn nicht, damals so wenig wie heute.

Dr. Hayani sah sich die Abendnachrichten mit großem Interesse an. Er las die Zeitungen und erzählte seiner ihm frisch angetrauten Frau ausführlich von seinem berühmten Patienten. Sie saßen zusammen im Bett und sahen das Ganze noch einmal in den Spätnachrichten.

Das Telefon läutete, als sie gerade das Licht ausschalten und schlafen wollten. Es war Patrick, der sich wortreich entschuldigte, aber er habe Schmerzen und Angst und müsse einfach mit jemandem reden. Da er in technischer Hinsicht ein Gefangener sei, dürfe er nur seinen Anwalt und seinen Arzt anrufen, und auch das nur zweimal täglich. Ob der Doktor eine Minute Zeit für ihn hätte?

Selbstverständlich. Eine weitere Entschuldigung für den späten Anruf, aber an Schlafen sei überhaupt nicht zu denken, und er wäre völlig verstört von den Nachrichten und vor allem von der Vermutung, er könnte den Jungen umgebracht haben. Ob der Doktor es im Fernsehen verfolgt hätte?

Ja, natürlich. Patrick lag im Dunkeln zusammengekrümmt in seinem Bett. Gott sei Dank, daß diese Deputies auf dem Flur Wache hielten, denn er hätte fürchterliche Angst, er höre alle möglichen Dinge, Stimmen und Geräusche, die keinen Sinn ergaben. Die Stimmen kämen nicht vom Flur, sondern aus dem Zimmer. Konnte das an den Drogen liegen?

Es kann an allem möglichen liegen, Patrick. Den Medikamenten, der Erschöpfung, dem Trauma, verursacht von dem, was Sie durchgemacht haben, dem physischen und psychischen Schock.

Sie unterhielten sich eine Stunde lang.

17

Er wusch sich drei Tage lang nicht die Haare. Er wollte, daß sie fettig aussahen. Er rasierte sich auch nicht. Er tauschte das leichte Krankenhaus-Nachthemd aus Baumwolle, in dem er geschlafen hatte, gegen den OP-Anzug aus, der mittlerweile stark zerknittert war. Hayani versprach, ihm einen neuen zu beschaffen. Aber für heute brauchte er ein leicht heruntergekommenes und mitgenommenes Erscheinungsbild. Er zog eine weiße Socke über seinen rechten Fuß, aber dicht über seinem linken Knöchel war eine häßliche Wunde, dort wo die Nylonfessel sich tief ins Fleisch eingeschnitten hatte, und er wollte, daß die Leute sie sahen. Hier keine Socke. Nur eine Duschsandale aus schwarzem Gummi wie am anderen Fuß.

Er würde heute zur Schau gestellt werden. Die Welt wartete auf ihn.

Sandy erschien um zehn, und brachte auf Anweisung seines Mandanten eine billige Sonnenbrille und eine schwarze Baseballkappe der New Orleans Saints mit. »Danke«, sagte Patrick, als er vor dem Spiegel im Badezimmer stand und die Sonnenbrille und die Baseballkappe aufprobierte.

Dr. Hayani erschien nur Minuten später, und Patrick machte sie miteinander bekannt. Patrick war plötzlich nervös, und ihm wurde schwindlig. Er setzte sich auf die Bettkante, fuhr sich mit den Fingern durchs Haar und versuchte, langsam zu atmen. »Ich habe nie geglaubt, daß dieser Tag kommen würde«, murmelte er zum Fußboden. »Niemals.« Sein Arzt und sein Anwalt sahen einander an, hatten aber nichts dazu zu sagen.

Hayani ließ ein starkes Beruhigungsmittel kommen, und Patrick nahm beide Tabletten. »Vielleicht werde ich die ganze Zeit über schlafen«, sagte er.

»Ich übernehme das Reden«, sagte Sandy. »Versuche einfach, dich zu entspannen.«

»Das wird er wohl«, sagte Hayani.

Ein Klopfen an der Tür, und Sheriff Sweeney erschien mit genügend Deputies, um einen Volksaufstand niederzuschlagen. Steife Höflichkeiten wurden ausgetauscht. Patrick setzte seine Baseballkappe und seine neue Sonnenbrille auf und streckte seine Arme aus, damit ihm Handschellen angelegt werden konnten.

»Was ist das?« fragte Sandy, auf ein Paar Fußeisen deutend, die einer der Deputies in der Hand hielt.

»Fußeisen«, sagte Sweeney.

»Kommt nicht in Frage«, sagte Sandy entschlossen. »Der Mann hat eine tiefe Wunde an einem seiner Knöchel.«

»So ist es«, sagte Dr. Hayani kühn und begierig, in das Scharmützel einzugreifen. »Sehen Sie selbst«, sagte er, auf Patricks linken Knöchel zeigend.

Sweeney dachte einen Moment darüber nach, und sein Zögern wurde ihm zum Verhängnis. Sandy setzte nach: »Hören Sie, Sheriff, welche Chancen hat er denn, Ihnen zu entkommen? Er ist verletzt, trägt Handschellen, ist von all diesen Leuten umgeben. Was zum Teufel sollte er denn tun? Einen Fluchtversuch unternehmen? Ihr Leute seid doch nicht gerade lahm, oder?«

»Falls erforderlich, rufe ich den Richter an«, sagte Dr. Hayani wütend.

»Schließlich ist er mit Fußeisen hierher gekommen«, erwiderte der Sheriff matt.

»Das war das FBI, Raymond«, sagte Patrick. »Und es waren Beinketten, keine Fußeisen. Und die tun schon verdammt weh.«

Die Fußeisen wurden weggepackt, und Patrick auf den Flur geleitet, wo Männer in braunen Uniformen bei seinem Anblick verstummten. Sie scharten sich um ihn, und die ganze Horde bewegte sich langsam in Richtung Fahrstuhl. Sandy blieb an seiner Seite und stützte ihn am Ellenbogen.

Der Fahrstuhl war zu klein für die gesamte Eskorte. Diejenigen, die keinen Platz fanden, eilten die Treppe hinunter und gesellten sich im Erdgeschoß wieder zu den anderen. Neuerlich scharte sich alles um Patrick und führte ihn am

Empfang vorbei durch die Glastüren hinaus in die warme Herbstluft, wo ein Konvoi aus auf Hochglanz polierten Fahrzeugen bereits auf sie wartete. Sie steckten ihn in einen schwarzen, funkelnagelneuen Suburban, der von Stoßstange zu Stoßstange mit Aufklebern aus Harrison County bepflastert war, und fuhren los, gefolgt von einem weißen Suburban mit seinen bewaffneten Bewachern an Bord. Diesem wiederum folgten drei frischgewaschene Streifenwagen. Zwei weitere Streifenwagen, die jüngste Neuerwerbung der Flotte, führten den Konvoi an. Militärische Kontrollpunkte wurden passiert und mit einem Mal war man in der zivilen Welt.

Durch die billige Sonnenbrille neugierigen Blicken entzogen, ließ sich Patrick nichts von der am Wagenfenster vorüberziehenden Wirklichkeit entgehen. Die Straßen, durch die er unendlich oft gefahren war. Die Häuser, die so vertraut wirkten. Sie bogen auf den Highway 90 ein, und da war wieder der Golf mit seinem stillen braunen Wasser, scheinbar unverändert, seit er von hier weggegangen war. Da war der Strand, ein schmaler Sandstreifen zwischen dem Highway und dem Wasser, zu weit von den Hotels und Eigentumswohnungen auf der anderen Seite des Highways entfernt.

Die Küste hatte während seines Exils einen bemerkenswerten Aufschwung erlebt, der auf das überraschende Auftauchen der Spielcasinos zurückzuführen war. Als er die Stadt verließ, hatte man hinter vorgehaltener Hand über die Möglichkeiten ihres Baus geredet, und jetzt fuhr er an großen Casinos mit Neonreklamen im Stil von Las Vegas vorbei. Die Parkplätze füllten sich. Es war halb zehn Uhr morgens.

»Wie viele Casinos?« fragte er den Sheriff, der rechts neben ihm saß.

»Dreizehn nach der letzten Zählung. Und es sollen noch mehr werden.«

»Kaum zu glauben.«

Das Beruhigungsmittel tat seine Wirkung. Seine Atmung verlangsamte sich. Von seinem Körper begann die Anspannung abzufallen. Er wäre beinahe für einen Moment eingenickt, doch dann bogen sie in die Main Street ein, und er war mit einem Mal wieder nervös. Nur noch ein paar Blocks. Noch ein paar Minuten, dann würde seine Vergangenheit wieder über ihn hereinbrechen. An der City Hall vorbei, jetzt ziemlich schnell, ein kurzer Blick hinüber in den Vieux Marche, und in der Mitte der alten, von Geschäften gesäumten Straße ein schönes, großes, weißes Gebäude, von dem ihm einst ein Teil gehört hatte, damals, als er Partner von Bogan, Rapley, Vitrano, Havarac und Lanigan, Rechtsanwälte, gewesen war.

Das Haus stand noch, aber die Partnerschaft darin zerfiel.

Vor ihnen lag das Gerichtsgebäude von Harrison County, nur einen kurzen Fußweg von seinem früheren Arbeitsplatz entfernt. Es war ein schlichter, zweigeschossiger Ziegelsteinbau mit einer kleinen Rasenfläche zur Howard Street hin. Auf dem Rasen wimmelte es von Menschen. An den Straßenrändern parkten zahlreiche Wagen. Fußgänger eilten auf den Gehsteigen entlang, offenbar alle unterwegs zum Gerichtsgebäude. Die vor ihnen fahrenden Wagen machten Platz, als der Konvoi mit Patrick auftauchte.

Die Menschenmenge vor dem Gerichtsgebäude drängte hektisch von beiden Seiten heran, wurde aber von einer durch die Polizei errichteten Absperrung zurückgehalten. Patrick hatte mehrfach erlebt, wie berüchtigte Mörder durch die Hintertür ins Gericht gebracht und wieder abgeholt worden waren, deshalb wußte er genau, was passieren würde. Der Konvoi hielt an. Türen flogen auf, und ein Dutzend Deputies sprang aus den Wagen. Sie umringten den schwarzen Suburban. Dessen Türen glitten auf. Schließlich erschien Patrick, und sein heller OP-Anzug bildete einen auffälligen Gegensatz zu all den dunkelbraunen Uniformen rings um ihn herum.

Eine zahlenmäßig beeindruckende Meute von Reportern, Fotografen und Kameramännern rangelte um die besten Plätze an der Absperrung. Andere, hinter ihnen, rannten herbei, um auch etwas mitzubekommen. Patrick sah die

Scheinwerfer und ging sofort zwischen den Deputies in Deckung. Sie geleiteten ihn möglichst rasch zur Hintertür; währenddessen ging ein Trommelfeuer von Fragen auf ihn nieder.

»Patrick, wie ist es, wieder zu Hause zu sein?«

»Wo ist das Geld, Patrick?«

»Wer ist in dem Wagen verbrannt?«

Durch die Tür und die Hintertreppe hinauf, eine Abkürzung, der sich Patrick manchmal bedient hatte, wenn er es eilig hatte und einen Richter für eine schnelle Unterschrift erwischen wollte. Der Geruch war plötzlich vertraut. Die Stufen aus Beton waren in den letzten vier Jahren nicht gestrichen worden. Dann ging es durch eine Tür, einen kurzen Flur entlang, an dessen einem Ende sich eine Schar von Gerichtsangestellten versammelt hatte und ihn anstarrte. Man brachte ihn ins Geschworenenzimmer, das neben dem Gerichtssaal lag. Dort angekommen, ließ er sich auf einem Polsterstuhl nieder.

Sandy trat neben ihn, um sich zu vergewissern, daß auch alles in Ordnung war. Sheriff Sweeney entließ die Deputies, die sich ins Foyer begaben, um auf die nächste Überführung zu warten.

»Kaffee?« fragte Sandy.

»Ja, bitte. Schwarz.«

»Sind Sie okay, Patrick?« fragte Sweeney.

»Ja, natürlich. Danke, Raymond.« Er hörte sich geschwächt und verängstigt an. Seine Hände und Knie zitterten, und er konnte das Zittern nicht unterdrücken. Er ignorierte den Kaffee und rückte, obwohl mit Handschellen gefesselt, seine dunkle Sonnenbrille zurecht und zog die Baseballkappe tiefer ins Gesicht. Er sackte in sich zusammen.

Es klopfte, und ein hübsches Mädchen namens Belinda streckte den Kopf herein, gerade lange genug, um zu sagen: »Richter Huskey würde gern mit Patrick sprechen.« Die Stimme klang so vertraut. Patrick hob den Kopf, schaute zur Tür und sagte leise: »Hallo, Belinda.«

»Hallo, Patrick. Willkommen daheim.«

Er wandte sich ab. Sie war Sekretärin in der Gerichtskanzlei, und sämtliche Anwälte flirteten mit ihr. Ein reizendes Mädchen. Eine reizende Stimme. War es wirklich vier Jahre her?

»Wo?« fragte der Sheriff.

»Hier drinnen«, sagte sie. »In ein paar Minuten.«

»Möchtest du mit dem Richter sprechen, Patrick?« fragte Sandy. Es war nicht obligatorisch. Unter normalen Umständen wäre es sogar ausgesprochen ungewöhnlich gewesen.

»Ja.« Patrick lag sehr daran, Karl Huskey wiederzusehen.

Sie ging, und die Tür fiel hinter ihr ins Schloß.

»Ich gehe hinaus«, sagte Sweeney. »Ich brauche eine Zigarette.«

Endlich war Patrick mit seinem Anwalt allein. Er wurde plötzlich wieder hellwach. »Ein paar Dinge. Irgendeine Nachricht von Leah?«

»Nein«, sagte Sandy.

»Sie wird sich bald bei dir melden. Ich habe ihr einen langen Brief geschrieben, und ich möchte, daß du ihn ihr zukommen läßt.«

»Okay.«

»Zweitens. Es gibt ein Gerät zum Aufspüren von Wanzen, das DX-130 heißt, hergestellt von LoKim, einer koreanischen Elektronikfirma. Kostet an die sechshundert Dollar und ist ungefähr so groß wie ein Diktiergerät. Verschaffe es dir bitte und bringe es jedesmal mit, wenn wir uns treffen. Wir werden vor jeder kleinen Konferenz das Zimmer und die Telefone auskehren. Außerdem solltest du eine namhafte Überwachungsfirma in New Orleans engagieren, die in deinem Büro zweimal wöchentlich ein Sweeping durchführt. Das ist sehr teuer, aber für die Kosten komme ich auf. Irgendwelche Fragen?«

»Nein.«

Ein weiteres Klopfen, und Patrick sackte wieder in sich zusammen. Richter Karl Huskey betrat das Zimmer, allein, ohne Robe, in Hemd und Krawatte, mit einer auf der Mitte der Nase sitzenden Lesebrille. Sein graues Haar und seine von Fältchen umgebenen Augen ließen ihn viel älter und weiser erscheinen als achtundvierzig. Das genau war es, was er bezweckte.

Patrick schaute auf und lächelte, als Huskey ihm die Hand entgegenstreckte. »Schön, Sie zu sehen, Patrick«, sagte er herzlich, als sie sich die Hand gaben, wobei die Handschellen rasselten. Huskey hätte sich gern niedergebeugt und Patrick in die Arme geschlossen, beschränkte aber aus kluger Zurückhaltung die Begrüßung auf einen sanften Händedruck.

»Wie geht es Ihnen, Karl?« fragte Patrick, ohne aufzustehen.

»Gut. Und Ihnen?«

»Es ist mir schon besser gegangen, aber es ist schön, Sie wiederzusehen. Sogar unter diesen Umständen.«

»Danke. Ich kann mir nicht vorstellen ...«

»Ich habe mich ein bißchen verändert, nicht wahr?«

»Das stimmt. Ich bin mir nicht sicher, ob ich Sie auf der Straße erkannt hätte.«

Patrick lächelte nur.

Wie ein paar andere, die Patrick immer noch ein gewisses Maß an Freundschaft entgegenbrachten, fühlte Huskey sich verraten, aber noch stärker war seine Erleichterung darüber, daß sein Freund nicht tot war. Die Anklage wegen vorsätzlichen Mordes machte ihm große Sorgen. Die Scheidung und die Zivilklagen konnten aus dem Weg geräumt werden, aber nicht die wegen Mordes.

Wegen seiner Freundschaft zu Patrick würde Huskey beim Prozeß nicht den Vorsitz führen können. Er hatte vor, die Vorarbeit zu leisten und dann rechtzeitig, bevor die wichtigen Entscheidungen getroffen werden mußten, sich zurückzuziehen. Es war bereits ein Artikel über ihre Freundschaft erschienen.

»Ich nehme an, Sie werden auf nicht schuldig plädieren«, sagte er.

»So ist es.«

»Dann wird Ihr erstes Erscheinen vor Gericht eine reine Formsache sein. Ich werde Entlassung gegen Kaution verweigern, weil es um Mord geht.«

»Ich verstehe, Karl.«

»Das Ganze wird keine zehn Minuten dauern.«

»Ich war schon oft hier. Der einzige Unterschied ist der Stuhl, auf dem ich sitzen werde.«

In den zwölf Jahren, die er als Richter amtierte, war Huskey oft erstaunt gewesen über das Maß an Sympathie, das er durchschnittlichen Leuten entgegenbrachte, die ein grauenhaftes Verbrechen begangen hatten. Er sah die menschliche Seite ihres Leidens. Er sah, wie Schuldgefühle sie bei lebendigem Leibe auffraßen. Er hatte Hunderte von Leuten ins Gefängnis geschickt, die, wenn man ihnen die Chance gegeben hätte, seinen Gerichtssaal als freie Menschen zu verlassen, nie wieder gesündigt hätten. Es drängte ihn, zu helfen, die Hand auszustrecken, zu vergeben.

Aber hier ging es um Patrick. In diesem Augenblick war Euer Ehren fast zu Tränen gerührt. Sein alter Freund – gefesselt und in ein Clownskostüm gekleidet, mit verdeckten Augen, verändertem Gesicht, nervös zitternd und so verängstigt, daß es sich nicht mit Worten ausdrücken ließ. Er hätte ihn am liebsten mit nach Hause genommen, ihm eine gute Mahlzeit vorgesetzt, dafür gesorgt, daß er sich ausruhen konnte, und ihm geholfen, sein Leben wieder in Ordnung zu bringen.

Er kniete neben ihm nieder und sagte: »Patrick, ich kann diesen Fall nicht übernehmen, die Gründe dafür liegen auf der Hand. Im Augenblick kümmere ich mich um die Präliminarien, um sicherzugehen, daß Sie geschützt sind. Ich bin immer noch Ihr Freund. Sie können mich jederzeit anrufen.« Er schlug ihm sanft aufs Knie und hoffte, daß er dabei keine Wunde berührte.

»Danke, Karl«, sagte Patrick, sich auf die Unterlippe beißend.

Karl wollte Blickkontakt, aber das war wegen der Sonnenbrille unmöglich. Er erhob sich und ging zur Tür. »Heute ist alles bloß Routine«, sagte er zu Sandy.

»Sind sehr viele Leute da draußen?« fragte Patrick.

»Ja, Patrick. Freunde und Feinde gleichermaßen. Alle sind gekommen.« Er verließ das Zimmer.

Die Geschichte der Golfküste war reich an sensationellen Morden und berüchtigten Kriminellen, deshalb waren überfüllte Gerichtssäle nichts Ungewöhnliches. Aber niemand konnte sich an ein derartiges Gedränge bei einer *ersten Einvernahme* erinnern.

Die Presse war zeitig erschienen und hatte die guten Plätze mit Beschlag belegt. Da Mississippi einer der wenigen Staaten war, die genügend Vernunft besaßen, keine Kameras im Gerichtssaal zuzulassen, würden die Reporter gezwungen sein, nur dazusitzen, zu beobachten und zuzuhören und dann das, was sie gesehen hatten, in Worte zu fassen. Diesmal waren sie gezwungen, richtige Reporter zu sein, eine Aufgabe, auf die die meisten nicht vorbereitet waren.

Jeder große Prozeß zog die Stammgäste an – Schreiber und Sekretärinnen aus den Gerichtskanzleien, gelangweilte Anwaltsgehilfen, pensionierte Polizisten, Anwälte, die sich fast den ganzen Tag im Gebäude aufhielten, in den Kanzleien umsonst Kaffee tranken, sich unterhielten, Besitzurkunden begutachteten, darauf warteten, daß ein Richter eine Anweisung unterschrieb, alles mögliche taten, nur um nicht in ihrem Büro herumsitzen zu müssen – und Patrick hatte sie alle angezogen und noch etliche mehr.

Vor allem viele Anwälte waren erschienen, um einen Blick auf Patrick zu werfen. Seit nunmehr vier Tagen waren die Zeitungen voll von ihm gewesen, aber niemand hatte ein neueres Foto von ihm gesehen. Es gab unzählige Gerüchte über sein Aussehen. Die Geschichte über die Folterung hatte der Neugier noch zusätzliche Nahrung gegeben.

Charles Bogan und Doug Vitrano saßen nebeneinander in der Mitte der Menschenmenge, so weit vorn, wie sie sich hatten vordrängen können. Die verdammten Reporter waren ihnen zuvorgekommen. Sie hätten gern in der vordersten Reihe gesessen, in der Nähe des Tisches, an dem die Angeklagten immer saßen. Sie wollten ihn sehen, Blickkontakt mit ihm aufnehmen, ihm Drohungen und Obszönitäten zuflüstern, falls es ihnen möglich war, soviel Galle spucken, wie sie es in diesem zivilisierten Rahmen riskieren konnten. Aber sie saßen in der sechsten Reihe und warteten geduldig auf einen Moment, von dem sie glaubten, daß er nie kommen würde.

Der dritte Partner, Jimmy Havarac, stand hinten an der Wand und unterhielt sich leise mit einem Deputy. Er ignorierte die Blicke, mit denen Leute, die er kannte, ihn musterten; viele von ihnen waren Anwälte, die insgeheim frohlockt hatten, als das Geld verschwand und die Kanzlei ein Vermögen verlor. Schließlich wäre es das größte Honorar gewesen, das eine Kanzlei in der Geschichte des Staates Mississippi je erhalten hätte. Neid war hier an diesem Ort ein natürliches Phänomen. Er haßte sie, wie er praktisch jeden im Gerichtssaal haßte. Eine Horde Aasgeier, die auf einen Kadaver warteten.

Havarac, Sohn eines Garnelenfischers, war stämmig gebaut und roh und ging bei Bedarf einer Kneipenschlägerei nicht unbedingt aus dem Weg. Fünf Minuten allein mit Patrick in einem abgeschlossenen Zimmer, und er würde das Geld haben.

Der vierte Partner, Ethan Rapley, saß wie gewöhnlich zu Hause in seiner Dachkammer und arbeitete an einem Schriftsatz für irgendeinen banalen Antrag. Er würde alles morgen in der Zeitung lesen.

Eine Handvoll der anwesenden Anwälte waren alte Freunde, die gekommen waren, um Patrick Mut zu machen. Sich aus dem Staub zu machen war ein weitverbreiteter, unausgesprochener Traum vieler Kleinstadt-Anwälte, die in einem hoffnungslos überlaufenen, langweiligen Beruf festsaßen, der zu hohe Erwartungen geweckt hatte. Zumindest Patrick hatte den Biß gehabt, diesen Traum in die Tat umzusetzen. Und sie waren sich sicher, daß es für den Toten eine Erklärung geben würde.

Später eingetroffen und in eine Ecke abgedrängt saß Lance. Er hatte sich hinten eine Weile mit den Reportern unterhalten und sich einen Eindruck von den Sicherheitsvorkehrungen verschafft. Sie waren beeindruckend, jedenfalls im Augenblick. Aber konnten die Bullen sie während eines langwierigen Prozesses die ganze Zeit über aufrechterhalten? Das war die Frage.

Viele Bekannte waren anwesend, Leute, die Patrick nur flüchtig gekannt hatte, die jetzt aber plötzlich behaupteten, sie wären seine besten Freunde gewesen. Einige waren Patrick nie begegnet, was ihrem seichten Geschwätz über Patrick jedoch keinen Abbruch tat. Auch Trudy hatte plötzlich neue Freunde, die aufgekreuzt waren, um finstere Blicke auf den Mann zu werfen, der ihr das Herz gebrochen und die reizende kleine Ashley Nicole im Stich gelassen hatte.

Sie lasen Taschenbücher und überflogen Zeitungen und versuchten, gelangweilt auszusehen, als ob sie im Grunde gar nicht hier sein wollten. In die Gruppe aus Deputies und Gerichtsdienern in der Nähe des Richtertisches kam Bewegung, und im Gerichtssaal trat sofort Stille ein. Alle Zeitungen senkten sich gleichzeitig.

Die Tür neben der Geschworenenbank öffnete sich, und braune Uniformen strömten in den Gerichtssaal. Sheriff Sweeney trat ein, Patrick am Unterarm haltend, dann kamen zwei weitere Deputies und schließlich Sandy.

Da war er! Hälse wurden gereckt, und Köpfe fuhren in die Höhe und zur Seite. Die Gerichtszeichner machten sich an die Arbeit.

Patrick ging langsam mit gesenktem Kopf durch den Saal zum Tisch der Verteidigung und musterte hinter seiner Sonnenbrille versteckt die Zuschauerreihen. Er erhaschte einen Blick von Havarac an der hinteren Wand, dessen finsteres Gesicht Bände sprach. Und kurz bevor er sich setzte, sah er, liebenswürdig wie immer, Father Philip, seinen Priester.

Er setzte sich, sackte in sich zusammen, und senkte den Kopf – keine Spur von Stolz. Er schaute sich nicht um, weil er spürte, wie er von überallher angestarrt wurde. Sandy legte ihm einen Arm um die Schultern und flüsterte ihm etwas Belangloses zu.

Die Tür ging neuerlich auf, und T. L. Parrish, der Staatsanwalt, kam allein herein und ging zu seinem Tisch neben demjenigen von Patrick. Parrish war ein trockener Typ mit einem kleinen, im Zaum gehaltenen Ego. Auf ihn wartete kein höheres Amt. Seine Prozeßarbeit war methodisch, von tödlicher Penetranz und ohne eine Spur von Enthusiasmus.

Parrish stand, was die Verurteilungsrate anging, zur Zeit an zweithöchster Stelle im Staat Mississippi. Er ließ sich neben dem Sheriff nieder, der sich von Patricks Tisch aus dorthin begeben hatte, wo er hingehörte. Hinter ihm saßen die Agenten Joshua Cutter, Brent Myers und zwei weitere FBI-Agenten, deren Namen nicht einmal Parrish kannte.

Die Bühne war eingerichtet wie für einen spektakulären Prozeß, doch bis zu dessen eigentlichem Beginn würden noch mindestens sechs Monate ins Land gehen. Ein Gerichtsdiener rief alle zur Ordnung und forderte sie auf, sich zu erheben. Dann erschien Richter Huskey und nahm seinen Platz am Richtertisch ein. »Bitte setzen Sie sich«, waren seine ersten Worte, und jedermann gehorchte.

»Die Sache *Staat gegen Patrick S. Lanigan,* Fall Nummer 96-1140. Ist der Beklagte anwesend?«

»Ja, Euer Ehren«, sagte Sandy, halb stehend.

»Mr. Lanigan, würden Sie sich bitte erheben?« sagte Huskey. Patrick, immer noch in Handschellen, schob langsam seinen Stuhl zurück und mühte sich auf die Beine. Er war in der Taille leicht eingeknickt, Kinn und Schultern hingen herunter. Er spielte nichts vor. Das Beruhigungsmittel hatte die meisten Teile seines Körpers einschließlich seines Gehirns gelähmt.

Er versteifte sich ein wenig.

»Mr. Lanigan, ich habe hier eine Kopie der Anklage, die von der Grand Jury von Harrison County gegen Sie erhoben wurde und in der behauptet wird, Sie hätten einen Unbekannten ermordet, und deshalb sind Sie des vorsätzlichen Mordes angeklagt. Haben Sie die Anklage gelesen?«

»Ja, Sir«, erklärte er, das Kinn hebend und mit so kraftvoller Stimme, wie er konnte.

»Haben Sie sie mit Ihrem Anwalt erörtert?«

»Ja, Sir.«

»Und wie wollen Sie plädieren?«

»Nicht schuldig.«

»Ihr Plädieren auf ›nicht schuldig‹ ist akzeptiert. Bitte, nehmen Sie wieder Platz.«

Huskey blätterte in den vor ihm liegenden Papieren,

dann fuhr er fort: »Das Gericht verfügt hiermit, einem eigenen Antrag folgend, eine Schweigepflicht für den Angeklagten, die Anwälte, die Polizei und die Ermittlungsbehörden, sämtliche Zeugen und das gesamte Gerichtspersonal. Es tritt sofort in Kraft und besteht bis zur Beendigung des Prozesses. Ich habe hier Kopien dieser Verfügung, damit alle sie lesen können. Jeder Verstoß dagegen wird als Mißachtung des Gerichts angesehen und von mir scharf geahndet. Kein einziges Wort zu irgendeinem Reporter oder Journalisten ohne meine Einwilligung. Irgendwelche Fragen von seiten der Anwälte?«

Sein Ton ließ kaum einen Zweifel daran, daß der Richter nicht nur meinte, was er sagte, sondern daß ihm auch die Vorstellung behagte, gegen Leute vorzugehen, die gegen diese Auflage verstießen. Die Anwälte sagten nichts.

»Gut. Ich habe einen Plan für Beweisaufnahme, Anträge, Vorverfahren und Prozeß ausgearbeitet. Er ist in der Gerichtskanzlei erhältlich. Sonst noch etwas?«

Parrish erhob sich und sagte: »Nur eine Kleinigkeit, Euer Ehren. Wir würden den Angeklagten gern so bald wie möglich in unser Gefängnis überführen. Wie Sie wissen, befindet er sich zur Zeit im Militärkrankenhaus der Basis, und wir ...«

»Ich habe gerade mit seinem Arzt gesprochen, Mr. Parrish. Er steht in medizinischer Behandlung. Ich versichere ihnen, sobald er von seinem Arzt entlassen wird, werden wir ihn ins Gefängnis von Harrison County überführen.«

»Danke, Richter.«

»Das Gericht vertagt sich.«

Er wurde eiligst aus dem Gerichtssaal befördert, die Hintertreppe hinunter, in den schwarzen Suburban, während die Kameras surrten und klickten. Patrick nickte ein und verschlief die Rückfahrt ins Militärkrankenhaus.

18

Die einzigen Verbrechen, die Stephano möglicherweise begangen hatte, waren die Entführung und Mißhandlung von Patrick, aber eine Verurteilung deswegen war unwahrscheinlich. Sie waren in Südamerika geschehen, weit außerhalb der amerikanischen Gerichtsbarkeit. Die tatsächliche Mißhandlung war durch andere erfolgt, darunter einige Brasilianer. Stephanos Anwalt war überzeugt, daß sie, falls es zu einem Prozeß kommen sollte, den Sieg davontragen würden.

Aber es waren Klienten in die Sache verwickelt, und ein Ruf mußte gewahrt werden. Der Anwalt wußte nur zu gut, wie das FBI Leuten zusetzen konnte, ohne gegen sie Anklage zu erheben. Er riet Stephano, sich auf den Handel einzulassen – alles zu sagen, was er wußte, wofür die Regierung ihm und seinen Klienten Straffreiheit gewähren würde. Was konnte es schaden, da ihm keine sonstigen Verbrechen zur Last gelegt wurden?

Der Anwalt bestand darauf, neben Stephano zu sitzen, während dieser seine Aussage machte. Die Vernehmung würde viele Stunden im Verlaufe mehrerer Tage beanspruchen, aber der Anwalt wollte dabeisein. Jaynes wollte, daß sie im Hoover Building erfolgte, durch seine Männer. Kaffee und Gebäck wurden serviert. Zwei Videokameras waren auf das Tischende gerichtet, an dem Stephano in Hemdsärmeln und mit dem Anwalt an seiner Seite gelassen saß.

»Würden Sie uns bitte Ihren Namen nennen?« fragte Underhill, der erste der Agenten, die sich mit der Lanigan-Akte vertraut gemacht hatten.

»Jonathan Edmund Stephano. Jack.«

»Und Ihre Firma ist?«

»Edmund Associates.«

»Und was tut Ihre Firma?«

»Alles mögliche. Sicherheitsberatung. Überwachungen. Personal-Überprüfungen. Suche nach vermißten Personen.«

»Wem gehört die Firma?«

»Mir allein.«

»Wie viele Mitarbeiter haben Sie?«

»Das schwankt. Im Augenblick elf Vollzeitkräfte. Ungefähr dreißig, die in Teilzeit oder freiberuflich für mich arbeiten.«

»Erhielten Sie den Auftrag, Patrick Lanigan ausfindig zu machen?«

»Ja.«

»Wann?«

»Am 28. März 1992.« Stephano hatte Ordner voller Notizen in Griffweite, aber er brauchte sie nicht.

»Wer hat Sie angeheuert?«

»Benny Aricia, der Mann, dessen Geld gestohlen wurde.«

»Wieviel haben Sie ihm berechnet?«

»Der Vorschuß betrug zweihunderttausend Dollar.«

»Wieviel hat er Ihnen bis heute gezahlt?«

»1,9 Millionen.«

»Was haben Sie unternommen, nachdem Sie von Benny Aricia angeheuert worden waren?«

»Verschiedenes. Ich bin sofort nach Nassau auf die Bahamas geflogen, um mit der Bank zu sprechen, bei der der Diebstahl erfolgte. Es war eine Filiale der United Bank of Wales. Mein Klient, Benny Aricia, und seine frühere Kanzlei hatten dort ein neues Konto eingerichtet, auf das das Geld eingezahlt werden sollte, und wo, wie wir heute wissen, noch jemand anders auf das Geld wartete.«

»Ist Mr. Aricia Bürger der Vereinigten Staaten?«

»Ja.«

»Weshalb hat er dann ein Konto auf den Bahamas eingerichtet?«

»Es waren neunzig Millionen Dollar, sechzig für ihn, dreißig für die Anwaltskanzlei, und niemand wollte, daß das Geld auf einer Bank in Biloxi auftauchte, wo Mr. Aricia damals lebte. Alle waren sich darüber einig, daß es keine gute Idee wäre, wenn jemand vor Ort das Geld zu sehen bekäme.«

»Hat Mr. Aricia versucht, Steuern zu hinterziehen?«

»Das weiß ich nicht. Das müssen Sie ihn schon selbst fragen. Das ging mich nichts an.«

»Mit wem haben Sie in der United Bank of Wales gesprochen?«

Der Anwalt schnaubte mißbilligend, sagte aber nichts.

»Mit Graham Dunlap, einem Engländer. Er war eine Art Vizepräsident der Bank.«

»Was hat er Ihnen erzählt?«

»Dasselbe, was er auch dem FBI erzählt hat. Daß das Geld fort war.«

»Wo war es hergekommen?«

»Von hier, aus Washington. Die telegrafische Überweisung wurde um 9.30 Uhr am Morgen des 26. März 1992 veranlaßt, und zwar von der D.C. National Bank. Es war eine Eilüberweisung, was bedeutete, daß das Geld in weniger als einer Stunde in Nassau ankommen würde. Um 10.15 Uhr ging es bei der United Bank ein, wo es neun Minuten verblieb, bevor es an eine Bank auf Malta überwiesen wurde. Von dort aus wurde es nach Panama transferiert.«

»Wie konnte das Geld von dem Konto transferiert werden?«

Diese Frage empörte den Anwalt. »Das ist doch Zeitverschwendung«, unterbrach er. »Sie verfügen seit nunmehr vier Jahren über diese Information. Sie haben mit den Bankern mehr Zeit verbracht als mein Mandant.«

Underhill ließ sich nicht aus der Ruhe bringen. »Wir haben das Recht, diese Fragen zu stellen. Wir wollen lediglich verifizieren, was wir bereits wissen. Wie ist das Geld von dem Konto transferiert worden, Mr. Stephano?«

»Ohne Wissen meines Klienten und seiner Anwälte hat sich jemand, vermutlich Mr. Lanigan, Zugang zu dem neuen Konto auf den Bahamas verschafft und in Erwartung des eingehenden Geldes bereits eine telegrafische Überweisung nach Malta vorbereitet. Er legte eine gefälschte Anweisung der Anwälte meines Klienten vor und veranlaßte, daß das Geld neun Minuten nach seinem Eingang nach Malta transferiert wurde. Man nahm natürlich an, daß er tot wäre, und hatte keinerlei Veranlassung, zu argwöhnen, daß jemand hinter dem Geld her war. Die Vereinbarung, die zur Zahlung der neunzig Millionen geführt hatte, war geheim, und von meinem Klienten, seinen Anwälten und einer Handvoll Leute im Justizministerium abgesehen, hat niemand eine Ahnung gehabt, wohin das Geld überwiesen werden sollte.«

»Soweit ich informiert bin, hielt sich jemand in der Bank auf, als das Geld eintraf.«

»Ja. Wir sind ziemlich sicher, daß es Patrick Lanigan war. An dem Vormittag, an dem das Geld überwiesen wurde, stellte er sich Graham Dunlap als Doug Vitrano vor, einer der Partner in der Anwaltskanzlei. Er hatte alle erforderlichen Papiere – Paß, Führerschein und so weiter –, außerdem war er gut gekleidet und wußte alles über das Geld, das von Washington überwiesen werden sollte. Er hatte einen notariell beglaubigten Beschluß der Partnerschaft, der ihn autorisierte, das Geld im Namen der Firma in Empfang zu nehmen und dann auf ein Konto einer Bank auf Malta zu überweisen.«

»Ich weiß verdammt gut, daß Sie Kopien des Beschlusses und der Autorisierung für die telegrafische Überweisung haben«, sagte der Anwalt.

»Die haben wir«, sagte Underhill. Er blätterte seine Notizen durch, ohne viel Rücksicht auf den Anwalt zu nehmen. Das FBI hatte das Geld nach Malta und von dort aus nach Panama verfolgt. Dort verloren sich die Spuren dann. Es gab ein von der Überwachungskamera der Bank aufgenommenes, undeutliches Foto von dem Mann, der sich als Doug Vitrano ausgegeben hatte. Das FBI und die Partner waren sich sicher, daß es Patrick zeigte, obwohl er sich perfekt getarnt hatte. Er war wesentlich schlanker, sein Haar war kurz und sehr dunkel, er hatte sich einen dunklen Schnurrbart wachsen lassen und eine elegante Hornbrille getragen. Er sei herübergeflogen, erklärte er Graham Dunlap, um den Eingang und die Weiterleitung des Geldes persönlich zu überwachen, weil die Kanzlei und der Klient hinsichtlich der Transaktion ziemlich nervös waren. Daran war nach

Dunlaps Ansicht nichts Ungewöhnliches, und er war sehr zuvorkommend. Eine Woche später wurde ihm fristlos gekündigt, und er kehrte nach London zurück.

»Also begaben wir uns wieder nach Biloxi und verbrachten dort einen Monat mit der Suche nach Hinweisen«, fuhr Stephano fort.

»Und dabei stellten Sie fest, daß die Anwaltskanzlei abgehört worden war?«

»Ja. Aus naheliegenden Gründen richtete sich unser Verdacht sofort auf Mr. Lanigan, und wir hatten zweierlei zu tun: erstens, ihn und das Geld zu finden, und zweitens, herauszufinden, wie er den Coup gelandet hatte. Die restlichen Partner gewährten uns für ein Wochenende Zutritt zu ihrer Kanzlei, und unsere Techniker nahmen die Büros auseinander. Sie waren regelrecht verseucht. Wir fanden Wanzen in jedem Telefon, in jedem Zimmer, unter jedem Schreibtisch, auf den Korridoren, sogar in der Herrentoilette im Erdgeschoß. Es gab nur eine Ausnahme. Das Büro von Charles Bogan war völlig sauber. Er achtete peinlich genau darauf, daß es immer abgeschlossen war. Die Wanzen waren von hoher Qualität, insgesamt zweiundzwanzig Stück. Die Signale wurden von einem Empfangszentrum gesammelt, das wir in einem Aktenschrank auf dem Dachboden versteckt fanden, an einer Stelle, wo seit Jahren niemand mehr gewesen war.«

Underhill hörte zu, registrierte aber kaum, was gesagt wurde. Schließlich wurde dies alles auf Video festgehalten, und seine Vorgesetzten konnten sich später damit beschäftigen. Diese Dinge waren ihm weitgehend bekannt. Er zog die Zusammenfassung eines technischen Berichts hervor, die in vier komprimierten Absätzen die von Patrick installierte Abhörelektronik analysierte. Die Mikrofone waren von allerbester Qualität – winzig, leistungsstark, teuer und von einer namhaften Firma in Malaysia hergestellt. Ihr Kauf oder Besitz war in den Vereinigten Staaten verboten, aber man konnte sie relativ mühelos in jeder europäischen Großstadt kaufen. Patrick und Trudy hatten Silvester und Neujahr in Rom verbracht, fünf Wochen vor seinem Tod.

Das auf dem Dachboden gefundene Empfangszentrum hatte sogar das FBI beeindruckt. Es war keine drei Monate alt, als Stephano es fand, und das FBI gab widerstrebend zu, daß es ihren neuesten technischen Errungenschaften mindestens ein Jahr voraus war. Es stammte aus Ungarn und konnte Signale von allen zweiundzwanzig in den Büros darunter angebrachten Wanzen empfangen, sie auseinanderhalten und sie dann, einzeln oder alle gleichzeitig, an eine Satellitenschüssel in der Nähe übermitteln.

»Haben Sie herausgefunden, wohin die Signale übermittelt wurden?« fragte Underhill. Es war eine faire Frage, weil das FBI es nicht wußte.

»Nein. Es hatte eine Reichweite von drei Meilen, in alle Richtungen, deshalb ließ es sich unmöglich sagen.«

»Irgendwelche Vermutungen?«

»Ja. Eine sehr gute. Ich bezweifle, daß Lanigan so dumm war, eine Schüssel innerhalb eines Umkreises von drei Meilen in der Innenstadt von Biloxi zu installieren. Er hätte eine Wohnung mieten, die Schüssel verstecken und dort eine Unmenge Zeit mit dem Abhören der Gespräche verbringen müssen. Wie wir wissen, ist er stets überaus methodisch und effizient vorgegangen. Ich habe immer vermutet, daß er ein Boot benutzt hat. Das wäre wesentlich einfacher und sicherer für ihn gewesen. Die Kanzlei liegt nur sechshundert Meter von der Küste entfernt. Im Golf gibt es eine Menge Boote. Ein Mann könnte dort zwei Meilen vom Strand entfernt ankern, ohne mit einer Menschenseele reden zu müssen.«

»Hat er ein Boot besessen?«

»Wir konnten keines finden.«

»Irgendwelche Hinweise darauf, daß er ein Boot benutzt hat?«

»Vielleicht.« Stephano schwieg für einen Moment, weil er sich jetzt auf ein Gebiet begab, das dem FBI unbekannt war.

Sein Schweigen mißfiel Underhill. »Dies ist kein Kreuzverhör, Mr. Stephano.«

»Ich weiß. Wir haben mit jeder Charterfirma entlang der

Küste gesprochen, von Destin bis nach New Orleans, und nur einen möglichen Verdächtigen gefunden. Eine kleine Firma in Orange Beach, Alabama, hat am 11. Februar 1992, dem Tag, an dem Lanigan beigesetzt wurde, ein Zehn-Meter-Segelboot an einen Mann vermietet. Der Preis betrug tausend Dollar pro Monat. Dieser Mann bot das Doppelte, wenn das Geschäft in bar und ohne etwas Schriftliches abgeschlossen werden konnte. Sie vermuteten, daß er Rauschgift schmuggeln wollte, und sagten nein. Daraufhin bot ihnen der Mann eine Kaution von fünftausend Dollar plus zweitausend Dollar monatlich für zwei Monate an. Das Geschäft ging schlecht. Das Boot war gegen Diebstahl versichert. Sie nahmen die Gelegenheit wahr.«

Underhill hörte mit unbewegter Miene zu. Er machte sich keine Notizen. »Haben Sie den Leuten ein Foto gezeigt?«

»Ja. Sie sagten, es könnte Patrick gewesen sein. Aber der Schnurrbart war verschwunden, das Haar war dunkel, Baseballkappe, Brille, Übergewicht. Das war, bevor er Ultra Slim-Fast entdeckte. Jedenfalls konnten sie ihn nicht eindeutig identifizieren.«

»Welchen Namen benutzte er?«

»Randy Austin. Er hatte einen Führerschein aus Georgia. Und er weigerte sich, weitere Ausweispapiere vorzuzeigen. Sie dürfen nicht vergessen, daß er Bargeld anbot, fünftausend. Für zwanzigtausend hätte der Mann ihm das Boot verkauft.«

»Was ist mit dem Boot passiert?«

»Sie haben es schließlich zurückbekommen. Der Mann sagte, er wäre ziemlich argwöhnisch gewesen, weil Randy nicht viel über Segelboote zu wissen schien. Er stellte Fragen, versuchte, etwas herauszubekommen. Randy sagte, er hätte vor, sich Richtung Süden treiben zu lassen, seine Ehe wäre in die Brüche gegangen, er hätte die tägliche Hetzerei satt, massenhaft Geld, Dinge dieser Art. Wäre früher viel gesegelt und wollte jetzt zu den Keys hinunterfahren und unterwegs seine Kenntnisse auffrischen. Sagte, er würde immer in Sichtweite der Küste bleiben. Es war eine hübsche Geschichte, und der Bootsverleiher fühlte sich etwas besser, war aber immer noch argwöhnisch. Am nächsten Tag erschien Randy aus dem Nirgendwo, kein Wagen, kein Taxi, als wäre er irgendwie zu Fuß oder per Anhalter zum Anleger gelangt, und nach einem Haufen Vorbereitungen fuhr er mit dem Boot ab. Es hatte einen starken Dieselmotor und konnte mit einer Geschwindigkeit von acht Knoten fahren, einerlei, ob und wie der Wind wehte. Er verschwand in Richtung Osten, und der Besitzer hatte sonst nichts zu tun, also fuhr er die Küste entlang, machte unterwegs bei einigen seiner Lieblingskneipen Station und schaffte es, Randy im Auge zu behalten, der eine Viertelmeile weit draußen war und offenbar vernünftig mit dem Boot umgehen konnte. Er ging in einem Jachthafen in Perdido Bay vor Anker und fuhr in einem gemieteten Taurus mit einem Alabama-Kennzeichen davon. So ging es ein paar Tage lang weiter. Unser Mann behielt sein Boot im Auge. Randy spielte damit, anfangs eine Meile weit draußen, dann wagte er sich weiter hinaus. Am dritten oder vierten Tag steuerte Randy es nach Westen, in Richtung Mobile und Biloxi, und war drei Tage lang verschwunden.

Er kam zurück, dann segelte er ab, wieder nach Westen. Niemals nach Osten oder Süden in Richtung auf die Keys. Der Mann hörte auf, sich seines Bootes wegen Sorgen zu machen, weil Randy immer in der Nähe blieb. Es kam vor, daß er für eine Woche verschwand, aber er kehrte immer wieder zurück.«

»Und Sie glauben, es war Patrick?«

»Ja. Ich bin ziemlich sicher, daß er es war. Mir scheint, das war das Vernünftigste, was er tun konnte. Er war allein auf dem Boot. Er konnte tagelang herumsegeln, ohne mit einem anderen Menschen reden zu müssen. Er konnte seine Informationen an hundert verschiedenen Punkten entlang der Biloxi-Gulfport-Küste empfangen. Außerdem war das Boot der ideale Ort zum Abnehmen.«

»Was ist mit dem Boot passiert?«

»Randy hinterließ es am Anleger und verschwand einfach ohne ein Wort. Der Besitzer bekam sein Boot zurück und die fünf Grand obendrein.«

»Haben Sie das Boot untersucht?«

»Wie mit einem Mikroskop. Nichts. Der Besitzer hat gesagt, sein Boot wäre noch nie so sauber gewesen.«

»Wann ist er verschwunden?«

»Das wußte der Besitzer nicht genau, weil er aufgehört hatte, jeden Tag nach dem Boot Ausschau zu halten. Er fand es am 30. März an seinem Anleger, vier Tage, nachdem das Geld gestohlen worden war. Wir haben mit einem Jungen gesprochen, der dort arbeitete, und soweit der sich erinnern konnte, hat Randy das Boot entweder am 24. oder am 25. März zurückgebracht und war seitdem nicht mehr gesehen worden. Die Daten passen also perfekt zusammen.«

»Was ist mit dem Mietwagen?«

»Dem sind wir später auf die Spur gekommen. Er wurde am Morgen des 10. Februar, ungefähr zehn Stunden, nachdem der Brand gelöscht worden war, am Avis-Schalter des Mobile Regional Airport gemietet, und zwar von einem Mann ohne Bart, glattrasiert, kurzes dunkles Haar, Hornbrille, Mantel und Krawatte, der behauptete, er wäre gerade mit einer Maschine aus Atlanta gekommen. Wir haben dem damals diensttuenden Mann am Avis-Schalter Fotos gezeigt, und er meinte, es könnte Patrick Lanigan gewesen sein, war sich dessen aber nicht sicher. Offensichtlich benutzte dieser wieder den Führerschein aus Georgia. Er hatte eine gefälschte Visa Card auf den Namen Randy Austin mit der Nummer eines tatsächlich existierenden Kontos in Decatur, Georgia. Sagte, er wäre ein freiberuflich arbeitender Grundstücksmakler und in die Stadt gekommen, um sich nach einem Stück Land für ein Casino umzusehen. Deshalb gab es keinen Firmennamen, den er auf dem Formular angeben konnte. Er wollte den Wagen für eine Woche mieten. Avis hat ihn nie wieder zu Gesicht bekommen. Und den Wagen haben sie erst vierzehn Monate später wiedergefunden.«

»Weshalb hat er den Wagen nicht zurückgegeben?« fragte Underhill.

»Das liegt auf der Hand. Als er ihn mietete, war sein Tod gerade erst über die Bühne gegangen, und es gab noch keine Berichte darüber. Aber am nächsten Tag war sein Gesicht auf den Titelseiten der Zeitungen sowohl von Biloxi als auch von Mobile. Wahrscheinlich war er der Ansicht, daß es zu riskant wäre, den Wagen zurückzugeben. Sie haben ihn später in Montgomery gefunden, gestohlen und ausgeschlachtet.«

»Wohin ist Patrick gegangen?«

»Ich vermute, daß er die Gegend um Orange Beach am 24. oder 25. März verlassen hat. Er gab sich als Doug Vitrano aus, sein früherer Partner. Wir haben herausgefunden, daß er am 25. von Montgomery nach Atlanta geflogen ist, dann erster Klasse nach Miami, dann erster Klasse nach Nassau. Alle Tickets waren auf den Namen Doug Vitrano ausgestellt, und er benutzte einen Paß auf diesen Namen beim Abflug aus Miami und bei der Ankunft auf den Bahamas. Die Maschine landete am Morgen des 26. um 8.30 Uhr in Nassau, und er war vor der Bank, als sie um neun Uhr aufmachte. Er wies sich Graham Dunlap gegenüber mit dem Paß und anderen Papieren aus. Er veranlaßte die Überweisung des Geldes, verabschiedete sich, stieg in eine Maschine nach New York und landete um 14.30 Uhr auf dem LaGuardia-Flughafen. An diesem Punkt entledigte er sich der Vitrano-Papiere und nahm eine andere Identität an. Wir verloren ihn aus den Augen.«

Als das Angebot auf fünfzigtausend Dollar gestiegen war, sagte Trudy ja. Die Show hieß ›Inside Journal‹ und war bekannt für Enthüllungsjournalismus der übelsten Sorte, mit soliden Einschaltquoten und allem Anschein nach sehr viel Geld. Sie stellten Scheinwerfer auf, verhängten die Fenster und verlegten Kabel im ganzen Wohnzimmer. Die ›Journalistin‹ hieß Nancy de Angelo und wurde eigens mit ihrem Troß aus Friseusen und Make-up-Künstlern aus Los Angeles eingeflogen.

Um sich in Sachen Schönheit nicht ausstechen zu lassen, verbrachte Trudy zwei Stunden vor dem Spiegel und sah einfach umwerfend aus, als sie erschien. Nancy sagte, sie sähe zu gut aus. Von ihr werde erwartet, daß sie verwundet sei, zutiefst verletzt, gebrochen, vom Gericht geknebelt, wütend über das, was Patrick ihr und ihrer Tochter angetan hatte. Sie zog sich weinend zurück, und Lance mußte sie eine halbe Stunde lang trösten. Sie sah fast ebensogut aus, als sie in Jeans und einem Baumwollpullover zurückkehrte.

Ashley Nicole wurde als Requisit plaziert. Sie saß dicht neben ihrer Mutter auf dem Sofa. »Und jetzt mußt du ganz traurig aussehen«, sagte Nancy zu ihr, während die Techniker die Beleuchtung überprüften. »Und von Ihnen brauchen wir Tränen«, sagte sie zu Trudy. »Echte Tränen.«

Sie unterhielten sich eine Stunde lang über all die grauenhaften Dinge, die Patrick ihnen angetan hatte. Trudy weinte, als sie sich an die Beisetzung erinnerte. Sie hatte ein Foto von dem Schuh, der in der Nähe des ausgebrannten Wagens gefunden worden war. Sie durchlitt die Monate und Jahre nach seinem Tod noch einmal. Nein, sie hatte nicht wieder geheiratet. Nein, sie hatte nichts von ihrem Mann gehört, seit er zurückgekehrt war. Wußte nicht, ob sie es überhaupt wollte. Nein, er hatte keinen Versuch unternommen, ihre Tochter zu sehen, und sie brach wieder zusammen.

Der Gedanke an Scheidung sei ihr zutiefst zuwider, aber was solle sie denn sonst tun? Und der Prozeß, wie grauenhaft! Diese abscheulichen Versicherungen, die ihr zusetzten, als hätte sie sich das Geld widerrechtlich angeeignet.

Patrick sei so ein gemeiner Kerl. Wenn sie das Geld fänden, rechnete sie dann damit, etwas davon zu bekommen? Natürlich nicht! Sie war schockiert von der Idee.

Es wurde auf zwanzig Minuten zusammengeschnitten, und Patrick sah es sich in seinem abgedunkelten Krankenzimmer an. Er mußte unwillkürlich lächeln.

19

Sandys Sekretärin schnitt gerade Patricks Foto und den Bericht über den kurzen Auftritt vor Gericht am Vortag aus der Zeitung von New Orleans aus, als der Anruf kam. Sie machte Sandy sofort ausfindig, holte ihn aus einer Zeugenvernehmung heraus und stellte die Verbindung her.

Leah Pires war zurück. Sie sagte Hallo und fragte sofort, ob er sein Büro auf Wanzen hatte überprüfen lassen. Sandy sagte ja, erst gestern. Sie war in einem Hotelzimmer an der Canal Street, nur ein paar Blocks entfernt, und schlug vor, daß sie sich dort treffen sollten. Ein Vorschlag von ihr wog mehr als die Direktive eines Bundesrichters. Was immer sie wollte. Er war schon fasziniert, wenn er nur ihre Stimme hörte.

Sie hatte es nicht eilig, also schlenderte Sandy gemächlich die Poydras, die Magazine und dann die Canal Street hinunter. Er dachte nicht daran, nach Verfolgern Ausschau zu halten. Patricks Paranoia war verständlich – der arme Kerl hatte auf der Flucht gelebt, bis die Schatten ihn schließlich erwischt hatten. Aber niemand konnte Sandy einreden, daß dieselben Leute auch ihn beschatten würden. Er war Anwalt in einem Fall, der viel Aufsehen erregte. Die bösen Buben wären verrückt, wenn sie seine Telefone anzapfen und ihm nachschleichen würden. Ein falscher Schritt, und dem Verfahren gegen Patrick konnte schwerer Schaden zugefügt werden.

Aber er hatte sich mit einer Sicherheitsfirma in Verbindung gesetzt und einen Termin für das Sweeping seines Büros vereinbart. Es war der Wunsch seines Mandanten, nicht sein eigener.

Leah begrüßte ihn mit einem festen Händedruck und einem flüchtigen Lächeln, aber er sah sofort, daß sie sich Sorgen machte. Sie war barfuß, in Jeans und einem weißen Baumwoll-T-Shirt, sehr zwanglos, wie vermutlich die meisten Brasilianerinnen, dachte er. Er war noch nie in Brasilien gewesen. Die Schranktür stand offen; es hingen nicht viele Kleidungsstücke darin. Sie schien nicht lange an einem Ort zu bleiben, lebte aus dem Koffer, vermutlich war sie genauso auf der Flucht, wie Patrick das bis zur vorigen Woche gewesen war. Sie goß Kaffee für beide ein und forderte ihn dann auf, am Tisch Platz zu nehmen.

»Wie geht es ihm?« fragte sie.

»Schon besser. Der Arzt sagt, es kommt alles wieder in Ordnung.«

»Wie schlimm war es?« fragte sie leise. Er liebte ihren Akzent, so wenig wahrnehmbar er auch war.

»Ziemlich schlimm.« Er griff in seinen Aktenkoffer, holte eine Mappe heraus und schob sie ihr zu. »Hier.«

Ihr Gesicht verfinsterte sich beim Anblick des ersten Fotos, dann murmelte sie etwas auf portugiesisch. Tränen traten ihr in die Augen, als sie das zweite betrachtete. »Armer Patrick«, sagte sie leise zu sich selbst. »Mein armer kleiner Liebling.«

Sie betrachtete die Fotos eingehend und wischte sich von Zeit zu Zeit mit dem Handrücken die Tränen aus dem Gesicht, bis Sandy endlich auf die Idee kam, ihr ein Kleenex zu holen. Sie schämte sich ihrer Tränen angesichts der Fotos nicht. Als sie sie durchgesehen hatte, schob sie sie fein säuberlich zu einem Stapel zusammen und legte sie wieder in die Mappe zurück.

»Tut mir leid«, sagte Sandy. Etwas anderes fiel ihm nicht ein. »Hier ist ein Brief von Patrick«, sagte er schließlich.

Sie hörte auf zu weinen und schenkte Kaffee nach. »Haben irgendwelche dieser Verletzungen bleibende Schäden zur Folge?« fragte sie.

»Der Doktor glaubt nicht. Es werden Narben bleiben, aber mit der Zeit müßte eigentlich alles verheilen.«

»Und wie ist seine seelische Verfassung?«

»Er ist okay. Er schläft sogar noch weniger. Er hat ständig Alpträume, sowohl tags- als auch nachtsüber. Aber er bekommt Medikamente, und sein Zustand bessert sich allmählich. Man kann sich beim besten Willen nicht vorstellen, was er durchmacht.« Er trank einen Schluck Kaffee, dann sagte er: »Ich glaube, er hat Glück gehabt, daß er noch am Leben ist.«

»Er hat immer gesagt, sie würden ihn nicht umbringen.«

Es gab so vieles, was er sie gerne gefragt hätte. Der Anwalt in Sandy schrie förmlich danach, Fragen zu stellen: Hatte Patrick gewußt, daß sie ihm dicht auf den Fersen waren? Hatte er gewußt, daß das Ende der Jagd unmittelbar bevorstand? Wo war sie gewesen, als sie ihn einkreisten? Hatte sie mit ihm zusammengelebt? Wie hatte sie das Geld versteckt? Wo ist das Geld jetzt? Ist es in Sicherheit? Bitte, sagen Sie mir etwas. Ich bin der Anwalt, mir können Sie vertrauen.

»Lassen Sie uns über diese Scheidung sprechen«, sagte sie, abrupt das Thema wechselnd. Sie konnte seine Neugierde förmlich spüren. Sie stand auf, ging zum Schrank und holte eine umfangreiche Akte aus ihrem Koffer. Sie legte sie vor ihn auf den Tisch. »Haben Sie Trudy gestern abend im Fernsehen gesehen?« fragte sie.

»Ja. War sie nicht rührend?«

»Sie ist sehr hübsch«, sagte Leah.

»Ja, das ist sie. Patrick hat leider den Fehler gemacht, sie ihres Aussehens wegen zu heiraten.«

»Er wäre nicht der erste.«

»Ganz bestimmt nicht.«

»Patrick verachtet sie. Sie hat einen schlechten Charakter, und sie war ihm während der ganzen Zeit untreu.«

»Untreu?«

»Ja. Sie finden alles in der Akte. Im letzten Jahr seiner Ehe hat Patrick einen Detektiv angeheuert, der sie beschattete. Ihr Geliebter ist ein Mann namens Lance Maxa. Sie haben sich ständig getroffen. Es gibt Fotos von Lance beim Betreten und Verlassen des Hauses. Es gibt sogar Fotos von Lance und Trudy beim Sonnenbad an Patricks Pool, natürlich nackt.«

Sandy nahm die Akte und blätterte sie rasch durch, bis er die Fotos gefunden hatte. Nackt und unschuldig wie zwei Neugeborene. Er lächelte boshaft. »Das wird der Scheidung das gewisse Etwas geben.«

»Patrick möchte die Scheidung. Er wird keinen Einspruch einlegen. Aber sie muß zum Schweigen gebracht werden. Es macht ihr viel zu viel Spaß, all diese schlimmen Dinge über Patrick zu verbreiten.«

»Das hier sollte ausreichen, um ihr das Maul zu stopfen. Was ist mit dem Kind?«

Leah setzte sich und schaute ihm in die Augen. »Patrick liebt Ashley Nicole, aber es gibt da ein Problem. Er ist nicht ihr Vater.«

Er zuckte mit den Achseln, als hörte er so etwas jeden Tag. »Wer ist es?«

»Patrick weiß es nicht. Vermutlich Lance. Allem Anschein nach sind Lance und Trudy schon seit langem zusammen. Vermutlich sogar schon seit der High-School.«

»Woher weiß er, daß er nicht der Vater ist?«

»Als sie vierzehn Monate alt war, verschaffte sich Patrick eine kleine Blutprobe, indem er sie in den Finger stach. Er schickte die Probe zusammen mit einer seines eigenen Blutes an ein Labor, in dem DNS-Tests durchgeführt werden. Sein Verdacht bestätigte sich. Er ist eindeutig nicht der Vater des Kindes. Der Testbericht findet sich in der Akte.«

Sandy brauchte Bewegung, um das Gehörte zu verarbeiten. Er trat ans Fenster und schaute dem Verkehr auf der Canal Street zu. Ein weiteres Teil in dem Patrick-Puzzle hatte sich gerade eingefügt. Die alles entscheidende Frage war: Wie lange hatte Patrick das Verschwinden aus seinem alten Leben geplant? Schlechte Frau, untergeschobenes Kind, grauenhafter Unfall, keine Leiche, ausgeklügelter Diebstahl, *take the money and run.* Die Planung war grandios. Alles hatte perfekt funktioniert, bis jetzt natürlich.

»Warum der Kampf um die Scheidung?« fragte er, immer noch aus dem Fenster schauend. »Wenn er das Kind nicht will, warum den Dreck aufwühlen?«

Sandy kannte die Antwort, aber er wollte, daß sie es ihm erklärte. Wenn sie es tat, würde ihm das einen ersten Einblick in den eigentlichen Plan geben.

»Sie kippen den Dreck nur ihrem Anwalt vor die Füße«, sagte sie. »Sie zeigen ihm die Akte, alles, was sie enthält. Daraufhin werden sie sehr schnell zu einem Vergleich bereit sein.«

»Ein Vergleich heißt Geld?«
»Richtig.«
»Und wie soll dieser Vergleich aussehen?«
»Sie bekommt nichts.«
»Was könnte sie bekommen?«
»Das käme darauf an. Es könnte ein kleines oder ein großes Vermögen sein.«

Sandy drehte sich um und sah ihr in die Augen. »Ich kann keinen Vergleich aushandeln, wenn ich nicht weiß, wieviel mein Mandant besitzt. Irgendwann müßt ihr beide mich in euer Spiel einweihen.«

»Haben Sie Geduld«, sagte sie, völlig unbeeindruckt. »Mit der Zeit werden Sie mehr erfahren.«

»Glaubt Patrick allen Ernstes, er könnte sich einen Weg aus dieser Geschichte herauskaufen?«

»Er wird es jedenfalls versuchen.«
»Es wird nicht funktionieren.«
»Haben Sie eine bessere Idee?«
»Nein.«
»Das dachte ich mir. Es ist unsere einzige Chance.«

Sandy entspannte sich ein wenig und lehnte sich an die Wand. »Es wäre sehr hilfreich, wenn ihr beide mir mehr erzählen würdet.«

»Das werden wir. Ich verspreche es. Aber zuerst müssen wir uns um die Scheidung kümmern. Trudy muß auf alle Ansprüche, was das Vermögen betrifft, verzichten.«

»Das dürfte kein Problem sein. Und Spaß macht es auch.«

»Erledigen Sie das, und wir unterhalten uns nächste Woche weiter.«

Plötzlich war es Zeit für Sandy zu gehen. Sie war auf den Beinen, raffte Papiere zusammen. Er nahm die Akte und packte sie in seinen Koffer. »Wie lange werden Sie hier sein?« fragte er.

»Nicht lange«, sagte sie und reichte ihm einen Umschlag. »Hier ist ein Brief für Patrick. Sagen Sie ihm, daß es mir gutgeht. Ich bleibe in Bewegung, und bisher habe ich noch niemanden entdeckt, der mich verfolgt.«

Sandy nahm den Umschlag und suchte ihre Augen. Sie

war nervös und brannte darauf, daß er endlich ging. Er wollte ihr helfen oder zumindest seine Hilfe anbieten, aber er wußte, daß sie auf nichts hören würde, was er zu diesem Zeitpunkt sagte.

Sie zwang sich zu einem Lächeln und sagte: »Sie haben einen Job zu erledigen. Also tun Sie ihn. Um alles andere werden Patrick und ich uns kümmern.«

Während Stephano in Washington seine Geschichte erzählte, schlugen Benny Aricia und Guy ihr Lager in Biloxi auf. Sie mieteten eine Dreizimmerwohnung an der Back Bay an und installierten dort Telefone und ein Fax.

Ihrer Theorie zufolge mußte die Frau in Biloxi auftauchen. Patricks Bewegungsfreiheit war eingeschränkt und sein künftiges Leben ziemlich absehbar. Er würde nirgendwohin gehen. Sie würde zu ihm kommen müssen. Und wenn sie das tat, gehörte sie ihnen.

Aricia hatte hunderttausend Dollar für diese letzte kleine Kampagne zur Verfügung gestellt, und dann war endgültig Schluß, schwor er sich. Um fast zwei Millionen Dollar ärmer, mußte er endlich aufhören, Geld zum Fenster rauszuwerfen, solange er noch welches hatte. Northern Case Mutual und Monarch-Sierra, die beiden anderen Mitglieder dieser anrüchigen Partnerschaft, hatten bereits das Handtuch geworfen. Stephano würde das FBI mit seinen tollen Geschichten beglücken, während Guy und der Rest der Organisation die Frau suchten und vielleicht fanden. Sie brauchten ganz einfach Glück.

Osmar und seine Leute kümmerten sich in Rio um die Angelegenheit und behielten dort Tag und Nacht die wichtigen Punkte im Auge. Sollte sie zurückkehren, würden sie sie entdecken. Osmar hatte eine Menge Leute auf der Straße, aber die arbeiteten wenigstens billig da unten.

Die Rückkehr an die Küste ließ in Benny Aricia Bitterkeit aufsteigen. Er war 1985 dorthin gezogen, als leitender Angestellter von Platt &- Rockland Industries, einem Großkonzern, der ihn zwanzig Jahre lang als Troubleshooter rund um die Welt geschickt hatte. Eines der einträglichsten Unternehmen des Konzerns waren die New Coastal Shipyards in Pascagoula, zwischen Biloxi und Mobile. 1985 erhielt New Coastal von der Marine einen Auftrag für den Bau von vier Atom-U-Booten der Expedition Class im Wert von zwölf Milliarden Dollar, und die Konzernleitung entschied, daß es für Benny an der Zeit wäre, seßhaft zu werden.

In New Jersey aufgewachsen, in Boston erzogen und damals verheiratet mit einem gehemmten Geschöpf der Oberen Zehntausend, fühlte er sich an der Golfküste von Mississippi alles andere als wohl. Er betrachtete den Aufenthalt dort als lästige Ablenkung, die ihn von der Konzernspitze wegführte, wo er seine eigentliche Zukunft sah. Nach zwei Jahren in Biloxi verließ ihn seine Frau.

Platt & Rockland war eine Aktiengesellschaft mit einundzwanzig Milliarden Dollar Eigenkapital, achtzigtausend Mitarbeitern in sechsunddreißig Unternehmen in hundertunddrei Ländern. Der Konzern verkaufte Büromaterial, betrieb Sägewerke, stellte tausend verschiedene Konsumgüter her, verkaufte Versicherungen, bohrte nach Erdgas, betrieb Kupferbergbau und verschiffte Container. Neben diesen Geschäftsfeldern hatte er sich auch im Schiffbau engagiert. Ein schier unübersehbares Geflecht von eigenständig operierenden Firmen. Trotzdem häufte der Konzern enorme Profite an.

Benny träumte davon, den Konzern zu verschlanken, die unproduktiven und wenig profitablen Geschäftsbereiche abzustoßen und die dabei erzielten Erlöse in die besonders einträglichen Unternehmen zu investieren. Er machte aus seinem Ehrgeiz nicht den geringsten Hehl, und in den Rängen der Topmanager war bekannt, daß er den Job an der Spitze wollte.

Für ihn war das Leben in Biloxi ein grausamer Scherz, ein Boxenstopp für jemand, der auf die Überholspur gehörte, eingefädelt von seinen Widersachern in der Konzernspitze. Er haßte es, Verträge mit der Regierung abschließen zu müssen, haßte die Bürokratie und die Bürokraten und die Arroganz des Pentagons. Er haßte das Schneckentempo, mit dem die U-Boote gebaut wurden.

1988 bat er um seine Versetzung, und sie wurde abgelehnt. Ein Jahr später kamen Gerüchte über gravierende Kostenüberschreitungen bei dem U-Boot-Projekt auf. Buchprüfer der Regierung und hohe Tiere des Pentagons stürzten sich auf die New Coastal Shipyards, und die Arbeit dort kam zum Erliegen. Benny saß auf dem Schleudersitz, und wußte, daß das Ende nahe war.

Die Geschichte von Platt & Rockland als Lieferant des Verteidigungsministeriums war reich an Kostenüberschreitungen, überzogenen Rechnungen und unberechtigten Forderungen. Es war ihre Art, Geschäfte zu machen, und wenn zufällig einmal doch etwas herauskam, feuerte der Konzern für gewöhnlich alle Leute, die irgend etwas mit der Sache zu tun hatten, und verhandelte mit dem Pentagon über eine kleine Rückerstattung.

Benny ging zu einem Rechtsanwalt in Biloxi, Charles Bogan, dem Seniorpartner einer kleinen Kanzlei, zu der auch ein jüngerer Partner, Patrick Lanigan, gehörte. Bogans Cousin war einer der beiden US-Senatoren aus Mississippi. Der Senator war ein überzeugter Falke, der den Vorsitz des Haushaltsausschusses innehatte und von den Streitkräften heiß geliebt wurde.

Charles Bogans Mentor war inzwischen Bundesrichter geworden, und deshalb verfügte die kleine Kanzlei über bessere politische Beziehungen als jede andere in Mississippi. Benny wußte das und entschied sich aus diesem Grund nach sorgfältigen Überlegungen für Bogan.

Der False Claims Act, ein Gesetz, das der Aufdeckung von Falsch- oder Scheingeschäften dienen sollte, war vom Kongreß mit der Absicht aufgelegt worden, Mitarbeiter, die von krummen Geschäften bei Regierungsverträgen Kenntnis hatten, zur Anzeige zu ermutigen. Benny studierte das Gesetz gründlich und ließ es sogar von einem Firmenanwalt prüfen, bevor er zu Bogan ging.

Er behauptete, er könne beweisen, daß Platt & Rockland vorhatte, die Regierung bei dem U-Boot-Projekt um eine Größenordnung von sechshundert Millionen Dollar zu betrügen. Er sähe das Ende schon auf sich zukommen, wolle aber nicht das übliche Bauernopfer abgeben. Wenn er auspacke, verlöre er jede Chance, jemals wieder einen vergleichbaren Job zu finden. Platt & Rockland würde die Industrie mit Gerüchten über seine eigenen Missetaten überschwemmen. Er würde auf der Schwarzen Liste landen. Es wäre das Ende seines beruflichen Lebens. Er wußte sehr genau, wie das Spiel gespielt wurde.

Dem Gesetz zufolge bestand für den Anzeigenden die *Möglichkeit,* fünfzehn Prozent des Betrags zu beanspruchen, der von der betrügerischen Firma an die Regierung zurückgezahlt werden würde. Benny hatte die erforderlichen Dokumente, die die Machenschaften von Platt & Rockland bewiesen. Er brauchte Bogans Fachkenntnisse und dessen politische Beziehungen, um die fünfzehn Prozent kassieren zu können.

Bogan heuerte unabhängige Ingenieure und Berater an, die die Flut von Dokumenten, die Aricia ihm aus dem Inneren von New Coastal Shipyards zukommen ließ, überprüfen und ordnen sollten. Der Betrug war geschickt eingefädelt, aber, wie sich herausstellte, vom Aufbau her doch nicht so kompliziert, wie man anfänglich vermutet hatte. Der Konzern tat das, was er eigentlich immer getan hatte – er stellte das gleiche Material mehrfach in Rechnung und fabrizierte darüber gefälschte Unterlagen. Diese Praxis war Platt & Rockland in Fleisch und Blut übergegangen. Benny behauptete, er wäre zufällig darüber gestolpert.

Im September 1990 reichten die Anwälte Klage beim Bundesgericht ein. In ihr wurde behauptet, daß Platt & Rockland falsche Rechnungen in Höhe von sechshundert Millionen Dollar abgerechnet hätte. Benny trat noch am gleichen Tag von seinem Posten zurück.

Die Klage war sorgfältig vorbereitet, und Bogan und sein Cousin übten starken Druck aus. Der Senator war schon im Vorfeld vor dem Einreichen der Klage in die Sache miteinbezogen worden und verfolgte den Fortgang der Ereignisse in Washington mit großem Interesse. Bogan war nicht billig, und der Senator auch nicht. Der Anteil der Kanzlei würde das übliche Drittel betragen. Ein Drittel von fünfzehn

Prozent von sechshundert Millionen Dollar. Der Anteil des Senators kam nie zur Sprache.

Bogan ließ genügend kompromittierendes Material an die lokale Presse durchsickern, um den Druck in Mississippi konstant hochzuhalten, und der Senator tat dasselbe in Washington. Platt & Rockland wurde einer fürchterlichen Publicity ausgesetzt. Der Konzern ging buchstäblich zu Boden, seine Gelder waren gesperrt, die Aktionäre wütend. Ein Dutzend Manager von New Coastal Shipyards wurde gefeuert. Weitere Entlassungen wurden zugesagt.

Wie gewöhnlich verhandelte Platt & Rockland hart mit der Justiz, erzielte aber in diesem Fall keine Fortschritte. Nach einem Jahr erklärte der Konzern sich bereit, die sechshundert Millionen Dollar zurückzuzahlen und gelobte hinfort Besserung. Da zwei der U-Boote bereits halb fertig waren, erklärte sich das Pentagon bereit, den Vertrag nicht zu kündigen. Auf diese Weise konnte Platt & Rockland das beenden, was als Zwölf-Milliarden-Dollar-Projekt geplant gewesen war und sich mittlerweile der Zwanzig-Milliarden-Grenze näherte.

Benny richtete sich darauf ein, sein Vermögen in Empfang zu nehmen. Bogan und die anderen Partner in der Kanzlei richteten sich darauf ein, ihres auszugeben. Dann verstarb Patrick unter so tragischen Umständen und kurz darauf verschwand ihr Geld.

20

Pepper Scarboros Waffe war eine Remington vom Kaliber 12, die er in einer Pfandleihe in Lucedale gekauft hatte, als er sechzehn Jahre alt war, zu jung, um bei einem lizensierten Händler zu kaufen. Er zahlte zweihundert Dollar dafür, und seiner Mutter Neldene zufolge war sie sein liebster Besitz. Sheriff Sweeney und Sheriff Tatum von Greene County fanden das Gewehr zusammen mit einem vielbenutzten Schlafsack und einem kleinen Zelt eine Woche nach Patricks Tod, als sie eine Routinedurchsuchung der Hütte vornahmen. Trudy hatte ihnen die Erlaubnis zu dieser Durchsuchung gegeben, was an und für sich schon recht problematisch war, weil sie keine Eigentumsrechte an der Hütte hatte. Jeder Versuch, das Gewehr, den Schlafsack und das Zelt als Beweisstücke in einem Mordprozeß zu verwenden, würde auf heftigen Widerstand der Verteidigung stoßen, da sie ohne ordnungsgemäßen Durchsuchungsbefehl gefunden worden waren. Ein Gegenargument könnte lauten, daß die Sheriffs nicht auf der Suche nach Beweismaterial waren, da zu jener Zeit kein Verdacht auf ein Verbrechen vorlag. Sie stellten lediglich Patricks persönlichen Besitz sicher, um ihn seiner Familie auszuhändigen.

Trudy wollte den Schlafsack und das Zelt nicht haben. Sie war felsenfest davon überzeugt, daß die Gegenstände nicht Patrick gehörten. Sie hatte sie nie zuvor gesehen. Sie waren billig, anders als die Dinge, die Patrick zu kaufen pflegte. Außerdem kampierte er nicht in den Wäldern. Zum Schlafen hatte er seine Hütte. Sweeney versah alles mit den entsprechenden Aufklebern und lagerte es in Ermangelung eines passenderen Ortes in seinem Beweismittelraum. Er hatte vor, ein oder zwei Jahre abzuwarten und sie dann bei einem seiner jährlichen Basare zugunsten wohltätiger Zwecke zu verkaufen. Sechs Wochen später brach Neldene

Crouch in Tränen aus, als sie mit Peppers Campingausrüstung konfrontiert wurde.

Der Remington widerfuhr eine eigene Behandlung. Sie wurde, zusammen mit dem Zelt und dem Schlafsack, unter einem Bett in dem Zimmer gefunden, in dem Patrick zu schlafen pflegte. Nach Sweeneys Ansicht hatte jemand die Sachen in großer Eile unter das Bett geschoben. Die Waffe hatte ihn sofort mißtrauisch gemacht. Er ging oft selbst auf die Jagd und wußte, daß kein ernstzunehmender Jäger eine Schrotflinte oder ein Jagdgewehr in einer entlegenen Hütte zurücklassen würde, wo jeder Dieb sie in aller Seelenruhe stehlen konnte. In dieser Gegend ließ niemand irgendwelche Wertgegenstände in einer Jagdhütte liegen. Er hatte sie gleich an Ort und Stelle genau untersucht und festgestellt, daß die Seriennummer herausgefeilt worden war. Das Gewehr war also irgendwann nach seiner Anfertigung gestohlen worden.

Er beriet sich mit Sheriff Tatum, und sie beschlossen, sie zumindest auf Fingerabdrücke hin untersuchen zu lassen. Sie waren sicher, daß es nichts bringen würde, aber sie waren beide erfahrene und geduldige Polizisten.

Später, nachdem sie ihm wiederholt Straffreiheit zugesichert hatten, gab der Pfandleiher in Lucedale zu, daß er die Remington an Pepper verkauft hatte.

Sweeney und Ted Grimshaw, der Chefermittler von Harrison County, klopften höflich an die Tür von Patricks Krankenzimmer und traten erst ein, nachdem er sie dazu aufgefordert hatte. Sweeney hatte vorher angerufen, um Patrick über ihren bevorstehenden Besuch und dessen Zweck zu informieren. Nur Routinemaßnahmen. Patrick war noch nicht ordnungsgemäß registriert worden.

Sie fotografierten sein Gesicht, während er auf einem Stuhl saß; er trug ein T-Shirt und Turnschuhe, sein Haar war zerzaust und seine Miene mürrisch. Er hielt die Registriernummern, die sie mitgebracht hatten, in Händen. Sie nahmen seine Fingerabdrücke ab, wobei Grimshaw die Arbeit tat, während Sweeney für die Unterhaltung sorgte. Patrick bestand darauf, an dem kleinen Tisch zu stehen, während Grimshaw die Abdrücke abnahm.

Sweeney stellte eine Reihe von Fragen über Pepper Scarboro, aber Patrick erinnerte ihn sofort daran, daß er einen Anwalt hatte und sein Anwalt bei jeder Vernehmung zugegen sein würde. Außerdem hätte er über nichts etwas zu sagen, mit oder ohne Anwalt.

Sie dankten ihm und gingen. Cutter und ein Fingerabdruck-Experte vom FBI aus Jackson warteten im sogenannten Lanigan-Zimmer im Gefängnis. Zu der Zeit, als Peppers Schrotflinte gefunden worden war, hatte man auf ihr mehr als ein Dutzend brauchbarer Fingerabdrücke gefunden. Sie waren von Grimshaw abgenommen und in einem Archiv verwahrt worden, und jetzt lagen sie auf dem Tisch. Die Schrotflinte lag auf einem Regal, neben dem Zelt und dem Schlafsack, dem Joggingschuh, den Fotos und den paar anderen spärlichen Beweismitteln, die sie bis jetzt gegen Patrick aufzubieten hatten.

Sie tranken Kaffee aus Plastikbechern und unterhielten sich übers Angeln, während der Experte durch eine Lupe die alten mit den neuen Abdrücken verglich. Es dauerte nicht lange.

»Mehrere der Abdrücke stimmen genau überein«, sagte er, immer noch arbeitend. »Der Schaft der Flinte ist mit Lanigans Abdrücken übersät.«

Eindeutig eine gute Nachricht. Und wie ging es jetzt weiter?

Patrick bestand für alle künftigen Unterredungen mit seinem Anwalt auf einem anderen Zimmer, und Dr. Hayani beeilte sich, alles hierfür Erforderliche zu veranlassen. Er forderte auch einen Rollstuhl an, mit dem Patrick in ein Zimmer im Erdgeschoß gefahren werden konnte. Eine Schwester schob ihn an den beiden Deputies, die friedlich auf dem Flur vor seiner Tür saßen, und an Special Agent Brent Myers vorbei zum Fahrstuhl. Einer der Deputies folgte ihnen.

Das Zimmer wurde normalerweise für Ärztebesprechungen benutzt. Das Krankenhaus war klein, und das Zimmer wurde offenbar nur selten gebraucht. Sandy hatte das Gerät zum Aufspüren von Wanzen bestellt, das Patrick erwähnt hatte, aber es würde erst in einigen Tagen eintreffen.

»Bitte, schiebe das nicht auf die lange Bank«, sagte Patrick.

»Immer mit der Ruhe, Patrick. Dieses Zimmer werden sie doch bestimmt nicht verwanzt haben. Bis vor einer Stunde hat niemand gewußt, daß wir uns hier treffen werden.«

»Wir können nicht vorsichtig genug sein.« Patrick stand aus dem Rollstuhl auf und wanderte um den großen Konferenztisch herum, ohne jedes Hinken, wie Sandy registrierte.

»Also, Patrick, ich finde, du solltest versuchen, dich ein bißchen zu entspannen. Ich weiß, daß du lange auf der Flucht gewesen bist. Du hast in Angst gelebt, ständig über die Schulter geschaut, das weiß ich. Aber diese Zeit ist vorbei. Sie haben dich erwischt. Entspann dich.«

»Sie sind immer noch da draußen, verstehst du das nicht? Sie haben mich, aber nicht das Geld. Und das Geld ist viel wichtiger. Vergiß das nicht, Sandy. Sie werden keine Ruhe geben, bis sie das Geld haben.«

»Und wer sollte uns hier abhören wollen? Die Guten oder die Bösen? Das FBI oder die Gangster?«

»Die Leute, die ihr Geld verloren haben, haben für den Versuch, es wiederzubekommen, ein Vermögen ausgegeben.«

»Woher weißt du das?«

Patrick zuckte nur die Achseln, als wäre es an der Zeit, wieder sein Spiel zu spielen.

»Wer sind sie?« fragte Sandy, und es folgte eine lange Pause, ähnlich der, der sich Leah zu bedienen pflegte, wenn sie das Thema wechseln wollte.

»Setz dich«, sagte Patrick. Sie ließen sich gegenüber voneinander am Tisch nieder. Sandy holte die dicke Akte hervor, die Leah ihm ein paar Stunden zuvor ausgehändigt hatte, die Wie-werde-ich-Trudy-los-Akte.

Patrick erkannte die Akte sofort wieder. »Wann hast du sie gesehen?« fragte er unruhig.

»Heute morgen. Es geht ihr gut, sie läßt dich herzlich grüßen, sagt, bisher würde sie von niemandem verfolgt, und sie hat mich gebeten, dir das hier zu geben.« Er schob den Umschlag über den Tisch. Patrick griff danach, riß ihn auf und zog einen drei Seiten langen Brief hervor. Er begann sofort zu lesen, ohne irgendwie Rücksicht auf seinen Anwalt zu nehmen.

Sandy blätterte in der Akte und vertiefte sich in die Nacktfotos von Trudy und ihrem Gigolo am Pool. Er konnte es kaum abwarten, ihrem Anwalt in Mobile diese Fotos zu zeigen. Sie hatten in drei Stunden einen Termin.

Patrick las den Brief zu Ende, faltete ihn sorgfältig wieder zusammen und steckte ihn in den Umschlag. »Ich habe auch einen Brief für sie«, sagte er. Er warf einen Blick auf den Tisch und sah die Fotos. »Ziemlich gute Arbeit, findest du nicht?«

»Erstaunlich. Ich habe in einem Scheidungsfall noch nie einen derart eindeutigen Beweis gesehen.«

»Sie hat es mir leichtgemacht. Wir waren fast zwei Jahre verheiratet, als ich rein zufällig ihren ersten Ehemann kennenlernte. Es war auf einer Party vor einem Spiel der Saints in New Orleans. Wir tranken ein paar Gläser zusammen, und er erzählte mir von Lance. Er ist dieses Etwas auf den Fotos da.«

»Leah hat es mir gesagt.«

»Trudy war damals hochschwanger, also sagte ich nichts. Die Ehe ging langsam in die Brüche, und wir hofften, daß das Kind alles wieder in Ordnung bringen würde. Sie ist eine Meisterin in der Kunst des Betrügens. Ich beschloß, mitzuspielen, ein stolzer Vater zu sein und all das, aber ein Jahr später fing ich an, Beweise zu sammeln. Ich war nicht sicher, wann ich sie brauchen würde, aber ich wußte, daß die Ehe vorbei war. Ich verließ die Stadt bei jeder sich bietenden Gelegenheit – in Geschäften, zum Jagen und Angeln, für Wochenenden mit Freunden und dergleichen mehr. Sie schien nie etwas dagegen zu haben.«

»Ich treffe mich um fünf mit ihrem Anwalt.«

»Gut. Es wird dir einen Mordsspaß bereiten. Das da ist der Traum jedes Anwalts. Drohe mit allem, aber geh mit einer eindeutigen Abmachung aus dem Spiel. Sie muß unterschreiben, daß sie auf alle Ansprüche verzichtet, Sandy. Sie bekommt keinen Pfennig von meinem Geld.«

»Wann reden wir über dein Geld?«

»Bald. Ich verspreche es. Aber da ist etwas, das duldet keinen Aufschub.«

Sandy holte seinen obligatorischen Block hervor, um sich Notizen machen zu können. »Ich höre«, sagte er.

»Lance ist ein übler Typ. Er ist in den Kneipen am Point Cadet aufgewachsen, hat nie die High-School abgeschlossen und drei Jahre wegen Rauschgiftschmuggels gesessen. Ein schlimmer Finger. Er hat Freunde in der Unterwelt. Er kennt Leute, die für Geld alles tun würden. Es gibt noch eine weitere dicke Akte, und zwar über ihn. Ich nehme an, Leah hat sie dir noch nicht gegeben.«

»Nein. Nur die hier.«

»Frage sie beim nächsten Mal danach. Ich habe ein Jahr lang mit Hilfe desselben Privatdetektivs Material über Lance gesammelt. Lance ist nur ein kleiner Gangster, aber er ist gefährlich, weil er Freunde hat. Und Trudy hat Geld. Wir wissen nicht, wieviel noch übrig ist, aber wahrscheinlich hat sie noch nicht alles ausgegeben.«

»Und du glaubst, er hat es auf dich abgesehen?«

»Versetz dich doch mal in ihre Lage, Sandy. Trudy ist der einzige Mensch, der mich immer noch tot braucht. Wenn ich aus dem Weg geräumt bin, behält sie das Geld, das noch übrig ist, und braucht sich keine Sorgen mehr zu machen, daß die Versicherung bekommt, was jetzt ihr gehört. Ich kenne sie. Das Geld und ihr Lebensstil bedeuten ihr alles.«

»Aber wie könnte er ...«

»Es läßt sich machen, Sandy. Glaube mir, es läßt sich machen.«

Er sagte das mit der gelassenen Gewißheit von jemandem, der einen Mord begangen hat und damit durchgekommen ist, und für einen Augenblick gefror Sandy das Blut in den Adern.

»Es läßt sich ohne weiteres machen«, sagte er zum dritten Mal; seine Augen funkelten und die Fältchen um sie herum waren zusammengekniffen.

»Okay, und was soll ich unternehmen? Mich zu den Deputies auf dem Flur setzen?«

»Du setzt eine Fiktion in die Welt, Sandy.«

»Ich höre.«

»Zuerst erzählst du dem Anwalt, daß deine Kanzlei einen anonymen Tip erhalten hat, daß Lance auf der Suche nach einem Killer ist. Tu das am Ende eurer heutigen Zusammenkunft. Dann wird der Bursche völlig unter Schock stehen und alles glauben, was du sagst. Sage ihm, du hättest vor, zur Polizei zu gehen und sie darüber zu informieren. Er wird zweifellos seine Mandantin anrufen, die es vehement bestreiten wird. Aber er wird ihr kein Wort mehr glauben. Trudy wird die Idee, daß jemand argwöhnen könnte, sie und Lance hätten derartige Gedanken gehegt, empört von sich weisen. Dann suchst du den Sheriff und das FBI auf und erzählst ihnen dieselbe Geschichte. Sage ihnen, du wärst um meine Sicherheit besorgt. Bestehe darauf, daß sie mit Trudy und Lance über diese Gerüchte reden. Ich kenne Trudy sehr gut, Sandy. Sie würde Lance opfern, um das Geld behalten zu können, aber sie wird nichts unternehmen, wenn die Gefahr besteht, daß auch sie erwischt wird. Wenn in ihren Augen die Polizei bereits jetzt einen Verdacht gegen sie hegt, wird sie einen Rückzieher machen.«

»Du hast gründlich nachgedacht. Sonst noch etwas?«

»Ja. Als letztes läßt du es der Presse gegenüber durchsickern. Du mußt einen Reporter ausfindig machen ...«

»Das sollte nicht sonderlich schwierig sein.«

»Einen, dem du vertrauen kannst.«

»Wesentlich schwieriger.«

»Im Grunde nicht. Ich habe die Zeitungen gelesen, und ich habe ein paar Namen für dich. Schau sie dir an. Such dir einen aus, der dir gefällt. Sage ihm, er soll die Gerüchte bringen, vertraulich, und im Gegenzug würdest du ihm als erstem die wahren Stories zukommen lassen. So arbeiten die. Erzähle ihm, daß der Sheriff Berichten nachgeht, denen zufolge die Frau versucht, einen Auftragskiller anzuheuern, damit sie das Geld behalten kann. Es wird ein gefundenes Fressen für ihn sein. Er braucht die Story nicht zu überprüfen. Schließlich bringen sie ständig irgendwelche Gerüchte.«

Sandy beendete seine Notizen und staunte über die Vorarbeiten seines Mandanten. Er klappte die Akte zu, tippte mit seinem Stift darauf und fragte: »Wieviel von diesem Zeug hast du?«

»Dreck?«

»Ja.«

»Ich schätze, ungefähr einen halben Zentner. Das Zeug liegt seit meinem Verschwinden in einem kleinen Tresor in Mobile.«

»Was liegt sonst noch dort?«

»Noch mehr Dreck.«

»Über wen?«

»Meine ehemaligen Partner. Und andere. Damit beschäftigen wir uns später.«

»Wann?«

»Bald, Sandy.«

Trudys Anwalt, J. Murray Riddleton, war ein jovialer, stiernackiger Mann von sechzig Jahren, der sich auf zwei Arten von Juristerei spezialisiert hatte: große, unschöne Scheidungsprozesse und finanzielle Beratung, die auf das Betrügen der Regierung hinauslief. Er war ein einziger Kontrast: erfolgreich, aber schlecht gekleidet, intelligent, aber mit einem nichtssagenden Gesicht, lächelnd, aber bösartig, sanfte Redeweise, aber scharfe Zunge. Sein großes Büro in der Innenstadt von Mobile quoll über von seit langem vernachlässigten Akten und überholter juristischer Literatur. Er hieß Sandy höflich willkommen, deutete auf einen Stuhl und bot ihm einen Drink an. Schließlich war es kurz nach fünf Uhr spätnachmittags. Sandy lehnte ab, und J. Murray trank nichts.

»Und wie geht es unserem Jungen?« fragte J. Murray mit einem breiten Lächeln.

»Wer soll das sein?«

»Kommen Sie. Unserem Patrick natürlich. Haben Sie das Geld schon gefunden?«

»Ich wußte gar nicht, daß ich nach Geld suche.«

J. Murray fand das überaus belustigend und lachte ein paar Sekunden. Seiner Überzeugung nach hielt er eindeutig das bessere Blatt in Händen. Er hegte keinerlei Zweifel, daß er bei diesem Treffen den Ton angeben würde.

»Ich habe Ihre Mandantin gestern abend im Fernsehen gesehen«, sagte Sandy. »In dieser widerlichen Sendung, wie heißt sie doch gleich?«

»›Inside Journal‹? War sie nicht großartig? Und das kleine Mädchen, was für eine Augenweide. Diese armen Leute.«

»Mein Mandant verlangt, daß Ihre Mandantin weitere öffentliche Bemerkungen über seine Ehe und die Scheidung unterläßt.«

»Meine Mandantin ruft ihrem Mandanten ein freundliches Leck-mich-am-Arsch zu. Und Sie können mich, wenn Sie wollen, im Mondschein besuchen.«

»Wir verzichten dankend.«

»Hören Sie, mein Sohn. Ich bin ein strikter Verfechter des Ersten Verfassungszusatzes. Sage, was du willst. Tue, was du willst. Veröffentliche, was du willst. Es ist alles von der Verfassung dort garantiert.« Er deutete auf eine Bücherwand mit von Staub bedeckten Gesetzestexten. »Antrag abgelehnt, Euer Merkwürden. Meine Mandantin hat das Recht, jederzeit mit allem, was sie will, vor die Öffentlichkeit zu treten. Sie ist von Ihrem Mandanten gedemütigt worden und sieht sich jetzt einer sehr unsicheren Zukunft gegenüber.«

»Na schön. Ich wollte nur die Atmosphäre bereinigen.«

»Ist das klar genug?«

»Ja. Also, wir haben keinerlei Probleme mit dem Wunsch Ihrer Mandantin, sich scheiden zu lassen und das Sorgerecht für das Kind zu bekommen.«

»Donnerwetter! Sie und Ihr Mandant sind wirklich sehr großzügig.«

»Mein Mandant hat auch nicht die Absicht, Besuchsrechte bei dem Kind zu verlangen.«

»Kluges Kerlchen. Nachdem er sich vier Jahre lang nicht um das Kind gekümmert hat, dürfte es ihm auch schwerfallen, damit durchzukommen.«

»Es gibt noch einen anderen Grund«, sagte Sandy. Er schlug seine Akte auf und entnahm ihr den DNS-Test. Er übergab J. Murray eine Kopie. Dieser hörte auf zu lächeln und fixierte die Papiere.

»Was ist das?« fragte er argwöhnisch.

»Weshalb lesen Sie es nicht?« sagte Sandy.

J. Murray zog seine Lesebrille aus einer Tasche seines Jacketts und setzte sie auf seinen ziemlich runden Kopf. Er schob den Bericht ein Stückchen zurück, bis er richtig lag, dann las er ihn langsam. Nach der ersten Seite schaute er mit ausdrucksloser Miene auf, und am Ende der zweiten ließ er ein wenig die Schultern hängen.

»Verheerend, nicht wahr?« sagte Sandy, nachdem J. Murray alles gelesen hatte.

»Kein Grund, so herablassend zu sein. Ich bin sicher, daß es dafür eine Erklärung gibt.«

»Und ich bin sicher, daß es keine gibt. Nach den Gesetzen von Alabama ist der DNS-Test ein eindeutiger Beweis. Also, ich bin ein nicht ganz so strikter Verfechter des Ersten Verfassungszusatzes wie Sie, aber wenn dies an die Öffentlichkeit gelangen würde, wäre es für Ihre Mandantin sehr peinlich. Stellen Sie sich vor, da hat eine Frau ein Kind von jemandem, während sie so tut, als wäre sie glücklich mit einem anderen verheiratet. Das würde hier an der Küste bestimmt keinen guten Eindruck machen.«

»Veröffentlichen Sie es. Mich kümmert das nicht.«

»Vielleicht sollten Sie vorher lieber mit Ihrer Mandantin darüber reden.«

»Es ist belanglos, nach unseren Gesetzen. Selbst wenn Sie Ehebruch begangen haben sollte, hat er mit ihr weiter zusammengelebt, nachdem er es wußte. Deshalb hat er es akzeptiert. Er kann es nicht als Scheidungsgrund ins Feld führen.«

»Vergessen Sie die Scheidung. Die kann sie haben. Und vergessen Sie auch das Kind.«

»Ah, jetzt verstehe ich. Es ist Erpressung. Sie verzichtet auf alle Ansprüche, und er macht es nicht publik.«

»Etwas in dieser Art.«

»Ihr Mandant ist total verrückt, und Sie sind es auch.« J. Murrays Wangen röteten sich, und er ballte eine Sekunde lang die Fäuste.

Sandy blätterte gelassen in seiner Akte und holte das nächste vernichtende Dokument heraus. Er schob es über den Tisch.

»Was ist das?« wollte J. Murray wissen.

»Lesen Sie es.«

»Ich habe das Lesen satt.«

»Okay, es ist der Report eines Privatdetektivs, der Ihre Mandantin und deren Liebhaber vor dem Verschwinden meines Mandanten ein Jahr lang beschattet hat. Sie waren zusammen, allein, an verschiedenen Orten, aber zumeist im Haus meines Mandanten und, wie wir annehmen, vermutlich im Bett miteinander, und das mindestens sechzehnmal.«

»Das kann jeder behaupten.«

»Dann sehen Sie sich das hier an«, sagte Sandy und legte zwei große Farbfotos, zwei der Nacktaufnahmen, auf den Bericht. J. Murray warf einen Blick darauf, dann nahm er sie zwecks gründlicherer Betrachtung in die Hand.

Sandy konnte es sich nicht verkneifen, ihm zu helfen. »Diese Aufnahmen wurden am Pool hinter dem Haus meines Mandanten aufgenommen, während er an einem Seminar in Dallas teilnahm. Erkennen Sie jemanden darauf?«

J. Murray brachte ein schwaches Grunzen zustande.

»Das ist noch nicht alles«, versprach Sandy, und wartete darauf, daß J. Murray aufhörte, die Fotos anzustarren. »Außerdem habe ich hier noch drei weitere Berichte von Privatdetektiven. Mein Mandant scheint sehr mißtrauisch gewesen zu sein.«

Vor Sandys Augen verwandelte sich J. Murray von einem hartgesottenen Advokaten in einen gefühlvollen Unterhändler, eine an ein Chamäleon erinnernde Veränderung, weit verbreitet bei Anwälten, denen plötzlich die Munition ausgegangen ist. Er seufzte geschlagen, und sackte auf seinem lederbezogenen Sessel zusammen. »Sie erzählen uns nie alles«, sagte er. Es war plötzlich das alte Wir-gegen-Sie. Anwälte versus ihre Mandanten. Er und Sandy saßen jetzt in einem Boot. Was sollten sie nur tun?

Sandy dagegen fehlte noch etwas zum alles entspannenden großen Wir-Gefühl. »Noch einmal, ich bin kein so strikter Verfechter des Ersten Verfassungszusatzes wie Sie, aber wenn diese Fotos ihren Weg in die Skandalblätter finden würden, dann wäre es für Trudy bestimmt sehr peinlich.«

J. Murray machte eine wegwerfende Handbewegung, dann schaute er auf die Uhr. »Sind Sie sicher, daß Sie nicht doch einen Drink möchten?«

»Ich bin sicher.«

»Wieviel hat Ihr Mandant?«

»Ich weiß es ehrlich gesagt nicht, noch nicht. Aber das ist hier auch nicht die entscheidende Frage. Die Frage ist, was übrigbleibt, wenn sich der Staub gelegt hat, und im Augenblick weiß das niemand.«

»Bestimmt hat er noch den größten Teil der neunzig Millionen.«

»Er ist auf wesentlich mehr als das verklagt worden. Ganz zu schweigen von der Aussicht auf eine langjährige Gefängnisstrafe und der Möglichkeit einer Hinrichtung. Diese Scheidung, Mr. Riddleton, ist seine geringste Sorge.«

»Weshalb drohen Sie uns dann?«

»Er will, daß sie den Mund hält, ihre Scheidung bekommt und abhaut und auf alle künftigen Ansprüche gegen ihn verzichtet. Und er will, daß das sofort passiert.«

»Und wenn nicht?« J. Murray lockerte seine Krawatte und sackte noch ein paar Zentimeter tiefer in seinem Sessel zusammen. Der Tag war plötzlich zu weit fortgeschritten; er wollte nur noch nach Hause. Er hielt für einen Moment inne, dann sagte er: »Sie wird alles verlieren, weiß Ihr Mandant das? Die Versicherungsgesellschaft wird ihr den letzten Cent nehmen.«

»Hier gibt es keine Gewinner, Mr. Riddleton.«

»Lassen Sie mich mit ihr reden.«

Sandy sammelte seine Papiere ein und ging langsam in Richtung Tür. J. Murray mühte sich, ein weiteres trauriges Lächeln zustande zu bringen, und gerade, als sie einander zum Abschied die Hände schüttelten, erwähnte Sandy noch, als hätte er es beinahe vergessen, diesen anonymen Hinweis, der in seiner Kanzlei in New Orleans eingegangen war und demzufolge Lance auf der Suche nach einem Auftragskiller wäre. Er wisse nicht, ob er das glauben dürfe, aber er sähe sich gezwungen, auf alle Fälle den Sheriff und das FBI darüber zu informieren.

Sie erörterten kurz den Sachverhalt. Riddleton versprach, es seiner Mandantin gegenüber zu erwähnen.

21

Dr. Hayanis letzte Station war Patricks Zimmer. Es war fast dunkel, lange nach Feierabend, und er traf seinen berühmten Patienten nur mit einer Turnhose bekleidet, auf einem Stuhl sitzend, an dessen improvisierten Arbeitsplatz in der einzigen freien Ecke seines Zimmers an. Der Arbeitsplatz war ein kleiner Tisch mit einer Lampe, die Patrick einem Pfleger abgeschwatzt hatte. Ein Wasserbecher aus Plastik enthielt Bleistifte und Kugelschreiber, ein anderer den Anfang einer Sammlung von Büroklammern, Gummibändern und Reißzwecken, alles vom Pflegepersonal gespendet. Er hatte sogar drei Notizblöcke.

Patrick war bei der Arbeit. Eine beeindruckende Kollektion von juristischen Dokumenten hatte auf einer Seite des Tisches Platz gefunden, und er war gerade in eine der vielen gegen ihn eingereichten Klageschriften vertieft, als sein Arzt hereinschaute, zum dritten Mal an diesem Tag.

»Willkommen in meinem Büro«, sagte Patrick. Dicht über seinem Kopf hing ein Ungetüm von einem Fernseher. Die Rückenlehne seines Stuhls war nur dreißig Zentimeter vom Fußende seines Bettes entfernt.

»Hübsch«, sagte Hayani. In Krankenhäusern verbreiteten sich Gerüchte noch schneller als in Anwaltskanzleien, und in den letzten beiden Tagen hatte es amüsiertes Geraune über die neue Kanzlei gegeben, die in Zimmer 312 eingerichtet worden war. »Ich hoffe, Sie verklagen keine Ärzte.«

»Niemals. In meinen dreizehn Jahren als Anwalt habe ich keinen einzigen Arzt verklagt. Und auch kein Krankenhaus.« Er war aufgestanden, während er das sagte, und drehte sich nun zu Hayani um.

»Ich wußte doch, warum ich Sie von Anfang an mochte«, sagte der Arzt, während er vorsichtig die Brandwunden auf Patricks Brust untersuchte. »Wie geht es Ihnen?« fragte er zum dritten Mal an diesem Tag.

»Gut«, wiederholte Patrick zum x-ten Mal an diesem Tag. Die Schwestern, neugierig und ihn anhimmelnd, platzten pro Stunde mindestens zweimal unter irgendeinem Vorwand und einem stets gesäuselten »Wie-geht-es-Ihnen?« in sein Zimmer.

»Gut«, antwortete er jedesmal.

»Haben Sie heute ein bißchen geschlafen?« fragte Hayani. Er war in die Hocke gegangen und betastete den rechten Oberschenkel.

»Nein. Es fällt mir schwer, ohne Tabletten zu schlafen, und es ist mir zuwider, im Laufe des Tages etwas einzunehmen«, erwiderte Patrick. In Wirklichkeit war es wegen des ständigen Auftauchens von Schwestern und Pflegern unmöglich, Schlaf zu finden.

Er setzte sich auf die Bettkante und sah seinen Arzt aufrichtig an. »Darf ich Ihnen etwas erzählen?« fragte er.

Hayani hörte auf, Notizen auf dem Krankenblatt zu machen. »Selbstverständlich.«

Patrick schaute nach rechts und nach links, so als hätten die Wände Ohren. »Als ich noch als Anwalt arbeitete«, begann er leise, »hatte ich diesen Mandanten, einen Banker, der bei einer Unterschlagung erwischt worden war. Er war vierundvierzig Jahre alt, verheiratet, drei halbwüchsige Kinder, ein großartiger Mann, der eine Dummheit gemacht hatte. Er wurde zu Hause verhaftet, spätabends, und ins County-Gefängnis gebracht. Es war überfüllt, und er wurde in eine Zelle mit zwei jungen Straßengangstern gesteckt, schwarzen Jungs, bösartig. Zuerst knebelten sie ihn, damit er nicht schreien konnte. Sie schlugen ihn, dann taten sie mit ihm Dinge, von denen Sie bestimmt nicht wissen wollen, was es war. Zwei Stunden zuvor saß er noch zu Hause und sah sich einen Film an, jetzt lag er halbtot in einer nur drei Meilen von seinem Haus entfernten Zelle.« Patricks Kinn sank auf die Brust. Er fuhr sich mit der Hand über die Augen.

Dr. Hayani berührte seine Schulter.

»Sie dürfen nicht zulassen, daß es mir genauso ergeht, Doc«, sagte Patrick mit Tränen in den Augen und zittriger Stimme.

»Machen Sie sich keine Sorgen, Patrick.«

»Schon der bloße Gedanke daran ist grauenhaft, Doc. Ich habe Alpträume deswegen.«

»Sie haben mein Wort, Patrick.«

»Ich habe weiß Gott genug durchgemacht.«

»Ich verspreche es Ihnen, Patrick.«

Der nächste Vernehmungsbeamte war ein quirliger kleiner Mann namens Warren, der eine Zigarette nach der anderen rauchte und die Welt durch dicke, dunkle Brillengläser hindurch betrachtete. Seine Augen waren unsichtbar. Seine linke Hand beschäftigte sich mit der Zigarette, die rechte mit dem Kugelschreiber, sonst bewegte sich nichts an ihm außer seinen Lippen. Er hockte hinter fein säuberlich aufgeschichteten kleinen Papierstapeln und schoß Fragen auf das andere Ende des Tisches ab, wo Stephano mit einer Büroklammer spielte und dessen Anwalt sich mit einem Laptop abmühte.

»Wann haben Sie Ihr Konsortium gegründet?« fragte Warren.

»Nachdem wir Lanigans Spur in New York verloren hatten, zogen wir uns zurück und warteten. Wir hörten uns um, wo immer wir es für aussichtsreich hielten. Wir gingen noch einmal alles durch. Nichts passierte. Die Spur war kalt, und wir machten uns auf eine lange Suche gefaßt. Ich kam mit Benny Aricia zusammen, und er war bereit, die Suche zu finanzieren. Dann traf ich mich mit Leuten von Monarch-Sierra und Northern Case Mutual, und auch sie gaben ihr vorläufiges Okay. Northern Case Mutual hatte der Witwe gerade zweieinhalb Millionen gezahlt. Sie konnten sie nicht auf die Rückgabe verklagen, weil es keine eindeutigen Beweise dafür gab, daß er noch lebte. Sie erklärten sich schließlich bereit, eine halbe Million beizusteuern. Bei Monarch-Sierra lag der Fall komplizierter, weil sie damals noch nicht gezahlt hatten. Ihr Risiko belief sich auf vier Millionen.«

»Die Kanzlei war bei Monarch gegen Veruntreuung versichert?«

»Dicht dran. Es gab zusätzlich zu den üblichen Klauseln, die Irrtümer und Unterlassungen deckten, einen Zusatz, der die Kanzlei vor Betrug und Diebstahl von seiten ihrer Partner und Angestellten schützte. Da Lanigan die Kanzlei bestohlen hatte, war Monarch-Sierra gezwungen, das Geld auszuzahlen, und zwar den gesamten Betrag über vier Millionen.«

»Das Geld hat Ihr Klient, Mr. Aricia, erhalten, richtig?«

»Ja. Er hat zunächst die Kanzlei auf die gesamten sechzig Millionen verklagt, die er verloren hatte, aber bei der Kanzlei war nicht viel zu holen. Die Kanzlei erklärte sich bereit, ihm die vier Millionen aus der Police zukommen zu lassen. Wir saßen alle zusammen an einem Tisch und einigten uns auf einen Vergleich. Monarch-Sierra erklärte sich bereit, das Geld ohne weiteres Widerstreben zu zahlen, falls Mr. Aricia eine Million davon für die Suche nach Lanigan bereitstellen würde. Mr. Aricia stimmte zu, aber nur unter der Bedingung, daß Monarch-Sierra ihrerseits eine Million zur Finanzierung der Suche beisteuern würde.«

»Also kam eine Million von Aricia, eine Million von Monarch-Sierra und eine halbe Million von Northern Case Mutual. Insgesamt zweieinhalb Millionen.«

»Ja, das war die ursprüngliche Abmachung.«

»Was war mit der Kanzlei?«

»Sie beschlossen, sich nicht zu beteiligen. Offen gesagt, sie hatten nicht das Geld dazu und waren zu schockiert, um reagieren zu können. Aber sie halfen anfangs in anderer Hinsicht.«

»Und die Akteure spielten mit?«

»Ja. Das Geld wurde auf das Konto meiner Firma überwiesen.«

»Und jetzt, wo die Suche vorbei ist, ist wieviel von dem Geld noch übrig?«

»Fast nichts.«

»Wieviel wurde ausgegeben?«

»Dreieinhalb Millionen, plus/minus ein paar Dollar. Vor ungefähr einem Jahr waren die Mittel erschöpft. Die Versicherungen sagten nein. Mr. Aricia machte zunächst eine halbe Million und später dann noch einmal dreihunderttausend locker. Er hat insgesamt 1,9 Millionen gezahlt.«

In Wirklichkeit waren es exakt zwei Millionen, nachdem Benny jetzt widerstrebend beschlossen hatte, nach der Frau suchen zu lassen. Aber davon würde das FBI natürlich nichts erfahren.

»Und wie wurde das Geld ausgegeben?«

Stephano konsultierte seine Notizen, aber nur flüchtig.

»Fast eine Million für Löhne, Reisen und andere mit der Suche verbundene Spesen. 1,5 Millionen für Belohnungen. Und eine Million für meine Firma als Honorar.«

»Sie haben eine Million Dollar kassiert?« fragte Warren, immer noch ohne jedes Zeichen innerer Anteilnahme, aber mit leicht erhobener Stimme.

»Ja. Im Verlauf von vier Jahren.«

»Erzählen Sie mir von den Belohnungen.«

»Nun, damit nähern wir uns dem Kern der Sache.«

»Wir hören.«

»Eines der ersten Dinge, die wir taten, war, eine Belohnung für Informationen über das Verschwinden von Patrick Lanigan auszusetzen. Das FBI wußte über die Belohnung Bescheid, glaubte aber, die Anwaltskanzlei hätte sie ausgesetzt. Wir statteten der Kanzlei einen Besuch ab und brachten Charles Bogan dazu, die Bereitstellung einer Belohnung für sachdienliche Hinweise zu verkünden. Er machte es publik und versprach anfänglich fünfzigtausend. Unser Handel mit Bogan sah vor, daß er uns insgeheim informieren sollte, falls sich jemand melden würde.«

»Das ist dem FBI nicht mitgeteilt worden?«

»Nein. Das FBI wußte über die Belohnung Bescheid und war mit ihr einverstanden. Aber unsere Abmachung mit Bogan wurde geheimgehalten. Falls es Informationen gab, wollten wir sie als erste haben. Das war kein Mißtrauen gegenüber dem FBI, wir wollten lediglich Lanigan und das Geld selbst finden.«

»Wie viele Männer haben zu diesem Zeitpunkt an dem Fall gearbeitet?«

»Ungefähr ein Dutzend.«

»Und wo waren Sie?«

»Hier. Aber ich bin jede Woche mindestens einmal nach Biloxi geflogen.«

»Wußte das FBI, was Sie taten?«

»Nein. Meines Wissens hatte das FBI bis zur vorigen Woche keine Ahnung, daß wir nach Lanigan suchten.«

Das stimmte mit der Akte überein, die vor Warren auf dem Tisch lag. »Fahren Sie fort.«

»Wir hörten nichts, zwei, drei, vier Monate lang. Wir erhöhten die Belohnung zuerst auf fünfundsiebzig- und dann auf hunderttausend. Bogan wurde von all den Irren da draußen mit Hinweisen bombardiert, und diese gab er an das FBI weiter. Dann, am 29. August 1992, erhielt er einen Anruf von einem Anwalt in New Orleans, der behauptete, etwas über das Verschwinden von Patrick Lanigan zu wissen. Der Mann hörte sich sehr überzeugend an, also flogen wir nach New Orleans, um mit ihm zu reden.«

»Wie war sein Name?«

»Raul Lauziere, in der Loyola Street.«

»Haben Sie sich mit ihm getroffen?«

»Ja.«

»Und wer noch von Ihrer Firma?«

Stephano warf einen Blick auf seinen Anwalt, der gerade erstarrt und tief in Gedanken versunken war. »Dies ist ein Geschäft, bei dem es auf Verschwiegenheit ankommt. Ich möchte die Namen meiner Mitarbeiter nicht nennen.«

»Das braucht er nicht«, verkündete der Anwalt lautstark, und damit war die Sache erledigt.

»Na schön. Fahren Sie fort.«

»Lauziere machte einen seriösen, verantwortungsbewußten und glaubwürdigen Eindruck. Er war auch sehr gut vorbereitet. Er schien alles über das Verschwinden von Patrick und dem Geld zu wissen. Er hatte eine Akte mit sämtlichen Zeitungsausschnitten. Alles war katalogisiert und sofort verfügbar. Er übergab uns einen vierseitigen Bericht über das, was seine Mandantin wußte.«

»Fassen Sie ihn kurz zusammen. Ich werde ihn später lesen.«

»Gern«, sagte Stephano und lieferte aus dem Gedächtnis eine Zusammenfassung des Berichts. »Seine Mandantin war eine junge Frau namens Erin, die in Tulane Medizin studierte. Sie war kürzlich geschieden worden, hatte keinen Pfennig Geld und so weiter, und um über die Runden zu kommen, arbeitete sie abends in einer großen Buchhandlung in einem Einkaufszentrum, einer dieser großen Ladenketten. Irgendwann im Januar 1992 fiel ihr ein Kunde auf, der in der Abteilung Reisen und Sprachen herumwanderte. Er war ziemlich dick, trug einen Anzug, hatte einen schwarz-grauen Bart und wirkte ein wenig nervös. Es war fast neun Uhr abends, und der Laden war praktisch leer. Er entschied sich schließlich für einen Sprachkurs mit zwölf Kassetten, Textbüchern und so weiter, alles in einem hübschen Schuber, und war gerade auf dem Weg zur Kasse, an der Erin arbeitete, als ein weiterer Mann den Laden betrat. Der erste Mann zog sich sofort zwischen die Regale zurück und legte den Sprachkurs wieder an seinen Platz zurück. Dann kam er an der anderen Seite wieder zum Vorschein und versuchte, an dem Mann vorbei den Ausgang zu erreichen, einem Menschen, den er offensichtlich kannte und mit dem er nicht reden wollte. Aber er schaffte es nicht. Der Mann schaute auf und sagte: ›Patrick, wir haben uns lange nicht mehr gesehen.‹ Es folgte eine kurze Unterhaltung über die juristischen Karrieren der beiden. Erin stand neben der Kasse und hörte zu, weil es sonst nichts zu tun gab. Offenbar war sie sehr neugierig und beobachtete alles, was vor sich ging.

Wie dem auch sei, der, der Patrick genannt worden war, hatte es offenbar eilig, also fand er schließlich einen geeigneten Moment, um sich zu verabschieden und den Laden zu verlassen. Drei Abende später, ungefähr um dieselbe Zeit, kam er wieder. Erin saß nicht an der Kasse, sondern füllte die Regale auf. Sie sah ihn hereinkommen, erkannte ihn wieder, erinnerte sich, daß er Patrick hieß, und beobachtete ihn. Er warf einen Blick auf die Kassiererin, und als er festgestellt hatte, daß es eine andere war, wanderte er im Laden umher, bis er schließlich in der Abteilung für Reisen und Sprachen angekommen war. Er nahm denselben

Sprachkurs, ging zur Kasse, bezahlte bar und verließ rasch den Laden. Er kostete fast dreihundert Dollar. Erin schaute ihm nach. Der Mann hatte sie nicht bemerkt, und wenn, dann hatte er sie nicht wiedererkannt.«

»Und um welche Sprache handelte es sich?«

»Das war natürlich die große Frage. Drei Wochen später las Erin in der Zeitung, daß Patrick Lanigan bei einem grauenhaften Verkehrsunfall ums Leben gekommen war. Sie erkannte ihn aufgrund des abgedruckten Fotos wieder. Dann, sechs Wochen später, kam die Story über das seiner ehemaligen Kanzlei gestohlene Geld mit demselben Foto heraus und Erin sah es abermals.«

»Gab es in der Buchhandlung Überwachungskameras?«

»Nein. Wir haben das überprüft.«

»Also, welche Sprache war es?«

»Lauziere wollte es uns nicht sagen. Jedenfalls zuerst nicht. Wir boten hunderttausend Dollar für stichhaltige Informationen über Patricks Aufenthaltsort. Er und seine Mandantin wollten natürlich die ganze Summe für den Namen der Sprache. Wir verhandelten drei Tage lang. Er wollte nicht nachgeben. Er gestattete uns, Erin zu vernehmen. Wir verbrachten sechs Stunden mit ihr, und jeder Aspekt ihrer Geschichte erwies sich als stichhaltig, also erklärten wir uns bereit, die hunderttausend zu zahlen.«

»Brasilianisches Portugiesisch?«

»Ja. Die Welt war plötzlich viel kleiner geworden.«

Wie jeder Anwalt hatte J. Murray Riddleton auch das schon durchgemacht, leider. Ein wasserdichter Fall war plötzlich Leck geschlagen. Das Blatt hatte sich im Bruchteil einer Sekunde gewendet.

Aus Spaß und zur eigenen, nicht geringen Belustigung ließ er Trudy ein wenig toben und sich verausgaben, bevor er der Posse ein Ende bereitete.

»Ehebruch!« keuchte sie mit der Selbstgerechtigkeit einer puritanischen Jungfrau. Sogar Lance gelang es, eine schockierte Miene aufzusetzen. Er streckte den Arm aus und ergriff ihre Hand.

»Ich weiß, ich weiß«, sagte Murray mitspielend. »Das passiert bei fast jedem Scheidungsfall. Diese Dinge neigen dazu, unerfreulich zu werden.«

»Ich bringe ihn um«, knurrte Lance.

»Dazu kommen wir später«, sagte J. Murray.

»Mit wem?« wollte sie wissen.

»Mit Lance hier. Sie behaupten, Sie beide hätten es vor, während und nach der Ehe miteinander getrieben. Sie behaupten sogar, es ginge bis auf die High-School zurück.«

Bis zur neunten Klasse, um genau zu sein. »Er ist ein Idiot«, sagte Lance ohne jede Überzeugungskraft.

Trudy nickte und pflichtete Lance bei. Absurd. Dann fragte sie nervös: »Welche Beweise glaubt er zu haben?«

»Sie bestreiten es?« fragte J. Murray, die Falle zuschnappen lassend.

»Unbedingt.«

»Natürlich«, fügte Lance hinzu. »Der Mann ist die Lüge in Person.«

J. Murray zog eine Schublade auf und holte einen der Reporte heraus, die Sandy ihm gegeben hatte. »Es sieht ganz so aus, als wäre Patrick während des größten Teils seiner Ehe äußerst mißtrauisch gewesen. Er hat Detektive angeheuert, die Sie beschattet haben. Das hier ist der Report von einem von ihnen.«

Trudy und Lance sahen sich eine Sekunde lang an, dann begriffen sie, daß sie ertappt worden waren. Plötzlich war es äußerst schwierig geworden, ein Verhältnis zu bestreiten, das seit nunmehr über zwanzig Jahren bestand. Beide wurden von einem auf den anderen Augenblick überheblich. Na und? Nicht der Rede wert.

»Ich werde den Bericht kurz zusammenfassen«, sagte J. Murray, dann rasselte er Daten, Zeiten und Orte herunter. Sie schämten sich ihrer Aktivitäten nicht, aber es war ein beunruhigender Gedanke, daß alles so gut dokumentiert war.

»Bestreiten Sie es immer noch?« fragte J. Murray, als er fertig war.

»So etwas kann jeder schreiben«, sagte Lance. Trudy schwieg.

J. Murray holte einen weiteren Report aus der Schublade hervor, den über die sieben Monate vor Patricks Verschwinden. Daten, Zeiten, Orte. Patrick verließ die Stadt, Peng, Lance tauchte auf. Und das jedesmal.

»Können diese Detektive vor Gericht aussagen?« fragte Lance, als J. Murray geendet hatte.

»Wir gehen nicht vor Gericht«, sagte J. Murray.

»Warum nicht?« fragte Trudy.

»Deswegen.« J. Murray schob die großen Farbfotos über seinen Schreibtisch. Trudy griff sich eines davon und keuchte beim Anblick von sich selbst am Pool, nackt, mit ihrem Liebhaber neben sich. Lance war auch schockiert, aber er brachte ein dünnes Lächeln zustande. Ihm gefielen die Fotos irgendwie.

Sie reichten sich gegenseitig die Fotos, wortlos. J. Murray genoß den Augenblick, dann sagte er: »Ihr beide seid zu unvorsichtig gewesen.«

»Auf solche Bemerkungen können wir verzichten«, sagte Lance.

Wie nicht anders zu erwarten, begann Trudy zu weinen. Ihre Augen füllten sich mit Tränen, ihre Lippen bebten, ihre Nase schnüffelte, und dann weinte sie. J. Murray hatte auch das schon tausendfach gesehen. Sie weinten immer, nicht wegen dem, was sie getan hatten, sondern weil ihre Sünden ans Licht gekommen waren.

»Meine Tochter bekommt er nicht«, sagte sie wütend durch die Tränen hindurch. Sie verlor die Beherrschung, und die beiden Männer hörten ihr eine Weile zu, wie sie tobte. Lance, aufmerksam wie immer, tätschelte sie und versuchte sie zu trösten.

»Tut mir leid«, sagte sie schließlich, ihre Tränen abwischend.

»Beruhigen Sie sich«, sagte J. Murray ohne eine Spur von Mitgefühl. »Er will das Kind nicht.«

»Warum nicht?« fragte sie, und die Tränendrüsen schlossen sich auf der Stelle.

»Er ist nicht der Vater.«

Beide kniffen die Augen zusammen, dachten angestrengt nach, versuchten, die Dinge auf die Reihe zu bekommen.

J. Murray griff nach einem weiteren Report. »Er hat dem Kind eine Blutprobe entnommen, als es vierzehn Monate alt war, und einen DNS-Test machen lassen. Es ist ausgeschlossen, daß er der Vater ist.«

»Und wer ...«, begann Lance zu fragen, aber er konnte den Gedanken nicht beenden.

»Kommt darauf an, wer sonst noch da war«, sagte J. Murray hilfsbereit.

»Sonst war niemand da«, sagte sie, seine Worte wütend aufgreifend.

»Außer mir«, gestand Lance, dann schloß er langsam die Augen. Die Vaterschaft begann mit einem Mal sichtbar auf seinen Schultern zu lasten. Lance verabscheute Kinder. Er duldete Ashley Nicole nur, weil sie zu Trudy gehörte.

»Herzlichen Glückwunsch«, sagte J. Murray. Er griff in eine andere Schublade, holte eine billige Zigarre heraus und warf sie Lance zu. »Es ist ein Mädchen«, sagte er und lachte laut.

Trudy kochte vor Wut, und Lance spielte mit der Zigarre. Als J. Murray damit fertig war, sich zu amüsieren, fragte sie: »Also, wo stehen wir?«

»Es ist ganz einfach. Sie verzichten auf sämtliche Rechte an seinem Vermögen, wie immer das beschaffen sein mag, und er gibt Ihnen die Scheidung, das Kind und alles, was Sie sonst noch wollen.«

»Wie groß ist sein Vermögen?«

»Sein Anwalt weiß es im Augenblick selbst noch nicht. Wir werden es vielleicht nie erfahren. Dem Mann droht die Todeszelle, und das Geld könnte für immer verschwunden bleiben.«

»Aber ich werde alles verlieren«, sagte sie. »Bedenken Sie, was er mir angetan hat. Ich habe zweieinhalb Millionen bekommen, als er starb, und jetzt will die Versicherungsgesellschaft mich in den Bankrott treiben.«

»Sie verdient das Geld aber doch«, verkündete Lance wie auf ein Stichwort hin.

»Kann ich ihn nicht wegen seelischer Grausamkeit oder arglistiger Täuschung oder sonst etwas verklagen?« flehte sie.

»Nein. Das Ganze ist sehr einfach. Sie bekommen die Scheidung und das Kind, und Patrick behält, was immer an Geld da draußen herumschwirren mag. Und über alles wird Stillschweigen bewahrt. Andernfalls läßt er das hier der Presse zukommen.« J. Murray schob, während er das sagte, die Papiere und Fotos zusammen. »Und Sie würden schwer gedemütigt werden. Sie sind mit schmutziger Wäsche an die Öffentlichkeit gegangen; er ist bereit, es Ihnen mit gleicher Münze heimzuzahlen.«

»Wo muß ich unterschreiben?« sagte sie.

J. Murray versorgte alle mit Wodka, und schon wenig später mixte er eine zweite Runde. Zu guter Letzt brachte er diese dummen Gerüchte zur Sprache, denen zufolge Lance auf der Suche nach einem Auftragskiller sei. Der Widerspruch erfolgte rasch und sehr aufgebracht, und J. Murray gestand, daß er den Unsinn ohnehin nie geglaubt hatte.

Es gingen so viele Gerüchte an der Küste um.

22

Sie fingen an, Sandy McDermott zu beschatten, als er New Orleans um acht Uhr morgens verließ und sich durch den Verkehr auf der Interstate 10 quälte. Sie folgten ihm, bis sich der Stau in der Nähe des Lake Pontchartrain auflöste. Sie riefen an und berichteten, daß er auf dem Weg nach Biloxi sei. Ihm zu folgen, war eine, seine Gespräche abzuhören eine andere Sache. Guy hatte Wanzen für Sandys Büro und dessen Telefone zu Hause, ja sogar eine für dessen Wagen. Aber die Entscheidung, sie zu installieren, war zum gegenwärtigen Zeitpunkt noch nicht gefallen. Das Risiko war beträchtlich. Vor allem Aricia hatte Bedenken. Er sagte zu Stephano und Guy, es sei durchaus möglich, daß Sandy mit der Möglichkeit rechne, abgehört zu werden. Dann würde er sie mit allen möglichen nutzlosen oder sogar schädlichen Informationen füttern. Sie konnten sich nicht einigen.

Sandy sah weder in den Rückspiegel, noch schenkte er dem vor ihm dahinfließenden Verkehr größere Aufmerksamkeit. Er fuhr einfach, bewegte sich vorwärts, in Gedanken wie gewöhnlich ganz woanders.

Vom strategischen Standpunkt aus betrachtet, war es um die diversen Lanigan-Schlachtfelder nicht schlecht bestellt. Die von Monarch-Sierra, der Anwaltskanzlei und Aricia eingereichten Zivilklagen hatte man Richtern zugewiesen, deren Terminkalender bereits jetzt randvoll war. Für fristgerechte Einsprüche hatte Sandy einen Monat Zeit. Mit dem Beginn der Beweisaufnahme war frühestens in drei Monaten zu rechnen. Dauer des Procederes: mindestens ein Jahr. Die Prozesse selbst könnten frühestens in zwei Jahren beginnen. Das gleiche galt für Patricks Klage gegen das FBI; sie würde eines Tages ausgeweitet werden und Stephano und sein Konsortium einbeziehen müssen. Es würde Spaß machen, diesen Fall zu verhandeln, aber Sandy bezweifelte, daß er je die Chance dazu bekommen würde.

Die Scheidung war nur noch eine Formalität.

Die Anklage wegen vorsätzlichen Mordes, eindeutig das Zentrum des öffentlichen Interesses, wog schwerer. Sie war zweifellos das schwierigste Problem Patricks und zugleich dasjenige, mit dem er am schnellsten konfrontiert werden würde. Das Gesetz verlangte, daß der Staat Mississippi Patrick binnen zweihundertsiebzig Tagen nach Anklageerhebung vor Gericht bringen mußte; die Uhr tickte also.

Nach Sandys Ansicht war auf der Grundlage des vorliegenden Materials kaum mit einer Verurteilung zu rechnen. Gegenwärtig fehlte der entscheidende Beweis für Patricks Schuld. Wichtige Fakten wie die Identität des Toten, dessen Todesursache und der genaue Hergang der Tat waren ungeklärt. Es würde bestenfalls ein dürftiger Indizienprozeß zustande kommen, der weitgehend auf Spekulationen beruhte.

Aber es war mit einer der öffentlichen Meinung folgenden Verurteilung zu rechnen. Inzwischen kannte jeder im Umkreis von hundert Meilen sämtliche Details, und man fand keine des Lesens kundige Seele, die nicht glaubte, daß Patrick jemanden umgebracht hatte, um nach einem perfekt inszenierten Tod neunzig Millionen Dollar zu entwenden. Patrick hatte ein paar Bewunderer, die wie er von einem neuen Leben mit einem neuen Namen und sagenhaftem Reichtum träumten. Aber sie würden sicherlich nicht der Jury angehören. Nicht repräsentativen Meinungsumfragen in Cafés und im Gericht zufolge waren die meisten Leute der Ansicht, daß er schuldig sei und zu einer Gefängnisstrafe verurteilt werden sollte. Für die Todesstrafe waren nur sehr wenige. Die sollte ihrer Meinung nach Vergewaltigern und Polizistenmördern vorbehalten bleiben.

Das Vordringlichste war, Patrick am Leben zu erhalten. Die Akte über Lance, die ihm von der eindrucksvollen Leah am Vorabend in einem anderen Hotelzimmer übergeben worden war, porträtierte einen wortkargen Mann mit aufbrausendem Temperament und Hang zur Gewalttätigkeit. Ein Waffennarr, der in der Vergangenheit bereits einmal von einer Grand Jury angeklagt worden war, gestohlene Waffen an einen Pfandleiher verschoben zu haben. Die Anklage wurde später allerdings fallengelassen. Zu der dreijährigen Gefängnisstrafe für Marihuana-Schmuggel kam eine Verurteilung für die Beteiligung an einer Schlägerei in Gulfport. Lance mußte seine Strafe von sechzig Tagen Haft aber nicht antreten, weil das dortige Gefängnis überfüllt war. Es gab noch zwei weitere Verhaftungen – eine wegen Beteiligung an einer Schlägerei, die andere wegen Trunkenheit am Steuer.

Lance konnte aber auch durchaus vorzeigbar sein. Er war schlank, sah gut aus, die Ladys himmelten ihn an. Er wußte sich zu kleiden und war ein amüsanter Plauderer. Aber seine Abstecher in die feine Gesellschaft waren stets nur von kurzer Dauer. Sein Herz gehörte der Straße mit ihren Kredithaien, Buchmachern, Hehlern und OGs, gehörte den lokalen Größen des organisierten Verbrechens. Das waren seine Homies, die Jungs, mit denen er aufgewachsen war. Patrick hatte auch diese ausfindig machen lassen, und die Akte enthielt nicht weniger als ein Dutzend Kurzbiographien, sämtliche mit Strafregister.

Anfangs hatte Sandy auf Patricks Paranoia mit Skepsis reagiert. Jetzt glaubte er diesem. Er wußte wenig über die Unterwelt. Sein Beruf hatte ihn nur gelegentlich mit Kriminellen in Berührung gebracht. Er hatte das ein oder andere Mal gehört, daß man für fünftausend Dollar praktisch jeden umbringen lassen konnte. An der Golfküste vielleicht sogar für weniger.

Lance hatte eindeutig mehr als diese fünftausend Dollar zur Verfügung. Und er besaß ein handfestes Motiv zur Beseitigung von Patrick. Die Versicherungspolice, die Trudy reich gemacht hatte, schloß außer Selbstmord keine Todesursache aus. Im Falle einer Kugel in den Kopf verfuhr die Versicherungsgesellschaft ebenso wie bei einem Verkehrsunfall, einem Herzinfarkt oder irgendeiner anderen Todesart, sie zahlte. Tot war eben tot.

Die Golfküste war eindeutig nicht Sandys Revier. Er kannte weder die Sheriffs und ihre Deputies noch die Richter mit ihren Gepflogenheiten, ganz zu schweigen von den anderen Anwälten. Er argwöhnte, daß genau das der Grund war, warum Patrick sich für ihn und seine Dienste entschieden hatte.

Sweeney war am Telefon alles andere als freundlich gewesen. Er sei sehr beschäftigt, hatte er gesagt, und außerdem wären Treffen mit Anwälten für gewöhnlich reine Zeitverschwendung. Er könne allenfalls gegen halb zehn, sofern nichts Unvorhergesehenes dazwischenkam, ein paar Minuten erübrigen. Sandy traf pünktlich ein und bediente sich, während er wartete, mit Kaffee, den er in einer Kanne neben dem Wasserkühler vorfand. Deputies gingen ein und aus. Der Flachbau des Gefängnisses schloß an die Rückseite des Gerichtsgebäudes an. Endlich kam Sweeney und führte ihn in sein Büro, einen spartanisch eingerichteten Raum mit ausrangiertem Regierungsmobiliar und verblichenen Fotos von lächelnden Politikern an den Wänden.

»Setzen Sie sich«, sagte Sweeney, auf einen schäbigen Stuhl deutend, während er sich hinter seinem Schreibtisch niederließ. Sandy tat, wie ihm geheißen.

»Haben Sie etwas dagegen, wenn ich unsere Unterhaltung aufzeichne?« fragte Sweeney und drückte auf die Taste eines großen Bandgeräts, das auf seinem Schreibtisch stand. »Ich nehme immer alles auf Band auf«, sagte er.

»Nein«, erwiderte Sandy, als ob er eine andere Wahl gehabt hätte. »Danke, daß Sie Zeit für mich gefunden haben.«

»Kein Problem«, sagte Sweeney. Bis zu diesem Zeitpunkt hatte er weder gelächelt noch irgendeinen anderen Eindruck als den vermittelt, daß ihm dieser Besuch ausgesprochen lästig war. Er zündete sich eine Zigarette an und schlürfte kochendheißen Kaffee aus einem Plastikbecher.

»Ich werde gleich zur Sache kommen«, sagte Sandy und ließ damit Leerlauf gar nicht erst aufkommen. »Meine Kanzlei hat einen Tip bekommen, daß Patricks Leben in Gefahr ist.« Sandy haßte Lügen, aber unter den gegebenen Umständen blieb ihm nichts anderes übrig. Sein Mandant wollte es so.

»Weshalb sollte jemand Ihrer Kanzlei einen Tip geben?« fragte Sweeney.

»Auch ich beschäftige Detektive, die an dem Fall arbeiten. Sie kennen eine Menge Leute. Sie haben Gerüchte aufgeschnappt und sind ihnen nachgegangen. Wie das eben so ist.«

Sweeney zeigte keinerlei Anzeichen von irgendwie gearteter Zustimmung oder Ablehnung. Er rauchte seine Zigarette und dachte über das Gehörte nach. In der vergangenen Woche waren ihm alle möglichen Gerüchte über die Abenteuer von Patrick Lanigan zu Ohren gekommen. Die Leute redeten praktisch über nichts anderes. Die Story über den Auftragskiller kursierte in mehreren Varianten. Sweeney vermutete, daß sein Nachrichtennetz besser war als das eines Anwalts, der zudem noch aus New Orleans kam, also würde er ihn reden lassen. »Verdächtigen Sie jemanden?«

»Ja. Sein Name ist Lance Maxa. Ich bin sicher, Sie kennen ihn.«

»Ich bin beeindruckt.«

»Er hat kurz nach der Beerdigung Patricks Platz bei Trudy eingenommen.«

»Es gibt Leute, die sagen, Patrick habe seinen Platz eingenommen«, sagte Sweeney mit einem spöttischen Lächeln. Sandy befand sich in der Tat auf fremdem Territorium. Der Sheriff wußte mehr als er.

»Dann nehme ich an, Sie sind über Lance und Trudy bestens informiert«, sagte Sandy ein wenig gereizt.

»Ja, das sind wir. Wir pflegen hier Augen und Ohren offenzuhalten.«

»Daran zweifle ich nicht. Auf jeden Fall ist Lance, wie Sie wissen, ein ziemlich übler Geselle, und meine Leute haben das Gerücht aufgeschnappt, demzufolge er auf der Suche nach einem Auftragskiller ist.«

»Wieviel bietet er?« fragte Sweeney skeptisch.

»Das weiß ich nicht. Aber er hat das Geld, und er hat ein Motiv.«

»Das habe ich bereits gehört.«

»Gut. Und was gedenken Sie zu unternehmen?«

»In welcher Hinsicht?«

»Um meinen Mandanten am Leben zu erhalten.«

Sweeney holte tief Luft, beschloß aber, seine Zunge im Zaum zu halten. Er bemühte sich um Gelassenheit. »Lanigan befindet sich auf einer Militärbasis, in einem Krankenzimmer mit Deputies vor seiner Tür und FBI-Agenten ein Stück den Korridor runter. Sonst haben Sie keine Probleme?«

»Hören Sie, Sheriff, ich versuche nicht, Ihnen zu sagen, wie Sie Ihren Job erledigen sollen.«

»Ach, wirklich?«

»Nein, ganz bestimmt nicht. Aber bitte, versuchen Sie zu verstehen, daß mein Mandant im Augenblick ein überaus verängstigter Mann ist. Ich bin seinetwegen hier. Man hat ihm vier Jahre lang nachgespürt. Er ist gekidnappt worden. Er hört Stimmen, von deren Brutalität wir beide uns keine Vorstellung machen. Er sieht Schatten, die wir nicht sehen. Er ist überzeugt, daß Leute ihm nach dem Leben trachten, und er erwartet von mir, zu Recht, daß ich ihn beschütze.«

»Er ist in Sicherheit.«

»Für den Augenblick. Wie wäre es, wenn Sie mit Lance reden, ihn sich gründlich vorknöpfen und ihm von den Gerüchten erzählen würden? Wenn er weiß, daß Sie ein Auge auf ihn haben, wäre es ziemlich dämlich von ihm, wenn er etwas unternehmen würde.«

»Lance ist dämlich.«

»Mag sein, aber Trudy ist es auf gar keinen Fall. Wenn sie glaubt, daß die Gefahr besteht, erwischt zu werden, wird sie Lance an die Kandare nehmen und ihn zurückpfeifen.«

»Sie hat ihn sein ganzes Leben an der Kandare gehabt.«

»Stimmt. Sie jedenfalls ist nicht die Frau, die ein Risiko eingehen würde.«

Sweeney zündete sich eine weitere Zigarette an und schaute auf die Uhr. »Sonst noch etwas?« fragte er. Er hatte es mit einem Mal sehr eilig aufzustehen und zu verschwinden. Schließlich war er Sheriff und nicht irgendein Bürohengst.

»Eine Sache noch, und ich bitte Sie, das nicht als Einmischung in Ihre Arbeit aufzufassen. Patrick hat den größten Respekt vor Ihnen. Aber, nun ja, er glaubt, daß er dort, wo er sich jetzt gerade befindet, wesentlich sicherer ist als hier im Gefängnis.«

»Was für eine Überraschung.«

»Das Gefängnis könnte gefährlich für ihn werden.«

»Daran hätte er besser denken sollen, ehe er den Mord beging.«

Sandy ignorierte diese Bemerkung und sagte: »Im Militärkrankenhaus kann er wesentlich besser beschützt werden.«

»Waren Sie schon einmal in meinem Gefängnis?«

»Nein.«

»Dann halten Sie mir auch keine Vorträge darüber, wie sicher oder unsicher es hier angeblich ist. Ich mache das schon etwas länger, wenn Sie nichts dagegen haben.«

»Ich halte Ihnen keine Vorträge.«

»Das würde ich Ihnen auch nicht geraten haben. Sie haben noch exakt fünf Minuten. Also, gibt es sonst noch irgend etwas wirklich Wichtiges?«

»Nein.«

»Das wollte ich nur hören.« Sweeney sprang auf und verließ grußlos das Zimmer.

Der Ehrenwerte Karl Huskey traf am späten Nachmittag auf der Keesler Air Base ein. Er bahnte sich langsam seinen Weg durch die Sicherheitskontrollen zum Krankenhaus. Er steckte gerade in einem auf eine Woche angesetzten Drogenprozeß und war ziemlich erschöpft. Patrick hatte ihn angerufen und gebeten vorbeizukommen, sofern es ihm möglich sei.

Als einer der Sargträger hatte Karl bei Patricks Beisetzung neben Sandy McDermott gesessen. Aber im Gegensatz zu Sandy war Karls Freundschaft zu Patrick jüngeren Datums. Die beiden hatten sich bei einem aufsehenerregenden Zivilprozeß kennengelernt, den Patrick kurz nach seiner Ankunft in Biloxi siegreich für sich entscheiden konnte. Sie freundeten sich an, wie es Anwälte und Richter häufiger tun, wenn sie einander jeden Tag begegnen. Sie unterhielten sich über das schlechte Essen auf den monatlichen Juristenbanketten und tranken einmal einen über den Durst anläßlich einer Weihnachtsparty. Zweimal im Jahr spielten sie zusammen Golf.

Es war mehr eine zwanglose Bekanntschaft als eine enge Freundschaft gewesen, jedenfalls galt das für die ersten drei Jahre von Patricks Aufenthalt in Biloxi. In den Monaten unmittelbar vor seinem Verschwinden waren sie sich dann doch sehr nahe gekommen. Rückblickend war es mit einem Mal sehr einfach, die damalige Verhaltensweise von Patrick zu begreifen.

Nach seinem Verschwinden trafen sich die Juristen, die Patrick am nächsten standen, darunter auch Karl, freitags am späten Nachmittag regelmäßig auf ein paar Drinks in der Lower Bar von Mary Mahoney's Restaurant und versuchten dort, das Patrick-Puzzle für sich in eine logische Ordnung zu bringen.

Trudy bekam ihren Teil der Schuld, obwohl sie, nach Karls Ansicht, ein zu bequemes Ziel bot. Nach außen hatte die Ehe keinen schlechten Eindruck gemacht. Jedenfalls redete Patrick mit niemandem über seine Ehe, zumindest mit niemandem von den Leuten, die sich bei Mary Mahoney's trafen. Trudys Verhalten nach der Beisetzung, vor allem der rote Rolls Royce, der in ihrem Haus lebende Gigolo und ihre Schert-euch-doch-zur-Hölle-Pose, die sie an den Tag legte, sobald ihr die Lebensversicherung ausbezahlt worden war, hatte alle erbost und eine objektive Betrachtungsweise unmöglich gemacht. Keiner war sich mehr so recht sicher, ob sie nicht schon vor Patricks Verschwinden fremdgegangen war. Buster Gillespie, der Sekretär der Anwaltskammer und einer der regelmäßigen Teilnehmer dieser Treffen, gestand sogar, daß er Trudy bewunderte. Sie hatte einmal mit seiner Frau bei irgendeinem Wohltätigkeitsball zusammengearbeitet, und er fühlte sich aus diesem Grund beinahe zwanghaft verpflichtet, etwas Nettes über sie zu sagen. Er blieb so ziemlich der einzige. Es war eben auch zu einfach, sich über Trudy das Maul zu zerreißen.

Eine zu große Belastung im Job war gewiß einer der Faktoren, der Patrick an den Rand des Zusammenbruchs getrieben hatte. Die Kanzlei prosperierte damals, und er wollte unbedingt Partner werden. Er arbeitete stets bis tief in die Nacht hinein und übernahm die Fälle, die seinen Kollegen als zu schwierig galten. Nicht einmal die Geburt von Ashley Nicole hielt ihn zu Hause. So war er bereits drei Jahre nach seinem Eintritt in die Firma Partner geworden, aber das wußten außerhalb der Kanzlei nur wenige. Patrick hatte es Karl eines Tages nach einer Gerichtssitzung ohne viel Aufhebens zugeflüstert.

Er war stets erschöpft und stand unter enormem Streß, aber das galt für die meisten Anwälte, die Karls Gerichtssaal betraten. Die merkwürdigsten Veränderungen an Patrick betrafen seinen Körper. Er war ein Meter achtzig groß, und er sagte, er wäre nie schlank gewesen. Er behauptete, während des Studiums viel gejoggt zu haben, zeitweise vierzig Meilen pro Woche. Doch als vielbeschäftigter Anwalt – wo sollte er da die Zeit hernehmen? Er nahm anfangs nur langsam zu. Aber in seinem letzten Jahr in Biloxi explodierte er förmlich. Die Witze und Kommentare der Leute, mit denen er bei Gericht zu tun hatte, schienen ihm nichts auszumachen. Karl hatte ihm mehr als nur einmal wegen seiner Eßgewohnheiten Vorwürfe gemacht, aber Patrick aß weiter. Er schien wie besessen. Einen Monat vor seinem Verschwinden erzählte er Karl beim Lunch, daß er hundertfünfzehn Kilo wiege und Trudy ihm deswegen die Hölle heiß machen würde. Sie hatte ihren täglichen Workout mit Jane Fonda und war selbstverständlich schlank wie ein Model.

Er sagte, er hätte einen viel zu hohen Blutdruck, und versprach, Diät zu halten. Karl riet ihm zu. Später fand er heraus, daß Patricks Blutdruck die ganze Zeit über normal gewesen war.

Jetzt, wo sie darüber nachdachten, bedurften Gewichtszunahme und -verlust keiner weiteren Erklärung.

Und dann der Bart. Er hatte um den November 1990 herum damit begonnen, ihn sich wachsen zu lassen, und behauptet, es sei sein Jägerbart. Ein derartiger Gesichtsschmuck war bei den Liberalen und den Anwälten in Mississippi nichts Ungewöhnliches. Die Luft war kühl. Der Testosteronspiegel war hoch. Es war eindeutig eine Männersache. Er weigerte sich standhaft, ihn abzunehmen, was Trudy in den schieren Wahnsinn trieb. Je länger er ihn trug, desto grauer wurde der Bart. Seine Freunde gewöhnten sich daran. Sie nicht.

Er ließ auch sein Haar wachsen. Karl nannte es spöttisch den Jimmy-Carter-Look von 1976. Patrick gab vor, ihm sei sein Friseur abhanden gekommen und er habe bisher noch keinen vertrauenswürdigen Ersatz gefunden.

Er kleidete sich korrekt und konnte mit seinem Gewicht gut umgehen, aber er war ganz einfach zu jung, um sich derart gehen zu lassen.

Drei Monate vor seinem Checkout aus Biloxi gelang es Patrick, seine Partner davon zu überzeugen, daß eine Kanzlei ihrer Größenordnung eine eigene Werbebroschüre brauchte. Es war kein spektakuläres Projekt, aber eines, das er mit sehr viel Elan in die Tat umsetzte. Ohne daß Patrick eigentlich etwas davon wissen konnte, näherte sich der Aricia-Vergleich seinem Abschluß. Das Geld war schon fast in Reichweite. Aus diesem Grund blähten sich die Egos dort von Tag zu Tag mehr auf. In den Augen der anderen Partner war eine sehr seriöse Kanzlei auf dem besten Wege, eine sehr reiche zu werden, also weshalb dann nicht eine professionell gestaltete Selbstdarstellung, die Eindruck machen würde? Außerdem war es eine Methode, Patrick bei Laune zu halten. Alle fünf saßen einem Berufsfotografen einzeln Modell und verbrachten eine Stunde mit Aufnahmen für ein Gruppenbild. Patrick ließ fünftausend Exemplare drucken und kassierte für das Ergebnis hohes Lob von den Partnern. Da war er nun, auf Seite zwei, sehr beleibt, bärtig und mit buschigem Haar; er hatte keinerlei Ähnlichkeit mit dem Patrick, den sie später in Brasilien aufspüren sollten.

Als sein Tod gemeldet wurde, verwendete die Presse besagtes Foto aus der Broschüre. Es war aktuell, und ganz zufällig hatte Patrick, für den Fall, daß die Kanzlei inserieren sollte, ein Exemplar der Broschüre an die Lokalzeitung geschickt. Sie hatten bei ihren nachmittäglichen Zusammenkünften in Mary Mahoney's Restaurant herzlich darüber gelacht. Sie konnten sich nur zu gut vorstellen, wie Patrick die Fotosession im Konferenzzimmer der Kanzlei organisiert hatte. Sie sahen es direkt vor sich, sahen, wie Bogan und Vitrano, Rapley und Havarac in ihren dunklen marineblauen Anzügen und mit ihrem seriösesten Lächeln in die Kamera blickten, während Patrick die ganze Zeit über nur seinen Abgang im Auge hatte.

In den Monaten danach hatte die Gruppe in Mary Mahoney's Restaurant viele Male auf Patrick angestoßen und das Spiel ›Wo-könnte-er-sein?‹ gespielt. Sie hatten ihm alles Gute gewünscht und über das viele Geld philosophiert. Die Zeit verging und mit ihr das Spektakuläre seines Verschwindens. Nachdem sie sein Leben in allen Einzelheiten ausführlichst besprochen hatten, fanden die Zusammenkünfte seltener und dann schließlich überhaupt nicht mehr statt. Monate wurden zu Jahren. Patrick würde wohl für immer verschwunden bleiben. Karl fiel es immer noch schwer, das Gegenteil zu glauben. Er trat in den Fahrstuhl und fuhr allein in den zweiten Stock des Krankenhauses hinauf.

Er fragte sich insgeheim, ob er Patrick jemals aufgegeben hatte. Die beinahe sagenumwobenen Ereignisse waren einfach zu faszinierend, als daß man ihnen und ihrem Bann hätte entrinnen können. Ein schlechter Tag am Richtertisch, und er stellte sich sofort Patrick an irgendeinem sonnigen Strand vor, einen Roman lesend, einen Drink genießend, den Mädchen nachschauend. Ein weiteres Jahr ohne Gehaltserhöhung, und er fragte sich, was wohl aus den neunzig Millionen geworden war. Das neueste Gerücht über den Untergang der Bogan-Kanzlei, und er machte Patrick für das Elend dort verantwortlich. Nein, die Wahrheit war, daß Karl aus dem einen oder anderen Grunde mindestens einmal am Tag an Patrick gedacht hatte, und dies jeden Tag, seitdem dieser verschwunden war.

Es waren keine Schwestern oder andere Patienten auf dem Flur. Die beiden Deputies erhoben sich, als sie ihn sahen. Einer sagte: »Guten Abend, Richter.« Er erwiderte den Gruß und betrat das abgedunkelte Zimmer.

23

Patrick saß mit freiem Oberkörper auf dem Bett und schaute sich bei heruntergelassenen Jalousien ›Jeopardy‹ an. Eine Stehlampe erleuchtete nur spärlich den Raum. »Setzen Sie sich dorthin«, sagte er zu Karl und deutete auf das Fußende seines Bettes. Er wartete ab, bis Karl die Brandwunden auf seiner Brust gesehen hatte, dann streifte er rasch ein T-Shirt über. Das Laken reichte ihm bis zur Taille.

»Danke, daß Sie gekommen sind«, sagte er. Er schaltete den Fernseher aus, und im Zimmer wurde es noch dunkler.

»Ziemlich üble Brandwunden«, sagte Karl, während er sich, so weit weg von Patrick wie möglich, auf der Bettkante niederließ. Dieser zog die Knie an. Unter dem Laken wirkte er noch immer erbärmlich mager.

»Es war schlimm«, sagte er mit um die Knie geschlungenen Händen. »Der Doktor sagt, die Heilung mache gute Fortschritte. Aber ich muß noch eine Weile hierbleiben.«

»Damit habe ich kein Problem, Patrick. Niemand schreit danach, Sie ins Gefängnis zu überführen.«

»Noch nicht. Aber ich wette, die Presse wird bald damit anfangen.«

»Keine Sorge, Patrick. Diese Entscheidung wird von mir getroffen werden.«

Er wirkte erleichtert. »Danke, Karl. Sie wissen, das Gefängnis würde ich nicht überleben. Sie kennen es.«

»Und was ist mit Parchman? Dort ist es noch hundertmal schlimmer.«

Es folgte eine lange Pause, in der Karl sich wünschte, diese Worte zurücknehmen zu können. Sie waren spontan gewesen – und grausam. »Tut mir leid«, sagte er. »Das war unangebracht.«

»Ich würde mich eher umbringen, als daß ich nach Parchman gehe.«

»Daraus kann ich Ihnen keinen Vorwurf machen. Lassen Sie uns von etwas Erfreulicherem reden.«

»Sie können diesen Fall nicht behalten, stimmt's, Karl?«

»Nein. Selbstverständlich nicht. Ich muß ihn aus Gründen der Befangenheit abgeben.«

»Wann?«

»Sehr bald.«

»Wer wird ihn bekommen?«

»Entweder Trussel oder Lanks, vermutlich Trussel.« Karl musterte ihn eindringlich. Patrick wich seinem Blick aus. Karl erwartete ein vielsagendes Flackern der Augen, ein Grinsen, einen Lachanfall, erwartete, daß Patrick seinen Gefühlen endlich freien Lauf ließ und sich mit seinen Eskapaden brüstete. »Nun komm schon, Patrick«, hätte Karl gern gesagt. »Heraus mit der Sprache. Erzähl mir die ganze Geschichte.«

Aber dessen Augen waren in weite Ferne gerichtet. Das war nicht der Patrick, den er von früher her kannte.

Karl fühlte sich zu einem Versuch gedrängt. »Wo haben Sie dieses Kinn her?«

»Ich habe es in Rio gekauft.«

»Und die Nase?«

»Gleicher Ort, gleiche Zeit. Gefällt sie Ihnen?«

»Sie steht Ihnen.«

»In Rio gibt es an jeder Straßenecke einen Drive-thru für plastische Chirurgie.«

»Ich habe gehört, dort gibt es auch Strände.«

»Fantastische Strände.«

»Haben Sie dort Frauen kennengelernt?«

»Ein paar.«

Das Thema Sex hatte bei Patrick nie eine große Rolle gespielt. Es machte ihm Spaß, einer attraktiven Frau einen langen, bewundernden Blick zuzuwerfen, aber soweit Karl wußte, war er Trudy während der Zeit seiner Ehe immer treu gewesen. Einmal, es war auf einem Jagdausflug, hatten sie Vergleiche zwischen ihren Ehefrauen angestellt. Patrick hatte zugegeben, daß es eine Herausforderung war, Trudy auf Dauer zu befriedigen.

Eine lange Pause folgte, und Karl spürte, daß Patrick nicht der Sinn nach Reden stand. Die Minuten verrannen. Karl war gern gekommen, sogar glücklich, seinen Freund wiederzusehen, aber er konnte nicht ewig in einem dunklen Zimmer sitzen und die Wände anstarren.

»Hören Sie, Patrick, da ich Ihren Fall nicht verhandeln werde, bin ich nicht als Ihr Richter hier. Ich bin auch nicht Ihr Anwalt. Ich bin Ihr Freund. Sie können also offen mit mir sprechen.«

Patrick griff nach einer Dose Orangensaft mit einem Strohhalm darin. »Möchten Sie etwas zu trinken?«

»Nein.«

Er trank einen Schluck und stellte die Dose wieder auf den Tisch. »Es muß entsetzlich kitschig klingen, der Traum, ganz einfach wegzugehen, ganz einfach in die Nacht zu verschwinden, um mit dem neuen Tag als neuer Mensch zurückzukehren. Alle Probleme bleiben hinter einem zurück – die tägliche Schinderei, das Elend einer schlechten Ehe, der Druck, immer wohlhabender zu werden. Träumen Sie nicht auch davon, Karl?«

»Ich glaube, irgendwann einmal in seinem Leben tut das jeder. Wie lange haben Sie es geplant?«

»Zu lange. Viel zu lange. Ich hatte ernsthafte Zweifel, daß das Kind von mir war. Ich beschloß ...«

»Wie bitte?«

»Ja, es ist wahr, Karl. Ich bin nicht der Vater. Trudy hatte während meiner ganzen Ehe einen Geliebten. Ich liebte das Kind, so gut ich konnte, aber es machte mir trotz alledem schwer zu schaffen. Ich sammelte Beweismaterial und nahm mir vor, Trudy zur Rede zu stellen, aber es war auf eine so merkwürdig beruhigende Art leicht, diese Aussprache aufzuschieben. Seltsamerweise gewöhnte ich mich allmählich an den Gedanken, daß sie einen Liebhaber hatte. Ich faßte mein Verschwinden ins Auge, wußte aber schlicht und ergreifend nicht, wie ich es anstellen sollte. Also las ich ein paar Leitfäden für den freundlichen Kriminellen von nebenan, in denen stand, wie man seine Identität wechselt und sich neue Papiere verschafft. Alles war erstaunlich einfach. Es gehört nur ein bißchen Nachdenken und Planung dazu.«

»Also ließen Sie sich einen Bart wachsen und nahmen fünfundzwanzig Kilo zu.«

»Ja. Ich war verblüfft, wie sehr der Bart mein Aussehen veränderte. Das muß ungefähr um die Zeit gewesen sein, als ich Partner wurde. Ich war damals schon ausgebrannt. Ich war mit einer Frau verheiratet, die mir nicht treu war, spielte mit einem Kind, das nicht von mir stammte, arbeitete mit Leuten zusammen, die ich nicht ausstehen konnte. Etwas hier oben machte klick, Karl. Eines Tages war ich auf dem Highway 90 unterwegs zu irgendeinem wichtigen Termin, war aber im Verkehr steckengeblieben und schaute wie zufällig hinaus auf den Golf. Ich bemerkte ein einzelnes kleines Segelboot am Horizont, das sich kaum bewegte. Mit einem Mal sprang es mich an, ich wünschte mir nichts sehnlicher, als da draußen auf dem Boot zu sein und die Freiheit zu haben, dorthin zu segeln, wo ich für alle nur noch ein Niemand war. Ich saß in meinem Wagen, gefangen in diesem Stau, betrachtete das Boot und wünschte mir verzweifelt, zu ihm hinausschwimmen zu können. Ich war so erschüttert, daß ich geweint habe, Karl. Können Sie sich das vorstellen?«

»Wir alle haben solche Tage.«

»Nur, daß ich dort, mit diesem Blick, ein anderer Mensch geworden bin. Ich wußte, ich würde verschwinden.«

»Wie lange hat es gedauert?«

»Ich mußte Geduld haben. Die meisten Leute handeln überstürzt, sobald sie sich zum Verschwinden entschlossen haben, und machen Fehler. Ich hatte Zeit. Ich war nicht pleite oder auf der Flucht vor Gläubigern. Ich schloß eine Lebensversicherung über zwei Millionen Dollar ab, was alles in allem drei Monate in Anspruch nahm. Ich wußte, daß ich Trudy und das Kind nicht mittellos zurücklassen durfte. Ich fing an zuzunehmen, indem ich Unmengen aß. Ich änderte mein Testament. Ich überzeugte Trudy, daß wir Vorkehrungen für unseren Tod und unsere Beisetzung treffen sollten, und ich tat es, ohne Argwohn zu erregen.«

»Die Einäscherung war ein gelungener Schachzug.«

»Danke. Ich kann ihn nur weiterempfehlen.«

»Macht es unmöglich, die Identität eines Toten, dessen Todesursache und ein paar andere wichtige Kleinigkeiten festzustellen.«

»Lassen Sie uns nicht darüber reden.«

»Tut mir leid.«

»Dann bekam ich Wind von Mr. Benny Aricia und seinem kleinen schmutzigen Krieg gegen das Pentagon und Platt & Rockland Industries. Bogan hielt ihn geheim. Ich forschte nach und fand heraus, daß auch Vitrano, Rapley und Havarac an dem anstehenden Handel beteiligt waren. Alle Partner außer mir. Sie veränderten sich, Karl, allesamt veränderten sie sich. Sie wurden verschlossen und unaufrichtig. Natürlich war ich der neue Mann, aber schließlich war ich gleichfalls Partner. Sie hatten den Beschluß, mich zum Partner zu machen, einstimmig gefaßt, und zwei Monate später übergingen sie mich, während sie mit Aricia konspirierten. Plötzlich war ich der Mann, der sämtliche Reisen unternahm, was allen bestens in den Kram paßte. Trudy konnte ihre kleinen Seitensprünge arrangieren. Die Partner konnten sich ungestört mit Aricia treffen. Sie schickten mich überallhin, was mir gleichfalls recht war, weil auch ich Pläne machte. Einmal fuhr ich nach Fort Lauderdale zu einer dreitägigen Zeugenvernehmung, und während ich dort war, fand ich in Miami einen Mann, der perfekt gefälschte Papiere herstellen konnte. Zweitausend Dollar, und ich hatte einen neuen Führerschein, Paß, Sozialversicherungsausweis und Wählerregistrierung hier in Harrison County. Carl Hildebrand war mein Name, Ihnen zu Ehren.«

»Ich bin gerührt.«

»In Boston machte ich einen Mann ausfindig, der Leute regelrecht verschwinden lassen kann. Für tausend Dollar gab er mir ein eintägiges Privatseminar über die Kunst des Verschwindens. In Dayton heuerte ich einen Überwachungsexperten an, der mich alles über Wanzen und Mikrofone und all die anderen schmutzigen kleinen Geräte dieser Art lehrte. Ich war geduldig, Karl. Sehr geduldig. Ich hielt mich zu jeder Tages- und Nachtzeit im Büro auf und sammelte so viel über die Aricia-Story wie irgend möglich. Ich hörte mich um, fragte Sekretärinnen aus, wühlte in den Papierkörben der Kanzlei. Dann begann ich, Wanzen zu installieren, zuerst nur in ein paar Zimmern, um zu lernen, wie es gemacht wird. Unter anderem verkabelte ich auch Vitranos Zimmer und konnte nicht glauben, was ich dort mit anhören mußte. Sie hatten vor, mich aus der Kanzlei hinauszuwerfen, Karl. Können Sie sich das vorstellen? Sie wußten, daß sich ihr Anteil an dem Aricia-Vergleich auf rund dreißig Millionen belaufen würde, und sie hatten vor, ihn nur durch vier zu teilen. Die Teile würden nicht gleich sein. Bogan sollte natürlich das meiste bekommen, etwas über zehn Millionen. Er mußte sich ja schließlich um ein paar Leute in Washington kümmern. Die anderen sollten fünf Millionen bekommen, und der Rest sollte der Kanzlei vorbehalten sein. Ich, so war es jedenfalls geplant, sollte auf der Straße stehen.«

»Wann fand das alles statt?«

»Im Verlauf des Jahres 1991. Am 14. Dezember 1991 gab das Justizministerium sein vorläufiges Placet hinsichtlich der Ansprüche Aricias, und damals dauerte es in etwa neunzig Tage, bis man das Geld bekam. Nicht einmal der Senator konnte die Dinge beschleunigen.«

»Erzählen Sie mir von dem Verkehrsunfall.«

Patrick verlagerte das Gewicht seines Körpers, stieß das Laken zurück und stieg aus dem Bett. »Ein Krampf«, murmelte er und begann, sich an der Badezimmertür festhaltend, mit einer Dehn- und Streckübung für Rücken und Beine. Er blickte auf Karl herunter. »Es war ein Sonntag.«

»Der neunte Februar.«

»Richtig. Der neunte Februar. Ich hatte das Wochenende in meiner Jagdhütte verbracht, hatte auf dem Heimweg einen Unfall, kam ums Leben und fuhr gen Himmel.«

Karl, ohne jedes Lächeln, ließ ihn nicht aus den Augen. »Versuchen Sie es noch einmal.«

»Warum sollte ich, Karl?«

»Sagen wir, wegen meinem Hang zum Morbiden.«

»Das soll ich glauben?«

»Es ist die Wahrheit und nichts als die Wahrheit. Ein so meisterhaftes Täuschungsmanöver, wie setzt man das in Szene? Erklären Sie das einem Laien wie mir.«

»Ein paar Details werde ich dabei wohl auslassen müssen.«

»Dessen bin ich mir sicher.«

»Lassen Sie uns ein wenig die Beine vertreten. Ich habe dieses Zimmer satt.«

Sie traten auf den Korridor hinaus, und Patrick erklärte seinen Bewachern, daß ihm und dem Richter ein wenig Bewegung nicht schaden könnte. Die Deputies folgten ihnen in einigem Abstand. Eine Schwester lächelte und fragte, ob sie ihnen etwas bringen könne. Zwei Coke, sagte Patrick höflich. Patrick ging, ohne ein weiteres Wort zu verlieren, zielstrebig bis ans Ende des Korridors, von wo man durch große Fenster auf den Parkplatz hinausschauen konnte. Sie ließen sich auf einer mit Vinyl bezogenen Bank nieder und behielten den Korridor mit den in einiger Entfernung stehenden Deputies im Auge.

Patrick trug eine OP-Hose, keine Socken, Ledersandalen. »Haben Sie die Fotos von der Unfallstelle gesehen?« fragte er sehr leise.

»Ja.«

»Ich habe mich für diese Stelle am Tag davor entschieden. Die Schlucht geht dort ziemlich steil nach unten, ideal für den Unfall, der mir vorschwebte. Sonntag abend habe ich bis gegen zehn gewartet und dann die Jagdhütte verlassen. Bei einem kleinen Laden an der County-Grenze machte ich halt.«

»Verhall's.«

»Richtig, Verhall's. Dort habe ich aufgetankt.«

»Fünfzig Liter, vierzehn Dollar und einundzwanzig Cents laut Kreditkartenbeleg.«

»Hört sich für mich korrekt an. Ich unterhielt mich kurz mit Mrs. Verhall, dann fuhr ich weiter. Es war kaum Verkehr auf der Straße. Zwei Meilen später bog ich in einen Schotterweg ein und fuhr eine knappe Meile bis zu einer Stelle, die so abgeschieden lag, daß ein Überrascht- oder

Beobachtetwerden eigentlich ausgeschlossen war. Ich hielt an, öffnete den Kofferraum und zog mich um. Ich hatte eine komplette Ausrüstung dabei, wie Sie sie von Moto-Cross-Fahrern her kennen – Sturzhelm, Schulterpolster, Hand- und Knieschützer, einfach alles eben. Ich streifte es über meine Kleidung, alles bis auf den Helm natürlich, dann kehrte ich auf den Highway zurück und fuhr weiter in Richtung Süden. Den ersten Versuch mußte ich abbrechen, weil ein Wagen hinter mir auftauchte. Beim zweitenmal sah ich einen Wagen, der mir in einiger Entfernung entgegenkam. Ich zog trotzdem die Geschichte mit der Vollbremsung durch, um die Ihnen bekannten Schleuderspuren zu produzieren. Beim drittenmal war die Bahn endlich frei. Ich setzte den Helm auf, holte tief Luft und ließ den Dingen ihren Lauf. Ich hatte eine Heidenangst, Karl.«

Karl vermutete, daß sich zu diesem Zeitpunkt noch jemand anders in dem Wagen befand, entweder tot oder lebendig, aber er hielt es für klüger, nicht zu fragen. Jedenfalls jetzt noch nicht.

»Ich verließ mit knapp dreißig Meilen auf dem Tacho die Straße. Aber diese dreißig fühlten sich an wie neunzig. Ich flog durch die Luft. Die Bäume sausten an mir vorbei; ich prallte gegen kleine Bäume, die mit lautem Knall abbrachen. Die Windschutzscheibe zersplitterte. Ich steuerte nach rechts und nach links, wich Hindernissen aus, so gut ich konnte, aber trotzdem erwischte eine große Kiefer den Wagen vorne links. Der Airbag explodierte, und ich verlor für kurze Zeit das Bewußtsein. Das Gefühl, ins Bodenlose zu stürzen, und dann war alles still. Ich öffnete die Augen und verspürte sofort einen scharfen, stechenden Schmerz in meiner linken Schulter. Kein Blut. Ich hing unnatürlich verdreht im Sicherheitsgurt, und dann begriff ich, daß der Blazer auf der rechten Seite lag. Ich befreite mich und kroch nach draußen. Als ich aus dem verdammten Ding heraus war, begriff ich mit einemmal, was für ein unglaubliches Glück ich gehabt hatte. Meine Schulter war nicht gebrochen, sondern nur geprellt. Ich ging um den Blazer herum und staunte, zu welch gutem Wrack ich ihn gemacht hatte. Das Dach war genau über der Fahrerseite eingedrückt. Fünfzehn Zentimeter tiefer, und ich wäre nicht mehr heil herausgekommen.«

»Das hört sich alles ja unglaublich gefährlich an. Sie hätten ums Leben kommen oder schwer verletzt werden können. Weshalb haben Sie den Wagen nicht einfach den Abhang hinuntergeschoben?«

»Das hätte nicht überzeugend genug gewirkt. Es mußte alles echt aussehen, Karl. Der Abhang war nicht steil genug. Schließlich, erinnern Sie sich, ist das dort eine ziemlich flache Gegend.«

»Weshalb haben Sie keinen Ziegelstein aufs Gaspedal gelegt und sind dann rechtzeitig abgesprungen?«

»Ziegelsteine brennen nicht. Wenn Ted und seine Leute einen Ziegelstein im Wagen gefunden hätten, hätten sie unter Umständen Verdacht geschöpft. Ich habe alle nur denkbaren Varianten durchgespielt. Ich mußte in die Bäume fahren und mit heiler Haut davonkommen. Ich hatte einen Sicherheitsgurt, einen Airbag, einen Sturzhelm. Es gab keine andere, ähnlich erfolgversprechende Möglichkeit.«

»Evel Knievel persönlich.«

Die Schwester brachte die beiden Coke und wollte einen Moment plaudern. Endlich verschwand sie. »Wo war ich stehengeblieben?« fragte Patrick.

»Ich glaube, Sie waren im Begriff, den Wagen abzufakkeln.«

»Ach ja. Ich lauschte also für einen Moment. Das linke Hinterrad drehte sich. Das einzige Geräusch weit und breit. Ich konnte den Highway zwar nicht sehen, aber in seiner Richtung war nichts zu hören. Absolut nichts. Mit anderen Worten, ein sauberer Abgang. Das nächste Haus war eine Meile entfernt. Ich war mir ziemlich sicher, daß niemand den Absturz mitbekommen hatte, aber trotzdem war Eile geboten. Ich entledigte mich des Helms und der Polster und warf sie in den Blazer, dann rannte ich ein Stück die Schlucht hinunter zu einer Stelle, an der ich das Benzin versteckt hatte.«

»Wann?«

»Früh am Tag, sehr früh, in der Morgendämmerung. Ich

holte die vier Zehn-Liter-Plastikkanister und schleppte sie schnell zu dem Blazer zurück. Es war stockfinster, und ich konnte keine Taschenlampe benutzen, aber ich hatte einen kleinen Pfad markiert. Ich stellte drei der Kanister in den Blazer, wartete wieder einen Moment, lauschte. Kein Geräusch war zu hören. Nirgendwo auch nur das geringste Geräusch. Das Adrenalin jagte durch meine Adern, und das Herz schlug mir bis zum Hals. Den Inhalt des letzten Kanisters verschüttete ich im Wageninneren und auf der Oberseite, dann warf ich ihn, leer, zu den übrigen. Ich wich ungefähr zehn Meter weit zurück und zündete eine der Zigaretten an, die ich bei mir trug. Brennend warf ich sie in Richtung Wagen, wich noch weiter zurück und ging hinter einem Baum in Deckung. Sie landete auf dem Blazer, beinahe im gleichen Augenblick noch explodierte das Benzin. Hörte sich wirklich an wie eine Bombe. In Sekundenschnelle schlugen Flammen aus den Fenstern. Ich kletterte an der steilsten Stelle der Schlucht den Abhang hinauf und fand, etwa dreißig Meter entfernt, einen guten Unterschlupf, von dem aus ich hinabschauen konnte, ohne selbst von oben gesehen zu werden. Das Feuer heulte wie wild. Ich hatte nicht damit gerechnet, daß es so viel Lärm machen würde. Ein paar Sträucher ganz in meiner Nähe fingen Feuer, und ich erschrak und dachte für einen Augenblick, ich hätte einen Waldbrand ausgelöst. Glücklicherweise hatte es am Freitag geregnet, ein heftiger Regen, der als Feuchtigkeit noch in den Bäumen und im Unterholz hing.« Er trank einen Schluck Coke. »Mir fällt auf, ich habe ganz vergessen, mich nach Ihrer Familie zu erkundigen. Wie unhöflich von mir, Karl. Es tut mir leid. Wie geht es Iris?«

»Iris geht es gut. Aber über meine Familie können wir später noch genug reden. Im Augenblick interessiert mich mehr, wie Ihre Story weitergeht.«

»Hm, wo war ich stehengeblieben? Ich bin so verdammt zerstreut. Muß an all den Drogen liegen –«

»Sie haben also beobachtet, wie der Wagen brannte.«

»Ja, stimmt. Also das Feuer wird jetzt wirklich richtig heiß, dann explodiert der Tank mit einem ohrenbetäubenden

Knall so, als ob eine weitere Bombe hochgegangen wäre. Eine Sekunde lang dachte ich, ich werde versengt. Trümmer fliegen durch die Luft und krachen durch die Bäume. Ich höre etwas vom Highway. Stimmen. Rufe. Ich kann zwar niemanden sehen, aber es scheinen sich eine Menge Leute dort oben versammelt zu haben. Es vergeht einige Zeit, und das Feuer breitet sich um den Wagen herum aus. Es nähert sich meinem Standort, also mache ich mich aus dem Staub. Ich höre eine sich nähernde Sirene. Ich versuche, den Bach wiederzufinden, auf den ich am Vortag gestoßen war, ungefähr hundert Meter Luftlinie durch den Wald entfernt. Ich werde seinem Lauf folgen und meine Maschine suchen.«

Karl hing an Patricks Lippen und lauschte atemlos jeder neuen Wendung. Es war beinahe so, als ob er mit Patrick, dessen Schritte fühlend, dort in diese Schlucht zurückkehrte. Die Fluchtroute war in den Monaten nach Patricks Verschwinden Gegenstand vieler hitziger Debatten im Mary Mahoney's gewesen, und niemand hatte dort auch nur die geringste Ahnung über die wahren Abläufe gehabt. »Eine Moto-Cross-Maschine?«

»Ja. Eine gebrauchte. Ich hatte sie ein paar Monate zuvor für fünfhundert Dollar von einem Gebrauchtwagenhändler in Hattiesburg in bar gekauft. Ich bin mit ihr ein wenig in den Wäldern herumgeheizt. Niemand wußte, daß ich sie besaß.«

»Kein Brief oder Nummernschild?«

»Wo denken Sie hin. Sie werden es vielleicht nicht verstehen, Karl, aber als ich da draußen durch den Wald rannte, den Bach suchte, immer noch voller Schiß, aber unversehrt, und hörte, wie das Feuer und die Stimmen hinter mir schwächer wurden, da wußte ich, daß ich frei war. Patrick war tot und mit ihm sein beschissenes Leben. Sie würden ihn in Ehren halten und ordnungsgemäß begraben. Alle würden sie Lebewohl sagen und mich nach einer Weile anfangen zu vergessen. Aber ich, ich rannte, rannte in ein neues Leben. Es war ein unbeschreiblich erhebendes Gefühl.«

Und was war mit dem armen Kerl, der in deinem Wagen verbrannte, Patrick? Während du glücklich durch den Wald gerannt bist, ist jemand anders an deiner Statt gestorben. Karl hätte ihn um ein Haar danach gefragt. Patrick schien die Tatsache, daß er einen Mord begangen hatte, völlig zu verdrängen.

»Dann plötzlich, ich habe mich verirrt. Der Wald ist schier undurchdringlich, und irgendwie renne ich in die falsche Richtung. Ich ziehe meine kleine Taschenlampe hervor und denke, du kannst sie gefahrlos benutzen. Ich laufe weiter und dann doch wieder zurück, bis ich die Sirene nicht mehr höre. Schließlich sinke ich erschöpft auf einem Baumstumpf nieder und versuche, wieder klar im Kopf zu werden. Eine Panik droht mich zu überwältigen. Wäre das nicht absurd? Den Absturz des Wagens zu überleben, nur um dann an Hunger und Kälte hier draußen im Wald zu krepieren? Schließlich mache ich mich wieder auf den Weg, habe Glück und finde den Bach. Dann auch die Maschine. Endlich. Ich schiebe sie ungefähr hundert Meter weit eine Anhöhe hinauf, auf einen alten Holzfällerpfad. Oben angekommen, bin ich und mein hundertfünfzehn Kilo wiegender, schwerfälliger fetter Arsch praktisch tot. Keine Menschenseele im Umkreis von zwei Meilen, also starte ich die Maschine und folge dem Pfad. Ein paar Erkundungsfahrten, und Sie haben die Gegend dort oben im Griff. Dann der Schotterweg und das erste Haus. Da ich zwecks Schalldämpfung die Auspuffanlage mit Aluminiumröhren habe isolieren lassen, mache ich nicht viel Lärm. Ich halte mich vom Highway fern und bleibe auf Nebenstraßen. Ehe ich mich versehe, bin ich schon wieder in der Hütte.«

»Weshalb noch einmal zurück in die Hütte?«

»Ich hatte noch einiges dort zu erledigen.«

»Hatten Sie keine Angst davor, daß Sie Pepper über den Weg liefen?«

Patrick zuckte bei der Frage nicht zusammen. Karl hatte sie zu einem wirklich perfekten Zeitpunkt gestellt und achtete auf jede seiner Reaktionen. Aber es kam keine. Für Sekunden schienen Patrick seine Füße mehr als alles andere auf der Welt zu interessieren, dann sagte er: »Pepper war fort.«

24

Underhill war zurück. Eine achtstündige Auseinandersetzung mit dem bereits aufgezeichneten Material lag hinter ihm. Er trat ein und nahm nach einem unpersönlichen »Hallo« in Richtung Stephano und dessen Anwalt übergangslos die Arbeit auf. »Können wir dort weitermachen, wo Sie gestern aufgehört haben, Mr. Stephano?«

»Und das soll wo gewesen sein?«

»Tun Sie mir doch den Gefallen, und beginnen Sie mit Ihrer Invasion in Brasilien.«

»Wenn Sie meinen. Lassen Sie mich überlegen. Brasilien ist ein großes Land. Hundertsechzig Millionen Einwohner, mehr Quadratmeilen als die achtundvierzig zusammenhängenden Staaten der USA, und eine bedeutende Geschichte als wundervolles Versteck, vor allem dann, wenn man auf der Flucht ist. Jahrelang ein beliebter Zufluchtsort von Nazis. Aber Spaß beiseite, wir stellten ein Dossier über Lanigan zusammen und ließen es ins Portugiesische übersetzen. Wir engagierten einen Polizeizeichner, der zusammen mit ein paar Computerfachleuten eine Reihe von farbunterstützten Phantombildern erarbeitete, von denen wir uns erhofften, daß sie dem damals aktuellen Aussehen von Lanigan nahekamen. Wir verbrachten Stunden mit dem Verleiher des Segelboots in Orange Beach, ebenso mit den Bankern in Nassau. Wir haben uns sogar mit den Partnern in der Kanzlei getroffen und sind mit ihnen unsere Ergebnisse durchgegangen. Sie wiederum haben sie den Sekretärinnen gezeigt. Einer der Partner, Mr. Bogan, hat sogar die beste Zeichnung der Witwe zur Beurteilung vorgelegt.«

»Und jetzt, wo Sie ihn gefunden haben – sah er Ihren Phantombildern ähnlich?«

»Ziemlich ähnlich. Lediglich das Kinn und die Nase haben uns ein wenig irritiert.«

»Bitte, fahren Sie fort.«

»Wir begaben uns auf schnellstem Wege nach Brasilien und rekrutierten drei der besten Detekteien des Landes. Eine in Rio, eine in São Paulo und eine in Recife im Nordosten. Wir zahlten Spitzenhonorare, also bekamen wir die Besten. Wir vereinigten sie zu einem Team und versammelten alle für eine Woche in São Paulo. Wir hörten ihnen zu. Sie entwarfen die Legende von Patrick als einem amerikanischen Verbrecher, der wegen des Kidnappings und der Ermordung der kleinen Tochter einer reichen Familie gesucht wurde, einer Familie, die jetzt eine Belohnung für Informationen über seinen Aufenthaltsort ausgesetzt hatte. Die Fiktion von der Ermordung eines Kindes war natürlich insofern hilfreich, als sie wesentlich mehr Sympathie zu erwecken vermochte als der Diebstahl von Geld, das eigentlich ein paar Anwälten gehörte.

Wir suchten Sprachschulen auf, setzten Fotos von Lanigan in Umlauf und offerierten hohe Belohnungen. Die angesehenen Schulen schlugen uns die Tür vor der Nase zu. Andere betrachteten die Fotos, waren aber nicht in der Lage, uns zu helfen. Inzwischen hatten wir eine Menge Respekt vor Lanigan, und wir glaubten nicht, daß er das Risiko einging, an einem Ort die Sprache zu lernen, wo Fragen gestellt oder Unterlagen eine Spur hinterließen, die uns hätte zu ihm führen können. Also konzentrierten wir uns auf die Privatlehrer, die es in Brasilien wie Sand am Meer gibt. Es war eine ebenso zeitraubende wie mühselige Arbeit.«

»Haben Sie vorab Geld angeboten?«

»Wir haben getan, was unsere brasilianischen Freunde uns geraten hatten, die Fotos vorgezeigt, die Geschichte von dem ermordeten Kind erzählt und dann auf eine Reaktion gewartet. Wenn sie anbissen, deuteten wir vorsichtig die Möglichkeit einer Belohnung an.«

»Irgendwelche konkreten Anhaltspunkte?«

»Einige wenige. Aber wir haben nie etwas gezahlt, jedenfalls nicht an Sprachlehrer.«

»Und an wen haben Sie gezahlt?«

Stephano nickte und warf einen Blick auf ein Blatt Papier. »Im April 1994 fanden wir einen Schönheitschirurgen in Rio, der ein gewisses Interesse an den Lanigan-Fotos erkennen lieg. Er hielt uns einen Monat lang hin und überzeugte uns schließlich davon, daß er an Lanigan gearbeitet hatte. Er hatte selbst ein paar Fotos, Vorher- und Nachher-Aufnahmen. Er ließ uns zappeln, und wir erklärten uns schließlich bereit, ihm eine halbe Million Dollar zu zahlen, bar, auf ein Auslandskonto, und zwar für die komplette Akte.«

»Was enthielt die Akte?«

»Nur die Basics, das heißt, klare Vorderansichten unseres Mannes vor und nach der Operation. Das war wirklich seltsam. Lanigan hatte darauf bestanden, daß keinerlei Fotos gemacht würden. Er wollte jede wie auch immer geartete Spur vermeiden. Veränderung gegen Cash. Etwas anderes kam für ihn nicht in Frage. Er wollte auch seinen richtigen Namen nicht angeben, behauptete, er sei ein Geschäftsmann aus Kanada, der plötzlich das dringende Bedürfnis verspüre, jünger auszusehen. Der Chirurg hatte dergleichen schon viele Male gehört und wußte, daß der Mann auf der Flucht war. Er hatte in seinem Büro eine versteckte Kamera, daher die Fotos.«

»Können wir sie sehen?«

»Aber gewiß doch.« Der Anwalt schreckte für einen Moment aus seiner Lethargie hoch und schob Underhill einen Umschlag über den Tisch zu, der ihn öffnete und einen flüchtigen Blick auf die Fotos warf.

»Wie haben Sie den Doktor gefunden?«

»Während wir die Sprachschulen und Sprachlehrer abgrasten, überprüften wir auch andere Berufsgruppen wie Fälscher, Schönheitschirurgen, Importeure.«

»Importeure?«

»Ja, es gibt ein portugiesisches Wort für diese Leute, man kann es in etwa mit ›Importeur‹ übersetzen; eine etwas zwielichtige Gruppe von Leuten, darauf spezialisiert, Menschen in Brasilien einzuschleusen – sprich: neue Namen, neue Papiere, die besten Orte, an denen man leben und sich verstecken kann. Absolut verschwiegen, die Jungs. Mit den Fälschern hatten wir ebensowenig Glück. Sie können es sich einfach nicht leisten, über ihre Kunden zu reden. Das ist sehr schlecht fürs Geschäft.«

»Und bei den Ärzten lagen die Dinge anders?«

»So kann man das nicht sagen. Auch sie reden nicht. Aber wir heuerten einen Schönheitschirurgen als Berater an, und dieser nannte uns die Namen von einigen seiner, man könnte sagen, halbseidenen Kollegen, die auch an den sogenannten Namenlosen arbeiten. Auf diese Weise haben wir den Arzt in Rio gefunden.«

»Und das war mehr als zwei Jahre nach Lanigans Verschwinden.«

»Das ist korrekt wiedergegeben.«

»War das der erste Beweis dafür, daß er sich tatsächlich in diesem Land aufhielt?«

»Ja, der allererste.«

»Was haben Sie in den ersten beiden Jahren unternommen?«

»Was wohl, eine Menge Geld ausgegeben. An eine Unmenge von Türen geklopft. Massenhaft falsche Spuren verfolgt. Wie ich schon sagte – es ist ein großes Land.«

»Wie viele Leute haben in Brasilien für Sie gearbeitet?«

»Eine Zeitlang hatte ich sechzig Agenten auf meiner Gehaltsliste. Glücklicherweise sind die dort nicht so teuer wie US-Amerikaner.«

Wenn der Richter eine Pizza wollte, dann bekam der Richter eine Pizza. Sie wurde von Hugo's geholt, einem alten Familienbistro in der Division Street, in der Nähe des Point und weit entfernt von den Fast-food-Läden, die den Strand säumten. Sie wurde von einem Deputy ins Zimmer 312 gebracht. Patrick begann sie bereits zu riechen, als der Deputy den Fahrstuhl verließ. Er konnte den Blick nicht von dem Karton wenden, als Karl ihn am Fußende des Bettes öffnete. Er schloß die Augen und genoß das himmlische Aroma von schwarzen Oliven, Portobello-Pilzen, italienischer Salami, grünem Paprika und sechs verschiedenen Käsesorten. Er hatte an die tausend Pizzas von Hugo's gegessen, vor allem damals in den letzten beiden Jahren seines früheren Lebens, und von eben der Pizza, wie sie dort am Fußende seines Bettes stand, hatte er die ganze vergangene Woche geträumt. Wieder zu Hause zu sein, hatte auch gewisse Vorteile.

»Sie sehen aus wie der aufgewärmte Tod. Bedienen Sie sich«, sagte Karl.

Patrick verschlang sein erstes Stück Pizza wortlos, dann griff er nach einem zweiten.

»Wie haben Sie es eigentlich geschafft, so schlank zu werden?« fragte Karl kauend.

»Wäre es möglich, ein Bier zu bekommen?« fragte Patrick.

»Aber Patrick! Sie sind hier doch schließlich im Gefängnis, schon vergessen?«

»Abnehmen hat in erster Linie etwas mit der persönlichen Willensstärke von einem selbst zu tun. Wer sich erst einmal dazu durchgerungen hat, dem fällt es leicht. Nicht zu vergessen, ich hatte jede Menge guter Gründe, ein paar Pfund loszuwerden.«

»Ihr Kampfgewicht damals?«

»An dem Freitag vor meinem Verschwinden wog ich hundertachtzehn Kilo. In den ersten sechs Wochen nahm ich vierundzwanzig Kilo ab. Heute morgen betrug mein Gewicht achtzig Kilo.«

»Sie sehen aus wie einer dieser Flüchtlinge aus Ruanda. Essen Sie.«

»Danke.«

»Wir waren bei der Jagdhütte!«

Patrick wischte sich das Kinn mit einer Papierserviette ab und legte sein Stück Pizza wieder in den Karton. Dann trank er einen Schluck von seiner Coke. »Ja, ich war in der Jagdhütte. Es war ungefähr halb zwölf. Ich betrat sie durch die Vordertür und schaltete kein Licht ein. Ungefähr eine halbe Meile entfernt steht an einem Hang und von meiner Hütte aus einsehbar ein Jagdhaus. Es gehört Leuten aus Hattiesburg; ich glaubte zwar nicht, daß sie an diesem Wochenende da waren, aber ich mußte trotzdem vorsichtig sein. Ich verhängte das kleine Badezimmerfenster mit einem dunklen Handtuch, schaltete das Licht ein und rasierte mich schnell. Dann schnitt ich mir die Haare und färbte sie dunkelbraun, beinahe schwarz.«

»Schade, daß mir das entgangen ist.«

»Es stand mir wirklich sehr gut. Es war schon seltsam. Als ich in den Spiegel schaute, kam ich mir selbst wie ein anderer Mensch vor. Danach machte ich gründlich in der Hütte sauber und beseitigte sorgfältig sämtliche Spuren, Haare und Barthaare inklusive, weil ich wußte, daß sie die Hütte auf den Kopf stellen würden. Die Färbeutensilien packte ich ein. Ich zog warme Kleidung an und machte mir eine Kanne starken Kaffee, von der ich die Hälfte trank. Die andere Hälfte wanderte in eine Thermoskanne, für unterwegs. Um ein Uhr früh verließ ich die Hütte. Ich rechnete zwar nicht damit, daß die Polizei noch in dieser Nacht auftauchen würde, aber es war besser, die Gefahr erst gar nicht einzugehen. Ich wußte, es würde einige Zeit dauern, bis sie den Blazer identifiziert und Trudy angerufen hatten, und dann würde ziemlich sicher jemand vorschlagen, daß sie sich, aus welchem Grund auch immer, die Hütte ansehen sollten. Ich rechnete, wie gesagt, nicht damit, daß das sofort passieren würde, aber um ein Uhr hatte ich es plötzlich eilig.«

»Haben Sie sich wegen Trudy Sorgen gemacht?«

»Nicht wirklich. Ich wußte, daß sie den Schock gut verkraften und mich auf ausgesprochen anrührende Weise unter die Erde bringen würde. Sie würde ungefähr einen Monat lang ein wahres Muster von Witwe sein. Danach würde das Geld aus der Lebensversicherung an sie gehen, ihre schönste Stunde. Massenhaft Beachtung, massenhaft Geld. Nein, Karl, ich habe diese Frau nicht geliebt. Und mir ihretwegen auch keine Sorgen gemacht.«

»Sind Sie jemals in die Hütte zurückgekehrt?«

»Nein, nie.«

Karl konnte und wollte die nächste Frage nicht unterdrücken. »Peppers Schrotflinte und seine Campingausrüstung wurden unter einem der Betten gefunden. Wie sind sie dort hingekommen?«

Patrick schaute eine Sekunde lang auf, als wäre er überrascht, dann wandte er den Blick ab. Karl registrierte diese Reaktion, und während der nächsten paar Tage mußte er immer wieder an sie denken. Ein Ruck, ein Blick und dann, unfähig, die Wahrheit zu sagen, das Abgleiten zur Wand hin.

Wie heißt es doch so schön in jenem alten Film: »Wenn du einen Mord begehst, machst du fünfundzwanzig Fehler. Wenn du fünfzehn davon vermeiden kannst, bist du ein Genie.« Vielleicht hatte Patrick trotz all seiner peinlich genauen Planung Peppers Sachen ganz einfach vergessen. In seiner Hast hatte er es eben doch ein wenig zu eilig gehabt.

»Ich weiß es nicht«, sagte er unwirsch, immer noch an die Wand starrend.

Karl hatte bekommen, was er wollte, und drängte ihn zum Weiterreden. »Wo ging es danach hin?«

»Die Fahrt aus der Hölle«, sagte Patrick, den Kopf wendend. Ihm schien plötzlich wieder sehr viel daran zu liegen, mit der Geschichte fortzufahren. »Die Temperatur betrug ungefähr fünf Grad, was sich nachts auf einem Motorrad wie minus dreißig anfühlt. Ich blieb auf den Nebenstraßen, wich dem Verkehr aus und fuhr sehr langsam, weil ein eisiger Wind wehte. Ich überquerte die Grenze nach Alabama und hielt mich auch dort von den Hauptstraßen fern. Eine Moto-Cross-Maschine auf einem Highway um drei Uhr nachts könnte einem gelangweilten Cop zu denken geben, also mied ich die Ortschaften. Gegen vier hatte ich endlich die Außenbezirke von Mobile erreicht. Einen Monat zuvor hatte ich dort ein kleines Motel ausfindig gemacht, wo man Bargeld akzeptierte und keine lästigen Fragen stellte. Ich versteckte das Motorrad hinter dem Motel und schlich mich zurück auf den Parkplatz. Dann betrat ich das Haus durch die Vordertür, tat so, als wäre ich gerade einem Taxi entstiegen. Dreißig Dollar für ein Zimmer, bar, kein Papierkram. Ich brauchte eine Stunde, um wieder aufzutauen. Ich schlief zwei Stunden und erwachte bei Sonnenaufgang. Wann haben Sie eigentlich davon erfahren, Karl?«

»Soweit ich mich erinnere, etwa um die Zeit, als Sie auf

Ihrem Motorrad durch die Landschaft brausten. Doug Vitrano rief mich kurz nach drei an. Er hat mich geweckt, was mich jetzt erst wirklich stocksauer macht. Da verzichte ich auf meinen Schlaf und trauere, während Sie Easy Rider spielen und unterwegs sind ins gute Leben.«

»Ich hatte es noch nicht geschafft, Karl.«

»Nein, aber an Ihre Freunde haben Sie ganz sicher keinen Gedanken verschwendet.«

»In dieser Beziehung habe ich ein schlechtes Gewissen, Karl.«

»Haben Sie nicht.«

»Sie haben recht, ich habe keines.« Patrick wirkte entspannt, voller Leben, ganz mit seiner Geschichte beschäftigt. Er grinste sogar.

»Sie sind bei Sonnenaufgang aufgewacht. Ein neuer Mann in einer neuen Welt. All Ihre Sorgen und Probleme lagen hinter Ihnen.«

»Jedenfalls die meisten davon. Es war ausgesprochen aufregend und darüber hinaus irgendwie beängstigend. Schlafen war schwierig. Ich sah bis halb neun fern, hörte nichts über meinen Tod, dann duschte ich, zog saubere Sachen an ...«

»Einen Moment. Wo waren die Sachen, mit denen Sie sich die Haare gefärbt hatten?«

»Die habe ich irgendwo in Washington County, Alabama, in eine Mülltonne geworfen. Ich bestellte mir ein Taxi, was in Mobile nicht ganz einfach ist. Der Fahrer hielt vor meinem Zimmer, und ich fuhr ab. Keine Abmeldung. Ich ließ das Motorrad einfach stehen. Das Taxi setzte mich an einem Einkaufszentrum ab, von dem ich wußte, daß es um neun Uhr öffnen würde. Ich ging in ein Kaufhaus und erstand ein marineblaues Jackett, eine passende Hose und ein Paar Mokassins.«

»Wie haben Sie bezahlt?«

»In bar.«

»Sie hatten keine Kreditkarte?«

»Doch, ich hatte eine gefälschte Visa Card, die ich mir in Miami verschafft hatte. Man konnte sie nur ein paarmal verwenden, dann war es besser, sie zu vernichten. Ich sparte sie mir für den Mietwagen auf.«

»Wieviel Bargeld trugen Sie bei sich?«

»Ungefähr zwanzigtausend.«

»Und wo kamen die her?«

»Ich hatte eine Weile gespart. Ich verdiente gutes Geld, obwohl Trudy ihr Bestes tat, um es schneller auszugeben, als ich es verdienen konnte. Ich erzählte der Buchhalterin in der Kanzlei, daß ich ein bißchen Geld auf ein anderes Konto überwiesen haben wollte, um es vor meiner Frau in Sicherheit zu bringen. Sie sagte, so etwas täte sie für die anderen Anwälte ständig. Das Geld ging also auf ein anderes Konto. Ich hob von Zeit zu Zeit etwas ab und stopfte es in eine Schublade. Zufrieden?«

»Ja. Sie hatten sich gerade ein Paar Mokassins gekauft.«

»Ich ging in einen anderen Laden und kaufte ein weißes Hemd und eine Krawatte. Ich zog mich in einer Toilette um und sah auf einmal aus wie einer dieser typischen Handelsreisenden, die uns tagtäglich millionenfach über den Weg laufen. Ich erstand noch einige weitere Kleidungsstücke, stopfte sie in eine neue Reisetasche und rief erneut ein Taxi, das mich zum Flughafen von Mobile brachte, wo ich frühstückte und auf eine Maschine der Northwest Airline aus Atlanta wartete. Sie traf ein, ich mischte mich unter die ankommenden Passagiere, die es alle sehr eilig hatten, in Mobile einzufallen, und blieb mit zwei anderen Männern am Avis-Schalter stehen. Sie hatten Wagen vorbestellt. Bei mir war es ein wenig komplizierter. Ich hatte einen perfekten Führerschein aus Georgia und außerdem meinen Paß, für den Fall der Fälle. Ich benutzte die Visa Card und hatte fürchterliche Angst. Die Kartennummer war echt – sie gehörte irgendeinem armen Kerl in Decatur, Georgia, trotzdem hatte ich Angst, der Computer könnte den Schwindel auffliegen lassen und Alarm auslösen. Aber nichts passierte. Ich füllte die Formulare aus, und weg war ich.«

»Welchen Namen hatten Sie sich zugelegt?«

»Randy Austin.«

»Preisfrage, Randy«, sagte Karl, biß ein Stück von seiner

Pizza ab und kaute langsam. »Sie waren auf dem Flughafen. Weshalb sind Sie nicht einfach in eine Maschine gestiegen und auf und davon?«

»Oh, darüber habe ich schon nachgedacht. Ernsthaft. Während ich frühstückte, sah ich, wie zwei Maschinen starteten, und ich wäre nur zu gern an Bord gegangen. Aber ein paar Dinge harrten noch ihrer Erledigung. Zugegeben, es war ein sehr schwieriger Entschluß.«

»Was gab es denn noch so Wichtiges zu tun?«

»Ich glaube, das wissen Sie. Ich fuhr nach Gulf Shores und dann in Richtung Osten an der Küste entlang nach Orange Beach, wo ich ein kleines Apartment mietete.«

»Das Sie natürlich auch schon zuvor ausgespäht hatten.«

»Korrekt. Ich wußte, sie würden Bargeld akzeptieren. Es war Februar, kalt, und die Geschäfte gingen schlecht. Nach Einnahme eines Schlafmittels schlief ich sechs Stunden. In den Abendnachrichten sah ich, wo ich eines feurigen Todes gestorben war. Meine Freunde waren gramgebeugt.«

»Mistkerl.«

»Ich fuhr zum nächsten Geschäft und kaufte eine Tüte Äpfel und eines der handelsüblichen Schlankheitsmittel. Nach Einbruch der Dunkelheit marschierte ich drei Stunden an der Küste entlang, etwas, was ich von da an jeden Abend tat, jedenfalls solange ich mich in der Gegend um Mobile herum versteckte. Am nächsten Morgen schlich ich mich nach Pascagoula, kaufte eine Zeitung, sah mein fettes, lächelndes Gesicht auf der Titelseite, las über die Tragödie, sah den rührenden kleinen Nachruf, den Sie beigesteuert hatten, und las außerdem, daß die Beisetzung am Nachmittag um drei Uhr stattfinden sollte. Ich fuhr nach Orange Beach und mietete ein Segelboot. Dann fuhr ich nach Biloxi und traf gerade noch rechtzeitig zu den Feierlichkeiten ein.«

»In den Zeitungen stand, Sie hätten bei Ihrer eigenen Beerdigung zugeschaut.«

»Was soll ich sagen? Ich kletterte auf einen Baum außerhalb des Friedhofs und beobachtete alles durch ein Fernglas.«

»Eigentlich von ausgesuchter Dummheit, wenn man es genau nimmt.«

»Das war es. Absolut idiotisch. Aber ich fühlte mich von dem Ort magisch angezogen. Ich mußte auf Nummer Sicher gehen, mit eigenen Augen sehen, daß mein Trick funktioniert hatte. Zudem war ich vermutlich davon überzeugt, daß ich mit allem durchkommen würde.«

»Lassen Sie mich raten, den Baum hatten sie zuvor ebenfalls sorgfältig ausgesucht, als ideale Stelle gewissermaßen.«

»Nein. Ich war mir nicht einmal sicher, ob ich es tun sollte. Ich verließ Mobile und fuhr auf der Interstate in Richtung Westen, und ich sagte mir immer wieder, nein, tu es nicht. Du darfst nicht einmal in die Nähe von Biloxi kommen.«

»Ihr fetter Hintern ist auf einen Baum geklettert?«

»Ich war motiviert. Es war eine Eiche mit dicken Ästen.«

»Danken Sie Ihrem Schöpfer. Ich wollte, der Ast wäre in die Tiefe gerauscht und Sie hätten sich das Genick gebrochen.«

»Das ist nicht Ihr Ernst?«

»Warum sollte es mir nicht ernst damit sein? Wir stehen um das Grab herum, kämpfen gegen die Tränen an und trösten die Witwe, und Sie hocken wie ein fetter Frosch auf einem Ast und lachen über uns.«

»Sie versuchen nur, wütend zu sein, Karl.«

Und er hatte recht. Nach viereinhalb Jahren war alle Wut verraucht, die Karl vielleicht einmal empfunden hatte. In Wahrheit war er sehr glücklich, hier am Fußende eines Krankenhausbettes sitzen zu dürfen, mit Patrick Pizza zu essen und von diesem die faszinierenden Details zu hören.

Aber weiter als zur Beisetzung kamen sie nicht. Patrick hatte genug geredet, außerdem waren sie jetzt wieder in dessen Zimmer, einem Ort, dem Patrick nicht traute. »Erzählen Sie mir, wie geht es Bogan und Vitrano und den anderen?« sagte er, sich auf seinen Kissen entspannend und bereits auf das freuend, was er zu hören bekommen würde.

25

Der letzte Anruf seiner Tochter lag zwei Tage zurück. Sie rief Paulo Miranda aus einem Hotel in New Orleans an, immer noch für ihren mysteriösen neuen Mandanten auf Reisen, immer noch vor Leuten warnend, die möglicherweise nach ihr suchten und ihn beobachteten, weil ihr Mandant in Brasilien Feinde hatte. Wie bei ihren früheren Anrufen hatte sie sich kurz gefaßt und sich nur vage ausgedrückt; sie hatte Angst, obwohl sie sich sehr viel Mühe gab, es sich nicht anmerken zu lassen. Er war wütend geworden und hatte auf Klarheit bestanden. Sie machte sich eher Gedanken über seine Sicherheit. Er wollte, daß sie nach Hause kam. Er hatte einen Wutanfall und gab zum ersten Mal zu, daß er mit ihren Vorgesetzten gesprochen und dabei erfahren hatte, daß sie entlassen worden war. Sie hatte gelassen erklärt, daß sie jetzt selbständig arbeite, für einen reichen Mandanten mit internationalen Geschäftsbeziehungen, und daß das ständige Reisen, wie im Augenblick, Routine werden würde.

Es war ihm zutiefst zuwider, am Telefon mit ihr zu streiten, zumal er sich große Sorgen um sie machte.

Außerdem hatte Paulo die zwielichtigen Figuren satt, die in seiner Straße herumlungerten und ihm folgten, wenn er zum Markt ging oder in sein Büro an der Pontificia Universidade Católica fuhr. Er hielt mittlerweile schon nach ihnen Ausschau; sie waren stets in seiner Nähe. Er hatte Spitznamen für sie. Paulo hatte wiederholt mit dem Verwalter von Evas Apartmenthaus gesprochen, und erfahren, daß auch dort verschlagen wirkende Kerle auf der Lauer lagen.

Sein letztes Seminar, ein Überblick über deutsche Philosophie, war um ein Uhr zu Ende. Anschließend unterhielt er sich in seinem Büro eine halbe Stunde mit einem Studenten, der Probleme mit dem Lehrstoff hatte. Danach verließ er die Universität. Es regnete, und er hatte seinen Schirm vergessen. Sein Wagen stand auf dem kleinen Parkplatz der Fakultät hinter dem Gebäude, in dem für gewöhnlich die Seminare stattfanden.

Osmar wartete. Paulo war tief in Gedanken versunken, als er das Gebäude, die Augen auf den Boden gerichtet, verließ. Ohne auf seine Umgebung zu achten, ging er unter den tropfnassen Bäumen hindurch und trat in eine Pfütze in der Nähe seines Wagens. Neben diesem parkte ein kleiner, roter Fiat-Lieferwagen. Der Fahrer stieg aus, aber Paulo bemerkte es nicht. Der Fahrer öffnete die Hecktür, aber Paulo sah und hörte nichts. Er wollte gerade nach seinen Wagenschlüsseln greifen, als Osmar ihn grob von der Seite anrempelte und in den geöffneten Lieferwagen stieß. Paulos Aktenkoffer fiel auf den Boden.

Die Tür schlug zu. Jemand drückte ihm den Lauf einer Pistole zwischen die Augen und eine Stimme aus der Dunkelheit wies ihn an, sich ruhig zu verhalten.

Die Fahrertür seines Wagens wurde geöffnet, und jemand streute die Papiere aus seinem Aktenkoffer an der Längsseite des Wagens entlang.

Der Lieferwagen raste davon.

Ein Anruf informierte die Polizei über die Entführung.

Anderthalb Stunden waren sie mit Paulo unterwegs. Schnell die Stadt hinter sich lassend, fuhren sie aufs Land. Er hatte keine Ahnung, wo er sich befand. Im Wagen war es heiß – keine Fenster, keine Beleuchtung. Nur die Silhouetten der beiden Männer, die neben ihm saßen, waren zu erkennen, beide bewaffnet. Sie hielten hinter einem weitläufigen Farmgebäude an, und Paulo wurde hineingeführt. Sein Quartier lag auf der Rückseite des Hauses: ein Schlafzimmer, ein Bad, ein Wohnzimmer mit einem Fernseher. Essen war reichlich vorhanden. Ihm würde nichts passieren, wurde ihm erklärt, es sei denn, er mache den Fehler, einen Fluchtversuch zu unternehmen. Er würde ungefähr eine Woche lang festgehalten und dann freigelassen werden, wenn er sich gut führte.

Paulo schloß die Tür des Wohnzimmers hinter sich und

spähte aus dem Fenster. Zwei Männer saßen unter einem Baum, lachten und tranken, die Maschinenpistolen in Griffweite.

Paulos Sohn in Rio, der Verwalter von Evas Apartment, ihre frühere Kanzlei und einer ihrer Freunde, der in einem Reisebüro arbeitete, erhielten anonyme Anrufe. Die Botschaft war immer die gleiche: Paulo Miranda sei entführt worden. Die Polizei ermittelte.

Eva war in New York, wohnte für ein paar Tage in einer Suite im Hotel Pierre, machte Einkäufe auf der Fifth Avenue, verbrachte Zeit in Museen. Ihre Instruktionen lauteten, daß sie ständig in Bewegung bleiben und gelegentlich kurz in New Orleans aufkreuzen sollte. Sie hatte drei Briefe von Patrick erhalten und ihm ihrerseits zweimal geschrieben; die gesamte Korrespondenz ging über Sandy. Was auch immer Patrick an körperlichen Mißhandlungen erlitten haben mochte, diese hatten eindeutig nicht seinen Blick für das Wesentliche getrübt. Seine Briefe waren präzise – Pläne, Checklisten und Instruktionen für etwaige Notfälle.

Sie rief ihren Vater an, aber er meldete sich nicht. Sie rief ihren Bruder an, und für sie brach eine Welt zusammen. Dieser bestand darauf, daß sie sofort zurückkehrte. Ihr Bruder war ein empfindsamer Typ, nicht an Druck und widrige Umstände gewöhnt. Er brach leicht zusammen. Schwierige Familienentscheidungen waren in der Vergangenheit immer Evas Sache gewesen.

Sie hielt ihn eine halbe Stunde am Telefon hin und versuchte, sich und ihn zu beruhigen. Nein, Lösegeld sei nicht gefordert worden. Bis jetzt kein Wort von den Entführern.

Entgegen seiner ausdrücklichen Anweisung rief sie Patrick an. Nervös in einer Telefonzelle auf dem Flughafen La Guardia stehend und durch eine dunkle Sonnenbrille immer wieder über ihre Schulter spähend, wählte sie die Nummer seines Zimmers und sprach portugiesisch. Sollten sie mithören, würden sie zumindest erst einmal einen Übersetzer ausfindig machen müssen.

»Patrick, hier ist Leah«, sagte sie mit möglichst ausdrucksloser Stimme.

»Was ist passiert?« fragte er, ihr auf portugiesisch antwortend. Er hatte ihre wundervolle Stimme längere Zeit nicht gehört und war trotzdem nicht erfreut, sie gerade jetzt hören zu müssen.

»Können wir reden?«

»Ja. Was ist los?« Patrick überprüfte das Telefon in seinem Zimmer alle drei bis vier Stunden auf Wanzen. Es ödete ihn an. Außerdem kontrollierte er jedes potentielle Versteck mit dem Wanzen-Detektor, den Sandy ihm besorgt hatte. Da er rund um die Uhr bewacht wurde, hatte Patrick es geschafft, sich ein wenig zu entspannen. Aber Anrufe von außerhalb beunruhigten ihn grundsätzlich noch immer.

»Mein Vater«, sagte sie, dann sprudelte die Geschichte von Paulos Verschwinden aus ihr hervor. »Ich muß nach Hause.«

»Nein, Leah«, sagte er ruhig. »Es ist eine Falle. Dein Vater ist kein reicher Mann. Sie verlangen kein Geld. Sie wollen dich.«

»Ich kann meinen Vater nicht im Stich lassen.«

»Außerdem, wie willst du ihn finden?«

»Das ist alles meine Schuld.«

»Nein. Die Schuld liegt bei mir. Aber mache nicht alles noch schlimmer, indem du in ihre Falle rennst.«

Sie zupfte an ihren Haaren und beobachtete die vorbeieilenden Menschen. »Also, was soll ich tun?«

»Fliege nach New Orleans. Rufe Sandy an, wenn du dort bist. Laß mich nachdenken.«

Sie kaufte ein Ticket, dann ging sie zum Flugsteig und fand dort einen Sitz in der Ecke nahe der Wand, wo sie, scheinbar in eine Zeitung vertieft, den Blicken der übrigen Reisenden entzogen war. Sie dachte an ihren Vater und die grauenhaften Dinge, die sie ihm möglicherweise in diesem Augenblick gerade antaten. Die einzigen beiden Menschen, die sie liebte, waren von denselben Leuten entführt worden, und Patrick lag immer noch seiner Wunden wegen in einem

Militärkrankenhaus. Ihr Vater war älter und nicht so stark wie Patrick. Sie taten ihm ihretwegen weh. Und es gab nichts, was sie dagegen tun konnte.

Einen Tag später sah ein Polizist aus Biloxi Lances Wagen, wie er um 22.20 Uhr das Grand Casino verließ. Lance wurde gestoppt und ohne Angabe von Gründen festgehalten, bis Sweeney eintraf. Er und Lance unterhielten sich auf dem Rücksitz eines Streifenwagens, der auf dem Parkplatz eines Burger King stand.

Der Sheriff erkundigte sich, wie der Drogenhandel so liefe, und Lance antwortete, die Geschäfte gingen gut, er könne nicht klagen.

»Wie geht es Trudy?« fragte der Sheriff, mit einem Zahnstocher zwischen den Zähnen breit grinsend. Auf dem Rücksitz entbrannte ein heftiger Wettstreit darum, wer von beiden der Coolere war. Lance brachte es sogar fertig, seine neueste Killer Loop aufzusetzen.

»Gut. Und wie geht es Ihrer Frau?«

»Ich habe keine. Hören Sie, Lance, wir haben ein paar ziemlich besorgniserregende Gerüchte gehört. Sie sollen auf der Suche nach einem Killer sein.«

»Alles Lügen.«

»Also, der Meinung sind wir nicht. Sehen Sie, Lance, all Ihre Freunde sind genau wie Sie. Entweder gerade auf Bewährung draußen oder eifrig bemüht, wieder ins Geschäft zu kommen. Abschaum, nichts als Abschaum. Für alles zu haben, was auch nur ansatzweise schnelles Geld verspricht. Und stets dem Ärger nur um eine Nasenlänge voraus. Wenn die ein gutes Gerücht hören, haben sie nichts Eiligeres zu tun, als es dem FBI zuzuflüstern. Könnte ihnen ja doch irgendwie bei ihrer Bewährung helfen.«

»Das ist aber nett ausgedacht, wirklich hübsch. Gefällt mir.«

»Und wir wissen auch, daß Sie, wie der Zufall es so will, ein wenig Bargeld haben, von dem Sie nicht wissen, was Sie damit anfangen sollen; wir wissen, daß sie diese Frau haben, die im Begriff ist, einen Haufen Kohle zu verlieren, und überhaupt, alles wäre wundervoll, wenn Mr. Lanigan sozusagen einfach tot bliebe.«

»Wer?«

»Hören Sie. Das Spiel läuft so, wir und das FBI, wir werden Sie und diese Frau überwachen. Wir werden Sie beide nicht aus den Augen lassen. Der kleinste Fehler, und Sie sind dran. Sie beide, diese Frau und Sie, werden größere Probleme am Hals haben als die, in denen Lanigan gerade steckt.«

»Jetzt sollte ich wohl Angst haben?«

»Wenn Sie über so etwas wie ein Gehirn verfügen würden, dann hätten Sie jetzt Angst.«

»Kann ich endlich gehen?«

»Bitte.«

Beide Türen wurden von außen geöffnet, und Lance kehrte zu seinem Wagen zurück.

Zur selben Zeit etwa läutete Agent Cutter an Trudys Tür und hoffte, daß sie bereits zu Bett gegangen war. Er hatte in einem Café in Fairhope gesessen und auf Nachricht von Sweeney gewartet.

Trudy war wach. Sie entriegelte die Eingangstür, behielt aber die Kette vorgelegt. »Was wollen Sie?« fragte sie, als Cutter ihr seinen Ausweis unter die Nase hielt und laut und deutlich »FBI« sagte. Sie erkannte ihn.

»Darf ich hereinkommen?«

»Nein.«

»Lance befindet sich in Polizeigewahrsam. Ich meine, wir sollten uns unterhalten.«

»Was?«

»Die Polizei von Biloxi hat ihn in Gewahrsam.«

Sie hakte die Kette aus und öffnete die Tür. Sie standen in der Diele und musterten sich gegenseitig. Cutter machte das Ganze einen Riesenspaß.

»Was wirft man ihm vor?« fragte sie.

»Ich glaube, er wird schon sehr bald wieder freikommen.«

»Ich rufe meinen Anwalt an.«

»Von mir aus, aber es gibt etwas, das sollten Sie vorher

wissen. Wie wir aus zuverlässiger Quelle erfahren haben, hat Lance versucht, einen Killer anzuheuern, der ihren Mann, Patrick Lanigan, auslöschen soll.«

»Nein!« Sie schlug die Hände vor den Mund. Die Überraschung wirkte echt.

»Ja. Und Sie könnten in die Sache mit hineingezogen werden. Es ist ja schließlich Ihr Geld, das Lance zu schützen versucht, und ich bin mir fast sicher, daß man Sie als Mitverschwörerin sofort in Betracht ziehen würde. Wenn Lanigan etwas passiert, kommen wir zuerst hierher.«

»Ich habe nichts verbrochen.«

»Noch nicht. Ich weiß. Aber wir behalten Sie scharf im Auge, Mrs. Lanigan.«

»Nennen Sie mich nicht so.«

»Pardon, ich bitte vielmals um Entschuldigung.«

Cutter ließ sie stehen und ging.

Sandy stellte seinen Wagen gegen Mitternacht auf einem Parkplatz in der Nähe der Canal Street ab, dann eilte er rasch die Decatur hinunter und verschwand im Gewühl des French Quarter. Sein Mandant hatte ihm einen Vortrag über Fragen der Sicherheit gehalten, der an Deutlichkeit nichts zu wünschen übrig ließ. Er hatte von Sandy höchste Wachsamkeit verlangt, besonders dann, wenn er im Begriff stand, sich mit Leah zu treffen. Nur Sandy konnte sie zu ihr führen, und deshalb mußte er überaus vorsichtig sein. »Sie schwebt in großer Gefahr, Sandy«, hatte Patrick ihm eine Stunde zuvor eingeschärft. »Du kannst gar nicht vorsichtig genug sein.«

Er lief dreimal um den Block, und als er sich sicher war, daß ihn niemand verfolgte, trat er in eine geöffnete Bar, wo er ein Mineralwasser bestellte und eine Zeitlang den Gehsteig beobachtete. Dann überquerte er die Straße zum Royal Sonesta. Er mischte sich unter die im Foyer wartenden Touristen. Nach einem neuerlichen Check der Umgebung fuhr er mit dem Fahrstuhl in den zweiten Stock. Leah öffnete kurz die Tür, ließ ihn eintreten und schloß sie hinter ihm sofort wieder ab.

Wie nicht anders zu erwarten, sah sie erschöpft und mitgenommen aus.

»Das mit Ihrem Vater tut mir leid«, sagte Sandy. »Haben Sie inzwischen irgend etwas von ihm gehört?«

»Nein. Ich war unterwegs.« Auf dem Fernseher stand ein Tablett mit einer Kanne Kaffee. Sandy goß sich eine Tasse ein und nahm ein Stück Zucker. »Patrick hat mir davon erzählt. Wer sind diese Leute?«

»Da drüben liegt die Akte«, sagte sie, mit einem Kopfnikken auf einen kleinen Tisch hinweisend. »Bitte, setzen Sie sich.« Sie zeigte aufs Fußende des Bettes. Sandy ließ sich mit seinem Kaffee nieder und wartete ab. Die Zeit für ein Gespräch war gekommen.

»Wir haben uns vor zwei Jahren kennengelernt, 1994, nach seiner Gesichtsoperation in Rio. Patrick erzählte mir, er wäre ein kanadischer Geschäftsmann, der eine Anwältin mit Erfahrung in Fragen des Handelsrechts brauchte. Aber was er wirklich brauchte, war ein Freund. Ich war zwei Tage lang sein Freund, dann verliebten wir uns ineinander. Er erzählte mir alles über seine Vergangenheit, alles. Er hatte zwar bei seinem Verschwinden hervorragende Arbeit geleistet, hatte massenhaft Geld, aber Patrick konnte seine Vergangenheit ganz einfach nicht hinter sich lassen. Er wollte unbedingt wissen, wer hinter ihm her war und wie nahe sie an ihm dran waren. Im August 1994 kam ich in die USA und setzte mich mit einer privaten Detektei in Atlanta in Verbindung. Sie hatte einen seltsamen Namen. Sie nannte sich die Pluto Group, ein Haufen ehemaliger FBI-Agenten, die Patrick vor seinem Verschwinden ausfindig gemacht hatte. Ich nannte ihnen einen falschen Namen, behauptete, ich käme aus Spanien und brauchte Informationen über die Suche nach Patrick Lanigan. Ich zahlte ihnen fünfzigtausend Dollar. Daraufhin schickten sie Leute nach Biloxi, wo sie zuerst Kontakt mit Patricks früherer Kanzlei aufnahmen. Sie gaben vor, ein paar vage Informationen über seinen Aufenthaltsort zu haben, und die Anwälte verwiesen sie sehr diskret an einen Mann in Washington namens Jack Stephano. Stephano ist ein hochbezahlter Schnüffler, der sich auf Industriespionage und das Aufspüren vermißter Personen spezialisiert hat. Sie kamen in Washington mit ihm zusammen. Er war sehr verschwiegen und erzählte ihnen nur wenig, aber es war offensichtlich, daß er mit der Suche nach Patrick betraut worden war. Sie trafen sich mehrere Male mit ihm, und schließlich kam die Rede auf eine Belohnung. Sie boten an, ihre Information zu verkaufen, und Stephano erklärte sich bereit, fünfzigtausend Dollar zu zahlen, wenn sie zu Patrick führte. Im Laufe dieser Gespräche erfuhren sie, daß Stephano gute Gründe für die Annahme hatte, daß Patrick sich in Brasilien befand. Das hat Patrick und mir natürlich einen gewaltigen Schrecken eingejagt.«

»Das war Patricks erster Hinweis darauf, daß sie wußten, daß er in Brasilien war?«

»Der allererste. Er lebte seit zwei Jahren dort. Als er mir die Wahrheit über seine Vergangenheit erzählte, hatte er nicht die leiseste Ahnung, daß seine Verfolger bereits auf dem gleichen Kontinent wie er waren. Erfahren zu müssen, daß sie bereits in Brasilien waren, war für ihn niederschmetternd.«

»Warum flüchtete er nicht einfach erneut?«

»Dafür gab es eine Menge guter Gründe. Er dachte ausgiebig darüber nach. Praktisch redeten wir über nichts anderes mehr. Ich war bereit, mit ihm das Land zu verlassen. Aber zu guter Letzt war er dann doch davon überzeugt, daß es klüger für ihn war, tiefer ins Landesinnere zu verschwinden. Er kannte es gut – die Sprache, die Menschen, die unzähligen Orte, an denen man sich verstecken konnte. Außerdem wollte er nicht, daß ich meine Heimat verlasse. Heute glaube ich, wir hätten nach China oder sonstwohin flüchten sollen.«

»Vielleicht konnten Sie nicht flüchten.«

»Vielleicht. Ich blieb mit der Pluto Group in Verbindung. Sie hatten den Auftrag, Stephanos Ermittlungen zu überwachen, so gut sie konnten. Sie setzten sich mit seinem Klienten, Mr. Benny Aricia, in Verbindung, mit derselben Geschichte über mögliche Informationen. Sie riefen auch die Versicherungsgesellschaften an. In sämtlichen Fällen verwies man sie an Jack Stephano. Ich flog alle drei oder vier Monate nach Atlanta, immer von irgendeinem Ort in Europa aus, und sie teilten mir mit, was sie herausgefunden hatten.«

»Wie hat Stephano ihn gefunden?«

»Diese Geschichte kann ich Ihnen jetzt nicht erzählen. Das muß Patrick tun.«

Ein weiteres schwarzes Loch, und ein ziemlich bezeichnendes obendrein. Sandy stellte seine Tasse auf den Fußboden und versuchte, die Dinge für sich zu ordnen. Er hätte es erheblich einfacher, wenn die beiden sich endlich dazu durchringen würden, ihm alles zu erzählen. Einfach mit dem Anfang beginnen und bis in die Gegenwart gehen, damit er, der Anwalt, ihnen helfen konnte, die unmittelbar vor ihnen liegende Zukunft zu bewältigen. Aber vielleicht brauchten sie ja auch keine Hilfe.

Also wußte Patrick, wie er gefunden worden war.

Sie reichte ihm die dicke Akte, die auf dem Tisch lag. »Das sind die Leute, die meinen Vater haben.«

»Stephano?«

»Ja. Ich bin bis jetzt der einzige Mensch, der weiß, wo das Geld ist, Sandy. Die Entführung meines Vaters ist eine Falle.«

»Woher weiß Stephano von Ihnen?«

»Patrick hat es ihnen gesagt.«

»Patrick?«

»Ja. Sie haben doch die Brandwunden gesehen, oder etwa nicht?«

Sandy stand auf und versuchte, auch diese Information in das für ihn immer verworrener erscheinende Bild unterzubringen. »Warum hat Patrick ihnen dann nicht genau gesagt, wo das Geld ist?«

»Weil er es nicht wußte.«

»Er hat alles Ihnen übergeben?«

»Etwas in der Art. Ich habe die Kontrolle über das Geld. Und jetzt sind sie hinter mir her, und mein armer Vater steckt mittendrin.«

»Was soll ich tun?«

Sie öffnete eine Schublade und holte eine ähnliche, aber etwas dünnere Akte heraus. »Hier sind Informationen über die Ermittlungen des FBI in bezug auf Patrick. Aus Gründen, die auf der Hand liegen, haben wir nicht viel herausbekommen. Der zuständige Agent in Biloxi heißt Cutter. Sobald ich erfahren hatte, daß Patrick entführt worden war, habe ich Cutter angerufen. Und damit wahrscheinlich Patrick das Leben gerettet.«

»Langsam, schön der Reihe nach, sonst komme ich nicht mehr mit.«

»Ich teilte Cutter mit, daß man Patrick gefunden habe und daß er in der Gewalt von Leuten sei, die für Jack Stephano arbeiteten. Wir vermuten, daß das FBI sofort zu Stephano gegangen ist und ihm gedroht hat. Dessen Mitarbeiter in Brasilien folterten Patrick und brachten ihn dabei beinahe um. Aufgrund des Drucks von seiten des FBI lieferte Stephano Patrick aus.«

Sandy hatte die Augen geschlossen und ließ sich kein Wort entgehen.

»Erzählen Sie weiter.«

»Zwei Tage später wurde Stephano in Washington verhaftet und sein Büro versiegelt.«

»Woher wissen Sie das?«

»Ich zahle immer noch eine Menge Geld an die Leute bei Pluto. Sie sind sehr gut. Wir vermuten, daß Stephano mit dem FBI redet und gleichzeitig insgeheim mir nachstellt. Und meinem Vater.«

»Was soll ich Cutter sagen?«

»Zuerst erzählen Sie ihm von mir. Beschreiben Sie mich als Anwältin, die Patrick sehr nahesteht, daß ich die Entscheidungen für ihn treffe und daß ich alles weiß. Dann erzählen Sie ihm von meinem Vater.«

»Und Sie glauben, das FBI wird Stephano unter Druck setzen?«

»Vielleicht, vielleicht auch nicht. Aber wir haben nichts zu verlieren.«

Es war fast ein Uhr, und sie war sehr müde. Sandy nahm die Akten an sich und ging auf die Tür zu.

»Es gibt eine Menge, worüber wir reden müssen«, sagte sie.

»Es wäre schön, alles zu erfahren.«

»Lassen Sie uns einfach ein bißchen Zeit.«

»Sie sollten sich lieber beeilen.«

26

Dr. Hayani begann seine morgendliche Runde um genau sieben Uhr. Da Patrick so große Probleme mit dem Schlafen hatte, schaute er jeden Morgen kurz bei ihm vorbei. Normalerweise schlief sein Patient noch, obwohl er sich im Laufe des Tages oft über die katastrophalen Nächte beklagte. An diesem Morgen aber war Patrick wach und saß auf einem Stuhl vor dem Fenster. Er war lediglich mit seinen weißen Baumwoll-Boxershorts bekleidet. Er starrte auf die zugezogene Jalousie, starrte offenkundig ins Leere, weil es dort einfach nichts zu sehen gab. Der Raum war nur schwach von der Lampe neben dem Bett erhellt.

»Patrick, sind Sie okay?« fragte Hayani, und trat zu ihm.

Dieser antwortete nicht. Hayani warf einen Blick auf den Tisch in der Ecke, an dem Patrick seine juristischen Arbeiten zu erledigen pflegte. Er war aufgeräumt, ohne aufgeschlagene Bücher oder herumliegende Akten.

Endlich sagte Patrick: »Mir geht's gut, Doc.«

»Haben Sie geschlafen?«

»Nein. Überhaupt nicht.«

»Jetzt kann Ihnen nichts mehr passieren, Patrick. Die Sonne ist aufgegangen.«

Er sagte nichts und bewegte sich auch nicht. Hayani verließ ihn so, wie er ihn angetroffen hatte, die Armlehnen des Stuhls umklammernd und die Schatten betrachtend.

Patrick hörte die freundlichen Stimmen auf dem Korridor; der Doc sagte ein paar Worte zu den gelangweilten Deputies und vorbeieilenden Schwestern. Bald würde das Frühstück kommen, aber an Essen lag ihm nicht viel. Nach viereinhalb Jahren sich selbst auferlegter Genügsamkeit hatte er sein Verlangen nach Essen überwunden. Ein paar Bissen von diesem oder jenem, mit Apfelscheiben und Möhren garniert, wenn ihn der Hunger überkam, reichte ihm aus. Anfangs hatten die Schwestern ihrem Bedürfnis nachgegeben, ihn aufzupäppeln, aber Dr. Hayani hatte sehr schnell Einspruch erhoben und eine Diät verordnet, die wenig Fett, keinen Zucker und viel Gemüse und Brot vorsah.

Er erhob sich von seinem Stuhl und ging zur Tür. Er öffnete sie und sagte den Deputies, Pete und Eddie, zwei seiner ständigen Bewacher, leise guten Morgen.

»Haben Sie gut geschlafen?« fragte Eddie, wie er es jeden Morgen tat.

»Ich habe sicher geschlafen, Eddie, danke«, sagte Patrick, es war ein Teil ihres morgendlichen Rituals. Ein Stück den Korridor hinunter, auf einer Bank neben dem Fahrstuhl, sah er Brent Myers, den überflüssigen FBI-Agenten, der ihn von Puerto Rico hierher begleitet hatte. Patrick nickte ihm zu, aber Brent war zu sehr in seine Morgenzeitung vertieft.

Patrick zog sich in sein Zimmer zurück und machte vorsichtig ein paar Kniebeugen. Seine Muskeln waren geheilt, aber die Brandwunden taten noch immer weh. Liegestütze und Situps waren auch weiterhin ein Ding der Unmöglichkeit.

Eine Schwester klopfte an und stieß dann die Tür auf. »Guten Morgen, Patrick«, zwitscherte sie fröhlich. »Zeit fürs Frühstück.« Sie stellte das Tablett auf einen Tisch. »Wie war Ihre Nacht?«

»Wunderbar. Und Ihre?«

»Auch wunderbar. Kann ich sonst noch etwas für Sie tun?«

»Nein danke.«

»Sie brauchen nur zu klingeln«, sagte sie im Hinausgehen. Die Dinge gingen ihren gewohnten Gang. So langweilig sie aber auch sein mochten, Patrick stand doch ständig vor Augen, wie schlimm es wirklich hätte stehen können. Das Frühstück im Gefängnis von Harrison County würde ganz sicher auf einem Blechtablett serviert werden, das jemand durch einen schmalen Schlitz zu ihm in die Zelle stieß, und müßte dann in Gegenwart von Zellengenossen verzehrt werden, die Tag für Tag wechselten.

Er nahm seinen Becher Kaffee und ging zu seinem provisorischen Arbeitsplatz in der Ecke unter dem Fernseher. Er schaltete die Lampe ein und starrte auf die Akten.

Er war jetzt seit einer Woche in Biloxi. Sein anderes Leben hatte vor dreizehn Tagen abrupt auf einer kleinen Landstraße, die jetzt unendlich weit weg war, ein Ende gefunden. Er wollte wieder Danilo sein, Senhor Silva, mit dem ruhigen Leben in seinem einfachen Haus, wo die Putzfrau mit ihrem melodischen, stark von ihren indianischen Wurzeln geprägten Akzent portugiesisch mit ihm sprach. Er sehnte sich nach den langen Spaziergängen auf den warmen Straßen von Ponto Porã und den ausgedehnten Dauerläufen in die Umgebung. Er wollte sich wieder mit den alten Männern unterhalten, die unter schattenspendenden Bäumen saßen, grünen Tee tranken und sich danach drängten, mit jedem zu plaudern, der Zeit für sie hatte. Er vermißte das Treiben auf dem Markt in der Innenstadt.

Er vermißte Brasilien, Danilos Heimat, mit seiner Weite, seiner Schönheit und seinen schroffen Gegensätzen, seinen von Menschen wimmelnden Städten und seinen rückständigen Dörfern, seinen liebenswürdigen Bewohnern. Er sehnte sich nach seiner geliebten Eva, der Sanftheit ihrer Berührung, der Schönheit ihres Lächelns, dem Begehren ihres Körpers, der Wärme ihrer Seele. Er würde ohne sie nicht leben können.

Weshalb konnte ein Mensch nicht mehr als nur ein Leben haben? Wo stand geschrieben, daß man nicht von vorn anfangen konnte? Immer wieder. Sooft man es eben wollte; Patrick war gestorben, und Danilo war überwältigt worden.

Er hatte sowohl den Tod des ersten als auch die Ergreifung des zweiten überlebt. Weshalb sollte er nicht noch einmal entkommen? Ein drittes Leben rief nach ihm, aber diesmal eines ohne das Leid des ersten oder die Schatten des zweiten. Es würde das vollkommene Leben mit Eva sein. Sie würden irgendwo leben, wo, das spielte keine Rolle, solange sie nur beisammen waren und keine wie auch immer geartete Vergangenheit sie einholen konnte. Sie würden in einem großartigen Haus wohnen und viele Kinder haben.

Sie war stark, aber auch sie hatte ihre Grenzen, wie jeder

Mensch. Sie liebte ihren Vater, und sehnte sich nach ihrer Heimat. Alle echten Cariocas lieben ihre Stadt und halten sie für eine eigens für sie bestimmte Schöpfung des Allmächtigen.

Er hatte sie in Gefahr gebracht, und jetzt mußte er sie beschützen.

Würde er es noch einmal schaffen? Oder hatte ihn sein Glück bereits verlassen?

Cutter erklärte sich zu einem Treffen um acht Uhr morgens nur bereit, weil Mr. McDermott darauf bestand; es sei äußerst dringend. Das Bundesgebäude erwachte gerade langsam zu neuem Leben, als eine Handvoll Bürokraten ungewohnt früh erschien. Die übrigen Beschäftigten würden erst um neun Uhr eintreffen.

Cutter war nicht unbedingt das, was man grob nennt, aber auch nicht eben gastfreundlich. Unterhaltungen mit aufdringlichen Anwälten rangierten auf seiner Skala von Lieblingsbeschäftigungen ganz unten. Er füllte zwei Plastikbecher mit kochendheißem Kaffee und gab sich den Anschein, als würde er seinen winzigen Schreibtisch aufräumen wollen.

Sandy dankte ihm ausgesprochen liebenswürdig dafür, daß er sich bereit gefunden hatte, mit ihm zu so früher Stunde zu reden, und Cutter taute ein wenig auf. »Sie erinnern sich an den Anruf, den Sie vor dreizehn Tagen erhielten?« fragte Sandy. »Von der Frau aus Brasilien?«

»Natürlich.«

»Ich habe mich ein paarmal mit ihr getroffen. Sie ist Patricks Anwältin.«

»Ist sie hier?«

»Gelegentlich.« Sandy versuchte, seinen Kaffee mit vorsichtigem Blasen ein wenig abzukühlen, dann riskierte er einen Schluck. Er erzählte rasch, ohne ihren Namen zu nennen, was er über Leah wußte. Dann fragte er, wie sie bei der Stephano-Untersuchung vorankämen.

Cutter wurde mit einem Mal sehr zurückhaltend. Er machte sich mit einem billigen Kugelschreiber ein paar Notizen und versuchte für sich, Ordnung in die ganze Angelegenheit zu bringen. »Woher wissen Sie über Stephano Bescheid?«

»Meine Anwaltskollegin, die Frau aus Brasilien, weiß alles über Stephano. Erinnern Sie sich? Sie hat Ihnen den Namen genannt.«

»Wie hat sie von ihm erfahren?«

»Das ist eine lange, sehr komplizierte Geschichte, und das meiste davon kenne ich selbst noch nicht.«

»Weshalb bringen Sie es dann zur Sprache?«

»Weil Stephano immer noch hinter meinem Mandanten her ist und ich dem einen Riegel vorschieben möchte.«

Weiteres Gekritzel von seiten Cutters, ein weiterer Schluck dampfend heißen Kaffees. Langsam gewann er einen Überblick über das, was wer zu wem gesagt hatte. Er war über das meiste von dem informiert, was bei Stephanos Vernehmung in Washington herausgekommen war, aber es gab Lücken. Auf jeden Fall war vereinbart worden, daß Stephano die Jagd einzustellen hatte. »Und woher wissen Sie das?«

»Weil seine Männer in Brasilien den Vater meiner Anwaltskollegin entführt haben.«

Cutter war unübersehbar tief bestürzt. Sein Blick wanderte zur Decke, während ihm tausend Gedanken durch den Kopf gingen. Plötzlich begriff er. »Könnte es sein, daß diese Anwältin aus Brasilien weiß, wo das Geld ist?«

»Durchaus eine Möglichkeit.«

Mit einem Mal war ihm alles sonnenklar.

Sandy fuhr fort: »Die Entführung hat lediglich den Zweck, sie nach Brasilien zurückzulocken, wo sie sich ihrer zu bemächtigen gedenken und ihr die gleiche Behandlung wie Patrick angedeihen lassen wollen. Es dreht sich alles nur um das Geld.«

Cutter fragte schwerfällig, aber nicht, weil er es wollte. »Wann hat die Entführung stattgefunden?«

»Gestern.« Ein Anwaltsgehilfe in Sandys Kanzlei hatte zwei Stunden vor dessen Treffen mit Cutter eine Story aus dem Internet geholt. Es war ein kurzer Bericht auf Seite sechs von *O Globo*, einer vielgelesenen Tageszeitung in Rio. Darin wurde der Name des Opfers mit Paulo Miranda angegeben. Sandy hatte immer noch keine Ahnung von Leahs wirklichem Namen, aber man durfte mit einiger Sicherheit davon ausgehen, daß das FBI sie identifizieren würde, wenn es die Story zu lesen bekam. Es hätte ihm nichts ausgemacht, dem FBI ihren Namen zu nennen. Das Problem war nur, daß er ihn selbst nicht kannte.

»Es gibt nicht viel, was wir unternehmen könnten.«

»Unsinn. Stephano steckt dahinter. Setzen Sie ihn unter Druck. Sagen Sie ihm, meine Anwaltskollegin denke nicht daran, in seine Falle zu gehen, und daß sie bereit sei, sich mit dem Namen Jack Stephano an die brasilianischen Behörden zu wenden.«

»Ich werde sehen, was ich für Sie tun kann.« Cutter hatte noch nicht vergessen, daß Sandy McDermott das FBI für Verbrechen, die es gar nicht begangen hatte, auf Millionen von Dollar Schadenersatz verklagt hatte. Doch es hatte keinen Sinn, das Problem der Klage zu diesem Zeitpunkt zur Sprache zu bringen. Vielleicht später.

»Stephano interessiert sich ausschließlich für das Geld«, sagte Sandy. »Wenn seine Komplizen dem alten Mann auch nur das Geringste antun, wird er nicht einen Cent davon sehen.«

»Wollen Sie damit andeuten, daß es hier einen Spielraum für Verhandlungen gibt?«

»Ich bin beeindruckt. Wenn Sie mit der Todeszelle oder einer lebenslangen Freiheitsstrafe rechnen müßten, wären Sie dann nicht auch zu Verhandlungen bereit?«

»Also, was sollen wir Stephano sagen?«

»Sagen Sie ihm, er soll den alten Mann freilassen. Danach besteht die Möglichkeit, daß wir, das FBI, mein Mandant und ich, über das Geld reden.«

Stephanos Tag begann früh. Die Aussage, seine vierte, sollte den ganzen Tag über dauern und die Geschichte der Suche nach Patrick abschließen. Sein Anwalt ließ sich entschuldigen; er hatte in einer unaufschiebbaren Sache bei Gericht zu tun. Stephano brauchte keinen Anwalt, der seine Hand hielt, und außerdem hatte er es satt, 450 Dollar pro Stunde zu bezahlen. Der Vernehmungsbeamte war ein neues Gesicht, Oliver Soundso. Es spielte keine Rolle. Einer war wie der andere.

»Sie sprachen von dem Schönheitschirurgen«, sagte Oliver, als wären sie mal gerade eben durch ein Telefongespräch unterbrochen gewesen. Die beiden Männer waren sich noch nie begegnet, und es war beinahe dreizehn Stunden her, seit Jack das letzte Mal mit irgend jemandem über Patrick gesprochen hatte.

»Ja.«

»Und das war im April 1994?«

»Richtig.«

»Dann fahren Sie bitte fort.«

Stephano machte es sich, so gut es ging, in seinem Stuhl bequem. »Die Spur blieb eine Zeitlang kalt. Sogar sehr lange. Wir arbeiteten angestrengt, aber die Monate verstrichen ohne erkennbare Fortschritte, absolut nichts. Kein einziger Hinweis. Dann, Ende 1994, setzte sich eine Detektei aus Atlanta mit uns in Verbindung, die Pluto Group.«

»Pluto?«

»Ja, die Pluto Group. Wir nannten sie die Jungs vom Pluto. Gute Jungs. Einige von ihnen sind Exagenten. Sie stellten Fragen über die Suche nach Patrick Lanigan, sagten, sie hätten vielleicht ein paar Informationen. Ich habe mich ein paarmal hier in Washington mit ihnen getroffen. Sie hatten einen mysteriösen Klienten, der behauptete, etwas über Lanigan zu wissen. Ich war natürlich interessiert. Sie hatten keine Eile, weil ihr Klient eine Menge Geduld zu haben schien. Der Klient wollte, was mich nicht überraschte, eine Menge Geld. Seltsamerweise war das ermutigend.«

»Wieso?«

»Wenn ihr Klient genug wußte, um eine dicke Belohnung zu erwarten, dann mußte der Klient wissen, daß Lanigan immer noch über sehr viel Geld verfügte. Im Juli 1995 traten die Jungs von Pluto mit einem Vorschlag an mich heran. Was denn wäre, sagten sie, wenn ihr Klient uns zu einem

Ort in Brasilien führen würde, an dem Lanigan kürzlich gelebt hätte? Ich sagte, klar. Sie sagten, wieviel? Und wir einigten uns auf fünfzigtausend Dollar. Ich war verzweifelt. Das Geld wechselte per telegrafischer Überweisung auf eine Bank in Panama seinen Besitzer. Ich wurde angewiesen, in die kleine Stadt Itajaí im Staat Catalina, im tiefen Süden von Brasilien, zu fahren. Die Adresse, die sie uns nannten, war die eines kleinen Apartmenthauses in einer hübschen Gegend der Stadt. Der Verwalter war hilfsbereit, sobald wir ihm ein paar Dollar zugesteckt hatten. Wir zeigten ihm die nach der Operation von Lanigan aufgenommenen Fotos, und er sagte, vielleicht. Noch mehr Dollars, und er identifizierte ihn eindeutig. Jan Horst sei der Name des Mannes, ein Deutscher, glaubte der Verwalter, der gut Portugiesisch sprach. Er hatte eine Dreizimmerwohnung für zwei Monate gemietet, bar gezahlt, sehr zurückgezogen gelebt und nur wenig Zeit dort verbracht. Er war nett und trank gern Kaffee mit dem Verwalter und seiner Frau. Sie identifizierte ihn gleichfalls eindeutig. Horst hatte gesagt, er wäre ein Reiseschriftsteller, der ein Buch über die Einwanderung von Deutschen und Italienern nach Brasilien schrieb. Als er auszog, sagte er, er hätte vor, nach Blumenau zu fahren, um dort die bayerische Architektur zu studieren.«

»Sind Sie nach Blumenau gefahren?«

»Natürlich. Und zwar schnell. Wir suchten die ganze Stadt ab, aber nach zwei Monaten gaben wir auf. Nach der anfänglichen Aufregung kehrten wir zu der langweiligen Routine zurück, in Hotels und auf Märkten herumzuhängen, die Fotos vorzulegen und kleine Bestechungsgelder zu offerieren.«

»Was war mit den Jungs vom Pluto, wie Sie sie genannt haben?«

»Sie kühlten erheblich ab. Ich wollte unbedingt mit ihnen reden, aber sie hatten wenig zu sagen. Ich nehme an, ihr Klient bekam es mit der Angst zu tun, vielleicht war er auch einfach nur glücklich, die fünfzig Riesen bekommen zu haben. Jedenfalls, es vergingen weitere sechs Monate, ohne daß wir viel von Pluto gehört hätten. Dann, Ende Januar dieses Jahres, standen sie plötzlich wieder vor der Tür. Ihr Klient brauchte Geld und war endlich bereit, mit der Sprache herauszurücken. Wir spielten ein paar Tage Katz und Maus, dann ließen sie die Bombe hochgehen, daß wir für eine Million Dollar erfahren könnten, wo unser Mann sich aufhielt. Ich sagte nein. Nicht, daß ich das Geld nicht gehabt hätte, aber es war einfach zu riskant. Ihr Klient war nicht bereit zu reden, bevor das Geld gezahlt worden war, und ich war nicht bereit zu zahlen, bevor ihr Klient geredet hatte. Zudem gab es keinerlei Möglichkeit, herauszufinden, ob ihr Klient überhaupt etwas wußte. Es war durchaus im Bereich des Möglichen, daß es keinen Klienten mehr gab. Wir hatten scharfe Auseinandersetzungen darüber und brachen die Gespräche ab.«

»Aber Sie haben sie wieder aufgenommen?«

»Ja, kurze Zeit später. Wir mußten es schließlich tun. Ihr Klient wollte das Geld. Wir wollten Lanigan. Es hätte alles so einfach sein können. Ein weiterer Handel wurde vorgeschlagen, demzufolge wir, nach Zahlung weiterer fünfzigtausend Dollar, den Namen des Ortes und die Adresse erhalten würden, wo Lanigan nach der Abreise aus Itajaí gelebt hatte. Wir stimmten zu, denn aus unserer Sicht waren fünfzigtausend billig, und darüber hinaus bestand ja immer die Möglichkeit, daß wir Glück hatten und über einen weiteren Hinweis stolperten. Aus ihrer Sicht war es smart, weil es die Glaubwürdigkeit ihres Klienten stärkte. Und natürlich war es ein weiterer Schritt auf die Million Dollar zu. Hinter Pluto stand jemand mit Köpfchen, und ich wollte unbedingt kooperieren. Ich hätte die Million Dollar mit Vergnügen gezahlt. Ich brauchte nur ein gewisses Maß an Sicherheit.«

»Welches war die zweite Stadt?«

»São Mateus, im Staat Espirito Santo, nördlich von Rio an der Küste. Es ist eine kleine Stadt mit sechzigtausend Einwohnern, ein hübscher Ort mit freundlichen Leuten, und wir verbrachten einen Monat dort, mischten uns unters Volk und zeigten unsere Fotos herum. Die Mietvereinbarung war ähnlich wie die in Itajaí – zwei Monate, bar bezahlt von einem Mann namens Derrick Boone, einem Engländer. Ohne daß wir ihn bestechen mußten, identifizierte der Verwalter ihn eindeutig als unseren Mann. Offenbar ist Boone eine Woche länger geblieben, ohne zu bezahlen, also war der Mann ein bißchen sauer auf ihn. Anders als in Itajaí hatte Boone jedoch mit niemandem dort Kontakt, und der Verwalter selbst wußte praktisch nichts über ihn. Wir blieben ohne weiteren Erfolg, und Anfang März dieses Jahres verließen wir São Mateus. Wir kamen in São Paulo und Rio zusammen und machten neue Pläne.«

»Was für neue Pläne waren das?«

»Wir zogen uns aus dem Norden vollständig zurück und konzentrierten uns im wesentlichen auf die kleineren Städte in der Umgebung von Rio und São Paulo. Hier in Washington wurde ich den Jungs von Pluto gegenüber ein bißchen aggressiver. Ihr Klient beharrte auf einer Million. Mein Klient war nicht bereit, ohne Verifizierung zu zahlen. Wir waren an einem toten Punkt angelangt. Beide Seiten kämpften mit harten Bandagen, waren aber bereit, weiterzuverhandeln.«

»Haben Sie je erfahren, woher ihr Klient so viel über Lanigan wußte?«

»Nein. Wir haben immer wieder Vermutungen darüber angestellt. Möglicherweise war ihr Klient ebenfalls hinter Lanigan her, aus uns unbekannten Gründen. Es konnte zum Beispiel jemand vom FBI sein, der dringend Geld brauchte. Reine Spekulation, ich weiß, aber wir dachten eben an alles. Die zweite, und unserer Meinung nach wahrscheinlichste Möglichkeit, ihr Klient kannte Lanigan, genoß dessen Vertrauen und war bereit, ihn ans Messer zu liefern. Jedenfalls gelangten mein Klient und ich zu der Überzeugung, daß wir uns die Gelegenheit unter gar keinen Umständen entgehen lassen durften. Die Suche hatte mittlerweile fast vier Jahre gedauert und eigentlich nirgendwohin geführt. In Brasilien gibt es, wie wir zu unserer leidvollen Erfahrung feststellen mußten, eine Million wundervoller Verstecke, und Lanigan schien genau zu wissen, was er tat.«

»Haben Sie den toten Punkt überwunden?«

»Nein, die Gegenseite brachte wieder Bewegung in die Sache. Im August dieses Jahres überfielen sie uns mit einem weiteren Angebot: neuere Fotos von Lanigan gegen nochmals fünfzig Riesen. Wir stimmten zu. Das Geld wurde auf ein Auslandskonto überwiesen. Sie übergaben mir die Fotos in meinem Büro in Washington. Es waren drei Schwarzweißaufnahmen, zwanzig mal fünfundzwanzig.«

»Dürfte ich sie bitte sehen?«

»Selbstverständlich.« Stephano holte sie aus seinem wie immer penibel geordneten Aktenkoffer und schob sie über den Tisch. Das erste war eine Aufnahme von Lanigan auf einem belebten Markt, offensichtlich aus großer Entfernung aufgenommen. Er trug eine Sonnenbrille und hielt etwas in der Hand, das aussah wie eine Tomate. Die zweite war entweder einen Augenblick vorher oder unmittelbar danach entstanden; er ging mit einer Tüte in der Hand einen Bürgersteig entlang. Er trug Jeans und sah aus wie ein x-beliebiger Brasilianer. Die dritte Aufnahme war die aussagekräftigste: Patrick in Shorts und einem T-Shirt beim Waschen der Haube seines VW-Käfers. Die Sonnenbrille war verschwunden und sein Gesicht deutlich zu erkennen.

»Keine Straßennamen, keine Nummernschilder«, bemerkte Oliver.

»Nichts. Wir studierten und analysierten die Fotos, fanden aber nichts. Wie ich bereits sagte – jemand mit Köpfchen.«

»Was haben Sie daraufhin unternommen?«

»Uns bereit erklärt, die Million zu zahlen.«

»Wann?«

»Im September. Das Geld wurde an einen Treuhänder in Genf überwiesen, der Anweisung hatte, es so lange zurückzuhalten, bis beide Seiten seiner Weiterleitung zugestimmt hatten. Unsere Abmachung lautete, daß ihr Klient fünfzehn Tage Zeit hatte, uns den Namen des Ortes und die Straße zu nennen, wo Lanigan lebte. Wir saßen fünfzehn Tage lang wie auf glühenden Kohlen, und dann, am sechzehnten Tag, packten sie nach dem üblichen Kriegsgeschrei endlich aus. Der Ort hieß Ponta Porã, die Straße Rua Tiradentes. Wir rasten zu der Stadt und pirschten uns an. Inzwischen hatten wir eine Menge Respekt vor Lanigan, und wir konnten uns lebhaft vorstellen, wie brillant er darin war, blitzschnell abzutauchen und dabei genau auf das zu achten, was hinter seinem Rücken vor sich ging. Wir fanden ihn, dann beobachteten wir ihn eine Woche, nur um ganz sicher zu sein. Sein Name war Danilo Silva.«

»Eine Woche?«

»Ja, wir mußten Geduld haben. Er hatte sich aus guten Gründen für Ponta Porã entschieden. Es ist ein ausgezeichneter Ort, um unterzutauchen. Die örtlichen Behörden sind sehr kooperativ, wenn nur das Geld stimmt. Die Deutschen haben den Ort nach dem Krieg entdeckt. Ein falscher Schritt reicht aus, die Polizei bekommt einen Hinweis und erscheint, um ihn zu beschützen. Also warteten wir und planten unseren Zugriff sorgfältig. Dieser erfolgte schließlich außerhalb der Stadt auf einer kleinen Straße ohne Zeugen. Wir brachten ihn nach Paraguay an einen sicheren Ort.«

»Und dort haben Sie ihn gefoltert?«

Stephano schwieg für einen Augenblick, trank einen Schluck Kaffee, dann sah er Oliver an und sagte: »So könnte man es vielleicht nennen.«

27

Patrick wanderte im Konferenzraum umher und machte Streckübungen, während Sandy dasaß, ihm zuhörte und auf seinem Block herumkritzelte. Eine Schwester hatte ein Tablett mit Plätzchen gebracht, das noch unberührt auf dem Tisch stand. Sandy zeigte sich beeindruckt von den Plätzchen und fragte sich unwillkürlich, wie vielen des Mordes angeklagten Häftlingen wohl Plätzchen serviert wurden. Wie viele hatten ein eigenes Team von Leibwächtern, die ständig in ihrer Nähe waren? Bei wie vielen kam der Richter auf eine Pizza zu Besuch?

»Die Dinge ändern sich, Sandy«, sagte Patrick, ohne ihn anzusehen. »Wir müssen schnell handeln.«

»Worauf spielst du an?«

»Es wird sie nicht mehr lange hier halten, wenn ihr Vater weiter vermißt bleibt.«

»Ich habe wieder einmal wie so oft keine Ahnung, wovon du gerade sprichst. Die Lücken werden immer größer, und ihr beide redet ständig in Rätseln. Aber ich bin ja auch nur der Anwalt. Weshalb sollte ich irgend etwas wissen?«

»Sie hat die Akten, die Unterlagen und die ganze Story. Du mußt zu ihr fahren.«

»Ich habe erst gestern nacht mit ihr gesprochen.«

»Sie wartet auf dich.«

»Tatsächlich? Und wo?«

»Es gibt ein Strandhaus in Perdido. Sie ist dort.«

»Laß mich raten. Ich soll alles stehen- und liegenlassen und sofort dorthin düsen.«

»Es ist wichtig, Sandy.«

»Das sind meine anderen Mandanten auch«, sagte er wütend. »Weshalb kannst du mir nicht ein bißchen mehr Spielraum lassen?«

»Tut mir leid.«

»Ich muß heute nachmittag ins Gericht. Meine Tochter

spielt heute Fußball. Ist es denn zuviel verlangt, wenn ich rechtzeitig informiert werden möchte?«

»Eine Entführung konnte ich nun wirklich nicht vorhersehen, Sandy. Und du mußt zugeben, daß die Umstände ein wenig ungewöhnlich sind. Bitte, versuch das zu verstehen.«

Sandy holte tief Luft und notierte etwas. Patrick ließ sich dicht neben ihm auf der Kante des Tisches nieder. »Tut mir leid, Sandy.«

»Und worüber sollen wir in dem Strandhaus reden?«

»Über Aricia.«

»Aricia«, wiederholte Sandy, dann wandte er den Blick ab. Er kannte den Fall; zumindest hatte er gelesen, was in den Zeitungen darüber berichtet worden war.

»Es wird einige Zeit in Anspruch nehmen, also solltest du dir eine Zahnbürste einpacken.«

»Soll ich etwa in dem Strandhaus übernachten?«

»Ja.«

»Mit Leah?«

»Ja. Es ist ein großes Haus.«

»Und was soll ich meiner Frau erzählen? Daß ich die Nacht mit einer bildschönen Brasilianerin allein in einem einsamen Strandhaus verbringen werde?«

»Das würde ich an deiner Stelle nicht tun. Erzähl ihr doch einfach, daß du ein Treffen mit dem Rest meines Verteidigerteams hast.«

»Das ist ja wunderbar.«

»Danke, Sandy.«

Nach einer Kaffeepause gesellte sich Underhill zu Oliver. Sie saßen nebeneinander, mit der Videokamera hinter sich, und ihre Blicke waren auf Stephano am anderen Ende des Tisches gerichtet.

»Wer hat Patrick verhört?« fragte Underhill Stephano.

»Die Namen meiner Mitarbeiter brauche ich nicht preiszugeben.«

»Hatte diese Person irgendwelche Erfahrung mit Verhören unter Folter?«

»Beschränkte.«

»Beschreiben Sie die Methoden, die verwendet wurden.«

»Ich weiß nicht ...«

»Wir haben die Fotos von den Brandwunden gesehen, Mr. Stephano. Und wir, das FBI, sind wegen der Verletzungen, die Ihre Leute ihm beigebracht haben, verklagt worden. Also erzählen Sie uns endlich, was Sie mit ihm veranstaltet haben.«

»Ich war nicht dabei. Ich habe das Verhör nicht geplant, weil ich auf diesem Gebiet kaum Erfahrungen habe. Ich wußte so in etwa, daß verschiedene Stellen an Mr. Lanigans Körper einer Reihe von Elektroschocks ausgesetzt werden sollten. Und das ist geschehen. Ich hatte keine Ahnung, daß sie derart schwere Brandwunden hervorrufen würden.«

Es trat eine Pause ein, während der Underhill Oliver und Oliver Underhill anschaute. Sie glaubten ihm kein Wort. Stephano musterte sie nur überheblich.

»Und wie lange hat die Tortur gedauert?«

»Fünf bis sechs Stunden.«

Sie schauten in ihre Akten und flüsterten sich etwas zu. Underhill stellte ihm ein paar Fragen zur Identifizierung, und Stephano berichtete über das Abnehmen der Fingerabdrücke. Oliver kämpfte sich durch den zeitlichen Ablauf und verbrachte fast eine Stunde damit, genau festzustellen, wann sie sich Patricks bemächtigt hatten, wie weit sie mit ihm gefahren waren und wie lange sie ihn verhört hatten. Sie stellten ihm endlose Fragen über die Fahrt aus dem Dschungel zu der Landebahn in Concepción. Sie stocherten und verlangten Auskünfte über alles mögliche, dann steckten sie für einen Moment die Köpfe zusammen und kehrten zu der entscheidenden Frage zurück.

»Was haben Sie während des Verhörs von Mr. Lanigan über den Verbleib des Geldes erfahren?«

»Nicht viel. Er sagte uns nur, wo das Geld ursprünglich gewesen, und daß es inzwischen weitergeleitet worden war.«

»Können wir davon ausgehen, daß er Ihnen das unter extremem Druck stehend gesagt hat?«

»Das können Sie.«

»Sind Sie davon überzeugt, daß er nicht wußte, wo sich das Geld zu diesem Zeitpunkt befand?«

»Ich war nicht dort. Aber der Mann, der das Verhör leitete, hat mir berichtet, daß er ohne jeden Zweifel glaubt, daß Mr. Lanigan nicht weiß, wo sich das Geld befindet.«

»Das Verhör wurde weder auf Video noch auf Band aufgezeichnet?«

»Wo denken Sie hin«, sagte Jack, als wäre ihm ein solcher Gedanke nie gekommen.

»Hat Mr. Lanigan einen Komplizen erwähnt?«

»Nicht, soweit mir bekannt ist.«

»Was soll das heißen?«

»Das soll heißen, daß ich es nicht weiß.«

»Was ist mit dem Mann, der das Verhör leitete? Hat er gehört, daß Mr. Lanigan einen Komplizen erwähnte?«

»Nicht, soweit mir bekannt ist.«

»Also hat, soweit Ihnen bekannt ist, Mr. Lanigan nie einen Komplizen erwähnt?«

»So ist es.«

Sie blätterten wieder in ihren Akten und flüsterten miteinander, dann legten sie eine Pause ein, die so lange dauerte, daß Stephano nervös zu werden begann. Er hatte zwei Lügen hintereinander erzählt – keine Aufzeichnungen und kein Komplize –, und er wähnte sich immer noch in Sicherheit. Woher konnten diese Männer schon wissen, was im Dschungel von Paraguay passiert war? Aber Vorsicht war geboten, sie gehörten zum FBI. Also wartete er leicht nervös, was noch alles seiner harrte.

Plötzlich ging die Tür auf, und Hamilton Jaynes kam herein, gefolgt von Warren, dem dritten Vernehmungsbeamten. »Hallo, Jack«, sagte Jaynes laut, dann ließ er sich an einer Seite des Tisches nieder. Warren setzte sich zu seinen Kollegen.

»Hallo, Hamilton«, sagte Stephano, jetzt doch um einige Grade beunruhigter.

»Ich habe im Nebenzimmer zugehört«, sagte Jaynes mit einem spöttischen Lächeln. »Und ich frage mich plötzlich, ob Sie die Wahrheit sagen.«

»Natürlich tue ich das.«

»Ich verstehe. Haben Sie schon einmal den Namen Eva Miranda gehört?«

Stephano wiederholte den Namen langsam, als könnte er ihn nicht zuordnen. »Ich glaube nicht.«

»Sie ist eine Anwältin in Rio. Eine Freundin von Patrick.«

»Sollte ich sie irgendwoher kennen?«

»Sehen Sie, Jack, gerade das gefällt mir ganz und gar nicht. Ich glaube nämlich, daß Sie sehr genau wissen, wer sie ist.«

»Ich habe noch nie von ihr gehört.«

»Weshalb versuchen Sie dann, sie zu finden?«

»Ich weiß nicht, wovon Sie reden«, sagte Stephano ziemlich schwächlich.

Underhill sprach als erster. Er schaute Stephano direkt an, aber seine Worte waren an Jaynes gerichtet. »Er lügt.«

»Es ist nicht zu fassen«, sagte Oliver.

»Für wen hält er uns?« setzte Warren hinzu.

Stephanos Blick schoß von Stimme zu Stimme. Er wollte etwas sagen, aber Jaynes wehrte mit erhobenen Händen ab. Die Tür ging auf, und ein weiteres Mitglied der Underhill-Oliver-Warren-Truppe streckte den Kopf herein und verkündete: »Der Stimmanalyse nach lügt er.« Danach verschwand der Kopf wieder.

Jaynes nahm ein Blatt Papier zur Hand und faßte zusammen, was darauf stand. »Das ist eine Story, die heute morgen in einer Zeitung in Rio veröffentlicht wurde. Sie berichtet über die Entführung eines gewissen Mr. Paulo Miranda. Seine Tochter ist Patricks Freundin, Jack. Wir haben uns mit den Behörden in Rio in Verbindung gesetzt. Es wurde keinerlei Lösegeld gefordert. Kein Wort von den Entführern.« Er schob das Blatt in Stephanos Richtung, aber so, daß es außerhalb von dessen Reichweite liegenblieb.

»Also, wo ist Mr. Miranda?«

»Woher soll ich das wissen? Ich habe nicht die geringste Ahnung, wovon Sie reden.«

Jaynes schaute zum anderen Ende des Tisches. »Er lügt noch immer«, sagte Underhill, und Oliver und Warren nickten bestätigend.

»Wir hatten einen Deal, Jack. Sie würden uns die Wahrheit sagen, und wir würden die Anklagen gegen Sie fallenlassen. Und außerdem hatten wir uns, soweit ich mich erinnere, bereit erklärt, Ihre Klienten nicht zu verhaften. Also was soll ich Ihrer Meinung nach jetzt tun, Jack?«

Stephano schaute Underhill und Oliver an, die regelrecht darauf lauerten, sich auf seine nächste Äußerung zu stürzen.

»Sie weiß, wo das Geld ist«, sagte Stephano resignierend.

»Wissen Sie, wo sie sich aufhält?«

»Nein. Sie ist aus Rio geflüchtet, als wir Patrick fanden.«

»Keine Spur von ihr?«

»Nein.«

Jaynes sah sein Wahrheits-Kommando an. Ja, er hatte mit dem Lügen aufgehört.

»Ich habe mich bereit erklärt, Ihnen alles zu sagen«, sagte Jack. »Ich habe mich nicht bereit erklärt, nichts mehr in dieser Sache zu unternehmen. Wir dürfen auch weiterhin nach ihr suchen.«

»Wir haben nichts von ihr gewußt.«

»Ihr Pech. Falls erforderlich, können wir unsere Abmachung ändern. Ich rufe gern meinen Anwalt an.«

»Ja, aber wir haben Sie bereits beim Lügen erwischt.«

»Tut mir leid. Es wird nicht wieder vorkommen.«

»Hören Sie auf, der Frau nachzustellen. Und lassen Sie ihren Vater frei.«

»Ich werde darüber nachdenken.«

»Nein. Sie werden es sofort tun.«

Das Strandhaus war ein moderner Bau mit drei Etagen und stand in einer Reihe von offenbar baugleichen Häusern an einem erst kürzlich erschlossenen Küstenstreifen. Jetzt im Oktober war die Saison vorüber. Die meisten Häuser schienen leerzustehen. Sandy parkte hinter einem funkelnagelneuen Viertürer mit Louisiana-Kennzeichen, einem Mietwagen, vermutete er. Die Sonne stand bereits tief am Horizont, nur wenige Zentimeter über der glatten Wasseroberfläche. Der Golf war völlig leer und kein Boot oder Schiff in Sicht.

Er stieg die Vordertreppe hinauf und ging über die Veranda zur Tür.

Leah öffnete auf sein Klopfen hin mit einem spontanen Lächeln. Ein Hinweis auf ihre im Grunde warmherzige Persönlichkeit, der eine wie durch die gegenwärtigen Ereignisse hervorgerufene Stimmung eigentlich fremd war. »Kommen Sie herein«, sagte sie leise und schloß die Tür hinter ihm wieder ab. Das Wohnzimmer mit seinen drei Glasfronten war groß und hatte einen Kamin in der Mitte.

»Hübsch hier«, sagte er, dann nahm er den köstlichen Duft wahr, der aus der Küche kam. Patricks wegen hatte er auf den Lunch verzichten müssen.

»Haben Sie Hunger?« fragte sie.

»Ich bin halbtot vor Hunger.«

»Ich war gerade dabei, etwas zu kochen.«

»Wunderbar.«

Die Dielen knarrten ein wenig, als er ihr ins Eßzimmer folgte. Auf dem Tisch stand ein Karton, und daneben waren Papiere aufgestapelt. Sie hatte gearbeitet. Sie blieb neben dem Tisch stehen und sagte: »Das ist die Aricia-Akte.«

»Wer hat sie zusammengestellt?«

»Patrick natürlich.«

»Wo war sie während der letzten vier Jahre?«

»In einem Depot, in Mobile.«

Ihre Antworten waren kurz, und jede warf ein Dutzend neuer Fragen auf, die Sandy gerne losgeworden wäre. »Damit beschäftigen wir uns später«, sagte sie, und tat das Thema mit einer beiläufigen Handbewegung ab.

In der Küche lag ein gebratenes Hähnchen auf der Arbeitsfläche neben der Spüle. Auf dem Herd stand eine dampfende Pfanne mit braunem, mit Gemüse untermischten Reis. »Es ist nichts Besonderes. Es fällt mir immer schwer, in einer fremden Küche zu kochen.«

»Sieht köstlich aus. Wessen Küche ist das?«

»Das Haus ist nur gemietet. Ich habe es für einen Monat.«

Sie tranchierte das Hähnchen und wies Sandy an, den Wein einzuschenken, einen guten Pinot Noir aus Kalifornien. Sie ließen sich an einem kleinen Tisch in der Eßecke nieder und genossen die herrliche Aussicht auf das Wasser und die untergehende Sonne.

»Zum Wohl«, sagte sie, ihr Glas erhebend.

»Auf Patrick«, sagte Sandy.

»Ja, auf Patrick.« Sie machte keinerlei Anstalten, etwas von dem vor ihr stehenden Essen zu sich zu nehmen. Sandy schob sich eine dicke Scheibe Hähnchenbrust in den Mund.

»Wie geht es ihm?«

Er kaute rasch, um dieser hübschen jungen Frau nicht mit vollem Mund antworten zu müssen. Ein Schluck Wein. Serviette an die Lippen. »Patrick ist okay. Die Brandwunden verheilen gut. Gestern hat ihn ein Spezialist untersucht und gesagt, es wären keine Hauttransplantationen erforderlich. Er wird die Narben ein paar Jahre behalten, aber im Laufe der Zeit werden sie allmählich wieder verschwinden. Die Schwestern bringen ihm Plätzchen. Der Richter bringt ihm Pizza. Nicht weniger als sechs Männer bewachen ihn rund um die Uhr. Ich würde sagen, Patrick geht es wesentlich besser als den meisten Leuten, die des vorsätzlichen Mordes angeklagt sind.«

»Richter Huskey, nehme ich an?«

»Ja, Karl Huskey. Kennen Sie ihn?«

»Nein, aber Patrick hat oft von ihm gesprochen. Sie waren gute Freunde. Patrick hat einmal gesagt, falls er erwischt werden sollte, dann hoffe er, das passiere, solange Huskey noch Richter ist.«

»Er geht demnächst in Pension«, sagte Sandy. Perfektes Timing, hätte er beinahe hinzugefügt.

»Er kann in Patricks Fall den Vorsitz nicht übernehmen, stimmt's?« fragte sie.

»Nein. Er muß ihn in Kürze wegen Befangenheit abgeben.« Sandy aß ein erheblich kleineres Stück Hähnchen, immer noch allein. Sie hatte Messer und Gabel bisher nicht angerührt. Sie hielt das Weinglas in der Hand und betrachtete die orangefarbenen und violetten Wolken am Horizont.

»Tut mir leid, ich habe vergessen, mich nach Ihrem Vater zu erkundigen.«

»Kein Lebenszeichen. Ich habe vor drei Stunden mit meinem Bruder telefoniert. Die Entführer haben sich noch immer nicht gemeldet.«

»Es tut mir sehr leid, Leah. Ich wollte, ich könnte etwas für Sie tun.«

»Und ich wollte, ich könnte etwas unternehmen. Es ist schier zum Verzweifeln. Ich kann nicht nach Hause, und hierbleiben kann ich auch nicht.«

»Es tut mir leid«, sagte Sandy noch einmal, weil ihm nichts Besseres einfiel.

Er aß schweigend weiter. Sie spielte mit ihrem Reis und schaute aufs Meer hinaus.

»Es schmeckt wundervoll«, sagte er zweimal.

»Danke«, sagte sie mit einem traurigen Lächeln.

»Was tut Ihr Vater?«

»Er ist Universitätsprofessor.«

»Wo?«

»In Rio. An der Pontificia Universidade Católica.«

»Und wo wohnt er?«

»In Ipanema, immer noch in der Wohnung, in der ich aufgewachsen bin.«

Ihr Vater war ein ausgesprochen heikles Thema, aber wenigstens erhielt Sandy Antworten auf seine Fragen. Vielleicht half es ihr, wenn sie über jenen sprach. Er stellte noch mehr Fragen, sämtliche ganz allgemeiner Natur und ohne Bezug zur Entführung.

Sie rührte ihr Essen überhaupt nicht an.

Als er fertig war, fragte sie: »Möchten Sie Kaffee?«

»Ich nehme an, wir werden ihn brauchen, oder irre ich mich da?«

»Nein.«

Sie räumten das Geschirr vom Tisch und ließen es in der Küche. Leah machte Kaffee, während Sandy das Haus inspizierte. Sie trafen sich im Eßzimmer, Kaffee wurde eingeschenkt und das höfliche Geplauder, soweit denn überhaupt eines stattgefunden hatte, endete abrupt. Sie saßen einander an dem Glastisch gegenüber.

»Wieviel wissen Sie über die Aricia-Sache?« fragte sie.

»Er war der Mandant, dessen neunzig Millionen von Patrick weggeschnappt wurden, wenn man den Zeitungen glauben darf, war er Manager von Platt & Rockland, der den Konzern wegen gefälschter Kostenrechnungen angezeigt hat. Er verklagte den Konzern unter Berufung auf den False Claims Act. Es stellte sich heraus, daß Platt & Rockland an die sechshundert Millionen ergaunert hatte. Nach dem False Claims Act stand ihm eine Belohnung von fünfzehn Prozent dieser Summe zu. Seine Anwälte waren Bogan und Genossen. Das ist in etwa alles, was ich weiß.«

»Das ist schon ziemlich gut. Was ich Ihnen jetzt erzählen werde, läßt sich alles anhand dieser Dokumente und Tonbänder belegen. Wir werden das Material zusammen durchgehen, denn Sie müssen es unbedingt in- und auswendig kennen.«

»So etwas habe ich schon öfters getan.« Sein Lächeln blieb unbeantwortet. Keine lahmen Versuche mehr, witzig zu sein. Die Botschaft war eindeutig.

»Aricias Anspruch beruhte von Anfang an auf Betrug.« Sie wählte ihre Worte sorgfältig und wartete, bis er das Gehörte verdaut hatte, was ein paar Augenblicke in Anspruch nahm. »Benny Aricia ist ein korrupter Mann, der sich einen Plan ausgedacht hatte, wie er sowohl seinen Konzern als auch die Regierung betrügen konnte. Dabei haben ihm ein paar sehr tüchtige Anwälte geholfen, Patricks ehemalige Kanzlei, und ein paar mächtige Leute in Washington.«

»Das dürfte Senator Nye gewesen sein, Bogans Cousin.«

»Ja, in erster Linie. Aber wie Sie wissen, hat Senator Nye in Washington beträchtlichen Einfluß.«

»Davon habe ich gehört.«

»Aricia hat seinen Coup sorgfältig geplant, dann ging er damit zu Charles Bogan. Patrick war damals gerade Partner geworden, aber er wußte nichts von Aricia. Die anderen Partner wurden in die Verschwörung eingeweiht – alle außer Patrick. Die Kanzlei veränderte sich, und Patrick spürte, daß etwas faul sein mußte. Er fing an, der Sache nachzugehen, und fand schließlich heraus, daß dieser neue

Mandant namens Aricia der Grund für die neuerdings ausgebrochene Heimlichtuerei war. Er hatte Geduld. Unter dem Deckmantel gespielter Ahnungslosigkeit sammelte er in der Folgezeit Beweismaterial. Eine Menge davon steckt hier drin.« Sie berührte den Karton, während sie das sagte.

»Kehren wir noch einmal zum Anfang zurück«, sagte Sandy. »Erklären Sie mir, weshalb der Anspruch betrügerisch war.«

»Aricia war Direktor von New Coastal Shipyards in Pascagoula. Das ist eine zu Platt & Rockland gehörende Firma.«

»Das ist mir bekannt. Großer Konzern mit Rüstungsaufträgen und einer etwas zwielichtigen Vergangenheit, berüchtigt für seine Geschäftspolitik gegenüber der Regierung.«

»Richtig. Aricia machte sich bei seinem Plan die Größe des Konzerns zunutze. New Coastal baute die Atom-U-Boote der Expedition-Class, und das Budget war bereits überschritten. Aricia beschloß, die Dinge noch schlimmer zu machen. New Coastal legte über Tausende von Stunden gefälschte Arbeitsnachweise vor, für Arbeit, die nie ausgeführt wurde, für Mitarbeiter, die nie existierten. Er lieferte Material zu völlig überzogenen Preisen – Glühbirnen für sechzehn Dollar das Stück, Pappbecher für dreißig Dollar das Stück und so weiter und so weiter. Die Liste ließe sich mühelos verlängern.«

»Befindet sich die Liste in diesem Karton?«

»Nur die großen Posten; Radarsysteme, Raketen, Waffen – Dinge, von denen ich nie zuvor gehört hatte. Die Glühbirnen sind unbedeutend. Aricia hatte dem Konzern lange genug angehört, um genau zu wissen, wie man die Gefahr gegen Null gehen läßt, daß der Schwindel auffliegt. Er produzierte tonnenweise Papiere, von denen kaum eines seinen Namen trägt. Zu Platt & Rockland gehörten sechs Firmen mit Rüstungsaufträgen, deshalb ging es in der Zentrale drunter und drüber. Das nutzte Aricia aus. Für jede gefälschte Rechnung, die er bei der Navy einreichte, hatte er eine schriftliche, von irgendeinem der Manager in der Zentrale unterschriebene Genehmigung. Aricia schloß Zulieferverträge für das überteuerte Material ab, dann ließ er sie sich von jemandem aus der Konzernspitze genehmigen. Es war ein System, das perfekt funktionierte, besonders bei einem so gerissenen Mann wie Aricia, der ohnehin vorhatte, den Konzern in aller Öffentlichkeit bloßzustellen. Er hielt alles schriftlich fest und übergab seine Aufzeichnungen später den Anwälten.«

»Und Patrick hat sie sich angeeignet?«

»Ein paar davon.«

Sandy betrachtete den Karton. Er war verschlossen. »Und das alles war seit seinem Verschwinden versteckt?«

»Ja.«

»Ist er je zurückgekommen, um es zu überprüfen?«

»Nein.«

»Und Sie?«

»Ich war vor zwei Jahren hier, um den Mietvertrag für das Depot zu verlängern. Ich habe in den Karton geschaut, hatte aber keine Zeit, mich näher mit seinem Inhalt zu befassen. Ich hatte Angst und war nervös; eigentlich hatte ich gar nicht kommen wollen. Ich war überzeugt, daß dieses Material nie Verwendung finden würde, ganz einfach, weil man ihn nicht erwischen würde. Aber Patrick muß es wohl stets geahnt haben.«

Der in Kreuzverhören versierte Anwalt in Sandy hätte am liebsten eine weitere Runde von nicht mit Aricia zusammenhängenden Fragen gestellt, aber er hielt sich zurück. Entspanne dich, sagte er sich, mach keinen zu interessierten Eindruck, dann bekommst du vielleicht irgendwann die Antworten auf deine Fragen. »Also, Aricias Plan funktionierte, und irgendwann trat er an Charles Bogan heran, dessen Cousin ein hohes Tier in Washington und dessen früherer Boß ein Bundesrichter ist. Hat Bogan gewußt, daß Aricia für die Kostenüberschreitungen verantwortlich war?«

Sie stand auf, öffnete den Karton und holte ein batteriebetriebenes Bandgerät und ein Gestell mit fein säuberlich beschrifteten Mini-Kassetten heraus. Sie ging die Kassetten mit einem Kugelschreiber durch, bis sie die gefunden hatte, die sie suchte. Sie legte sie in das Bandgerät ein. Für Sandy war offensichtlich, daß sie das schon viele Male getan haben mußte.

»Hören Sie zu«, sagte sie. »11. April 1991. Die erste Stimme gehört Bogan, die zweite Aricia. Der Anruf kam von Aricia, und Bogan nahm ihn im Konferenzraum im ersten Stock des Kanzleigebäudes entgegen.«

Sandy lehnte sich auf die Ellenbogen gestützt vor. Das Band begann zu laufen.

BOGAN: Ich erhielt heute einen Anruf von einem der New Yorker Anwälte von Platt & Rockland. Ein Typ namens Krasny.

ARICIA: Den kenne ich. Typisches New Yorker Arschloch.

BOGAN: Ja, er war nicht sehr freundlich. Hat gesagt, es könnte durchaus sein, daß er einen Beweis dafür hätte, daß Sie über die Doppelberechnung der Stalker-Screens Bescheid wußten, die New Coastal von RamTec gekauft hat. Ich habe ihn aufgefordert, mir diesen Beweis vorzulegen. Er antwortete, es würde ungefähr eine Woche dauern.

ARICIA: Immer mit der Ruhe, Bogan. Er kann es unmöglich beweisen, weil ich nichts unterschrieben habe.

BOGAN: Aber Sie haben davon gewußt?

ARICIA: Natürlich habe ich davon gewußt. Ich habe es ja schließlich geplant. Ich habe es in Bewegung gesetzt. Es war eine von meinen wundervollen Ideen. Deren Problem ist, Charles, daß sie das nicht beweisen können. Es gibt keine Unterlagen darüber, keine Zeugen.

Das Band verstummte, und Leah sagte: »Das gleiche Gespräch, ungefähr zehn Minuten später.«

ARICIA: Wie geht es dem Senator?

BOGAN: Dem geht es gut. Gestern hat er mit dem Marineminister gesprochen.

ARICIA: Wie ist es gelaufen?

BOGAN: Sehr gut. Wie Sie wissen, sind die beiden alte Freunde. Der Senator brachte sein Bedürfnis zum Ausdruck, Platt & Rockland für deren Gier zu bestrafen. Darüber hinaus wolle er aber das Expedition-Projekt als Ganzes nicht gefährden. Der Minister empfindet in dieser Frage ähnlich und sagt, er werde sich für eine empfindliche Bestrafung von Platt & Rockland einsetzen.

ARICIA: Kann er die Dinge beschleunigen?

BOGAN: Weshalb?

ARICIA: Ich will das verdammte Geld, Charlie. Ich kann es fühlen. Ich kann es schmecken.

Leah drückte auf eine Taste, und das Band kam zum Stillstand. Sie entnahm die Kassette und steckte sie wieder zwischen die anderen. »Patrick hat Anfang 1991 angefangen, ihre Gespräche aufzuzeichnen. Sie hatten vor, ihn Ende Februar zu feuern, mit der Begründung, daß er nicht genügend Mandanten warb.«

»Ist dieser Karton voll mit Tonbändern?«

»Es sind ungefähr sechzig Stück, alle sorgfältig von Patrick aufbereitet, so daß Sie sich alles in ungefähr drei Stunden anhören können.«

Sandy schaute auf die Uhr.

»Wir haben noch eine Menge Arbeit vor uns«, sagte sie.

28

Paulos Bitte um ein Radio wurde abgeschlagen, aber als ihnen klar wurde, daß er nur Musik hören wollte, brachten sie ihm einen gebrauchten Plattenspieler und zwei Kassetten des Philharmonischen Orchesters von Rio. Er bevorzugte klassische Musik. Paulo stellte den Ton leise und blätterte in einem Haufen alter Zeitschriften. Seine Bitte um Bücher wurde noch geprüft. Das Essen war bisher mehr als angemessen; ihnen schien sehr daran gelegen zu sein, daß er sich wohl fühlte. Seine Bewacher waren junge Männer, die für jemand anderen arbeiteten, jemanden, von dem Paulo wußte, daß er ihn nie zu sehen bekommen würde. Wenn sie ihn tatsächlich freiließen, würden die jungen Männer flüchten und jede Strafverfolgung unmöglich sein.

Sein zweiter Tag verging langsam. Eva war zu klug, um in ihre Falle zu tappen. Eines Tages würde dies alles für ihn schon einen Sinn ergeben. Er konnte ebensolange warten, wie sie es konnten.

Am zweiten Abend brachte Euer Ehren die Pizza gleich persönlich mit. Er hatte seinen ersten Besuch so sehr genossen, daß er Patrick am Nachmittag angerufen und sich erkundigt hatte, ob er wiederkommen dürfe. Patrick sehnte sich nach Gesellschaft.

Huskey griff in seinen kleinen Aktenkoffer und holte einen Stapel Umschläge heraus, die er auf den provisorischen Schreibtisch des Anwalts Lanigan warf. »Eine Menge Leute wollen ›Hallo‹ sagen, vor allem solche, die bei Gericht arbeiten. Ich habe ihnen gesagt, sie könnten schreiben.«

»Ich habe gar nicht gewußt, daß ich so viele Freunde habe.«

»Haben Sie auch nicht. Das sind gelangweilte Bürohengste mit jeder Menge Zeit zum Briefeschreiben. Auf diese Weise haben sie das Gefühl, ein bißchen mitbeteiligt zu sein.«

»Trotzdem danke.«

Huskey zog seinen Stuhl nahe an Patricks Bett heran und legte seine Füße auf eine offenstehende Schublade des Nachttisches. Patrick hatte fast zwei Pizzas gegessen und war jetzt satt.

»Ich muß den Fall bald abgeben«, sagte Huskey fast entschuldigend.

»Ich weiß.«

»Ich habe mich heute morgen ausführlich mit Trussel unterhalten. Ich weiß, daß Sie nicht gerade scharf auf ihn sind, aber er ist ein guter Richter und bereit, den Fall zu übernehmen.«

»Ich ziehe Richter Lanks vor.«

»Ja, aber leider haben Sie nicht die Wahl. Lanks hat Probleme mit seinem Blutdruck, und wir haben in der Vergangenheit stets versucht, ihm die großen Fälle vom Hals zu halten. Wie Sie wissen, hat Trussel mehr Erfahrung als Lanks und ich zusammen, was Fälle angeht, in denen die Todesstrafe beantragt wird.«

Patrick zuckte leicht zusammen, schloß die Augen und ließ für einen Moment die knochigen Schultern hängen, als sein Freund den letzten Satz beendet hatte. Die Todesstrafe. Es überfiel ihn, wie in letzter Zeit häufiger, wenn er zu lange vor dem Spiegel stand. Huskey ließ sich nicht die geringste Bewegung entgehen.

Es heißt, jeder Mensch wäre fähig, einen Mord zu begehen, und Huskey hatte im Verlauf seiner zwölf Jahre als Richter mit vielen Mördern gesprochen. Allerdings war Patrick sein erster Freund, auf den die Todeszelle wartete.

»Weshalb wollen Sie Ihr Amt aufgeben?«

»Die üblichen Gründe. Ich habe es satt, Richter zu sein, und wenn ich jetzt nicht aufhöre, dann werde ich es nie schaffen. Die Kids gehen bald aufs College, und ich muß mehr Geld verdienen.« Huskey schwieg eine Sekunde, dann fragte er: »Aber woher wissen Sie, daß ich mein Amt aufgeben will? Ich habe es nicht an die große Glocke gehängt.«

»So etwas spricht sich herum.«

»Bis nach Brasilien?«

»Ich hatte einen Spion, Karl.«

»Hier in Biloxi?«

»Nein, natürlich nicht. Ich konnte es nicht riskieren, mit jemandem hier in Verbindung zu treten.«

»Also war es jemand dort unten?«

»Ja, ein Anwalt, den ich kennengelernt habe.«

»Und Sie haben ihm alles erzählt?«

»Ja, ich habe ihr alles erzählt.«

Huskey legte die Fingerspitzen aufeinander und sagte: »Ja, das leuchtet ein.«

»Ich kann es wärmstens empfehlen, wenn Sie das nächste Mal dort unten sein werden und verschwinden wollen.«

»Ich werde es mir merken. Wo ist diese Anwältin jetzt?«

»Ganz in der Nähe, glaube ich.«

»Jetzt wird mir einiges klar. Sie muß diejenige sein, die das Geld hat.«

Patrick lächelte, dann kicherte er. Das Eis war gebrochen, endlich. »Was möchten Sie über das Geld wissen, Karl?«

»Alles. Wie haben Sie es gestohlen? Wo ist es? Wieviel ist noch übrig?«

»Welches ist das beste Gerücht, das Sie bei Gericht über das Verschwinden des Geldes gehört haben?«

»Oh, da gibt es Hunderte. Mein Lieblingsgerücht ist, daß Sie es verdoppelt und dann in einem Tresor in der Schweiz versteckt haben, daß Sie in Brasilien nur die Zeit totschlagen und in ein paar Jahren von dort verschwinden und mit Ihrem Geld spielen wollen.«

»Nicht schlecht.«

»Erinnern Sie sich an Bobby Doak, diesen kleinen, pikkelgesichtigen Wicht, der Scheidungen für neunundneunzig Dollar durchzieht und wütend auf jeden ist, der mehr verlangt?«

»Natürlich, inseriert in Kirchenblättern.«

»Genau der. Er hat gestern in der Kanzlei Kaffee getrunken und verkündet, er wisse aus einer geheimen Quelle, daß Sie das ganze Geld für Drogen und minderjährige Prostituierte ausgegeben hätten, und das wäre der Grund dafür, daß Sie in Brasilien wie ein Bauer lebten.«

»Typisch Doak.«

Die Ausgelassenheit verflog schnell, und Patrick verstummte. Huskey dachte nicht daran, den Moment ungenutzt verstreichen zu lassen. »Also, wo ist das Geld?«

»Das kann ich Ihnen nicht sagen, Karl.«

»Wieviel ist noch übrig?«

»Mehr als Sie sich in Ihren kühnsten Träumen vorstellen können.«

»Mehr, als Sie gestohlen haben?«

»Mehr, als ich mir genommen habe, ja.«

»Wie haben Sie es angestellt?«

Patrick schwang sich aus dem Bett und ging zur Tür. Sie war geschlossen. Er richtete sich auf, drückte Rücken und Beine durch und trank einen Schluck Wasser aus einer Flasche. Dann setzte er sich auf die Bettkante und sah Karl an.

»Ich hatte Glück«, sagte er fast flüsternd. Aber Karl hörte jede Silbe.

»Ich wollte weg, Karl, mit oder ohne Geld. Ich wußte, daß das Geld bei der Kanzlei eingehen würde, und ich hatte einen Plan, wie ich es mir verschaffen konnte. Aber wenn dieser Plan gescheitert wäre, wäre ich trotzdem verschwunden. Ich konnte keinen weiteren Tag mit Trudy ertragen. Ich haßte meinen Job, und die Kanzlei hatte ohnehin vor, mir die Kehle durchzuschneiden. Bogan und Genossen steckten mitten in einem gigantischen Betrugsmanöver, und ich war der einzige Mensch außerhalb der Kanzlei, der davon wußte.«

»Was für ein Betrugsmanöver?«

»Aricias Anspruch. Wir werden später darüber reden. Also, was ich sagen wollte, ist, daß ich in aller Ruhe mein Verschwinden plante und Glück hatte. Ich kam einfach damit durch. Das Glück ist mir bis vor zwei Wochen treu geblieben. Unglaubliches Glück.«

»Wir sind gestern bis zur Beisetzung gekommen.«

»Richtig. Ich kehrte in die kleine Wohnung zurück, die ich in Orange Beach gemietet hatte. Dort blieb ich ein paar Tage, hörte mir Sprachkassetten an und lernte portugiesische Vokabeln. Außerdem verbrachte ich eine Vielzahl von Stunden damit, die Gespräche aufzubereiten, die ich in der

Kanzlei aufgenommen hatte. Es gab Unmengen von Dokumenten, die ich durchgehen mußte. Ich habe ziemlich hart gearbeitet. Nach Einbruch der Dunkelheit bin ich stundenlang am Strand entlanggerannt und habe dafür gesorgt, daß ich ins Schwitzen kam, um meine überflüssigen Pfunde so rasch wie möglich loszuwerden. Ich habe in dieser Zeit praktisch aufgehört zu essen.«

»Was waren das für Dokumente?«

»Die Aricia-Akte. Ich mietete mir ein Segelboot. Ich hatte Grundkenntnisse im Segeln, und wie das so ist, plötzlich, lag mir viel daran, ein guter Segler zu werden. Das Boot war groß genug, um etliche Zeit darauf zu leben, und schon bald versteckte ich mich draußen auf dem Wasser.«

»Hier?«

»Ja. Ich ankerte in der Nähe von Ship Island und behielt die Küstenlinie von Biloxi im Auge.«

»Welchen Sinn hatte das?«

»Ich hatte einen Lauschangriff auf die Kanzlei vorbereitet, Karl. Jedes Telefon, jeden Schreibtisch, ausgenommen den von Bogan, hatte ich verwanzt. Ich hatte sogar ein Mikrofon in der Herrentoilette zwischen den Büros von Bogan und Vitrano installiert. Die Mikrofone übertrugen alles zu einer zentralen Sendeanlage, die ich auf dem Dachboden untergebracht hatte. Es ist eine alte Kanzlei in einem alten Gebäude, mit einer Million alter Akten auf dem Dachboden. Niemand ging je dort hinauf. An dem Schornstein auf dem Gebäude war eine alte vergessene Fernsehantenne, an ihr führte ich meine Drähte entlang. Von dort oben übertrug der Receiver alles zu einer Fünfundzwanzig-Zentimeter-Schüssel, die ich auf dem Segelboot installiert hatte. Mein Equipment war das Beste, was man damals für Geld bekommen konnte. Ich habe es in Rom auf dem Schwarzmarkt gekauft. Hat mich Unsummen gekostet. Mit einem Fernglas konnte ich den Schornstein sehen, und, was soll ich sagen, der Empfang war einwandfrei. Jede Unterhaltung in Hörweite eines der Mikrofone wurde zu mir auf das Segelboot übertragen. Ich habe alles aufgezeichnet und nachts die Gespräche aufbereitet. Ich wußte, wo sie ihren Lunch einnahmen und in welcher Stimmung ihre Frauen waren. Ich wußte einfach alles.«

»Das ist ja unglaublich.«

»Sie hätten hören sollen, wie sie versucht haben, sich nach meiner Beisetzung betroffen anzuhören. Sie nahmen all diese Anrufe, all diese Beileidsbekundungen entgegen und gaben sich so unglaublich ernst und voller Anstand. Aber wenn sie unter sich waren, machten sie Witze über meinen Tod. Er ersparte ihnen eine unerfreuliche Konfrontation. Bogan war dazu ausersehen worden, mir mitzuteilen, daß die Kanzlei mich hinauswarf. Am Tag nach der Beisetzung tranken er und Havarac Scotch im Konferenzzimmer und amüsierten sich darüber, wieviel Glück ich doch gehabt hätte, genau zur rechten Zeit zu sterben.«

»Haben Sie diese Tonbänder?«

»Was für eine Frage! Ein Beispiel. Ich habe die Aufzeichnung von der Unterhaltung zwischen Trudy und Doug Vitrano, in meinem früheren Büro, nur ein paar Stunden vor der Beisetzung, während der die beiden meinen Tresor öffnen und die Police der Lebensversicherung über zwei Millionen Dollar finden. Zum Brüllen komisch. Trudy brauchte ganze zwanzig Sekunden, bis sie fragte: ›Wann bekomme ich das Geld?‹«

»Wann kann ich das alles hören?«

»Das hat noch Zeit. Bald. Es existieren Hunderte von diesen Bändern. Ich war mehrere Wochen lang jeden Tag zwölf Stunden mit dem Aufbereiten des Materials beschäftigt. Stellen Sie sich all die Anrufe vor, durch die ich mich hindurcharbeiten mußte.«

»Haben die jemals einen Verdacht geschöpft?«

»Nicht wirklich; Rapley machte einmal Vitrano gegenüber die Bemerkung, daß mein Timing ja unglaublich gewesen wäre, da ich die Zwei-Millionen-Dollar-Police erst acht Monate vor meinem Tod gekauft hatte. Darüber hinaus gab es auch ein oder zwei Bemerkungen darüber, wie seltsam ich mich verhalten hatte. Harmlos im Grunde. Meine Partner waren viel zu glücklich darüber, daß ich fort war und ihnen nicht mehr im Wege stand.«

»Haben Sie auch Trudys Telefone angezapft?«

»Ich habe für einen Augenblick daran gedacht, aber weshalb sollte ich mir die Mühe machen? Ihr Verhalten war vorhersehbar. In welcher Form hätte sie mir bei meinem Vorhaben schon von Nutzen sein können.«

»Aber Aricia konnte es?«

»Ja. Ich wußte über jeden Schritt Bescheid, den sie für Aricia unternahmen. Ich wußte, daß das Geld ins Ausland überwiesen werden sollte. Ich wußte, auf welche Bank und wann es dort eintreffen sollte.«

»Und wie gelang Ihnen der Diebstahl des Geldes?«

»Wieder war das Glück auf meiner Seite. Obwohl Bogan die Fäden zog, war Vitrano derjenige, der am häufigsten mit den Bankern sprach. Ich flog nach Miami und beschaffte mir einen Satz frischer Papiere, die mich als Doug Vitrano auswiesen. Ich hatte seine Sozialversicherungsnummer und andere wichtige Daten von ihm. Dieser Mann in Miami verfügt über einen Computer-Katalog mit einer Million Gesichtern, und man zeigt einfach auf dasjenige, was man haben will, und im Handumdrehen ist dieses Gesicht auf deinem Führerschein. Ich suchte mir ein Gesicht aus, das ungefähr in der Mitte zwischen meinem und dem von Vitrano lag. Von Miami aus flog ich nach Nassau, und dort wurde es heikel. Ich erschien in der Bank, der United Bank of Wales. Der Mann, mit dem Vitrano am häufigsten gesprochen hatte, hieß Graham Dunlap. Ich legte meine falschen Papiere vor, einschließlich einer gefälschten Partnerschaftsvereinbarung, auf einem Firmenbogen natürlich, die mich anwies, das Geld sofort nach Eingang per telegrafischer Überweisung weiterzuleiten. Dunlap hatte Mr. Vitrano nicht erwartet und war ziemlich überrascht, sogar geschmeichelt, daß jemand von der Kanzlei für eine derartige Routineangelegenheit extra die weite Reise unternommen hatte. Er schenkte mir Kaffee ein und schickte eine Sekretärin nach Gebäck. Ich aß gerade einen Croissant in seinem Büro, als das Geld einging.«

»Hat er zu keinem Zeitpunkt daran gedacht, bei der Kanzlei rückzufragen?«

»Nein. Glauben Sie mir, Karl, ich war darauf gefaßt, die Flucht ergreifen zu müssen. Wenn Dunlap auch nur im geringsten mißtrauisch geworden wäre, dann hätte ich ihn niedergeschlagen, wäre aus dem Gebäude gerannt, ins nächste Taxi gesprungen und zum Flughafen gerast. Ich hatte drei verschiedene Tickets für drei verschiedene Flüge.«

»Wo wären Sie denn um alles in der Welt hingeflogen?«

»Vergessen Sie nicht, ich war ja noch immer tot. Wahrscheinlich nach Brasilien. Ich hätte mir einen Job als Barmann gesucht und den Rest meiner Tage am Strand verbracht. Im nachhinein glaube ich, daß ich ohne das Geld vielleicht besser gefahren wäre. Sehen Sie, Karl, ich hatte es, und sie wollten es wiederhaben. Deshalb bin ich jetzt hier. Aber wie dem auch sei, Dunlap stellte die richtigen Fragen, und meine Antworten kamen wie aus der Pistole geschossen. Er bestätigte, daß das Geld eingegangen war, und ich veranlaßte dessen sofortige Weiterleitung an eine Bank auf Malta.«

»Die ganze Summe?«

»Beinahe die ganze. Dunlap zögerte einen Moment, als ihm klar wurde, daß das Geld seine Bank wieder verlassen würde. Ich hatte Mühe, mich zu beherrschen. Er erwähnte etwas von einer Kommission für seine Dienste, und ich fragte ihn, was denn in einem derartigen Fall üblich wäre. Er verwandelte sich in einen schleimigen kleinen Kriecher und sagte, fünfzigtausend seien angemessen, und ich sagte, okay. Fünfzigtausend blieben auf dem Konto und gingen später an Dunlap. Die Bank ist in der Innenstadt von Nassau …«

»War in der Innenstadt von Nassau. Sechs Monate nach ihrem Coup ist sie zusammengebrochen.«

»Ja, ich habe so etwas auch gehört. Pech. Als ich das Gebäude durch den Haupteingang verließ, hatte ich Mühe, nicht wie ein Verrückter durch den Verkehr zu rennen. Ich hätte am liebsten laut geschrien und wäre von einer Straße in die nächste geeilt, aber ich beherrschte mich dann doch. Ich sprang ins erste freie Taxi, behauptete, ich müßte schnellstens zum Flughafen, und es fuhr los. Die Maschine nach Atlanta sollte in einer Stunde starten und die nach Miami in anderthalb. Die nach La Guardia wurde gerade aufgerufen, also flog ich nach New York.«

»Mit neunzig Millionen Dollar.«

»Abzüglich der fünfzigtausend für unseren Freund Dunlap. Es war der längste Flug meines Lebens, Karl. Ich kippte drei Martinis und war trotzdem noch das reinste Nervenbündel. Ich machte die Augen zu und sah Zollbeamte mit Maschinengewehren vor mir, die am Ausgang auf mich warteten. Ich wußte einfach, daß Dunlap Verdacht geschöpft und sie mich irgendwie zum Flughafen und zu dieser Maschine verfolgt hatten. Noch nie in meinem Leben hatte ich mich so danach gesehnt, aus einem Flugzeug herauszukommen. Wir landeten, rollten zum Terminal, stiegen aus. Eine Kamera blitzte auf, als wir auf den Ausgang zugingen. Ich dachte nichts mehr. Das ist es! Sie haben mich! Es war ein Junge mit seiner Kodak. Ich rannte buchstäblich in die Herrentoilette, wo ich zwanzig Minuten vollkommen erschöpft sitzenblieb. Neben mir stand eine Reisetasche mit all meiner weltlichen Habe.«

»Vergessen Sie nicht die neunzig Millionen.«

»Ach ja.«

»Wie ist das Geld nach Panama gelangt?«

»Woher wissen Sie, daß es nach Panama ging?«

»Ich bin Richter, Patrick. Die Polizeibeamten reden mit mir. Es ist eine kleine Stadt.«

»Das war bereits in dem Überweisungsauftrag enthalten, den ich in Nassau erteilt habe. Das Geld ging auf ein neues Konto auf Malta und anschließend sofort weiter nach Panama.«

»Wie wird man so ein Meister im Umgang mit Geld?«

»Dazu waren lediglich ein paar Recherchen erforderlich und Zeit. Ich habe mich ein volles Jahr mit der Materie befaßt. Sagen Sie, Karl, wann haben Sie eigentlich gehört, daß das Geld verschwunden ist?«

Karl lachte und lehnte sich weit in seinem Stuhl zurück. Dann verschränkte er die Hände hinter dem Kopf. »Nun, Ihre Kollegen in der Kanzlei waren nicht besonders erfolgreich bei dem Versuch, ihr kleines Geschäft geheimzuhalten.«

»Ich bin schockiert.«

»Im Grunde wußte die ganze Stadt, daß die Kanzlei im Begriff war, stinkreich zu werden. Sie taten überaus geheimnisvoll, gaben aber gleichzeit mit vollen Händen Geld aus. Havarac kaufte sich den größten Mercedes, der je hergestellt wurde, in Schwarz versteht sich. Vitranos Architekt war in der letzten Entwurfsphase zu dessen neuen Haus – tausend Quadratmeter. Rapley unterschrieb einen Kaufvertrag für ein Vierundzwanzig-Meter-Segelboot; behauptete, er dächte daran, in den Ruhestand zu treten. Ich habe auch ein paarmal gehört, daß sie mit dem Gedanken spielten, einen Firmenjet zu kaufen. Dreißig Millionen Dollar Anwaltshonorar wären hierzulande schwer geheimzuhalten gewesen, aber sie haben es im Grunde nicht einmal richtig versucht. Sie wollten, daß die Leute es wissen.«

»Typisch Anwälte.«

»Sie haben an einem Donnerstag zugeschlagen, stimmt's?«

»Ja. Am siebenundzwanzigsten März.«

»Am nächsten Tag war ich gerade im Begriff, mich auf die Sitzung eines Zivilprozesses vorzubereiten, als einer der Anwälte einen Anruf von seiner Kanzlei erhielt. Die Neuigkeit war, daß es bei Bogan, Rapley, Vitrano, Havarac und Lanigan Probleme mit ihrem großen Geschäft gab. Das Geld war verschwunden. Alles. Jemand hatte es von einem Auslandskonto abgeräumt.«

»Wurde mein Name erwähnt?«

»Nicht am ersten Tag. Aber es dauerte nicht lange. Dann sprach sich herum, daß die Sicherheitskamera der Bank das Bild von jemandem aufgezeichnet hatte, der eine vage Ähnlichkeit mit Ihnen aufwies. Andere Teile des Puzzles fügten sich zusammen, und schon sehr bald schwirrten Gerüchte durch die Stadt.«

»Haben Sie geglaubt, daß ich es getan hatte?«

»Zunächst war ich einfach zu schockiert, um überhaupt irgend etwas zu glauben. Das waren wir eigentlich alle damals. Wir hatten Sie begraben, zur ewigen Ruhe gebettet und unsere Gebete gesprochen. Aber als ein paar Tage ins Land gegangen waren, ließ der Schock nach und ein anderes Bild von Ihnen begann sich durchzusetzen. Das veränderte Testament, die Lebensversicherung, die Einäscherung des Leichnams – wir fingen an, eins und eins zusammenzuzählen. Dann fand man heraus, daß es in der Kanzlei von Wanzen nur so wimmelte. Das FBI verhörte alle möglichen Leute. Und eine Woche nach dem Diebstahl war man allgemein der Ansicht, daß Sie dahintersteckten.«

»Waren Sie stolz auf mich?«

»Ich kann nicht behaupten, daß ich stolz war. Vielleicht erstaunt. Vielleicht verblüfft. Da war schließlich ein Toter. Dann fing ich an, mir Gedanken zu machen.«

»Keine Spur von Bewunderung?«

»Soweit ich mich erinnere, nicht. Nein, ein unschuldiger Mensch war ermordet worden, damit Sie das Geld stehlen konnten. Außerdem hatten Sie eine Frau und eine Tochter zurückgelassen.«

»Für die Frau habe ich gesorgt. Das Kind war nicht von mir.«

»Das habe ich damals nicht gewußt. Niemand wußte es. Nein, ich glaube nicht, daß man Sie hier bewundert hat.«

»Was war mit meinen lieben Kollegen in der Kanzlei?«

»Die hat monatelang niemand zu Gesicht bekommen. Sie wurden von Aricia verklagt. Andere Verfahren folgten. Sie hatten sich in gewaltige Schulden gestürzt und mußten Konkurs anmelden. Scheidungen, Alkohol, es war fürchterlich. Wir wurden Zeuge einer Selbstzerstörung, wie sie im Buche steht.«

Patrick zog sich wieder in sein Bett zurück und schlug behutsam die Beine übereinander. Er genoß Huskeys Bericht mit einem süffisanten Grinsen. Huskey stand auf und ging zum Fenster. »Wie lange sind Sie in New York geblieben?« fragte er, durch die Jalousie hinausspähend.

»Ungefähr eine Woche. Ich wollte nicht, daß irgend etwas von dem Geld in die Staaten zurückkehrte, also veranlaßte ich seine Überweisung auf eine Bank in Toronto. Die Bank in Panama war eine Filiale der Bank of Ontario, es war also kein Problem, soviel dorthin zu überweisen, wie ich brauchte.«

»Sie fingen an, es auszugeben?«

»Nicht viel. Ich war jetzt Kanadier, mit guten Papieren, aus Vancouver zugezogen, und das Geld ermöglichte es mir, eine kleine Wohnung zu kaufen und mir Kreditkarten zu besorgen. Ich fand einen Portugiesischlehrer und lernte sechs Stunden täglich die Sprache. Ich flog mehrere Male nach Europa, damit ich Stempel in meinen Paß bekam und er gebraucht erschien. Alles lief bestens. Nach drei Monaten verkaufte ich die Wohnung wieder und flog nach Lissabon, wo ich die Sprache ein paar Monate lang weiterstudierte. Und dann, am 5. August 1992, bin ich nach São Paulo geflogen.«

»Gewissermaßen Ihr persönlicher Unabhängigkeitstag.«

»Absolute Freiheit, Karl. Ich landete mit zwei kleinen Koffern in dieser Stadt. Ich stieg in ein Taxi und war bald in einem Meer aus zwanzig Millionen Menschen untergetaucht. Es war dunkel und regnete, der Verkehr stand still, und ich saß im Fond eines Taxis und dachte, daß jetzt niemand auf der Welt wußte, wo ich war. Und daß niemand mich je finden würde. Ich hätte fast geweint, Karl. Es war die totale, grenzenlose Freiheit. Ich schaute in die Gesichter der Leute, die auf den Gehsteigen entlangeilten, und ich dachte, jetzt bin ich einer von ihnen. Ich bin ein Brasilianer namens Danilo, und ich werde nie wieder jemand anders sein.«

29

Sandy schlief drei Stunden auf einer harten Matratze im Loft irgendwo oberhalb des Wohnzimmers, weit weg von ihr, und wachte auf, weil die Morgensonne durch einen Spalt unterhalb der Jalousie hereinschien. Es war halb sieben. Sie hatten sich um drei Uhr getrennt, nachdem sie sieben Stunden lang Dokumente durchgesehen und sich Dutzende der illegal aufgezeichneten Unterhaltungen angehört hatten.

Er duschte und zog sich an, dann ging er hinunter in die Küche, wo Leah ihn bereits mit einem frisch gebrühten Kaffee und einem erstaunlich wachen Gesicht in der Eßecke erwartete. Sie versorgte ihn mit Weizentoast und Marmelade, während er die Zeitungen überflog. Sandy wollte möglichst rasch mit dem Aricia-Chaos in sein Büro zurückkehren und es in seinen eigenen vier Wänden durcharbeiten.

»Etwas Neues von Ihrem Vater?« fragte er. Die frühmorgendlichen Stimmen waren leise, die Worte karg.

»Nein. Aber ich kann von hier aus nicht anrufen. Ich werde später auf den Markt gehen und ein Münztelefon benutzen.«

»Ich werde ein Gebet für ihn sprechen.«

»Danke.«

Sie packten die gesamte Aricia-Akte in den Kofferraum seines Wagens und verabschiedeten sich voneinander. Sie versprach, ihn innerhalb der nächsten vierundzwanzig Stunden anzurufen. Sie würde erst einmal eine Weile hierbleiben. Die Probleme ihres gemeinsamen Mandanten hatten sich in ihrer Wirkung von ›bloß ernst‹ zu ›sehr dringlich‹ gesteigert.

Die Morgenluft war kühl. Schließlich war es Oktober, und sogar die Küste ließ einen ersten Hauch von Herbst verspüren. Sie zog einen Parka an und machte sich zu einem Spaziergang auf. Barfuß, mit der einen Hand in der Tasche und ihrem Kaffee in der anderen Hand, ging sie am Strand entlang. Sie versteckte ihre Augen hinter einer Sonnenbrille, was sie ärgerte. Der Strand war menschenleer. Weshalb fühlte sie sich gezwungen, überhaupt etwas zu verbergen?

Wie alle Cariocas hatte sie einen großen Teil ihres Lebens am Strand verbracht, dem Mittelpunkt der Kultur ihrer Heimat. Sie war bei ihrem Vater in Ipanema großgeworden, dem nobelsten von Rios Stadtteilen, wo jedes Kind am Strand aufwuchs.

Sie war es nicht gewohnt, lange Spaziergänge am Wasser zu unternehmen, ohne dabei von vielen Menschen umgeben zu sein, die sich glücklich sonnten und spielten. Ihr Vater war einer der ersten gewesen, der gegen die ungezügelte Ausweitung von Ipanema gekämpft hatte. Das Anwachsen der Einwohnerzahl und die Willkür im Umgang mit Baugenehmigungen waren ihm zutiefst zuwider, und er arbeitete unermüdlich mit den örtlichen Bürgerinitiativen zusammen, um die gröbsten Mißstände zu beseitigen. Derartige Aktionen widersprachen eigentlich der typischen Carioca-Einstellung von leben und leben lassen, aber mit der Zeit wurden sie bewundert und sogar allgemein begrüßt. Als Anwältin widmete Eva einen Teil ihrer Zeit immer noch Bürgerinitiativen in den Stadtteilen Ipanema und Leblon.

Die Sonne verkroch sich hinter den Wolken, und der Wind frischte auf. Sie kehrte ins Haus zurück, verfolgt von kreischenden Möwen, die über ihrem Kopf kreisten. Sie verschloß sämtliche Fenster und Türen und fuhr zu einem zwei Meilen entfernt gelegenen Supermarkt, wo sie Shampoo und Obst kaufen und das nächste Münztelefon suchen wollte.

Anfangs sah sie den Mann nicht, und als sie ihn schließlich bemerkte, sah es aus, als hätte er schon immer neben ihr gestanden. Sie hielt gerade eine Flasche mit Conditioner in der Hand, als er geräuschvoll einatmete, als ob er erkältet wäre. Sie drehte sich um, musterte ihn durch ihre Sonnenbrille und erschrak über seinen eindringlichen Blick. Er war dreißig oder vierzig, weiß, unrasiert, aber sie hatte keine Zeit, mehr zu registrieren.

Er starrte sie an, mit fanatischen grünen Augen, die sie aus einem strandgebräunten Gesicht anfunkelten. Sie ging möglichst gelassen mit dem Conditioner in der Hand zur Kasse. Vielleicht war es ja nur ein stadtbekannter Sonderling, ein harmloser Perverser, der sich in den Geschäften herumtrieb und hübschen Urlauberinnen einen Schrecken einjagte. Vielleicht kannten alle Leute in dem Laden seinen Namen und ließen ihn gewähren, weil er keiner Fliege etwas zuleide tat.

Minuten später sah sie ihn wieder, diesmal in der Nähe der Bäckerei, wo er sich den Anschein gab, als würde er ein Stück Pizza verzehren. Weshalb hatte er sie verfolgt? Jetzt registrierte sie, daß er Shorts und Sandalen trug.

Panik ergriff von ihr Besitz und ließ sie erschaudern. Ihr erster Gedanke war, die Flucht zu ergreifen, aber sie bewahrte Fassung, lange genug, um sich einen Einkaufskorb zu greifen. Sie war von irgend jemandem entdeckt worden, und es konnte für sie nur von Vorteil sein, wenn sie ihn ebenso beobachtete wie er sie. Wer weiß, wann sie ihn wieder zu Gesicht bekäme. Sie wanderte in der Gemüseabteilung umher, bahnte sich ihren Weg zur Käsetheke und verlor ihn eine ganze Weile aus den Augen. Dann entdeckte sie ihn wieder; er kehrte ihr den Rücken zu und hielt eine Flasche Milch in der Hand.

Ein paar Minuten später sah sie durch die große Schaufensterscheibe hindurch, wie er über den Parkplatz ging. Er hatte den Kopf ein wenig zur Seite geneigt und sprach in ein Handy. Er trug keinerlei Waren bei sich. Was war mit der Milch passiert? Sie war versucht, durch den Hintereingang zu flüchten, aber ihr Wagen stand vor dem Geschäft. Sie bezahlte so gelassen wie möglich ihre Einkäufe, aber ihre Hände zitterten, als sie das Wechselgeld in Empfang nahm.

Auf dem Parkplatz standen ungefähr dreißig Autos, darunter auch ihr Mietwagen, und ihr war klar, daß sie nicht sämtliche inspizieren konnte. Nicht, daß sie das vorgehabt hätte. Er saß sicherlich in einem der Autos. Sie wollte einfach abfahren, ohne verfolgt zu werden. Alles sollte so bleiben, wie es war. Sie stieg schnell in ihren Wagen, verließ den Parkplatz und bog in Richtung Strandhaus ab, obwohl sie wußte, daß sie nie mehr dorthin würde zurückkehren können. Sie fuhr eine halbe Meile, dann machte sie eine abrupte Kehrtwendung, gerade noch rechtzeitig, um ihn drei Fahrzeuge hinter ihr in einem neuen Toyota auszumachen. Seine grünen Augen wechselten in letzter Sekunde die Blickrichtung. Seltsam, dachte sie, daß er diese Augen nicht verbarg.

Im Augenblick kam ihr allerdings alles höchst seltsam vor. Seltsam, daß sie einen fremden Highway in einem fremden Land entlangfuhr, mit einem falschen Paß, der sie zu einer Frau machte, die sie nie hatte sein wollen, und unterwegs zu einem Ort, für den sie sich erst noch entscheiden mußte. Ja, alles war irgendwie seltsam und verschwommen und überaus beängstigend, und was Eva brauchte und wonach es sie so verzweifelt verlangte, war, Patrick zu sehen, um ihn zur Rede stellen zu können. Das hier war nicht Teil ihrer Abmachung. Daß Patrick seiner Vergangenheit wegen gejagt wurde, war eine Sache, aber daß sie jetzt auch verfolgt wurde, war eine andere. Sie hatte nichts Unrechtes getan. Von Paulo ganz zu schweigen.

Als Brasilianerin fuhr sie normalerweise mit einem Fuß auf dem Gas und dem anderen auf der Bremse, und der Verkehr am Strand brauchte für gewöhnlich dringend Leute mit einer Fahrweise wie der ihren. Aber jetzt mußte sie ruhig bleiben. Man gerät nicht in Panik, wenn man auf der Flucht ist, hatte Patrick ihr viele Male eingeschärft. Man überlegt, man beobachtet, man schmiedet Pläne.

Sie beobachtete die Wagen hinter sich. Sie hielt sich peinlich genau an die Verkehrsregeln.

»Du mußt immer wissen, wo du dich befindest«, hatte Patrick ihr eingebleut. Sie hatte den Straßenatlas stundenlang studiert. Sie bog nach Norden ab und hielt an einer Tankstelle an, um zu sehen, ob jemand sie verfolgt hatte. Nichts. Der Mann mit den grünen Augen war spurlos verschwunden, aber das war kein Trost. Er wußte, daß sie ihn gesehen hatte. Er war ertappt worden. Er hatte ganz einfach jemanden über sein Handy informiert, und jetzt wurde sie womöglich schon vom Rest der Bande beobachtet.

Eine Stunde später betrat sie den Terminal des Flughafens von Pensacola und wartete achtzig Minuten auf eine Maschine nach Miami. Jeder Flug wäre ihr recht gewesen; der nach Miami war zufällig der früheste. Er sollte sich als verhängnisvoll erweisen.

Scheinbar in eine Zeitschrift vertieft, beobachtete sie aufmerksam ihre Umgebung. Ein Wachmann genoß es, sie anzuschauen, und es fiel ihr schwer, ihn zu ignorieren. Im übrigen war der Flughafen fast menschenleer.

Die Maschine nach Miami war ein Turbo-Prop-Nahverkehrsflugzeug, und der Flug schien ewig zu dauern. Achtzehn der vierundzwanzig Sitze waren nicht besetzt, und die übrigen fünf Passagiere machten einen harmlosen Eindruck auf sie. Sie schaffte es sogar, ein kurzes Nickerchen zu machen.

In Miami versteckte sie sich für eine Stunde in einer Flughafen-Lounge, trank ein teures Mineralwasser und sah zu, wie die Menschen kamen und gingen. Am Varig-Schalter kaufte sie ein Erster-Klasse-Ticket nach São Paulo, einfacher Flug. Sie war sich nicht sicher, weshalb sie das tat. São Paulo war nicht ihr Zuhause, aber es lag auf alle Fälle in der richtigen Richtung. Vielleicht würde sie sich dort für ein paar Tage in einem guten Hotel verstecken. Sie würde ihrem Vater näher sein, wo immer er dort auch sein mochte. Flugzeuge starteten zu hundert verschiedenen Orten. Weshalb sollte sie nicht ihr Heimatland besuchen?

Routinemäßig ließ das FBI eine Suchmeldung an die Zoll- und Einwanderungsbehörden sowie an die Fluggesellschaften herausgehen. Diese beschrieb eine junge Frau, Alter einunddreißig Jahre, mit einem brasilianischen Paß reisend, richtiger Name Eva Miranda, aber vermutlich einen falschen Namen benutzend. Nachdem sie die Identität ihres Vaters festgestellt hatten, war es nicht allzu schwer gewesen, ihren tatsächlichen Namen herauszufinden. Als Leah Pires eine Paßkontrolle im Miami International passierte, war sie nicht darauf gefaßt, daß ein Problem auf sie zukommen würde; sie hielt noch immer Ausschau nach den Männern hinter ihr.

Der Paß auf den Namen Leah Pires hatte sich in den vergangenen beiden Wochen als absolut verläßlich erwiesen.

Aber der sie abfertigende Zollbeamte hatte die Suchmeldung eine Stunde zuvor während seiner Kaffeepause gelesen. Während er jedes Wort ihres Passes sorgfältig studierte, drückte er auf einen Alarmknopf. Zuerst war die Verzögerung nur lästig, dann begriff Leah, daß etwas nicht in Ordnung war. Die Reisenden an den anderen beiden Schaltern rückten stetig vor und hielten kaum lange genug an, um ihre Pässe vorzeigen zu können. Sie gingen nach einem zustimmenden Nicken einfach weiter. Ein Inspektor in einem marineblauen Jackett erschien aus dem Nichts und tuschelte mit dem Agenten. »Würden Sie mich bitte begleiten, Ms. Pires?« fragte er höflich, aber ohne irgendwelchen Raum für Diskussionen zu lassen. Er deutete auf eine Reihe von Türen, die ein Stück den breiten Korridor hinunter lagen.

»Gibt es ein Problem?« fragte sie.

»Eigentlich nicht. Nur ein paar Fragen.« Er wartete auf sie. Außer ihm wartete noch ein uniformierter Wachmann mit Mace und einer Waffe an der Hüfte. Der Inspektor hielt ihren Paß in der Hand. Dutzende von Reisenden hinter ihr beobachteten die Szene.

»Fragen worüber?« fragte sie, als sie mit dem Inspektor und dem Wachmann auf die zweite Tür zuging.

»Nur ein paar Fragen«, wiederholte er, öffnete die Tür und führte sie in einen quadratischen, fensterlosen Raum. Er erinnerte sie unwillkürlich an eine Gefängniszelle. Sie registrierte den Namen Rivera auf seinem Namensschild. Er sah nicht aus wie ein Lateinamerikaner.

»Geben Sie mir meinen Paß zurück«, forderte sie, sobald sie allein in dem Raum waren und die Tür geschlossen war.

»Nicht so schnell, Ms. Pires. Ich muß Ihnen ein paar Fragen stellen.«

»Und ich brauche sie nicht zu beantworten.«

»Bitte, keine Aufregung. Setzen Sie sich. Möchten Sie einen Kaffee oder ein Mineralwasser?«

»Nein.«

»Ist das Ihre tatsächliche Adresse in Rio?«

»Ja.«

»Woher sind Sie gekommen?«

»Aus Pensacola.«

»Ihr Flug?«

»Airlink 855.«

»Und Ihr Reiseziel?«

»São Paulo.«

»Wo in São Paulo?«

»Das ist meine Privatangelegenheit.«

»Geschäftlich oder privat?«

»Warum spielt das eine Rolle?«

»Es spielt eine Rolle. Ihrem Paß zufolge leben Sie in Rio. Also, wo werden Sie in São Paulo wohnen?«

»In einem Hotel.«

»Und der Name des Hotels?«

Sie zögerte, während sie versuchte, sich den Namen eines Hotels einfallen zu lassen, und die kleine Pause war verhängnisvoll. »Uh – im – im – Inter-Continental«, sagte sie schließlich ohne jede Spur von Überzeugungskraft.

Er notierte es, dann sagte er: »Und vermutlich haben Sie dort unter dem Namen Leah Pires ein Zimmer vorbestellt?«

»Natürlich«, sagte sie rasch. Aber ein kurzer Anruf würde beweisen, daß sie log.

»Wo ist Ihr Gepäck?« fragte er.

Ein weiteres verräterisches Detail. Sie zögerte, wandte den Blick ab und sagte: »Ich reise ohne Gepäck.«

Jemand klopfte an die Tür. Rivera öffnete sie einen Spaltbreit, nahm ein Blatt Papier entgegen und flüsterte mit einem unsichtbar bleibenden Kollegen. Die Tür wurde wieder geschlossen, und Rivera studierte seine Information.

»Unseren Unterlagen zufolge sind Sie vor acht Tagen ins Land gekommen, sind hier in Miami gelandet, und zwar aus Zürich kommend via London. Acht Tage, und kein Gepäck. Ein bißchen seltsam, finden Sie nicht auch?«

»Ist es ein Verbrechen, ohne Gepäck zu reisen?« fragte sie.

»Nein, aber es ist ein Verbrechen, einen falschen Paß zu benutzen. Zumindest hier in den Vereinigten Staaten.«

Sie betrachtete den vor ihm auf dem Tisch liegenden Paß und wußte, daß er nicht falscher sein konnte. »Es ist kein falscher Paß«, sagte sie entrüstet.

»Kennen Sie eine Frau namens Eva Miranda?« fragte Rivera, und Leah entgleisten ihre Gesichtszüge. Ihr Herz blieb stehen, ihr Gesicht verfiel, und sie wußte, daß die Jagd vorüber war.

Rivera seinerseits wußte, daß er einen Fang gemacht hatte. »Ich muß mich mit dem FBI in Verbindung setzen«, sagte er. »Es wird eine Weile dauern.«

»Bin ich verhaftet?« fragte sie.

»Noch nicht.«

»Ich bin Anwältin. Ich ...«

»Das ist uns bekannt. Und wir haben das Recht, Sie zwecks einer Befragung festzuhalten. Unsere Büros sind im Untergeschoß. Gehen wir.«

Sie wurde eiligst abgeführt. Ihre Augen waren immer noch hinter der Sonnenbrille verborgen, und sie umklammerte ihre Handtasche.

Auf dem langen Tisch türmten sich Akten und Papiere. Dazwischen lagen zerknüllte Blätter von Notizblöcken, leere Kaffeebecher und teilweise verzehrte Sandwiches aus der Cafeteria des Militärkrankenhauses. Der Lunch lag fünf Stunden zurück, aber keiner der beiden Anwälte dachte ans Dinner. Auf die Zeit wurde nur außerhalb dieses Raumes geachtet; hier drinnen spielte sie keine Rolle.

Beide Männer waren barfuß. Patrick trug ein T-Shirt und eine Turnhose. Sandy trug ein sehr verknittertes Baumwollhemd mit aufgeknöpftem Kragen, eine khakifarbene Hose, keine Socken. Es waren die gleichen Sachen, die er Stunden zuvor in dem Strandhaus angezogen hatte.

Der Aricia-Karton stand leer in einer Ecke des Raumes. Sein gesamter Inhalt lag auf dem Tisch ausgebreitet.

Die Tür wurde gleichzeitig mit einem Anklopfen geöffnet, und Agent Joshua Cutter trat ein, noch ehe er dazu aufgefordert worden war. Er blieb im Türrahmen stehen.

»Das ist eine nichtöffentliche Zusammenkunft«, sagte Sandy, sich vor Cutter aufbauend. Niemand konnte die Dokumente auf dem Tisch einsehen. Patrick ging in Richtung Tür und half damit ebenfalls, den Blick auf diese zu verdekken.

»Weshalb klopfen Sie nicht an, bevor Sie hereinkommen?« sagte er wütend.

»Tut mir leid«, sagte Cutter gelassen. »Ich gehe gleich wieder. Ich dachte nur, es würde sie interessieren, zu erfahren, daß wir Eva Miranda in Gewahrsam haben. Wir haben sie auf dem Flughafen von Miami erwischt, auf dem Weg heim nach Brasilien, mit einem falschen Paß.«

Patrick erstarrte und versuchte krampfhaft, sich eine Erwiderung einfallen zu lassen.

»Eva?« fragte Sandy.

»Ja, auch unter dem Namen Leah Pires bekannt. Das jedenfalls ist der Name, der in dem falschen Paß steht.« Cutter sah Patrick an, während er Sandy antwortete.

»Wo ist sie?« fragte Patrick fassungslos.

»In Miami, im Gefängnis.«

Patrick wandte sich ab und ging an dem Tisch entlang in den Raum zurück. Gefängnis war überall grauenhaft, aber Gefängnis in Miami hörte sich besonders bedrohlich an.

»Haben Sie eine Nummer, unter der wir sie erreichen können?« fragte Sandy.

»Nein.«

»Sie hat das Recht auf ein Telefon.«

»Wir arbeiten daran.«

»Besorgen Sie mir eine Nummer, und zwar schnell.«

»Wir werden sehen, was sich machen läßt.« Cutter fuhr fort, Patrick zu beobachten; Sandy ignorierte er geflissentlich. »Sie hatte es mächtig eilig. Kein Gepäck, nicht einmal Handgepäck. Hat versucht, nach Brasilien zu verschwinden und Sie hier zurückzulassen.«

»Halten Sie den Mund«, sagte Patrick.

»Sie können jetzt gehen«, sagte Sandy.

»Ich dachte nur, es würde Sie interessieren«, sagte Cutter mit einem Lächeln, dann verschwand er.

Patrick sank in einen Stuhl und massierte sich die Schläfen. Er hatte schon Kopfschmerzen gehabt, bevor Cutter erschienen war, aber jetzt waren sie schlagartig schlimmer geworden. Eva und er waren immer wieder die drei Szenarien durchgegangen, auf die sie sich einstellen mußte, falls er erwischt wurde. Das erste und planmäßige war, daß sie im Schatten bleiben, Sandy assistieren und nach Belieben herumreisen würde. Zweitens bestand die Möglichkeit, daß sie von Stephano und Aricia gefunden werden konnte, was die bei weitem beängstigendste Variante war. Und drittens konnte das FBI sie erwischen, was nicht annähernd so schlimm war wie Nummer zwei, aber enorme Probleme für sie beide aufwarf. Zumindest war sie jetzt in Sicherheit.

Über dieses vierte Szenarium, ihre Rückkehr nach Brasilien ohne ihn, hatten sie nie gesprochen. Er konnte nicht glauben, daß sie vorgehabt hatte, ihn im Stich zu lassen.

Sandy raffte wortlos die Akten zusammen und räumte den Tisch auf.

»Wann hast du sie verlassen?« fragte Patrick.

»Gegen acht. Es war alles in bester Ordnung, Patrick, das habe ich dir doch schon erzählt.«

»Keine Erwähnung von Miami oder Brasilien?«

»Nein. Überhaupt keine. Ich fuhr mit dem Eindruck ab, daß sie eine Zeitlang in dem Strandhaus zu bleiben gedachte. Sie hat mir erzählt, sie hätte es für einen Monat gemietet.«

»Dann hat ihr etwas einen Riesenschrecken eingejagt. Weshalb hätte sie sonst die Flucht ergreifen sollen?«

»Ich weiß es nicht.«

»Mache einen Anwalt in Miami ausfindig, Sandy. Und zwar schnell.«

»Ich kenne mehrere.«

»Sie muß entsetzliche Angst haben.«

30

Es war nach sechs, also saß Havarac vermutlich in einem Casino am Blackjack-Tisch, trank kostenlosen Whiskey und hielt nach Frauen Ausschau. Überall wurde von seinen Spielschulden geredet. Rapley hatte sich ohne Zweifel wieder in seiner Bodenkammer eingeschlossen, dem Ort, an dem es der Rest der Welt vorzog, ihn zu sehen. Die Sekretärinnen und Anwaltsgehilfen waren gegangen. Doug Vitrano schloß die Eingangstür ab und begab sich in das hintere Büro, das größte und schönste, in dem Charlie Bogan mit hochgekrempelten Ärmeln bereits auf ihn wartete.

Patrick war es gelungen, jedes Büro außer dem des Seniorpartners zu verwanzen, eine Tatsache, die Bogan bei den heftigen Auseinandersetzungen, die dem Verlust des Geldes folgten, immer wieder betont hatte. Wenn Bogan nicht in seinem Büro war oder in dessen unmittelbarer Nähe, war es mit einem Sicherheitsschloß verriegelt. Seine Partner wären viel zu sorglos gewesen, hatte er ihnen wiederholt vorgeworfen. Vor allem Vitrano, von dessen Telefon aus die letzten, verhängnisvollen Gespräche mit Graham Dunlap in Nassau geführt worden waren und durch die Patrick erfahren hatte, wohin das Geld gehen sollte. Das war, bis an die Grenze von tätlichen Auseinandersetzungen gehend, immer wieder Gegenstand von Diskussionen gewesen.

Aber Bogan konnte, das mußte er fairerweise zugestehen, nicht allen Ernstes behaupten, daß er mit so etwas wie einem Lauschangriff in seiner eigenen Kanzlei gerechnet hatte. Denn wäre das der Fall gewesen, weshalb hatte er dann seine sorglosen Partner nicht umgehend gewarnt? Er war einfach vorsichtig gewesen, und er hatte Glück gehabt. Wichtige Unterredungen hatten in Bogans Büro stattgefunden. Es dauerte nur Sekunden, das Sicherheitsschloß zu verriegeln. Er besaß den einzigen Schlüssel. Nicht einmal die

Putzfrauen konnten das Büro betreten, wenn Bogan abwesend war.

Vitrano machte die Tür hinter sich zu und ließ sich auf den weichen Ledersessel vor Bogans Schreibtisch sinken.

»Ich habe heute morgen mit dem Senator gesprochen«, sagte Bogan. »Er hat mich aufgefordert, in sein Haus zu kommen.« Bogans Mutter und der Vater des Senators waren Geschwister. Der Senator war zehn Jahre älter als Bogan.

»Wie ist seine Stimmung?« fragte Vitrano.

»Alles andere als gut. Er wollte in Sachen Lanigan auf den neuesten Stand gebracht werden, und ich habe ihm alles erzählt, was ich weiß. Immer noch keine Spur von dem Geld. Er ist sehr nervös wegen der Geschichte mit dem Lauschangriff. Ich habe ihm wieder und wieder versichert, daß alle Gespräche mit ihm von diesem Raum aus geführt wurden und daß dieses Büro laut FBI sauber war. Deshalb brauche er sich über das, was Lanigan unter Umständen weiß, keine Sorgen zu machen.«

»Aber er macht sich Sorgen?«

»Ist das ein Wunder? Er hat mich neuerlich gefragt, ob irgendwelche Dokumente existierten, die ihn mit Aricia in Zusammenhang brächten. Ich verneinte, was sollte ich denn auch sonst tun.«

»Ich habe damit kein Problem.«

»Ja. Es gibt keine Dokumente, die den Namen des Senators tragen. Alle Absprachen mit ihm erfolgten mündlich, die meisten auf dem Golfplatz. Das habe ich ihm tausendmal gesagt, aber jetzt, wo Patrick zurückgekehrt ist, wollte er es noch einmal genau wissen.«

»Vom Kabinett haben Sie ihm nichts erzählt?«

»Nein.«

Beide betrachteten den Staub auf Bogans Schreibtisch und dachten an das, was im Kabinett passiert war. Im Januar 1992, einen Monat, nachdem das Justizministerium dem Aricia-Vergleich zugestimmt hatte, und ungefähr zwei Monate, bevor das Geld eingehen sollte, war Aricia eines Tages aufgekreuzt, unplanmäßig, unangemeldet und übelst gelaunt. Patrick war noch da; es war drei Wochen vor seinem spektakulären Abgang. Die Kanzlei hatte bereits mit der gründlichen Renovierung der einzelnen Büros begonnen, und aus diesem Grund konnte Bogan das Gespräch mit Aricia nicht in seinem Zimmer führen. Maler standen auf den Leitern. Die Möbel waren mit Tüchern abgedeckt. Bogan brachte den streitlustigen Aricia in ein kleines Konferenzzimmer gegenüber von seinem Büro, einen Raum, den alle nur das Kabinett nannten, da er so klein war. Mit seiner schrägen Decke, er lag unter einer Treppe, wirkte er winzig. Er enthielt lediglich einen kleinen quadratischen Tisch mit je einem Stuhl an jeder Seite.

Vitrano wurde geholt, weil er der zweite Mann in der Kanzlei war und man hielt eine Art Konferenz ab. Aricia war wütend, weil die Anwälte im Begriff standen, dreißig Millionen Dollar zu kassieren. Jetzt, da sein Anspruch vor Gericht anerkannt worden war, war ihm schlagartig die Dimension der Honorarforderung bewußt geworden, und er hielt dreißig Millionen Dollar schlicht und ergreifend für eine unverfrorene Dreistigkeit. Aricia verlor die Beherrschung, weil Bogan und Vitrano keinen Millimeter Boden preisgaben. Sie erboten sich, den Vertrag über juristische Dienste zu holen, den sie mit ihm abgeschlossen hatten, aber der interessierte Aricia unter diesen Umständen nicht.

Im Eifer des Gefechts fragte Aricia, wieviel von den dreißig Millionen denn der Senator bekommen würde. Bogan wurde wütend und sagte, das ginge diesen überhaupt nichts an. Aricia erwiderte, das ginge ihn sehr wohl etwas an, da es sich ja schließlich um sein Geld handelte, und dann fiel er wortreich über den Senator und die Politiker im allgemeinen her. Er ließ sich ausführlich über die Tatsache aus, daß der Senator in Washington massiven Druck ausgeübt hatte, um die Marine, das Pentagon und das Justizministerium dazu zu bewegen, daß sie seinen, Aricias, Anspruch anerkannten. »Wieviel bekommt er?« wollte er immer wieder wissen.

Bogan wich der Frage beharrlich aus. Er sagte lediglich, daß für den Senator schon gesorgt werden würde. Er erinnerte Aricia daran, daß er sich ganz bewußt für ihre Kanzlei entschieden hatte, der politischen Verbindungen wegen. Und er fügte hitzig hinzu, daß sechzig Millionen in Aricias Tasche nicht gerade das seien, was man unter einem schlechten Geschäft versteht, zumal dann, wenn man bedachte, daß dessen Anspruch von Anfang an auf einem Betrug basierte.

Zuviel wurde gesagt.

Aricia hielt ein Honorar von zehn Millionen für mehr als ausreichend. Bogan und Vitrano lehnten es rundheraus ab. Daraufhin stürmte Aricia schwer fluchend aus dem Kabinett.

Es gab zwar kein Telefon im Kabinett, aber es wurden zwei Mikrofone gefunden. Eines war unter dem Tisch versteckt. Das andere war zwischen zwei alten, verstaubten Gesetzesbüchern auf dem einzigen Regal im Zimmer installiert worden. Die Bücher dienten ausschließlich als Dekoration.

Nach dem Schock über das Verschwinden des Vermögens und der Entdeckung all der Wanzen und Drähte durch Stephano sprachen Bogan und Vitrano lange Zeit nicht über das Treffen im Kabinett. Vielleicht würde es sich einfach wie von Geisterhand in Luft auflösen. Sie brachten es auch Aricia gegenüber nicht zur Sprache, vor allem deswegen, weil er sie so rasch verklagt hatte und bereits wütend wurde, wenn er bloß ihre Namen hörte. Die Unterredung verblaßte in ihrer Erinnerung. Ja, vielleicht hatte sie nicht einmal stattgefunden.

Jetzt, wo Patrick zurückgekehrt war, waren sie gezwungen, sich wieder mit ihr zu beschäftigen. Es bestand immerhin die Chance, daß die Mikrofone nicht funktioniert hatten oder daß diese Unterredung Patrick in seiner Eile entgangen waren. Schließlich hatte es noch genügend andere Wanzen gegeben, deren Resultate er abhören und verarbeiten mußte. Ja, hatten sie entschieden, die Chancen standen recht gut, daß Patrick das Treffen im Kabinett einfach entgangen war.

»Er hat die Bänder doch bestimmt nicht vier Jahre lang aufbewahrt, oder?« fragte Vitrano.

Aber Bogan antwortete nicht. Er saß mit verschränkten Armen da und schaute zu, wie der Staub sich langsam wieder auf seine Schreibtischplatte senkte. Hätte nicht alles auch ganz anders kommen können? Er hätte fünf Millionen bekommen und der Senator ebensoviel. Kein Konkurs, keine Scheidung. Er hätte immer noch seine Frau und seine Kinder, sein Heim und seinen Status. Er hätte die fünf Millionen nehmen und mittlerweile zehn daraus machen können und in ein paar Jahren zwanzig, das große Geld und die Freiheit, alles zu tun, worauf er Lust hatte. Es war zum Greifen nahe gewesen, ein Festmahl auf dem Tisch, und dann hatte Patrick es ihnen weggeschnappt.

Die Begeisterung über dessen Auffinden hatte ein paar Tage lang angehalten und sich dann aber langsam wieder verflüchtigt, als sich herausstellte, daß das Geld ihm nicht zurück nach Biloxi folgte. Im Gegenteil, es sah sogar aus, als wiche das Geld mit jedem Tag, der verstrich, in noch weitere Ferne.

»Glaubst du, daß wir das Geld zurückbekommen werden, Charlie?« fragte Vitrano kaum hörbar, mit den Augen den Boden fixierend. Er hatte ihn seit Jahren nicht mehr Charlie genannt. Derartige Vertraulichkeiten waren in einer Kanzlei mit so viel Haß undenkbar.

»Nein«, sagte dieser. Es trat eine lange Pause ein. »Wir können von Glück sagen, wenn wir nicht angeklagt werden.«

Eine Stunde angestrengtester Arbeit am Telefon vor sich, tätigte Sandy den schwierigsten Anruf zuerst. Auf dem Parkplatz des Militärkrankenhauses in seinem Wagen sitzend, rief er seine Frau an und teilte ihr mit, daß es vermutlich sehr spät werden würde, vielleicht so spät, daß er gezwungen sein würde, in Biloxi zu übernachten. Sein Sohn spielte in einem Football-Match der Junior High-School. Er entschuldigte sich für sein erneutes Fernbleiben, gab Patrick die Schuld an allem und sagte, er würde ihr später alles ausführlicher erklären. Sie nahm es viel gelassener auf, als er erwartet hatte.

Er erreichte eine Sekretärin in seiner Kanzlei, die Überstunden machte, und ließ sich Telefonnummern von ihr durchgeben. Er kannte zwei Anwälte in Miami, aber keiner von ihnen hielt sich um Viertel nach sieben noch in seinem Büro auf. Unter der Privatnummer des einen erreichte er niemanden. Die Nummer des anderen stand nicht im Telefonbuch. Er rief eine Reihe von Anwälten in New Orleans an, und erhielt schließlich die Privatnummer von Mark Birck, einem angesehenen Strafverteidiger in Miami. Birck war alles andere als erfreut, einen Anruf während des Abendessens zu erhalten, hörte aber trotzdem aufmerksam zu. Sandy lieferte die Zehn-Minuten-Version der Patrick-Sage einschließlich des neuesten Standes der Entwicklung mit Eva in irgendeinem Gefängnis in Miami. Birck zeigte Interesse und behauptete, sich mit den Einwanderungsgesetzen ebensogut auszukennen wie mit dem Strafrecht. Er würde nach dem Essen zwei Leute anrufen. Sandy versprach, sich in einer Stunde noch einmal zu melden.

Es kostete ihn drei Anrufe, bis er Cutter ausfindig gemacht hatte, und zwanzig Minuten guten Zuredens, bis dieser sich bereit erklärte, sich in einem Doughnut-Laden auf einen Kaffee mit ihm zu treffen. Sandy fuhr dorthin, und während er auf Cutter wartete, rief er wieder bei Birck an.

Birck berichtete, daß Eva Miranda in der Tat in einem Bundesgefängnis in Miami saß. Sie war offiziell noch nicht irgendeines Verbrechens angeklagt worden, aber das konnte sich ändern. Es gab keine Möglichkeit, sie heute abend noch zu sehen, und selbst morgen würde es schwierig werden. Das Gesetz gestattete es dem FBI und der Zollbehörde, einen mit einem falschen Paß reisenden Ausländer bis zu vier Tage festzuhalten, bevor Antrag auf Haftentlassung gestellt werden konnte. Was verständlich war, erklärte Birck, in Anbetracht der Umstände. Diese Leute neigen dazu, rasch zu verschwinden.

Ohne allzusehr in die Details zu gehen, erklärte Sandy, daß sie nicht scharf darauf waren, daß sie zum jetzigen Zeitpunkt entlassen wurde. Draußen gab es Leute, die nach ihr suchten. Birck versprach, am nächsten Morgen in aller Frühe seine Beziehungen spielen zu lassen und zu ermöglichen, daß man Sandy zu ihr ließ.

Sein Honorar beliefe sich auf zehntausend Dollar, eine Forderung, der Sandy zustimmte.

Er beendete das Gespräch, als Cutter den Doughnut-Laden betrat und sich wie versprochen an einem der Tische in der Nähe des Fensters zur Straße hin niederließ. Sandy schloß seinen Wagen ab und folgte ihm in den Laden.

Das Abendessen war irgendein abgepacktes Zeug, in der Mikrowelle erhitzt und auf einem vielbenutzten Plastiktablett serviert. Obwohl sie hungrig war, kam ihr nicht der Gedanke, es zu verzehren. Es wurde von zwei übergewichtigen Frauen in ihre Zelle gebracht. Beide trugen eine Kette um die Taille, an der Schlüssel herabhingen. Eine der beiden erkundigte sich nach ihrem Befinden. Sie murmelte etwas auf portugiesisch, und sie ließen sie allein. Die Tür bestand aus dickem Stahl mit einem kleinen quadratischen Loch darin. Gelegentlich waren die Stimmen von anderen weiblichen Gefangenen zu hören, aber im allgemeinen war der Ort still.

Sie war noch nie zuvor in einem Gefängnis gewesen, nicht einmal als Anwältin. Im Gegensatz zu Patrick konnte sie sich an keinen einzigen Freund erinnern, der eingesperrt gewesen war. Der anfängliche Schock verwandelte sich in Angst und dann in Demütigung darüber, wie eine Verbrecherin im Gefängnis sitzen zu müssen. Nur der Gedanke an ihren armen Vater hielt sie während der ersten Stunden aufrecht. Bestimmt war er noch schlechter dran als sie. Sie betete, daß sie ihm nichts zuleide taten.

Das Beten fiel leichter im Gefängnis. Sie betete für ihren Vater und für Patrick. Sie widerstand der Versuchung, ihm die Schuld für ihre Probleme zu geben, obwohl es einfach gewesen wäre. Den größten Teil der Schuld trug sie selbst. Sie war in Panik geraten und zu schnell geflüchtet. Patrick hatte sie gelehrt, wie man sich bewegt, ohne eine Spur zu hinterlassen, wie man verschwindet. Der Fehler lag bei ihr, nicht bei ihm.

Der Vorwurf, im Besitz falscher Papiere zu sein, war unerheblich und konnte rasch aus der Welt geschafft werden. In einem gewalttätigen Land ohne genügend Gefängniszellen würde ein so geringfügiges Vergehen einer Nichtvorbestraften sicherlich nur mit einer kleinen Geldstrafe und sofortiger Ausweisung geahndet.

Sie fand Trost bei dem Gedanken an das Geld. Morgen würde sie einen Anwalt verlangen, einen guten mit Einfluß. Sie würde Beamte in Brasilia anrufen; sie kannte entsprechende Namen dort. Falls erforderlich, würde sie das Geld dazu benutzen, alles nur Erdenkliche zu versuchen. Sie würde bald wieder frei sein, dann nach Hause zurückkehren, um ihren Vater zu retten. Sie würde sich irgendwo in Rio verstecken; es würde einfach sein.

Die Zelle war warm und wurde von Leuten mit Waffen bewacht. Hier war sie sicher. Die Männer, die Patrick Schmerzen zugefügt und jetzt ihren Vater in der Gewalt hatten, kamen nicht an sie heran.

Sie schaltete die Deckenbeleuchtung aus und streckte sich auf dem schmalen Bett aus. Das FBI würde darauf brennen, Patrick von ihrer Verhaftung zu berichten, also wußte er es vermutlich inzwischen. Sie konnte ihn direkt vor sich sehen mit seinem Notizblock, wie er Linien in alle Richtungen zog und die jüngste Entwicklung, was ihre Möglichkeiten anging, pedantisch genau analysierte. Inzwischen hatte Patrick bestimmt nicht weniger als zehn Optionen für eine mögliche Rettung aufgetan. Und er würde nicht eher ruhen, bis er die Liste auf die drei aussichtsreichsten reduziert hatte.

Das, was eigentlich Spaß macht, ist die Planung, pflegte er immer zu sagen.

Cutter bestellte eine Diet Coke und einen Doughnut mit Schokoladenglasur. Er war nicht im Dienst und trug deshalb anstelle des üblichen dunklen Anzugs Jeans und ein NoFear-T-Shirt mit dem Aufdruck *LOSING is not an option.* Ein herablassendes Grinsen fiel ihm von Natur aus leicht, aber jetzt, wo sie die Frau gefunden und in ihrem Gewahrsam hatten, war er besonders überheblich.

Sandy verzehrte ein Schinkensandwich mit vier großen Bissen. Es war fast neun Uhr abends. Er hatte mit Patrick im Krankenhaus zu Mittag gegessen, und das war sehr lange her. »Wir sollten uns einmal ernsthaft unterhalten«, sagte er. Der Laden war überfüllt, er sprach sehr leise.

»Ich höre«, sagte Cutter.

Sandy schluckte, wischte sich den Mund ab, beugte sich noch weiter vor und sagte: »Fassen Sie das nicht falsch auf, aber wir müssen in die Sache eine Nummer größer einsteigen.«

»Das bedeutet was genau?«

»Wir müssen Ihre Vorgesetzten in Washington mit einbeziehen.«

Cutter dachte einen Augenblick darüber nach und beobachtete dabei den Verkehr auf dem Highway 90. Der Golf war ungefähr hundert Meter entfernt.

»Okay«, sagte er. »Überraschen Sie mich.«

Sandy blickte sich flüchtig um. Kein Mensch schaute auch nur beiläufig in ihre Richtung. »Was ist, wenn ich beweisen kann, daß Aricias Anspruch in Sachen Platt & Rockland betrügerisch war; daß er mit der Kanzlei Bogan konspiriert hat, um die Regierung zu betrügen, und daß Bogans Cousin, der Senator, an dieser Konspiration beteiligt war und diskret mit etlichen Millionen Dollar hätte bedacht werden sollen?«

»Das ist nicht ihr Ernst.«

»Ich kann es beweisen.«

»Eine wundervolle Story. Und wenn wir sie kaufen, dann sollen wir vermutlich Mr. Lanigan eine Art Wiedergutmachung zukommen lassen. Und überhaupt, wie wäre es, wenn wir ihn einfach laufen ließen.«

»Durchaus eine Möglichkeit.«

»Nicht so hastig. Da ist immer noch die Sache mit dem Toten.«

Cutter biß ein Stück von seinem Doughnut ab und kaute gedankenverloren darauf herum. »Was für Beweise haben Sie?«

»Dokumente, Aufzeichnungen von Telefongesprächen, alles mögliche.«

»Vor Gericht zulässig?«

»Das meiste davon.«

»Genug für eine Verurteilung?«

»Einen ganzen Karton voll.«

»Wo ist der Karton?«

»Im Kofferraum meines Wagens.«

Cutter warf unwillkürlich einen Blick über die Schulter in Richtung des Parkplatzes. Dann schaute er wieder Sandy an. »Ist das das Material, das Patrick gesammelt hat, bevor er es vorzog, für die Welt zu sterben?«

»So ist es. Er bekam Wind von der Aricia-Sache. Die Kanzlei hatte vor, ihn hinauszuwerfen, also fing er an, sehr geduldig, Belastungsmaterial zusammenzutragen.«

»Kaputte Ehe etc. etc., also nahm er das Geld und haute ab.«

»Nein. Erst haute er ab, dann nahm er das Geld.«

»Auch gut. Und jetzt verspürt er das dringende Bedürfnis, einen Handel mit uns abzuschließen, stimmt's?«

»Würden Sie an seiner Stelle nicht dasselbe tun?«

»Und was ist mit dem Mord?«

»Das ist Sache des Staates Mississippi und betrifft Sie nicht. Darum werden wir uns später kümmern.«

»Wir könnten es zu unserer Sache machen.«

»Wohl kaum. Sie haben die Anklage wegen des Diebstahls der neunzig Millionen. Der Staat Mississippi hat die Anklage wegen vorsätzlichen Mordes. Pech für Sie, aber das FBI kann sich jetzt nicht einmischen und eine Mordanklage erheben.«

Aus genau diesem Grund haßte Cutter Anwälte. Sie ließen sich nicht leicht bluffen.

Sandy fuhr fort: »Hören Sie, dieses Gespräch hat lediglich halboffiziellen Charakter für mich. Ich sondiere nur die Lage und will hier nicht zu weit gehen. Aber ich bin durchaus gewillt, gleich morgen früh ein paar Leute in Washington anzurufen. Ich dachte eigentlich, wir sollten vorher miteinander reden, und hatte gehofft, Sie überzeugen zu können, daß mein Mandant und ich zu einem Handel bereit sind. Es liegt alles bei Ihnen.«

»Wen wollen Sie haben?«

»Jemanden, der über die nötigen Kompetenzen verfügt. FBI und Justizministerium. Wir treffen uns irgendwo in einem großen Raum, und ich lege die Karten auf den Tisch.«

»Lassen Sie mich mit Washington reden. Aber gnade Ihnen Gott, wenn das nicht hält, was es verspricht.«

Sie wechselten einen kurzen Händedruck, und Sandy ging.

31

Mrs. Stephano konnte wieder schlafen. Diese lästigen jungen Männer in den dunklen Anzügen hatten ihre Straße verlassen, und die Nachbarn hatten aufgehört, sie anzurufen und ihr unerfreuliche Fragen zu stellen. Der Klatsch beim Bridge war in die gewohnten Bahnen zurückgekehrt. Ihr Mann hatte sich wieder entspannt.

Sie schlief tief und fest, als um halb sechs Uhr morgens das Telefon läutete. Sie griff nach dem Hörer auf dem Nachttisch. »Hallo?«

Eine kraftvolle, feste Stimme sagte: »Jack Stephano, bitte.«

»Mit wem spreche ich?« fragte sie. Jack bewegte sich unter der Decke.

»Hamilton Jaynes, FBI«, kam die Antwort.

»Oh, mein Gott.« Sie deckte die Sprechmuschel mit der Hand ab. »Jack, es ist wieder das FBI.«

Jack schaltete eine Lampe ein, warf einen Blick auf die Uhr, nahm den Hörer und fragte: »Wer ist da?«

»Guten Morgen, Jack. Hier ist Hamilton Jaynes. Tut mir leid, daß ich so früh anrufe.«

»Weshalb tun Sie es dann?«

»Ich wollte Ihnen nur mitteilen, daß wir die Frau haben. Eva Miranda ist verhaftet worden. Sie ist in Sicherheit, Sie können Ihre Hunde also zurückpfeifen.«

Stephano schwang die Beine aus dem Bett und trat neben den Tisch im Schlafzimmer. Ihre letzte Hoffnung war dahin. Die Suche nach dem Geld war endgültig vorbei. »Wo ist sie?« fragte er, ohne eine vernünftige Antwort zu erwarten.

»Wir haben sie, Jack. Sie ist bei uns.«

»Herzlichen Glückwunsch.«

»Hören Sie, Jack, ich habe ein paar Leute nach Rio geschickt, die die Sache mit ihrem Vater verfolgen sollen. Sie haben vierundzwanzig Stunden, Jack. Wenn er bis morgen früh um halb sechs nicht frei ist, dann habe ich einen Haftbefehl für Sie und Aricia. Und vermutlich werde ich auch Mr. Atterson bei Monarch-Sierra und Mr. Jill bei der Northern Case Mutual verhaften lassen, nur spaßeshalber. Ich wünsche mir schon eine ganze Weile, mit diesen Leuten reden zu können, genau wie mit Aricia.«

»Es macht Ihnen wohl Spaß, Leute zu drangsalieren?«

»Einen Mordsspaß. Wir werden den Brasilianern ein wenig zur Seite stehen, damit Sie und die anderen an Brasilien ausgeliefert werden, und das dürfte etliche Monate dauern. Keine Kaution bei einem Auslieferungsersuchen, also würden Sie und Ihre feinen Klienten Weihnachten im Gefängnis verbringen. Wer weiß, vielleicht würde dem Auslieferungsantrag sogar stattgegeben, und Sie könnten nach Rio reisen. Die Strände dort sollen herrlich sein. Sind Sie noch da, Jack?«

»Ich höre Sie.«

»Vierundzwanzig Stunden.« Das Telefon klickte, und die Leitung war tot. Mrs. Stephano hatte sich im Badezimmer eingeschlossen; sie war zu fassungslos, um mit ihm zu reden.

Jack ging nach unten und setzte Kaffee auf. Er saß im Halbdunkel am Küchentisch und wartete auf den Sonnenaufgang. Er hatte die Nase voll von Benny Aricia.

Er war angeheuert worden, um Patrick und das Geld zu finden, nicht dazu, Fragen darüber zu stellen, wie das Geld beschafft worden war. Er war generell über Benny Aricias Laufbahn bei Platt & Rockland informiert und hatte immer geargwöhnt, daß wesentlich mehr hinter der Geschichte steckte. Er hatte ein- oder zweimal vorgefühlt, aber Aricia hatte nicht über die Ereignisse sprechen wollen, die Patricks Verschwinden vorausgegangen waren.

Jack hatte von Anfang an vermutet, daß die Büros der Kanzlei aus zwei Gründen verwanzt worden waren. Der erste war, Dreck über die anderen Partner und ihre Mandanten, insbesondere Aricia, zu sammeln. Und der zweite, Patrick nach seiner Beisetzung zu dem Geld zu führen. Was niemand wußte, außer vielleicht Aricia und die Partner, war, wie Patrick soviel belastendes Material abhören und speichern konnte. Stephano vermutete, daß es ihm gelungen war, eine Menge Dreck zu sammeln.

Als das Geld verschwunden war und Stephano mit seiner Suche begann, beschloß die Kanzlei, sich dem Konsortium nicht anzuschließen. Für sie standen dreißig Millionen Dollar auf dem Spiel, trotzdem entschieden sie sich dafür, ihre Wunden zu lecken und nichts zu unternehmen. Der Grund, den sie nannten, war Geldmangel. Die Partner waren im Grunde pleite, die Verhältnisse verschlimmerten sich von Tag zu Tag, und sie konnten sich eine Beteiligung einfach nicht leisten. Das hörte sich damals halbwegs plausibel an, aber Stephano spürte auch ein Widerstreben, Patrick zu finden.

Irgend etwas war auf den Tonbändern. Patrick hatte sie auf frischer Tat ertappt. So erbärmlich ihr Leben auch geworden war, wenn Patrick tatsächlich gefunden wurde, könnte das sich zu ihrem schlimmsten Alptraum auswachsen.

Und für Aricia galt dasselbe. Stephano würde noch eine Stunde warten und ihn dann anrufen.

Um 6.30 Uhr wimmelte das Büro von Hamilton Jaynes von Leuten. Zwei Agenten saßen auf einem Sofa und studierten den letzten Bericht ihrer Verbindungsleute in Rio. Einer stand neben Jaynes' Schreibtisch und wartete darauf, seinen Chef über Aricias Aufenthaltsort zu informieren; dieser befand sich noch immer in der von ihm gemieteten Wohnung in Biloxi.

Ein anderer stand mit einem Bericht über Eva Miranda bereit. Eine Sekretärin brachte einen Karton voller Akten in das Büro. Jaynes saß an seinem Schreibtisch und telefonierte, übermüdet und in Hemdsärmeln, und ignorierte alle Anwesenden.

Joshua Cutter kam herein, gleichfalls müde und immer noch verschlafen. Er hatte, während er auf eine Maschine nach Washington wartete, auf dem Flughafen von Atlanta zwei Stunden vor sich hingedöst. In Washington angekommen, war er von einem bereits wartenden Agenten ins Hoover Building gebracht worden. Jaynes legte sofort den Hörer auf, als Cutter eintrat, und forderte alle übrigen Anwesenden auf, sein Büro zu verlassen.

»Besorgen Sie uns Kaffee, und zwar eine Menge«, schnauzte er seine Sekretärin an. Der Raum leerte sich, und Cutter ließ sich zerschlagen auf einem Stuhl vor dem großen Schreibtisch nieder. Obwohl todmüde, versuchte er, einen wachen Eindruck zu machen. Er war bisher nie auch nur in die Nähe des Büros des Direktors gekommen.

»Lassen Sie mal hören«, knurrte Jaynes.

»Lanigan will einen Deal. Er behauptet, genügend Beweismaterial gegen Aricia und einen ungenannten Senator zu haben.«

»Was für Beweismaterial?«

»Einen Karton voller Dokumente und Tonbänder, Sachen, die Lanigan gesammelt hat, bevor er sich aus dem Staub machte.«

»Haben Sie den Karton gesehen?«

»Nein. McDermott hat behauptet, er wäre im Kofferraum seines Wagens.«

»Und was ist mit dem Geld?«

»Bis zu diesem Punkt sind wir nicht gekommen. Er möchte mit Ihnen und jemandem vom Justizministerium sprechen, um die Möglichkeiten für einen Deal zu sondieren. Meinem Eindruck nach glaubt er, sich seinen Weg aus der Sache herauskaufen zu können.«

»Diese Möglichkeit besteht immer, wenn man schmutziges Geld stiehlt. Wo soll das Gespräch stattfinden?«

»Dort unten, irgendwo in Biloxi.«

»Ich muß Sprawling im Justizministerium anrufen«, sagte Jaynes wie zu sich selbst und griff nach dem Hörer. Der Kaffee wurde gebracht.

Mark Birck tippte mit seinem Designer-Füllfederhalter auf den Tisch, während er im Besuchsraum des Bundesgefängnisses wartete. Es war noch nicht einmal neun Uhr, viel zu früh für den Besuch von Anwälten bei ihren Mandanten, aber er hatte einen Freund in der Verwaltung. Birck erklärte, es handle sich um einen Notfall. Der Tisch war an beiden Seiten abgeschirmt und mit einer dicken Glasplatte in der Mitte unterteilt. Er würde durch eine kleine, vergitterte Öffnung mit ihr sprechen.

Dreißig Minuten lang wartete er, immer nervöser werdend. Endlich wurde sie hereingeführt, in einem einteiligen gelben Trainingsanzug mit verblichener schwarzer Schrift auf der Brust. Die Wärterin nahm ihr die Handschellen ab, und sie rieb sich ihre Handgelenke.

Als sie allein waren, ließ sie sich auf ihrem Stuhl nieder und sah ihn an. Er schob seine Visitenkarte durch einen winzigen Schlitz. Sie nahm sie und studierte sie eingehend.

»Patrick schickt mich«, sagte er, und sie schloß die Augen.

»Sind Sie okay?« fragte er.

Sie lehnte sich auf die Ellenbogen gestützt nach vorne und sprach durch die vergitterte Öffnung. »Es geht mir gut. Danke, daß Sie gekommen sind. Wann komme ich hier heraus?«

»In den nächsten Tagen nicht. Das FBI hat zwei Optionen. Erstens, und das ist das Schwerwiegendere, kann es wegen Reisens mit einem falschen Paß Anklage gegen Sie erheben. Damit dürfte allerdings kaum zu rechnen sein, da Sie Ausländerin sind und nicht vorbestraft. Zweitens, und sehr viel wahrscheinlicher, wird man Sie gegen das Versprechen, nie wieder zurückzukehren, einfach abschieben. In beiden Fällen dürfte es mit der Entscheidungsfindung ein paar Tage dauern. Im Augenblick sitzen Sie hier fest, weil wir Sie nicht auf Kaution freibekommen können.«

»Ich verstehe.«

»Patrick macht sich große Sorgen um Sie.«

»Ich weiß. Sagen Sie ihm, daß es mir gutgeht. Und daß ich mir große Sorgen um ihn mache.«

Birck griff nach seinem Block und sagte: »Also, Patrick möchte einen detaillierten Bericht über Ihre Festnahme.«

Sie lächelte und schien sich zu entspannen. Natürlich

wollte Patrick sämtliche Details wissen. Sie fing bei dem Mann mit den grünen Augen an und erzählte langsam die ganze Geschichte.

Benny hatte immer über den Strand von Biloxi gespottet; ein schmaler Sandstreifen, auf der einen Seite von einem Highway gesäumt, den zu Fuß zu überqueren zu gefährlich war und auf der anderen Seite von trüb-braunem Wasser begrenzt, das zu schmutzig war, um darin baden zu können. Im Sommer zog er Billigtouristen an, und an den Wochenenden warfen Studenten Frisbee-Scheiben und mieteten Jet-Skis. Der Casino-Boom brachte mehr Touristen an die Küste, aber sie hielten sich nie lange am Strand auf. Sie kamen wegen des Spiels.

Er parkte an der Pier von Biloxi, zündete sich eine lange Zigarre an, zog seine Schuhe aus und wanderte trotz seiner Vorbehalte am Strand entlang. Dieser war jetzt viel sauberer, ein weiterer Vorteil, der auf das Konto der Casinos ging. Außerdem war er menschenleer. Ein paar Fischerboote fuhren hinaus aufs Meer.

Stephanos Anruf eine Stunde zuvor hatte ihm den Morgen gründlich verdorben und außerdem den Rest seines Lebens verändert. Jetzt, da die Frau im Gefängnis saß, hatte er keine Chance mehr, an das Geld heranzukommen. Jetzt konnte sie ihn nicht mehr zu ihm führen, und er konnte sie auch nicht mehr als Druckmittel gegen Patrick benutzen.

Das FBI hatte die Anklage gegen Patrick in der Hand. Patrick seinerseits hatte das Geld und Beweise in Hülle und Fülle. Ein Tauschhandel bot sich geradezu an, und Aricia würde zwangsläufig in die Schußlinie geraten. Wenn seine Mitverschwörer, Bogan und die anderen trüben Tassen von Anwälten, unter Druck gesetzt wurden, würden diese sofort auspacken. Benny gab die perfekte Zielscheibe ab, das war ihm vollauf bewußt, und zwar schon seit langer Zeit. Sein Traum war es gewesen, irgendwie das Geld wiederzufinden und dann damit zu verschwinden, genau wie Patrick es damals getan hatte.

Aber jetzt war der Traum verflogen. Er besaß noch eine

Million Dollar. Er hatte Freunde in anderen Ländern und Kontakte in aller Welt. Es war an der Zeit, dem Beispiel Patricks folgend, sich aus dem Staub zu machen.

Sandy traf sich verabredungsgemäß um 10.00 Uhr mit T. L. Parrish im Büro des Bezirksstaatsanwalts, obwohl er versucht gewesen war, es zu verschieben und den Vormittag mit der Arbeit an den Dokumenten zu verbringen. Als er sein Büro um 8.30 verließ, waren sämtliche seiner Angestellten und seine beiden Partner damit beschäftigt, die brisanten Unterlagen zu kopieren und die wichtigsten Partien zu vergrößern.

Parrish hatte um das Gespräch gebeten. Sandy glaubte, den Grund dafür zu kennen. Die Mordanklage enthielt große Lücken, und jetzt, nachdem die erste Begeisterung über die Anklage verflogen war, war die Zeit gekommen, übers Geschäft zu reden. Ankläger bevorzugen wasserdichte Fälle, an denen für gewöhnlich kein Mangel herrscht. Aber ein aufsehenerregender Fall, in dem große Lücken klaffen, bedeutet sehr viel Ärger.

Parrish wollte verhandeln, aber zuerst plusterte er sich auf, zog eine Schau ab und redete über den Verhandlungsort. Nirgendwo würde sich eine Jury finden lassen, die mit einem Anwalt sympathisierte, der für Geld gemordet hatte. Sandy hörte ihm anfangs einfach nur zu. Parrish tischte seine Lieblingsstatistik über die eigene Verurteilungsrate und die Tatsache auf, daß er noch nie einen Prozeß verloren hatte, bei dem jemand des vorsätzlichen Mordes angeklagt gewesen war. Habe acht von ihnen in die Todeszelle gebracht, sagte er, ohne zu prahlen.

Sandy hatte wirklich Wichtigeres zu tun. Es brauchte ein ernsthaftes Gespräch mit Parrish, aber nicht heute. Sandy fragte ihn, wie er beweisen wolle, daß der Mord in Harrison County begangen worden war. Und dann kam er auf die Todesursache – wie könne die bewiesen werden? Patrick würde bestimmt nicht aussagen und ihnen weiterhelfen. Und die ganz große Frage: Wer war das Opfer? Sandys Recherchen zufolge gab es im Staat Mississipi keine einzige

Verurteilung wegen Mordes mit einem nicht einwandfrei identifizierten Opfer.

Parrish war auf diese lästigen Fragen vorbereitet gewesen und brachte es fertig, konkreten Antworten auszuweichen. »Hat Ihr Mandant erwogen, sich mit einem Schuldbekenntnis eine mildere Strafe einzuhandeln?«

»Nein.«

»Würde er es tun?«

»Nein.«

»Warum nicht?«

»Sie sind zur Grand Jury gerannt, haben Ihre Anklage wegen vorsätzlichen Mordes bekommen und sie vor der Presse geschwenkt. Jetzt müssen Sie sie auch beweisen. Sie konnten es einfach nicht abwarten, ohne vorher Ihr Beweismaterial auf die Wahrscheinlichkeit einer Verurteilung hin zu prüfen. Vergessen Sie's.«

»Ich kann eine Verurteilung wegen Totschlags durchkriegen«, sagte Parrish wütend. »Das bedeutet zwanzig Jahre.«

»Ich gratuliere«, sagte Sandy nonchalant. »Aber mein Mandant ist nicht des Totschlags angeklagt.«

»Das kann ich morgen veranlassen.«

»Von mir aus. Tun Sie, was Sie nicht lassen können. Ziehen Sie die Anklage wegen vorsätzlichen Mordes zurück, klagen Sie auf Totschlag. Ich stehe Ihnen jederzeit für ein Gespräch zur Verfügung.«

32

Sie wurde die Camille Suite genannt, und nahm ein Drittel vom obersten Stockwerk des Biloxi Nugget ein, des neuesten, protzigsten, größten und erfolgreichsten der vielen Casinos im Vegas-Stil, die an der Küste wie Pilze aus dem Boden geschossen waren. Die Jungs aus Vegas hielten es für geistreich, die Suiten und Bankettsäle des Nugget nach den schlimmsten Stürmen zu benennen, die die Küste während ihrer langen Geschichte heimgesucht hatten. Für gewöhnliche Sterbliche, die nur ein geräumiges Quartier wollten, kostete die Suite 750 Dollar pro Tag, und Sandy erklärte sich bereit, dasselbe zu zahlen. Spielern mit sehr viel Geld, die von weither einflogen, wurde sie kostenlos zur Verfügung gestellt. Aber Sandy hatte alles andere im Kopf als Glücksspiel. Sein Mandant, keine zwei Meilen entfernt, hatte die Ausgabe abgesegnet. Die Camille Suite enthielt zwei Schlafzimmer, eine Küche, ein Wohnzimmer und zwei Salons – genügend Raum also für Unterredungen mit getrennten Gruppen. Es waren auch vier Telefonleitungen vorhanden, ein Fax und ein Videorecorder. Sandys Anwaltsgehilfe brachte den PC und das übrige Equipment aus New Orleans mit. Darüber hinaus traf auch der erste Satz Aricia-Dokumente ein.

Der erste Besucher in Mr. McDermotts neuer provisorischer Kanzlei war J. Murray Riddleton, Trudys gründlich geschlagener Scheidungsanwalt. Er übergab Sandy demütig den Entwurf einer Vereinbarung über Vermögensansprüche und Besuchsrechte. Sie gingen ihn während des Lunches durch. Die Kapitulationsbedingungen waren von Patrick diktiert worden. Und da er jetzt die Oberhand hatte, fand Sandy das ein oder andere Detail, das er beanstanden konnte. »Das ist ein guter erster Entwurf«, sagte er etliche Male, während er mit roter Tinte Korrekturen vornahm. Riddleton steckte die Prügel, die er auf dem Papier bezog, weg wie ein Profi. Er erhob Einwände gegen jeden Punkt und verwahrte sich gegen die Zusätze, aber beide Anwälte wußten nur zu genau, daß die Vereinbarung so abgeändert werden würde, daß sie Patricks Wünschen entsprach. An dem DNS-Test und den Nacktfotos führte kein Weg vorbei.

Der zweite Besucher war Talbot Mims, der in Biloxi ansässige Anwalt von Northern Case Mutual, ein aufgesetzt jovial wirkender Mann, der in einem sehr komfortablen Transporter umherreiste; ein kleines technisches Wunder, ausgerüstet mit einem schnellen Fahrer, Ledersitzen und lederner Innenverkleidung, einem kleinen Arbeitstisch, zwei Telefonen, einem Fax, Beeper, Fernsehgerät und Videorecorder, damit Mims unterwegs auf Video aufgenommene Zeugenvernehmungen studieren konnte, einem Laptop und einem PC sowie einem Sofa für kurze Nickerchen, die er sich aber nur nach sehr anstrengenden Tagen vor Gericht gestattete. Sein Gefolge bestand aus einer Sekretärin und einem Anwaltsgehilfen, beide mit Handys bewaffnet, und dem obligatorischen Kollegen, einem angestellten Anwalt, der zum Zwecke der Steigerung der Honorarberechnung unabdingbar notwendig war.

Die vier eilten in die Camille Suite, wo Sandy sie in Jeans empfing und ihnen Soft Drinks aus der Minibar anbot. Alle lehnten ab. Die Sekretärin und der Anwaltsgehilfe sahen sich sofort Herausforderungen gegenübergestellt, die den Einsatz ihrer Handys zwingend erforderlich machten. Sandy führte Mims und seinen namenlosen Begleiter in einen der Salons, wo sie sich vor einem riesigen Fenster niederließen, von dem aus man eine prachtvolle Aussicht auf den Parkplatz des Nugget und die ersten nackten Stahlträger eines weiteren, im Entstehen begriffenen protzigen Casinos hatte.

»Ich komme gleich zur Sache«, sagte Sandy. »Kennen Sie einen Mann namens Jack Stephano?«

Mims überlegte schnell. »Nein.«

»Das dachte ich mir. Er ist ein Superschnüffler aus Washington. Er wurde von Aricia, Northern Case Mutual und Monarch-Sierra angeheuert, Patrick aufzuspüren.«

»Und?«

»Und sehen Sie sich dies hier an«, sagte Sandy mit einem Lächeln, während er einen Satz der von Luis aufgenommenen Farbfotos über den Tisch schob. Mims breitete sie auf dem Tisch aus – Patricks fürchterliche Brandwunden in ihrer ganzen Pracht.

»Die waren in den Zeitungen, nicht wahr?« sagte er.

»Ein paar davon.«

»Ja, ich glaube, Sie haben sie in Umlauf gebracht, als Sie das FBI verklagten.«

»Es war nicht das FBI, das meinem Mandanten das angetan hat, Mr. Mims.«

»Ach, wirklich?« Mims schob die Fotos zurück und wartete darauf, daß Sandy weitersprach.

»Das FBI hat Patrick nicht gefunden.«

»Weshalb haben Sie das FBI dann verklagt?«

»Das war lediglich ein Publicity-Trick, um ein bißchen Sympathie für meinen Mandanten zu erwecken.«

»Hat nicht funktioniert.«

»Vielleicht nicht bei Ihnen, aber Sie werden auch nicht der Jury angehören, oder? Wie dem auch sei, diese Verletzungen sind die Folgen einer mehrstündigen Folter und wurden ihm von Männern beigebracht, die für Jack Stephano arbeiteten, welcher wiederum für mehrere Klienten arbeitete, zu denen auch Northern Case Mutual gehörte, eine staatseigene Gesellschaft mit einem soliden Ruf für ihre verantwortungsbewußte Firmenpolitik und sechs Milliarden Dollar Aktienkapital.«

Talbot Mims war ein überaus praktisch denkender Mensch. Er mußte es sein. Mit dreihundert offenen Fällen in seiner Kanzlei und achtzehn großen Versicherungsgesellschaften als Mandanten hatte er keine Zeit für Spielereien. »Zwei Fragen«, sagte er. »Erstens, können Sie das beweisen?«

»Ja. Das FBI kann es bestätigen.«

»Zweitens, was verlangen Sie?«

»Ich will morgen einen hochrangigen Mann von Northern Case Mutual hier in diesem Zimmer sehen, jemanden, der wirklich weisungsbefugt ist.«

»Das sind vielbeschäftigte Leute.«

»Wir sind alle vielbeschäftigt. Ich drohe nicht mit einer Klage, aber stellen Sie sich vor, wie peinlich das Ganze werden könnte.«

»Das hört sich für mich nach einer Drohung an.«

»Das können Sie verstehen, wie Sie wollen.«

»Um welche Uhrzeit morgen?«

»Sechzehn Uhr.«

»Wir werden da sein«, sagte Mims und streckte Sandy die Hand entgegen. Dann verschwand er eiligst, und sein Gefolge rannte hinter ihm her.

Sandys eigene Mannschaft traf am frühen Nachmittag ein. Eine Sekretärin übernahm das Telefon, das inzwischen alle zehn Minuten klingelte. Sandy hatte eine Menge Leute angerufen – Cutter, T. L. Parrish, Sheriff Sweeney, Mark Birck in Miami, Richter Huskey, eine Handvoll Anwälte in Biloxi und Maurice Mast, den Bundesstaatsanwalt für den westlichen Teil des Staates Mississippi. Darüber hinaus rief er zweimal täglich seine Frau an, um zu hören, wie es der Familie ging; außerdem sprach er mit der Direktorin der Grundschule, die sein Drittkläßler besuchte.

Mit Hal Ladd hatte Sandy bisher lediglich zweimal am Telefon gesprochen. Er stand ihm in der Camille Suite erstmals von Angesicht zu Angesicht gegenüber. Ladd vertrat Monarch-Sierra. Er erschien allein, was Sandy insofern verblüffte, da Versicherungsanwälte *grundsätzlich* paarweise aufzutreten pflegten. Ganz gleich, um was es sich handelte, es mußten immer zwei von ihnen zugegen sein, bevor mit der Arbeit begonnen wurde. Beide hörten zu, beide schauten sich das Material an, redeten, machten sich Notizen und, was das Wichtigste war, beide stellten dem Mandanten für dieselbe Arbeit ihre Zeit in Rechnung.

Sandy kannte zwei große, reiche Gesellschaften in New Orleans, die, was kaum überraschend war, bei der Verteidigung von Versicherungen immer zu dritt auftraten.

Ladd war ein seriöser Mann Ende Vierzig, der in dem Ruf stand, nicht auf die Unterstützung durch einen anderen Anwalt angewiesen zu sein. Er akzeptierte höflich eine Diet

Coke und ließ sich auf demselben Stuhl nieder, auf dem auch Mr. Mims gesessen hatte.

Sandy stellte ihm die gleiche Frage. »Kennen Sie einen Mann namens Jack Stephano?«

Er kannte ihn nicht, also lieferte Sandy denselben Kurzbericht. Dann legte er die Farbfotos von Patricks Wunden auf den Tisch, und sie erörterten sie kurz. Die Verbrennungen seien Patrick nicht vom FBI beigebracht worden, erklärte Sandy. Ladd las zwischen den Zeilen. Da er seit vielen Jahren als Rechtsvertreter für Versicherungsgesellschaften arbeitete, hatte er es längst aufgegeben, sich über den Tiefstand an Niveau zu wundern, der sich noch unterbieten ließ.

Trotzdem war er schockiert. »Ich gehe davon aus, daß Sie das beweisen können«, sagte Ladd. »Und ich bin sicher, daß mein Mandant kein Interesse daran hat, daß das hier an die Öffentlichkeit gelangt.«

»Wir sind bereit, unsere Klage abzuändern, das FBI fallenzulassen und statt dessen ihren Mandanten, Northern Case Mutual, Aricia, Stephano und all die anderen Leute zu verklagen, die für die Folter verantwortlich sind. Hier geht es um einen amerikanischen Staatsbürger, der von amerikanischen Beklagten vorsätzlich gefoltert und schwer verletzt worden ist. Der Fall ist millionenschwer. Wir werden ihn hier in Biloxi vor Gericht bringen.«

Nicht, wenn Ladd es verhindern konnte. Er erklärte sich bereit, Monarch-Sierra sofort anzurufen und zu verlangen, daß der Haupt-Firmenanwalt alles stehen und liegen ließ und auf der Stelle nach Biloxi flog. Er wirkte wütend darüber, daß sein Mandant die Suche finanziert hatte, ohne ihn darüber zu informieren. »Wenn das wahr ist«, sagte er, »werde ich sie nie mehr vertreten.«

»Sie können mir glauben. Es ist wahr.«

Es war schon fast dunkel, als Paulo mit verbundenen Augen und in Handschellen aus dem Haus geführt wurde. Keine Waffen wurden ihm in die Seite gebohrt, keine Drohungen ausgesprochen. Niemand sagte etwas. Er fuhr auf dem

Rücksitz eines kleinen Wagens, ungefähr eine Stunde lang. Das Radio spielte klassische Musik.

Als der Wagen anhielt, wurden die beiden Vordertüren geöffnet und Paulo beim Aussteigen geholfen. »Kommen Sie mit«, forderte ihn eine Stimme auf, die irgendwo neben seiner Schulter herkam, und eine große Hand ergriff seinen Ellenbogen. Die Straße unter seinen Füßen bestand aus Schotter. Sie gingen ungefähr hundert Schritte, dann blieben sie stehen. Die Stimme sagte: »Sie sind auf einer Straße, ungefähr zwanzig Kilometer von Rio entfernt. Links von Ihnen, dreihundert Meter weit entfernt, liegt ein Farmhaus, das über ein Telefon verfügt. Bitten Sie dort um Hilfe. Ich habe eine Waffe. Wenn Sie sich umdrehen, habe ich keine andere Wahl, als Sie zu töten.«

»Ich werde mich nicht umdrehen«, sagte Paulo, am ganzen Körper zitternd.

Die Handschellen wurden abgenommen. »So, und jetzt werde ich die Augenbinde abnehmen. Gehen Sie rasch vorwärts.«

Die Binde wurde heruntergerissen, und Paulo senkte den Kopf und begann, die Straße entlang zu joggen. Hinter sich hörte er keinerlei Geräusch. Von dem Farmhaus aus rief er zuerst die Polizei und dann seinen Sohn an.

33

Die Gerichtsschreiberinnen erschienen pünktlich um acht Uhr. Beide hießen Linda – die eine schrieb sich mit i, die andere mit y. Sie überreichten ihre Visitenkarten und folgten Sandy in den größten Raum der Suite, wo die Möbel an die Wand gerückt und zusätzliche Stühle bereitgestellt waren. Er postierte Y an einem Ende des Zimmers, mit dem Rücken zu einem Fenster, dessen Sichtblenden geschlossen waren. I brachte er in einer Nische neben der Bar so unter, daß sie einen ungehinderten Blick auf alle Akteure hatte. Beide brauchten dringend noch eine letzte Zigarette. Er schickte sie in das hintere Schlafzimmer.

Als nächster erschien Jaynes mit seinem Gefolge. Er hatte einen Fahrer dabei, einen älteren FBI-Agenten, der ihm gleichzeitig als Leibwächter und Laufbursche diente; darüber hinaus einen FBI-Anwalt; und er hatte Cutter und dessen direkten Vorgesetzten dabei. Aus dem Justizministerium ließ er Sprawling, einen Veteranen, der nur wenig sagte, sich aber keinen Laut entgehen ließ, einlaufen. Alle sechs Männer trugen entweder schwarze oder dunkelblaue Anzüge; alle präsentierten ihre Visitenkarten, die Sandys Anwaltsgehilfe umgehend einsammelte. Sandys Sekretärin nahm ihre Kaffeewünsche entgegen, und dann durchquerten sie als Gruppe den kleinen Salon und wanderten in den großen.

Als nächster kam Maurice Mast, der Bundesstaatsanwalt für den westlichen Teil des Staates Mississippi, mit leichtem Gepäck in Gestalt nur eines Assistenten. Ihm folgte T. L. Parrish, allein, und die Sitzung konnte beginnen.

Die Rangordnung regelte sich beinahe wie von selbst. Jaynes' Fahrer und Masts Assistent blieben in dem kleinen Salon, wo sie einen Teller mit Doughnuts und die Morgenzeitungen vorfanden.

Sandy schloß die Tür, entbot allen ein fröhliches »Guten Morgen« und dankte ihnen für ihr Kommen. Alle hatten sich inzwischen niedergelassen. Niemand lächelte, trotzdem waren sie nicht unglücklich über ihr Hiersein. Immerhin versprach es interessant zu werden.

Sandy stellte die beiden Gerichtsschreiberinnen vor und erklärte, daß deren Mitschriften bei ihm verbleiben und als überaus vertraulich behandelt werden würden. Das schien alle zufriedenzustellen. Zu diesem Zeitpunkt gab es weder Fragen noch Kommentare, weil keiner von ihnen so recht wußte, welchen Zweck die Zusammenkunft hatte.

Vor Sandy lag ein Stapel säuberlich geordneter Notizen; er hatte seinen Fall auf rund einem Dutzend Seiten skizziert. Er hätte vor einer Jury stehen können. Er übermittelte Grüße seines Mandanten, Patrick Lanigan. Dessen Brandwunden seien auf dem Weg der Besserung. Dann rekapitulierte er die gegen Patrick anhängigen Klagen; vorsätzlicher Mord, vom Staat Mississippi erhoben; Diebstahl, Betrug und Flucht, erhoben von den Vereinigten Staaten. Vorsätzlicher Mord konnte die Todesstrafe bedeuten. Die anderen Beschuldigungen konnten sich auf dreißig Jahre summieren.

»Die Anklagen des Bundes sind schwerwiegend«, sagte er ernst. »Aber sie verblassen vor dem Hintergrund der Anklage wegen vorsätzlichen Mordes. Offen gestanden, und mit allem Respekt – wir möchten das FBI loswerden, damit wir uns auf die Anklage wegen Mordes konzentrieren können.«

»Man könnte meinen, sie hätten einen Plan, wie Sie uns loswerden können?« fragte Jaynes.

»Wir haben ein Angebot.«

»Schließt das das Geld mit ein?«

»Das tut es.«

»Darauf haben wir keinen Anspruch. Es wurde nicht der Bundesregierung gestohlen.«

»Genau an diesem Punkt irren Sie sich.«

Sprawling konnte es sich nicht verkneifen, dazwischenzurufen. »Glauben Sie ernsthaft, Sie könnten sich Ihren Weg freikaufen?« Es war eigentlich mehr eine Herausforderung. Seine rauhe Stimme war ausdruckslos, seine Worte präzise gesetzt.

Die Jury gab also Widerworte, aber Sandy war entschlossen, seinem Drehbuch zu folgen. »Warten Sie es ab«, sagte er. »Gestatten Sie mir, Ihnen die Fakten vorzulegen; danach können wir uns über die verschiedenen Optionen unterhalten. Also, ich gehe davon aus, daß wir alle über Mr. Aricias 1991 erhobene Klage gegen seinen früheren Arbeitgeber unter dem False Claims Act informiert sind. Sie wurde von der Kanzlei Bogan hier in Biloxi ausgearbeitet und eingereicht, einer Kanzlei, der zu jener Zeit auch ein neuer Partner namens Patrick Lanigan angehörte. Die Klage war betrügerisch. Mein Mandant fand das heraus und erfuhr außerdem, daß die Kanzlei vorhatte, ihn zu feuern – nachdem das Justizministerium Aricias Anspruch gebilligt hatte, aber noch bevor das Geld eingegangen war. Im Verlauf vieler Monate hat mein Mandant Beweise gesammelt, die den unzweideutigen Nachweis gestatteten, daß Mr. Aricia und seine Anwälte konspirierten, um die Regierung um neunzig Millionen Dollar zu betrügen. Das Beweismaterial besteht aus Dokumenten und Tonbandaufnahmen von Gesprächen.«

»Wo befindet sich dieses Beweismaterial?«

»In der Obhut meines Mandanten.«

»Wir können es uns aneignen, das ist Ihnen doch klar. Wir können uns einen Durchsuchungsbefehl beschaffen und das Material jederzeit an uns nehmen.«

»Und was ist, wenn mein Mandant Ihren Durchsuchungsbefehl mißachtet? Was ist, wenn er das Beweismaterial vernichtet oder es einfach erneut irgendwo versteckt? Was tun Sie dann? Ihn anklagen? Ich kann Ihnen versichern, er hat weder Angst vor Ihnen noch vor Ihrem Durchsuchungsbefehl.«

»Und was ist mit Ihnen?« fragte Jaynes. »Wenn es sich in Ihrem Besitz befindet, können wir mit einem Durchsuchungsbefehl zu Ihnen kommen.«

»Das kann unmöglich Ihr Ernst sein. Alles, was mein Mandant mir übergibt, ist vertraulich und durch das Berufsgeheimnis geschützt, das wissen Sie so gut wie ich. Vergessen Sie nicht, daß Mr. Aricia meinen Mandanten verklagt hat. Alle Dokumente in meinem Besitz sind bevorrechtigt. Ich werde die Dokumente keinesfalls herausgeben, solange mein Mandant mir nicht die Anweisung erteilt, es zu tun.«

»Was ist, wenn wir einen Gerichtsbeschluß erwirken würden?« fragte Sprawling.

»Ich werde ihn ignorieren und dann Berufung einlegen. Hier gibt es nichts für Sie zu holen, meine Herren.« Und damit schienen sie ihre Niederlage zu akzeptieren. Niemand wirkte sonderlich überrascht.

»Wie viele Personen waren beteiligt?« fragte Jaynes.

»Die vier Partner in der Kanzlei und Mr. Aricia.«

Es folgte eine quälend lange Pause, in der sie darauf warteten, daß Sandy den Namen des Senators nannte, aber er tat ihnen den Gefallen nicht. Statt dessen warf er einen Blick in seine Notizen und fuhr dann fort: »Der Deal ist ganz einfach. Wir übergeben die Dokumente und die Tonbänder. Patrick gibt das Geld zurück, alles. Im Gegenzug werden alle Bundesanklagen fallengelassen, damit wir uns auf die des Staates konzentrieren können. Die Steuerbehörde erklärt sich bereit, ihn in Ruhe zu lassen. Seine brasilianische Anwältin, Eva Miranda, wird sofort freigelassen.« Er trug diesen Forderungskatalog flüssig vor, denn er war gründlich vorbereitet, und seine Jury lieg sich keines seiner Worte entgehen. Sprawling machte sich sorgfältig Notizen. Jaynes schien sich nur für den Fußboden zu interessieren. Die übrigen ließen sich keine Reaktion anmerken, aber ohne Zweifel hatte jeder von ihnen viele Fragen.

»Und es muß heute geschehen«, sagte Sandy. »Die Zeit drängt.«

»Weshalb?« fragte Jaynes.

»Weil sie eingesperrt ist. Weil Sie alle hier sind und über die Kompetenzen verfügen, diese Entscheidung zu treffen. Weil mein Mandant eine Frist bis heute siebzehn Uhr gesetzt hat. Dann muß der Deal unter Dach und Fach sein, sonst behält er einfach das Geld, vernichtet das Beweismaterial, sitzt seine Zeit ab und hofft, daß er eines Tages wieder freikommt.«

Mittlerweile hielten sie bei Patrick alles für möglich. Bis

jetzt war es ihm gelungen, seine Inhaftierung in einem recht gemütlichen und privat wirkenden Krankenzimmer zu verbringen, mit einem Personal, das ihm jeden Wunsch erfüllte.

»Lassen Sie uns über den Senator sprechen«, sagte Sprawling.

»Gute Idee«, sagte Sandy. Er öffnete die Tür zum kleinen Salon und sagte etwas zu einem seiner Anwaltsgehilfen. Ein Tisch mit Tapedeck und Lautsprecheranlage wurde in die Mitte des Raumes gerollt, und Sandy schloß die Tür wieder. Er warf einen kurzen Blick in seine Notizen, dann sagte er: »Wir schreiben den 14. Januar 1992, ungefähr drei Wochen vor Patricks Verschwinden. Das Gespräch fand in der Kanzlei statt, in einem Raum im Erdgeschoß, den sie das Kabinett nennen, ein kleiner Allzweckraum, der gelegentlich für Unterredungen im kleinsten Kreis verwendet wird. Die erste Stimme, die Sie hören werden, gehört Charlie Bogan, dann kommt Benny Aricia, zu guter Letzt Doug Vitrano. Aricia war unangemeldet in der Kanzlei erschienen und war, wie Sie hören werden, in keiner guten Stimmung.«

Sandy trat an den Tisch und machte sich kurz mit der Funktionsweise der verschiedenen Tasten vertraut. Das Tapedeck war neu und mit zwei teuren Lautsprechern verbunden. Sie beobachteten ihn genau; die meisten lehnten sich sogar ein wenig vor.

Sandy sagte noch einmal: »Zuerst Bogan, dann Aricia, dann Vitrano.« Er drückte eine Taste nieder. Zehn Sekunden vollständige Stille, dann klangen Stimmen klar und deutlich aus den Lautsprechern. Gereizte Stimmen.

BOGAN: Wir hatten uns auf ein Drittel geeinigt, das ist unser Standardhonorar. Sie haben den Vertrag unterschrieben. Sie wissen seit anderthalb Jahren, daß unser Honorar ein Drittel beträgt.

ARICIA: Sie verdienen keine dreißig Millionen Dollar.

VITRANO: Und Sie verdienen keine sechzig.

ARICIA: Ich will wissen, wie das Geld aufgeteilt wird.

BOGAN: Zwei Drittel, ein Drittel. Sechzig zu dreißig.

ARICIA: Nein, nein, die dreißig Millionen, die hierher fließen. Wer bekommt wieviel?

VITRANO: Das geht Sie nichts an.

ARICIA: Tut es doch. Es ist Geld, das ich als Honorar bezahle. Ich habe ein Recht darauf, zu erfahren, wer wieviel bekommt.

BOGAN: Haben Sie nicht.

ARICIA: Wieviel bekommt der Senator?

BOGAN: Das geht Sie nichts an.

ARICIA (brüllend): Es geht mich wohl etwas an. Dieser Kerl hat in Washington das ganze letzte Jahr damit verbracht, Leute bei der Marine, im Pentagon und im Justizministerium unter Druck zu setzen. Er hat mehr Zeit mit der Arbeit an meinem Fall verbracht als mit der Arbeit für seine Wähler.

VITRANO: Brüllen Sie uns gefälligst nicht an, Benny.

ARICIA: Ich will wissen, wieviel dieser schleimige kleine Gauner bekommt. Ich habe ein Recht darauf zu wissen, wieviel Sie ihm unter der Hand zustecken, weil es sich um mein Geld handelt.

VITRANO: Geben Sie sich keine Mühe.

ARICIA: Wieviel?

BOGAN: Er wird nicht zu kurz kommen, Benny, okay? Weshalb reiten Sie so darauf herum? Das alles dürfte doch nichts Neues für Sie sein.

VITRANO: Ich denke, Sie haben sich gerade deshalb für unsere Kanzlei entschieden, weil wir Verbindungen nach Washington haben.

ARICIA: Fünf Millionen, zehn Millionen? Wie teuer ist er?

BOGAN: Das werden Sie nie erfahren.

ARICIA: Zur Hölle, das werde ich doch. Ich rufe den Hurensohn ganz einfach an und frage ihn selbst.

BOGAN: Tun Sie, was Sie nicht lassen können.

VITRANO: Und was ist mit Ihnen, Benny? Sie stehen im Begriff, sechzig Millionen zu kassieren, und jetzt werden Sie plötzlich habgierig.

ARICIA: Halten Sie mir hier keine Vorträge, vor allem keine über Habgier. Als ich zu euch kam, habt ihr für zweihundert Dollar die Stunde gearbeitet. Und schaut euch heute an – heute versucht ihr, ein Honorar von dreißig Millionen zu rechtfertigen. Laßt schon eure Büros renovieren. Bestellt schon neue Autos. Als nächstes werden Boote und Flugzeuge und all die anderen Spielsachen stinkreicher Leute kommen. Und das alles von meinem Geld.

BOGAN: Ihrem Geld? Ist uns da nicht eine Kleinigkeit entgangen, Benny? Schließlich ist Ihr Anspruch so berechtigt wie ein Drei-Dollar-Schein echt ist.

ARICIA: Mag sein, aber ich habe ihn durchgesetzt. Ich habe die Falle für Platt & Rockland aufgestellt, nicht Sie.

BOGAN: Weshalb haben Sie uns dann angeheuert?

ARICIA: Eine verdammt gute Frage.

VITRANO: Darf ich ihrem Gedächtnis auf die Sprünge helfen, Benny. Sie sind zu uns gekommen, weil wir Einfluß haben. Sie brauchten uns. Wir haben Ihre Klage aufgesetzt, haben viertausend Arbeitsstunden in sie investiert, und wir haben in Washington unsere Beziehungen spielen lassen. Und das alles mit Ihrem vollen Einverständnis, könnte ich hinzufügen.

ARICIA: Lassen wir doch einfach den Senator leer ausgehen. Das würde uns zehn Millionen ersparen. Ihr verzichtet ebenfalls auf zehn Millionen. Euch bleiben dann immer noch zehn Millionen. Ich finde, das ist nur recht und billig.

VITRANO (lachend): Großartig, Benny. Sie bekommen achtzig, wir bekommen zehn Millionen. Das nenne ich ein Geschäft!

ARICIA: Ja, und die Politiker bekommen das, was sie verdienen.

BOGAN: Das kommt überhaupt nicht in Frage, Benny Sie haben etwas sehr Wichtiges vergessen. Ohne uns und die Politiker würden Sie nicht einen Cent von dem Geld sehen.

Sandy drückte auf die Taste. Das Band stoppte, aber die Stimmen schienen für eine kleine Ewigkeit im Raum stehenzubleiben. Die Akteure betrachteten den Fußboden, die Decke, die Wände; alle versuchten mehr oder weniger krampfhaft, das Beste von dem, was gesagt worden war, aufzunehmen und für später zu speichern.

Mit einem mokanten Lächeln bemerkte Sandy: »Meine Herren, das war nur eine kleine Kostprobe.«

»Wann bekommen wir den Rest?« fragte Jaynes.

»Das könnte schon in ein paar Stunden sein.«

»Würde Ihr Mandant vor einer Grand Jury des Bundes aussagen?« fragte Sprawling.

»Ja, das würde er. Aber er wird nicht versprechen, vor Gericht auszusagen.«

»Weshalb nicht?«

»Das braucht er nicht zu erklären. Es ist einfach sein Standpunkt.« Sandy rollte den Tisch zur Tür, klopfte und gab ihn in die Obhut des Anwaltsgehilfen zurück. Dann wandte er sich wieder an die Gruppe. »Meine Herren, Sie sollten sich jetzt besprechen. Ich erlaube mir, mich zurückzuziehen. Machen Sie es sich bequem.«

»Wir werden hier nicht miteinander reden«, sagte Jaynes, schnell aufstehend. Ihm war das Risiko zu groß, daß sie abgehört wurden. Wenn man sich Patricks Geschichte vor Augen führte, war kein Raum sicher. »Wir gehen in unser Zimmer.«

»Wie Sie wünschen«, sagte Sandy. Alle erhoben sich und griffen nach ihren Aktenkoffern. Sie gingen zur Tür, durchquerten den kleinen Salon und verließen schließlich die Suite. Lynda und Linda rannten in das hintere Schlafzimmer, um zu rauchen und einem dringenden menschlichen Bedürfnis nachzugehen.

Sandy goß sich Kaffee ein und wartete.

Sie versammelten sich erneut in einem zwei Stockwerke tiefer gelegenen Doppelzimmer, in dem es sofort eng wurde. Jacketts wurden abgelegt und auf die beiden Betten geworfen. Jaynes wies seinen Fahrer an, mit Masts Assistenten zusammen auf dem Flur zu warten. Man wollte über Dinge reden, für die deren sensible Ohren wenig geeignet erschienen.

Der größte Verlierer bei dem Deal würde Mast sein. Wenn die Bundesanklagen fallengelassen wurden, konnte er nicht mehr vor Gericht gehen. Ein ziemlich aufsehenerregender Prozeß würde sich einfach in Luft auflösen, und er fühlte sich genötigt, zumindest seinen Widerspruch einzulegen, bevor die anderen zu Wort kamen. »Wir werden dumm dastehen, wenn wir ihm erlauben, sich seinen Weg freizukaufen«, sagte er. Diese Worte waren in erster Linie an Sprawling gerichtet, der versuchte, es sich auf einem wackeligen Stuhl halbwegs bequem zu machen.

Sprawling war nur eine Ebene unterhalb des Justizministers angesiedelt und damit etliche Ebenen über Mast. Er würde sich ein paar Minuten lang geduldig die Ansichten der unter ihm Stehenden anhören, dann würden er und Jaynes die Entscheidung treffen.

Hamilton Jaynes sah T. L. Parrish an und fragte: »Sind Sie begründet der Überzeugung, daß Sie Lanigan wegen Mordes verurteilen können?«

T. L. war von Natur ein vorsichtiger Mensch, und er wußte nur zu gut, daß Versprechen, die er dieser Gruppe gab, so schnell nicht vergessen würden. »Bei Mord könnte es Probleme geben. Totschlag wäre sicherer.«

»Wie viele Jahre bekäme er im Fall einer Verurteilung?«

»Zwanzig.«

»Und wieviel müßte er davon absitzen?«

»Schätzungsweise fünf.«

Das schien Jaynes merkwürdigerweise zu freuen; er war ein Karrieremann mit der Ansicht, daß Leute für ihre Verbrechen bestraft werden sollten. »Sind Sie auch dieser Ansicht, Cutter?« fragte er, am Rand des Bettes entlangwandernd.

»Es gibt kaum Beweismaterial«, sagte Cutter. »Was den Mord angeht, können wir weder das Wer, Was, Wann oder Wo beweisen. Wir glauben, das Warum zu kennen, aber der Prozeß könnte zu einem Alptraum werden. Eine Verurteilung wegen Totschlags wäre viel leichter durchzusetzen.«

Jaynes fragte Parrish: »Wie steht es mit dem Richter? Wird er die Höchststrafe verhängen?«

»Wenn er des Totschlags überführt wird, rechne ich damit, daß der Richter ihn zu zwanzig Jahren verurteilt. Über eine vorzeitige Haftentlassung entscheiden die Gefängnisbehörden.«

»Können wir sicher davon ausgehen, daß Lanigan die nächsten fünf Jahre hinter Gittern verbringen wird?« fragte Jaynes, und schaute in die Runde.

»Ja, auf alle Fälle«, sagte Parrish, in die Ecke gedrängt. »Und wir machen keinen Rückzieher, was den vorsätzlichen Mord angeht. Wir werden argumentieren, daß Lanigan einen anderen Menschen umgebracht hat, um das Geld stehlen zu können. Die Todesstrafe ist fraglich, aber wenn er wegen einfachen Mordes verurteilt wird, könnte er für den Rest seines Lebens hinter Gittern sitzen.«

»Macht es wirklich einen Unterschied, ob er in Parchman sitzt oder in einem Bundesgefängnis?« fragte Jaynes. Es war offensichtlich, daß es für ihn keinen Unterschied machte.

»Ich bin sicher, daß Patrick, was diese Frage betrifft, durchaus eine eigene Meinung hat«, sagte Parrish, was ihm von einigen der Anwesenden ein schwaches Lächeln eintrug.

T. L. war für den Deal, weil er durch ihn der einzige noch verbleibende Ankläger sein würde. Mast und das FBI würden sich rasch aus dem Fall zurückziehen. Das war seine Chance, und er beschloß, Mast noch ein bißchen näher an den Klippenrand zu schieben. »Ich habe keinerlei Zweifel daran, daß Patrick ein paar Jahre in Parchman absitzen wird.«

Mast wollte nicht kampflos aufgeben. Er schüttelte den Kopf und runzelte die Stirn. »Ich weiß nicht recht«, sagte er. »Ich finde, wir stehen in der Öffentlichkeit schlecht da, wenn wir darauf eingehen. Man kann nicht einfach eine Bank ausrauben, und wenn man erwischt wird, dann anbieten, das Geld zurückzugeben, wenn im Gegenzug die Anklage fallengelassen wird. Gerechtigkeit ist nicht käuflich.«

»Ganz so einfach liegt der Fall denn nun doch nicht«, sagte Sprawling. »Wir dürfen das große Ganze nicht aus den Augen verlieren, und Lanigan kommt dabei eine Schlüsselrolle zu. Das Geld, das er gestohlen hat, war schmutziges Geld. Wir holen es zurück und lassen es wieder den Steuerzahlern zukommen.«

Mast wußte, daß es in dieser Situation keinen Sinn mehr hatte, mit Sprawling zu diskutieren.

Jaynes sah T. L. Parrish an und sagte: »Bitte, nehmen Sie es mir nicht übel, Mr. Parrish, aber würden Sie bitte die Freundlichkeit besitzen, uns für einen Augenblick allein zu lassen? Wir Bundesleute müssen etwas besprechen.«

»Selbstverständlich«, sagte Parrish. Er ging zur Tür und begab sich auf den Flur.

Genug des Vorgeplänkels. Für Sprawling war die Zeit gekommen, Nägel mit Köpfen zu machen. »Meine Herren, es ist sehr einfach. Im Weißen Haus gibt es ein paar sehr wichtige Leute, die diese Geschichte ganz genau verfolgen. Senator Nye ist nie ein Freund des Präsidenten gewesen, und offen gestanden, ein guter Skandal hier unten würde die Regierung sehr glücklich machen. Nye muß sich in zwei Jahren zur Wiederwahl stellen. Diese Anschuldigungen werden zumindest dafür sorgen, daß er beschäftigt ist. Und wenn sie sich als wahr herausstellen sollten, dann ist er tot.«

»Wir übernehmen die Ermittlungen«, sagte Jaynes zu Mast. »Und Sie übernehmen die Anklage.«

Mast begriff plötzlich, daß ihm dieses Treffen zum Vorteil gereichte. Die Entscheidung, mit Patrick einen Deal auszuhandeln, war von Leuten getroffen worden, die wesentlich mehr zu sagen hatten als Sprawling oder Jaynes. Diese versuchten lediglich, ihn bei Laune zu halten, da er schließlich der Bundesstaatsanwalt für diesen Distrikt war.

Die Vorstellung, einen US-Senator anzuklagen und vor Gericht zu bringen, war überaus reizvoll, und Mast erwärmte sich sofort für sie. Er konnte sich schon in einem bis auf den letzten Platz gefüllten Gerichtssaal sehen, wie er Patricks Tonbänder vorspielte und die Geschworenen und die Zuschauer sich kein Wort entgehen lassen würden. »Wir gehen also auf den Handel ein?« sagte er mit einem Achselzucken, als wäre ihm alles recht.

»Richtig«, sagte Sprawling. »Da gibt es nichts zu überlegen. Wir machen einen guten Eindruck, weil wir das Geld wiederbeschaffen. Patrick verbringt viele Jahre im Gefängnis. Und, was das Beste ist, wir legen weitaus größeren Gaunern das Handwerk.«

»Und hinzu kommt, der Präsident möchte, daß wir es

tun«, sagte Mast lächelnd, aber außer ihm lächelte niemand.

»Das wiederum habe ich nicht gesagt«, sagte Sprawling. »Ich habe mit dem Präsidenten nicht über diese Sache gesprochen. Meine Vorgesetzten haben mit seinen Leuten gesprochen. Das ist alles, was ich weiß.«

Jaynes holte T. L. Parrish wieder herein, und sie verbrachten fast eine Stunde damit, Patricks Angebot und dessen Bestandteile zu diskutieren. Die Frau konnte binnen einer Stunde auf freien Fuß gesetzt werden. Sie beschlossen, von Patrick Zinsen für das gestohlene Geld zu fordern. Was war mit der Klage, die er gegen das FBI eingereicht hatte? Jaynes machte sich eine Liste von Punkten, die mit Sandy noch durchzugehen waren.

In Miami überbrachte Mark Birck Eva persönlich die gute Nachricht, daß ihr Vater freigelassen worden war. Dieser hätte das Abenteuer heil überstanden; er sei sogar recht gut behandelt worden.

Er sagte ihr, mit ein bißchen Glück würde sie in ein oder zwei Tagen aus dem Gefängnis entlassen werden.

34

Mit ernsten Gesichtern und undurchdringlichen Mienen kehrten sie in die Camille Suite zurück und nahmen ihre vorherigen Plätze wieder ein. Die meisten hatten ihre Jaketts in dem anderen Zimmer zurückgelassen, die Hemdsärmel aufgekrempelt und ihre Krawatten gelockert. Sie sahen aus, als wären sie auf ein hartes Stück Arbeit gefaßt. Nach Sandys Uhr waren sie fast anderthalb Stunden fort gewesen. Sprawling war jetzt ihr Wortführer.

»Was das Geld angeht«, begann er, und Sandy wußte augenblicklich, daß der Deal zustande kommen würde. Es war nur noch eine Frage der Details. »Was das Geld angeht – wieviel davon gedenkt Ihr Mandant zurückzugeben?«

»Alles.«

»Und alles ist wieviel?«

»Die ganzen neunzig Millionen.«

»Was ist mit den Zinsen?«

»Wen scheren schon die Zinsen?«

»Uns.«

»Und weshalb?«

»Nun, es wäre nur fair.«

»Wem gegenüber fair?«

»Den Steuerzahlern, wem sonst.«

Sandy lachte schallend. »Machen Sie sich doch nicht lächerlich. Sie arbeiten für die Bundesregierung. Seit wann machen Sie sich Sorgen um das Wohl der Steuerzahler?«

»Das ist bei Fällen von Diebstahl und Unterschlagung üblich«, setzte Maurice Mast hinzu.

»Wieviel?« fragte Sandy. »Zu welchem Satz?«

»Der Höchstsatz beträgt neun Prozent«, sagte Sprawling. »Ich finde, das wäre nur fair.«

»Ach, wirklich? Wieviel zahlt denn die Steuerbehörde, wenn sie endlich festgestellt hat, daß ich als Steuerzahler zuviel bezahlt habe, und sie gezwungen ist, mir etwas zu erstatten?«

Niemand konnte die Frage beantworten. »Sechs Prozent«, sagte Sandy. »Sechs lausige Prozent, das ist das, was die Regierung zahlt.«

Sandy war natürlich im Vorteil, weil er sich auf diese Auseinandersetzung vorbereitet hatte. Er war auf die Fragen gefaßt und hatte die Antworten parat, und es machte ihm riesigen Spaß, zuzusehen, wie sie sich wanden und versuchten, mit ihm Schritt zu halten.

»Sie bieten also sechs Prozent?« fragte Sprawling langsam und bedächtig.

»Wo denken Sie hin! Wir haben das Geld; wir entscheiden, wieviel wir zu zahlen gedenken. Es ist dasselbe Prinzip, nach dem auch die Regierung arbeitet. Wenn Sie mich fragen, fließt das Geld wahrscheinlich doch nur wieder in dieses schwarze Loch, das Sie Pentagon zu nennen pflegen.«

»Darauf haben wir keinen Einfluß«, sagte Jaynes. Er war bereits müde und nicht in der Stimmung für einen Vortrag.

»Meine Herren, die Sache ist doch ganz einfach«, sagte Sandy. »Das Geld wäre verloren gewesen, ausgezahlt an ein paar raffinierte Gauner, ein Totalverlust. Mein Mandant hat nichts anderes getan, als das zu verhindern und hat es aufbewahrt. Er ist jetzt bereit, es zurückzugeben.«

»Sollen wir ihm dafür etwa auch noch eine Belohnung auszahlen?« knurrte Jaynes.

»Nein. Sie brauchen nur auf die Zinsen zu verzichten.«

»Wir müssen das Ganze doch ein paar Leuten in Washington verkaufen«, sagte Sprawling, nicht flehentlich bittend, aber doch um Hilfe nachsuchend. »Geben Sie uns etwas, womit wir arbeiten können.«

»Wir werden halb soviel zahlen wie die Steuerbehörde, und keinen Cent mehr.«

Mit undurchdringlicher Miene sagte Sprawling: »Ich werde den Justizminister informieren. Ich hoffe nur, er hat gerade keine schlechte Laune.«

»Grüßen Sie ihn von mir«, sagte Sandy.

Jaynes schaute von seinem Notizblock auf und sagte: »Drei Prozent, richtig?«

»Richtig. Vom 26. März 1992 bis zum 1. November 1996. Das macht insgesamt hundertdreizehn Millionen plus ein bißchen Kleingeld, das wir außer acht lassen können. Glatte hundertdreizehn Millionen.«

Die Zahl klang hübsch, und vor allem für die Leute von der Regierung hörte sie sich gut an. Alle notierten sie auf ihren Notizblöcken. Sie sah riesig aus. Wer konnte etwas gegen einen Deal haben, der so viel Geld in die Hände der Steuerzahler zurückbrachte?

Ein derart großzügiges Angebot konnte nur eines bedeuten: Patrick hatte das Geld genommen und gut investiert. Sprawlings Mitarbeiter hatten vorher ein paar Berechnungen angestellt. Angenommen, Patrick hatte das gesamte Geld mit einer jährlichen Rendite von acht Prozent angelegt, dann besaß er jetzt hunderteinunddreißig Millionen. Zehn Prozent, und sein Kapital würde sich auf hundertvierundvierzig Millionen belaufen. Steuerfrei, versteht sich. Offenkundig hatte Patrick nicht viel davon ausgegeben, er würde also ein sehr reicher Mann bleiben.

»Uns macht auch diese Klage zu schaffen, die Sie für Mr. Lanigan eingereicht haben«, sagte Sprawling.

»Wir werden das FBI aus der Klage entlassen, aber dafür muß mir Mr. Jaynes schnell einen Gefallen tun. Wir können später darüber reden. Es ist ein relativ unwichtiger Punkt.«

»Also gut, fahren wir fort. Wann steht Ihr Mandant für eine Aussage vor der Grand Jury zur Verfügung?«

»Wann immer Sie ihn brauchen. Was seine körperliche Verfassung angeht, jederzeit.«

»Wir gedenken, diese Angelegenheit schnell über die Bühne zu bringen.«

»Je früher, desto besser für meinen Mandanten.«

Sprawling hakte die Punkte auf seiner Checkliste ab. »Wir bestehen auf Vertraulichkeit. Keinerlei Presse. Dieser Deal dürfte sehr viel Kritik auslösen.«

»Wir lassen kein Wort davon verlauten«, versprach Sandy.

»Wann sollen wir Ms. Miranda entlassen?«

»Morgen. Und sie muß vom Gefängnis aus zum Flughafen eskortiert werden. Wir möchten, daß sie unter dem Schutz des FBI steht, bis sie in der Maschine sitzt.«

Jaynes zuckte die Achseln, als verstünde er nicht. »Kein Problem«, sagte er.

»Sonst noch etwas?« fragte Sandy und rieb sich die Hände, als ginge der Spaß jetzt erst richtig los.

»Nichts von seiten der Regierung«, sagte Sprawling.

»Gut. Ich schlage folgendes vor«, sagte Sandy, als gäbe es für sie eine andere Wahl. »Zwei Sekretärinnen stehen mit ihren PCs zur Verfügung. Wir haben uns bereits erlaubt, den Rohentwurf einer Vereinbarung über die Zahlungsmodalitäten des Transfers und die Rücknahme sämtlicher Anklagen vorzubereiten. Es sollte eigentlich nicht allzu lange dauern, diesem Entwurf den letzten Schliff zu geben, dann können die hier anwesenden Herren ihn unterschreiben. Ich werde dann zu meinem Mandanten fahren, und wenn alles gutgeht, ist die Sache in ein paar Stunden erledigt. Mr. Mast, ich schlage vor, daß Sie sich mit dem Bundesrichter in Verbindung setzen und sobald wie möglich eine Konferenzschaltung arrangieren. Wir werden ihm den Beschluß über die Rücknahme der Klagen zufaxen.«

»Wann bekommen wir die Dokumente und Tonbänder?« fragte Jaynes.

»Falls das alles in den nächsten Stunden planmäßig unterschrieben und genehmigt werden sollte, dann können Sie sie heute nachmittag gegen fünf Uhr zu Ihrer Verfügung haben.«

»Ich brauche ein Telefon«, sagte Sprawling. Mast und Jaynes brauchten ebenfalls eines. Sie verteilten sich über die gesamte Suite.

Normalen Häftlingen stand eine Stunde Aufenthalt pro Tag im Freien zu. Es war Ende Oktober, ein kühler und bewölkter Tag, und Patrick beschloß, seine verfassungsmäßigen Rechte einzufordern. Die Deputies auf dem Flur sagten, nein, das sei nicht genehmigt worden.

Patrick rief Karl Huskey an und bekam die erforderliche Genehmigung. Außerdem fragte er Karl, ob dieser nicht bei Rosetti's an der Division Street vorbeifahren und ein paar Vancleave-Specials – Sandwiches mit Krebsfleisch und Käse – besorgen könnte, um sie mit ihm, Patrick, gemeinsam im Freien zu verzehren. Karl sagte, es wäre ihm ein Vergnügen.

Sie aßen auf einer Holzbank im Innenhof des Militärkrankenhauses, nicht weit von einem kleinen Springbrunnen und einem traurig anzusehenden kleinen Ahornbaum entfernt. Karl hatte auch Sandwiches für die Deputies mitgebracht. Diese saßen in der Nähe, allerdings außer Hörweite.

Karl wußte nichts von der Konferenz, die gerade in der Hotelsuite stattfand, und Patrick informierte ihn darüber auch nicht. Parrish war vor Ort, und der würde es Euer Ehren bald genug erzählen.

»Was reden die Leute über mich?« fragte Patrick, nachdem er ein Drittel seines Sandwiches gegessen und den Rest beiseite gelegt hatte.

»Der Klatsch hat sich gelegt. Alles geht wieder seinen normalen Gang. Ihre Freunde sind immer noch Ihre Freunde.«

»Ich habe an ein paar von ihnen geschrieben. Würden Sie die Freundlichkeit besitzen, ihnen die Briefe zukommen zu lassen?«

»Natürlich.«

»Danke.«

»Ich habe gehört, daß sie Ihre Freundin in Miami festgenommen haben.«

»Ja, aber sie wird bald wieder draußen sein. Nur ein kleines Problem mit ihrem Paß.«

Huskey nahm einen großen Bissen von seinem Sandwich und kaute schweigend. Er fing an, sich an die langen Gesprächspausen zu gewöhnen. Er dachte angestrengt darüber nach, was er als nächstes sagen sollte. Patrick hatte damit keine Probleme.

»Die frische Luft tut gut«, sagte er schließlich. »Danke, daß Sie mir in dieser Angelegenheit geholfen haben.«

»Sie haben ein verfassungsmäßiges Recht auf frische Luft.«

»Sind Sie schon einmal in Brasilien gewesen?«

»Nein.«

»Sie sollten einmal hinfahren.«

»Wie Sie, oder mit meiner Familie?«

»Nein, nein. Nur einmal dort Urlaub machen.«

»Wegen der Strände?«

»Nein. Vergessen Sie die Strände und auch die großen Städte. Reisen Sie ins Landesinnere, in die weiten Räume, wo der Himmel klar und blau und die Luft leicht ist, wo die Leute freundlich und unkompliziert sind. Dort ist mein Zuhause, Karl. Ich kann es kaum erwarten, dorthin zurückzukehren.«

»Es könnte eine Weile dauern.«

»Mag sein, aber ich kann warten. Ich bin nicht mehr Patrick, Karl. Patrick ist tot. Er saß in der Falle und war unglücklich. Er war fett und fühlte sich miserabel, aber er ist, Gott sei Dank, verschwunden. Ich bin jetzt Danilo Silva, ein wesentlich glücklicherer Mensch mit einem ruhigen Leben in einem anderen Land. Danilo kann warten.«

Und mit einer schönen Frau und einem riesigen Vermögen, hätte Karl gern hinzugefügt, ließ die Gelegenheit dazu aber verstreichen.

»Wie wird Danilo zurück nach Brasilien kommen?« fragte Karl.

»Daran arbeite ich noch.«

»Hören Sie, Patrick – Sie haben doch nichts dagegen, wenn ich Sie auch weiterhin Patrick und nicht Danilo nenne?«

»Natürlich nicht.«

»Ich glaube, die Zeit ist gekommen, wo ich mich aus dem Verfahren zurückziehen und den Fall Richter Trussel übergeben muß. In Kürze sind etliche Anträge fällig, und es müssen Entscheidungen gefällt werden. Ich habe alles getan, um Ihnen zu helfen, soweit es in meiner Macht stand.«

»Ist man deshalb über Sie hergefallen?«

»Ein wenig, aber nicht so sehr, daß es mich ernsthaft stören würde. Ich möchte Ihnen nicht weh tun, aber ich fürchte, wenn ich Ihren Fall noch länger behalte, könnte es Ärger geben. Jedermann weiß, daß wir Freunde sind. Schließlich haben Sie mich ja sogar zu einem Ihrer Sargträger bestimmt.«

»Habe ich Ihnen je für diesen Dienst gedankt?«

»Nein. Damals waren Sie tot, also brauchen Sie mir nicht zu danken. Es hat Freude gemacht.«

»Ja, ich weiß.«

»Jedenfalls habe ich mit Trussel gesprochen, und er ist bereit, den Fall zu übernehmen. Ich habe ihm auch von Ihren grauenhaften Wunden erzählt und darauf hingewiesen, wie wichtig es ist, daß Sie so lange wie möglich hierbleiben. Er hat Verständnis dafür.«

»Danke.«

»Aber Sie müssen sich selbst gegenüber realistisch sein. Irgendwann wird man Sie ins Gefängnis bringen. Und es kann sein, daß Sie sehr lange dort bleiben.«

»Sie denken, ich habe diesen Jungen umgebracht?«

Karl ließ den Rest seines Sandwiches in eine Tüte fallen und trank von seinem Eistee. Es widerstrebte ihm, in dieser Sache zu lügen. »Es sieht verdächtig danach aus. Erstens befanden sich menschliche Überreste in dem Wagen, also ist jemand umgebracht worden. Und zweitens hat das FBI eine gründliche Computeranalyse vorgenommen und alle Personen überprüft, die am 9. Februar 1992 oder kurz davor verschwunden sind. Pepper ist der einzige Mensch im Umkreis von dreihundert Meilen, von dem man nie wieder etwas gehört hat.«

»Aber das reicht nicht aus, um mich zu verurteilen.«

»Ihre Frage zielte nicht auf den Komplex Verurteilung.«

»Schön. Sind Sie davon überzeugt, daß ich den Jungen getötet habe?«

»Ich weiß nicht, was ich von dieser Angelegenheit halten soll, Patrick. Ich bin seit zwölf Jahren Richter, und vor mir haben Leute gestanden und Verbrechen zugegeben, von denen sie selbst nicht glauben konnten, daß sie sie begangen hatten. Unter bestimmten Umständen ist ein Mann zu fast allem fähig.«

»Sie glauben es also?«

»Ich will es nicht. Ich bin mir selbst nicht sicher, was ich glaube.«

»Sie denken, ich könnte jemanden umbringen?«

»Nein. Aber ich habe auch nicht gedacht, daß Sie Ihren Tod vortäuschen und neunzig Millionen Dollar stehlen könnten. Ihre jüngste Vergangenheit steckt voller Überraschungen.«

Eine weitere lange Pause trat ein. Karl schaute auf die Uhr. Patrick ließ ihn auf der Bank zurück und begann, langsam auf dem Hof seine Runden zu drehen.

In der Camille Suite bestand der Lunch aus faden Sandwiches, serviert auf Plastiktabletts, und wurde von einem Anruf des Bundesrichters unterbrochen, der vier Jahre zuvor mit Patricks Fall betraut worden war. Der Richter steckte mitten in einem Prozeß in Jackson und hatte nur wenig Zeit. Mast beschrieb die in der Suite versammelten Akteure, und der Richter willigte ein, an einer Konferenzschaltung teilzunehmen. Mast lieferte daraufhin eine eilige Zusammenfassung der geplanten Übereinkunft. Anschließend wollte der Richter Sandys Version hören und erhielt sie. Sprawling mußte ein paar Fragen beantworten, und aus der kurzen Telefonkonferenz wurde eine lange. An einem Punkt verließ Sprawling das Zimmer, um vertraulich mit dem Richter zu sprechen. Er teilte ihm mit, wie sehr man in Washington am Abschluß des Handels mit Mr. Lanigan interessiert war, da man hoffte, durch diesen an die Hintermänner eines gigantischen Betrugs zu Lasten der Steuerzahler heranzukommen. Der Richter sprach auch allein mit T. L. Parrish, der ihm versicherte, daß Lanigan nicht davonkommen würde, daß er eines wesentlich schwereren Verbrechens angeklagt sei und höchstwahrscheinlich, auch wenn es keine Garantie dafür gebe, eine Menge Jahre im Gefängnis verbringen würde.

Dem Richter widerstrebte es, so übereilt entscheiden zu müssen, aber bei dem Druck, den die unmittelbar an dem Fall beteiligten Leute auf ihn ausübten, und in Anbetracht des Status der in Biloxi Versammelten gab er nach und erklärte sich bereit, die Anweisung zur Rücknahme aller Anklagen des Bundes gegen Patrick zu unterschreiben. Die Anweisung wurde ihm prompt per Fax übermittelt, und er unterschrieb sie ebenso prompt und faxte sie zurück.

Während sie den Rest ihres Lunchs verzehrten, verließ sie Sandy für einen kurzen Abstecher ins Militärkrankenhaus. Patrick war in seinem Zimmer und schrieb einen Brief an seine Mutter, als Sandy hereinplatzte. »Wir haben es geschafft!« Er warf die Vereinbarung auf Patricks provisorischen Schreibtisch.

»Wir haben alles bekommen, was wir wollten.«

»Alle Anklagen wurden fallengelassen?«

»Ja. Der Richter hat die Anweisung gerade unterschrieben.«

»Wieviel Geld?«

»Neunzig plus drei Prozent.«

Patrick schloß die Augen und ballte die Fäuste. Das Vermögen hatte gerade eine schwere Einbuße erlitten, aber es war immer noch mehr als genug übrig; genug, damit Eva und er sich eines Tages irgendwo unbehelligt niederlassen und ein Haus voller Kinder haben konnten. Ein großes Haus. Und viele Kinder.

Sie gingen die Vereinbarung durch. Patrick unterschrieb sie, dann raste Sandy zurück zum Hotel.

Um 14.00 Uhr waren die meisten Leute gegangen, und die zweite Konferenz begann. Sandy begrüßte Talbot Mims und seinen Mandanten, einen der ranghöchsten Vizepräsidenten von Northern Case Mutual namens Shenault, der zwei Firmenanwälte mitbrachte, deren Namen Sandy nicht erfuhr. Um die Delegation komplett zu machen, brachte Mims außerdem noch einen seiner Partner und einen angestellten Anwalt mit, die gleichfalls namenlos blieben. Sandy sammelte ihre Visitenkarten ein und geleitete sie in den Salon, in dem auch die erste Sitzung stattgefunden hatte. Die Gerichtsschreiberinnen nahmen ihre Plätze ein.

Jaynes und Sprawling hielten sich im Nebenzimmer auf

und telefonierten mit Washington. Sie hatten den Rest ihres Gefolges hinunter ins Casino geschickt, für eine Stunde Pause, kein Alkohol.

Die Abordnung von Monarch-Sierra war wesentlich kleiner, nur Hal Ladd, einer seiner Mitarbeiter und der Leiter der Rechtsabteilung der Gesellschaft, ein elegant gekleideter kleiner Mann namens Cohen. Nach einer etwas steif ausfallenden Begrüßung nahmen alle Platz, um zu hören, was Sandy zu sagen hatte. Er hatte Material für sie vorbereitet, Mappen, die er mit der Aufforderung verteilte, sie durchzublättern. Jede Mappe enthielt eine Kopie der von Patrick gegen das FBI eingereichten Klage sowie einen Satz Farbfotos von dessen Brandwunden. Die Herren von den Versicherungen waren von ihren Anwälten gebrieft worden, also zeigte sich niemand überrascht.

Sandy faßte zusammen, was er bereits am Vortag behauptet hatte – daß für diese Verletzungen Patricks nicht das FBI verantwortlich zu machen sei, da Patrick nicht vom FBI, sondern von Stephano festgenommen worden war. Und Stephano hätte im Auftrag dreier Klienten gearbeitet: Benny Aricia, Northern Case Mutual und Monarch-Sierra. Allen dreien drohte nun eine von Patrick angestrengte Zivilklage.

»Wie wollen Sie diese Stephano-Geschichte beweisen?« fragte Talbot Mims.

»Sie gestatten«, sagte Sandy. Er öffnete die Tür zum Nebenraum und fragte Jaynes, ob er eine Minute Zeit hätte. Jaynes betrat den Salon und wies sich vor den dort Versammelten aus. Dann beschrieb er mit erkennbarem Vergnügen und ausgesprochen detailliert, was Stephano dem FBI hinsichtlich der Suche nach Patrick erzählt hatte: die Finanzierung durch das Konsortium, die Belohnungen, die Tips, die Jagd in Brasilien, der plastische Chirurg, die Jungs von Pluto, die Gefangennahme und die Folterung. Er ließ nichts aus. Und das alles sei mit dem Geld geschehen, das Aricia, Monarch-Sierra und Northern Case Mutual zur Verfügung gestellt hatten. Und es sei ausschließlich zu ihrem Vorteil geschehen.

Es war eine beeindruckende Vorstellung, die Jaynes sichtlich genoß.

»Irgendwelche Fragen an Mr. Jaynes?« fragte Sandy glücklich, nachdem Jaynes zum Ende gekommen war.

Es gab keine. In den letzten achtzehn Stunden war es weder Shenault von der Northern Case Mutual noch Cohen von Monarch-Sierra gelungen, herauszufinden, wer in ihren Gesellschaften für das Anheuern von Jack Stephano verantwortlich gewesen war. Vermutlich würden sie es nie erfahren, zumal inzwischen alle Spuren verwischt worden waren.

Beide Gesellschaften waren groß und reich, mit sehr vielen Aktionären und großen Anzeigenbudgets, die sie zur Wahrung ihres guten Firmennamens nutzten. Keine von ihnen hatte ein Interesse daran, in die Schlagzeilen zu geraten.

»Danke, Mr. Jaynes«, sagte Sandy.

»Ich bin nebenan, falls Sie mich noch brauchen sollten«, sagte Jaynes, als täte er nichts lieber, als zurückzukommen, um bei Bedarf noch weitere Ungeheuerlichkeiten zu verbreiten.

Seine Anwesenheit war verblüffend und irgendwie bedenklich. Weshalb war der Stellvertretende Direktor des FBI in Biloxi, und weshalb schien ihm soviel daran zu liegen, ihnen Schuld zuzuweisen?

»Das ist der Deal«, sagte Sandy, als sich die Tür geschlossen hatte. »Er ist einfach, schnell, nicht verhandelbar. Erstens, Mr. Shenault, was die Northern Case Mutual angeht, bestand Ihre letzte Attacke in diesem kleinen Krieg in dem Versuch, die zweieinhalb Millionen zurückzuholen, die an Trudy Lanigan ausbezahlt wurden. Wir schlagen vor, daß Sie einfach nach Hause gehen. Ziehen Sie die Klage zurück und vergessen Sie Trudy, lassen Sie sie in Frieden leben. Sie hat ein Kind aufzuziehen, und außerdem hat sie ohnehin den größten Teil des Geldes bereits ausgegeben. Ziehen Sie die Klage zurück, und mein Mandant verzichtet darauf, Ihre Gesellschaft wegen der ihm zugefügten Verletzungen zu verklagen.«

»Ist das alles?« fragte Mims ungläubig.

»Ja. Das ist alles.«

»Abgemacht.«

»Wir würden uns gern einen Moment beraten«, sagte Shenault, immer noch unnachgiebig.

»Wollen wir nicht«, sagte Mims zu seinem Mandanten. »Es ist ein großartiger Vorschlag. Er liegt auf dem Tisch. Wir nehmen ihn an, so wie er ist.«

Shenault sagte: »Ich würde gern analysieren, wie ...«

»Nein«, sagte Mims, Shenault ins Wort fallend. »Wir akzeptieren. Und falls Sie sich jemand anders suchen wollen, von mir aus. Aber solange ich Ihr Anwalt bin, akzeptieren wir den Handel, und zwar auf der Stelle.«

Shenault war sprachlos.

»Wir sind einverstanden«, sagte Mims.

»Mr. Shenault?« sagte Sandy.

»Äh, ja, ich denke, wir sind einverstanden.«

»Wunderbar. In dem Zimmer nebenan habe ich den Entwurf einer Vereinbarung für Sie vorbereiten lassen. Und wenn uns nun die Herren für ein paar Minuten entschuldigen würden – ich habe Vertrauliches mit Mr. Ladd und seinem Mandanten zu bereden.«

Mims führte seine Mannschaft hinaus. Sandy machte die Tür hinter ihnen zu und wandte sich dann an Mr. Cohen, Hal Ladd und seinen Mitarbeiter. »Der Handel mit Ihnen sieht leider ein bißchen anders aus. Northern Case Mutual kommt fast ungeschoren davon, weil eine Scheidung ansteht. Sie ist unerfreulich und kompliziert, und mein Mandant kann seine Ansprüche gegen diese Gesellschaft bei dem Scheidungsverfahren zu seinem Vorteil nutzen. Das ist bei Ihnen leider nicht der Fall. Northern Case Mutual hat für Stephano eine halbe Million locker gemacht, Sie doppelt soviel. Sie tragen mehr Verantwortung, haben mehr zu befürchten und haben außerdem, wie jedermann weiß, wesentlich mehr Geld als Northern Case Mutual.«

»An wieviel haben Sie gedacht?« fragte Cohen.

»Nichts für Patrick. Er macht sich jedoch große Sorgen um das Kind. Das Mädchen ist sechs Jahre alt, und die Mutter wirft das Geld mit beiden Händen zum Fenster hinaus. Das ist einer der Gründe dafür, weshalb Northern Case Mutual so schnell zugestimmt hat – es dürfte sehr schwierig sein, bei Mrs. Lanigan etwas zu holen. Patrick möchte, daß eine bescheidene Summe in einem Treuhandfonds für das Kind bereitgestellt wird, für die Mutter unzugänglich.«

»Wieviel?«

»Eine Viertelmillion. Plus dieselbe Summe zur Deckung seiner Anwaltskosten. Insgesamt eine halbe Million, diskret gezahlt, damit ihr Mandant nicht wegen dieser Fotos in Verlegenheit gerät.«

An der Küste hatte es bei Fällen von Körperverletzung und schuldhaft verursachtem Tod schon häufig großzügige Urteile zugunsten der Opfer gegeben. Hal Ladd hatte Cohen darauf hingewiesen, daß er wegen dem, was Patrick angetan worden war, mit einem Multi-Millionen-Dollar-Urteil gegen Aricia und die Versicherungsgesellschaften rechnen müßte. Cohen, der aus Kalifornien stammte, zweifelte nicht daran. Der Gesellschaft lag sehr viel daran, zu einer Übereinkunft zu gelangen und die Stadt zu verlassen.

»Ihr Mandant verzichtet auf jegliche Anklagen?« sagte Cohen. »Und wir zahlen eine halbe Million?«

»So ist es.«

»Wir akzeptieren.«

Sandy griff sich einen Ordner und holte eine Reihe von Papieren heraus. »Hier ist der Entwurf einer Vereinbarung, den Sie sich in Ruhe ansehen können.« Er händigte ihnen die Kopien aus, dann ließ er sie allein.

35

Der Psychiater war ein Freund von Dr. Hayani. Patricks zweite Sitzung mit ihm dauerte zwei Stunden und war so unproduktiv wie die erste. Es sollte auch die letzte sein.

Patrick bat, ihn zu entschuldigen, und kehrte zum Abendessen in sein Zimmer zurück, aß aber kaum etwas. Er schaute sich die Abendnachrichten an. Sein Name wurde nicht erwähnt. Er wanderte im Zimmer umher und wechselte ein paar Worte mit seinen Bewachern. Sandy hatte ihn den ganzen Nachmittag über telefonisch über den neuesten Stand der Dinge informiert, aber er wollte Dokumente sehen. Im Fernsehen lief ›Jeopardy‹. Er versuchte, sich mit der Lektüre eines Paperbacks abzulenken.

Es war fast zwanzig Uhr, als er hörte, wie sich Sandy bei den Deputies auf dem Flur danach erkundigte, wie es dem Häftling ginge. Sandy liebte es, von ihm als dem ›Häftling‹ zu sprechen.

Patrick öffnete ihm die Tür. Sein Anwalt war erschöpft, lächelte aber zufrieden. »Alles erledigt«, sagte er und übergab Patrick einen Stoß Papiere.

»Was ist mit den Dokumenten und Tonbändern?«

»Sie wurden vor einer Stunde übergeben. Es müssen ungefähr ein Dutzend FBI-Agenten herumgeschwirrt sein. Jaynes sagte mir, sie würden die Nacht durcharbeiten.«

Patrick nahm die unterschriebenen Vereinbarungen und ließ sich an seinem Schreibtisch in der Ecke unter dem Fernseher nieder. Er las sorgfältig Wort für Wort. Fast food aus einer Tüte verzehrend, stand Sandy neben dem Bett und schaute sich ein Rugby-Spiel auf ESPN an. Der Ton war abgedreht.

»Haben sie sich gegen die halbe Million gewehrt?« fragte Patrick, ohne aufzublicken.

»Davon konnte keine Rede sein. Niemand hat sich gegen irgend etwas gewehrt.«

»Fast scheint mir, wir hätten mehr verlangen sollen.«

»Ich finde, du hast genug.«

Patrick blätterte um, dann unterschrieb er. »Gute Arbeit, Sandy. Eine Meisterleistung.«

»Wir hatten einen guten Tag. Die Bundesbehörden haben sämtliche Anklagen zurückgenommen, und es wird zu keinem Prozeß kommen. Die Anwaltskosten bekommen wir wieder herein. Die Zukunft des Kindes ist gesichert. Morgen werden wir aller Wahrscheinlichkeit nach die Sache mit Trudy abschließen. Im Moment hast du eine Glückssträhne, Patrick. Das Dumme ist nur, daß dir dieser Tote, wie soll ich es sagen, regelrecht im Weg liegt.«

Patrick legte die Papiere auf den Tisch, stand auf und trat ans Fenster. Er kehrte Sandy den Rücken zu. Die Jalousien waren anders als sonst nicht heruntergelassen, und das Fenster stand einen Spaltbreit offen.

Sandy fuhr fort zu essen und ließ ihn nicht aus den Augen. »Irgendwann mußt du mir alles erzählen, Patrick.«

»Was erzählen?«

»Wie wär's, wenn wir mit Pepper anfingen?«

»Okay. Ich habe Pepper nicht umgebracht.«

»Hat jemand anders Pepper umgebracht?«

»Meines Wissens nicht.«

»Hat Pepper Selbstmord begangen?«

»Nicht, daß ich wüßte.«

»War Pepper noch am Leben, als du verschwunden bist?«

»Ich nehme es an.«

»Verdammt noch mal, Patrick! Ich habe einen schweren Tag hinter mir und bin nicht in der Stimmung für irgendwelche Spielchen.«

Patrick drehte sich um und sagte sanft: »Schrei nicht so. Da draußen sind Cops, die diese Unterhaltung hier nur allzugern mithören würden. Setz dich.«

»Ich will mich nicht setzen.«

»Bitte.«

»Im Stehen kann ich besser zuhören.«

Patrick schloß das Fenster, ließ die Jalousien herunter,

vergewisserte sich, daß die Tür abgeschlossen war, und schaltete den Fernseher aus. Dann nahm er, sitzend und mit bis zur Taille hochgezogenem Laken, seine gewohnte Position auf dem Bett ein. Nachdem er es sich bequem gemacht hatte, sagte er mit leiser Stimme: »Ich kannte Pepper. Er kam eines Tages zu mir in die Hütte und bat um etwas zu essen. Das war kurz vor Weihnachten 1991. Er erzählte mir, daß er die meiste Zeit in den Wäldern lebte. Ich briet ihm Eier und Speck. Er starb buchstäblich vor Hunger. Er stotterte, war schüchtern und fühlte sich in meiner Gegenwart ziemlich unwohl. Er gab einem Rätsel auf. Er behauptete, er wäre siebzehn, sah aber jünger aus, war halbwegs sauber und anständig gekleidet und hatte ungefähr zwanzig Meilen entfernt eine Familie, trotzdem lebte er in den Wäldern. Ich brachte ihn zum Reden und bekam die ganze traurige Geschichte zu hören. Als er aufgegessen hatte, wollte er wieder verschwinden. Ich bot ihm eine Schlafstelle an, aber er bestand darauf, zu seinem Lagerplatz zurückzukehren.

Am nächsten Tag war ich wieder auf der Jagd, allein, und Pepper spürte mich auf. Er zeigte mir sein kleines Zelt und seinen Schlafsack. Er hatte Kochutensilien, eine Kühlbox, eine Laterne, eine Remington. Er sagte, er wäre seit zwei Wochen nicht mehr zu Hause gewesen. Sagte, seine Mutter hätte einen neuen Freund, den widerlichsten seit Jahren. Ich folgte ihm tief in die Wälder zu einem Wildwechsel, den er entdeckt hatte. Eine Stunde später erlegte ich einen Zehnender, den größten Hirsch, den ich je geschossen habe. Er sagte, er kenne die Wälder in- und auswendig, und erbot sich, mir die besten Stellen zum Jagen zu zeigen.

Ein paar Wochen später war ich wieder in der Hütte. Das Leben mit Trudy war unerträglich, und wir lebten beide, jeder auf seine Art, nur für die Wochenenden, an denen ich verschwinden konnte. Pepper kam, kurz nachdem ich in der Hütte angekommen war. Ich kochte einen Eintopf, und wir aßen wie die Schweine – damals hatte ich noch einen gesunden Appetit. Er sagte, er wäre für drei Tage zu Hause gewesen und nach einem heftigen Streit mit seiner Mutter wieder gegangen. Je mehr er redete, desto weniger stotterte er.

Ich erzählte ihm, daß ich Anwalt sei, und es dauerte nicht lange, bis er mir von seinen juristischen Problemen berichtete. Zuletzt hatte er bei einer Tankstelle in Lucedale als Tankwart gearbeitet. Dann hatte dort in der Kasse irgendwelches Geld gefehlt. Weil alle Leute ihn für zurückgeblieben hielten, verdächtigten sie ihn. Er hatte damit natürlich nichts zu tun. Es war ein weiterer guter Grund, sich in den Wäldern aufzuhalten. Ich versprach ihm, mich um die Sache zu kümmern.«

»Und so hat die Inszenierung begonnen«, sagte Sandy.

»Etwas in der Art. Wir haben uns noch ein paarmal in den Wäldern getroffen.«

»Und damit wären wir beim neunten Februar.«

»So ist es. Ich sagte Pepper, die Polizei wäre im Begriff, ihn zu verhaften. Das war eine glatte Lüge. Ich hatte keinen einzigen Anruf in seiner Sache getätigt. Das konnte ich mir auch gar nicht leisten. Aber je länger wir uns unterhielten, desto stärker gelangte ich zu der Überzeugung, daß er etwas über das fehlende Geld wußte. Er hatte offenkundig Angst und verließ sich völlig auf mich. Wir unterhielten uns über seine Optionen, und eine davon war, daß er einfach verschwand.«

»Wenn sich das nicht vertraut anhört.«

»Er haßte seine Mutter. Die Polizei war hinter ihm her. Er war ein verängstigter Junge, der nicht den Rest seines Lebens in den Wäldern verbringen wollte. Ihm gefiel die Vorstellung, nach Westen zu gehen, um als Führer von Jägern in den Bergen zu arbeiten. Wir heckten einen Plan aus. Ich verfolgte die Zeitungen, bis ich diese furchtbare Geschichte von einem High-School-Jungen las, der bei einem Zugunglück in der Nähe von New Orleans ums Leben gekommen war. Sein Name war Joey Palmer; er hörte sich gut an. Ich nahm Kontakt zu einem Fälscher in Miami auf, der sich Joeys Sozialversicherungsnummer beschaffte, und binnen vierer Tage hatte ich einen hübschen Satz neuer Papiere für Pepper. Lousiana-Führerschein, komplett mit einem ihm sehr ähnlich aussehenden Foto. Sozialversicherungsnummer, Geburtsurkunde, sogar einen Paß.«

»Bei dir hört sich das alles so verdammt einfach an.«

»Es ist sogar noch einfacher, als es sich anhört. Man braucht nur ein bißchen Bargeld und Fantasie. Pepper gefielen seine neuen Papiere und die Idee, mit einem Bus in die Berge zu fahren. Der Junge hatte nicht die geringsten Skrupel, seine Mutter im Ungewissen zu lassen. Da war keine Spur von Mitgefühl.«

»Jemand ganz nach deinem Geschmack.«

»Tja, wie dem auch sei, an einem Sonntag, es war der neunte Februar ...«

»Der Tag deines Todes.«

»Ja. Soweit ich mich erinnern kann, fuhr ich Pepper zum Greyhound-Busbahnhof in Jackson. Ich gab ihm jede Möglichkeit, einen Rückzieher zu machen, aber sein Entschluß stand fest. Er war regelrecht begeistert. Der arme Junge war noch nie aus dem Staat Mississippi herausgekommen. Schon die Fahrt nach Jackson war ein Erlebnis für ihn. Ich machte ihm klar, daß er nie mehr zurückkommen könnte, unter gar keinen Umständen. Seine Mutter hat er während unserer Fahrt kein einziges Mal erwähnt. Drei Stunden im Wagen, und er hat seine Mutter nicht erwähnt.«

»Wo wollte er hin?«

»Ich hatte ein Holzfällerlager nördlich von Eugene in Oregon für ihn ausfindig gemacht und hatte die Busrouten und die Fahrpläne dorthin studiert. Ich schrieb ihm alles auf, dann gingen wir es auf dem Weg zum Busbahnhof mehrmals gemeinsam durch. Ich gab ihm zweitausend Dollar und setzte ihn zwei Blocks vom Busbahnhof entfernt ab. Es war ungefähr ein Uhr mittags, und ich konnte es nicht riskieren, gesehen zu werden. Das letzte, was ich von Pepper sah, war, wie er lächelnd mit einem schweren Rucksack auf der Schulter davontrabte.«

»Seine Remington und seine Campingausrüstung wurden in deiner Hütte gefunden.«

»Wo hätte er das Zeug sonst lassen sollen?«

»Nur ein weiteres Teil des Puzzles.«

»Selbstverständlich. Ich wollte sie glauben machen, daß Pepper in dem Wagen verbrannte.«

»Wo ist er jetzt?«

»Das weiß ich nicht, und es ist auch nicht wichtig.«

»Das ist nicht das, wonach ich dich gefragt habe, Patrick.«

»Es ist wirklich nicht wichtig.«

»Hör auf, deine Spielchen mit mir zu spielen, verdammt noch mal. Wenn ich eine Frage stelle, dann verdiene ich auch eine Antwort.«

»Ich antworte, wenn mir danach zumute ist.«

»Weshalb machst du ständig Ausflüchte?«

Sandys Stimme war lauter geworden und klang gereizt. Patrick schwieg für einen Moment, um ihm Zeit zu lassen, sich wieder zu beruhigen. Beide atmeten langsamer, beide versuchten, sich wieder unter Kontrolle zu bekommen.

»Ich mache keine Ausflüchte, Sandy«, sagte Patrick gelassen.

»Du machst ständig Ausflüchte. Ich arbeite wie ein Besessener, um ein Rätsel zu lösen, und dann stehe ich vor zehn neuen Rätseln. Weshalb kannst du mir nicht alles erzählen?«

»Weil du nicht alles zu wissen brauchst.«

»Es wäre in diesem Fall durchaus ganz angenehm, alles zu wissen.«

»Wirklich? Wann hat dir das letzte Mal ein Krimineller, den du vertreten hast, alles erzählt?«

»Komisch, irgendwie bist du für mich kein Krimineller.«

»Was bin ich dann?«

»Vielleicht ein Freund.«

»Dein Job würde leichter für dich sein, wenn ich für dich ein Krimineller wäre.«

Sandy raffte die Papiere auf dem Tisch zusammen und machte sich auf den Weg zur Tür. »Ich bin müde und brauche Ruhe. Ich komme morgen wieder, und dann wirst du mir alles erzählen.«

Er öffnete die Tür und ging.

Guy hatte den Schatten erstmals zwei Tage zuvor bemerkt, als sie ein Casino verließen. Ein vertrautes Gesicht, das sich etwas zu schnell abwandte. Dann ein Wagen, der ihnen eine

Spur zu aggressiv folgte. Guy hatte Erfahrung in diesen Dingen, und er erwähnte es Benny gegenüber, der am Steuer saß. »Das müssen Leute vom FBI sein«, hatte Guy gesagt. »Wer sollte sich sonst für uns interessieren?«

Sie machten daraufhin Pläne, Biloxi zu verlassen. Die Telefone in der gemieteten Wohnung wurden abgeschaltet. Sie schickten die anderen Jungs fort.

Sie warteten, bis es dunkel war. Guy fuhr in einem Wagen nach Osten in Richtung Mobile. Er würde die Nacht über nach Beschattern Ausschau halten und dann am Morgen ein Flugzeug besteigen. Benny fuhr Richtung Westen, auf dem Highway 90 an der Küste entlang, dann über den Lake Pontchartrain nach New Orleans, das er gut kannte. Er war stets wachsam und auf der Hut, sah aber niemanden, der ihn verfolgte. Er aß Austern im French Quarter, dann fuhr er mit einem Taxi zum Flughafen. Er flog zuerst nach Memphis, dann nach Chicago O'Hare, wo er den größten Teil der Nacht in einer Flughafen-Lounge verbrachte. Dann bei Tagesanbruch weiter nach New York.

Das FBI lag derweil in Boca Raton auf der Lauer und beobachtete sein Haus. Seine schwedische Geliebte hielt sich noch darin auf. Sie waren sich ziemlich sicher, daß sie sich bald aus dem Staub machen würde, und ihr zu folgen war ein Kinderspiel.

36

Selten hatte man eine Haftentlassung erlebt, die so reibungslos über die Bühne gegangen war. Eva verließ um halb neun Uhr morgens das Gefängnis als freie Frau, in denselben Jeans und demselben T-Shirt, die sie bei ihrer Festnahme getragen hatte. Die Aufseherinnen waren nett, die Verwaltungsangestellten waren erstaunlich hilfsbereit; sogar der Gefängnisdirektor wünschte ihr alles Gute. Mark Birck begleitete sie zu seinem Wagen, einem schönen, alten Jaguar, den er eigens für diesen Anlaß auf Hochglanz hatte polieren lassen, und nickte Evas beiden neuen Beschützern zu. »Das sind FBI-Agenten«, erklärte er ihr, auf zwei Männer in einem in der Nähe geparkten Wagen deutend.

»Ich dachte, das hätten wir hinter uns«, sagte sie.

»Nicht ganz.«

»Erwartet man von mir, daß ich hallo oder etwas Ähnliches sage?«

»Nein. Steigen Sie einfach ein.« Er öffnete ihr die Wagentür, wartete, bis sie eingestiegen war. Dann ging er um den Wagen herum zur Fahrerseite, nicht ohne für einen Augenblick die frisch aufgebrachte Politur zu bewundern.

»Hier ist ein Brief, den Sandy McDermott mir gefaxt hat«, sagte er, als er den Wagen gestartet und zurückgesetzt hatte. »Lesen Sie.«

»Wohin fahren wir?«

»Zum Flughafen. Dort wartet ein kleiner Jet auf Sie.«

»Um mich wo hinzubringen?«

»Nach New York.«

»Und danach?«

»Nach London, mit der Concorde.«

Sie waren in einer belebten Straße, mit den FBI-Agenten hinter sich. »Weshalb fahren sie hinter uns her?« fragte sie.

»Schutz.«

Sie schloß die Augen und rieb sich die Stirn und dachte

an Patrick, der, gelangweilt und in seinem kleinen Krankenzimmer zur Untätigkeit verdammt, sich damit beschäftigte, sich Orte auszudenken, zu denen er sie schicken konnte. Dann bemerkte sie das Autotelefon. »Darf ich?« fragte sie, den Hörer abhebend.

»Natürlich.« Birck fuhr ausgesprochen vorsichtig und schaute ständig in den Rückspiegel; man hätte meinen können, er führe den Präsidenten.

Eva rief in Brasilien an, verfiel in ihre Muttersprache und feierte per Satellit ein tränenreiches Wiedervereinigtsein mit ihrem Vater. Beide waren frei, aber sie erzählte ihm nicht, wo sie die letzten drei Tage verbracht hatte. Entführt zu werden sei letzten Endes doch keine so schlimme Sache, scherzte er. Er sei ausgezeichnet behandelt worden; kein einziger blauer Fleck. Sie versprach, bald nach Hause zu kommen. Ihre Anwaltstätigkeit in den Vereinigten Staaten sei fast abgeschlossen, und sie hätte Heimweh.

Birck hörte, ohne es zu wollen, zu, aber er konnte kein Wort von dem, was da geredet wurde, verstehen. Als sie auflegte und ihre Tränen getrocknet hatte, sagte er: »In dem Brief stehen ein paar Telefonnummern, für den Fall, daß der Zoll Sie noch einmal zurückhalten sollte. Das FBI hat seine Fahndung aufgehoben und gestattet Ihnen, die nächsten sieben Tage mit Ihrem Paß zu reisen.«

Sie hörte zu, sagte aber nichts.

»Er enthält auch eine Telefonnummer in London, falls Sie in Heathrow Probleme bekommen sollten.«

Endlich öffnete sie den Brief. Er war von Sandy, auf dessen Briefpapier. In Biloxi gehe alles glatt und schnell vonstatten. Sie solle ihn gleich nach ihrer Ankunft in New York vom Hotel aus anrufen. Er hätte weitere Instruktionen für sie.

Mit anderen Worten, er wollte ihr Dinge sagen, die Mr. Birck hier nicht erfahren sollte.

Sie trafen an dem belebten Terminal für Privatflugzeuge an der Nordseite von Miami International ein. Die beiden Agenten blieben bei ihrem Wagen, während Mr. Birck sie hineinbegleitete. Die Piloten warteten bereits. Sie deuteten auf einen hübschen, kleinen Jet, der unmittelbar vor dem Terminal bereitstand und darauf wartete, sie dorthin zu befördern, wo immer sie hinwollte. »Bringen Sie mich nach Rio«, hätte sie am liebsten gesagt. »Bitte, nach Rio.«

Sie verabschiedete sich von Birck, dankte ihm dafür, daß er so nett zu ihr gewesen war, und ging an Bord. Kein Gepäck. Nichts sonst bei sich tragend. Dafür würde Patrick teuer bezahlen müssen. Wäre sie nur schon in London; ein Tag in der Bond Street und der Oxford Street würde ausreichen, und sie würde mehr Kleidung haben, als dieser kleine Jet befördern konnte.

Zu solch früher Stunde sah J. Murray stets besonders müde und mitgenommen aus. Er schaffte es, der Sekretärin, die ihm die Tür öffnete, ein Hallo zuzugrunzen und orderte einen Kaffee, stark und schwarz. Sandy begrüßte ihn, nahm ihm den zerknitterten Blazer ab und führte ihn in einen der Salons, wo sie sich niederließen und die Scheidungsvereinbarung durchgingen.

»Damit können wir leben«, sagte Sandy, als er fertig war. Trudy hatte die Abmachung bereits unterschrieben. J. Murray hätte einen weiteren Besuch von ihr und ihrem schleimigen Gigolo auch kaum noch ertragen. Gestern hatten sie und Lance sich in seinem Büro gestritten. J. Murray verfügte über eine dreißigjährige Erfahrung, was Scheidungsprozesse anbelangte, und war bereit, gutes Geld darauf zu wetten, daß die Tage von Lance gezählt waren. Geldsorgen nagten an Trudy.

»Wir werden unterschreiben«, sagte Sandy.

»Weshalb sollten Sie auch nicht? Schließlich bekommen Sie alles, was Sie haben wollten.«

»Es ist eine faire Abmachung, unter den gegebenen Umständen.«

»Ja, ja.«

»Hören Sie, Murray, in der Angelegenheit Ihrer Mandantin und des von Northern Case Mutual gegen sie angestrengten Verfahrens ist eine entscheidende Wendung eingetreten.«

»Ich bin ganz Ohr.«

»Lassen Sie es mich, ohne in die Details gehen zu müssen, so formulieren: Northern Case Mutual hat sich bereit erklärt, die Klage gegen Trudy fallenzulassen.«

J. Murray saß ein paar Sekunden lang sprachlos da, dann klappte seine Kinnlade langsam herunter. Sollte das ein Witz sein?

Sandy griff nach einem Papier, einer Kopie der Vereinbarung mit Northern Case Mutual. Er hatte einige Absätze unleserlich gemacht, aber für J. Murray war noch genug übriggeblieben.

»Sie wollen mich auf den Arm nehmen«, murmelte dieser, als er die Vereinbarung entgegennahm. Er registrierte die geschwärzten Zeilen ohne besondere Neugierde und widmete sich den beiden von der Zensur ausgenommenen Absätzen.

Es war ihm herzlich gleichgültig, weshalb das hier alles passierte. Patrick war von einem undurchdringlichen Schleier des Geheimnisvollen umgeben, und J. Murray dachte nicht daran, irgendwelche Fragen zu stellen.

»Was für eine erfreuliche Überraschung«, sagte er.

»Ich dachte mir, daß es Ihnen gefallen würde.«

»Sie behält alles?«

»Alles, was noch übrig ist.«

J. Murray las den Text noch einmal, ganz langsam. »Darf ich das behalten?« fragte er.

»Nein. Es ist vertraulich. Aber die Klage wird noch heute zurückgezogen, und ich werde Ihnen eine Kopie des Antrags auf Klageabweisung zufaxen.«

»Danke.«

»Da ist noch etwas«, sagte Sandy. Er übergab J. Murray eine Kopie der Abmachung mit Monarch-Sierra, ebenfalls zensiert. »Lesen Sie den dritten Absatz auf Seite vier.«

J. Murray las den Absatz, demzufolge für die kleine Ashley Nicole Lanigan zweihundertfünfzigtausend Dollar in einem Treuhandfonds anzulegen seien. Sandy McDermott würde als Treuhänder fungieren. Das Geld durfte nur für die Gesundheit und Ausbildung des Kindes verwendet werden, und das noch verbleibende Kapital sollte dem Kind an seinem dreißigsten Geburtstag ausbezahlt werden.

»Ich weiß nicht, was ich sagen soll.« Aber er dachte bereits daran, wie sich das in seinem Büro anhören würde.

Sandy winkte ab, als wäre das alles nicht der Rede wert.

»Sonst noch etwas?« fragte J. Murray mit einem strahlenden Lächeln. Gab es vielleicht noch mehr Goodies?

»Das war's. Die Scheidung ist festgesetzt. Es war mir ein Vergnügen.«

Sie gaben sich die Hand, und J. Murray ging. Seine Müdigkeit war wie weggeblasen. Er fuhr allein im Fahrstuhl nach unten, und seine Gedanken überschlugen sich. Er würde ihr erzählen, wie er den Schurken gegenüber schweres Geschütz aufgefahren hatte, wie er ihre unverschämten Forderungen endlich satt gehabt hatte, wie er in das Zimmer gestürmt war und mit einem harten Prozeß gedroht hatte, wenn sie nicht nachgaben und Zugeständnisse machten. Er hatte schon viele derartige Prozesse geführt, war sogar für sein aggressives Auftreten vor Gericht berühmt.

Zum Teufel mit dem Ehebruch! Zum Teufel mit den Nacktfotos! Seine Mandantin war im Unrecht, aber sie hatte trotzdem Anspruch auf ein wenig Fairneß. Schließlich war da ein armes, unschuldiges Kind, das beschützt werden mußte!

Er würde ihr erzählen, wie sie kapituliert hatten und auf ganzer Front zurückgewichen seien. Er hatte einen Treuhandfonds für das Kind verlangt, und Patrick war unter dem Gewicht seiner eigenen Schuld zusammengebrochen. Hier, hatten sie gebettelt, nehmt eine Viertelmillion Dollar.

Und er hatte gekämpft wie ein Löwe und alles in seiner Macht Stehende getan, um das Vermögen seiner Mandantin zu schützen, die nichts Unrechtes getan hatte, als sie die zweieinhalb Millionen Dollar nahm. Aus purer Angst hatten sie nachgegeben und verzweifelt nach einem Weg gesucht, Trudys Geld zu retten. Diese Details waren im Moment noch reichlich verschwommen, aber er hatte eine Stunde Fahrzeit vor sich, während der er an der Story noch feilen konnte.

Bei Ankunft in seinem Büro würde es ein grandioser Sieg geworden sein.

Am Concorde-Schalter in New York zeigte man sich irritiert davon, daß sie kein Gepäck mit sich führte. Ein leitender Angestellter wurde gerufen, und es folgte das übliche Getuschel. Eva versuchte, die Nerven nicht zu verlieren. Eine weitere Verhaftung würde sie nicht ertragen. Sie liebte Patrick, aber das ging weit über das hinaus, was Liebe fordern konnte. Vor nicht allzulanger Zeit hatte sie noch eine vielversprechende Karriere als Anwältin vor sich gehabt, in einer Stadt, die sie liebte. Und dann war Patrick aufgekreuzt.

Plötzlich war sie von herzlicher britischer Zuvorkommenheit umgeben. Sie wurde in die Concorde-Lounge geführt, wo ihr Kaffee serviert wurde. Sie rief Sandys Nummer in Biloxi an.

»Sind Sie okay?« fragte er, als er ihre Stimme hörte.

»Alles bestens. Ich bin in New York und fliege gleich weiter nach London. Wie geht es Patrick?«

»Ausgezeichnet. Wir haben den Handel mit den Bundesleuten abgeschlossen.«

»Wieviel?«

»Hundertdreizehn Millionen«, erwiderte er und wartete auf eine Reaktion von ihr. Patrick war völlig ungerührt gewesen, als er die Höhe der Rückzahlung erfahren hatte. Sie reagierte ebensowenig.

»Wann?«

»Sie finden die entsprechenden Anweisungen vor, wenn Sie in London eingetroffen sind. Ich habe im Four Seasons ein Zimmer für Sie gemietet, unter dem Namen Leah Pires.«

»So heiße ich also wieder.«

»Rufen Sie mich an, wenn Sie dort sind.«

»Sagen Sie Patrick, daß ich ihn immer noch liebe, obwohl ich im Gefängnis gesessen habe.«

»Ich sehe ihn heute abend. Seien Sie vorsichtig.«

»Ciao.«

Angesichts des hochrangigen Besuchs in der Stadt konnte Mast der Versuchung nicht widerstehen, sich besonders eindrucksvoll in Szene zu setzen. Noch am gleichen Abend, sie hatten kaum die Dokumente und Tonbänder in Empfang genommen, hatte er durch seine Angestellten sämtliche Mitglieder der amtierenden Grand Jury anrufen und über die Notwendigkeit einer Dringlichkeitssitzung informieren lassen. Mit Hilfe von fünf seiner Assistenten hatte er zusammen mit dem FBI die Dokumente gesichtet und registriert. Er hatte sein Büro um drei Uhr nachts verlassen und war fünf Stunden später wieder zurückgekehrt.

Die Sitzung der Grand Jury des Bundes fand um zwölf Uhr mittags statt. Lunch wurde geliefert. Hamilton Jaynes beschloß, lange genug zu bleiben, um die Sitzung verfolgen zu können, ebenso Sprawling vom Justizministerium. Patrick würde der einzige Zeuge sein.

Gemäß ihrer Vereinbarung wurde er nicht in Handschellen vorgeführt. Er saß auf dem Rücksitz eines nicht gekennzeichneten FBI-Wagens und wurde durch eine Seitentür ins Bundesgerichtsgebäude von Biloxi geschmuggelt. Sandy war an seiner Seite. Patrick trug eine weite Khakihose, Turnschuhe und ein Sweatshirt, Kleidungsstücke, die Sandy ihm besorgt hatte. Er wirkte blaß und dünn, aber er ging ohne sichtbare körperliche Beeinträchtigung. In der Tat, er fühlte sich großartig.

Die sechzehn Mitglieder der Grand Jury saßen an einem langen, rechteckigen Tisch, so daß mindestens die Hälfte von ihnen der Tür den Rücken zukehrte, als Patrick mit einem Lächeln eintrat. Diejenigen, die ihm nicht gegenübersaßen, drehten schnell den Kopf. Jaynes und Sprawling saßen, fasziniert von ihrem ersten Eindruck, in einer Ecke des Raumes.

Patrick ließ sich am Kopfende des Tisches auf dem für Zeugen reservierten Stuhl nieder und nutzte die Gunst der Stunde. Er brauchte nur wenig Ermunterung von seiten Masts, um seine Geschichte zu erzählen, oder zumindest einen Teil davon. Er war entspannt, zum Teil auch deshalb, weil dieses Gremium ihm nun nichts mehr anhaben konnte.

Er hatte es geschafft, sich aus der Umklammerung durch die Bundesbehörden zu befreien.

Er fing mit der Anwaltskanzlei an, den Partnern, ihren Eigenarten und Arbeitsgewohnheiten, und bahnte sich langsam seinen Weg zu Aricia.

Mast unterbrach ihn und reichte ihm ein Dokument, das Patrick als Vertrag zwischen der Kanzlei und Aricia identifizierte. Es war vier Seiten lang, ließ sich aber auf die grundlegende Vereinbarung reduzieren, daß die Kanzlei ein Drittel von dem bekommen würde, was Aricia im Falle eines Erfolges seiner Klage gegen Platt & Rockland Industries erhielt.

»Und wie gelangte der Vertrag in ihren Besitz?« fragte Mast.

»Mr. Bogans Sekretärin hat den Vertrag getippt. Die Rechner unserer Kanzlei waren miteinander vernetzt. Ich habe ihn mir einfach als Datei auf meinen Rechner geladen.«

»Ist das der Grund dafür, daß diese Kopie nicht unterschrieben ist?«

»Ja. Das Original befindet sich vermutlich in Mr. Bogans Archiv.«

»Hatten Sie Zugang zu Mr. Bogans Büro?«

»Beschränkt«, antwortete Patrick und erklärte Bogans Tick in Fragen der Sicherheit. Das führte zu einem Exkurs über Patricks Zugang zu den anderen Büros und zu der faszinierenden Geschichte von Patricks Abenteuern in der Welt modernster Überwachungstechnologie. Da er in bezug auf Aricia den allergrößten Argwohn hegte, hatte er versucht, so viele Informationen wie möglich zu sammeln. Er loggte sich in die anderen PCs der Kanzlei ein. Er ließ sich keinen Klatsch entgehen. Er fragte Sekretärinnen und Anwaltsgehilfen aus. Er durchsuchte die Papierkörbe in dem Zimmer, in dem die Kopiergeräte standen. Er arbeitete bis spät in die Nacht, in der Hoffnung, unverschlossene Türen vorzufinden.

Nach zwei Stunden bat Patrick um eine Erfrischung. Mast ordnete eine fünfzehnminütige Pause an. Die Zeit war wie im Flug vergangen, weil sein Publikum so hingerissen war.

Als der Zeuge von der Toilette zurückkehrte, nahmen die

Mitglieder der Grand Jury rasch wieder ihre Plätze ein; sie konnten es kaum erwarten, mehr zu hören. Mast stellte ein paar Fragen über die Klage gegen Platt & Rockland, und Patrick beschrieb sie in großen Zügen. »Mr. Aricia war sehr gerissen. Er entwickelte einen Plan für überzogene Kostenrechnungen und schaffte es gleichzeitig, die damit einhergehende Verantwortung auf Leute in der Zentrale abzuwälzen. Er war die geheime treibende Kraft hinter der Kostenüberschreitung.«

Mast legte einen Stapel Dokumente vor Patrick auf den Tisch. Patrick nahm eines davon und wußte sofort, um was es sich handelte. »Das ist ein Beispiel für die fiktiven Löhne, die New Coastal Shipyards in Rechnung stellte. Es ist eine per Computer erstellte Lohnliste für eine Woche im Juni 1988. Sie weist vierundachtzig Namen aus, sämtlich falsch, und beziffert ihren Wochenlohn. Die Gesamtsumme beläuft sich auf einundsiebzigtausend Dollar.«

»Wie kam man dort zu diesen Namen?« fragte Mast.

»Zu jener Zeit beschäftigte New Coastal etwa achttausend Mitarbeiter. Sie wählten häufig vorkommende Namen aus – Jones, Johnson, Miller, Green, Young – und änderten jeweils nur das Initial für den Vornamen.«

»Wieviel Lohnkosten wurden so fälschlich berechnet?«

»Aricias Buchführung zufolge waren es neunzehn Millionen Dollar im Laufe von vier Jahren.«

»Wußte Mr. Aricia, daß sie fälschlicherweise berechnet worden waren?«

»Ja, die Fälschung ging auf seine Initiative zurück.«

»Und woher wissen Sie das?«

»Wo sind die Tonbänder?«

Mast reichte ihm ein Blatt Papier, auf dem die Tonbänder von mehr als sechzig Gesprächen aufgelistet waren. Patrick studierte es für eine Minute. »Ich glaube, es ist Band Nummer siebzehn«, sagte er. Der für den Karton mit den Bändern verantwortliche Assistent des Bundesstaatsanwalts suchte Band Nummer siebzehn heraus und legte es in ein auf dem Tisch stehendes Bandgerät ein.

Patrick sagte: »Es folgt ein Gespräch zwischen Doug Vitrano und Jimmy Havarac, zwei der Partner. Es fand in Vitranos Büro am 3. Mai 1991 statt.«

Das Gerät wurde eingeschaltet, und sie warteten auf die Stimmen.

ERSTE STIMME: Wie schafft man es, neunzehn Millionen Dollar für nicht geleistete Arbeitsstunden zu kassieren?

»Das ist Jimmy Havarac«, sagte Patrick schnell.

ZWEITE STIMME: Das war nicht schwer.

»Und das ist Doug Vitrano«, sagte Patrick.

VITRANO: Die tatsächlichen Arbeitskosten beliefen sich auf fünfzig Millionen Dollar pro Jahr. Für vier Jahre waren das mehr als zweihundert Millionen. Sie haben einfach zehn Prozent draufgeschlagen. Es ist in dem Papierkram untergegangen.

HAVARAC: Und Aricia hat das gewußt?

VITRANO: Es gewußt? Es war sein Werk.

HAVARAC: Das kann doch nicht Ihr Ernst sein.

VITRANO: Es ist alles Schwindel, Jimmy. Alles ist ein ausgemachter Schwindel. Die Arbeitskosten, die überteuerten Rechnungen, die doppelte und dreifache Berechnung von teuren Instrumenten. Alles. Aricia hat das von Anfang an geplant, und zufällig arbeitete er für einen Konzern, von dem bekannt ist, daß er die Regierung schon früher häufig übers Ohr gehauen hat. Er wußte, wie der Konzern arbeitete. Er wußte, wie das Pentagon arbeitete. Und er war gerissen genug, um seine Pläne in die Tat umzusetzen.

HAVARAC: Wer hat Ihnen das erzählt?

VITRANO: Bogan. Aricia hat Bogan alles erzählt. Bogan hat dem Senator alles erzählt. Wir halten den Mund, spielen mit und werden alle Millionäre.

Die Stimmen verstummten. Das von Patrick sorgfältig aufbereitete Band war zu Ende.

Die Mitglieder der Grand Jury starrten unvermittelt auf das Bandgerät.

»Könnten wir noch mehr hören?« fragte einer der Geschworenen.

Mast zuckte die Achseln und sah Patrick an; der sagte: »Ich halte das für eine großartige Idee.«

Mit Patricks laufendem Kommentar und gelegentlich auch anschaulicher Analyse dauerte das Abhören der Bänder fast drei Stunden. Das ›Kabinett-Band‹ wurde bis zum Schluß aufgespart und insgesamt viermal abgespielt, bevor die Geschworenen auf ein weiteres Abhören verzichteten. Um sechs bestellten sie Abendessen aus einem nahe gelegenen Restaurant.

Um sieben wurde Patrick gestattet, die Sitzung zu verlassen.

Während sie aßen, lieferte Mast Informationen und Kommentare zu den spektakulären Dokumenten. Er führte die verschiedenen in Frage kommenden Bundesgesetze auf. Mit den so überzeugend auf Band aufgenommenen Stimmen der Gauner lag die ganze Verschwörung offen zutage.

Um halb neun Uhr abends erging der einstimmig gefaßte Beschluß der Grand Jury, Benny Aricia, Charles Bogan, Doug Vitrano, Jimmy Havarac und Ethan Rapley wegen gemeinschaftlich begangener Verschwörung und Betrugs unter dem False Claims Act anzuklagen. Im Falle eines Schuldspruchs mußte jeder von ihnen mit einer Haftstrafe von bis zu zehn Jahren und einer Geldstrafe von fünfhunderttausend Dollar rechnen.

Senator Harris Nye wurde als nicht angeklagter Mitverschwörer benannt, eine vorläufige Bezeichnung, die sich höchstwahrscheinlich jedoch zum Schlimmeren für ihn wenden würde. Sprawling, Jaynes und Maurice Mast hatten sich für die Strategie entschieden, zuerst die kleineren Fische anzuklagen, um diese dann derart unter Druck zu setzen, daß sie auf einen Handel eingingen und den großen Fisch ans Messer lieferten. Sie würden sich vor allem auf Rapley und Havarac konzentrieren, ihres Hasses auf Charles Bogan wegen.

Um neun Uhr vertagte sich die Grand Jury. Mast traf sich mit dem US-Marshal und ordnete die Verhaftungen für den frühen Morgen des folgenden Tages an. Jaynes und Sprawling kehrten noch am gleichen Abend mit Spätmaschinen von New Orleans nach Washington zurück.

37

»Ich hatte einmal mit einem Verkehrsunfall zu tun, kurz nachdem ich in die Kanzlei eingetreten war. Es passierte auf der 49, oben in Stone County, in der Nähe von Wiggins. Unsere Mandanten fuhren Richtung Norden, als ein Tieflader aus einer Landstraße kam, direkt vor ihnen, und mit ihnen zusammenstieß. Drei Leute saßen in unserem Wagen, der Fahrer kam ums Leben, die Frau wurde schwer verletzt, ein Kind auf dem Rücksitz hatte ein gebrochenes Bein. Der Tieflader gehörte einer Papierfabrik und war hoch versichert, also hatte der Fall ein Potential. Sie übergaben ihn mir, und ich stürzte mich kopfüber hinein, weil ich neu war. Es bestand keinerlei Zweifel daran, daß der Tieflader schuld hatte, aber sein Fahrer, der unverletzt geblieben war, behauptete, unser Wagen wäre zu schnell gefahren. Das wurde zur Hauptfrage – wie schnell war unser toter Fahrer gefahren? Mein technischer Sachverständiger schätzte seine Geschwindigkeit auf sechzig Meilen pro Stunde, was nicht allzu schlecht war. Auf dem Highway durften fünfundfünfzig gefahren werden, und jedermann fuhr sechzig. Meine Mandanten waren unterwegs nach Jackson, um Verwandte zu besuchen, und hatten es nicht eilig.

Der von der Papierfabrik angeheuerte Sachverständige schätzte die Geschwindigkeit meines Mandanten auf fünfundsiebzig, und das hätte natürlich unserem Fall erheblich geschadet. Jede Jury mißbilligt zwanzig Meilen über dem Tempolimit. Wir fanden einen Zeugen, einen alten Mann, der entweder der zweite oder der dritte Mensch am Unfallort gewesen war. Sein Name war Clovis Goodman, Alter einundachtzig, auf einem Auge blind, und mit dem anderen konnte er auch nichts sehen.«

»Ist das dein Ernst?« fragte Sandy.

»Nein, aber sein Sehvermögen war nicht das beste. Er fuhr immer noch Auto, und an diesem Tag tuckerte er in seinem 1968er Chevrolet Pick-up den Highway entlang, als unser Wagen ihn überholte. Und dann, gerade hinter der nächsten Anhöhe, stieß der alte Clovis auf den Unfall. Clovis war ein sehr empfindsamer alter Mann, lebte allein, keine nahen Familienangehörigen, vergessen und vernachlässigt, und der Anblick dieses grauenhaften Unfalls schockte ihn zutiefst. Er versuchte, den Opfern zu helfen und hielt sich aus diesem Grund eine Weile an der Unfallstelle auf, dann fuhr er weiter. Er sprach mit niemandem ein Wort. Er war zu aufgewühlt. Später hat er mir erzählt, daß er eine Woche lang nicht schlafen konnte.

Wie dem auch sei, wir erfuhren, daß einer der später Eingetroffenen die Unfallszene auf Video aufgenommen hatte, als die Krankenwagen, die Polizei und die Feuerwehr bereits eingetroffen waren. Der Verkehr staute sich, die Leute langweilten sich, und wie es so ihre Art ist, nahmen sie alles auf Video auf. Wir liehen uns das Band aus. Ein Anwaltsgehilfe analysierte es und notierte sämtliche Zulassungsnummern. Dann suchte er die Besitzer der Wagen auf, in der Hoffnung, Zeugen zu finden. Auf diese Weise sind wir auf Clovis gestoßen. Dieser sagte, er hätte den Unfall praktisch mit angesehen, sei aber zu verstört, um darüber reden zu können. Ich fragte ihn, ob ich ihn besuchen dürfte, und er sagte ja.

Clovis lebte auf dem Lande, in der Nähe von Wiggins, in einem kleinen, weißgestrichenen Fachwerkhaus, das er und seine Frau sich vor dem Krieg gebaut hatten. Sie war bereits vor vielen Jahren gestorben, ebenso wie sein einziges Kind, ein Sohn, der vom rechten Wege abgekommen war. Er hatte zwei Enkelkinder, eines in Kalifornien und eines in der Nähe von Hattiesburg. Beide hatte er seit Jahren nicht mehr gesehen. All das erfuhr ich im Laufe der ersten Stunde. Clovis war ein einsamer alter Mann, anfangs mürrisch, als traute er Anwälten nicht über den Weg und haßte es, seine Zeit zu verschwenden, aber es dauerte bei diesem ersten Besuch nicht lange, bis er Wasser für Pulverkaffee aufsetzte und Familiengeheimnisse ausplauderte. Wir saßen auf der Veranda, auf Schaukelstühlen, mit einem Dutzend alter Katzen, die um unsere Füße strichen, und redeten über alles mögliche außer über den Unfall. Glücklicherweise war es ein Samstag, also konnte ich Zeit vergeuden und brauchte mir wegen der Kanzlei keine Sorgen zu machen. Er war ein wundervoller Geschichtenerzähler. Die Wirtschaftskrise war sein Lieblingsthema, ebenso der Krieg. Nach ein paar Stunden erwähnte ich schließlich den Unfall, und er verstummte, schaute gequält drein und informierte mich mit leiser Stimme, daß er einfach noch nicht darüber sprechen könnte. Sagte, er wüßte etwas Wichtiges, aber jetzt sei nicht die richtige Zeit dafür. Ich fragte ihn, wie schnell er gefahren wäre, als unser Wagen ihn überholte. Er sagte, er führe nie schneller als fünfzig. Ich fragte ihn, ob er schätzen könnte, wie schnell unser Wagen gefahren war, und er schüttelte nur den Kopf.

Zwei Tage später suchte ich ihn am Spätnachmittag auf, und wir ließen uns abermals auf der Veranda nieder, für eine weitere Runde von Kriegsgeschichten. Punkt sechs Uhr sagte Clovis, er hätte Hunger, sagte außerdem, er liebe Fisch, und fragte, ob wir zusammen essen wollten. Ich war damals noch Junggeselle, und so fuhren Clovis und ich zum Essen. Natürlich fuhr ich, und er redete. Wir hatten für sechs Dollar soviel fetten Wels, wie wir wollten. Clovis aß sehr langsam, mit dem Mund nur wenige Zentimeter über dem Haufen Fisch auf seinem Teller. Die Kellnerin legte die Rechnung auf den Tisch, und Clovis nahm sie nicht zur Kenntnis. Sie lag ungefähr zehn Minuten lang da. Er redete mit vollem Mund. Ich fand, das Essen wäre gut angelegtes Geld, falls Clovis sich je zu einer Aussage entschließen sollte. Schließlich verließen wir das Lokal, und auf der Rückfahrt zu seinem Haus verkündete er, daß er ein Bier bräuchte, nur ein Bier für seine Blase, und in diesem Moment näherten wir uns zufällig gerade einem kleinen Laden. Ich fuhr auf den Parkplatz. Er rührte sich nicht von der Stelle, also kaufte ich auch das Bier. Wir fuhren und tranken, und er sagte, er würde mir gern zeigen, wo er aufgewachsen war. Es wäre nicht weit von der Stelle entfernt, wo wir uns gerade befanden, sagte er. Eine Landstraße mündete in die nächste, und nach zwanzig Minuten hatte ich keine Ahnung mehr, wo ich war. Clovis konnte nicht sonderlich gut sehen. Er brauchte noch ein Bier, wieder für seine Blase. Ich fragte bei dem Verkäufer in dem zweiten Laden nach dem Weg, und Clovis und ich machten uns wieder auf den Weg. Er zeigte in diese Richtung und in jene, und schließlich fanden wir das Städtchen Necaise Crossing in Hancock County. Sobald wir es gefunden hatten, sagte er, wir könnten umkehren. Die Sache mit dem Haus seiner Kindheit hatte er vergessen. Weitere Wegbeschreibungen von weiteren Verkäufern folgten, wenn du verstehst, was ich meine.

Als wir in der Nähe seines Hauses angekommen waren, wußte ich wieder, wo wir uns befanden, und ich fing an, Fragen über den Unfall zu stellen. Er sagte, er wäre noch nicht imstande, darüber zu reden. Ich half ihm ins Haus, und er fiel aufs Sofa und begann zu schnarchen. Es war fast Mitternacht. So ging es ungefähr einen Monat lang weiter. Schaukeln auf der Veranda. Wels an den Dienstagen. Rundfahrten für seine Blase. Die Versicherungspolice hatte ein Limit von zwei Millionen. Unser Fall war jeden Cent davon wert, und Clovis' Aussage wurde, obwohl er das nicht wußte, von Tag zu Tag wichtiger. Er versicherte mir, daß sich außer mir niemand wegen des Unfalls mit ihm in Verbindung gesetzt hatte, also mußte ich ihn unbedingt auf seine Fakten festnageln, bevor die Leute von der Versicherung ihn fanden.«

»Wieviel Zeit war seit dem Unfall vergangen?« fragte Sandy.

»Vier oder fünf Monate. Eines Tages setzte ich ihm schließlich die Pistole auf die Brust. Ich sagte ihm, wir wären in dem Prozeß an einem entscheidenden Punkt angelangt, und es würde Zeit, daß er ein paar Fragen beantwortete. Er sagte, er wäre dazu bereit. Ich fragte ihn, wie schnell unser Wagen gefahren wäre, als er ihn überholte. Er sagte, es wäre grauenhaft gewesen, diese Leute zu sehen, zermalmt, verletzt und blutend, vor allem der kleine Junge. Der arme alte Mann hatte Tränen in den Augen. Ein paar Minuten später fragte ich ihn noch einmal. ›Clovis, können Sie schätzen, wie schnell der Wagen gefahren ist, als er Sie überholte?‹ Er sagte, natürlich würde er der Familie gern helfen. Ich sagte, das wüßte sie bestimmt zu würdigen. Und dann schaute er mir direkt in die Augen und sagte: ›Was glauben Sie, wie schnell sie gefahren sind?‹

Ich sagte, daß sie meiner Meinung nach ungefähr fünfundfünfzig Meilen pro Stunde gefahren waren. Clovis sagte: ›Dann waren es etwa fünfundfünfzig Meilen pro Stunde. Ich bin fünfzig gefahren, und sie haben sich praktisch an mir vorbeigeschoben.‹

Wir gingen vor Gericht, und Clovis Goodman war der beste Zeuge, den ich je gesehen habe. Er war alt, bescheiden, aber weise und völlig glaubwürdig. Die Geschworenen ignorierten all die fantasievollen Unfall-Rekonstruktionen und stützten sich bei ihrem Urteil ausschließlich auf Clovis. Sie sprachen uns 2,3 Millionen Dollar zu.

Wir blieben in Verbindung. Ich setzte ihm ein Testament auf. Er besaß nicht viel, nur das Haus und sechs Morgen Land, siebentausend Dollar auf der Bank. Wenn er starb, sollte alles verkauft werden und der Erlös und das Geld den Daughters of the Confederacy zufließen. Kein einziger Verwandter wurde in seinem Testament erwähnt. Der Enkel in Kalifornien hatte seit zwanzig Jahren nichts von sich hören lassen. Die Enkelin in Hattiesburg hatte sich nicht gemeldet, seit er 1968 eine Einladung zur Feier ihres High-School-Abschlusses erhalten hatte. Er war weder hingefahren, noch hatte er ein Geschenk geschickt. Er erwähnte sie nur selten, aber ich wußte, daß Clovis sich nach einer Verbindung zu seinen Enkelkindern sehnte.

Er wurde krank und konnte nicht mehr allein leben, also brachte ich ihn in einem Pflegeheim in Wiggins unter. Ich verkaufte sein Haus und seine Farm und erledigte seine sämtlichen finanziellen Angelegenheiten. Damals war ich sein einziger Freund. Ich schickte ihm Karten und Geschenke, und jedesmal, wenn ich nach Hattiesburg oder Jackson fuhr, besuchte ich ihn und leistete ihm Gesellschaft, so lange ich konnte. Mindestens einmal im Monat holte ich ihn ab und fuhr mit ihm in das Fischrestaurant. Anschließend machten wir eine Rundfahrt. Nach ein oder zwei Bier fing er mit seinen Geschichten an. Einmal sind wir zum Angeln gefahren, nur Clovis und ich, acht Stunden lang in einem Boot. Ich habe noch nie in meinem Leben so viel gelacht.

Im November 1991 bekam er Lungenentzündung und wäre fast daran gestorben. Wir änderten sein Testament ab. Er wollte einen Teil des Geldes seiner Kirche vermachen, den Rest dem, was von der Confederacy noch übrig war. Er suchte sich seinen Platz auf dem Friedhof aus und traf Anordnungen für seine Beisetzung. Ich brachte ihn auf die Idee, eine Verfügung zu treffen, daß er nicht von Maschinen am Leben erhalten werden sollte. Das gefiel ihm, und er bestand darauf, daß ich derjenige sein sollte, der darüber entschied, wann der Stecker herausgezogen wurde, natürlich nach Beratung mit seinen Ärzten. Clovis hatte das Pflegeheim satt, seine Einsamkeit, sein Leben. Er sagte, sein Herz befände sich schon bei Gott und er sei bereit, der Welt Lebewohl zu sagen.

Anfang Januar 1992 brach die Lungenentzündung abermals aus, diesmal noch heftiger. Ich ließ ihn ins Krankenhaus hier in Biloxi verlegen, damit ich ihn im Auge behalten konnte. Ich besuchte ihn jeden Tag, und ich war der einzige Besucher, den der alte Clovis je hatte. Keine anderen Freunde. Keine Verwandten. Kein Geistlicher. Kein Mensch außer mir. Sein Zustand verschlechterte sich allmählich, und es war abzusehen, daß er das Krankenhaus nicht mehr lebend verlassen würde. Er fiel ins Koma. Sie schlossen ihn an ein Beatmungsgerät an, und nach ungefähr einer Woche sagten die Ärzte, er wäre hirntot. Wir, drei Ärzte und ich, lasen seine Verfügung zusammen durch, dann schalteten wir das Beatmungsgerät ab.«

»An welchem Tag war das?« fragte Sandy.

»Am 6. Februar 1992.«

Sandy atmete laut und vernehmlich aus, schloß die Augen und schüttelte langsam den Kopf.

»Er wollte keinen Gedenkgottesdienst, weil er wußte, daß niemand kommen würde. Wir begruben ihn auf einem Friedhof am Rand von Wiggins. Ich war da, als Sargträger. Drei alte Witwen aus der Gemeinde waren da und weinten, aber man hatte den Eindruck, daß sie in den letzten fünfzig Jahren bei jeder Beerdigung in Wiggins geweint hatten. Der Geistliche war da, und er brachte fünf ältliche Diakone mit, die als Sargträger fungieren sollten. Zusammen mit zwei anderen Leuten waren es insgesamt zwölf Personen. Nach einer kurzen Zeremonie wurde Clovis zur letzten Ruhe gebettet.«

»Es muß ein ziemlich leichter Sarg gewesen sein?«

»Das könnte man so sagen.«

»Wo war Clovis?«

»Seine Seele jubelte mit den Heiligen.«

»Wo war sein Körper?«

»Auf der Veranda meiner Jagdhütte, in einer Tiefkühltruhe.«

»Du krankes Hirn.«

»Ich habe niemanden umgebracht, Sandy. Der alte Clovis sang mit den Engeln, als seine Überreste eingeäschert wurden. Ich war sicher, daß es ihm nichts ausmachen würde.«

»Du hast offenbar für alles eine Ausrede.«

Patrick schwang die Beine über die Bettkante. Seine Füße baumelten zehn Zentimeter über dem Fußboden. Er reagierte nicht.

Sandy wanderte für einen Augenblick im Zimmer umher, dann lehnte er sich an die Wand. Er war nur mäßig darüber erleichtert, zu erfahren, daß sein Freund niemanden umgebracht hatte. Der Gedanke, daß er eine Leiche verbrannt hatte, kam ihm fast ebenso abstoßend vor.

»Heraus damit«, sagte Sandy. »Ich bin sicher, daß du alles bis ins letzte Detail geplant hattest.«

»Zumindest hatte ich ein wenig Zeit, darüber nachzudenken.«

»Ich höre.«

»In Mississippi gibt es ein Gesetz, das Grabräuberei unter Strafe stellt, aber es würde auf mich nicht zutreffen. Ich habe Clovis nicht aus dem Grab geraubt. Ich habe ihn aus seinem Sarg herausgeholt. Es gibt noch ein weiteres Gesetz, das Leichenschändung betrifft, und das ist das einzige, was Parrish mir vorwerfen kann. Es ist ein Verbrechen, auf das eine Strafe von bis zu einem Jahr Gefängnis steht. Meiner Meinung nach ist das alles, was sie gegen mich in der Hand haben, und Parrish wird das in seiner Macht Stehende tun, um das eine Jahr zu bekommen.«

»Er kann dich nicht einfach laufenlassen.«

»Nein, das kann er nicht. Aber die ganze Sache hat einen Haken. Er weiß nichts über Clovis, solange ich ihm nichts darüber sage, aber ich brauche ihm nichts zu sagen, bevor er die Anklage wegen Mordes zurückgezogen hat. Nun, ihm von Clovis zu erzählen, ist eine Sache, aber eine Aussage vor Gericht eine ganz andere. Er kann mich nicht zwingen, vor Gericht auszusagen, wenn er mich wegen Leichenschändung anklagt. Er muß irgendeine Anklage gegen mich erheben, weil er, wie du ganz richtig sagtest, mich nicht einfach laufenlassen kann. Er kann mich anklagen, aber er kann mich nicht verurteilen, weil ich der einzige Zeuge bin und es keine Möglichkeit gibt, zu beweisen, daß der verbrannte Körper der von Clovis war.«

»Mit anderen Worten, Parrish hat die Pechkarte gezogen.«

»So ist es. Die Anklagen des Bundes sind eingestellt, und wenn wir diese Bombe fallen lassen, steht Parrish unter fürchterlichem Druck, mich für irgend etwas zu verurteilen. Andernfalls komme ich ungeschoren davon.«

»Und wie sieht der Plan aus?«

»Ganz einfach. Wir nehmen den Druck von Parrish und gestatten ihm, sein Gesicht zu wahren. Du fährst zu Clovis' Enkelkindern, erzählst ihnen die Wahrheit, bietest ihnen ein bißchen Geld an. Sie haben eindeutig das Recht, mich zu verklagen, sobald die Wahrheit bekannt geworden ist, und du kannst davon ausgehen, daß sie es tun werden. Ihre Klage wäre nicht viel wert, weil sie sich fast ihr ganzes Leben lang nicht um den alten Mann gekümmert haben, aber ich bin ziemlich sicher, daß sie trotzdem klagen würden. Dem schieben wir von Anfang an einen Riegel vor. Wir einigen uns in aller Stille mit ihnen, und als Gegenleistung für das Geld erklären sie sich bereit, von Parrish zu verlangen, daß er keine Anklage erhebt.«

»Du ausgekochtes kleines Arschloch.«

»Danke. Weshalb sollte das nicht funktionieren?«

»Parrish kann dich auch gegen den Willen der Familie anklagen.«

»Aber er wird es nicht tun, weil er mich nicht verurteilen kann. Mir den Prozeß zu machen und ihn zu verlieren, wäre das Schlimmste, was Parrish passieren könnte. Für ihn wäre es wesentlich sicherer, wenn er jetzt einen Rückzieher machen, die Familie als Vorwand benutzen und die Peinlichkeit vermeiden würde, einen viel Aufsehen erregenden Fall zu verlieren.«

»Ist es das, was du dir in den letzten vier Jahren ausgedacht hast?«

»Man tut, was man kann.«

Sandy begann, am Fußende des Bettes herumzuwandern, tief in Gedanken versunken, die sich regelrecht überschlugen und versuchten, mit denen seines Mandanten Schritt zu halten.

»Wir müssen Parrish irgend etwas geben«, sagte er, fast zu sich selbst, immer noch herumwandernd.

»Mir liegt mehr an mir selbst als an Parrish«, sagte Patrick.

»Es geht hier nicht nur um Parrish, das ganze System steht auf dem Spiel, Patrick. Wenn du in deren Augen leer ausgehst, dann hast du dir praktisch deinen Weg aus dem Gefängnis freigekauft. Alle mit Ausnahme von dir ständen schlecht da.«

»Vielleicht stehe ich mir auch selbst am nächsten.«

»Das respektiere ich. Aber du kannst das System nicht demütigen und dann erwarten, daß man dir gestattet, in den Sonnenuntergang davonzureiten.«

»Niemand hat Parrish dazu gezwungen, loszurennen und sich eine Anklage wegen vorsätzlichen Mordes zu besorgen. Damit hätte er ein oder zwei Wochen warten können. Niemand hat ihn gezwungen, es der Presse zu verkünden. Ich habe keinerlei Mitleid mit ihm.«

»Glaubst du, ich? Aber das ist ein harter Brocken, Patrick.«

»Dann mache ich euch die Sache ein wenig leichter. Ich bekenne mich der Leichenschändung schuldig, aber ich sitze keinerlei Strafe ab. Nicht einen einzigen Tag. Ich werde vor Gericht erscheinen, mich schuldig bekennen, eine Geldstrafe bezahlen, Parrish die Genugtuung einer Verurteilung verschaffen, aber dann bin ich weg von hier.«

»Dann wärst du vorbestraft.«

»Nein, ich wäre frei. Wen in Brasilien interessiert es schon, ob mir hier jemand auf die Finger geklopft hat?«

Sandy hörte mit dem Herumwandern auf und setzte sich neben ihn auf das Bett. »Du kehrst also nach Brasilien zurück?«

»Das ist mein Zuhause, Sandy.«

»Und die Frau?«

»Wir werden entweder zehn oder elf Kinder haben. Die Entscheidung darüber steht noch an.«

»Wieviel Geld wirst du haben?«

»Millionen. Du mußt mich hier herausholen, Sandy. Ein anderes Leben wartet auf mich.«

Eine Schwester rauschte herein, schaltete das Licht an und sagte: »Es ist elf Uhr, Patty. Die Besuchszeit ist lange vorbei.«

Sie berührte ihn leicht an seiner Schulter. »Ist alles okay, Sweetie?«

»Mir geht's gut.«

»Brauchen Sie etwas?«

»Nein danke.«

Sie verschwand so schnell, wie sie gekommen war. Sandy griff nach seinem Aktenkoffer. »Patty?« sagte er.

Patrick zuckte mit den Achseln.

»Sweetie?«

Ein neuerliches Achselzucken.

Auf dem Weg zur Tür fiel Sandy noch etwas ein. »Eine

letzte Frage. Als du den Wagen in den Abgrund gejagt hast, wo war Clovis da?«

»Dort, wo er immer war, wenn wir zusammen unterwegs waren. Auf dem Beifahrersitz, angeschnallt. Ich habe ihm ein Bier zwischen die Beine geklemmt und ihm Lebewohl gesagt. Er hatte ein Lächeln im Gesicht.«

38

Um zehn Uhr morgens waren die Instruktionen für die Rückerstattung des Geldes noch nicht in London eingetroffen. Eva verließ ihr Hotel und unternahm einen langen Spaziergang entlang Piccadilly. Ohne ein bestimmtes Ziel und ohne jeden Zeitdruck ließ sie sich in der Menge treiben, schaute in Schaufenster und genoß das Leben auf den Straßen. Drei Tage in Einzelhaft hatten bewirkt, daß sie die Geräusche der vorbeihastenden Leute besser zu würdigen wußte. Ihr Lunch bestand aus einem warmen Salat mit Schafskäse, den sie in der Ecke eines überfüllten, alten Pubs verzehrte. Sie genoß das Licht und die glücklichen Stimmen von Leuten, die keine Ahnung hatten, wer sie war. Und es interessierte sie auch nicht.

Patrick hatte ihr erzählt, daß er in seinem ersten Jahr in São Paulo oft einfach nur glücklich darüber gewesen war, daß kein Mensch seinen Namen kannte. Jetzt, wo sie in diesem Pub saß, hatte sie das Gefühl, eher Leah Pires als Eva Miranda zu sein.

Sie fing an, in der Bond Street einzukaufen, zuerst das Notwendigste – Unterwäsche und Parfüm –, doch wenig später waren es Armani, Versace und Chanel, ohne Rücksicht auf die Preise. Sie genoß den Augenblick und war einfach eine sehr reiche Frau.

Es wäre einfacher und gewiß weniger dramatisch gewesen, wenn sie bis neun gewartet und sie in der Kanzlei verhaftet hätten. Aber schließlich waren ihre Arbeitsgewohnheiten unberechenbar, und einer von ihnen, Rapley, ging nur selten aus dem Haus.

Man entschied sich für einen Quasi-Überfall vor Tagesanbruch. Was machte es schon, wenn es ihnen Angst einjagte und sie vor ihren Familien demütigte? Was machte es schon, wenn die Nachbarn alles mitbekamen? Greift sie euch, während sie noch schlafen oder unter der Dusche stehen, das ist und bleibt die beste Taktik.

Charles Bogan kam im Pyjama an die Tür und begann, als der US-Marshal, ein Mann, den er kannte, ihm Handschellen anlegte, leise zu weinen. Bogan hatte keine Familie mehr, also blieb ihm wenigstens ein Teil dieser Schande erspart.

Doug Vitranos Frau öffnete und wurde sofort aggressiv. Sie schlug den zwei jungen FBI-Agenten die Tür vor der Nase zu, aber die Männer warteten geduldig, während sie nach oben rannte und ihren Mann unter der Dusche hervorholte. Glücklicherweise schliefen die Kinder noch, als die beiden Agenten Doug auf den Rücksitz ihres Wagens verfrachteten, in Handschellen wie einen gewöhnlichen Verbrecher, und die Frau in ihrem Morgenmantel vor der Haustür stehen ließen, wo diese sie verfluchte und gleichzeitig um ihren Mann weinte.

Jimmy Havarac war wie gewöhnlich stockbetrunken zu Bett gegangen und reagierte nicht auf ihr Klingeln. Sie riefen ihn über Handy an, während sie in seiner Einfahrt in ihrem Wagen saßen. Schließlich schaffte man es, ihn zu wekken und verhaftete ihn.

Ethan Rapley war in seiner Bodenkammer, als die Sonne aufging, und arbeitete an einem Schriftsatz, ohne die geringste Ahnung von Zeit oder Tag. Er hörte nichts von dem, was unten vorging. Seine Frau wurde von dem Läuten an der Tür geweckt, und sie stieg die Treppe hinauf, um ihm die böse Nachricht zu überbringen. Vorher jedoch versteckte sie noch seine Pistole, die er in einer Schublade seines Kleiderschrankes aufzubewahren pflegte. Er schaute tatsächlich in zwei Schubladen nach, während er nach dem richtigen Paar Socken suchte. Aber er fragte sie nicht nach der Waffe. Er hatte Angst davor, daß sie ihm sagen würde, wo jene war.

Der Anwalt, der die Bogan-Kanzlei gegründet hatte, war dreizehn Jahre zuvor zum Bundesrichter ernannt worden. Er war von Senator Nye nominiert worden, und Bogan hatte die Kanzlei sofort nach dessen Ausscheiden übernommen. Die Kanzlei hatte die besten Verbindungen zu allen fünf amtierenden Bundesrichtern, und so war es keine Überraschung, daß die Telefone bereits läuteten, noch bevor die Partner im Gefängnis wiedervereinigt waren. Um 8.30 Uhr wurden sie für eine hastig arrangierte Einvernahme vor demjenigen Bundesrichter, der am schnellsten zu erreichen gewesen war, in separaten Wagen zum Gebäude des Bundesgerichts in Biloxi gebracht.

Cutter war wütend über das Tempo und die Leichtigkeit, mit der Bogan die Fäden zog. Er hatte zwar nicht damit gerechnet, daß die vier Männer bis zu ihrem Prozeß im Gefängnis bleiben würden, aber die Blitzaktion vor einem gerade erst aus dem Bett geholten Richter ging ihm mächtig gegen den Strich. Und deshalb gab Cutter der Lokalzeitung und dem lokalen Fernsehsender einen Tip.

Der Papierkram wurde ausgearbeitet und rasch unterschrieben, und die vier verließen das Gericht, frei, ohne Handschellen, um zu Fuß die drei Blocks zu ihrer Kanzlei zurückzulegen. Ihnen folgte ein großer, tolpatschiger Junge mit einer Videokamera und ein junger, unerfahrener Reporter, der nicht so recht wußte, worin die Story eigentlich bestand, dem man aber erklärt hatte, sie sei riesig. Keine Kommentare von den versteinerten Gesichtern. Sie schafften es bis zu ihrer Kanzlei am Vieux Marche und schlossen die Tür hinter sich, waren für niemanden mehr zu sprechen.

Charles Bogan griff sofort zum Hörer, um den Senator anzurufen.

Der Privatdetektiv, den Patrick empfohlen hatte, fand die Frau in weniger als zwei Stunden, nur mit Hilfe des Telefons. Sie lebte in Meridian, zwei Fahrstunden nordöstlich von Biloxi. Ihr Name war Deena Postell, sie arbeitete am Delikatessenstand und an der Kasse eines brandneuen Supermarkts am Stadtrand.

Sandy fand den Laden und ging hinein. Er tat so, als bewunderte er eine Vitrine mit frisch gebratenen Hühnchen und fritierten Kartoffeln, während er die hinter der Theke arbeitenden Angestellten musterte. Eine füllige Frau mit hochtoupiertem Haar und lauter Stimme erregte sofort seine Aufmerksamkeit. Wie alle anderen Angestellten trug auch sie eine rot-weiß gestreifte Bluse, und als sie nahe genug herankam, konnte Sandy ihr Namensschild lesen. ›Deena‹ stand darauf.

Um Vertrauen zu erwecken, trug er Jeans und einen marineblauen Blazer, keine Krawatte.

»Womit kann ich dienen?« fragte sie mit einem Lächeln.

Es war kurz vor zehn Uhr morgens, zu früh für fritierte Kartoffeln. »Einen großen Kaffee, bitte«, sagte Sandy, gleichfalls mit einem Lächeln, und in ihren Augen erschien ein Funkeln. Deena flirtete gern. Sie trafen sich an der Kasse wieder. Anstatt ihr das Geld auszuhändigen, gab Sandy ihr eine Visitenkarte.

Sie warf einen Blick darauf, dann ließ sie sie fallen. Für eine Frau, die drei mit dem Gesetz auf Kriegsfuß stehende Söhne großgezogen hatte, konnte eine derartige Überraschung nur Ärger bedeuten. »Einen Dollar zwanzig«, sagte sie, während sie auf Tasten tippte und die Theke entlangschaute, ob jemand sie beobachtete.

»Ich habe nichts als gute Nachrichten für Sie«, sagte Sandy, zwei Dollar auf die Kasse legend.

»Was wollen Sie?« sagte sie leise.

»Zehn Minuten Ihrer Zeit. Ich warte dort drüben an einem Tisch.«

»Aber was wollen Sie?« Sie nahm die Scheine und gab ihm sein Wechselgeld zurück.

»Bitte. Hinterher werden Sie froh sein, daß Sie mir Ihre Zeit gewidmet haben.«

Sie mochte Männer, und Sandy war ein gutaussehender Kerl, viel besser gekleidet als die meisten der Kunden, die sie den Tag über ertragen mußte. Sie hantierte mit den gebratenen Hähnchen, setzte eine neue Kanne Kaffee auf, dann sagte sie ihrer Vorgesetzten, daß sie ihre Pause nehmen würde.

Sandy wartete geduldig an einem Tisch in der kleinen Eßnische, neben dem Kühlregal für das Bier und der Eismaschine. »Danke«, sagte er, als sie sich niederließ.

Sie war Mitte Vierzig, mit einem runden, etwas zu aufdringlich mit billigen Kosmetika geschminkten Gesicht.

»Ein Anwalt aus New Orleans, ja?« sagte sie.

»Ja. Und ich nehme an, Sie haben nichts über diesen Fall unten an der Küste gelesen, wo sie diesen Anwalt erwischt haben, der das viele Geld gestohlen hat?«

Sie schüttelte schon den Kopf, bevor er ausgeredet hatte. »Ich lese überhaupt nichts. Ich arbeite hier sechzig Stunden die Woche, und ich muß für zwei Enkelkinder sorgen. Mein Mann kümmert sich um sie. Er kann nicht arbeiten. Kaputter Rücken. Ich lese nichts, sehe nicht fern, tue nichts, außer hier zu arbeiten und schmutzige Windeln zu wechseln, wenn ich zu Hause bin.«

Sandy tat es fast leid, daß er gefragt hatte. Wie deprimierend.

So anschaulich wie möglich erzählte er ihr Patricks Geschichte. Sie fand sie anfänglich amüsant, aber gegen Ende ließ ihr Interesse doch merklich nach.

»Er sollte zum Tode verurteilt werden«, sagte sie, während Sandy eine Pause machte.

»Er hat niemanden umgebracht.«

»Aber Sie haben doch gesagt, da wäre jemand in seinem Wagen gewesen.«

»Ja. Aber dieser jemand war bereits tot.«

»Hat er ihn umgebracht?«

»Nein, er hat ihn sich sozusagen nur ausgeborgt.«

»Hören Sie, ich muß wieder an die Arbeit. Nehmen Sie mir die Frage nicht übel – aber was hat das alles mit mir zu tun?«

»Der Tote, den er sich ausgeborgt hat, war Clovis Goodman, Ihr teurer dahingeschiedener Großvater.«

Ihr verschlug es für einen Augenblick die Sprache. »Er hat Clovis verbrannt?«

Sandy nickte.

Sie kniff die Augen zusammen, als sie versuchte, ein halbwegs der Situation angemessenes Gefühl zu zeigen. »Weshalb?« fragte sie.

»Er mußte einen Tod vortäuschen.«

»Aber weshalb Clovis?«

»Patrick war sein Anwalt und sein Freund.«

»Schöner Freund.«

»Ich weiß, ich weiß. Hören Sie, ich versuche nicht, Ihnen irgendwelche Erklärungen zu liefern. Das alles ist vor mehr als vier Jahren passiert, lange, bevor Sie und ich auf der Bildfläche erschienen.«

Sie trommelte mit den Fingern der einen Hand auf den Tisch, während sie nervös den Daumennagel der anderen mit ihren Zähnen bearbeitete. Der Mann, der ihr gegenübersaß, schien ein ziemlich kluger Anwalt zu sein, also würde das Vorspielen tränenreicher Gefühle für ihren geliebten alten Großvater vermutlich nicht funktionieren. Das alles war ziemlich verwirrend. Sollte er doch das Reden übernehmen.

»Ich höre«, sagte sie.

»Leichenschändung ist ein Verbrechen.«

»Das sollte es auch sein.«

»Man kann außerdem eine Zivilklage anstrengen. Das bedeutet, daß die Angehörigen von Clovis Goodman meinen Mandanten wegen des Verbrennens von dessen Leiche verklagen können.«

Das war es also. Ihr Rücken versteifte sich, während sie tief Luft holte und lächelte, schließlich sagte sie: »Jetzt verstehe ich.«

Sandy erwiderte ihr Lächeln. »Langsam kommen wir uns näher. Und deshalb bin ich hier. Mein Mandant würde gern mit Clovis' Familie eine Abmachung treffen.«

»Was bedeutet Familie?«

»Noch lebender Ehemann, Kinder und Enkelkinder.«

»Dann bin ich vermutlich die Familie.«

»Was ist mit Ihrem Bruder?«

»Luther? Der ist vor zwei Jahren gestorben. Drogen, Alkohol, das Übliche. Sie wissen schon.«

»Somit sind Sie der einzige Mensch mit einem Recht auf Klage.«

»Wieviel?« platzte sie heraus, unfähig, es zurückhalten zu können, dann aber peinlich berührt von ihrem Ausfall.

Sandy lehnte sich ein Stückchen weiter vor. »Wir sind

bereit, Ihnen fünfundzwanzigtausend Dollar anzubieten. Jetzt gleich. Der Scheck steckt in meiner Tasche.«

Sie lehnte sich gleichfalls vor und blickte ihm tief in die Augen, als die Höhe der Summe sie wie ein Schlag traf und erstarren ließ. Tränen traten ihr in die Augen, und ihre Unterlippe zitterte. »Oh, mein Gott«, sagte sie.

Sandy schaute sich flüchtig um. »Richtig. Fünfundzwanzigtausend Dollar.«

Sie zerrte eine Papierserviette aus einem Ständer und warf dabei den Salzstreuer um. Sie trocknete ihre Tränen, dann putzte sie sich die Nase. Sandy schaute sich immer noch um; er wollte nicht, daß sie Aufsehen erregten.

»Alles für mich?« brachte sie schließlich heraus. Ihre Stimme war heiser und leise, ihr Atem ging schnell.

»Alles für Sie, ja.«

Sie trocknete nochmals ihre Tränen, dann sagte sie: »Ich brauche eine Coke.«

Wortlos leerte sie eine Halbliter-Dose Coke. Sandy trank seinen schlechten Kaffee und beobachtete die draußen vorbeigehenden Leute. Er hatte es nicht eilig.

»Also, ich habe den Eindruck«, sagte sie schließlich, »wenn Sie hier hereinplatzen und mir fünfundzwanzigtausend Dollar auf die Hand bieten, dann sind Sie vermutlich auch bereit, mehr zu zahlen.«

»Zu Verhandlungen bin ich nicht ermächtigt.«

»Wenn ich klage, könnte das für Ihren Mandanten sehr unangenehm enden, Sie verstehen, was ich meine? Die Geschworenen werden mich anschauen und daran denken, wie der arme alte Clovis verbrannt ist, damit Ihr Mandant neunzig Millionen Dollar stehlen konnte.«

Sandy trank einen weiteren Schluck Kaffee und nickte. Er mußte unwillkürlich lächeln.

»Wenn ich mir einen Anwalt nehmen würde, könnte ich wahrscheinlich wesentlich mehr Geld herausholen.«

»Kann sein, aber es könnte bis zu fünf Jahre dauern, bis Sie das Geld bekommen. Plus, Sie haben noch andere Probleme.«

»Zum Beispiel?« fragte sie.

»Sie haben Clovis nicht nahegestanden.«

»Vielleicht doch.«

»Weshalb sind Sie dann nicht zu seiner Beerdigung gekommen? Es dürfte schwierig sein, das einer Jury zu erklären. Hören Sie, Deena, ich bin hier, um mich mit Ihnen zu einigen. Wenn Sie das nicht wollen, dann steige ich in meinen Wagen und fahre zurück nach New Orleans.«

»Wie hoch können Sie gehen?«

»Fünfzigtausend.«

»Abgemacht.« Sie streckte ihm ihre fleischige rechte Hand entgegen, immer noch feucht von der Dose Coke, und schlug ein.

Sandy holte einen Blankoscheck aus der Tasche und füllte ihn aus. Außerdem legte er zwei Dokumente auf den Tisch; das eine besiegelte die soeben erzielte Übereinkunft, das andere war ein Brief von Deena an den Staatsanwalt.

Die Erledigung des Papierkrams dauerte weniger als zehn Minuten.

Endlich rührte sich etwas in der Bucht in Boca. Die schwedische Lady wurde dabei beobachtet, wie sie in aller Eile Gepäck im Kofferraum von Bennys BMW verstaute. Dann raste sie davon. Sie folgten ihr zum Flughafen von Miami, wo sie zwei Stunden wartete und dann an Bord einer Maschine nach Frankfurt ging.

Sie würden in Frankfurt auf sie warten. Sie würden sie geduldig beschatten, bis sie einen Fehler machte. Dann würden sie Mr. Aricia finden.

39

Die letzte Amtshandlung des vorsitzenden Richters in der Angelegenheit war ein kurzfristig anberaumtes inoffizielles Treffen mit Patrick in seinem Büro. Der Anwalt des Angeklagten war ebensowenig anwesend wie der Staatsanwalt. Die Akte würde keinen Vermerk über diese Unterredung enthalten. Patrick wurde, ohne Aufsehen zu erregen, von drei Beamten durch den Hintereingang des Gerichtsgebäudes zu Huskeys Amtszimmer gebracht, wo Euer Ehren bereits ohne Robe auf ihn wartete. Es war kein Prozeß im Gange, und normalerweise wäre es an einem solchen Tag bei Gericht sehr friedlich zugegangen. Aber an diesem Morgen waren vier prominente Anwälte verhaftet worden, und die Flure schwirrten von Klatsch und Gerüchten.

Seine Verletzungen bedurften immer noch der Verbände und verhinderten enganliegende Kleidung. Der OP-Anzug war hübsch und sehr weit und erinnerte die Leute außerdem daran, daß er im Krankenhaus untergebracht war, nicht in einer Gefängniszelle wie ein gewöhnlicher Krimineller.

Als sie allein waren, übergab ihm Karl ein einzelnes Blatt. »Lesen Sie.«

Es war eine aus nur einem Absatz bestehende Erklärung, von Richter Karl Huskey unterschrieben, mit der er aus freien Stücken wegen Befangenheit von dem Fall *Staat gegen Patrick S. Lanigan* zurücktrat. Wirksam ab zwölf Uhr, in einer Stunde also.

»Ich habe heute morgen zwei Stunden mit Richter Trussel zusammengesessen. Er ist eben erst gegangen.«

»Wird er nett zu mir sein?«

»Jedenfalls so fair wie möglich. Ich habe ihm gesagt, daß es sich meiner Meinung nach nicht um einen Mordprozeß handeln wird. Er war sehr erleichtert.«

»Es wird überhaupt keinen Prozeß geben, Karl.«

Patrick betrachtete einen Kalender an der Wand, einen von der Art, wie sie Huskey schon immer benutzt hatte. Jeder Tag im Monat Oktober war mit mehr Anhörungen und Prozessen vollgestopft, als von einem einzelnen Richter zu bewältigen war. »Haben Sie sich noch immer keinen Computer angeschafft?« fragte er.

»Meine Sekretärin benutzt einen.«

Sie hatten sich zum ersten Mal in diesem Zimmer getroffen, vor etlichen Jahren, als Patrick als junger, unbekannter Anwalt eine von einem Verkehrsunfall schwer betroffene Familie vertreten hatte. Karl hatte als Richter den Vorsitz gehabt. Der Prozeß dauerte drei Tage, und die beiden wurden Freunde. Die Geschworenen sprachen Patricks Mandanten 2,3 Millionen Dollar zu, damals eines der spektakulärsten Urteile an der Küste. Gegen Patricks Wunsch stimmte die Kanzlei Bogan in der Berufung einem Vergleich über zwei Millionen Dollar zu. Die Anwälte kassierten ein Drittel davon, und nachdem die Kanzlei einiges an Schulden bezahlt und ein paar Anschaffungen gemacht hatte, wurde der Rest in vier Teile geteilt. Patrick war damals noch nicht Partner. Sie gaben ihm widerstrebend eine Gratifikation von fünfundzwanzigtausend Dollar.

Es war der Prozeß, in dem Clovis Goodman der Star war.

Patrick zupfte an einem Stück losem Gipskarton in einer Ecke. Er betrachtete einen braunen Wasserfleck an der Dekke. »Können Sie das County nicht dazu bringen, dieses Zimmer zu renovieren? Es hat sich in den letzten vier Jahren kein bißchen verändert.«

»Ich höre in zwei Monaten auf. Weshalb sollte ich mich darum noch kümmern?«

»Erinnern Sie sich an den Hoover-Prozeß? Meinen ersten in Ihrem Gerichtssaal und meinen ersten Triumph als Prozeßanwalt?«

»Natürlich.« Karl schlug die auf seinem Schreibtisch liegenden Füße übereinander und verschränkte die Arme hinter dem Kopf.

Patrick erzählte ihm die Clovis-Geschichte.

Ein lautes Klopfen an der Tür unterbrach den Bericht kurz vor seinem Ende. Der Lunch war eingetroffen. An Reden war nun nicht mehr länger zu denken. Ein Deputy erschien mit einem Karton, von dem ein köstlicher Duft aufstieg. Patrick sah zu, wie dessen Inhalt auf Karls Schreibtisch ausgepackt wurde: Gumbo und Krebsscheren.

»Das ist von Mahoney's«, sagte Karl. »Bob hat es herübergeschickt. Er läßt Sie grüßen.«

Mary Mahoney's war mehr als nur der Ort, an dem sich die Juristen und Anwälte an den Freitagnachmittagen auf einen Drink trafen. Es war das älteste Restaurant an der Küste, mit vorzüglichem Essen und legendärem Gumbo.

»Sagen Sie ihm, ich lasse ihn gleichfalls grüßen«, antwortete Patrick und griff nach einer Krebsschere. »Ich möchte bald wieder dort essen.«

Um zwölf Uhr schaltete Karl den kleinen, in der Mitte eines Bücherregals montierten Fernseher ein, und sie schauten sich kommentarlos die Sondersendung über die Verhaftungen an. Kein Mensch stand in dieser Angelegenheit für einen Kommentar zur Verfügung, schon gar nicht die Anwälte, die für niemanden zu sprechen waren. Überraschenderweise hatte auch Maurice Mast nichts zu sagen; ebenso das FBI. Nichts Substantielles, also mußte die Reporterin das tun, was sie in solchen Situationen immer tat. Sie erging sich in Klatsch und Gerüchten, und das war der Moment, in dem Patrick ins Spiel kam. Unbestätigten Berichten zufolge waren die Verhaftungen Teil der immer weitere Kreise ziehenden Ermittlungen in der Lanigan-Sache. In Ermangelung neuer Faktoren wiederholten sie die bereits bekannten Aufnahmen von Patrick beim Betreten des Gerichtsgebäudes anläßlich seiner ersten Einvernahme. Ein ernst dreinblickender Kollege kam ins Bild und informierte mit gedämpfter Stimme die Zuschauer, daß er vor der Tür des Büros von Senator Harris Nye, dem Cousin von Charles Bogan, in Biloxi stünde; für den Fall, daß jemandem der Zusammenhang entgangen sein sollte. Der Senator sei gerade auf einer Auslandsreise nach Kuala Lumpur, um für den Staat Mississippi mehr Mindestlohn-Jobs zu schaffen, und stände aus diesem Grund hier vor Ort für einen Kommentar nicht zur Verfügung. Keiner seiner acht Mitarbeiter in seinem Büro wußte irgend etwas über irgend jemanden; deshalb hätten sie auch nichts zu sagen.

Der Bericht dauerte zehn Minuten und wurde nicht durch Werbung unterbrochen.

»Weshalb lächeln Sie?« fragte Karl.

»Es ist ein wundervoller Tag. Ich hoffe nur, daß sie den Mumm haben, den Senator zur Verantwortung zu ziehen.«

»Wie ich höre, hat das FBI alle Anklagen gegen Sie fallengelassen.«

»So ist es. Ich habe gestern vor der Grand Jury ausgesagt. Es hat mir einen Mordsspaß gemacht, endlich all das loszuwerden, was ich vier Jahre lang geheimgehalten habe.«

Patrick hatte während der Nachrichtensendung aufgehört zu essen und offenkundig jedes Interesse daran verloren. Karls Beobachtungen zufolge hatte er zwei Krebsscheren gegessen und das Gumbo kaum angerührt. »Essen Sie. Sie sehen aus wie der Tod.«

Patrick nahm sich einen Salzcracker und trat ans Fenster.

»Als schlichtes Gemüt fällt es einem schwer zu folgen. Nur für mich, allein zum besseren Verständnis, wenn Sie so wollen«, sagte Karl. »Die Scheidung ist erledigt. Das FBI hat alle Anklagen gegen Sie fallengelassen, und Sie haben sich bereit erklärt, die neunzig Millionen plus Zinsen zurückzuzahlen.«

»Summa summarum hundertdreizehn Millionen.«

»Die Anklage wegen vorsätzlichen Mordes ist am Zusammenbrechen, da kein Mord stattgefunden hat. Der Staat Mississippi kann Sie nicht wegen Diebstahls anklagen, weil dies das FBI bereits getan hat. Die von den Versicherungsgesellschaften angestrengten Klagen wurden zurückgezogen. Pepper ist noch am Leben, irgendwo da draußen. Clovis hat seine Stelle eingenommen. Damit bleibt also nur eine lausige kleine Anklage wegen Grabräuberei.«

»Auch bekannt unter dem Namen Leichenschändung. So steht es jedenfalls im Strafgesetzbuch. Aber das kennen Sie vermutlich auswendig.«

»Richtig. Soweit ich weiß, ist das ein Verbrechen.«
»Ein geringfügiges Verbrechen.«
Karl rührte in seinem Gumbo herum und bewunderte seinen mageren Freund, der aus dem Fenster schaute, an einem Cracker knabberte und fraglos bereits sein nächstes Manöver plante.
»Kann ich mitkommen?« fragte er.
»Wohin?«
»Wo immer Sie hingehen. Sie spazieren hier raus, treffen sich mit der Frau, sahnen ab, legen sich an den Strand, leben auf einer Jacht. Da würde ich verständlicherweise nur zu gerne dabeisein.«
»Noch bin ich nicht dort.«
»Aber fast. Jeden Tag ein kleines Stück näher.«
Karl stellte den Fernseher ab und schob sein Essen beiseite. »Da existiert noch eine Lücke, die ich gern ausgefüllt sähe«, sagte er. »Clovis starb, dann wurde er begraben oder nicht begraben. Was ist in der Zwischenzeit passiert?«
Patrick kicherte und sagte: »Sie haben eine Vorliebe fürs Detail, stimmt's?«
»Ich bin Richter. Wir leben von den Details und sterben an ihnen.«
Patrick setzte sich und legte seine Füße auf den Schreibtisch. »Ich wäre um ein Haar erwischt worden. Es ist nicht so einfach, eine Leiche zu stehlen.«
»Wem sagen Sie das.«
»Ich hatte darauf bestanden, daß Clovis Anordnungen für seine Beisetzung traf. Ich habe sogar einen Zusatz zu seinem Testament mit Anweisungen an das Bestattungsinstitut aufgesetzt – kein offener Sarg, keine Zurschaustellung des Leichnams, keine Musik, eine Totenwache, ein einfacher Holzsarg und ein kurzer Gottesdienst am Grab.«
»Ein Holzsarg?«
»Ja. Clovis hielt sehr viel von dem Motto Asche zu Asche, Staub zu Staub. Ein billiger Holzsarg, keine Gruft. Das war die Art, auf die sein Großvater begraben worden war. Jedenfalls war ich im Krankenhaus, als er starb, und ich wartete darauf, daß der Bestattungsunternehmer aus Wiggins

mit dem Leichenwagen eintraf. Er hieß Rolland, ein ziemlicher Witzbold. Ihm gehört das einzige Bestattungsunternehmen am Ort. Schwarzer Anzug und alles, was sonst noch dazugehört. Das Testament ermächtigte mich, zu tun, was getan werden mußte, und Rolland machte es nichts aus. Es war gegen drei Uhr nachmittags. Rolland sagte, er würde ihn in ein paar Stunden einbalsamieren. Er fragte mich, ob Clovis einen Anzug hätte, in dem er begraben werden wollte. Daran hatten wir nicht gedacht. Ich sagte, nein, ich hatte Clovis nie in einem Anzug gesehen. Rolland sagte, er hätte irgendwo noch ein paar alte Anzüge herumliegen und würde sich darum kümmern.

Clovis wollte auf seiner Farm begraben werden, aber ich habe ihm viele Male erklärt, daß das in Mississippi verboten ist. Er mußte auf einen anerkannten Friedhof. Sein Großvater hatte im Bürgerkrieg gekämpft und war, Clovis zufolge, ein großer Held gewesen. Sein Großvater war gestorben, als er sieben Jahre alt war, und sie hatten eine dieser altmodischen Totenwachen veranstaltet, die drei Tage dauern. Sie stellten den Sarg mit seinem Großvater auf den Wohnzimmertisch, und die Leute zogen daran vorbei, schauten ihn an und nahmen Abschied. Das gefiel Clovis. Er bestand darauf, daß es bei ihm ähnlich ablaufen sollte. Ich mußte ihm schwören, daß ich eine kleine Totenwache für ihn abhalten würde. Das alles erklärte ich Rolland. Er sagte etwas in der Art, daß ihm nichts Menschliches mehr fremd sei. Er schien nicht überrascht.

Kurz nach Einbruch der Dunkelheit, als der Leichenwagen vorfuhr, saß ich auf Clovis' Veranda. Ich half Rolland, den Sarg die Einfahrt entlangzurollen. Wir trugen ihn die Stufen hinauf, über die Veranda und ins Wohnzimmer, wo wir ihn vor dem Fernseher absetzten. Ich erinnere mich noch, daß ich dachte, wie leicht er war. Clovis war auf ungefähr fünfzig Kilo abgemagert.

›Sind Sie der einzige hier?‹ fragte Rolland, sich umschauend.

›Ja, es ist eine kleine Totenwache‹, sagte ich.

Ich bat ihn, den Sarg zu öffnen. Er zögerte, und ich sagte,

ich hätte vergessen, ein paar Erinnerungsstücke aus dem Bürgerkrieg hineinzulegen, mit denen Clovis begraben werden wollte. Ich schaute zu, wie er den Sarg mit seinem Spezialschlüssel öffnete, einer Art Schraubenschlüssel, mit dem man jeden Sarg der Welt öffnen kann. Clovis sah aus wie immer. Ich legte die Infanteriemütze seines Großvaters und eine zerfetzte Fahne des Siebzehnten Mississippi-Regiments auf seine Brust. Rolland schloß den Sarg wieder, dann verschwand er.

Niemand erschien zu der Totenwache. Keine Menschenseele. Gegen Mitternacht schaltete ich die Lichter aus und schloß die Türen ab. Die Spezialschlüssel sind im Grunde Inbusschlüssel, und ich hatte mir einen Satz solcher Schlüssel gekauft. Ich brauchte weniger als eine Minute, um den Sarg zu öffnen. Ich holte Clovis heraus; er war leicht, steif wie ein Brett und schuhlos; ich nehme an, bei dreitausend Dollar ist ein Paar Schuhe nicht drin. Ich legte ihn sanft aufs Sofa, dann packte ich vier Hohlblocksteine in den Sarg und schloß ihn wieder.

Clovis und ich verließen das Haus und fuhren zu meiner Jagdhütte. Er lag auf dem Rücksitz, und ich fuhr sehr vorsichtig. Es wäre mir sicherlich äußerst schwer geworden, Fragen von einem Highway-Polizisten zu beantworten.

Einen Monat zuvor hatte ich eine alte Tiefkühltruhe gekauft und auf die mit Fliegengitter verschlossene Veranda der Hütte gestellt. Ich hatte es gerade geschafft, Clovis in der Tiefkühltruhe zu verstauen, als ich etwas im Wald hörte. Es war Pepper, der sich an die Hütte anschlich. Zwei Uhr nachts, und Pepper hatte mich erwischt. Ich erzählte ihm, meine Frau und ich hätten gerade einen fürchterlichen Streit gehabt, ich wäre in miserabler Stimmung, und müßte jetzt unbedingt allein sein. Ich glaube nicht, daß er gesehen hat, wie ich Clovis die Stufen zu der Hütte hinaufgeschleppt habe. Ich verschloß die Truhe mit Vorhängeschlössern, legte eine Plane darüber und stellte dann ein paar alte Kartons auf sie. Ich wartete, bis es zu dämmern begann, weil Pepper irgendwo da draußen war. Dann schlich ich mich davon, fuhr nach Hause, zog mich um und war um zehn Uhr wieder in Clovis' Haus. Rolland erschien, froh und munter, und fragte, wie die Totenwache gelaufen wäre. Einfach wundervoll, sagte ich. Das Trauern war auf ein Minimum beschränkt worden. Wir schoben und zogen und verluden den Sarg wieder in den Leichenwagen, dann fuhren wir zum Friedhof.«

Karl hörte mit geschlossenen Augen zu. Ein Lächeln umspielte seine Lippen. Er schüttelte von Zeit zu Zeit den Kopf. »Du gerissener Hund«, sagte er, fast zu sich selbst.

»Danke. Am Freitag nachmittag fuhr ich fürs Wochenende in die Hütte. Ich arbeitete an einem Schriftsatz, ging mit Pepper auf Truthahnjagd, schaute nach dem alten Clovis, der es behaglich zu haben schien. Am Sonntag morgen fuhr ich vor Sonnenaufgang los und brachte die Moto-Cross-Maschine und das Benzin an den dafür vorgesehenen Ort. Später fuhr ich Pepper zum Busbahnhof in Jackson. Nachdem es dunkel geworden war, holte ich Clovis aus der Tiefkühltruhe und setzte ihn neben den Kamin, damit er auftaute, und gegen zehn packte ich ihn in mein Auto. Eine Stunde später war ich tot.«

»Keine Gewissensbisse?«

»Doch, natürlich. Was ich da tat, war grauenerregend. Aber ich hatte mich nun mal dazu entschlossen, zu verschwinden, Karl, und mußte ganz einfach eine Lösung finden. Ich konnte niemanden umbringen, aber ich brauchte einen Körper. Das muß einem doch einleuchten.«

»Völlig logisch.«

»Und als Clovis starb, war die Zeit reif für meinen Abgang. Eine Menge von all dem war Glück. Es hätte so vieles schiefgehen können.«

»Ihr Glück hält an.«

»Bis jetzt.«

Karl schaute auf die Uhr und nahm sich noch eine Krebsschere. »Wieviel davon kann ich Richter Trussel erzählen?«

»Alles, bis auf Clovis' Namen. Den heben wir uns für später auf.«

40

Patrick saß am Kopfende des Tisches. Der Platz vor ihm war leer, ganz anders der seines Anwalts, der rechts von ihm saß und zwei Aktenordner und einen Stapel Notizblöcke gewissermaßen angriffsbereit vor sich aufgebaut hatte. Links von ihm saß T. L. Parrish, mit nur einem Notizblock, dafür aber mit einem großen Bandgerät, das zu benutzen Patrick ihm gestattet hatte. Keine Mitarbeiter oder überflüssige Figuren, die die Dinge kompliziert hätten, aber da alle guten Anwälte Beweise brauchen, hatten sie der Tonbandaufnahme zugestimmt.

Jetzt, wo sich die Anklagen des Bundes in Luft aufgelöst hatten, lag der gesamte Druck, Patrick zur Rechenschaft zu ziehen, beim Staat Mississippi. Parrish bekam ihn unübersehbar zu spüren. Das FBI hatte ihm diesen Angeklagten vor die Füße geworfen, damit es einem Senator nachstellen konnte; unterwegs zu größeren Dingen. Aber dieser Angeklagte hatte der Geschichte nur zu oft ein paar neue Wendungen hinzuzufügen, und Parrish war ihm ausgeliefert.

»Den vorsätzlichen Mord können Sie vergessen, Terry«, sagte Patrick. Obwohl ihn fast jeder Terry nannte, ging es diesem doch ein wenig gegen den Strich, wenn ihn ein Angeklagter so nannte, den er in dessen früherem Leben kaum gekannt hatte. »Ich habe niemanden umgebracht.«

»Wer ist in dem Wagen verbrannt?«

»Eine Person, die schon seit vier Tagen tot war.«

»Jemand, den wir kennen?«

»Nein, es war eine alte Person, die niemand kannte.«

»Woran ist diese alte Person gestorben?«

»An Altersschwäche.«

»Wo ist diese alte Person an Altersschwäche gestorben?«

»Hier in Mississippi.«

Parrish zeichnete Linien und Rechtecke auf seinen Block. Der Weg war frei geworden, als das FBI ausgestiegen war.

Keine Fesseln, keine Handschellen, nichts, so schien es, konnte Patrick aufhalten.

»Sie haben also eine Leiche verbrannt?«

»So ist es.«

»Gibt es ein Gesetz dagegen?«

Sandy schob ein Blatt Papier über den Tisch. Parrish las es rasch, dann sagte er: »Entschuldigen Sie. Das ist nichts, wogegen wir jeden Tag Anklage erheben.«

»Es ist alles, was Sie haben, Terry«, sagte Patrick mit dem kühl zur Schau gestellten Selbstvertrauen eines Mannes, der diese Unterredung seit Jahren geplant hat.

T. L. wußte, daß er im Grunde schon geschlagen war, aber kein Staatsanwalt gibt so leicht auf. »Sieht aus wie ein Jahr Gefängnis«, sagte er. »Ein Jahr in Parchman sollte Ihnen guttun.«

»Sicher, nur daß ich nicht nach Parchman gehen werde.«

»Und wohin haben Sie vor, statt dessen zu gehen?«

»Irgendwohin. Und zwar mit einem Erster-Klasse-Ticket.«

»Nicht so schnell. Wir haben diesen Körper.«

»Nein, Terry. Sie haben keinen Körper. Sie haben keine Ahnung, wer da verbrannt ist, und ich werde es Ihnen nicht eher sagen, bis wir einen Deal haben.«

»Und wie soll dieser Deal aussehen?«

»Lassen Sie die Anklagen fallen. Geben Sie auf. Beide Seiten packen zusammen und gehen nach Hause.«

»Was für eine Vorstellung. Wir erwischen den Bankräuber, er gibt das Geld zurück, wir lassen die Anklage fallen und geben ihm noch ein Abschiedsständchen. Genau die richtige Botschaft an die anderen vierhundert Leute, die unter Anklage stehen. Ich bin sicher, deren Anwälte werden die Botschaft sofort verstehen. Ein Schlag ins Gesicht für jeden, der sich um Ruhe und Ordnung sorgt.«

»Die anderen vierhundert interessieren mich nicht, und die interessieren sich ganz bestimmt auch nicht für mich. So läuft es nun einmal im Strafrecht. Jeder sieht zu, wo er bleibt.«

»Aber nicht jeder steht auf der Titelseite der Zeitungen.«

»Ah, ich verstehe. Sie machen sich Sorgen wegen der Presse. Wann steht Ihre Wiederwahl an? Im nächsten Jahr?«

»Ich habe keinen Gegenkandidaten. Wegen der Presse mache ich mir keine allzugroßen Sorgen.«

»Natürlich tun Sie das. Sie sind Beamter. Es gehört zu Ihrem Job, sich der Presse wegen Sorgen zu machen, und genau das ist der Grund, weshalb Sie Ihre Anklagen gegen mich fallenlassen sollten. Sie können nicht gewinnen. Sie machen sich Sorgen wegen der Titelseiten? Stellen Sie sich Ihr Foto dort vor, nachdem Sie verloren haben.«

»Die Familie des Opfers wünscht keine Anklage«, sagte Sandy. »Und die Familie ist bereit, an die Öffentlichkeit zu gehen.« Er griff nach einem Blatt Papier und schwenkte es. Die Botschaft war klar: Wir haben den Beweis, wir haben die Familie, wir kennen sie und du nicht.

»Das wird sich gut machen auf den Titelseiten«, sagte Patrick. »Die Familie bittet Sie, keine Anklage zu erheben.«

Wieviel haben Sie ihr gezahlt, hätte er am liebsten gefragt, doch dann ließ er es. Es war nicht relevant. Erneutes Kritzeln auf dem Block. Weiteres Abschätzen seiner immer geringer werdenden Optionen, während das Bandgerät sein Schweigen aufnahm.

Jetzt, wo sein Gegner in den Seilen hing, setzte Patrick zum K.-o.-Schlag an. »Also, Terry«, sagte er eindringlich, »Sie können mich nicht wegen Mordes anklagen. Das ist passé. Sie können mich nicht wegen Leichenschändung anklagen, weil Sie nicht wissen, welche Leiche geschändet wurde. Ich weiß, es ist eine bittere Pille, die Sie da schlukken müssen, aber an den Tatsachen können Sie nichts ändern. Sie werden einiges zu hören bekommen, aber das ist schließlich Teil Ihres Jobs.«

»Vielen Dank. Aber ich kann Sie wegen Leichenschändung anklagen. Wir werden den Toten John Doe nennen.«

»Warum nicht Jane Doe?« fragte Sandy.

»Wie auch immer. Und wir werden uns die Unterlagen über jeden Alten beschaffen, der Anfang Februar 1992 gestorben ist. Wir suchen die Angehörigen auf, finden heraus, ob sie mit Ihnen geredet haben. Vielleicht bekommen wir sogar einen Gerichtsbeschluß zur Öffnung von ein paar Gräbern. Wir lassen uns Zeit. Währenddessen werden Sie ins Gefängnis von Harrison County verlegt, wo Sheriff Sweeney, da bin ich mir ganz sicher, zu der Überzeugung gelangen wird, daß Sie ein paar Zellengenossen brauchen. Wir werden gegen den Antrag auf Stellung einer Kaution Widerspruch einlegen, und kein Richter wird sie gewähren, weil Fluchtgefahr besteht. Monate werden vergehen. Es wird Sommer werden. Im Gefängnis gibt es keine Klimaanlage. Sie werden noch etwas mehr abnehmen. Wir werden weiterwühlen, und mit ein wenig Glück werden wir das leere Grab finden. Und genau neun Monate, zweihundertsiebzig Tage nach Anklageerhebung, gehen wir vor Gericht.«

»Und wie wollen Sie beweisen, daß ich es getan habe? Es gibt keine Zeugen, nichts außer ein paar Indizien.«

»Es wird schwierig werden. Aber Sie haben nicht begriffen, worauf ich hinauswill. Wenn ich mir mit der Anklage Zeit lassen würde, könnte ich Ihre Haftzeit um zwei Monate verlängern. Das wäre dann fast ein volles Jahr, das Sie vor dem Prozeß im Gefängnis verbringen müßten. Das ist eine lange Zeit für einen Mann mit massenhaft Geld.«

»Das kann ich verkraften«, sagte Patrick. Er schaute Parrish in die Augen und hoffte, daß nicht er es war, der zuerst blinzeln mußte.

»Mag sein, aber Sie können nicht riskieren, daß Sie verurteilt werden.«

»Wie weit würden Sie gehen können?«

»Sehen Sie das Ganze doch mal im Zusammenhang«, sagte Parrish, die Hände hoch über dem Kopf ausbreitend. »Sie können uns nicht wie Idioten dastehen lassen, Patrick. Das FBI hat einen Rückzieher gemacht. Dem Staat ist nicht viel übriggeblieben. Geben Sie uns etwas zum Vorzeigen, irgend etwas.«

»Ich werde Ihnen eine Verurteilung geben. Ich werde in einen Gerichtssaal marschieren, mich einem Richter stellen, mir Ihre Routine anhören, und dann werde ich mich bezüglich der gegen mich erhobenen Anklage der Leichenschändung schuldig bekennen. Aber ich werde nicht zu einer Gefängnisstrafe verurteilt. Sie können dem Richter erklären, daß die Familie keine Strafverfolgung wünscht. Sie können eine Bewährungsstrafe verhängen, eine Geldstrafe, Entschädigung, meine bisherige Haftzeit anrechnen. Sie können über die Folter reden und über das, was ich durchgemacht habe. All das können Sie tun, Parrish, und Sie werden dabei sehr gut aussehen. Aber das Entscheidende ist: kein Gefängnis.«

Parrish trommelte mit den Fingern auf den Tisch und analysierte das eben Gehörte. »Und Sie werden uns den Namen des Opfers nennen?«

»Ja, aber erst, nachdem wir einen Deal haben.«

»Wir sind von den Angehörigen ermächtigt, den Sarg zu öffnen«, sagte Sandy und schwenkte kurz ein weiteres Dokument, bevor er es wieder in einem seiner Ordner verschwinden ließ.

»Ich habe es eilig, Terry. Ich möchte von hier verschwinden.«

»Ich muß mit Trussel sprechen. Wie Sie wissen, muß er das gutheißen.«

»Er wird es tun«, sagte Patrick.

»Haben wir einen Deal?« fragte Sandy.

»Soweit es mich angeht, ja«, sagte Parrish, dann stellte er das Bandgerät ab. Er sammelte seine Waffen ein und stopfte sie in seinen Aktenkoffer. Patrick zwinkerte Sandy zu.

»Ach, übrigens«, sagte Parrish im Stehen, »das hätte ich beinahe vergessen. Was können Sie uns über Pepper Scarboro erzählen?«

»Ich kann Ihnen seinen neuen Namen und seine Sozialversicherungsnummer nennen.«

»Also ist er noch am Leben?«

»Ja. Sie können ihn aufspüren, aber Sie können ihm nichts anhaben. Er hat nichts Unrechtes getan.«

Der Bezirksstaatsanwalt verließ ohne ein weiteres Wort das Zimmer.

Um 14.00 Uhr war sie mit einem Vizepräsidenten der Londoner Filiale der Deutschen Bank verabredet. Er war Deutscher, sprach perfektes Englisch und trug einen maßgeschneiderten, zweireihigen dunkelblauen Anzug, besaß steife Manieren und ein frostiges Lächeln. Er betrachtete für den Bruchteil einer Sekunde ihre Beine, dann kam er zum Geschäft. Die telegrafische Überweisung von der Züricher Filiale seiner Bank würde sich auf hundertdreizehn Millionen Dollar belaufen und unverzüglich an die Washingtoner Filiale der America-Bank transferiert. Sie verfügte über die entsprechenden Kontonummern und Überweisungsinstruktionen. Tee und Kekse wurden gereicht, und er entschuldigte sich für einen Augenblick, ein vertrauliches Gespräch mit Zürich.

»Kein Problem, Ms. Pires«, sagte er, jetzt freundlich lächelnd, als er zurückkehrte und sich selbst mit einem Keks bediente. Sie hatte auch nicht damit gerechnet, daß es Probleme geben würde.

Sein Computer klickte leise, und ein Ausdruck erschien. Er reichte ihn ihr. Nach der Überweisung würde sich ihr Kontostand bei der Deutschen Bank auf 1,9 Millionen Dollar belaufen. Sie faltete den Ausdruck zusammen und steckte ihn in ihre Handtasche, eine elegante neue Chanel.

Auf einem weiteren Schweizer Konto lagen drei Millionen Dollar. Auf einer kanadischen Bank auf Grand Cayman 6,5 Millionen. Ein Investor auf den Bermudas hatte mehr als vier Millionen für sie angelegt, und 7,2 Millionen waren gegenwärtig in Luxemburg deponiert, würden aber in Kürze weitergeleitet werden.

Als die Transaktion abgeschlossen war, verließ sie die Bank und ging zu ihrem Wagen, der samt Fahrer ganz in der Nähe parkte. Sie würde Sandy anrufen und ihn über ihre nächsten Schritte informieren.

Bennys Dasein als Flüchtling vor den Bundesgesetzen war nur von kurzer Dauer. Seine Freundin verbrachte die Nacht in Frankfurt, dann flog sie nach London und traf gegen Mittag in Heathrow ein. Da sie wußten, daß sie kommen würde, wurde ihr Paß besonders gründlich überprüft, so daß sie eine Weile warten mußte. Sie trug eine dunkle Sonnenbrille, und ihre Hände zitterten. Alles wurde auf Video aufgezeichnet.

Am Taxistand wurde sie, ohne es zu merken, von einem Polizisten aufgehalten, der den Anschein erweckte, als wäre er eigens dafür da, die Verteilung der Taxis zu organisieren. Er bat sie, sich an die Seite zu stellen, neben diese beiden anderen Damen dort, während er den Verkehr regelte. Ihr Fahrer war ein echter Taxifahrer, der aber Sekunden zuvor entsprechend instruiert und mit einem kleinen Funkgerät ausgestattet worden war.

»Athenaeum Hotel, Piccadilly«, sagte sie. Der Taxifahrer bahnte sich seinen Weg durch dichten Verkehr vom Terminal fort und meldete ganz beiläufig über Funk sein Fahrziel.

Er ließ sich Zeit. Anderthalb Stunden später setzte er sie vor dem Eingang des Hotels ab. An der Rezeption mußte sie abermals warten. Der stellvertretende Geschäftsführer entschuldigte sich für die Verzögerung, aber die Computeranlage sei zusammengebrochen.

Als die Meldung erfolgte, daß das Telefon in ihrem Zimmer angezapft war, gaben sie ihr einen Schlüssel, und ein Page begleitete sie. Sie gab ihm ein bescheidenes Trinkgeld, schloß ihre Tür ab, legte die Kette vor und steuerte direkt aufs Telefon zu.

Die ersten Worte, die sie von ihr hörten, waren: »Benny, ich bin's. Ich bin hier.«

»Gott sei Dank«, sagte Benny. »Bist du okay?«

»Mir geht's gut. Ich bin nur ein bißchen nervös.«

»Ist dir jemand gefolgt?«

»Nein, ich glaube nicht. Ich war sehr vorsichtig.«

»Wunderbar. Paß auf, es gibt da ein kleines Café in der Brick Street, nur zwei Straßen von deinem Hotel entfernt. Wir treffen uns dort in einer Stunde.«

»Okay. Benny, ich habe Angst.«

»Es ist alles in bester Ordnung. Ich kann es kaum erwarten, dich wiederzusehen.«

Benny war nicht in dem Café, als sie ankam. Sie wartete eine Stunde, dann geriet sie in Panik und rannte in ihr Hotel zurück. Er rief nicht an, und sie konnte nicht schlafen.

Am nächsten Morgen holte sie sich im Foyer die Morgenzeitungen und las sie, während sie frühstückte, im Speisesaal. Auf einer der hinteren Seiten der *Daily Mail* fand sie endlich eine zwei Absätze umfassende Meldung über die Verhaftung eines flüchtigen Amerikaners, eines gewissen Benny Aricia.

Sie packte ihre Koffer und buchte einen Flug nach Schweden.

41

Diskret setzte sich Richter Karl Huskey bei seinem Richterkollegen Henry Trussel für Patrick ein. Die Einflüsterungen zeigten rasch Wirkung, man entschied, daß die Lanigan-Sache vorrangig verhandelt und abgeschlossen werden sollte. Gerüchte über einen Deal machten in Juristenkreisen in Biloxi die Runde. Ein Gerücht jagte das andere. Eindeutig im Zentrum des Klatsches stand die Kanzlei Bogan. Im ganzen Gericht wurde praktisch über nichts anderes mehr geredet.

Trussel begann den Tag, indem er T. L. Parrish und Sandy McDermott für einen kurzen Bericht über den neuesten Stand der Dinge zu sich bestellte, ein Gespräch, das sich schließlich über mehrere Stunden erstreckte. Patrick wurde über Dr. Hayanis Handy dreimal in die Diskussion miteinbezogen. Die beiden, Arzt und Patient, spielten in der Cafeteria des Militärkrankenhauses Schach.

»Ich fürchte, um das Gefängnis kommt er herum«, murmelte Trussel nach dem zweiten Anruf bei Patrick. Es widerstrebte ihm sichtlich, Patrick so einfach von der Angel zu lassen, aber eine Verurteilung rückte buchstäblich von Stunde zu Stunde in immer weitere Ferne. Mit einem Terminkalender voller Prozesse gegen Drogendealer und Sexualverbrecher konnte er seine Zeit nicht mit einem mehr oder weniger prominenten Leichenschänder verschwenden. Alles, was sie hatten, waren ein paar Indizien, und in Anbetracht von Patricks gerichtsbekanntem Ruf als gewissenhafter Planer bezweifelte Trussel, daß es zu einer Verurteilung kommen würde.

Die Bedingungen der Vereinbarung wurden ausgehandelt. Der Papierkram begann mit einem gemeinsamen Antrag auf Rücknahme der bisherigen Anklagen gegen Patrick. Dann wurde ein von beiden Anwälten gebilligter Gerichtsbeschluß auf Erhebung einer neuen Anklage ausgearbeitet, gefolgt von einem ebenfalls gebilligten Beschluß der Annahme des Schuldbekenntnisses. Im Verlauf dieser ersten Sitzung sprach Trussel am Telefon mit Sheriff Sweeney, Maurice Mast, Joshua Cutter und Hamilton Jaynes in Washington. Er sprach auch zweimal mit Richter Huskey, der für alle Fälle nebenan saß.

Die beiden Richter waren ebenso wie Parrish darauf angewiesen, alle vier Jahre neu gewählt zu werden. Trussel hatte nie einen Gegenkandidaten gehabt und hielt sich für politisch immun. Huskey stand kurz vor der Pensionierung. Parrishs Lage war etwas kritischer, denn obwohl er ein guter Politiker war, hielt er die traditionelle Fassade eines Mannes aufrecht, der harte Entscheidungen ohne Rücksicht auf die Reaktionen der Öffentlichkeit trifft. Die drei waren schon sehr lange in der Politik, und alle hatten sie eine grundlegende Lektion gelernt: Wenn man vorhat, etwas zu tun, das unpopulär sein könnte, dann sollte man es schnell tun. Es hinter sich bringen. Zögern bewirkt nur, daß der strittige Punkt wie eine offene Wunde nicht zur Ruhe kommt. Die Presse stürzt sich darauf, bringt die Sache vorher ins Gerede, um dann, wenn das Kind in den Brunnen gefallen ist, hinterher erst recht Öl ins Feuer zu gießen.

Die Clovis-Angelegenheit war einfach zu handhaben, und Patrick erklärte allen Beteiligten den Ablauf. Er würde den Namen des Opfers nennen und die Genehmigung der Familie vorlegen, das Grab zu öffnen. Wenn der Sarg, wie Patrick behauptet hatte, leer war, dann galt der Deal. Die letzten Zweifel würden also erst ausgeräumt sein, wenn das Grab geöffnet worden war; sollte sich allerdings herausstellen, daß jemand in dem Sarg lag, dann wäre die Abmachung automatisch hinfällig und Patrick würde erneut des vorsätzlichen Mordes angeklagt werden. Patrick wirkte völlig überzeugt, wenn er von dem Opfer sprach, und alle waren sich ziemlich sicher, daß man das Grab leer vorfinden würde.

Sandy fuhr zum Militärkrankenhaus, wo er seinen Mandanten im Bett antraf, von Schwestern umringt, während Dr. Hayani seine Wunden säuberte und die Verbände wechselte. Es wäre dringend, sagte Sandy, und Patrick entschuldigte sich und bat sie, ihn mit Sandy allein zu lassen. Sie gingen sämtliche Anträge und Gerichtsbeschlüsse miteinander durch, lasen einander jedes Wort laut vor, dann leistete Patrick die erforderlichen Unterschriften.

Sandy bemerkte einen Pappkarton auf dem Boden neben Patricks provisorischem Arbeitsplatz. Darin waren einige der Bücher verstaut, die Sandy seinem Mandanten geliehen hatte. Sein Mandant begann schon zu packen.

Für Sandy bestand der Lunch aus einem in der Hotelsuite hastig im Stehen verzehrten Sandwich, während er einer Sekretärin über die Schulter schaute, die ein Dokument neu tippte. Die beiden Anwaltsgehilfen und seine zweite Sekretärin waren in die Kanzlei nach New Orleans zurückgekehrt.

Das Telefon läutete, und Sandy nahm den Hörer ab. Der Anrufer stellte sich als Jack Stephano aus Washington vor, vielleicht hätte Sandy ja schon von ihm gehört. Ja, das hatte dieser in der Tat. Stephano war unten im Foyer und hätte sich gern ein paar Minuten mit Sandy unterhalten. Gern. Trussel hatte die Anwälte angewiesen, gegen zwei Uhr wieder zu erscheinen.

Sie saßen in dem kleinen Arbeitszimmer und musterten sich über einen Kaffeetisch hinweg. »Ich bin aus purer Neugierde hier«, sagte Stephano. Sandy glaubte ihm kein Wort.

»Wäre es für Sie nicht eigentlich angebracht, mit einer Entschuldigung zu beginnen?« sagte Sandy.

»Ja, Sie haben recht. Meine Männer da unten sind ein bißchen zu weit gegangen und, ich muß gestehen, sie hätten Ihren Mandanten nicht so grob behandeln dürfen.«

»Ist das Ihre Vorstellung von einer Entschuldigung?«

»Tut mir aufrichtig leid. Wir haben Unrecht getan.« Es klang unaufrichtig.

»Ich werde es meinem Mandanten ausrichten. Ich bin sicher, er wird es nach Gebühr zu würdigen wissen.«

»Ich bitte Sie, ziehen Sie aus meiner Anwesenheit hier keine falschen Schlüsse. Ich habe das Spiel verloren gegeben. Meine Frau und ich sind unterwegs nach Florida in die Ferien, und ich wollte es mir einfach nicht nehmen lassen, diesen kleinen Umweg zu machen. Ich werde Ihre kostbare Zeit nicht lange in Anspruch nehmen.«

»Haben sie Aricia erwischt?« fragte Sandy.

»Ja. Vor ein paar Stunden. In London.«

»Gut.«

»Ich arbeite nicht mehr für ihn, und mit dieser ganzen Platt & Rockland-Geschichte hatte ich nichts zu tun. Ich wurde erst engagiert, nachdem das Geld verschwunden war. Mein Job bestand einzig und allein darin, es wiederzufinden. Das habe ich versucht, dafür bin ich bezahlt worden – aus und vorbei.«

»Und weshalb dann dieser Besuch?«

»Weil mir meine Neugierde keine Ruhe läßt. Wir haben Lanigan in Brasilien erst aufgespürt, nachdem ihn jemand verpfiffen hatte. Jemand, der ihn sehr gut kannte. Vor etwa zwei Jahren setzte sich eine Firma in Atlanta mit uns in Verbindung, die sich die Pluto Group nannte. Sie vertrat einen Klienten aus Europa, der etwas über Lanigan wußte, und dieser Klient wollte Geld. Zufällig verfügten wir damals über etwas Geld, und so entwickelte sich eine Geschäftsbeziehung. Der Klient erbot sich, uns einen Hinweis zu liefern, wir erklärten uns bereit, eine Belohnung zu zahlen. Diese Person wußte unglaublich viel über Lanigan – seine Bewegungen, seine Gewohnheiten, seine Decknamen, eben einfach alles. Es war alles eine abgekartete Sache – jemand mit Köpfchen. Wir wußten, was kommen würde, und wir konnten es kaum erwarten. Schließlich rückten sie mit dem großen Ding heraus. Für eine Million Dollar würde der Klient uns sagen, wo Lanigan lebte. Sie lieferten ein paar sehr hübsche Fotos von Lanigan, darunter eines, das ihn beim Waschen seines Wagens zeigte, eines VW-Käfers. Wir zahlten das Geld. Wir bekamen Lanigan.«

»Und wer war nun dieser ominöse Klient?« fragte Sandy.

»Genau das ist die Frage, die mich die ganze Zeit quält. Es kann eigentlich nur die Frau gewesen sein. Wer sonst käme dafür noch in Frage?«

Sandy reagierte leicht verzögert. Ihm entrang sich ein Ächzen, das eigentlich ein Lachen hätte werden sollen. Doch irgendwie schien ihm schlagartig der Humor abhanden gekommen zu sein. Sie fiel ihm wieder ein, ihre Geschichte, wie sie die Pluto Group zur Überwachung von Stephano benutzt hatte, der bekanntlich auf der Suche nach Patrick war.

»Wo ist sie jetzt?« fragte Stephano.

»Ich weiß es nicht«, sagte Sandy. Sie war in London, aber das ging Stephano nichts an.

»Wir haben insgesamt 1,25 Millionen Dollar an diesen mysteriösen Klienten gezahlt, und er oder sie hat ihn regelrecht auf dem silbernen Tablett serviert. Genau wie Judas.«

»Es ist vorbei. Was wollen Sie von mir?«

»Wie ich bereits sagte, ich bin nur neugierig. Falls Sie eines schönen Tages die Wahrheit erfahren sollten, wäre ich Ihnen für einen Anruf dankbar. Ich habe nichts zu gewinnen oder zu verlieren, aber ich werde, wie es so schön heißt, nicht eher Ruhe finden, bis ich weiß, ob sie es war, die unser Geld genommen hat.«

Sandy gab ihm vage zu verstehen, daß er anrufen würde, sobald er selbst die volle Wahrheit erfuhr, und Stephano ging.

Sheriff Sweeney erfuhr während des Lunchs von dem Deal, und er gefiel ihm ganz und gar nicht. Er rief Parrish und Richter Trussel an, aber beide waren zu beschäftigt, um mit ihm sprechen zu können. Cutter war nicht in seinem Büro.

Sweeney fuhr zum Gericht, um sich sehen zu lassen. Er postierte sich auf dem Flur, zwischen den Amtszimmern der Richter, so daß er, falls ein Deal über die Bühne ging, so ziemlich mittendrin stecken würde. Er flüsterte mit den Gerichtsdienern und Deputies. Irgend etwas tat sich.

Gegen zwei Uhr erschienen die Anwälte mit ernsten Gesichtern, jeden Kommentar verweigernd. Sie begaben sich in Trussels Arbeitszimmer, und die Tür wurde geschlossen. Zehn Minuten später klopfte Sweeney an. Er platzte in die Sitzung hinein und wollte wissen, wie man in der Sache seines Häftlings weiter zu verfahren gedenke. Richter Trussel erklärte ihm betont ruhig, daß es bald ein Schuldbekenntnis geben würde, das Ergebnis einer Abmachung, die nach seiner Ansicht und nach Ansicht aller hier Anwesenden der Sache der Gerechtigkeit am dienlichsten war.

Sweeney war anderer Meinung, und er hielt mit dieser nicht hinter dem Berg. »Das läßt uns wie Idioten aussehen. Die Menschen da draußen werden stocksauer sein. Ihr fangt einen reichen Gauner, und er kauft sich seinen Weg aus dem Gefängnis frei. Was sind wir denn, ein Haufen Clowns?«

»Was schlagen Sie vor, Raymond?« fragte Parrish.

»Nett, daß Sie mich fragen. Erstens würde ich ihn ins Gefängnis des Countys stecken und eine Weile dortbehalten, genau wie alle anderen Häftlinge. Dann würde ich ihm ohne viel Federlesen den Prozeß machen.«

»Wegen welcher Verbrechen?«

»Er hat das verdammte Geld gestohlen, oder ist mir da gerade etwas entgangen? Er hat diesen Toten verbrannt. Dafür sollte er zehn Jahre in Parchman sitzen. Das ist Gerechtigkeit.«

»Er hat das Geld nicht hier gestohlen«, erklärte Trussel. »Der Diebstahl fällt nicht in unsere Zuständigkeit. Er war eine Bundesangelegenheit, und das FBI hat die Anklage bereits fallengelassen.« Sandy saß in einer Ecke und studierte ein Dokument.

»Dann hat hier jemand ganz schön viel Mist gebaut, oder irre ich mich da?«

»Wir waren es nicht«, sagte Parrish schnell.

»Wirklich großartig. Versuchen Sie das mal den Menschen zu verkaufen, die Sie gewählt haben. Gebt dem FBI die Schuld, das braucht sich nicht zur Wahl zu stellen. Was ist mit dem Verbrennen der Leiche? Kommt er damit etwa auch davon, und das, nachdem er zugegeben hat, daß er es getan hat?«

»Sie meinen also, er sollte deswegen angeklagt werden?« fragte Trussel.

»Worauf Sie einen lassen können.«

»Gut. Und wie, glauben Sie, sollen wir in unserem Fall den Beweis antreten?« fragte Parrish.

»Sie sind doch der Staatsanwalt. Das ist Ihr Job.«

»Ja, aber Sie scheinen ja alles zu wissen. Sagen Sie mir, wie würden Sie vorgehen?«

»Hat er nicht zugegeben, daß er es getan hat, oder irre ich mich da schon wieder?«

»Ja, und glauben Sie etwa, Patrick Lanigan würde in einem gegen ihn geführten Strafprozeß in den Zeugenstand treten und vor aller Welt gestehen, daß er eine Leiche verbrannt hat? Ist das Ihre Vorstellung von Prozeßstrategie?«

»Er würde es nicht tun«, setzte Sandy hilfreich hinzu.

Sweeneys Hals und Gesicht waren rot, und er gestikulierte wild mit den Armen. Er funkelte zuerst Parrish und dann Sandy an.

Und als er erkannte, daß diese Anwälte über alle Antworten verfügten, gewann er die Kontrolle über sich zurück. »Wann geht das Ganze über die Bühne?« fragte er.

»Heute, am späten Nachmittag«, sagte Trussel.

Auch das gefiel Sweeney nicht. Er schob die Hände tief in die Hosentaschen und machte sich auf den Weg zur Tür. »Ihr Anwälte steckt doch alle unter einer Decke«, sagte er, gerade so laut, daß alle es hören konnten.

»Eine große, glückliche Familie«, sagte Parrish sarkastisch.

Sweeney knallte die Tür hinter sich zu, stürmte den Korridor entlang und fuhr dann in seinem nicht näher als Polizeifahrzeug gekennzeichneten Wagen davon. Über Autotelefon rief er seinen Informanten an, einen Reporter bei der örtlichen Tageszeitung.

Da die Familie, soweit man von einer solchen reden konnte, ebenso zugestimmt hatte wie Patrick in seiner Eigenschaft als Testamentsvollstrecker, war das Öffnen des Grabes eine einfache Angelegenheit. Richter Trussel, Parrish und Sandy waren sich der Ironie bewußt, daß Patrick, Clovis' einziger Freund, eine Erklärung unterschrieb, die sie ermächtigte, den Sarg zu öffnen, um Patrick von jeglichem Verdacht zu befreien. Jede Entscheidung schien voller Ironie zu stecken.

Es war etwas völlig anderes als eine Exhumierung, für die ein Gerichtsbeschluß erforderlich gewesen wäre, dem ein entsprechender Antrag und manchmal sogar eine Anhörung vorauszugehen hatte. Es war einfach ein Sichüberzeugen, etwas, was in den Gesetzen von Mississippi so nicht vorkam, und deshalb legte Richter Trussel diese Sache recht großzügig aus. Wem würde es schaden? Bestimmt nicht der Familie. Bestimmt nicht dem Sarg; offensichtlich erfüllte er ohnehin nicht seinen vorherbestimmten Zweck.

Rolland war immer noch der Besitzer des Bestattungsunternehmens in Wiggins. Nur zu gut erinnerte er sich an Mr. Clovis Goodman und seinen Anwalt und die merkwürdige kleine Totenwache irgendwo im County, im Haus von Mr. Goodman, wo außer dem Anwalt niemand erschienen war. Ja, er erinnerte sich gut daran, erklärte er dem Richter am Telefon. Ja, er hatte etwas über Mr. Lanigan gelesen, war aber nicht darauf gekommen, daß da ein Zusammenhang bestehen könnte.

Richter Trussel lieferte ihm eine kurze Zusammenfassung, die sofort die Sprache auf Rollands Anteil an dem Ganzen brachte. Nein, er hatte den Sarg nach der Totenwache nicht noch einmal geöffnet, dazu hatte er keine Veranlassung gesehen, das tat er in solchen Situationen nie. Während der Richter mit ihm sprach, faxte Parrish Rolland Kopien der von Deena Postell und Patrick Lanigan, dem Testamentsvollstrecker, unterschriebenen Einverständniserklärungen zu.

Rolland war mit einem Mal sehr hilfsbereit. Ihm war noch nie eine Leiche gestohlen worden; so etwas taten die Leute in Wiggins nicht, und er würde selbstverständlich sofort veranlassen, daß das Grab geöffnet wurde. Schließlich gehörte ihm ja auch der Friedhof.

Richter Trussel schickte einen Gerichtsbediensteten und zwei Deputies zu dem Friedhof. Unter dem hübschen Grabstein

CLOVIS GOODMAN
23. Januar 1907 – 6. Februar 1992
Eingegangen in die Ewigkeit

bahnte sich ein kleiner Bagger seinen Weg durch die lehmige Erde, während Rolland Anweisungen gab und mit einer

Schaufel wartete. Es dauerte weniger als fünfzehn Minuten, bis sie auf den Sarg stießen. Rolland und ein Helfer stiegen in das Grab und schaufelten die restliche Erde beiseite. An den Kanten des Sarges war das Holz bereits verrottet. Rolland trat ans untere Ende des Sarges und setzte seinen Inbusschlüssel an. Er zog und rüttelte, bis der Deckel ein knakkendes Geräusch von sich gab, dann hob er ihn langsam an.

Zu niemandes Überraschung war der Sarg leer.

Abgesehen natürlich von den vier Hohlblocksteinen.

Der Plan sah vor, daß alles, wie das Gesetz es verlangte, in öffentlicher Sitzung über die Bühne ging, aber erst gegen 17.00 Uhr am späten Nachmittag, kurz vor Schließung des Gebäudes, wenn die meisten Angestellten es bereits verließen. 17.00 Uhr hörte sich für alle Beteiligten gut an, besonders für den Richter und den Staatsanwalt, die glaubten, das Richtige und Angemessene zu tun, aber trotzdem ziemlich nervös waren. Den ganzen Tag über hatte Sandy auf eine kurzfristig anberaumte Verhandlung gedrängt, sobald die Abmachung unterschrieben und der Sarg geöffnet worden war. Es bestand für ihn keinerlei Veranlassung, irgendeine Verzögerung in Kauf zu nehmen. Sein Mandant war inhaftiert, aber das löste kaum Mitgefühl aus. Das Gericht befand sich mitten in einer planmäßigen Sitzungsperiode. Das Timing war perfekt. Was ließe sich durch Abwarten also gewinnen?

Nichts, entschied Euer Ehren schließlich. Parrish erhob keine Einwände. Auf seinem Terminkalender für die nächsten drei Wochen standen acht Prozesse, und den Fall Lanigan so schnell wie möglich loswerden zu können versprach in jeder Hinsicht Erleichterung.

17.00 Uhr war für die Verteidigung mehr als nur zufriedenstellend. Mit ein wenig Glück würden sie den Gerichtssaal nach zehn Minuten wieder verlassen können. Noch ein wenig Glück mehr, und niemand würde sie eintreffen sehen. Auch Patrick war mit 17.00 Uhr völlig einverstanden. Schließlich hatte er sonst nichts zu tun.

Er zog eine locker sitzende Khakihose an und ein weites,

weißes Baumwollhemd. Er trug neue Bass-Mokassins, keine Socken wegen des verletzten Knöchels. Er umarmte Hayani und dankte ihm für seine freundschaftliche Unterstützung. Er umarmte die Schwestern und dankte den Pflegern, und versprach, sie alle bald besuchen zu kommen. Das würde nicht geschehen, und alle wußten es.

Nach mehr als zwei Wochen als Patient und Häftling verließ Patrick das Militärkrankenhaus in Begleitung seines Anwalts. Seine bewaffnete Eskorte folgte ihnen pflichtgemäß.

42

Offenbar war 17.00 Uhr die ideale Zeit für jedermann. Kein einziger der Gerichtsangestellten verließ das Gebäude, sobald es sich bis in den letzten Winkel sämtlicher Büros herumgesprochen hatte, ein Vorgang, der naturgemäß nur wenige Minuten dauerte.

Eine für eine große Anwaltskanzlei arbeitende Sekretärin war gerade damit beschäftigt gewesen, im Grundbuchamt Eigentumsverhältnisse zu überprüfen, als ihr der neueste Stand der Entwicklung im Fall Lanigan zugetragen wurde. Sie rannte zum nächsten Telefon und rief in ihrer Kanzlei an. Binnen kürzester Zeit wußte jeder Jurist an der Küste, daß Lanigan im Begriff stand, sich aufgrund irgendeines merkwürdigen Deals schuldig zu bekennen, und vorhatte, dies um 17.00 Uhr so diskret wie möglich im Hauptgerichtssaal von Biloxi zu tun.

Die Vorstellung, daß da still und leise eine Anhörung stattfinden und ein leicht anrüchig anmutender Deal besiegelt werden sollte, löste einen wahren Wirbelsturm von Telefongesprächen aus; Anrufe bei anderen Anwälten, bei Ehefrauen, bevorzugten Reportern, außerhalb der Stadt weilenden Partnern. In weniger als einer halben Stunde wußte praktisch die ganze Stadt, daß Patrick vor Gericht erscheinen und danach wahrscheinlich freigelassen werden würde.

Die Anhörung hätte mit Sicherheit weniger Aufmerksamkeit erregt, wenn sie in den Zeitungen angezeigt und von Reklametafeln herab verkündet worden wäre. Sie sollte kurz sein und keinerlei Aufsehen erregen. Rätsel umgaben sie. Es war das juristische System, das einen seiner Angehörigen schützte.

Sie versammelten sich in Grüppchen im Gerichtssaal und tuschelten und flüsterten, beobachteten, wie Leute hereinströmten, und verteidigten ihre Sitzplätze. Die Menge wuchs und verlieh dem Hörensagen größere Glaubwürdigkeit. All diese Leute konnten sich nicht irren. Und als die Reporter eintrafen, gab es keine Gerüchte mehr, sondern nur noch Tatsachen.

»Er trifft gerade ein«, sagte ein Gerichtsdiener in der Nähe des Richtertisches, und die Neugierigen machten sich auf die Suche nach Sitzplätzen.

Patrick lächelte für die beiden Kameramänner, die herbeigeeilt waren, um ihn an der Hintertür in Empfang zu nehmen. Er wurde in das ihm bereits bekannte Geschworenenzimmer im ersten Stock geführt, wo man ihm die Handschellen abnahm. Seine Hose war ein paar Zentimeter zu lang, also krempelte er sie sorgfältig hoch. Karl kam ins Zimmer und wies die Deputies an, auf dem Flur zu warten.

»Soviel zu der Frage einer unauffälligen kleinen Anhörung«, sagte Patrick.

»In dieser Gegend hier ist es nicht ganz einfach, Geheimnisse zu bewahren. Hübsche Sachen, die Sie da anhaben.«

»Danke.«

»Ein Reporter von der Zeitung in Jackson, den ich gut kenne, hat mich gebeten, Sie zu fragen ...«

»Kommt nicht in Frage. Kein Wort zu irgend jemandem.«

»Das dachte ich mir. Wann reisen Sie ab?«

»Ich weiß es noch nicht. Bald.«

»Wo ist die Frau?«

»In Europa.«

»Nehmen Sie mich mit?«

»Sollte ich das?«

»Ich möchte einfach zuschauen.«

»Ich werde Ihnen ein Video schicken.«

»Besten Dank.«

»Würden Sie wirklich abhauen? Wenn Sie die Chance hätten, gleich jetzt, auf der Stelle, würden Sie es tun?«

»Mit oder ohne neunzig Millionen?«

»Wie auch immer.«

»Selbstverständlich nicht. Es ist nicht dasselbe. Ich liebe meine Frau, sie taten es nicht, ich habe drei großartige Kinder; Ihre Situation war eine völlig andere. Nein, ich würde mich nicht aus dem Staub machen. Aber ich mache Ihnen keinen Vorwurf daraus.«

»Jeder möchte sich aus dem Staub machen, Karl. An irgendeinem Punkt seines Lebens denkt jeder Mensch daran, ein neues Leben zu beginnen. Das Leben am Strand ist immer besser als das im Gebirge. Man kann Probleme hinter sich lassen. Das ist uns angeboren. Wir sind die Nachkommen von Immigranten, die erbärmliche Lebensverhältnisse hinter sich ließen und auf der Suche nach einem besseren Leben hierher kamen. Und dann sind sie weitergezogen, nach Westen, haben ihre Sachen zusammengepackt und sich auf die Reise gemacht, getrieben von der unstillbaren Sehnsucht, reich zu werden. Wohin soll man sich heutzutage wenden, wenn uns dieser Ort verlorengegangen ist?«

»Wow. Vor einem historischen Hintergrund hatte ich das Ganze bisher noch nicht gesehen.«

»Ich gebe zu, es ist etwas weit hergeholt.«

»Ich wollte, meine Großeltern hätten sich neunzig Millionen Dollar unter den Nagel gerissen, bevor sie Polen verließen.«

»Sie vergessen, ich habe das Geld zurückgezahlt.«

»Meines Wissens sollen Sie für schlechte Zeiten gut vorgesorgt haben.«

»Eines dieser zahlreichen Gerüchte, die jeder Grundlage entbehren.«

»Wollen Sie damit sagen, daß wir demnächst alle dazu übergehen, das Geld unserer Mandanten zu stehlen, Tote zu verbrennen und nach Südamerika zu flüchten, wo wunderschöne Frauen nur darauf warten, von uns geküßt zu werden?«

»So weit hat alles bestens funktioniert.«

»Die armen Brasilianer. All diese diebischen Anwälte, die demnächst in ihr Land einfallen werden.«

Sandy betrat mit einem weiteren Blatt Papier zur Unterschrift das Zimmer. »Trussel ist ziemlich gereizt«, sagte er zu Karl. »Der Druck geht ihm an die Nerven. Sein Telefon läutet ununterbrochen.«

»Was ist mit Parrish?«

»Nervös wie eine Nutte in der Kirche.«

»Bringen wir es hinter uns, bevor sie kalte Füße bekommen«, sagte Patrick, während er seinen Namen schrieb.

Ein Gerichtsdiener trat an die Schranken und verkündete, daß die Sitzung in Kürze beginnen würde und jeder doch bitte seinen Platz einnehmen möge. Die Leute verstummten und suchten, sofern sie nicht bereits schon saßen, die wenigen noch verbliebenen freien Plätze auf. Ein weiterer Gerichtsdiener schloß die Saaltür. Zuschauer säumten die Wände. Jeder Gerichtsangestellte hatte merkwürdigerweise in der Nähe des Richtertisches zu tun. Es war mittlerweile 17.30 Uhr.

Richter Trussel betrat wie üblich mit einer etwas steifen Art, die er seinem Amt für angemessen hielt, den Saal, und alle erhoben sich. Er begrüßte die Anwesenden, dankte ihnen für ihr Interesse an der Gerechtigkeit, zumal um diese späte Stunde. Er und der Staatsanwalt seien sich darin einig, daß ein zu schneller Gang des Verfahrens den Anschein eines leicht anrüchigen Deals erwecken könnte, also würde man in aller Ruhe verfahren. Sie hatten sogar eine Vertagung erörtert, aber dann entschieden, daß eine Verzögerung den Eindruck erwecken würde, als wären sie dabei ertappt worden, wie sie etwas allzu diskret an der Öffentlichkeit vorbei erledigen wollten.

Patrick wurde durch die Tür neben der Geschworenenbank hereingeführt und trat mit Sandy vor den Richtertisch. Er schaute nicht ins Publikum, das nur wegen seiner Person gekommen war. Parrish stand, auf das Kommende wartend, ungeduldig neben ihm. Richter Trussel blätterte in einer Akte und nahm sich Zeit beim Lesen.

»Mr. Lanigan«, sagte er schließlich langsam und mit sonorer Stimme. In den nächsten dreißig Minuten sollte alles gewissermaßen wie in Zeitlupe gesprochen werden. »Sie haben mehrere Anträge gestellt.«

»Ja, Euer Ehren«, sagte Sandy. »Unser erster Antrag fordert, die Anklage wegen vorsätzlichen Mordes zugunsten einer Anklage wegen Leichenschändung zurückzunehmen.«

Die Worte wurden von den Wänden des Saales zurückgeworfen. Leichenschändung?

»Mr. Parrish?« sagte Euer Ehren. Man hatte sich darauf verständigt, daß Parrish den Großteil des Redens übernehmen sollte. Ihm war die schwere Aufgabe zugefallen, dem Gericht Erklärungen zu liefern, für das Protokoll und, was noch wichtiger war, für die Presse und die Bürger, die die Sache dort draußen verfolgten.

Er leistete wundervolle Arbeit mit der Darlegung der jüngsten Entwicklungen. Es sei schließlich doch kein Mord gewesen, sondern etwas wesentlich Geringfügigeres. Der Staat hätte keine Einwände gegen eine Rücknahme der Klage wegen vorsätzlichen Mordes, da er nicht länger glaube, daß Mr. Lanigan jemanden umgebracht habe. Er wanderte in bester Perry-Mason-Manier vor dem Richtertisch umher, frei von den üblichen Fesseln der Etikette und Verfahrensvorschriften. Ganz der Anwalt für alle Parteien.

»Als nächstes haben wir einen Antrag des Angeklagten an dieses Gericht, was die Anklage wegen Leichenschändung betrifft, ein Schuldbekenntnis zu akzeptieren. Mr. Parrish?«

Der zweite Akt ähnelte dem ersten, und Parrish genoß es, die Geschichte des armen alten Clovis zu erzählen. Patrick konnte spüren, wie er von allen angestarrt wurde, als Parrish die Details zum besten gab, mit denen Sandy ihn gebrieft hatte. »Zumindest habe ich niemanden umgebracht!« hätte Patrick am liebsten laut gerufen.

»Erklären Sie sich schuldig oder nicht schuldig, Mr. Lanigan?«

»Schuldig«, sagte Patrick mit fester Stimme, aber ohne eine Spur von Stolz.

»Hat der Staat ein empfohlenes Urteil?« fragte der Richter den Ankläger.

Parrish ging zu seinem Tisch, blätterte in seinen Notizen, kehrte zum Richtertisch zurück und sagte auf dem Weg dorthin schließlich: »Ja, Euer Ehren. Ich habe einen Brief von einer Ms. Deena Postell in Meridian, Mississippi. Sie ist das einzige überlebende Enkelkind von Clovis Goodman.« Er übergab Trussel eine Kopie, als wäre es etwas Brandneues. »In diesem Brief bittet Ms. Postell dieses Gericht, Mr. Lanigan nicht wegen Verbrennens des Leichnams ihres Großvaters anzuklagen. Er ist seit mehr als vier Jahren tot, und die Familie kann weiteres Leid und weiteren Kummer nicht ertragen. Allem Anschein nach stand Ms. Postell ihrem Großvater sehr nahe, und sein Tod hat sie schwer getroffen.«

Patrick warf Sandy einen Blick zu, aber Sandy dachte nicht daran, Patrick anzusehen.

»Haben Sie mit ihr gesprochen?« fragte der Richter.

»Ja, vor ungefähr einer Stunde. Im Laufe des Telefongesprächs hat sie sich ziemlich aufgeregt und mich gebeten, diesen traurigen Fall nicht von neuem aufzurollen. Sie hat erklärt, daß sie in einem Prozeß weder als Zeugin auftreten noch auf andere Art mit dem Staatsanwalt kooperieren würde.« Parrish begab sich abermals zu seinem Tisch und blätterte in noch mehr Papieren. »In Anbetracht der Gefühle der Familie lautet die Empfehlung des Staates, den Angeklagten zu einem Jahr Gefängnis zu verurteilen, die Haftstrafe auf Bewährung auszusetzen und von ihm die Zahlung einer Geldstrafe von fünftausend Dollar und sämtlicher Gerichtskosten zu fordern.«

»Mr. Lanigan, nehmen Sie dieses Urteil an?« fragte Trussel.

»Ja, Euer Ehren«, sagte Patrick, kaum imstande, den Kopf zu heben.

»Damit ist es beschlossen. Sonst noch etwas?« Trussel griff nach seinem Hammer und wartete. Beide Anwälte schüttelten den Kopf.

»Die Sitzung ist geschlossen«, sagte er. Der Hammer sauste auf den Tisch nieder.

Patrick machte kehrt und verließ schnell den Gerichtssaal. Und weg war er, verschwunden vor aller Augen.

Er wartete zusammen mit Sandy eine Stunde lang in Huskeys Amtszimmer, während die Dunkelheit hereinbrach und die letzten Neugierigen widerstrebend ihr Warten auf ihn aufgaben und nach Hause gingen. Patrick wollte das Gericht so schnell wie möglich verlassen.

Um sieben verabschiedete er sich lange und herzlich von Karl. Er dankte ihm dafür, daß er ihm zur Seite gestanden hatte, und versprach, mit ihm in Verbindung zu bleiben. Auf dem Weg zur Tür dankte er ihm auch noch einmal dafür, daß er damals, vor viereinhalb Jahren, einer seiner Sargträger war.

»Jederzeit wieder«, sagte Karl. »Jederzeit wieder.«

Sie verließen Biloxi in Sandys Lexus – Sandy am Steuer, Patrick zusammengesunken auf dem Beifahrersitz, von wo aus er zum letzten Mal die Lichter entlang der Golfküste in sich aufnahm. Sie passierten die Casinos an den Stränden von Biloxi und Gulfport, die Pier von Pass Christian, und dann verschwanden auch die Lichter, als sie die Bay St. Louis überquerten.

Sandy gab ihm ihre Telefonnummer, und er rief in ihrem Hotel an. In London war es drei Uhr nachts, aber sie nahm den Hörer ab, als hätte sie bereits auf den Anruf gewartet. »Eva, ich bin's«, sagte er zurückhaltend. Sandy hätte am liebsten angehalten, um ihnen einen Augenblick ganz für sich allein zu verschaffen, während sie sich unterhielten. Er bemühte sich, dem Gespräch nicht zuzuhören.

»Wir sind gerade aus Biloxi abgefahren, unterwegs nach New Orleans. Ja, es geht mir gut. Ich habe mich nie wohler gefühlt. Und wie geht es dir?«

Er hörte ihr lange Zeit zu, mit geschlossenen Augen und zurückgelehntem Kopf.

»Welcher Tag ist heute?« fragte er.

»Freitag, der sechste November«, sagte Sandy.

»Wir treffen uns am Sonntag in Aix, in der Villa Gallici. Richtig. Ja. Mir geht es wirklich gut. Ich liebe dich. Schlaf weiter, ich rufe dich in ein paar Stunden noch einmal an.«

Sie überquerten die Grenze nach Louisiana, und irgendwo in der Nähe des Lake Pontchartrain sagte Sandy: »Ich hatte heute nachmittag einen sehr interessanten Besucher.«

»Ach wirklich. Wer war es?«

»Jack Stephano.«

»In Biloxi?«

»Ja. Er hat mich im Hotel aufgesucht, gesagt, die Aricia-Sache wäre für ihn erledigt, und er wäre unterwegs nach Florida, um dort Urlaub zu machen.«

»Weshalb hast du ihn nicht einfach umgebracht?«

»Er hat gesagt, es täte ihm leid. Sagte, seine Leute da unten wären ein bißchen zu weit gegangen, als sie dich in ihrer Gewalt hatten, und er wolle, daß ich die Entschuldigung an dich weitergebe.«

»Widerlicher Typ. Aber ich nehme an, er ist nicht nur aufgekreuzt, um sich zu entschuldigen.«

»Nein. Er hat mir von dem Maulwurf in Brasilien erzählt, von der Pluto Group und den Belohnungen, und er hat mich rundheraus gefragt, ob die Frau, Eva, dich verraten hat. Ich habe gesagt, ich hätte keine Ahnung.«

»Was geht ihn das an?«

»Gute Frage. Er hat gesagt, seine Neugierde ließe ihm keine Ruhe. Er hat über eine Million Dollar an Belohnung gezahlt, hat seinen Mann bekommen, aber nicht das Geld, und er hat gesagt, er könne nicht schlafen, solange er es nicht wüßte. Irgendwie habe ich ihm das abgenommen.«

»Klingt einleuchtend.«

»Er hat jetzt keine Aktien mehr in dem Spiel, etwas in dieser Art. Seine Worte, nicht meine.«

Patrick legte den linken Knöchel auf sein rechtes Knie und betastete vorsichtig die Wunde. »Wie sieht er aus?«

»Fünfundvierzig, sehr italienisch, eine Menge gepflegtes graues Haar, schwarze Augen, ein gutaussehender Mann. Weshalb?«

»Weil ich ihn überall gesehen habe. In den letzten drei Jahren waren die Hälfte der Fremden, die ich tief im Innern von Brasilien gesehen habe, Jack Stephano. Ich bin im Schlaf von Hunderten von Männern verfolgt worden, und alle waren, wie sich herausstellte, Jack Stephano. Er hat sich in Gassen geduckt, sich hinter Bäumen versteckt, mich abends in São Paulo verfolgt, ist auf Motorrollern hinter mir hergefahren und hat mich mit Autos gejagt. Ich habe mehr an Stephano gedacht als an meine eigene Mutter.«

»Die Jagd ist vorbei.«

»Eines Tages hatte ich es satt, Sandy. Ich gab auf. Das Leben auf der Flucht ist ein tolles Abenteuer, sehr aufregend und romantisch, bis man begreift, daß jemand hinter einem her ist. Während man schläft, versucht jemand, einen zu finden. Während man mit einer wunderbaren Frau in einer Zehn-Millionen-Stadt beim Abendessen sitzt, klopft jemand an Türen, zeigt einem Angestellten unauffällig dein Foto, bietet kleine Bestechungen für Informationen an. Ich hatte ganz einfach zu viel Geld gestohlen, Sandy. Sie mußten hinter mir her sein, und als ich erfuhr, daß sie bereits in Brasilien waren, wußte ich, daß das Ende kommen würde.«

»Wie meinst du das – du hast aufgegeben?«

Patrick atmete schwer und verlagerte sein Gewicht. Er schaute aus dem Fenster auf das Wasser unter ihnen und versuchte, seine Gedanken zu ordnen. »Ich gab auf, Sandy. Ich hatte das Fortlaufen satt und gab auf.«

»Ja, das habe ich bereits gehört.«

»Ich wußte, daß sie mich irgendwann finden würden, also beschloß ich, daß ich die Bedingungen diktieren würde und nicht sie.«

»Ich höre.«

»Die Belohnungen waren meine Idee, Sandy. Eva flog nach Madrid und dann weiter nach Atlanta, wo sie sich dann mit den Jungs von Pluto traf. Sie wurden dafür bezahlt, daß sie sich mit Stephano in Verbindung setzten und den Austausch von Informationen gegen Geld organisierten. Wir zogen Stephano das Geld aus der Tasche und führten ihn schließlich zu mir, zu meinem kleinen Haus in Ponta Porã.«

Sandy drehte langsam den Kopf. Seine Miene war ausdruckslos, sein Mund stand offen und seine Augen blickten ins Leere.

»Paß auf, wo du hinfährst«, sagte Patrick, auf die Straße deutend.

Sandy riß das Steuer herum und brachte den Wagen wieder auf die richtige Spur. »Du lügst«, sagte er, ohne die Lippen zu bewegen. »Ich weiß, daß du lügst.«

»Nein. Wir kassierten eine Million und hundertfünfzigtausend Dollar von Stephano, und das Geld ist jetzt gut versteckt, vermutlich in der Schweiz mit allem, was noch übrig ist.«

»Du weißt nicht, wo sich das Geld befindet?«

»Sie hat sich darum gekümmert. Ich werde es erfahren, wenn wir uns wiedersehen.«

Sandy war zu schockiert, um noch irgend etwas zu sagen. Patrick beschloß, ihm zu helfen. »Ich wußte, daß sie mich schnappen würden, und ich wußte, daß sie versuchen würden, mich zum Reden zu bringen. Aber ich hatte keine Ahnung, daß so etwas passieren würde.« Er deutete auf die Verletzung oberhalb seines linken Knöchels. »Ich habe damit gerechnet, daß es unerfreulich werden würde, aber sie waren verdammt nahe daran, mich umzubringen, Sandy. Sie haben mich so weit gebracht, daß ich ihnen von Eva erzählte. Aber die war inzwischen verschwunden, und das Geld mit ihr.«

»Es hätte dich das Leben kosten können«, brachte Sandy heraus. Er fuhr nur noch mit der rechten Hand und kratzte sich mit der linken verlegen am Kopf.

»Das ist leider nur zu wahr. Aber zwei Stunden, nachdem sie mich entführt hatten, wußte das FBI in Washington, daß Stephano mich hatte. Das hat mir das Leben gerettet. Stephano konnte mich nicht umbringen, weil das FBI Bescheid wußte.«

»Aber wie ...«

»Eva hat Cutter in Biloxi angerufen, und der hat Washington informiert.«

Sandy wollte anhalten, aussteigen und schreien. Sich über das Brückengeländer lehnen und einen endlosen Strom von Flüchen von sich geben. Jedesmal, wenn er glaubte, alles über Patricks Vergangenheit zu wissen, raubte ihm die neueste Variante schier den Atem.

»Daß du dich hast fangen lassen, war eine gottverdammte Idiotie von dir.«

»Ach, wirklich? Habe ich nicht gerade das Gericht als freier Mann verlassen? Habe ich nicht gerade mit der Frau gesprochen, die ich liebe, einer Frau, die ein kleines Vermögen für mich aufbewahrt? Die Vergangenheit ist ein für allemal erledigt, Sandy. Begreifst du das nicht? Jetzt ist niemand mehr auf der Suche nach mir.«

»Da hätte so einiges schiefgehen können.«

»Ja, aber es ist nichts schiefgegangen. Ich hatte das Geld, die Tonbänder, das Clovis-Alibi. Und ich hatte vier Jahre, um das alles zu planen.«

»Die Folter war nicht geplant.«

»Nein, aber die Narben werden verschwinden. Verdirb mir nicht diesen Augenblick, Sandy. Ich habe alles erreicht, was ich erreichen wollte.«

Sandy setzte Patrick vor dem Haus seiner Mutter ab, dem Haus, in dem er seine Kindheit verbracht hatte, in dem im Backofen bereits ein Kuchen auf ihn wartete. Mrs. Lanigan forderte Sandy zum Bleiben auf, aber dieser mußte eine Weile allein sein. Außerdem hatte er seine Frau und seine Kinder seit vier Tagen nicht mehr gesehen. Sandy fuhr davon, immer noch aufs äußerste verwirrt von Patricks spektakulärem Spielzug.

43

Er wachte vor Sonnenaufgang in einem Bett auf, in dem er seit fast zwanzig Jahren nicht mehr geschlafen hatte, in einem Zimmer, in dem er seit fast zehn Jahren nicht mehr gewesen war. Diese Jahre waren weit entfernt, zu weit, sie gehörten zu einem anderen Leben. Die Wände waren jetzt enger zusammengerückt, die Decke niedriger. Im Laufe der Jahre hatte man seine Sachen fortgeräumt, die Erinnerungsstücke aus seiner Kindheit, die Saints-Wimpel, die Poster von blonden Models in enganliegenden Badeanzügen.

Als Kind von zwei Menschen, die nie gelernt hatten, miteinander zu reden, hatte er dieses Zimmer damals zu seinem Zufluchtsort erklärt. Schon als Zehn- oder Elfjähriger hatte er die Tür stets verschlossen gehalten. Seine Eltern betraten das Zimmer nur, wenn er es ihnen erlaubte.

Seine Mutter war unten in der Küche; der Geruch von gebratenem Frühstücksspeck durchzog das Haus. Sie waren spät schlafen gegangen, jetzt war sie schon früh auf den Beinen und brannte darauf, sich mit ihm zu unterhalten. Wer wollte ihr einen Vorwurf daraus machen?

Er streckte sich langsam und vorsichtig. Der Schorf über seinen Brandwunden spannte. Wenn er sich zu stark dehnte, würde die Haut aufreißen und die Wunden wieder anfangen zu bluten. Er berührte die Brandwunden auf seiner Brust und verspürte den starken Drang, seine Fingernägel in sie zu graben und sich wie besessen zu kratzen. Er schlug die Beine übereinander und verschränkte die Hände hinter dem Kopf. Er lächelte zur Decke empor, und es war ein triumphierendes Lächeln. Das Leben auf der Flucht war nun vorüber. Patrick und Danilo waren verschwunden, und die Schatten hinter ihnen hatten eine verheerende Niederlage einstecken müssen und waren vernichtet. Stephano, Aricia, Bogan und die anderen, das FBI und Parrish mit seiner jämmerlichen kleinen Anklage, alle hatten ausgespielt. Es war niemand übriggeblieben, der ihn hätte jagen können.

Die Strahlen der Sonne tasteten sich ins Zimmer, und die Wände rückten noch enger zusammen. Er duschte schnell, behandelte seine Wunden mit Salbe und wechselte die Verbände.

Er hatte seiner Mutter Enkelkinder versprochen, eine ganze Horde, sie würden den Platz von Ashley Nicole einnehmen, einem Kind, von dem sie immer noch träumte, daß sie es wiedersehen würde. Er erzählte ihr wundervolle Dinge von Eva und versprach, diese in allernächster Zukunft nach New Orleans mitzubringen. Keine definitiven Heiratspläne, aber es war unausweichlich.

Sie aßen Waffeln und Speck und tranken Kaffee auf der Veranda, während die alten Straßen zum Leben erwachten. Bevor die Nachbarn hereinschauen und sie wegen der guten Neuigkeiten beglückwünschen konnten, brachen sie zu einer langen Spazierfahrt auf. Patrick wollte, wenn auch nur kurz, seine Heimatstadt noch einmal sehen.

Um neun Uhr betraten er und seine Mutter den Laden von Robilio Brothers an der Canal Street, wo er sich neue Hosen und Hemden und eine hübsche lederne Reisetasche kaufte. Danach saßen sie eine Weile im Café du Monde an der Decatur Street und gingen anschließend zum Lunch in ein nahegelegenes Restaurant.

Auf dem Flughafen saßen sie eine Stunde in der Abflughalle beieinander, hielten einander bei den Händen und sprachen nur wenig. Als sein Flug aufgerufen wurde, schloß Patrick seine Mutter in die Arme und versprach, jeden Tag anzurufen. Sie wollte die neuen Enkelkinder sehen, und zwar bald, sagte sie mit einem traurigen Lächeln.

Er flog nach Atlanta. Dort buchte er mit seinem legitimen Patrick-Lanigan-Paß, den Eva Sandy ausgehändigt hatte, einen Flug nach Nizza.

Er hatte Eva zuletzt vor einem Monat in Rio gesehen, während eines langen Wochenendes, wo sie praktisch jede Minute miteinander verbracht hatten. Die Jagd ging ihrem Ende entgegen, und Patrick wußte es. Es wurde Zeit.

Sie klammerten sich aneinander, während sie an den von Menschen nur so wimmelnden Stränden von Ipanema und Leblon entlangwanderten und die glücklichen Stimmen um sie herum ignorierten. Abends gingen sie spät aus, gingen zum Essen in ihre Lieblingsrestaurants – Antiquarius und Antonio's –, aber beide hatten nur wenig Appetit. Wenn sie sprachen, waren ihre Sätze leise und kurz. Lange Gespräche endeten zumeist in Tränen.

Einmal hatte sie ihn überredet, abermals zu flüchten, mit ihr zu verschwinden, solange er es noch konnte, sich in einem Schloß in Schottland zu verstecken oder in einer winzigen Wohnung in Rom, wo ihn nie jemand finden würde. Aber der Moment ging vorüber. Er hatte das Fliehen einfach satt.

Am späten Nachmittag fuhren sie mit der Seilbahn auf den Zuckerhut, um den Sonnenuntergang über Rio zu genießen. Die Aussicht auf die Stadt bei Nacht war grandios, aber unter den gegebenen Umständen nur schwer zu würdigen. Es wehte ein kühler Wind, und er drückte sie eng an sich und versprach ihr, daß sie eines Tages, wenn alles vorbei war, an genau derselben Stelle stehen, den Sonnenuntergang beobachten und ihre Zukunft planen würden. Sie versuchte, ihm zu glauben.

Sie verabschiedeten sich an einer Straßenecke, in der Nähe ihrer Wohnung. Er küßte sie auf die Stirn und ging davon, verschwand in der Menschenmenge. Er ließ sie weinend dort stehen, weil es besser war als ein tränenreiches Abschiednehmen auf einem belebten Flughafen. Er verließ die Stadt und flog nach Westen. Bei jedem Anschlußflug wurden die Maschinen und die Flughäfen kleiner. Er traf spätabends in Ponta Porã ein, als es bereits dunkel war, fand seinen Käfer auf dem Parkplatz des Flughafens an dem Platz, an dem er ihn abgestellt hatte, und fuhr durch die still daliegenden Straßen zur Rua Tiradentes zurück, seinem bescheidenen Zuhause, wo er alle nötigen Vorbereitungen traf und dann zu warten begann.

Er rief sie jeden Tag zwischen 16 und 18 Uhr an, kodierte Anrufe unter verschiedenen Namen.

Und dann hörten seine Anrufe auf.

Sie hatten ihn gefunden.

Der Zug von Nizza traf pünktlich in Aix ein, ein paar Minuten nach zwölf. Er trat auf den Bahnsteig und hielt nach ihr Ausschau. Er rechnete im Grunde nicht damit, sie hier zu sehen. Er hoffte es nur, betete fast darum. Er trug seine neue Tasche mit seinen neuen Kleidungsstücken bei sich und fand ein Taxi für die kurze Fahrt zur Villa Gallici am Rande der Innenstadt.

Sie hatte ein Zimmer auf ihrer beider Namen gebucht, Eva Miranda und Patrick Lanigan. Wie schön, aus der Kälte heraus zu sein, als wirkliche Menschen reisen zu können, ohne den Deckmantel falscher Namen und Pässe. Sie sei noch nicht eingetroffen, teilte ihm der Mann an der Rezeption mit, und seine Stimmung schlug um. Er hatte davon geträumt, sie in ihrem Zimmer vorzufinden, in verführerischen Dessous und zu allem bereit. Er glaubte sie bereits zu fühlen.

»Wann wurde die Buchung vorgenommen?« fragte er verärgert den Mann.

»Gestern. Mademoiselle Miranda hat von London aus angerufen und gesagt, sie würde heute vormittag eintreffen. Bis jetzt ist sie nicht angekommen.«

Er ging aufs Zimmer und duschte. Er packte seine Tasche aus und bestellte Tee und Gebäck. Er schlief ein und träumte davon, ihr Klopfen an der Tür zu hören, sie ins Zimmer zu ziehen.

Er hinterließ an der Rezeption eine Nachricht für sie und begab sich auf einen langen Spaziergang durch die schöne Altstadt von Aix. Die Luft war kühl und klar. Anfang November war die Provence herrlich. Vielleicht würden sie hier leben. Er betrachtete die merkwürdigen Wohnungen oberhalb der alten, engen Straßen und dachte, ja, das ist ein schöner Ort zum Leben. Aix war eine Universitätsstadt, in der die Künste in Ehren gehalten wurden. Ihr Französisch war sehr gut, und er wollte es so gut sprechen lernen wie sie. Ja, Französisch würde seine nächste Sprache sein. Sie würden ein oder zwei Wochen hier bleiben und dann für eine Zeitlang nach Rio zurückkehren, aber vielleicht würde Rio nicht ihr Zuhause sein. Von der Freiheit begeistert, wollte Patrick überall leben, sich mit neuen Kulturen vertraut machen, neue Sprachen lernen.

Er wurde von einer Gruppe Mormonen-Missionare umlagert, aber er schüttelte sie ab und wanderte den Cours Mirabeau entlang. Er trank Espresso in dem gleichen Straßencafé, in dem sie Händchen haltend ein Jahr zuvor die Studenten beobachtet hatten.

Er dachte nicht daran, in Panik zu geraten. Es konnte sich nur um einen verpaßten Anschlußflug handeln. Er zwang sich, sitzen zu bleiben, bis es dunkel wurde, dann wanderte er so gelassen wie möglich zum Hotel zurück.

Sie war nicht da, und es war auch keine Nachricht von ihr eingetroffen. Nichts. Er rief das Hotel in London an und erfuhr, daß sie gestern, Sonntag, am späten Vormittag abgereist war.

Er ging in den an den Speisesaal angrenzenden Wintergarten und fand einen Stuhl in der Ecke, den er so drehte, daß er die Rezeption durch ein Fenster hindurch beobachten konnte. Er bestellte zwei doppelte Cognac gegen die Kälte. Er würde sie sehen, wenn sie ankam.

Wenn sie eine Maschine verpaßt hatte, hätte sie inzwischen angerufen. Wenn sie wieder vom Zoll aufgehalten worden wäre, hätte sie inzwischen angerufen. Irgendwelche Probleme mit Pässen, Visa, Tickets, und sie hätte inzwischen angerufen.

Niemand war hinter ihr her. Die Bösen waren entweder hinter Schloß und Riegel oder ausbezahlt worden.

Noch mehr Cognac auf leeren Magen, und bald war er betrunken. Er stieg auf starken Kaffee um. Er wollte wach bleiben.

Als die Bar schloß, ging Patrick in sein Zimmer. In Rio war es acht Uhr morgens, und nach einigem Zögern rief er ihren Vater an, mit dem er zweimal zusammengetroffen war. Sie hatte ihn als Freund und kanadischen Mandanten vorgestellt. Der arme Mann hatte schon genug durchgemacht, aber Patrick hatte keine andere Wahl. Er sagte, er wäre in Frankreich und müßte mit seiner brasilianischen Anwältin über eine juristische Angelegenheit sprechen. Er entschuldigte sich vielmals, daß er ihn zu so früher Stunde zu Hause störe, aber er könne sie nirgendwo sonst ausfindig machen. Es sei eine wichtige Sache, äußerst dringend. Paulo wollte zunächst nicht reden, aber der Mann am Telefon schien eine Menge über seine Tochter zu wissen.

Sie ist in London, sagte Paulo. Er hätte am Samstag mit ihr gesprochen. Mehr wollte er nicht sagen.

Patrick wartete zwei qualvolle Stunden, dann rief er Sandy an. »Sie ist verschwunden«, sagte er, mittlerweile wirklich in Panik. Auch Sandy hatte nichts von ihr gehört.

Patrick wanderte zwei Tage lang auf den Straßen von Aix umher, unternahm lange, ziellose Spaziergänge, schlief gelegentlich ein paar Stunden, aß nichts, trank Cognac und starken Kaffee, rief Sandy an und ängstigte den armen Paulo mit wiederholten Anrufen. Die Stadt verlor ihren Zauber. Allein in seinem Zimmer, gab er sich seinem Schmerz und seinem gebrochenen Herzen hin. Wenn er dann wieder allein durch die Straßen ging, verfluchte er die Frau, nach der er noch immer verrückt war.

Das Personal an der Rezeption beobachtete, wie er kam und ging. Anfangs fragte er ständig, ob jemand eine Nachricht für ihn hinterlassen hätte, aber als die Stunden und dann die Tage vergingen, nickte er ihnen kaum noch zu. Er rasierte sich nicht und wirkte erschöpft. Er trank zuviel.

Am dritten Tag checkte er aus und sagte, er kehre nach Amerika zurück. Er bat den Mann an der Rezeption, einen verschlossenen Umschlag aufzubewahren, für den Fall, daß Mademoiselle Miranda eintreffen sollte.

Patrick flog nach Rio, ohne recht zu wissen, warum. So sehr sie Rio auch liebte, es würde doch der letzte Ort sein, an dem sie sich blicken lassen würde. Sie war viel zu klug, um hierher zu kommen. Sie wußte, wo man sich verstecken konnte, wie man verschwand, wie man seine Identität änderte, wie man Geld blitzschnell transferierte und es ausgab, ohne Aufsehen zu erregen.

Sie war bei einem Meister in die Lehre gegangen. Patrick hatte sie die Kunst des Verschwindens leider nur allzugut gelehrt. Niemand würde Eva finden, es sei denn, sie wollte gefunden werden.

Er hatte eine schmerzhafte Unterredung mit Paulo, während der er ihm die gesamte Geschichte erzählte, mit allen Details. Der arme Mann brach vor seinen Augen zusammen, weinte und verfluchte ihn, weil er seine kostbare Tochter korrumpiert hätte. Die Unterredung war ein hilfloser Akt der Verzweiflung und ohne jeden erkennbaren Nutzen.

Er quartierte sich in kleinen Hotels in der Nähe ihrer Wohnung ein, wanderte durch die Straßen, schaute abermals in jedes Gesicht, aber jetzt aus ganz anderen Gründen. Er war nicht mehr die Beute, jetzt war er der Jäger, und ein völlig verzweifelter obendrein.

Er würde ihr Gesicht nicht zu sehen bekommen, denn er hatte ihr beigebracht, wie man es verbirgt.

Sein Geld ging zur Neige, und schließlich war er gezwungen, Sandy anzurufen und um ein Darlehen von fünftausend Dollar zu bitten. Sandy erklärte sich ohne Zögern dazu bereit und bot ihm sogar einen weit höheren Betrag an.

Nach einem Monat gab er auf und fuhr mit dem Bus übers Land nach Ponta Porã.

Er konnte dort sein Haus verkaufen und vielleicht auch seinen Wagen. Beide zusammen würden rund dreißigtausend US-Dollar einbringen. Vielleicht würde er sie aber auch behalten und sich einen Job suchen. Er konnte in einem Land leben, das er liebte, in einer hübschen kleinen Stadt, in der er sich zu Hause fühlte. Vielleicht konnte er als Sprachlehrer arbeiten, friedlich in der Rua Tiradentes leben, wo die Schatten sich verflüchtigt hatten, die barfüßigen Jungen aber noch immer Fußball spielend durch die heiße Straße tobten.

Wo sollte er auch sonst hingehen? Die Reise war zu Ende. Seine Vergangenheit lag hinter ihm, endlich abgeschlossen.

Bestimmt würde sie ihn eines Tages finden.

Danksagungen

Wie immer habe ich mich bei der Niederschrift dieses Buches auf das Wissen von Freunden verlassen, und ich möchte ihnen von dieser Stelle aus dafür danken. Steve Holland, Gene McDade, Mark Lee, Buster Hale und R. Warren Moak stellten mir ihre Erfahrungen zur Verfügung und/oder gingen auf die Suche nach vertraulichen Details. Will Denton las auch diesmal das Manuskript und sorgte dafür, daß alles Juristische stimmt.

In Brasilien wurde ich von Paulo Rocco unterstützt, meinem Verleger und Freund. Er und seine reizende Frau Angela machten mich mit ihrem geliebten Rio vertraut, der schönsten Stadt der Welt.

Wenn ich sie fragte, sagten diese Freunde mir die Wahrheit. Wie gewöhnlich gehen alle Fehler auf mein Konto.